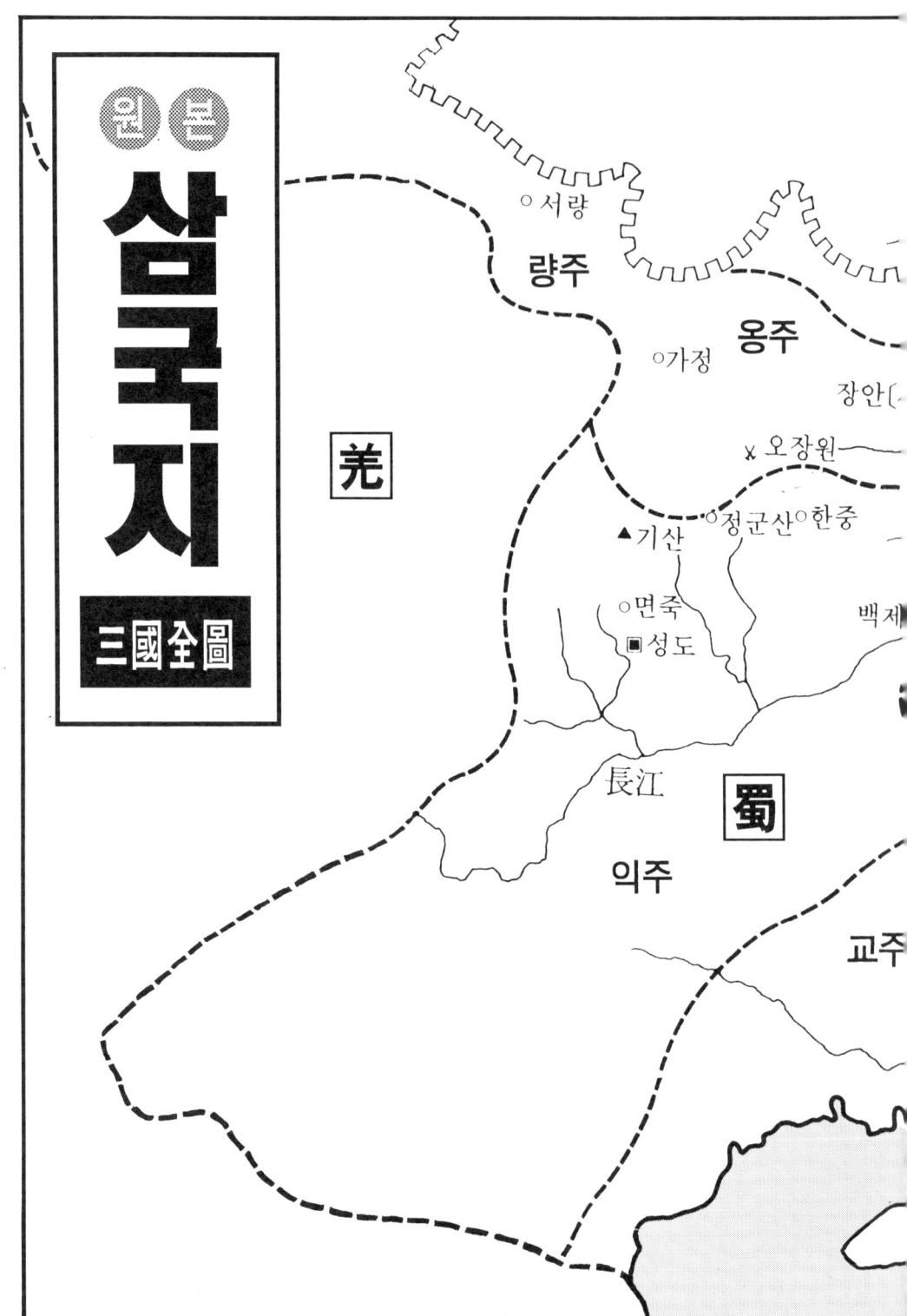

왕 사도가 초선을 내세워 ▶ 왕 사도가 동탁과 여포를 이간질하고 동탁은 봉의정을 발칵 뒤집다… (본문 8회)

조조와 유비 ▶ 조조는 유현덕을 불러 술잔을 기울이며 영웅론을 거창히 늘어 놓는데… (본문 21회)

원본 三國志

범우사

原本 三國志

나관중 지음
황병국 옮김

도원결의 편

차 례

이 책을 읽는 분에게 | 6
해설/《삼국지》에 반영된 민중의 정의감 | 9
주요 인물 | 20
서사 | 28

1. 삼형제의 결의 —— 29
2. 썩어빠진 조정 —— 48
3. 권력을 쥔 동탁 —— 68
4. 황제가 된 진류왕 —— 85
5. 동맹군과 동탁의 싸움 —— 102
6. 동탁의 만행 —— 122
7. 복수전 —— 137
8. 초선에게 빠진 두 영웅 —— 155
9. 동탁의 죽음 —— 173
10. 조조의 득세 —— 194
11. 두각을 나타낸 유현덕 —— 210

12. 불사신 조조 —— 232
13. 이각과 곽사의 다툼 —— 249
14. 대권을 쥔 조조 —— 272
15. 강동을 차지한 손책 —— 298
16. 영웅들의 결전 —— 326
17. 원술과 조조의 혈전 —— 352
18. 여포의 승리 —— 369
19. 여포의 최후 —— 385
20. 황제의 밀조 —— 413
21. 위기에서 벗어난 유현덕 —— 433
22. 군사를 일으킨 조조 —— 452

해설/《삼국지》의 이해 | 468
부록 | 495

이 책을 읽는 분에게

　이 책은 중국 명나라 때 나관중(羅貫中)이 지은 장편 역사소설로, 원제는 《삼국연의(三國演義)》 또는 《삼국지연의(三國志演義)》라고 한다. 그러므로 진나라 때 진수(陳壽)가 지은 정사(正史) 《삼국지(三國志)》와는 구별해야 한다.
　정사 《삼국지》는 총 65권으로 된 역사서로 위나라를 정통으로 삼은 반면 역사소설 《삼국연의》는 그 이야기 줄거리는 거의 정사와 같으나 촉한을 정통으로 삼았고 민간 설화도 많이 가미되었다.
　《삼국연의》는 중국의 수많은 소설 중에서 가장 널리 알려진 작품으로 중국 4대 기서인 《삼국지》·《수호지》·《서유기》·《금병매》 중에서도 으뜸으로 꼽히며, 동양 최고의 역사소설로서 이제까지 수많은 사람들에게 애독되었다.
　그리하여 중국의 문학가 후스(胡適)는 "《삼국연의》야말로 가장 많은 사람들에게 읽힌 대중 역사소설로, 수백 년 간 이 책의 마력에 비길 만한 것이 없었다"고 극찬하였다.
　이와 같이 세상에 풍미하게 된 이유는, 우선 그 주제가 중국의 전통적 도덕 관념인 충(忠)·효(孝)·절(節)·의(義)에 절실하게 부합되며 그것을 높이 찬양하여, 작품 전반에 걸쳐 그 맥을 이루어 엮어져 있기 때문이다.
　이 작품은 충·효·절·의를 권장하고, 반역·불효·패절·불의를 응징함으로써 읽는 사람들에게 삶의 규범을 제시해준 점에서도 그 가치가 높다. 이는 명나라 때에 유교 사상이 확립되었다는 시대적 배경과도 일치한다.
　《삼국지》는 후한(後漢) 말(169년)에서부터 진나라가 통일하기(280년)까지의 약 100여 년 간의 역사를 다루고 있다.
 중국 전체가 무대이며, 등장인물도 1천 여명이나 된다. 그리고 무수한 사건이 계속적으로 이어진다. 그런데도 작품 구성이 아주 긴밀하게 짜여 있고, 이야기의 전개가 사실적이면서도 흥미진진하여 끝까지 다 읽어보지 않고는 책을 놓을 수 없도록 하는 마력을 가지고 있다.
 또한 인물들의 성격이나 모습, 행동, 지모와 변화무쌍한 전투 장면 등의 묘사가 아주 구체적이고 사실적이어서, 읽는 사람이 바로 눈앞에 그 인물이나 장면을 그려볼 수 있다.
 충선(忠善)한 군자를 묘사한 부분에 이르러서는 읽는 이로 하여금 여유 있는 동정심을 자아내게 하고 반면 간교하고 음험한 인물에 이르러서는 분노를 금치 못하게 한다.
 한 이야기마다 긴장된 사건이 전개되고 그 다음에 정취 있는 글이나 시를 실어서 사건의 느낌을 정리한 것도 이 작품의 특이한 점이다. 이 책에는 한시 원문도 함께 실어 이해하는 데 도움이 되게 했다.
 동양 고전 중의 최대 명작인 이 《삼국지》를 읽음으로써 역사와 인물 및 유교 사상 등에 대해서 배우는 바가 많을 뿐만 아니라 깊은 감동을 받을 것이다.
 이 책은 중국 인민문학출판사의 《삼국연의》, 대만의 문원서국(文源書局)이 발행한 대자족본(大字足本) 《삼국연의》와 모종강(毛宗崗) 비평, 요빈(饒彬) 교정인 삼민서국(三民書局)의 《삼국연의》를 번역한 것으로 이는 원전에 가장 충실한 《원본 삼국지》라고 하겠다.

 그리고 독자의 이해를 돕기 위하여 그림과 지도를 삽입하였고, 아울러 대자족본 《삼국연의》의 〈삼국연의고증〉을 책 말미 '해설'로 실었다. 이와 함께 잘못된 글자나 문장을 바로잡아 새로운 조판, 새로운 체제로 만들었다.

 현재 시중에는 일본의 요시가와 에이지(吉川英治)판 《삼국지》를 저본으로 하거나, 한국 작가들이 흥미 위주로 기술, 원본과는 거리가 있는 《삼국지》들이 대다수이다. 그러나 본 《원본 삼국지》는 중국의 원본을 저본으로 성실하고 철저하게 대조 · 번역한 원본에 가장 근접한 번역서이다.

 이와 같이 새롭게 간행되는 범우사판 《삼국지》를 통해 중국문학의 진수를 만날 수 있게 되길 바란다.

 본서에 실린 그림은 《삼국지통속연의(三國志通俗演義)》, 《전상삼국지평화(全相三國志平話)》, 《신전상삼국지평화(新全相三國志平話)》, 《수상전도삼국연의(繡像全圖三國演義)》, 《신침전상통속연의(新鋟全相通俗演義)》, 《관화당삼국지연의(貫華堂三國志演義)》, 인민문학출판사의 최신간 《삼국연의(三國演義)》까지 참조하였음을 밝힌다.

1999년 7월, 편 집 부

해설

《삼국지》에 반영된 민중의 정의감
— 간교한 찬탈자와 싸우는 의리의 사나이들 —

玄玉 장 기 근(張基槿)
(서울대 명예교수·한문학 박사)

1. 서민들 가슴속에 살아 있는 《삼국지(三國志)》

속칭 《삼국지(三國志)》는 나관중(羅貫中 : 1330?-1400?)이 쓴 소설로 원명은 《삼국지연의(三國志演義)》라고 한다. 한문 문화권에서 이 소설만큼 오랜 세월에 걸쳐 많은 사람들에게 애독된 책도 없을 것이다.

삼국(三國)은 후한(後漢 : 서기 25-220) 말에 정립(鼎立)하고 서로 패권을 다투었던 세 나라다. 즉 화북(華北)을 지배한 조조(曹操)의 위(魏)와, 장강(長江)의 중·하류를 지배했던 손권(孫權)의 오(吳) 및 사천성(四川省) 일대를 지배했던 유비(劉備)의 촉(蜀) 셋이다.

왜 많은 사람들이 이천 년 전의 삼국의 각축전을 엮은 소설을 즐겨 읽을까? 한마디로 재미있고 신명나는 소설이기 때문이다. 그 소설은 난세에 고통받는 서민 대중의 소박한 정의감을 대변하고 동시에 속에 맺힌 원한을 통쾌하게 풀어주기 때문이다.

그 소설에서 서민 대중들은 갈망하고 고대하던 의협(義俠)한 호걸들을 만날 수 있다. 그들 영웅들은 뛰어난 지략과 용맹을 겸비한 호걸들이다. 그들은 대의명분과 의리를 굳게 지키면서 국가의 정통을 옹호하고 백성들을 구제하려고 희생적으로 분투한다. 그들은 음흉한 권모술수를 농하여 나라를 찬탈하고 탐욕을 채우려는 간악한 소인배들을 통쾌하게 격파한다. 따라서 무력하고 선량한 서민 대중들은 그들을 통해 정신적 승리감을 맛볼 수가 있다.

한편 소설의 주역들은 서민 대중과 같이 문벌도 권력도 재물도 없는 빈털터리들이다. 그러나 그들은 굳게 뭉쳐, 탁월한 지략과 용맹과 굳은 신의를 바탕으로 떨치고 나서서 악한들을 박멸하고 퇴치하고 마침내는 나라까지 창건했으니, 얼마나 믿음직하고 통쾌한가.

한편 서민 대중들은 《삼국지》를 통해 그들의 비애와 원한을 달래고 풀기도 한다. 즉 그들 영웅들도 역사적 사실로써 천하통일의 뜻을 이루지 못하고 중도에 좌절했다. 이에 대중들은 대를 이어가면서 눈물을 뿌렸고 또 묘나 사당에 모시고 추모했던 것이다. 따라서 그들 영웅들은 오늘에도 서민과 함께 살아있는 것이다. 우리가 바로 그와 같은 서민 대중이다. 따라서 《삼국지》는 많은 사람에게 읽히고 또 감동을 주고 있는 것이다.

2. 대중의 정신적 승리감과 정의감

동서고금을 막론하고 인류 사회에서는 항상 악(惡)이 승리하고 선(善)이 패배했음을 알 수 있다. 그러므로 석가(釋迦), 공자(孔子), 예수〔基督〕를 비롯한 많은 성현(聖賢)들이 '자비와 사랑과 인애(仁愛)'를 높이고 실천하라고 가르쳤다. 그러나 인류의 역사적 사실은 그들의 가르침과는 정반대의 방향으로 전개해왔으며 또 지금도 같은 방향, 같은 양상으로 나가고 있다. 특히 정치 사회의 생리를 냉철히 살펴볼 때, 불행하게도 우리는 다음과 같은 역사적 사실을 알게 된다.

'극소수의 악덕한들이 간악하고 음흉한 권모술수와 잔인한 무력을 행사하여 권력과 재물을 독점하고 대다수의 선량한 서민 대중들을 억압하고 유린해 왔으며, 지금도 역시 그렇다.'

하늘의 소생인 인간의 본성은 착하다. 서로 사랑하고 서로 협동하여 역사를 계승하고 문화를 발전하고 함께 잘살고 번성하기를 바란다. 그러나 선량한 많은 서민들은 항상 역사적 현실로 악덕과 포악에 유린되고 시달리게 마련이었다.

이에 그들은 현실이 아닌 환상에 세계에서나마, 정신적 위안을 얻고 또 정의의 승리감을 얻으려고 했던 것이다. 이와 같은 서민 대중의 정신적 승리감과 소박한 정의감을 충족시켜 주는 것이 바로 역사소설이다. 한국의 《심청전》이나 《춘향전》도 같다. 우리나라에도 문묘와 더불어 관우묘(關羽

廟)와 무후사(武侯祠)가 있다.

3. 《삼국지》와 《삼국지연의》

《삼국지》는 진(晉)나라의 진수(陳壽 : 서기 233-297)가 편찬한 정사(正史)이고 《삼국지연의》는 원(元)나라 말에서 명(明)나라 초에 걸쳐 생존했던 나관중이 쓴 소설이다. 이 글에서는 전자를 '정사《삼국지》'라 하고 후자를 '소설《삼국지》'라고 구분해서 부르겠다.

나관중은 진수의 정사《삼국지》를 바탕으로 소설을 썼다. 그래서 '진평양후 진수 사전(晉平陽侯陳壽史傳), 후학 나본관중 편차(後學羅本貫中編次)'라고 서명했다. 그러나 두《삼국지》사이에는 여러 가지 면에서 크게 다르다. 첫째로 시대적으로 1,100년의 괴리가 있고 또 집필자의 정신적 자세가 전연 달랐다.

진수는 진나라의 사관(史官)이었다. 그리고 진 나라는 조조가 세운 위나라를 형식적으로나마 선양(禪讓) 받은 나라였다. 그러므로 진수의 정사《삼국지》는 위 나라를 정통(正統)으로 높이고, 유비의 촉나라와, 손권의 오나라를 인정하지 않았다. 그 일례로 위지(魏志)에는 제왕의 기록인 제기(帝紀)가 있다. 그러나 촉지(蜀志)나 오지(吳志)에는 전(傳)만 있다. 즉 조조는 제왕으로 인정했으나, 유비와 손권은 제왕으로 인정하지 않은 것이다.

한편 천년 후에 나타난 소설《삼국지》의 작가 나관중의 입장은 진수와는 정 반대였다. 그는 촉나라의 유비를 정통으로 보고, 위나라의 조조를 찬탈자로 보았다.

그러므로 나관중은 자기가 쓴 소설《삼국지》에서 조조를 간흉(奸凶)하고 음험하고 또 비도덕적인 악인으로 폄(貶)했다. 반대로 촉나라의 유비를 정의롭고 인자하고 또 도덕적인 군주로 높였다. 이렇게 해서 '폄조존유(貶曹尊劉)'의 소설《삼국지》가 나왔던 것이다.

4. 작가 나관중의 사상과 개혁 의지

소설《삼국지》를 쓴 나관중에 대해서는 자세히 알 수 없다. 이름이 본(本)이고 자가 관중(貫中), 호는 호해산인(湖海散人)이며, 태원(太原) 출신이라고 전한다. 그의 생존 연대도 서기 1330년에서 1400년으로 추정된다. 그의 친구 가중명(賈仲名)이 쓴 《속록귀부(續錄鬼簿)》에도 '그는 남과 사귀기를 꺼렸고, 혼란한 때에 고생을 했으며, 그와 작별한 지 수십 년이 되었으나 종적을 알지 못한다'라고 적혔다.

한편 그는 원말(元末) 명초(明初)의 빈발했던 농민봉기에도 가담했으며, 장사성(張士誠)과 결탁한 일도 있었다. 장사성은 주원장(朱元璋)과는 라이벌이었다. 그러므로 명나라가 되어도 나관중은 빛을 보지 못하고 물러나 소설이나 연극을 썼을 것이다.

결국 그는 이민족의 나라 원조(元朝)를 타도하고 한족의 정통을 회복하려는 행동적인 민족주의자였다. 동시에 그는 부패한 학정을 타도하고 왕도덕치의 인정(仁政)을 구현하려는 이상주의자였다. 그러나 현실적으로 뜻을 이루지 못하게 되자 문필을 통해 자기의 뜻을 다소나마 펴고자 했을 것이다. 그러므로 소설 《삼국지》의 지(志) 속에는 역사적 기술이라는 지(誌)의 뜻 이외로 '자신의 정통사상과 기개를 편다는 뜻'이 포함되어 있을 것이다.

그는 여러 편의 희곡과 암시적인 시 및 역사소설을 남겼다. 《삼국지연의(三國志演義)》 이외로 희곡 《송태조 용호풍운회(宋太祖龍虎風雲會)》, 《수당지전(隋唐志傳)》, 《잔당오대사연의(殘唐五代史演義)》, 《삼수평요전(三遂平妖傳)》 등이 있고 전하는 말로는 《수호전(水滸傳)》 집필에도 참여했으리라고 한다.

이상으로 대략 나관중이 민족의 정통을 되찾고 동시에 정치의 개혁을 열망했음을 알 수 있다. 그와 같은 정통사상과 정치개혁의 뜻이 그가 쓴 연극이나 소설에 짙게 나타났던 것이다. 그러나 소설 《삼국지》는 작가 혼자만으로 창작된 것이 아니다. 그 뒤에는 오랜 세월에 걸쳐 면면히 이어져 내려온 지식인들의 정통론과 서민 대중들의 소박한 정의감이 짙게 응결되어 있다.

5. 정통론과 서민들의 소박한 정의감

후한 다음에 위를 정통으로 인정하느냐 혹은 촉을 정통으로 인정하느냐하는 문제는 지식인들의 논쟁 거리였다. 앞에서도 말했듯이 진수의 《삼국지》는 위나라의 뒤를 이은 서진(西晉: 261-317)을 정통으로 인정하는 입장이었다.

그러나 나관중은 반대였다. 따라서 그는 자료도 위를 부정하는 것들을 활용했던 것이다. 즉 남조(南朝) 송(宋)의 배송지(裵松之 : 372-451)의 주(注)와, 유의경(劉義慶 : 403-444) 산하의 문인들이 편찬한 《세설신화(世說新話)》를 활용했다. 특히 배송지가 주에서 인용한 《한서춘추(漢書春秋)》는 '후한-촉-진-동진'을 정통이라고 주장했으며, 그 설이 대체로 남조 제국(諸國)을 정통으로 보는 논거가 되었던 것이다.

그 후 통일을 완수한 당과 송의 학자들은 위를 정통으로 보는 설에 찬동했다. 그러나 송이 북방의 이민족 금(金)에게 멸망되고 남쪽으로 쫓겨간 남송 시대에는 다시 촉을 정통으로 보자는 명분론이 우세했다. 그 대표자가 주자(朱子)였으며, 주자학의 보급과 함께 촉정통설(蜀正統說)이 우세했다.

결국 한민족이 중원에서 쫓기어 남쪽으로 몰렸던 '동진(東晉), 남북조(南北朝), 남송(南宋)' 대에는 '촉정통설(蜀正統說)'이 우세했다. 그러므로 몽고족 원을 축출하고 한민족의 나라를 되찾자는 나관중이 '촉정통설'에 의거한 것은 당연했다. 따라서 그는 북방에서 흥기하고 세력을 확장한 조조의 위나라를 은근히 몽고의 이민족에 비유하려고 했을 것이다.

이와 같은 한민족의 '정통 명분론(正統名分論)'과 아울러 역사적으로 이어져 내려오면서 서민 대중들과 함께 살아 있는 소박한 정의감이 소설 《삼국지》에 잘 표현되어 있다.

정사 《삼국지》나, 소설 《삼국지》나 다 '위·촉·오' 세 나라의 역사를 기술한 것이다. 시기적으로는 후한 영제(靈帝) 말년(184)에서 진 무제(武帝) 태강(太康) 원년(280)까지 약 97년 간에 있었던 세 나라의 각축전을 기술한 것이다.

그러나 정사와 소설 사이에는 약 천 년이란 시간적 격차가 있으며, 그 사이에 진수가 쓴 역사 고사가 서민이나 대중 사이에서는 다르게 전해져 내려왔던 것이다.

특히 북송(北宋 : 990-1127) 때에, 도시의 발달과 더불어 상인이나 시민 계층이 형성됨에 따라 일반 서민 대중을 위한 오락과 예능이 발달했으며, 이에 이야기꾼이 나타나 여러 가지 설화를 강담(講談), 강석(講釋)했고 동시에 무대에서 연출하는 잡극(雜劇)이나 창극(唱劇), 인형극이나 그림자 연극 등이 발달했다.

그러므로 《삼국지》의 여러 대목의 이야기가 민간에게 유포되었으며, 그 이야기를 듣거나 연극을 보는 사람들 중에는 아이들도 많았다. 소식(蘇軾 : 1036-1101)의 글에 다음 같은 말이 있다. "유비가 패하면 슬퍼서 눈물을 흘렸고, 반대로 조조가 지면 좋아서 손바닥을 쳤다. 소인과 군자에 대한 서민들의 소박한 감정은 예나 지금이나 같으니라."

즉 거리에서 유포되는 《삼국지》의 이야기가 일반 서민 대중들의 소박한 정의감을 채워주었던 것이다. 원대에 상연된 《삼국지》에 관한 연극이 40종 이상이었다고 한다.

항상 현실적으로 통치자에게 억압받고, 전란에 고난을 당하는 서민 대중들은 연극이나 설화 속에서 정신적 승리를 맛보려고 한다. 그래서 오랜 세월에 걸쳐 서민 대중들은 유비를 높이고 조조를 미워하는 《삼국지》를 키워 왔던 것이다.

그리하여 나관중의 소설에 앞서 《신전상삼국지평화(新全相三國志平話)》라는 책이 원 지치(至治 : 1321-23)에 간행되었다. 이 평화는 이야기꾼 즉 강석사(講釋師)의 원본 같은 것이며, 분량이 작고 또 꾸밈이나 문장이 조잡하다. 그러나 그 속에는 진수의 《삼국지》에 없는 도원결의(桃園結義)의 이야기가 이미 있으며, 장비(張飛)의 무용을 높였으며, 또 70면의 삽화도 있다.

결국 나관중의 소설 《삼국지》는 이와 같은 모든 것, 즉 민족적 정통론과 소박한 서민 대중의 정의감 등을 종합한 작품이라 하겠다. 물론 나관중의 강한 정통사상이 바탕이 되었다. 따라서 그는 배송지의 주를 활용해서 위나라의 조조를 찬탈자로 지목했던 것이다.

청(淸) 대의 학자 장학성(章學誠)은 소설 《삼국지》를 사실(事實)이 7부이고, 허구(虛構)가 3부라고 평했다. 바로 그 허구 속에 역사소설의 본색이 살아있는 것이다. 다음에서 중요한 인물 중심으로 《삼국지》의 특색을 부각시켜 보겠다.

6. 도원(桃園)에서 결의(結義)한 호걸들

오늘에 전하는 판본은 나관중 혼자만의 것이 아니다. 필사본(筆寫本)으로 전해오다가 처음으로 간행된 것이 곧 명(明) 가정(嘉靖) 원년(1522)의 《삼국지통속연의》였다. 그것을 청 강희(康熙 : 1662-1722) 연대에 모륜(毛綸)·모종강(毛宗崗) 부자가 '120회 본'으로 정리한 것을 순치(順治) 원년(1644)에 간행한 것이며, 앞에 김성탄(金聖歎)의 서문이 있다.

매회마다 내용을 요약한 구절이 있다. 제1회는 '도원에서 주연을 벌이고 호걸 셋이 결의 형제하고(宴桃園豪傑三結義), 영웅들이 황건적을 멸하고 최초로 공을 세우다(斬黃巾英雄首立功)'라는 구절이 있다. 한글 판에서는 이를 도원결의(桃園結義)라고 축약했다. 서사(序詞)에 이어 천하의 분합(分合) 원리를 다음 같이 서술했다.

'천하 대세는 나누어진 지 오래 되면 반드시 합쳐지고, 합쳐진 지 오래 되면 다시 나누어지게 마련이다.'

이어 후한의 혼란한 징조를 요약했다. '분란의 연유를 거슬러 더듬으면 주로 환제(桓帝)와 영제 두 임금에서 발단한다. 환제는 선량한 신하들을 탄압하고 환관(宦官)들을 신임하고 높이 등용했다.'

임금이 혼용(昏庸)하여 정치가 부패하고 환관이 발호했으며, 아울러 외척이 전횡하였다. 설상가상으로 왕조의 멸망을 고하는 불길한 징조가 나타났으며 계속해서 천재지변과 이변이 각지에서 일어났다. 마침내 천하 백성들이 불안과 혼란에 빠져 삶의 터를 잃고 떼지어 유랑했던 것이다.

이러한 혼란기에 황건적(黃巾賊)의 난이 발생했다. 굶주리고 절망에 빠진 우매한 하층의 대중을 미혹하고 선동하여 무력 반란을 획책했다. 그러나 무력한 조정은 자체적으로 이들을 진압할 힘이 없었으므로 각지에 방을 내걸고 의병을 모집했던 것이다.

바로 이 때에 호협(豪俠)한 세 사람이 한 자리에 모였다. 홀어머니를 모시고 짚신을 팔아 호구하는 유비(劉備), 술과 고기를 파는 장비(張飛), 그리고 악질 관리를 살해하고 도망다니는 관우(關羽) 세 사람이다. 그들은 즉시 의기투합하여 봄철 복숭아 꽃이 만발한 도원에서 술잔치를 벌이고 결의형제하며 제물을 바치고 천지신명에게 맹서했다.

'유비·관우·장비 세 사람은 비록 성은 다르지만 형제의 의를 맺노라. 한 마음으로 힘을 합쳐서 고난에 허덕거리는 백성을 구제하고 기우는 사직을 바로잡고, 위로는 나라에 보답하고 아래로는 백성들을 편히 살게 하겠노라. 비록 동년 동월 동일에 태어나지는 못했으나, 같은 해, 같은 달, 같은 날에 함께 죽고자 하노라. 황천후토(皇天后土)여, 우리의 뜻을 굽어살피소서. 의를 어기거나 은혜를 저버리는 자가 있으면 천인이 공노하고 그를 주멸하리라.' (해설자 역)

도원결의는 정사 《삼국지》에는 없다. 《평화》 속에 간단하게 적힌 것을 나관중이 뛰어난 문필로 다듬고 첫머리에 내세워 독자들을 감동케 하고 있다.

봄은 만물이 소생하는 때이다. 화창하게 피어난 복숭아 꽃은 번영을 상징한다. 이 때에 세 호걸들이 하늘땅에 제사를 올리고 기우는 사직을 바로잡고 백성들 구제를 맹서했던 것이다. 이 때에 유비의 나이 24세, 관우는 23세, 장비는 17세였다. 소설에는 유비 나이 28세라고 했다. 그러나 죽은 나이를 기준으로 역산하면 24세가 된다. 아직도 어린 청소년들이다. 그들이 나라를 바로잡겠다고 떨치고 나섰으니 이 얼마나 장한가? 소설 《삼국지》는 첫머리에서 완전히 독자들을 사로잡는다. 바꾸어 말하면 독자들은 첫머리에 등장한 세 호걸들, 젊고 의협한 세 청년들의 믿음직한 의기와 기개에 감격하고 속으로 쾌재를 부르게 마련이다.

그러나 이들은 신분도 낮고 재물도 없는 빈털터리이었다. 비록 유비가 혈통상으로 한나라의 후예라 하나, 현실적으로는 적수공권의 젊은이였다. 관우나 장비도 기개와 위세는 등등했으나, 가진 것은 용력뿐이고, 믿는 것은 서로의 신의였던 것이다. 그들이 천하 대세를 바로잡겠다고 분발하고 나섰던 것이다.

7. 유비의 삼고초려(三顧草廬)와 제갈공명의 지략

세 사나이들은 황건적 토벌에 혁혁한 무공을 세웠다. 그러나 천하는 권문세가와 막강한 군벌이 장악하고 있었다. 동탁(董卓)이 살해된 뒤에, 조조는 헌제(獻帝)를 옹립하고 천하를 호령하고 있었다. 이에 권력도 지위도 토지도 없는 유비는 별수없이 조조 밑에 들어갔다.

헌제의 밀명을 받은 동승(董承)의 조조 암살이 실패하자, 이에 은밀히 가담했던 유비는 마침내 조조에게 쫓기는 몸이 되었다. 한편 화북의 실력자 원소(袁紹)가 관도(官渡)에서 조조에게 패하자, 유비는 다시 남쪽으로 달려가 형주(荊州)의 목(牧) 유표(劉表)의 도움을 청했다. 유표는 같은 한 황실의 후손인 유비를 도와주었다. 유비가 24세에 뜻을 세운 지 20년이 지난 때였다. 그간 관우와 장비와 함께 무공도 세우고, 여러 지방의 장이 되어 행세도 했었다. 그러나 그들의 뜻을 달성하기에는 아직도 갈 길이 멀었다. 이에 유비는 생각했다.

'천하를 잡기 위해서는 지략(智略)을 가진 인재를 찾아야 한다.'

이에 유비는 스스로 몸을 굽혀서 삼고초려하고, 마침내 청경우독(晴耕雨讀)하고 있는 '엎드린 용' 제갈량(諸葛亮 : 자는 孔明)을 군사(軍師)로 모시게 되었던 것이다. 그 때 유비의 나이 50세, 제갈량은 27세였다.

제갈량은 '천하 삼분의 계'를 바탕으로 유비를 도왔으며, 이에 비로소 유비가 두각을 나타내고 조조의 위나라 및 손권의 오나라와 천하의 패권을 다투게 되었던 것이다.

소설에 나오는 제갈량은 사실 이상으로 전지전능한 군사이자, 재상으로 그려져 있다. 그는 칠성단(七星壇)에서 히늘에 빌어 동남풍을 불게 했다, 촉나라와 오나라를 연합해서 적벽(赤壁)에서 조조의 대군을 전늴게 했다. 팔진도(八陣圖)로 적을 홀렸다, 맹획(孟獲)을 일곱 번이나 잡았다가 풀어주었다, 죽어서도 사마중달(司馬仲達)을 격퇴케 했다. 탁월한 전략가 군사로서만이 아니라, 총명한 재상, 능수능란한 외교적 수완 면에서도 비범한 실력을 발휘했다. 그러므로 그는《삼국지》에서 가장 뛰어난 인물이 되었다.

8. 민중의 규탄을 받는 책략가 조조

소설《삼국지》는 유비와 제갈량을 미화한 반면 조조는 사실 이상으로 지나치게 미움을 받는 악인으로 묘사했다. 유비를 인정이 넘치고 후덕한 영웅으로 높인 반면에 조조는 잔인하고 비정한 간웅(奸雄)으로 낙인을 찍었다. 지략이나 전술 면에서도 제갈량을 신격화한 반면 조조는 음흉한 책략가로 낮추었다. 가문에 있어서도 낙백(落魄)한 귀공자 유비에게 동정을 하면서, 반대로 조조의 양조부(養祖父)가 환관임을 밝혀 미움을 받게 했다. 그러나 정사《삼국지》는 조조는 한의 재상 조참(曹參)의 후손이며, 부친 조숭(曹嵩)은 태위(太衛: 군사 대신 격)였음을 밝혔다.

소설에서는 조조의 외모나 풍채를 빈약하게 그렸다. 관우의 키는 9척(약 207cm), 유비는 8척(약184cm)인데 비해 조조는 7척(약160cm)이라고 지적했다. 진수의 정사에는 일체 외모 풍채에 대한 기술이 없다.

조조의 인물평은 '치세(治世)에는 능신(能臣), 난세(亂世)에는 간웅(奸雄)'으로 정해졌으며, 사실 그는 왕도의 덕치사상보다는 형법에 의한 법치사상의 신봉자였다. 그러므로 그는 간악한 술책을 잘 썼다. 군량이 부족하자, 장교에게 되박을 속이라고 지시를 내렸다가 병사들이 들고일어나자, 그 장교에게 모든 책임을 전가하고 처형하고 병사들을 무마한 일이 있었다. 또 허수아비가 된 헌제(獻帝)와 복황후(伏皇后)가 자기를 제거하려 하자, 이를 탐지한 조조가 복황후와 왕자 2명 및 기타 가담자 2백 명을 거리에서 처형했다. 냉철한 전략가 조조는 말했다. "내가 남을 속이고 죽일지언정, 남에게 내가 당하는 일은 없을 것이다."

한편 인재를 아끼는 조조는 유비를 도와준 일도 있었고 또 포로로 잡힌 관우를 우대하고 자기에게 가담하라고 설득하기도 했다. 그래도 관우가 유비에 대한 신의를 지키고 굽히지 않자, 조조는 그를 가상히 여기고, 돌려보내기도 했다. 영웅들이 서로 영웅들을 알아보았던 것이다. 그러나 종국에 가서는 삼국의 영웅들도 다 죽어 스러지고 승자도 패자도 없게 되었다.

9. 영웅들의 사망과 삼국의 종말

그러나 강물이 도도히 흐르듯이 세월 따라 주인공들도 죽어 퇴장했으며,

그 뒤를 삼국지의 제2세대라고 할 제갈량이 이었다. 제갈량은 소설 제37회에 등장한다. 제1회부터 활약하던 제1세대, 즉 유비, 관우, 장비 및 조조 등은 소설 3분의 2 무렵에서 차례로 사망하고 물러난다.

 제77회 : 관우가 손권에게 죽는다.
 제78회 : 조조가 병사한다.
 제81회 : 장비가 부하의 손에 죽는다.
 제85회 : 유비가 백제성(白帝城)에서 숨을 거둔다.

그 후에는 제갈량이 유비의 아들 유선(劉禪)에게 〈출사표(出師表)〉를 올리고 천하 통일을 위해 북상하였으나, 결국은 그도 오장원(五丈原)에서 전사한다.

서기 234년에 제갈량이 죽고, 249년에는 사마의(司馬懿)가 등장하고, 263년에는 촉이 위에 투항하고, 265년에는 위가 진에게 나라를 물려주고, 280년에는 오나라도 진에게 투항한다. 결국 삼국의 영웅들은 아무도 최후의 승리를 거두지 못한 것이다. 그리고 역사는 다시 장강의 물결 따라 흐르고, 파도에 씻기고 물보라에 산화한 영웅 호걸들은 선량한 서민 대중의 가슴속에 살아 있게 마련이다. 지금도 누군가 《삼국지》의 서사(序詞)를 읊으리라.

 도도히 강물 동으로 흐르고
 물보라에 영웅 호걸들 간 곳이 없네.
 (滾滾長江東逝水 浪花淘盡英雄)

주요인물

《貫華堂三國志演義》에서

제갈량(諸葛亮)

자는 공명(孔明). 촉의 군사령관. 와룡강에 은거해 있었으나 현덕의 삼고(三顧)의 예(禮)에 감격하여 천하 삼분의 계략을 세운다. 천문·지리·작전에 정통하고 지모(智謀)는 초인적이다. 현덕이 제위(帝位)에 오르자 재상이 된다.

현덕이 죽은 후에 어린 임금 유선을 섬겨 남만을 평정한 후, 북으로 쳐올라가 위와 싸운다. 모두 여섯 번 출정하나 결국 오장원의 진중에서 죽는다.

《繡像全圖三國演義》에서

관우(關羽)
자는 운장(雲長). 현덕에게 가장 충실한, 지조와 충성의 인물.
천하무적의 호걸로 의리는 강하나 인정에 약하다. 오의 기습으로
죽지만, 혼령으로 나타나 여몽을 죽게 한다. 작품에서 신격화되었을
뿐 아니라 민간에서도 신으로 모신다.

유비(劉備)
자는 현덕(玄德). 한(漢) 왕실의 혈통을 이어받아 유 황숙이라고 일컫는다.
의형제인 관우·장비·명참모 제갈량의 도움을 받아 군웅들 사이에
서 세력을 확장하여, 장강의 중류와 상류 지역을 점령한다.
한중왕(漢中王)이 되었다가 촉의 황제가 되었으나, 천하통일과 한 왕
실의 부흥의 뜻을 이루지 못하고, 죽은 관우·장비의 복수를 위해
동분서주하다 죽는다.
시호 소열제(昭烈帝).

장비(張飛)
자는 익덕(翼德). 현덕·운장과 의형제로, 호탕한 인물.
성급하고 화를 잘 내며, 결국 부하들에게 죽는다.

조운(趙雲)

자는 자룡(子龍).
공손찬을 섬겼으나,
유비를 알게 되어
서로 몹시 흠모하게 된다.
공손찬이 죽은 후에
현덕의 부하가 되어
현덕을 위기에서
구한다.

《貫華堂三國志演義》에서

조조(曹操)

자는 맹덕(孟德).
난세의 교활한 영웅.
산동 일대를 평정.
허창에 도읍을 정하고
천자를 받들어 재상이 되어
조정의 실권을 장악한다.
후에 하북의 원소를 멸망시켜
황하 유역을 완전히 장악하고
장강 유역에 세력을 확장하여
촉·오와 싸운다.
위나라 왕이 된다.
시호 무제(武帝).

《貫華堂三國志演義》에서

사마의(司馬懿)
자는 중달(仲達).
위에서 지모가 가장 뛰어난 인물.
제갈량과 대결하며 후에
위의 정권을 잡는다.
시호 선제(宣帝).

《貫華堂三國志演義》에서

손권(孫權)
자는 중모(仲謀). 손책의 동생.
부친과 형의 유업을 이어받아
강동 일대를 차지하고
위·촉과 대항한다.
후에 위와 화의를 맺고
오의 왕이 되며,
다시 황제의 자리에 오른다.
재위 24년. 시호 대제(大帝).

《貫華堂三國志演義》에서

주유(周瑜)
자는 공근(公瑾).
손책의 친우로, 재지(才智)가 뛰어나다.
적벽 싸움에서 조조의 대군을 대파한다.
언제나 제갈공명의 존재를 의식한다.
위와 싸우다 36세에 죽는다.

《貫華堂三國志演義》에서

가후(賈詡) 참모. 동탁에 이어 이각·곽사 그리고 장수의 참모였다가 조조에게 귀순한다. 마초와 한수를 이간시켜 마초를 패하게 한다.

감녕(甘寧) 참모. 본래 장강의 해적. 황조의 부하였으나 손권에게 항복한다. 조조 군과 싸워 공을 세운다.

강유(姜維) 본래 위의 무장이나 촉에 항복한다. 공명의 병법을 전수받고 공명의 뒤를 이어 여러 차례 중원을 도모하고자 했으나 성공하지 못한다.

공손찬(公孫瓚) 북해 태수. 유비와 함께 노식에게서 동문수학하였고, 동탁 토벌군을 일으켰을 때 제14진으로 참전하여 공을 세웠다.

곽가(郭嘉) 참모. 오환 정벌에서 38세의 젊은 나이로 아깝게 병들어 죽는다.

관흥(關興) 관우의 아들. 아버지의 원수를 갚는 싸움에 나서면서부터 많은 공을 세운다.

노숙(魯肅) 주유를 도왔으며, 주유의 사후에 오의 병권을 장악하였으나 병들어 죽는다.

동승(董承) 한 왕실의 충신. 천자로부터 비밀 특명을 받고 조조의 암살을 기도했으나 실패하고 죽는다.

동탁(董卓) 황건적의 반란과 궁정 안팎의 세력 분쟁에 편승하여 조정의 권력을 잡는다. 장안으로 수도를 옮겨 악랄한 정치를 펴다가 왕윤의 계략에 빠져 심복 부하인 여포에게 배신을 당하여 죽는다.

등애(鄧艾) 무장. 아들 등총과 함께 마천령을 넘어 촉의 성도를 습격하여 함락시킨다.

마초(馬超) 서량 태수 마등의 아들. 오호 대장의 하나. 부친이 조조에 의해 죽자 원수를 갚으려고 조조를 추격하지만, 뜻을 이루지 못하고 후에 현덕에게 귀순한다.

맹획(孟獲) 남만왕. 촉에 침입하였으나, 공명에게 일곱 번 잡혔다 일곱 번 풀려난 후 진심으로 항복한다.

방통(龐統) 자는 사원(士元). 호는 봉추(鳳雛) 선생. 처음에 강동에 살았으며, 적벽 싸움 때 연환(連環)의 계략으로 조조를 기만했으나, 후에 손권이 그를 중용(重用)할 줄 모르자 현덕에게 와서 부군사가 된다. 서천 공략시 낙성을 치다 36세의 나이로 죽는다.

복완(伏完) 복 황후(伏皇后)의 부친. 조조를 없애려고 모의하다 탄로나 일가족이 몰살당한다.

사마사(司馬師) 사마의의 장남. 부친이 죽은 후 동생 소와 함께 정권을 잡는다. 동오와 싸우다 죽는다. 시호 경제(景帝).

사마소(司馬昭) 사마의의 차남. 형이 죽자 정권을 인수한다. 촉을 멸한 후 진의 왕위에 오른다. 시호 문제(文帝).

사마염(司馬炎) 사마소의 장남. 부친 사후에 진의 왕위를 잇는다. 위의 왕 조환(曹奐)에게서 왕위를 빼앗아 국호를 대진(大晉)이라고 칭한다. 오를 멸하고 천하를 통일한다.

서서(徐庶) 유비에게 있다가 조조의 꾐에 빠져 그의 아래 있게 되었으나 재주를 발휘하지 않고 아까운 재주를 썩인다. 처음에는 단복(單福)이라 불렸다.

서황(徐晃) 무장. 본래 양봉의 참모. 설득되어 조조의 부하가 되어 공을 세운다.

손건(孫乾) 현덕의 보좌역이며, 연락관으로 활약한다.

손견(孫堅) 자는 문대(文臺). 강동의 호랑이라고 불리고, 동탁 타도의 선봉에 서서 활약한다. 낙양의 우물에서 옥새를 얻는다. 유표와 싸우다 현산에서 화살을 맞아 37세에 죽는다. 시호 무열황제(武烈皇帝).

손 부인(孫夫人) 손권의 여동생. 오빠의 책략으로 촉의 유비와 결혼하지만 후에 강동으로 귀환한다. 유비가 죽었다는 소문을 듣고 자결한다.

손책(孫策) 손견의 장남. 부친이 죽은 후에 강동 지방을 평정한다. 선인(仙人)을 죽인 뒤 그 환영에 시달려 죽는다.

순욱(荀彧) 참모. 조조의 노여움을 사자 자살한다.

악진(樂進) 무장. 오와 싸워 공을 세운다.

여몽(呂蒙) 참모. 노숙의 뒤를 이었고, 관우가 지키고 있던 형주를 공략하여 그를 죽인다. 관우의 망령에 사로잡혀 결국은 미쳐서 죽는다.

여포(呂布) 검술이 뛰어난 호걸. 처음에 정원의 양자, 이어서 동탁의 양자가 되었지만 잇따라 양부를 살해한다. 후에 서주를 점령하지만 조조·현덕의 연합군에 의해 죽는다.

영제(靈帝) 후한의 천자. 재위 168~189년.

우금(于禁) 조조의 막하의 용장. 적벽대전에서 수군을 맡았다 패한다.

원소(袁紹) 명문 출신으로, 동탁을 타도하는 연합군의 맹주가 된다. 동탁이 죽은 후 하북에 세력을 펴고 조조와 대립한다. 백마·관도·창정 등의 싸움에서 패하고 후계권을 두고 아들들이 다투는 가운데 죽는다.

원술(袁術) 원소의 종제. 손책에게서 옥새를 차지하고 회남 일대에 세력을 확장하여 천자가 될 것을 꿈꾸고 중앙 진출을 꾀했으나 유비에게 패하여 죽는다.

위연(魏延) 한현에게 충성하다가 현덕에게 귀순하여 참모가 되어 공을 세운다. 야심가로 제갈량이 죽자 반역하지만 제갈량이 남긴 그의 모반에 대비한 계책으로 마대의 손에 죽는다.

유선(劉禪) 현덕의 아들. 아명은 아두(阿斗). 현덕이 죽은 후에 제위에 오른다. 내시 황호에게 미혹되어 정사를 소홀히 하고 위에 항복한다. 재위 32년.

유장(劉璋) 촉중 서천의 영주로 한 왕실의 후손이다.

유표(劉表) 형주의 자사로 한 왕실의 후예. 손견과 원수가 되었고, 자기를 의지하려는 현덕의 인품에 감동하여 형주를 양도하려고 한다.

육손(陸遜) 젊은 나이로 뛰어난 지략을 지녀, 오의 군사를 이끌고 촉의 군사와 싸워 이긴다. 승상까지 지내다 병으로 죽는다.

이전(李典) 무장. 공부를 많이 했고 여러 싸움에서 많은 공을 세우고 벼슬이 파로 장군에 이른다.

장요(張遼) 무장. 여포의 부하였으나, 여포와 함께 붙잡혔을 때 충성심이 인정되어 조조에게 귀순하여 용맹을 떨친다.

장포(張苞) 장비의 아들. 관흥과 함께 여러 싸움에서 공을 세운다.

장합(張郃) 무장. 원소의 부하였으나 조조에게 항복하여 중용(重用)되었다.

정보(程普) 무장. 손견 때부터 3대에 걸쳐 충성을 한다.

정욱(程昱) 참모. 원소 토벌에 공을 세운다.

제갈근(諸葛瑾) 손권의 참모. 제갈량의 형으로 형제가 대적한다.

조비(曹丕) 조조의 둘째 아들. 부친의 사후에 위나라 왕위에 오르고, 이어서 헌제를 폐하고 황제의 자리를 이어받는다. 국호를 대위(大魏)라 했다. 시호 문제(文帝).

조식(曹植) 조조의 셋째 아들. 영민하였으나 형 조비와 사이가 좋지 않았다.

조인(曹仁) 조조의 종제로 수하의 대장. 여러 번 공을 세운다.

조홍(曹洪) 무장. 조인의 동생. 조조를 위기에서 여러 번 구한다.

종회(鍾會) 무장. 촉을 공략할 때 등애와 공적을 다투고 거짓 투항한 강유의 권고로 모반하나 이루지 못한다.

진궁(陳宮) 자는 공대(公臺). 초군 중모현령으로 있을 때, 조조를 구해 같이 도망치다 그의 인품에 실망하여 도중에 그를 떠난다. 후에 여포의 모사로 있다 조조의 손에 죽는다.

태사자(太史慈) 무장. 처음에 유요의 부하였으나 손책에게 항복한다. 적벽 싸움 때 합비에서 화살을 맞고 죽는다.

하후돈(夏侯惇) 무장. 조조와 원래 같은 일족. 전투에서 화살을 맞은 자기의 눈알을 먹는다. 여러 차례 용감하게 싸워 명성을 떨친다.

하후연(夏侯淵) 무장. 하후돈의 사촌 동생. 촉과 싸우다 죽는다.

허저(許褚) 조조를 위기에서 구하고 신변을 보호한다.

헌제(獻帝) 협황자(協皇子). 진류왕(陳留王). 잠시 재위한 소제(少帝: 변황자, 홍농왕)의 뒤를 이어 9세에 천자가 됨. 재위 189~220년.

황개(黃蓋) 무장. 손견 때부터 공을 많이 세운다. 적벽 싸움에 고육계(苦肉計)를 사용하여 승리하게 한다.

황충(黃忠) 오호 대장의 하나로 활쏘기의 명수. 유표와 한현에게 충성했으나, 현덕에게 귀순하여 여러 차례 전투에서 분전한다. 75세로 관우의 복수전에 자진하여 나섰다가 화살을 맞고 죽는다.

서　사 (序詞)

큰 강은 도도히 동으로 흐르는데
거품처럼 사라져간 숱한 영웅들.
돌아보면 시비와 성패가 한갓 꿈이로구나!
청산은 어제런 듯 변함없는데
몇 번이나 석양은 붉게 물들었던고!
낚싯대를 드리운 강가의 백발 노인네들은
가을달과 봄바람을 늘상 보았겠구려!
탁주 병을 사이에 두고 기꺼이 서로 만나
하고많은 고금의 얘깃거리를
술잔과 웃음 속에 부쳐버리네.

滾滾長江東逝水
浪花淘盡英雄
是非成敗轉頭空
靑山依舊在
幾度夕陽紅
白髮漁翁江渚上
慣看秋月春風
一壺濁酒喜相逢
古今多少事
都付笑談中

1. 삼형제의 결의

연도원호걸삼결의 참황건영웅수입공
宴桃園豪傑三結義 斬黃巾英雄首立功

복사꽃 핀 동산에서 유현덕·관운장·장익덕이 형제 결의를 하고, 여러 영웅들이 황건적을 물리쳐 공을 세우다.

황건적의 난리

천하대세란 나누어지면 합해지고 합해지면 또다시 나누어진다.

주(周)나라 말에 일곱 나라가 세력 다툼을 했으나 진(秦)나라에 의해 통합되었고, 진이 망하자 초(楚)와 한(漢)으로 나뉘어 다투다가 한나라가 초나라를 합쳤다.

한나라 고조(高祖)가 흰 뱀을 베어 죽이고 의(義)를 일으켜 천하를 통일했다. 그 후 광무제(光武帝) 때에 중흥기를 맞이하여 헌제(獻帝)에까지 이르렀으나 또다시 3국으로 분열되고 만다.

한나라가 셋으로 분열된 것은 환제(桓帝)·영제(靈帝)로부터 시작된다. 환제는 여러 어진 신하들을 멀리했고, 간사한 환관(宦官)의 무리들을 가까이하였다. 환제가 죽고 영제가 즉위하니, 대장군(大將軍) 두무(竇武 : 두무의 장녀가 환제의 황후임)와 태부(太傅) 진번(陳蕃)이 서로 보좌하였다. 이 때 환관 조절(曹節) 등이 권세를 농락하자 두무와 진번이 모의하여 조절을 처치하려 했으나 사전에 발각되어 뜻을 이루지 못하고 오히려 죽음을 당했다. 이 일이 있은 후 환관들의 세력은 더욱 커져 결국 망국(亡國)의 비운까지 맞게 되었다.

모든 것의 흥망(興亡)에는 반드시 어떤 전주곡(前奏曲)이 있게 마련이다. 국가가 망함에도 예외가 있을 수는 없다.

건녕(建寧) 2년(A.D. 169년) 4월 보름날, 영제가 온덕전(溫德殿)에서 용상(龍床)에 오르려 할 때, 별안간 찬바람이 일더니 대들보 위에서 한 마리 커다란 청구렁이가 옥좌에 떨어졌다. 영제가 질겁을 하여 쓰러지자 근신(近臣)들이 부축해 재빨리 모셔 들어갔고 문무백관은 혼비백산이 되어 달아나고 말았다. 밖에 있던 무관들이 깜짝 놀라 내전(內殿)으로 달려들어갔으나, 커다란 구렁이는 간 곳이 없고 갑자기 천둥과 벼락이 천지를 뒤흔들듯 하더니, 태풍이 몰아치고 비와 우박이 밤새도록 쏟아져 전각과 집들이 수없이 무너졌다.

2년 후에는 낙양(洛陽)에 지진이 일고, 바다에는 해일이 일어 수많은 사람이 해일에 휩쓸려 죽었다.

광화(光和) 원년(元年)에는 암탉이 수탉으로 변했으며, 6월에는 온덕전에 난데없이 검은 구름이 깔리고, 7월에는 무지개가 옥당(玉堂)까지 뻗치고 오원산(五原山)이 무너져 내렸다. 이 외에도 여러 상서롭지 못한 일이 끊임없이 일어났다.

이에 영제는 문무백관을 모아, 상서롭지 못한 천재지변(天災地變)이 생기니 이것이 어찌 된 까닭이냐고 물었다.

신하 중에서 어질고 글 잘하는 채옹(蔡邕)이, 구렁이가 떨어지고 암탉이 수탉으로 변하는 것은 여자와 환관이 지나치게 정사(政事)에 관여하여 나라가 망할 징조라고 설명하고, 그런 무리들을 처치하여야 한다고 상소문(上疏文)을 올렸다. 상소문을 읽은 영제는 탄식하며 자리에서 일어섰다. 채옹은 그 상소문 때문에 환관 조절의 무리들로부터 터무니없는 죄명을 뒤집어쓴 채 조정에서 추방되고 말았다.

그 후 장양(張讓)·조충(趙忠)·봉서(封諝)·단규(段珪)·조절(曹節)·후

람(侯覽)·건석(蹇碩)·정광(程曠)·하운(夏惲)·곽승(郭勝) 등 10여 명의 내시(內侍)는 영제의 주위에 철옹성 같은 사람의 장막을 치고 마음껏 권세를 떨쳤다. 사람들은 이들 10명의 환관을 '십상시(十常侍)'라 부르고, 이들을 마치 전갈 보듯이 하며 두려워하였다.

　영제는 환관의 손아귀에서 놀아났으며, 나이 많은 장양을 가리켜 '아버지'라고까지 불렀다. 조정이 이렇게 문란하게 되니, 도적의 무리가 날뛰고 천하는 어지러운 세상이 되었다.

　이런 중 거록군(鉅鹿郡)에 삼형제가 있었다. 그들 삼형제는 장각(張角)·장보(張寶)·장량(張梁)이었는데, 장각은 본래 머리가 뛰어났으나 과거에 급제하지 못해 산에서 약초나 캐면서 하루하루를 지내고 있었다. 어느 날 그가 산 속에서 약초를 캐고 있을 때, 눈에서 광채가 나며 얼굴은 동안(童顔)이고 손에는 커다란 지팡이를 든 한 노인을 만났다. 그 노인은 장각을 불러 어떤 동굴로 데려가더니, 그에게 세 권의 책을 건네주면서 이렇게 말했다.

　"이 책은 《태평요술(太平要術)》이라는 책이다. 이 책을 열심히 읽고 깨우쳐 덕으로써 하늘의 이치를 세상에 감화시키고 널리 세상 사람들을 구하여라. 만일 엉뚱한 생각을 갖는다면 마땅히 악한 짓에 대한 응징을 받게 될 것이니 명심하도록 하여라."

　장각이 기쁨을 감추지 못하고,

　"선생님께서는 누구십니까?"

하고 여쭈었다. 노인은,

　"나는 남화노선(南華老仙)이라는 신선이니라"

하고는 홀연히 사라졌다.

　그 후 장각은 《태평요술》을 밤낮을 가리지 않고 열심히 읽어, 마침내 비바람을 일으키는 신통력(神通力)을 얻게 되었다. 장각은 '태평도인'이라 자칭했는데, 그 자부심이 대단했다.

　중평(中平) 원년(元年) 1월에 때마침 온 나라에 전염병이 크게 번졌다. 장각은 부적과 약물을 주어 병을 고쳐주며 '대현량사(大賢良師)'라 자칭했다. 이리하여 그를 따르는 자가 500여 명이나 되었다.

　그가 무리들을 거느리고 집집마다 다니면서 병을 고쳐주자 그의 추종자는 수만 명에 이르렀다. 장각은 36방(方)을 세우고 대방(大方)엔 1만여 명, 소방(小方)엔 6,7천여 명으로 제자들을 나누었다. 또 각 방에는 거사(渠師)라는 이름의 우두머리를 두어 그들을 통솔하도록 했다.

  푸른 세상이 망했으니   蒼天已死
  마땅히 누런 세상이 서리   黃泉當立

그들은 스스로 장군이라 칭하면서 이런 유언비어를 뿌리는가 하면

  갑자년에 이르면   歲在甲子
  천하는 크게 길하리   天下大吉

라는 말을 떠들어댔다.
 장각의 무리들이 집집마다 다니면서 백토(白土)로 '갑자(甲子)'라는 두 글자를 문설주에 쓰고 다녔다. 또한 청·유·서·기·형·양·연·예주(靑·幽·徐·冀·荊·揚·兗·豫州)의 8주(八州) 사람들이 집집마다 '대현량사 장각'이라는 명패를 모시고 장각을 신처럼 여겼다.
 이렇게 되니 장각은 천하를 집어삼킬 야심이 불같이 타올랐다. 그는 심복 마원의(馬元義)에게 황금과 비단을 주고 궁중으로 가 황제의 측근 봉서와 몰래 내통하도록 이르고 아우들을 불렀다.
 "천하의 민심(民心)을 얻기란 어려운 것이다. 나는 이제 천하 민심을 얻었으니 이 세력을 이용하여 천하를 차지하도록 하자"
라고 동생들을 부추기며, 황색 깃발을 무수히 만들어 거사(擧事)에 만반의 준비를 하도록 했다. 그리고 제자 당주(唐州)를 보내어 내통한 봉서에게 거사 계획을 알리도록 했다. 그러나 당주가 도중에 마음이 변하여 금부(禁府)에 가서 장각 일당의 거사 내용을 밀고하니, 황제는 대장군(大將軍) 하진(何進)을 보내어 그에 가담했던 마원의를 참형에 처하고 내시들을 하옥시켰다. 이 때 옥에 갇힌 사람은 봉서 등 1천여 명에 달했다.
 장각은 거사가 탄로났음을 듣고 부랴부랴 서둘러 그 날 밤으로 군사를

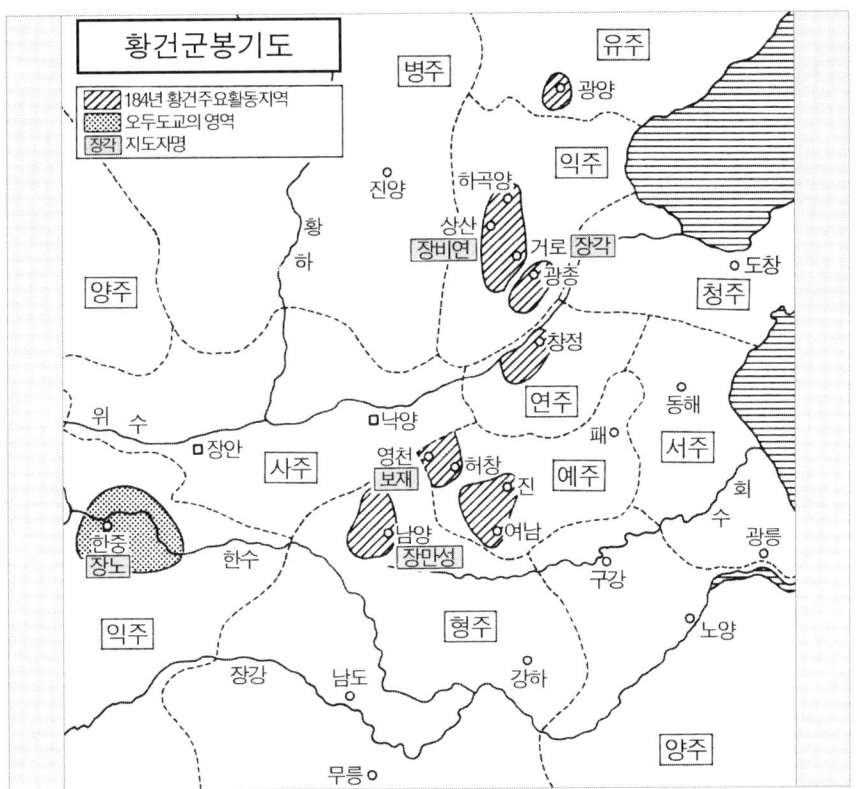

일으켰다. 장각은 스스로는 천공장군(天公將軍)이라 일컫고, 아우 장보는 지공장군(地公將軍), 또 다른 아우 장량은 인공장군(人公將軍)이라 칭하며 곳곳에 격문(檄文)을 붙여 백성들에게 고하였다.

이제 한나라의 국운(國運)은 다 되었다. 멀지 않아 큰 성인(聖人)이 태어나리니, 너희들은 하늘의 명에 따라 태평 성대를 누리리라.

이러한 방(榜)이 방방곡곡에 나붙으니 장각의 황색 깃발 아래 모이는 자가 4,50만이나 되었다. 그들의 세력은 눈덩이처럼 불어나 그에 대항하는 관군(官軍)은 바람에 날리는 티끌과 먼지격이었다.

대장군 하진은 황제에게 화급한 사정을 보고하고는, 각처에 조서를 내려 공격해오는 길을 막아 공을 세우도록 하고, 믿을 만한 중랑장(中郞將) 노식(盧植)·황보숭(皇甫嵩)·주전(朱雋)을 시켜 정예 군사를 이끌어 3면으로 장각을 치도록 하였다.

한편 장각의 황건적 무리들은 먼저 유주(幽州)를 쳤다. 유주 태수(太守) 유언(劉焉)은 강하(江夏)의 경릉(竟陵) 사람으로 한나라 노공왕(魯恭王)의 후예였다. 유언은 황건적이 쳐들어왔다는 보고를 듣고 교위(校尉) 추정(鄒靖)을 불러 협의했다. 추정이 말했다.

"적군은 많고 우리는 군사가 적으니 공께서는 빨리 의병(義兵)을 모집하여 막으십시오."

유언은 추정의 건의대로 방을 붙여 의병을 모집했다.

누상촌의 유현덕

이 방이 탁현(涿縣)에 나붙었을 때, 탁현에는 한 사람의 영웅이 웅지(雄志)를 품고 있었다. 그는 책 읽는 것은 그다지 좋아하지 않았지만 성격이 온화하고 관대하였으며 좀처럼 속마음을 겉으로 내보이지 않았다. 심지어 그의 얼굴에서는 희로애락조차 읽을 수가 없었다. 그는 평소에 큰뜻을 품은 바 있어 영웅호걸과 사귀기를 좋아했다.

키는 커서 8척이요, 귀는 어깨까지 늘어지고, 팔은 길어서 무릎까지 내려왔다. 눈은 커서 자신의 귀까지 볼 수 있었고, 얼굴은 상아같이 희고, 입술은 기름을 바른 듯 붉게 윤이 났다. 그는 중산(中山) 정왕(靖王) 유승(劉勝)의 후예로, 한(漢) 경제(景帝)의 현손(玄孫)이었다. 성은 유(劉)요, 이름은 비(備), 자는 현덕(玄德)이라 하였다. 본래 유승의 아들 유정(劉貞)이 한 무제(漢武帝) 때 탁록정후(涿鹿亭侯)로 봉해졌으나 그 뒤에 주금(酎金 : 매년 황제께 바쳐서 제사에 쓰게 하는 돈)을 바치지 못한 죄로 작위를 삭탈당해서 그 지손(支孫)이 탁현에 남게 된 것이다.

그의 조부는 유웅(劉雄)이고 부친은 유홍(劉弘)이다. 유홍은 효성이 지극

하고 성품이 어진 백성 중에서 특별히 관리로 채용하는 효렴과(孝廉科)에 합격하여 벼슬 자리에 올랐으나, 일찍 세상을 떠났다.

현덕은 일찍 부친을 여의고 홀로 된 어머니를 지성껏 섬겨 효자라는 칭송이 자자했다. 집안이 가난하여 짚신을 삼고 돗자리를 치는 것으로 가업을 삼았다.

그의 집은 탁현의 누상촌(樓桑村)에 있었다. 집 앞 동남쪽에는 다섯 길이나 되는 커다란 뽕나무가 높이 하늘을 찌를 듯 서 있었으며, 이를 멀리서 바라보면 마치 차개(車蓋 : 수레 위에 받치는 자루가 긴 양산으로 의장(儀仗)의 한 가지. 황제는 황색 비단으로 만듦) 같았다.

유비의 상
《貫華堂三國志演義》에서

어느 날 그 앞을 지나던 점장이가 현덕의 집과 뽕나무를 유심히 바라보며 이렇게 말했다고 한다.

"이 집에서는 필시 귀인(貴人)이 태어나리라."

현덕이 어릴 때, 이 뽕나무 밑에서 동리의 아이들과 놀면서,

"나는 장차 이 나라 황제가 되어서 이 차개가 달린 수레를 타고 말겠다!"

고 말했다. 지나다가 우연히 이 말을 들은 숙부 유원(劉元)이,

"이 아이는 보통이 아니구나. 장차 큰 인물이 될 것이다"

라고 반복하며 혼잣말로 중얼거렸다.

숙부는 현덕의 집이 워낙 가난하였기에 항상 양식거리를 대수곤 하던 터였다.

현덕의 나이 15세가 되자 그의 어머니가 공부를 시키니, 그는 정현(鄭玄)·노식(盧植) 같은 이를 스승으로 섬기고 배우고, 공손찬(公孫瓚)을 친구로 사귀었다.

유주 태수 유언이 의병을 모집한다는 방을 써 붙였을 무렵에는 현덕의 나이는 28세였다.

어느 날 현덕이 의병을 모집한다는 방을 보며 세상 돌아가는 꼴이 너무도 안타까워 한숨을 길게 내쉬고 있을 때, 등뒤에서 굵직한 음성이 들려 왔다.

"사내 대장부로 태어나서 나라를 위하여 큰일은 못할망정 탄식만 하고 있으니 딱한 친구로군!"

현덕이 깜짝 놀라 뒤를 돌아다보니, 키는 8척이요 얼굴은 표범 같고 부리부리한 두 눈은 부릅뜬데다가 살은 투실투실하게 쪘으며, 얼굴은 덥석부리 수염이 온통 뒤덮고, 기상은 내닫는 말과 같은 사람이 서 있었다. 현덕은 이 사람이 보통 사람이 아니라는 것을 한눈에 깨닫고 예(禮)를 갖춰 물었다.

"귀공(貴公)의 성명은 어떻게 되시는지요?"

"내 성은 장(張)이요, 이름은 비(飛), 자는 익덕(翼德)이라 하며 대대로 이 탁군에 산다오. 전지(田地)도 꽤 가지고 있고 술과 고기를 팔면서 천하호걸 사귀는 것을 낙으로 삼고 있소. 방금 노형이 방을 보고 탄식하는 꼴이 딱해서 한마디 해본 거요."

"소생은 본래 한나라 왕실(王室)의 후예로, 이름은 유비라 하오. 소생은 황건적이 멋대로 날뛰어도 그들을 쳐부술 만한 힘이 없는 것을 슬퍼하고 탄식하던 중이오."

"그러하오? 내게 다행히 큰 돈은 아니지만 가진 게 조금 있으니 그걸로 우리 뜻맞는 친구들을 모아 한 번 일을 꾸며봅시다. 노형의 뜻은 어떠신지요?"

두 사람이 너무나 기뻐서 근처의 주막집으로 들어가 술잔을 기울이려 할 때, 수레 구르는 소리가 요란히 들리더니 집 앞에서 소리가 딱 멈추고 장대하게 생긴 한 사람의 호걸이 성큼성큼 주막으로 들어왔다.

그는 주점에 들어서자마자 큰소리로,

관우의 상
《貫華堂三國志演義》에서

"여보게, 술 한 잔 빨리 가져오게. 얼른 한 잔 마시고 의병에 참여해야겠네."
하고 주인에게 술을 청했다.

삼형제의 결의

장비의 상
《貫華堂三國志演義》에서

현덕이 고개를 들고 바라보니, 그는 키는 9척이나 되는 듯했으며, 수염은 길게 늘어져 하반신에 이르고 얼굴은 잘 익은 다갈색 대추알 같았다. 어깨는 떡 벌어졌고 눈은 봉의 눈과 같으며, 눈썹은 짙어 한눈에 봐도 위풍당당한 헌헌장부였다.

현덕은 저도 모르게 자리에서 일어나 그에게 자신의 성명을 밝히며 함께 자리하기를 권했다.

이에 그 사나이는 현덕의 권유에 응하여 자리에 앉아 자기의 신분과 소신을 밝혔다.

"나는 관우(關羽)라는 사람이오. 자는 수장(壽長)이나, 지금은 운장(雲長)이라 고쳤소. 본래 하동(河東)의 해량(解良) 사람인데, 어떤 호족(豪族) 놈이 하도 권세를 부리기에 때려눕히고 도망쳐 강호(江湖)를 떠돌아다닌 지 근 5, 6년이오. 마침 이곳에서 의병을 모집힌다는 방을 보고 의병에 지원하고자 온 것이오."

이렇게 세 호걸은 몇 마디 말을 주고받는 사이에 서로의 뜻이 맞아 크게 기뻐하며, 장비의 집으로 가 대사(大事)를 의논하였다.

장비는 후원을 가리키며 말했다.

"집 뒤에는 넓은 도원(桃園)이 있는데 마침 꽃이 만발하였소. 내일 저곳에서 하늘과 땅에 제사를 지내고 형제의 의를 맺어 힘과 마음을 합해 큰일을 꾀하기로 합시다."

유현덕과 관운장이 맞장구를 쳤다.

복사꽃 핀 동산에서 유비·관우·장비가 형제 결의를 하고,《繡像全圖三國演義》에서

"그것이 좋겠소!"

이튿날 세 사람은 장비의 도원에 모였다. 검은 소와 흰 말을 제물(祭物)로 준비하여 제단 앞에 놓고, 연령순에 따라 현덕을 큰형으로, 운장을 다음으로, 장비를 막내로 정하고 형제의 의(義)를 다짐하였다. 세 사람은 차례로 제단을 향하여 네 번 절하고 향을 사른 후, 미리 준비한 축문(祝文)을 읽었다.

"유비·관우·장비 세 사람은 비록 성은 각기 다르지만 형제의 의를 맺었으니, 마음을 같이하고 힘을 합쳐서 고난에 허덕이는 백성을 구하여, 위로는 나라를 받들고 아래로는 백성들을 편안케 하리로다. 비록 우리가 동년 동월 동일에 태어나지는 못하였지만 같은 해 같은 달 같은 날에 함께 죽고자 하니, 천지신명(天地神明)이시여, 우리들의 이 뜻을 굽어 살피소서. 우리 중에서 의를 어기고 은혜를 저버리는 자 있으면 천인(天人)이 함께 그를 주멸(誅滅)하소서."

세 사람이 이렇게 하늘에 맹세하고 축배를 들고 잔치를 크게 벌여 마을의 용사들을 모집하니, 3백여 명이 각종 무기를 가지고 모여 들어 함께 술을 마셨다.

　무기는 준비되었으나 군마(軍馬)가 없었다. 셋이 군마가 없음을 크게 걱정하던 터에 도원에 있던 한 젊은이가 숨을 헐떡이며 세 사람에게로 달려왔다.

　"낯모를 두 사람이 많은 말을 끌고 이리로 오고 있습니다."

　유현덕이 자신도 모르게 소리쳤다.

　"오, 하늘이 우리를 도우시는구나!"

　세 사람이 대문 밖으로 나가 그들을 맞으니, 그들은 장세평(張世平)과 소쌍(蘇雙)이라 부르는 유명한 장사꾼이었다. 이들은 매년 북방에 가서 말을 팔던 사람인데, 황건적의 난리로 길이 막혀 다시 말을 끌고 고향으로 돌아오는 길이었다. 현덕은 이들을 맞아 후히 대접하고 도적들을 토벌하여 백성을 편안케 하고자 하는 뜻을 전하니, 장·소 두 사람은 쾌히 그 뜻을 받아들여 좋은 말 50필과 금은 500냥, 빈철(鑌鐵) 1천 근을 선뜻 내놓았다. 현덕·운장·익덕은 이를 하늘의 도우심이라며 기뻐했다.

　두 사람을 후히 대접해 보내고 나서 현덕은 솜씨 좋은 대장장이에게, 빈철로 자기 몫으로는 한 쌍의 긴 칼을, 운장을 위해서는 82근의 청룡언월도(青龍偃月刀)를, 그리고 익덕에게는 길이가 8척이 넘는 커다란 창을 만들어 달라고 했다. 현덕·운장·익덕의 사기는 하늘을 찌를 듯했으며 모여든 의병은 순식간에 500명이 넘었다.

황건적을 무찌르다

　유현덕·관운장·장익덕 세 사람은 무기와 말 등을 갖춘 500여 명의 청년 용사들을 이끌고 유주의 교위 추정을 만났다. 추정이 이들을 태수 유언에게 인도했다. 유언은 눈물을 글썽이며 매우 반갑게 이들을 맞이했다. 세 사람은 당상(堂上)으로 인도되어 각각 인사를 하니, 유언과 현덕은 다 같은 한나라 종실(宗室)로, 항렬로 따져 유비가 조카뻘이 되었다. 이에 유언은 더없이 기뻐했다.

이들이 후한 대접을 받은 며칠 후, 황건적 정원지(程遠志)가 군사 5만여 명을 이끌고 물밀듯 탁군에 들이닥쳤다. 태수 유언은 교위 추정에게 유현덕·관운장·장익덕 등과 함께 500여 명의 군사를 거느리고 나가 적을 막으라 했다.

현덕은 매우 기뻤다. 관우·장비 두 아우와 수하에 딸린 500명의 정병(精兵)을 이끌고 대흥산(大興山) 기슭에 이르렀는데, 황건적은 모두 산발한 머리에 황색 천으로 만든 끈을 질끈 동여매고 있었다. 저쪽은 5만의 대군이요 이쪽은 비록 500명에 불과한 군사였으나, 관우·장비 두 동생과 정병인 부하들을 볼 때 이길 자신이 생겼다. 개미 떼처럼 몰려드는 황건적을 향하여 현덕이 앞장서니, 왼편에는 청룡도를 든 관운장이 호위하고, 오른편에는 기둥 같은 창을 든 장비가 호위하고, 그 뒤로는 씩씩한 병사들이 따랐다.

"이 반역자들아! 너희는 어찌 항복하지 않느냐!"

현덕이 채찍을 들어 큰소리로 꾸짖으니, 적장 정원지는 크게 노했다. 정원지가 부장(副將) 등무(鄧茂)를 앞에 내세우니, 이편에서는 장비가 나섰다. 장비는 호통을 치고 8척이나 되는 창을 휘두르며 내달아 순식간에 등무의 가슴을 정통으로 찔렀다. 등무는 비명을 지르며 말 위에서 땅바닥으로 떨어져 나뒹굴었다. 부장 등무가 나뒹구는 꼴을 지켜보던 정원지가 칼을 휘두르며 장비에게 덤벼들자, 옆에 있던 관운장이 청룡도를 휘두르며 말을 달려 나갔다. 호통소리와 82근이나 되는 청룡도의 그 무서운 기풍에 정원지는 깜짝 놀랐다. 순간 청룡도의 칼날이 하늘에 번쩍 섬광을 발하더니 정원지의 몸은 두 동강이 나버렸다.

후인(後人)이 관운장과 장비를 이렇게 칭찬했다.

영웅들이 이 시대에 꽃을 피우며	英雄發穎在今朝
창 한 번 써 보고 칼 한 번 시험한다.	一試矛兮一試刀
첫 출전한 편장들이 위력을 떨치니	初出便將威力展
셋으로 나뉜 나라 성명 삼자 드날린다.	三分好把姓名標

적병은 대장이 나뒹굴어 죽어 넘어진 꼴을 보고 질겁을 해서 달아나고,

투항하는 자 그 수를 헤아릴 수 없었다. 삼형제가 크게 승리를 거두고 돌아오니 유언이 친히 마중나와 상을 주어 위로했다.

다음날 청주(靑州) 태수(太守) 공경(龔景)이 편지를 보냈는데, 황건적에게 성이 포위되었으니 구원을 요청한다는 내용이었다. 유언이 유현덕을 불러 대책을 묻자 유현덕이 자원했다.

"제가 나가서 구출하겠습니다."

유언은 교위 추정에게 유현덕·관운장·장비와 함께 5천 군사를 거느리고 출동하라고 명령했다.

구원병이 온 것을 안 황건적이 군사를 나누어 대항해와 양쪽 군사는 혼전을 벌였다. 중과부적(衆寡不敵)으로 버틸 수 없게 된 유현덕은 멀리 물러나와 진영을 갖추었다.

현덕은 관우·장비 두 아우를 불러,

"적병은 많고 우리 군사는 적으니 계교(計巧)를 써서 기병(奇兵)으로 이겨야 할 것 같네"

하며 오늘 밤 각각 1천 병력을 거느리고 산 좌측과 우측에 매복해 있다가 징소리를 신호로 일제히 나와 싸우도록 지시했다.

날이 밝자 현덕과 추정은 함께 3천 군마를 거느리고 북을 치고 함성을 지르며 산길로 나아가니 적의 무리는 어제 싸움에 이긴 여세를 몰아 물밀듯 산길로 몰려왔다.

유현덕은 잠시 싸우는 체하다가 말 머리를 돌려 달아나니, 적병들은 현덕이 패한 줄 알고 전군을 지휘하여 급히 뒤를 쫓았다. 현덕은 산허리를 지날 때 일제히 북과 꽹과리를 울렸다. 이와 때를 같이 하여 산기슭 좌우에서 관우·장비가 거느리는 2천여 군사가 천지를 뒤흔드는 고함을 지르면서 적병을 기습했다. 세 곳으로부터 협공을 당한 적병은 혼비백산하여 그만 대오(隊伍)를 잃고 개미 새끼처럼 흩어졌다.

현덕이 대군을 이끌고 청주성까지 육박해 들어가니, 청주 태수 공경은 성문을 활짝 열고 병사를 거느리고 나와 싸움을 도왔다. 적은 크게 패했으며 죽은 자의 수는 헤아릴 수도 없었다. 청주성은 결국 포위에서 풀리게 되었다.

후인은 유현덕의 승리를 이렇게 칭찬했다.

묘한 계책 세우매 신공이 있음은 　　運籌決算有神功
두 호랑이 한 용을 보필함이네. 　　　二虎還須遜一龍
첫 출전에 위대한 업적 남기니 　　　初出便能垂偉績
외로운 신세로 나라 하나 차지했네. 　自應分鼎在孤窮

공경이 구원병으로 온 군사들을 위로하고 나자 추정은 군사를 거느리고 돌아가려고 했다.

유현덕이 추정에게 말했다.

"근래에 들리는 소문에 의하면 중랑장 노식(盧植)이 황건적 두목 장각과 광종(廣宗)에서 싸우는 중이라 합니다. 노식은 나의 스승이셨으니 나는 그곳으로 가서 그분을 돕겠소."

이리하여 추정은 군사와 함께 돌아가고, 유현덕은 두 아우와 500여 군사를 거느리고 광종으로 향했다.

광종에 도착한 일행은 노식의 군중으로 찾아가 장막 안에서 예를 올리고 도우러 온 뜻을 전했다. 노식은 크게 기뻐하며 장막 안에 함께 있자고 했다.

이 때 장각이 거느린 황건적은 15만이요, 노식은 겨우 5만 군사를 거느리고 광종에서 맞서고 있었으니, 사태가 불리했던 것은 당연한 일이었다. 노식이 유현덕에게 말했다.

"나는 이곳에 포위되어 있지만, 장각의 아우 장량과 장보가 영천(潁川)에서 우리 장수 황보숭·주전과 맞서고 있다. 그대는 그대의 군사와 내가 주는 1천 관군을 거느리고 영천으로 가서 황건적을 소탕하여라."

명을 받은 유현덕은 그 날 밤으로 군사를 거느리고 영천으로 향했다.

영천에서는 황보숭과 주전이 적을 맞아 싸우고 있었는데, 적은 전세가 불리했음인지 장사(長沙) 산골로 들어가 숲속에다 진영을 치고 있었다.

황보숭이 주전에게 말했다.

"적은 지금 진영을 숲속에 설치했으니, 화공법(火功法)을 써서 공격하는 것이 좋겠네."

두 사람은 군사를 모아 각기 횃다발을 만들어 어둠 속에 매복해 있도록 지시했다. 이날 따라 바람도 세차게 불었다. 밤은 점점 깊어만 갔다. 이윽고 한밤중이 되어 황보숭과 주전은 갑옷으로 갖춰 입고 말에 올랐다.

두 패로 나뉜 황보숭과 주전의 군사들은 일제히 홰에 불을 붙였다. 바람이 거세게 불어 횃불은 활활 타오르고 천지는 대낮같이 밝았다.

적병은 깊은 잠에 빠졌다가 별안간 기습을 당하자 서로를 짓밟으며 밖으로 빠져 나오려고 발버둥쳤다. 갑옷을 입으려 해도 손이 떨려 입을 수 없었고, 말을 타려 해도 안장을 찾을 길이 없었다. 적의 진영은 지옥 바로 그것이었다. 날이 밝아오자 적장 장량과 장보는 가까스로 목숨을 구하여 달아나려 했다. 그런데 난데없이 한 떼의 군마가 붉은 깃발을 나부끼며 번개와 같이 나타나더니 일제히 달려들어 달아나는 황건적의 길을 가로막았다.

조조의 등장

장량과 장보가 정신을 차려 바라보니 그는 키가 7척이요, 가느다란 눈에 긴 수염을 휘날리고 있었다. 그의 관직은 기도위(騎都尉)로, 패국(沛國) 초군(譙郡) 사람인 조조(曹操)인데 자는 맹덕(孟德)이다. 그의 아버지는 조숭(曹嵩)으로, 본래 성은 하후(夏侯)씨였으나 중상시(中常侍) 조등(曹騰)의 양자로 입적하여 조(曹)씨가 되었다. 조조의 어릴 때 이름은 아만(阿瞞)이라 하기도 했고, 길리(吉利)라 불리기도 했다. 또한 그는 권모술수(權謀術數)에 능했다.

조조의 상
《貫華堂三國志演義》에서

조조에게는 숙부가 있었는데, 조조가 너무 방탕하며 마냥 놀고 지내는 것을 보고 조조의 아버지 조숭에게 주의를 주라고 했다. 조숭이 조조를 꾸짖으니 조조는 계책을 하나 생각해 냈다. 숙부가 오는 것을 목격한 조조는 갑자기 땅에 쓰러져 중풍을 앓는 시늉을 했다. 숙부가 깜짝 놀라 조숭에게 달려가 고하니 조숭이 급히 쫓아왔다. 그런데 조조는 멀쩡했다.

조숭이 조조에게 물었다.

"중풍을 앓는다고 하더니 이렇게 멀쩡하니 어찌 된 일이냐?"

조조가 시치미를 떼고 대답했다.

"제가 병은 무슨 병입니까? 괜히 숙부님이 저를 미워하시어 일부러 그런 말을 하셨을 겁니다."

조숭은 아들 조조의 말을 듣고 다음부터는 숙부가 뭐라고 해도 그의 말을 믿지 않았다. 그 후 조조는 더욱 심한 장난을 하였다.

조조가 자라서 청년이 되었을 때, 교현(橋玄)이란 자가 조조의 집에 놀러 왔다가,

"장차 천하가 어지러울 때에는 하늘이 내린 재주를 갖지 않으면 이를 능히 구해낼 수 없네. 이를 구해낼 사람은 오직 자네뿐일세"

라고 조조를 칭찬했다.

또한 조조를 본 남양(南陽)의 하옹(何顒)은 이렇게 말했다.

"한나라가 망하고 어지러울 때, 천하를 다스릴 자는 오직 이 사람뿐이로다."

그러나 조조는 이에 만족하지 않았다. 그는 여남(汝南) 땅의 허소(許劭)를 찾아갔다. 허소는 사람을 보는 눈이 뛰어난 사람이었다.

"선생님 저는 장차 어떤 인물이 되겠습니까?"

하고 조조가 허소에게 물었다.

허소가 한동안 조조의 얼굴을 바라보다가 아무 말 없이 입을 다물자, 조조는 재삼 간청했다.

그러자 허소가 말했다.

"그대는 태평성세에는 능한 신하가 되겠고, 어지러운 세상에는 간계(奸計)가 뛰어난 영웅이 되겠네."

조조는 이 말을 듣고 몹시 기뻐했다. 그는 나이 20에 과거에 급제하여 낙양의 북도위(北都尉)란 벼슬을 받았다. 그는 처음 입관하여 오색봉(五色

棒) 10여 개를 현의 4대문에 마련해 놓고 법을 어기는 자는 권세와 신분 고하를 불문하고 그 죄를 물었다.

당시 중상시 건석(蹇碩)의 삼촌 되는 자는 안하무인격이었다. 중상시는 황제를 모시고 있는 십상시 중에서도 가장 세력이 컸던 사람으로, 나는 새도 떨어뜨릴 만한 권세를 누리고 있었다. 그래서 심지어 그의 삼촌까지 중상시의 세력을 믿고 금표(禁標)를 무시하고 야밤중에 돌아다녔다.

조조는 야간 순찰을 하다가 금표도 없이 다니는 건석의 삼촌을 크게 꾸짖으며 두 팔을 꽁꽁 묶어 오색봉 앞에 내세워 볼기를 쳐서 내쳤다. 이후부터 조조의 이름은 낙양에 널리 알려져 여러 사람의 입에 오르내렸다.

조조는 돈구령(頓丘令)이 되었다가 황건적의 난리를 당하여 기도위(騎都尉)에 임관되어 기마·보병 5천을 거느리고 영천을 향하여 가다가 바로 장량·장보의 무리들을 만난 것이다.

조조가 황건적을 크게 무찌르니, 죽은 자 만여 명이요 무기도 수없이 빼앗았다. 이리하여 황건적 장량·장보는 간신히 목숨만 보전하여 달아났다. 조조는 이에 의기양양하여 황보숭·주전 두 장수를 만나보고는 간단한 인사를 건넨 후에 패주하는 장량·장보의 무리들을 뒤쫓았다.

잡혀가는 노식

한편 현덕이 관운장·장비와 의병 500을 거느리고 영천에 당도하니, 승리의 함성이 하늘을 찌를 듯했으며 솟아 오르는 불길은 하늘을 데울 듯했다.

군사를 거느리고 말을 급히 몰아 현장에 당도하니 적군은 이미 싸움에 패한 후였다. 현덕이 황보숭·주전을 만나서 중랑장 노식 어른께서 영천을 염려하시어 자신으로 하여금 나가 도우라 하였다고 말했다.

이에 황보숭이 고개를 끄덕이며,

"장량·장보의 군사는 패배하여 몇 안 되는 군사를 이끌고 달아났으니, 놈들은 필시 광종에 있는 장각에게 의지하려고 그 곳에 갔을 것이오. 그러니 그대는 곧 광종 쪽으로 가보는 것이 좋겠소"

하고 재촉했다. 현덕은 다시 군사를 거느리고 오던 길로 돌아섰다.

한참 동안 말을 달려가고 있을 때, 저편으로부터 한 떼의 군마가 죄인을 태운 수레를 호송해 오고 있었다. 수레 속에 갇혀 있는 사람은 다름 아닌 현덕의 스승이요 중랑장인 노식, 바로 그 어른이 아닌가. 현덕은 황망히 말에서 내려 수레 앞으로 다가서서 웬일이냐고 물었다. 노식은 수레 속에서,

"나는 여러 차례 장각을 포위하여 그들을 거의 쳐부술 뻔 했는데, 그 때마다 장각이 요술을 부려 대항하는지라 끝내 성공을 거두지 못하고 말았네. 그 때 조정에서는 황문시랑(黃門侍郎)으로 있는 환관 좌풍(左豊)을 군정 시찰차 싸움터에 파견했는데 이 자가 나에게 뇌물을 요구했다네. 내가 그에 응하지 않으니 좌풍이란 자가 앙심을 품고 중앙에 돌아가서, 내가 진지에 틀어박혀 싸움을 하지 않는다고 거짓을 고하였네. 그래서 황제께서는 진노하시고 중랑장 동탁(董卓)을 보내어 내 자리를 맡게 하고, 나는 이렇게 서울로 잡혀가 심문을 받게 되었네."

그는 길게 한숨을 쉬고 눈을 지그시 감았다.

장비의 분노

이 말을 듣자 장비는 금방 얼굴이 불덩이같이 시뻘게지며 당장 칼을 뽑아 수레를 호송하는 병사들을 죽이고 노식을 구하려 했다. 이 때 현덕이 급히 나서서 그를 가로막으며 말했다.

"조정에도 공정히 일을 처리하는 인물이 전혀 없지는 않을 걸세. 너무 조급히 굴지 말게!"

장비가 분함을 참지 못해 부르르 떨고 있을 때, 병사들은 벌써 노식을 태운 수레를 끌고 달아나 버렸다. 옆에 있던 관운장이 말했다.

"지금 노식 선생은 잡혀가셨고 딴사람이 대신 왔다고 하는데, 우리가 광종으로 간들 누구를 의지하겠소. 고향인 탁군으로 되돌아가는 것이 좋을 것 같소."

그리하여 세 사람은 그들을 따르는 의병 500명을 거느리고 북녘 하늘을

바라보며 탁군으로 길을 떠났다. 이틀 동안의 지루한 행군을 계속하여 어느 산기슭에 이르렀을 때, 갑자기 산마루에서 커다란 함성이 들려 왔다. 현덕 일행이 깜짝 놀라 언덕에 올라 아래를 굽어보니, 놀라운 일이 벌어지고 있었다.

한군(漢軍)은 대패하여 쫓기고 그 뒤에는 머리를 황색 천으로 질끈 동여맨 황건적이 휩쓸 듯 몰려오고 있었다. 누런 깃발이 바람에 펄럭이고 있었으며 깃발의 한복판에는 '천공장군'이라고 크게 씌어 있었다.

"저것은 장각이란 놈이 분명하네. 빨리 진격하세"

하고 말을 마치더니 현덕은 숨돌릴 겨를도 없이 산 아래로 마구 말을 달렸다. 누가 먼저랄 것 없이, 지켜보던 관우·장비와 의병들도 비호같이 말을 몰아 관군이 패주하고 있는 싸움터로 쏜살같이 달렸다. 때마침 장각은 동탁의 군사를 맹렬한 기세로 쳐부수며 그 의기양양한 기세를 몰아 궁지에 몰린 동탁의 군사를 노도같이 추격하고 있던 중이었다. 불시에 나타난 세 장수의 모습에 장각의 군사는 기가 죽어 싸우지도 않고 그대로 50여 리까지 도망치고 말았다. 현덕 일행이 동탁을 구하여 본진(本陣)으로 돌아오니 동탁은 감사함을 나타내며, 누구냐고 예를 갖춰 물었다. 현덕이 대답했다.

"모두가 벼슬길에 오르지 못한 백두(白頭)입니다."

벼슬에 오르지 못한 백두라는 말에 동탁은 금방 조금 전과는 달리 무례하게 굴며 물러가라고 말하고는 침실로 들어가 버렸다. 성미 급한 장비가 가만히 있을 까닭이 없었다. 장비가 불을 뿜듯 크게 노하여,

"뭐라고? 우리들이 목숨을 걸고 자기를 구해 줬는데 수고했다는 말 한마디 없이 저렇게 무례하게 구는 놈이 어디 있단 말이오. 내 당장 저놈의 목을 쳐 죽이겠소"

하며 선뜻 칼을 집어들고 나서자, 현덕과 운장이 장비의 옷자락을 붙잡았다.

권세에 눈이 어두운 자는 영웅호걸도 눈에 보이지 않는 법. 장비는 이 배은망덕(背恩亡德)한 동탁을 죽여 없앨 것인지?

과연 동탁의 운명은……

2. 썩어빠진 조정

<small>장 익 덕 노 편 독 우   하 국 구 모 주 환 수</small>
張翼德怒鞭督郵   何國舅謀誅宦竪

장비는 노하여 감독관을 두들겨 패고, 하진은 환관들을 주살하고 정권을 손에 쥐다.

괴상한 술법

그럼 동탁은 어떠한 인물인가? 그의 자는 중영(仲穎)이요, 농서(隴西)의 임조(臨洮) 사람으로, 벼슬이 하동(河東) 태수에 오르자 사람이 오만해졌다.

장비는 여전히 자기 성질을 가누지 못하여 가쁜 숨을 헐떡이고 있었다. 유비와 관운장이 장비를 달랬다.

"그는 조정(朝廷)에서 윗사람을 받들고 있는 관직을 가진 사람이 아닌가. 함부로 손을 대는 것은 좋지 않을 것 같네."

"저따위 놈을 죽이지 않고 그대로 놔두고 그놈 밑에서 부하가 되어 그놈의 명령을 받아야 한다는 말이오? 나는 도저히 그렇게 할 수 없으니, 형님들이나 편안히 이 곳에 계시면서 저놈의 부하가 되구려. 나는 다른 데로 가겠소"

하며 장비는 발길을 돌리려 했다.

현덕이 만류하면서,

"우리 세 사람은 생사(生死)를 같이하기로 결의한 의형제이니, 자네만 가고 우리 둘이 이곳에 남아 있을 수는 없지 않은가? 차라리 그럴 바에야 우리 셋이 함께 이곳을 떠나기로 하세"
라고 하자,

"그렇다면 나도 마음을 가라앉히겠소"
하고 장비는 마음을 돌렸다. 세 사람은 갈 곳을 물색하다가 주전에게 가기로 했다. 세 사람이 밤을 도와 말을 달려 주전을 찾아가니, 그는 반갑게 세 영웅을 맞이하여 후히 대접했다. 그들은 군사를 합하여 황건적 장보를 치기로 했다.

동탁의 상
《貫華堂三國志演義》에서

이 때 조조는 황보숭을 따라 장량을 공격하며 곡양(曲陽) 땅에서 큰 싸움을 벌이고 있었다. 여기서 주전과 유현덕이 군세를 몰아 장보를 치니, 황건적은 8,9만의 무리를 거느리고 산모퉁이에 진을 치고 있었다. 이에 주전은 유현덕을 선봉장으로 내보내어 대적케 했다. 장보는 한 번 당한 일이 있어 꽁무니를 빼고 부장(副將) 고승(高昇)을 내세우니, 유현덕은 거기에 응해서 장비를 내세웠다. 장비는 창을 들고 말을 달려 몇 차례 싸우더니 고승을 찔러 말에서 떨어뜨렸다.

이 때 현덕이 군사를 휘몰아 장보에게 달려드니, 말 위에 앉아 있던 장보는 머리를 풀어헤치고 하늘을 향해 칼끝을 세우고는 괴상한 주문(呪文)을 외며 술법을 썼다. 그러자 난데없이 사나운 바람이 일고 천둥·번개가 지더니 하늘은 검은 구름으로 뒤덮이고, 그 속에서 무수한 군사가 쏟아져 내려와서 현덕의 군사에게 덤벼드는 것이 아닌가. 현덕의 병사들은 갑작스러운 일에 당황하여 허둥거리다가 결국 참패를 당하고 물러설 수밖에 없었다. 이런 사정을 주전에게 보고하자 그는,

"놈이 요술을 부린 것 같소. 우리는 돼지·양·개를 잡아 그 피를 산꼭대기에서 뿌리도록 합시다. 이 방법이라면 그까짓 요술도 맥을 못 쓸 것이

오"
하고 말했다.

현덕은 주전의 지시대로 관운장과 장비에게 각각 천 명의 군사를 주어 피와 그 밖에 오물(汚物)을 준비하게 했다.

황건적과의 싸움

다음날 아침.

장보는 군사를 거느리고 깃발을 앞세워 북을 치며 싸움을 걸어왔다. 이에 현덕이 나가 맞아 싸우니 장보는 또 요술을 부렸다. 곧 어제와 같이 검은 기운이 하늘에서 크게 일고 모래가 날리고 돌이 구르며 그 속에서 군마가 쏟아져 나왔다. 이 때 현덕이 말 머리를 돌려 도주하는 체하자, 장보는 군사를 몰고 추격해왔다.

현덕이 쫓기면서 산기슭에 이르자 매복해 있던 관운장과 장비의 군사들이 준비한 일체의 피와 오물을 퍼부었다. 그러자 이상하게도 종이로 만든 군사와 짚으로 만든 말이 공중에서 떨어져 내렸으며 바람과 천둥도 자취를 감췄다.

크게 당황한 장보가 군사를 거두어 달아나려고 할 때, 좌우편에서 각각 관운장과 장비가 튀어나오고 현덕도 말 머리를 돌려 일제히 뒤쫓으니 장보는 '지공장군'이란 커다란 장군기를 버리고 허둥거리며 도망쳤다. 현덕은 달아나는 장보에게 화살을 날렸다. 활시위를 떠난 화살은 '윙' 하는 소리를 내며 장보의 왼쪽 팔뚝에 박혔다. 장보는 그대로 말을 달려 양성(陽城)으로 달아나 성문을 굳게 닫고 밖으로 나오지 않았다. 주전은 군사를 거느려 양성을 포위하고 공격했다. 한편으로는 사람을 보내어 황보숭의 소식을 탐문했다.

그런데 황보숭은 황건적과 싸워 여러 차례 이겼으나, 동탁은 번번이 패하기만 했다. 첩자가 돌아와 이렇게 말했다.

"황보숭이 크게 승리를 거두고 동탁을 대신하여 광종에 당도했을 때, 황건적의 두목 장각은 이미 병으로 죽었고, 그 아우 장량이 형을 대신하여 적의 무리를 거느리고 있었습니다. 그런데 황보숭은 광종에 도착하여 관군을 지휘하여 계속 승리했으며, 장량을 곡양에서 죽여 그의 머리를 거두어 서울로 돌아갔습니다. 수령을 잃은 황건적은 더 이상 지탱하지 못하고 지리멸렬하다가 모두 투항해왔습니다.

　조정에서는 황보숭의 공로를 높이 사서 거기장군(車騎將軍)의 칭호를 주고 기주(冀州) 목사(牧使)에 임명했습니다. 황보숭은 동료 노식의 죄 없음을 천자(天子)께 상소하여 노식은 다시 중랑장 벼슬에 오르고 조조도 또한 그 공을 인정받아 제남(濟南)의 태수가 되었습니다."

　주전은 황보숭이 장각·장량의 무리를 소탕했다는 소식을 듣고 유비·관우·장비로 하여금 양성으로 가서 적을 포위하도록 했다. 형세가 위급함을 깨달은 적장 엄정(嚴政)은 두목 장보를 찔러 죽인 후, 머리를 베어 주전에게 바쳤다. 주전은 여러 고을을 평정하고 천자께 보고문을 올렸다.

　이렇게 황건적을 이끌던 삼형제가 모두 죽었어도, 황건적의 잔당이 완전히 소탕된 것은 아니었다. 잔당 중에 그래도 두목격인 조홍(趙弘)·한충(韓忠)·손중(孫仲)이 패잔병 수만을 다시 집결시켜 황건적의 깃발을 휘날리며, 장각 형제의 원수를 갚겠다고 살인·방화·약탈·능욕을 서슴지 않았다. 천자는 주전에게 칙사(勅使)를 보내어 적을 토벌하라는 조서를 내렸다. 주전은 군사를 지휘하여 다시 토벌작전에 나섰다.

　황건적 잔당들은 당시 완성(宛城)이란 곳에 집결해 있었다. 주전이 군사를 거느려 그 곳을 공격하니 조홍은 한충을 내보내어 막게 했다. 주전은 유현덕·관운장·장비에게 서쪽 성문을 공격하게 하고, 자신은 철기군 2천을 친히 거느리고 곧바로 동쪽 성문을 공격했다. 황건적은 성을 버리고 급히 서남쪽으로 도주하다가 유현덕이 배후에서 쳐들어가니 대패하고 완성으로 들어갔다.

　주전이 완성을 완전히 포위하여 공격할 때에 이미 성 안에는 군량미(軍糧米)가 떨어졌으므로, 한충은 사람을 보내어 투항할 의사를 비쳤다. 주전은 고개를 가로저으면서 투항을 허락하지 않았다. 이에 유현덕은 주전에게 말했다.

"옛날 한 고조(高祖)께서는 천하를 얻으실 때, 투항하는 자는 모두 받아들이셨습니다. 장군께서도 한충의 투항을 받아들임이 어떠신지요?"

주전은 현덕의 말에 이렇게 대답했다.

"그것도 일리는 있는 말일세. 그렇지만 옛날 진(秦)의 항우(項羽) 때에는 천하가 크게 어지러워 백성에게 일정한 주인이 없었기 때문에 자기편을 만들고자 항복을 권했지. 그러나 지금은 천하가 통일되었고, 오직 황건적만이 모반한 것이 아닌가? 만약 역적의 항복을 받아들인다면 앞으로 역적을 징계할 도리가 없네. 왜냐하면 역적들은 싸워 이로우면 세상을 소란케 할 것이고 싸워 불리하면 항복을 할 테니, 이는 역적을 기르는 일이요 좋은 대책이 되지 못하네."

"그건 옳으신 말씀이오. 그러나 철통같이 포위된 적이 항복한다 해도 받아들이지 않는다면 적은 죽을 힘을 다하여 싸울 것입니다. 수만의 적이 하나가 되어 싸운다면 당해내기가 어려운데, 지금 성 중에는 수만 명이 죽을 운명에 놓여 있습니다. 놈들이 달아날 길을 슬며시 터주어 동남쪽의 우리 군사를 철수시킨 후에 서북편으로만 공격을 한다면 적은 반드시 성을 버리고 동남쪽으로 달아날 것입니다. 이 때 한충을 생포한다면 어렵지 않을 것입니다."

주전은 현덕의 생각이 옳다고 여겨 그의 말대로 동남쪽의 군사를 거두고 서북쪽만을 공격했다. 예상했던 대로 한충은 군사와 함께 성을 버리고 도주했다. 주전은 유현덕·관운장·장비와 함께 3군(三軍)을 지휘하여 달아나는 한충을 쏘아 죽이니 부하들은 사방으로 흩어져 도주했다. 그러나 또 한편에서는 조홍과 손중의 대군이 기세를 올려 달려드는지라 주전이 일단 군사를 후퇴시켰더니, 그 틈을 타서 조홍이 완성을 탈환해버렸다. 주전이 10여 리 떨어진 곳에 진을 치고 다시 공격을 개시하려는 판에 동쪽으로부터 뿌연 먼지를 일으키며 달려오는 말발굽 소리가 들렸다.

소탕된 황건적

주전이 그의 생김새를 바라보니, 이마는 널찍하고 얼굴은 큼직하며, 몸집이 범과 같고 허리는 곰과 같았다. 그는 오군(吳郡) 부춘현(富春縣) 태생으로 성은 손(孫), 이름은 견(堅), 자는 문대(文臺)라고 하며, 병법으로 유명한 손자(孫子)의 후손이었다.

나이 17세 때, 아버지와 함께 전당(錢塘)에 놀러 갔다가 호숫가에서 해적 10여 명이 장사하는 사람의 재물을 빼앗아 나눠 갖는 것을 보고 의분을 참지 못하여 아버지께 말하기를,

"저 도적놈들을 붙잡겠습니다"

하고 큰 소리를 지르며 마치 뒤에 수백 명의 군사를 매복시킨 양 부하를 지휘하는 시늉을 했다. 해적들은 뒤에 관군이 쫓아오는 줄 알고 혼비백산하여 약탈한 물건을 버리고 달아나 버렸다. 손견은 칼을 휘두르며 달아나는 해적 한 놈을 붙잡아 목을 베어버렸다. 이로부터 젊은 손견은 온 고을에 그 이름을 떨쳐 교위직에 천거되었다.

손견의 교위 시절, 회계(會稽)에서 허창(許昌)이라 불리는 자가 반란을 일으켜 자칭 양명 황제라 칭하며 수만 명의 군사를 거느리고 있었다. 손견은 고을의 사마(司馬)와 함께 용사 1천여 명을 모집하여 허창을 무찌르고, 허창과 그 아들인 허소(許韶)의 목을 베었다. 회계의 자사(刺史) 장민(臧旻)이 상소를 올려 손견의 공을 아뢰자, 조정에서는 그에게 염독승(鹽瀆丞)이란 벼슬을 내리고 다시 우이승(盱眙丞)·하비승(下邳丞)에 제수하였었다.

손견은 황건적이 일어나자 시골의 젊은 청년들에게 의병을 모집하는 격문을 돌렸다. 그리하여 정병 1500명을 모은 후에 주전을 도우러 온 것이다. 주전은 크게 기뻐하며 자신은 성의 서문을 맡고, 손견은 남문을, 현덕은 북문을 맡아 일제히 공격을 개시했다. 동문 한쪽을 빼놓은 것은 적으로 하여금 도망갈 길을 주게 하자는 책략이었다. 손견은 먼저 성에 올라 적의 무리 20여 명을 베니, 적은 당황하기 시작했다. 조홍이 손견을 잡으려 하니, 손견은 성 위에서 몸을 날려 잽싸게 창을 들어 조홍을 찔러 말에서 떨어뜨렸

다. 조홍의 말은 미친 듯 날뛰며 저희 편 군사를 물어뜯고 짓밟았다.

한편 손중은 황건적을 이끌고 북문으로 달아나려다가 거기서 유현덕을 만나자 기가 질려서 싸워보지도 않고 다른 데로 달아났다. 유현덕이 급히 활을 당기니 손중은 명치를 맞고 말에서 나뒹굴어 떨어졌다. 주전·유비·손견이 일시에 성을 공격하니 황건적 수만 명이 죽고 항복하는 자 또한 수만 명이었다. 이리하여 남양 일대의 10여 고을이 평정되고 황건적은 그림자도 볼 수 없게 되었다.

보잘것없는 벼슬

주전 등이 큰 승리를 거두고 수도인 낙양으로 가니, 황제는 그 공을 치하하고 주전을 거기장군(車騎將軍)에 봉하고 하남윤(河南尹)에 임명하였다. 주전은 손견과 유비 등의 공을 높이 사서 상소를 올려 벼슬 내리기를 간청했다. 손견은 조정에 뇌물을 쓴 까닭으로 별군사마(別郡司馬)가 되었으나, 현덕에게는 아무런 기별이 없었다. 현덕 일행은 낙양에서 지루한 나날을 보내고 있었다.

하루는 길거리 구경차 시내에 나갔다가 낭중(郞中) 장균(張鈞)이 타고 가는 수레와 맞닥뜨리게 되었다. 장균은 현덕과 약간의 면식이 있던 터였으므로 수레에서 내려 반갑게 현덕의 손을 잡았다. 현덕은 노식과 주전을 따라서 그간에 황건적을 무찌른 일 등을 이야기했다.

현덕이 그렇게 큰 공을 세웠음에도 아무런 벼슬을 얻지 못했음을 듣고 장균은 깜짝 놀랐다. 장균은 황제께 이 사실을 아뢰었다.

"황건적이 난을 일으킨 것은 모두 십상시가 매관매직(賣官賣職)을 하여 이같이 세상이 어지러워진 때문입니다. 먼저 십상시들의 목을 베시고 공이 있는 사람에게는 빠짐없이 벼슬을 내리시겠다고 알리십시오. 그래야만 세상이 깨끗하게 되고 질서가 잡힙니다."

십상시들은 장균이 아뢰는 말을 듣고 크게 당황하여 그 중의 한 자가 황제에게 이렇게 아뢰었다.

"장균이 황제 폐하를 속이고 있습니다."

그러자 황제는 무사들에게 장균을 쫓아내도록 명령했다. 장균이 궁에서 쫓겨나자 내시들은 서로 모여서 의논했다.

"이번의 일은 황건적을 친 공이 있어도 벼슬을 받지 못한 자의 입에서 나왔을 것이니, 비록 뇌물을 바치지 않았다 하더라도 조그마한 벼슬을 한 자리씩 주기로 하세."

이리하여 현덕은 정주(定州) 중산부(中山府) 안희현위(安喜縣尉)라는 보잘 것없는 벼슬자리를 얻게 되었다. 현덕은 함께 싸우던 의병들을 고향으로 돌아가게 한 후, 귀향하기를 거부하고 따르는 20여 명과 관운장·장비와 더불어 안희현에 부임했다. 부임하던 날부터 한 달 동안 추호도 백성을 괴롭히는 일이 없었고, 언제나 세 형제가 식사와 잠자리를 같이했으며, 현덕이 관청에 나가 일을 볼 때에는 운장·장비 두 사람은 으레 그 옆에 서서 진종일 떠나지 않았다.

부임 수개월 만에 조정에서 감독관이 한 사람 내려왔다. 현덕이 공손히 예를 갖추어 감독관을 맞이하였으나, 감독관은 거만하게 말 위에 앉아 손에 들었던 채찍을 들어 답례를 대신했다. 옆에서 이 꼴을 보고 섰던 관운장과 장비는 분함을 참지 못했다.

일행이 역관(驛館)에 이르자 감독관은 남쪽을 향하여 높이 앉고, 현덕은 뜰 아래 서 있었다. 한참 있다가 감독관은 입을 열었다.

"유 현위는 그 출신이 어떠한고?"

"유비, 이 몸은 중산(中山) 정왕(靖王)의 후예로, 황건적이 반란을 일으켰을 때 탁현에서 의병을 일으켜 30여 회의 싸움에 공을 세워 현위의 벼슬을 임명받았습니다."

이 말에 감독관은 크게 화를 내며 벽력 같은 소리로 말했다.

"어이하여 황친(皇親)이라 사칭하며 거짓 공훈을 세워 벼슬자리에 올랐는가! 너는 조정에서 내린 조서(詔書)를 받지 못했느냐! 너와 같은 탐관오리(貪官汚吏)는 모두 벼슬을 거두라 하셨다."

참으로 어이없는 일이었다. 현덕은 그 곳에서 물러나 현청으로 되돌아와 관리들과 의논했다. 한 관리가 의미 있는 웃음을 지으며,

"감독관이 그런 수작을 부리는 것은 뒷구멍으로 뇌물을 바라기 때문이오"
하고 그에게 뇌물을 주도록 권유했다.

혼이 난 감독관

"나는 부임해서 지금까지 추호도 잘못한 일이 없다. 그리고 나에게 무슨 재물이 있어서 그자에게 주겠느냐?"

현덕과 거기 모인 모든 관리들은 현덕의 딱한 입장을 생각하며 긴 한숨을 쉴 뿐이었다.

다음날 감독관은 까닭없이 현 내의 말단 관리 한 사람을 잡아서 현위인 현덕이 백성을 해치고 있다는 탄핵문(彈劾文)을 쓰라고 강요했다. 현덕이 그를 석방해주도록 요청하려고 찾아갔지만, 만나보지도 못하고 문 밖에서 쫓겨났다.

한편 울적하여 술을 마시고 난 장비가 말을 타고 감독관이 묵고 있는 역관을 지나다 주민 5, 60명이 문 앞에서 대성통곡하는 것을 보고는 이상히 여겨서 그 까닭을 물었다.

"감독관이 관리들의 비행(非行)을 캐러 왔다면서 유현덕 공을 해치려고 하여 우리가 그 무고(無辜)함을 말씀드리려 했지만 파수 보는 사람들이 들어가지도 못하게 하니 이런 분할 데가 또 어디에 있겠소?"

장비는 화가 머리끝까지 치밀어서 왕방울 같은 눈을 부릅뜨고 강철 같은 어금니를 부드득 갈았다. 그는 말에서 구르듯 내려 두 주먹을 불끈 쥐고 역관으로 달려들어갔다. 범 같은 기상에 놀라 문을 지키는 군사들이 손을 쓸 여유도 없이, 장비는 바람같이 달려 역관의 대청 앞에 이르렀다. 감독관은 높은 자리에 앉아 관리를 형틀에 꽁꽁 묶고 현덕의 죄를 대라고 문초하는 중이었다.

장비가 벽력같이 소리를 지르며,
"이놈아, 백성을 괴롭히는 이 도둑놈아, 내가 누구인지 아느냐?"

장비는 노하여 감독관을 두들겨 패고,《繡像全圖三國演義》에서

하고 외쳤다.

그러자 감독관은 부들부들 떨면서 입이 굳어서 얼른 대답을 못했다. 장비는 역관의 대청 위로 뛰어올라 감독관의 머리채를 덥석 휘어잡아서 역관 마당을 지나 삼문 밖으로 끌고 나와 말뚝에 잡아묶고는 커다란 버드나무의 쓸 만한 가지를 골라 꺾어 감독관을 두들겨 팼다.

장비가 한바탕 때리고 나니 부러진 버들가지가 10여 개나 그 앞에 나뒹굴었다.

이 때 현덕이 역관으로 들어가려다 삼문 옆에 있는 휴게소에서 잠깐 쉬고 있는데, 역관 앞이 떠들썩하였다. 웬일인가 하고 그 까닭을 물으니 사람들이

"장비가 어떤 사람을 현문 앞에서 때렸습니다"

라고 말했다. 유현덕이 황망히 자리에서 일어나 나가보니 다름 아닌 감독관이 꽁꽁 묶여 있었다. 유현덕이 놀라며 어찌 된 일이냐고 장비에게 물었다.

"이놈은 백성의 적입니다. 내가 이놈을 때려죽이려던 참입니다."

이 때 감독관은 현덕을 보더니 애걸하기 시작했다.

"현덕 공, 그저 목숨만 살려주십시오."

현덕은 본성이 인자한 사람인지라 장비의 손을 잡아 매질을 중단시켰다. 그 때 마침 관운장이 달려와 이렇게 말했다.

"형님께서 세우신 커다란 공적은 한두 가지가 아니오. 그런데 얻은 것이란 겨우 일개 현위가 아니오. 거기에다 저런 감독관놈에게 말못 할 모욕(侮辱)까지 당하다니 말이 됩니까? 가시덤불 속은 본래 난새와 봉황이 깃들일 곳이 못 됩니다. 그러니 차라리 이놈을 죽여버리고, 관리직도 내던지고 다시 고향에 돌아가 원대한 계획을 세우기로 합시다."

이 말을 들은 현덕은 당장에 가지고 있던 관인(官印)을 감독관의 목에 걸어주며 추상 같은 목소리로 그를 꾸짖었다.

"감독관은 들거라. 너처럼 벼슬을 빙자하여 백성을 괴롭히는 놈은 죽여 마땅하지만, 너의 정상(情狀)이 측은하여 목숨만은 살려주겠다. 이제 관인을 너에게 돌려주고 본인은 관직을 물러나니 그리 알라."

감독관이 정주(定州)로 돌아가서 이런 사실을 태수에게 보고하니 태수는 다시 조정으로 보고서를 올렸다. 그리고 각처에 공문을 띄워 유비·관우·장비를 잡으라는 명령을 내렸다.

유비·관우·장비 세 사람은 대주(代州)로 유회(劉恢)를 찾아갔다. 유회는 현덕이 한나라 황실의 후예임을 알고 세 영웅을 집에 숨겨주었다.

충신의 죽음

한편 조정에서는 십상시들이 나라의 권세를 한손에 잡고 그들에게 반대하는 사람들은 모두 잡아죽이기로 결의했다. 조충이나 장양 같은 자는 황건적을 격파한 장수들에게 황금이나 비단 등의 뇌물을 바치라고 윽박질렀다. 이에 응하지 않는 자는 관직에서 몰아내기 일쑤였다.

그러나 강직하기로 이름난 주전과 황보숭은 손을 내미는 내시들에게 뇌물을 주지 않았다. 그러자 조충 등 내시들이 황제에게, 주전과 황보숭은 태수의 자격이 없다고 간하였으므로 주전·황보숭은 면직(免職)을 당하고 말았다. 뿐만 아니라 황제는 조충 등을 거기장군으로, 장양 등 13인을 제후에 봉했다.

  정치는 더욱 문란해졌으며 백성의 원성은 하늘에까지 닿았다. 또한 장사(長沙)에서는 구성(區星)이, 어양(漁陽)에서는 장거(張擧)·장순(張純)이 반란을 일으켜 천자니 대장군이니 하고 자칭하며 날뛰고 있었다. 이런 급박한 소식은 방방곡곡에서 들어왔으나 십상시들은 이를 숨기고 황제에게 알리지 않았다.

  어느 날 황제가 후원에서 십상시들과 함께 연회를 베풀어 술을 마시고 있는데, 간의대부(諫議大夫) 유도(劉陶)가 어전(御前)에 나와 통곡하였다. 황제가 그 까닭을 물었다.

  그러자 그는 말했다.

  "나라의 존망(存亡)이 위급한데 폐하께서는 내시와 어울려 잔치만 열고 계시니 통곡하지 않을 수가 없습니다!"

  "나라가 이렇게 태평세월인데 어이하여 나라가 망한다 하는가?"

  "사방에 도둑이 일어나서 주군(州郡)을 침범하고 있습니다. 이 모두가 십상시들이 매관매직해서 백성을 괴롭히고, 폐하의 눈을 흐리게 하여 바른 사람을 조정에서 쫓아냈기 때문입니다. 화(禍)가 이미 눈앞에 이르렀으니 이 아니 슬픕니까!"

  옆에서 듣고 있던 십상시들이 하나같이 모자를 벗고 어전에 엎드려 아뢰기를,

  "대신들과 뜻이 맞지 아니하니 신의 무리는 살 도리가 없습니다. 저희들은 시골로 내려가 밭갈이나 할까 하오니, 저희들의 재산은 팔아서 군자금(軍資金)으로 사용하소서"

하고 눈물을 흘리며 간했다. 간신배 내시놈들의 거짓 울음에 마음이 흔들린 황제는 즉시 유도의 목을 베도록 명령을 내렸다.

  유도는 발을 구르며 크게 울부짖었다.

  "내 한 몸 죽는 것은 애석하지 않으나 400년 사직(社稷)인 한나라 황실이 망하려 하니 그것이 오직 슬플 뿐이로다!"

  무사들은 유도의 입을 틀어막고 형장으로 끌고 갔다. 이 때 난데없이 한 신하의 음성이 들려왔다.

"무사들은 그에게 손을 대지 마라. 내가 폐하께 아뢰리라."

그는 다름 아닌 사도(司徒) 진탐(陣耽)이었다. 진탐은 어전에 들어가 여쭈었다.

"폐하, 무슨 죄로 유도의 목을 베라 하셨습니까?"

"근신(近臣)을 모함하고 짐을 모독했기 때문이다."

이에 진탐이 다시 아뢰기를,

"천하의 백성들은 십상시를 고기처럼 씹어 먹으려 하는데, 폐하께서는 어이하여 그들을 부모처럼 공경하십니까? 더욱이 폐하께서는 아무런 공도 없는 그들 모두를 제후에 봉하셨습니다. 더구나 봉서의 무리는 황건적과 결탁하여 나라를 어지럽힌 장본인입니다. 폐하께서 이를 깨닫지 못하시면 머지않아 사직은 망하고 말 것입니다."

"봉서가 난을 일으켰다는 말은 잘 모르는 바이며 십상시 중에 어찌 충신이 한두 명이야 없겠소?"

하며 황제는 십상시를 두둔하였다. 이에 진탐은 머리를 댓돌에 들이받았다. 황제는 진노하여 진탐 역시 옥에 가뒀다.

그 날 밤, 십상시들의 모의로 간의대부 유도와 사도 진탐은 옥중에서 죽음을 당하여 원통한 귀신이 되었다.

십상시들은 손견을 장사 태수로 삼아 구성을 치게 하니 손견은 50일이 못 되어 반군(叛軍)의 무리를 평정시켰다. 손견에게는 오정후(烏程侯)의 벼슬이 내려졌다.

하진과 변 황자

조정에서는 명령을 내려 다시 유우(劉虞)를 유주목(幽州牧)으로 삼아 군사를 거느려 어양의 반란군인 장거와 장순을 치게 했다. 이를 알게 된 대주의 유회는 유우에게 편지를 보내어 현덕을 추천하니, 유우는 기꺼이 현덕을 도위에 앉혔다.

현덕은 군사를 거느리고 적을 소탕하기 시작했다. 며칠을 싸워서 적의 예기(銳氣)를 크게 꺾었다. 장순은 본래 성정(性情)이 사나워 부하들의 인심을 크게 잃고 있어서 그의 부하 하나가 그의 목을 베어 현덕에게 바치고 투항했다.

한편 장거는 장순의 무리가 현덕에게 항복한 것을 알고 이를 비관하여 목을 매어 죽었다. 어양 땅이 평정되니 유우는 이를 조정에 고하여 유비의 공을 알렸다.

조정에서는 유비·관우·장비의 지난날의 죄과를 용서하고 그들에게 고당위(高堂尉)의 벼슬을 주었다. 또한 노식의 문하에서 동문수학(同門修學)한 공손찬(公孫瓚)이 조정에 현덕의 공을 찬양해 올리니, 조정에서는 현덕에게 별부사마(別部司馬)의 직첩을 주고 평원(平原) 현령에 임명하였다.

현덕이 평원에 부임하여 군량과 군자금·병마를 크게 갖추니, 옛날의 그 위풍당당함이 되살아난 듯했다. 현덕을 써서 공을 세운 유우에게는 조정에서 태위(太尉) 벼슬을 주었다.

중평(中平) 6년 4월, 영제는 병이 중해지자 대장군 하진(何進)을 궁으로 불렀다. 하진이라는 자는 돼지 잡는 백정이었으나, 그의 누이동생이 궁중으로 들어가 귀인(貴人)이 되어 황태자 변(辨)을 낳고 황후(皇后)로 봉함을 받게 되어, 그 연줄로 중신(重臣)에 등용된 인물이었다.

영제는 따로 왕 미인을 총애하여 그 몸에서도 황자(皇子) 협(協)이 태어났다. 하 황후가 이를 질투하여 왕 미인을 독살(毒殺)시켰으므로, 황자 협은 동 태후(董太后)가 키우게 되었다. 동태후는 황자 협을 태자(太子)로 봉하고자 하였으며, 영제도 또한 그런 생각을 품고 있었다.

영제의 병이 더욱 위태로운 지경에 이르자 중상시 건석은 이렇게 말했다.

"폐하께서 협을 태자에 봉하시고자 하시면 먼저 하진을 처치하여 후환(後患)이 없도록 하소서."

영제는 이를 일리 있는 생각이라 여기고 하진을 궁으로 불렀다. 하진이 궁 앞에 이르렀을 때, 사마 반은(潘隱)이 하진의 앞을 막으며,

"궁에 들지 마십시오. 건석이 장군을 죽이려 하고 있습니다"
하고 궁에 들어가는 것을 막았다.

하진은 크게 놀라 집으로 발길을 돌렸다. 집에 돌아온 하진은 여러 대신들을 모아놓고 반은에게서 들은 이야기를 들려주며 대책을 논의했다. 그 중의 어느 한 사람이 일어나 말하기를,

"내시들의 세력은 절정(絶頂)에 달하여 있습니다. 조정에는 그들의 끄나풀이 거미줄처럼 얽혀 있으니 그들을 일시에 처치하기는 쉬운 일이 아닙니다. 만일 섣불리 서둘다가 비밀이 누설되면 멸족(滅族)을 당할 터이니 신중을 기하는 것이 좋을 것 같습니다."

이렇게 진언(進言)한 사람은 전군교위(典軍校尉) 조조였다. 하진이 조조를 꾸짖어,

"너 같은 애송이가 어찌 조정의 대사를 안다고 나불거리느냐?"
하며 역정을 내고 있을 때, 반은이 급히 달려왔다. 그는,

"방금 황제께서 승하(昇遐)하셨습니다. 건석 등 내시들은 이를 비밀에 부치고 변 황자의 외척(外戚)인 하진 대감을 없애고 협 황자를 황제에 추대하려 합니다"
하며 가쁜 숨을 헐떡였다.

반은의 말이 끝나기도 전에 벌써 칙사가 도착하여 하진에게 영제께서 붕어(崩御)하셨으니, 후사(後嗣)를 결정하도록 시급히 궁중으로 들라는 전갈을 알렸다. 하진의 가슴은 방망이질을 하기 시작했다. 도대체 이 난국을 어떻게 처리할 것인가가 걱정이었다.

"먼저 국위(國威)를 바로잡고 나중에 내시들을 처치하는 것이 당연할 것 같습니다."

조금 전에 핀잔을 들은 조조의 말이었다. 하진은 무엇을 생각했던지,

"나라를 위해 국위를 바로잡고 간악한 무리들을 토벌할 만한 자는 없는가?"
하고 좌중에 물으니,

"신에게 정병 5천 명만 주시면 궁중에 들어가 새 황제를 책립(冊立)하고 환관의 무리를 없애 천하를 태평케 하겠습니다"
하고 나서는 젊은이가 있었다. 그는 사도 원봉(袁逢)의 아들로, 이름은 소(紹), 자는 본초(本初)라 부르는 사예교위(司隸校尉) 원소(袁紹)였다. 하진은

크게 기뻐하여 그에게 근위병(近衛兵) 5천을 내주었다. 원소가 무장을 갖추자 하진은 중신 30여 명을 거느리고 궁중에 들어가 영제의 관 앞에서 태자 변(辨)을 내세워 황제의 자리에 오르게 했다.

두 태후의 다툼

문무백관들은 새로운 황제의 즉위(卽位)를 축하하였으며, 원소는 군사를 이끌고 건석을 찾아 나섰다. 하진과 원소가 갑자기 들이닥치자 당황한 건석이 어원(御園)으로 피신한 것을, 숲속에 숨어 있던 중상시 곽승이 칼로 찔렀다. 곽승은 건석과 함께 하진을 죽이려던 음모에 가담했으면서도 건석을 죽였던 것이다. 자신만 살아 남기 위한 야비한 행위였다. 건석이 죽자 그의 휘하에 있던 근위대는 모조리 항복하고 말았다.

그러고 나자 원소의 머리에는 내시들을 모조리 죽여야 한다는 생각이 번개처럼 스쳤다. 그는 하진에게,

"내시놈들은 모두 한통속이니 그놈들을 모두 죽여야 합니다"

하고 말했다.

한편 비록 항복을 하더라도 죽음을 면하기 어렵겠다고 생각한 내시 장양은 급히 하 태후에게 달려가,

"지금 하진 대장군께서 저희 내시들을 모조리 죽이려 합니다. 하진 대장군을 죽이고 황자 협(協)을 옹립하려고 한 놈은 오직 건석뿐이요, 우리들은 그 일에 관여하지 않았습니다. 태후 폐하께서는 저희들을 불쌍히 여겨 목숨만은 살려주십시오."

"너희들은 너무 걱정 말라. 내가 너희들을 보호하리라."

하 태후는 장양을 안심시키고 전지(傳旨)를 내려 하진을 불러 속삭였다.

"오라버니와 저는 본래 미천한 집안의 태생으로 장양 같은 내시가 없었던들 어찌 우리가 이런 부귀(富貴)를 누렸겠습니까? 건석은 이미 그 죄과를 받았으니 죄 없는 내시들은 살려주도록 하세요."

하진은 누이 하 태후의 이런 부탁을 받고 밖으로 나와 모든 관원에게 영

(令)을 내렸다.

"건석은 나를 모함하여 해치려 했으니 그놈의 가족은 모두 죽이되 다른 내시들은 함부로 다루지 말라."

이 말을 들은 원소는 마땅치 않은 어조로 말했다.

"그놈들의 뿌리를 지금 뽑지 않으면 반드시 후환이 있을 것입니다."

"내가 이미 결정을 내렸는데 어이 그렇게 말이 많은가?"
하고 하진이 꾸짖었다.

다음날 하 태후는 하진에게 상서(尙書)의 벼슬을 주었고, 다른 사람에게도 차례로 합당한 벼슬을 내렸다.

한편 동 태후(董太后)는 내시 장양을 은밀히 불렀다.

"하진의 누이는 본래 내가 천거하여 태후까지 되었다. 이제 그가 낳은 아들이 황제가 되어 내외 신하가 모두 그의 심복(心服)이 되었다. 그리하여 그의 권세가 하늘 높은 줄 모르게 되었으니, 장차 나는 어이 될까 걱정이구나."

장양이 그에 대답하여 말하기를,

"동 태후께서는 뒤에 앉아 정사(政事)를 조종하시고 황자 협을 황제의 자리에 올려놓고 국구(國舅) 동중(董重)에게 큰 벼슬을 내려 군 통솔권을 장악하게 하시면 큰일을 도모하실 수 있을 것입니다"
라고 했다.

동 태후는 그 말을 들으니 기쁘기 한량없었다.

그 이튿날 황자 협을 진류왕(陳留王)에 봉하고 동중에게는 표기장군(驃騎將軍)의 벼슬을 주고, 장양 등을 각각 요직에 앉혔다.

하 태후는 동 태후가 전권(全權)을 장악한 것에 크게 놀랐다. 하지만 동 태후는 전 황제의 생모가 아닌가? 이러지도 저러지도 못한 하 태후는 한 가지 계략을 꾸몄다.

어느 날 하 태후는 궁중에서 잔치를 베풀고 동 태후를 청했다. 하 태후는 동 태후에게 술잔을 올리면서 이렇게 말했다.

"마마께 아룁니다. 우리는 부녀자인지라 국사(國事)에 참여하는 것은 온당치 못한 줄 압니다. 옛날 여후(呂后)께서는 나라의 권력을 잡았다가 그것이 화가 되어 일가족이 죽음을 당했습니다. 조정의 일은 대신들과 원로들에게 맡기심이 나라를 위하여 좋지 않을까 생각합니다."

동 태후는 화가 머리끝까지 치밀어 올랐다.

"그대는 왕 미인을 질투하여 독살하더니, 근자에는 아들마저 황제에 즉위케 하고, 이제 오라버니 하진의 세력을 믿고 어찌 그런 방자한 말을 하는고?"

하 태후가 역정을 냈다.

"소비(小妃)는 좋은 뜻으로 말씀드린 것인데, 그건 너무 지나치신 말씀입니다."

동 태후가 더욱 화를 내며 꾸짖었다.

"백정 노릇이나 하고 술이나 팔던 미천한 출신의 소인배가 뭘 안다는 말이냐!"

두 태후가 서로 다투자 장양은 두 태후에게 권하여 내전에 들도록 했다.

이날 밤 하 태후는 하진을 불러 낮에 있었던 일을 이야기하니, 하진은 삼공(三公)을 불러 상의했다.

그들은 동 태후가 정궁(正宮)이 아니라는 이유를 들어 궁 밖 하간(河間)으로 내쫓고 다른 한편으로 금군을 동원하여 표기장군 동중의 집을 포위하고 인수(印綬)를 빼앗으니 동중은 사태가 위급함을 깨닫고 자살하고 말았다. 가족들은 모두 비탄에 잠기고, 군사들은 사방으로 흩어졌다.

이렇게 하고도 분이 풀리지 않았던지 하진은 동 태후의 손발을 잘라내고 나중에는 비밀리에 독살하고 말았다. 동 태후의 관을 수도로 옮겨 문릉(文陵)에 장사지내고 나서, 하진은 몸이 불편하다는 핑계를 대고 조정에 나오지 않았다.

하진이 이처럼 조정에도 나오지 않고 두문불출(杜門不出)하고 있을 때, 원소가 찾아와서,

"내시 장양과 단규의 무리들이 대감께서 동 태후를 독살한 사실을 퍼뜨리며 어떤 일을 꾸미는 것 같습니다. 이 때에 그들을 죽이지 않으면 나중에 큰 화를 입으실 겝니다. 대감의 동생 되시는 분이나 부하 장정들은 모두가 영특하신 분이니 하늘이 내리신 기회를 잃지 마십시오"

라고 했다. 하진이 장양 등 내시들을 죽이리라는 소문이 퍼지자, 장양은 하진의 아우 하묘(何苗)에게 엄청난 양의 뇌물을 바치며 이런 사실을 이야기했다. 뇌물을 먹은 하묘는 즉시 하 태후에게 달려갔다.

"하진 대장군께서는 마땅히 소제를 보필하여 어진 정사를 베풀어야 함에도 불구하고 살벌한 일만 계획하고 계십니다. 까닭없이 십상시들을 죽이려는 것은 국가에 난(亂)을 초래하는 것과 다를 바 없습니다."

이 말을 들은 하 태후는 하진을 불러 근엄하게 꾸짖었다.

"십상시가 궁중의 모든 일을 맡아 하는 것은 한나라의 법통이오. 선제(先帝)께서 돌아가신 지도 얼마 안 된 지금, 선제를 섬기던 옛 신하를 죽인다는 것은 나라를 위태롭게 하는 일이오."

하진은 원래 결단성이 없는 인물로, 하 태후의 꾸중을 듣고 물러 나오자 밖에서 기다리고 있던 원소가 근심스러운 듯 물었다.

"어찌 되었습니까?"

"하 태후께서 금하시는 일이니 어찌하겠나?"

"장수들을 낙양으로 끌어들여 그놈들을 주살해버리면, 다 끝난 일을 비록 태후라 하신들 어쩌지 못할 것입니다."

"그거 묘한 계책이군"

하며 하진은 찌푸렸던 얼굴을 펴고 통쾌하게 웃었다.

하진은 즉시 각처의 장수를 낙양으로 불러들였다. 그리고 여러 참모들을 모아 자기의 계획을 이야기했다. 이 때 주부(主簿) 진림(陳琳)이 나서서 말했다.

"그것은 가당치 않으신 말씀입니다. 속담에 이르기를 '눈을 가리고 새를 잡는 것은 자신을 속이는 짓(掩目而捕燕雀是自欺也)'이라 했습니다. 미물(微物)도 속임수로는 잡기 어려운데, 하물며 국가의 대사는 더 말할 나위도 없습니다. 이제 대장군께서는 황실의 위력으로 군권(軍權)을 쥐고 있으니, 남들이 감히 넘볼 수 없을 것입니다. 내시들을 때려잡기는 식은 죽 먹기나 다를 바 없습니다. 지금 당장이라도 어떤 단안(斷案)만 내리시면 모두 대장군님의 뜻을 따를 것입니다. 그럼에도 불구하고 격문(檄文)을 띄워 외곽으로부터 장수들을 끌어들인다면, 그들은 딴 생각을 품게 되어 자못 일을 그르칠 염려가 있습니다."

듣고 있던 하진은 껄껄껄 웃으며 냉소에 부쳤다.

"그것은 겁쟁이 선비놈들이나 할 짓이야."

이들을 지켜보며 오고가는 대화를 듣고 있던 한 사나이가 손뼉을 치며 한바탕 호탕하게 웃었다.

"그까짓 대단치도 않은 일로 야단법석이군!"

그는 다름 아닌 조조였다. 나라를 엎어 차지하려는 모사꾼들 틈에서 과연 조조는 무어라 말할 것인지…….

3. 권력을 쥔 동탁

의 온 명 동 탁 질 정 원　　궤 금 주 이 숙 세 여 포
議溫明董卓叱丁原　　餽金珠李肅說呂布

동탁은 온명원에서 의로운 말을 간하는 정원을 꾸짖고, 이숙에게 값진 금은보화로 여포를 꾀게 하다.

하진의 지령

조조는 하진에게 설명했다.
"환관(宦官)이 국가 대사를 그르친 것은 예로부터 있어온 일입니다. 그것은 황제가 그들을 너무 믿고 대권을 손에 쥐어주었기 때문입니다. 만일 그들의 죄상을 다스리고자 한다면 우두머리만 제거하면 되고, 그 일은 옥리 혼자서도 충분하며 굳이 외방의 장수까지 끌어들일 필요는 없습니다. 그들을 모조리 잡아 죽이려 들면 일이 탄로나게 되고 그리 되면 오히려 일을 그르치게 됩니다."
그러자 하진은 오히려 역정을 냈다.
"조조는 왜 사심을 품는가!"
조조는 그 자리를 뜨면서,
"천하를 어지럽게 할 자는 바로 하진이구나"
하고 내뱉었다.

그러나 하진은 이에 아랑곳하지 않고 야밤중에 몰래 밀사(密使)를 각지로 보냈다. 하진의 지령을 받은 장수 중에서 가장 기뻐하는 자는 동탁이었다. 그는 전장군(前將軍) 오향후(鰲鄕侯)로 서량 자사였다. 동탁은 지난 황건적 난의 토벌에 이렇다 할 무공(武功)을 세우지 못하였다. 그래서 조정에서 그 죄를 다스리려 하였던 것인데, 그는 내시들에게 많은 뇌물을 주고 그들과 결탁하여 오히려 벼슬이 올라가 서주(西州)의 20만 대군을 통솔하게 되었고, 속으로 불충(不忠)한 야심을 품고 있던 터였다.

동탁은 그의 사위인 중랑장 우보(牛輔)에게 섬서(陝西)를 지키도록 하고, 자신은 부하들을 거느리고 수도인 낙양으로 말을 몰았다. 그의 또 다른 사위며 참모인 이유(李儒)는 동탁에게 이렇게 조언했다.

"비록 지금 장군께서 조서를 받고 떠나시지만 도중에 무슨 일이 생길지 모르니 먼저 상주문(上奏文)을 중앙에 올리고 군사를 움직이는 것이 현명할 것입니다."

동탁은 그 의견에 찬성하여 다음과 같은 상주문을 올렸다.

천하가 이처럼 어지러운 것은 내시 장양의 무리들이 천도(天道)를 어긴 때문입니다. '끓는 물을 식히려면 불 때던 불쏘시개를 걷어내야 하고, 종기는 수술하는 편이, 가만 놔둬 독이 번지게 함보다 낫다'고 하였습니다. 신은 징을 치고 북을 울리며 낙양에 들어가 장양 일파를 없애 나라를 구하고 천하를 건지겠습니다.

하진이 동탁의 상주문을 여러 대신들에게 보이니, 그 중 시어사(侍御史) 정태(鄭泰)가 이렇게 말했다.

"동탁은 여우 같은 놈이라서 서울에 들어오면 사람을 잡아먹을 것입니다."

하진이
"의심이 많으면 큰일을 이루지 못한다"
고 하자 옆에 있던 노식도 거들었다.

"저도 동탁을 잘 알고 있습니다. 그는 양가죽을 둘러쓴 이리 같은 사람입니다. 만일 그자가 이곳에 들어온다면 반드시 큰일을 일으킬 것입니다."

하진이 노식의 말도 듣지 아니하므로 정태와 노식이 관직을 버리고 낙향하자 대신들 거의가 따라서 낙향하였다. 하진은 그에 아랑곳하지 않고 사신을 보내어 민지(澠池)에서 동탁을 맞으니, 동탁은 사위 이유의 조언에 따라 군사를 거느린 채 움직이지 않았다.

한편 변방에 있던 동탁이 군사를 이끌고 자기를 죽이려고 수도로 오는 중이라는 말을 들은 장양은 즉시 자기를 따르는 무리들을 불러모아 말했다.

"동탁이 변방에서 여기까지 온 것은 하진의 모사(謀事)에 의함이 분명하다. 그러니 우리가 먼저 손을 써서 하진을 죽이는 것이 현명한 일이다."

내시들의 반란과 죽음

장양은 즉시 칼을 잘 쓰는 하수인(下手人) 50여 명을 장락궁(長樂宮) 가덕문(嘉德門) 안에 매복시키고 하 태후에게로 갔다.

"지금 대장군께서 거짓 조서로 변방의 군사를 끌어들여 신의 무리를 죽이려 하니, 태후께서는 불쌍히 여기셔서 저희들의 목숨을 구해주소서."

"너희들이 대장군을 찾아 사죄해보도록 함이 좋겠다"
하며 하 태후는 발뺌하려 들었다.

장양은 다시 애걸했다.

"만일 소생들이 승상부(丞相府)에 나타나기만 하면 죽음을 면치 못할 것입니다. 부디 태후께서는 대장군을 부르시어 전교(傳敎)를 내리십시오. 그렇지 않으면 신들은 오직 죽음을 기다려야 하옵니다."

하 태후는 하진을 불러들이라고 명령을 내렸다. 하진이 궁으로 들어가려 할 때, 주부(主簿) 진림이 강력히 막았다. 하진은,

"태후께서 나를 부르시는데 도대체 무슨 화가 미친다는 말이냐?"
하고 반문했다. 옆에 있던 원소가 말했다.

"내시들을 죽이려던 계획이 누설된 이 마당에 왜 화약을 지고 불에 뛰어들려 하십니까? 장군께서 꼭 대궐에 들고자 하시면 먼저 내시들을 불러내신

후에 들도록 하십시오."

하진은 가소롭다는 듯이 말했다.

"유치한 소리들을 하는군. 천하 권세가 다 내 손아귀에 있거늘 내시들이 뭐가 두렵다 하느냐?"

"장군께서 꼭 궁에 드시겠다면 저희가 호위하겠습니다."

원소가 걱정스러운 듯 나섰다. 원소와 조조는 할 수 없이 정병 500명을 뽑아 원소의 아우 원술(袁術)에게 궁궐문 앞을 지키게 하고, 둘은 하진을 따라 장락궁 앞에 이르렀다.

"태후께서는 오직 대장군의 입궐만 허락하셨으므로, 다른 사람은 들어오지 못합니다."

궁궐 문을 지키고 있던 내시들은 원소와 조조의 입궁(入宮)을 막았다. 할 수 없이 하진 혼자 의기양양하게 가덕전(嘉德殿) 문 앞에 이르니 장양과 단규가 마중 나왔다. 때를 같이하여 숨어 있던 장양의 부하들이 우르르 달려들어 하진을 에워쌌다. 하진은 대경실색(大驚失色)했고, 장양은 큰소리로 하진을 꾸짖었다.

"동 태후를 독살한 놈아! 국모가 죽었는데 어찌 병을 핑계하여 나오지 않았느냐? 돼지나 잡아서 팔던 네놈을 천거한 우리의 은혜도 모르는 놈, 네놈은 말끝마다 우리들이 썩었다 하니, 네놈은 얼마나 깨끗한 놈이냐!"

하진이 사태의 위급함을 깨닫고 도망치려 했으나, 이미 장양의 부하들이 궁궐 문을 모두 잠그고 있었다. 그들은 일제히 달려들어 하진을 내리쳤다.

후에 사람들이 하진의 죽음을 이렇게 한탄했다.

한나라 천수가 기울어 끝나는지	漢室傾危天數終
하진의 노력도 수포로 돌아갔구나.	無謀何進作三公
충신들의 간언을 듣지 않더니	幾番不聽忠臣諫
궁중에서 칼 맞는 운명 피하지 못했구나.	難免宮中受劍鋒

하진이 안으로 들어간 지 오래도록 소식이 없자, 밖에서 기다리고 있던 원소가 궁문 쪽으로 가서 소리쳤다.

"장군님, 빨리 수레를 타고 나오십시오."

장양 일행이 하진의 머리를 밖으로 던지며 소리쳤다.

"하진은 모반을 일으켰으므로 사형에 처했다. 그자를 따른 자들이 많을 것이나 특별히 은전(恩典)을 베풀어 목숨만은 살려주마."

이에 원소가 크게 욕설을 퍼부었다.

"내시놈들이 대장군을 죽였다. 모든 군사들은 들어가 놈들을 때려잡자."

원소가 입에 침을 튀기며 소리를 지르자, 하진의 부장 오광(吳匡)이 불을 지르고 원술은 궁으로 뛰어들어 환관을 닥치는 대로 찔러 죽였다. 조충·정광·하운·곽승 등은 취화루(翠花樓)로 도망쳤으나 잡혀 죽었다.

이런 판국에도 장양·단규를 비롯한 조절·후람 등 내시들은 태후와 천자 및 진류왕을 납치해 내성(內省)을 벗어나 북궁으로 달아났다.

이 때 중랑장 노식은 벼슬을 버리고 귀향하려다가 아직 떠나지 않고 낙양에 머물러 있던 터였다. 궁중에 변란(變亂)이 일어났다는 말을 들은 노식은 곧 궁으로 달려갔다. 때마침 단규가 하 태후를 협박하여 전각 아래로 끌어내리려는 순간이었다.

"역적 단규야, 네 어찌 감히 하 태후 마마를 협박하느냐?"

단규는 깜짝 놀라 달아나고 하 태후는 무사히 위기를 벗어났다. 노식은 하 태후를 안전하게 모셨다.

오광은 눈에 불을 켜고 내시들을 찾다가 하진의 동생 하묘를 붙잡았다.

"이놈은 내시들과 한패가 되어 형인 하진을 죽인 놈이니 죽여 마땅하다"고 외치자 군사들이 달려들어 그를 죽였다. 이런 와중에서도 조조는 여기저기 불타고 있는 궁중의 불을 끄고, 노식이 구해 모신 하 태후에게 나라일을 섭정(攝政)하도록 하고, 소제를 끌고 간 장양을 찾아 나섰다.

장양과 단규는 소제와 진류왕을 납치해 안고서 쉬지 않고 도망쳐 북망산(北邙山)에 이르렀다. 도저히 앞을 분간할 수 없이 어두운 한밤중이었다. 뒤쪽으로는 함성을 지르며 사람들이 가까이까지 쫓아오고 앞쪽으로는 하남의 중부연리(中部椽吏) 민공(閔貢)에게 붙잡히게 된 장양은 달리 피할 길이 없자, 죽음의 입을 벌리고 있는 검은 강물 속으로 뛰어들었다. 민공의 부하들은 황제를 찾으려 했으나 도저히 찾을 길이 없었다.

황제의 수난

장양에게 끌려다니던 황제와 진류왕은 겨우 살아나 돌아갈 길을 찾았으나, 밤이 깊어 사방을 분간할 수가 없었다. 그래서 둘은 지쳐 주저앉았다가 부둥켜안고 울고 말았다. 이 때 홀연히 수많은 반딧불이 한데 모여 밝게 그들의 앞길을 밝혔다.

"이것은 하늘이 우리를 도우시는 일입니다."

어린 진류왕은 황제인 형의 손을 붙잡고 반딧불을 따라 길을 나섰다. 두 형제는 반딧불의 인도에 따라 걷다가 어느 산비탈 밑 농가 옆에 있는 노적가리 위에 피곤한 몸을 뉘어 잠이 들었다. 그 노적가리 앞에는 농장이 하나 있었다. 그 날 밤 농장의 주인은 붉은 태양 두 개가 장원에 떨어지는 꿈을 꾸었다. 깜짝 놀라 잠에서 깨어 노적가리 있는 곳에 당도하니, 거기에 두 소년이 누워 있는 것이 아닌가. 이상히 여긴 주인은 그들에게,

"두 분 소년은 어느 댁 자제이신가요?"

하고 정중히 물었다.

황제가 아무런 대꾸를 하지 않으니 진류왕이 황제를 가리키며 말했다.

"이분은 황제 폐하십니다. 내시들의 난을 만나 예까지 오셨습니다. 그리고 저는 동생 되는 진류왕입니다."

주인은 깜짝 놀랐다. 그러나 곧 예를 갖춰 절을 올리며 아뢰었다.

"신은 선제(先帝) 대에 사도를 지낸 최열(崔烈)의 아우 최의(崔毅)입니다. 신 또한 내시들이 돈을 받고 벼슬을 팔며 어진 사람을 멀리하므로, 이 곳에 숨어 농사를 지으며 살고 있습니다."

농장의 주인은 황제와 진류왕을 집으로 모셔 술과 음식을 올렸.

한편 민공은 북망산에서 황제를 찾지 못하고 내려오다 뜻밖에 단규를 만났다. 천자의 행방을 물었으나, 얼마 전에 헤어져 모른다면서 벌벌 떨었다. 민공은 단칼에 단규의 목을 쳐 머리채를 말 꼬리에 달고 달려가다가 최의의 집 앞에 당도하게 되었다. 민공과 최의는 각별한 사이였다. 최의는 불시에 방문한 민공을 반가이 맞으며 물었다.

"자네가 웬일인가? 그리고 저 말 꼬리에 매단 목은 누구의 것인가?"
"이것 말인가? 이건 단규의 목일세."

민공은 단규의 목을 베게 된 일을 자세히 설명하였다. 최의 역시 황제가 지금 자기 집에 묵고 있음을 이야기했다. 황제와 민공·최의는 서로 손을 잡고 통곡했다. 민공이 울음을 그치며 아뢰었다.

"나라에는 단 하루라도 임금이 계시지 않으면 아니 되옵니다. 청컨대 폐하께서는 당장 궁으로 돌아가셔야 합니다."

최의는 이들에게 농장의 말 한 필을 내주었다. 민공은 소제와 진류왕을 모시고 환궁하였다. 그들이 길을 떠난 지 얼마 안 되어 사도(司徒) 왕윤(王允), 태위(太尉) 양표(楊彪), 좌군교위(左軍校尉) 순우경(淳于瓊), 우군교위 조맹(趙萌), 후군교위 포신(鮑信), 중군교위 원소 등 수백 명이 어가(御駕)를 갖고 마중나왔다. 황제와 신하들은 재회의 기쁨을 나누며 낙양을 향해 바쁜 걸음을 재촉했다.

내시들의 난이 일어나기 전에 시정(市井)의 아이들 입에서는 이런 동요가 불려졌다.

황제이면서 황제 아니요	帝非帝
왕이면서 왕 노릇 못 하네.	王非王
수많은 무리들만이	千乘萬騎
북망산으로 달리누나.	走北邙

동탁의 속셈

일행은 천자를 모시고 가던 중 누런 깃발을 펄럭이면서 흙먼지를 일으키며 달려오는 한 떼의 군사들과 맞닥뜨렸다. 황제는 물론 따르던 신하들이 모두 소스라치게 놀랐다. 원소가 앞으로 나서며 누구인가 물었더니 깃발 뒤쪽에서 한 장군이 앞으로 나서며 되물었다.

"천자 폐하는 어디 계시오?"

소제는 두려워 몸을 떨고 있는데 진류왕이 선뜻 말을 달려 앞으로 나서서 대답했다.

"그대는 누구요?"

"서량 자사 동탁이오."

"그래, 그대는 황제를 보호하기 위해서 왔는가, 아니면 다른 뜻이 있어 왔는가?"

"예, 황제를 보호하고자 왔습니다."

진류왕은 이 말을 듣고,

"보호하러 온 자가, 폐하가 여기에 계시는데도 불구하고 어이하여 말에서 내려 예를 갖추지 않는가?"

라고 꾸짖었다. 동탁은 크게 놀라 당장 말에서 내려 길 옆에 서서 예를 갖췄다. 진류왕은 근엄한 태도로 동탁을 칭찬하며 그에게 호위를 맡겼다. 이에 동탁은 남몰래 이를 특별하게 여겨 황제를 폐하고 진류왕을 황제의 자리에 오르게 해야겠다는 생각을 품었다.

이날 황제 형제가 환궁하니 하 태후가 그들을 반겨 맞으며 울었다. 그러나 안타깝게도 이 난리통에 그만 옥새(玉璽)가 없어져 버렸다.

이후 동탁은 황제 형제의 권세를 빌려 휘하의 군대를 성 밖에 주둔시키며 거리를 활보하고 궁중에도 무상출입을 했다. 그 위세에 눌려 백성들은 불안에 떨었다.

후군교위 포신은 동탁의 이런 무례한 행위에서 심상치 않은 낌새를 느끼고 원소에게 달려가서 속히 동탁을 제거하자고 말했다.

그러나 원소는,

"조정이 이제 겨우 안정을 되찾았으니 함부로 일을 벌여서는 아니될 게요."

라며 그 의견을 따르지 않았다.

포신은 왕윤 등 장수들에게 자기의 뜻을 펴려고 노력했으나 허사가 되자, 자기를 따르는 군대를 거느리고 태산(泰山)으로 가버렸다.

이 때 동탁은 하진 통솔 하의 병사들을 그의 휘하에 포섭하니, 그의 세력은 더욱 커졌다. 동탁은 이제 그의 꿈을 펼 궁리만 하게 되었다.

그는 자기의 사위인 이유를 불렀다.

"나는 황제를 폐하고 진류왕을 황제로 모시려 하는데 네 생각은 어떠하냐?"

"지금 조정에는 비록 황제는 있으나 이렇다 할 주인이 없으니 이런 좋은 기회를 놓치지 마십시오. 내일로 온명원(溫明園)에 문무백관을 모아 황제를 바꾸십시오. 반대하는 자는 즉각 목을 치면 될 것입니다"

라고 이유는 맞장구를 쳤다.

온명전의 의논

다음날 동탁은 온명원에서 크게 잔치를 베풀고 문무백관을 청했다. 무기력한 백관들은 어쩔 수 없이 모두 온명원에 모였다. 얼마 뒤 동탁은 거드름을 피우며 칼을 차고 연회장에 들어섰다. 거기 모인 문무백관은 두려워서 모두 예를 갖춰 동탁을 맞았다. 연회는 무르익을 대로 무르익어갔다.

모두가 취기에 빠져 몽롱해졌을 때, 동탁은 음악을 멈추게 했다. 간드러진 여인들의 웃음소리도 사라지고 장내는 찬물을 끼얹은 듯 조용했다.

"경(卿)들! 황제는 나라의 주인입니다. 천자가 권위를 잃을 때에는 나라가 흔들리는 법이오. 내 생각에는 나약한 지금의 황제를 폐하고 진류왕을 황제로 옹립했으면 하는데 경들의 뜻은 어떠하오?"

문무백관은 모두 두려워 입을 떼지 못했다. 긴 침묵이 흘렀다. 그 때였다. 문무백관 중에 한 신하가 자리를 박차고 일어나 큰소리로 외쳤다.

"그것은 절대로 안 되오. 장군은 어찌하여 감히 그런 소리를 하는 거요. 황제께서는 전 황제의 법통(法統)을 이으신 분으로 폐하께서는 폐립(廢立)을 당할 과오를 범하지 않았소. 당신은 역적이오."

동탁이 그자를 살펴보니 다름 아닌 형주 자사 정원(丁原)이 아닌가. 동탁은 화를 불끈 내면서,

"내 뜻을 따르는 자는 살려주되 거역하는 자는 죽음을 면치 못하리라"

하며 분함을 참지 못하여 칼을 빼어 정원을 죽이려 했다. 이 때 동탁의 사

위 이유가 눈여겨보니 정원의 뒤에는 위풍이 당당한 한 장수가 손에는 방천화극(方天畵戟)을 들고 눈을 부라리며 턱 버티고 있는 게 아닌가. 이유는 급히 일어나 아뢰었다.

"오늘처럼 즐거운 잔칫날에는 국정(國政)을 논하지 마십시오. 내일 다시 도당(都堂)에 모여 협의해도 늦지 않습니다."

여러 대신들이 만류하니 정원은 말을 타고 자리를 떠났다.

동탁이 여러 문무백관을 둘러보며 다시 입을 열었다.

"여러분들, 내 의견이 어떻소?"

모두가 조용한 중에 노식이 점잖게 동탁의 말을 받았다.

"장군께서는 잘못 생각하고 있소. 옛날 은(殷)의 태갑(太甲)이 방자하므로 이윤(伊尹)이 그를 몰아냈소. 또한 한나라 창읍왕(昌邑王)이 왕위에 오른 지 27일 만에 3천여 죄를 범하니 곽광(霍光)이 태묘(太廟)에 고하고 창읍을 폐위시켰소. 그러나 지금의 황제께서는 비록 나이는 어리지만 총명하고 어지시며 추호도 잘못을 범하지 않았소. 공은 밖을 지키는 자사(刺史)의 몸으로 국정에 왈가왈부할 입장이 아니오. 또한 이윤이나 곽광과 같은 큰 재주도 없으면서 왜 강제로 황제를 폐하려 하시오? 옛날의 성인도 말씀하기를 '이윤과 같은 뜻이 아니라면 이러한 일을 도모하는 것은 바로 역적'이라고 하셨소."

동탁은 또 칼을 빼들어 죽이려 했다. 의랑(議郎) 팽백(彭伯)이 급히 동탁을 가로막으며 말했다.

"상서(尙書) 노식은 천하에 인망(人望)이 두터운 사람이니, 지금 그를 해치게 되면 천하에 물의를 일으키는 결과만 초래할 뿐이오."

이에 동탁은 뜻을 굽혔다.

"황제를 폐하려는 문제는 이런 주석(酒席)에서 논의될 성질의 것이 아니니 후일 기회를 잡아 다시 의논함이 좋을까 합니다"
라고 사도(司徒) 왕윤이 거들었다. 문무백관들은 이 때다 싶어 하나 둘 어물어물 궁을 빠져나갔다. 동탁이 간신히 흥분을 가라앉히고 온명원 문밖에 나서니 웬 사나이가 커다란 창을 뻗쳐들고 말 위에 올라 이리저리 왔다갔다 했다. 동탁은 겁이 나서 이유에게 귀엣말로 물었다.

여포의 상
《貫華堂三國志演義》에서

"저 장수는 누구냐?"

"정원의 양자로 성은 여(呂)요 이름은 포(布)며, 자는 봉선(奉先)입니다. 장군께서는 잠시 몸을 피하심이 좋을까 합니다."

동탁은 슬며시 자리를 피해 달아났다.

다음날 형주 자사 정원이 동탁을 죽일 결심으로 군사를 모아 동탁이 묵고 있는 군성(軍城)에 이르러 싸움을 걸었다. 동탁은 화가 머리끝까지 치밀어 이유를 앞세워 싸움에 맞섰다.

양쪽 군사가 둥그렇게 진을 쳤다. 유난히 여포의 모습이 돋보였다. 틀어 올린 머리에는 금관을 썼고 흰 꽃이 물결치는 전포에 당예(唐猊) 갑옷을 입었으며, 입을 벌린 사자머리가 새겨진 허리띠를 두르고 창을 비껴 들고 말을 달려 정원과 나란히 진 앞으로 나왔다.

동탁은 마음이 섬뜩했다. 정원이 동탁을 크게 꾸짖었다.

"환관이 권세를 잡자 나라가 어지럽고 백성은 도탄에 빠져 허덕이는데, 네놈은 한푼의 공도 없이 어찌 감히 천자를 폐하고 조정을 어지럽히려 하느냐?"

동탁의 대답이 없자 성이 난 여포는 동탁을 죽이려고 창을 휘둘렀다. 동탁이 급히 말을 돌려 달아나니 정원의 군사들은 그들을 뒤쫓았다. 동탁의 무리는 크게 패하여 30여 리 밖으로 달아났다.

동탁은 정신을 가다듬고 군사를 모아 이렇게 한탄했다.

"여포라는 자는 참으로 비범하다. 내 휘하에 그런 장수가 있다면 천하에 무엇이 두려우랴."

"장군께서는 너무 염려 마십시오. 저는 여포와 동향(同鄕)으로 그를 잘 알고 있습니다. 그는 비록 용맹하나 지혜가 부족한 인간이고, 자기의 사리사욕을 위해서는 의(義)를 헌신짝처럼 버리는 자입니다. 제가 그를 장군의 부하가 되도록 달래어보겠습니다."

이렇게 말하여 동탁을 위로한 사람은 호분중랑장(虎賁中郞將) 이숙(李肅)이었다. 동탁은 크게 기뻐하며 물었다.

"그대는 어떻게 그를 설득시키겠는가?"

"예, 장군께서 가지신 천리를 달릴 수 있다는 명마인 적토마(赤兎馬)와 많은 금은보화를 내리신다면 가서 그를 회유하겠습니다. 여포는 반드시 정원을 배반하고 장군께 투항할 것입니다."

동탁은 이유에게 물었다.

"네 생각은 어떠냐?"

"주공께서 천하를 손에 넣는데 그까짓 말 한 필이 아까울 게 뭐 있습니까?"

여포의 배반

동탁은 흔쾌히 적토마 한 필과 더불어 황금 천 냥과 보석 10여 점, 옥대 1조를 주었다.

이숙은 이것들을 가지고 여포를 찾아갔다. 파수를 보는 군사들이 이숙을 둘러싸며 누구냐고 물었다.

"가서 여포 장군에게 반가운 옛 친구가 찾아왔다고 여쭈어라"
하고 이숙이 이르니, 이윽고 여포가 이숙을 불러들였다.

이숙이 먼저 입을 열었다.

"아우는 내가 웬일인가 하고 놀랐지?"

여포가 반기며 물었다.

"오랫동안 뵙지 못했더니 지금 어디에 있소?"

"중랑장이란 벼슬자리에 있네. 아우가 나라의 사직을 지키려 한다는 소문을 듣고 기쁨을 이기지 못하여 찾아왔네. 나에게 좋은 말이 한 필 있는데 하루에 천리를 달리며, 물을 건너뛰고 산을 뛰어넘기를 평지를 달리듯 하네. 적토마라고 부르는 말인데, 아우에게 주어 아우의 범 같은 위용(威容)

을 떨치게 하고 싶네."

여포는 부하에게 명하여 적토마를 끌고 오도록 했다. 과연 명마였다. 전신을 살펴보니 타오르는 불빛처럼 붉고, 잡털이라고는 눈을 씻고 보아도 없었다. 머리에서 꼬리까지의 길이는 1장이요, 말굽에서 갈기까지의 높이는 8척이나 되었다. 한번 발을 굴러 뛰니 마치 공중으로 나는 듯하고 바다 위를 달리는 듯했다.

후세 사람들은 이 적토마에 대하여 아래와 같은 시를 남겼다.

티끌먼지 흩날리며 천리를 달려	奔騰千里蕩塵埃
산 넘고 물 건너면 자색 안개 피어나네.	渡水登山紫霧開
실고삐 당기고 옥고삐 흔들며	掣斷絲韁搖玉轡
화룡이 먼 하늘에서 날아오는 듯.	火龍飛下九天來

여포는 그 적토마를 살펴보고 크게 기뻐했다.

"형님께서 이렇게 훌륭한 말을 주셨는데 이 은혜를 어떻게 보답해야 할지 모르겠습니다."

이숙은 뜻있는 웃음을 입가에 머금고 말했다.

"내가 아우를 찾아온 것은 오직 의를 위함이네. 은혜를 갚는다는 것은 당치도 않은 말일세."

여포는 술상을 차려 이숙을 대접했다. 이숙은 술잔을 받으며 넌지시 이렇게 말했다.

"그 동안 아우와 자주 만나지는 못했지만, 춘부장과는 가끔 만나뵙는 처지로 오늘 이 자리에 모셨더라면 좋았을 터인데 ……."

"형님, 취하셨군요. 아버님께서는 세상을 떠나신 지 오래입니다. 그런데 어떻게 형님께서 아버님을 뵈었다는 말이오?"

이숙은 껄껄껄 웃으며 말했다.

"아닐세, 내가 지금 이야기하는 분은 바로 정 자사(丁刺史)를 두고 하는 말일세."

여포는 이 말에 크게 놀라며,

"내가 정 자사에게 매어 있음은 달리 어쩔 수 없기 때문이오"라고 변명했다.

"아우가 하늘을 떠받치고 바다를 누를 만한 재주가 있음은 세상이 다 알거늘, 누가 아우를 공경하지 않겠는가! 공명부귀(功名富貴)도 아우의 뜻대로 할 수 있을 터인데, 무엇 때문에 남의 밑에 매인 생활을 한다는 말인가?"

여포는 한숨을 길게 내뿜었다.

"아직까지 명군(名君)을 만나지 못했기 때문입니다."

"속담에 이르기를, '날짐승은 나무를 가려서 앉고, 어진 신하는 주인을 잘 택하여 섬긴다'고 했네. 기회를 잃고 나서 후회한들 소용없는 일이네."

"형께서는 조정(朝廷)의 인물 중에 누가 과연 영웅이라고 생각하십니까?"

"내가 알기로는 동탁만한 사람은 없다고 생각하네. 그는 어진 사람을 공경할 줄 알고, 상벌(賞罰)이 분명하니 대업(大業)을 이룰 사람은 오직 그분이 아닌가 하네."

"그런 분을 한번 받들고 싶은데 무슨 방법이 없을까요?"

이숙은 이 때를 놓칠세라 가지고 왔던 보물들을 내놓았다. 갖가지 보물과 옥대가 여포의 시선을 끌었다.

"이것들은 다 어이 된 물건이오?"

이숙은 좌우에 있던 부하들에게 큰 소리로 자리를 좀 비킬 것을 명하고 은밀히 여포에게 속삭였다.

"이것들은 동탁께서 그대의 명성을 듣고 특별히 나를 보내어 예물로 주라 하셨네. 지 적토마 역시……."

"동 공께서 이다지도 저를 생각하여 주신다면 저는 무엇으로 보답해야 됩니까?"

"나처럼 재주가 없는 사람도 호분중랑장의 자리에 있네. 그대가 그분께 간다면 높은 벼슬을 내리실 것일세."

"하지만 아무런 공로도 세운 일 없이 어떻게 그분 아래에 간다는 말이오?"

"그거야 오직 그대가 마음먹기에 달린 것이 아닌가?"

(동탁은) 이숙에게 값진 금은보화로 여포를 꾀게 하다. 《繡像全圖三國演義》에서

여포는 한참 동안 무엇을 생각하더니,
"내가 정 자사를 죽이고 군사를 이끌어 동탁에게 가는 것이 어떨는지요?"
하고 물었다.
"그렇게만 한다면 더 말해 무엇하겠나? 하지만 쇠뿔도 단김에 빼랬다고, 일을 실행하려면 지체해서는 안 되네."
여포에게서 다음날 항복할 것을 약속받고 이숙은 돌아갔다.
이날 밤 이경(二更)쯤에 여포는 큰 칼을 차고 정원의 처소로 들어갔다. 자사 정원은 촛불을 켜고 병서(兵書)를 읽다가 여포를 보고 반기며,
"우리 아들이 이제 오는구나. 이 밤중에 무슨 일이냐?"
하고 물었다. 여포는 소리를 질렀다.
"나도 어엿한 대장부인데 어찌 내가 네놈의 아들이란 말이냐?"
자사 정원은 기가 막혔다.
"아니 네놈이 미쳤느냐?"
하는 찰나에 여포는 칼을 뽑아 정원의 목을 베었다.

"정원이 어질지 못하여 내가 그를 죽였다. 나를 따르려거든 그대로 있고, 나를 따르지 않을 자는 마음대로 가도 좋다."

군사들은 대부분이 그 곳을 떠났다.

다음날 여포는 그를 따르는 몇몇의 군사를 거느리고 정원의 머리를 가지고 이숙을 찾았다. 이숙이 여포를 동탁에게 인도하자, 동탁은 크게 기뻐하며 여포를 맞았다. 동탁이 먼저 입을 열었다.

"이제 장군을 얻게 된 것은 마치 가뭄에 단비를 만난 것과 같습니다."

여포는 황망히 엎드려 절하며,

"장군께서 이 몸을 버리지 아니하신다면 소생은 장군을 의부(義父)로 모시겠습니다"

하고 말했다. 동탁은 더 많은 금은보화를 상으로 내렸다. 여포를 얻은 동탁의 기세는 더욱 가관(可觀)이었다. 동탁은 총대장이 되고 그의 동생 동민(董旻)은 좌장군, 여포는 중랑장이 되었다.

이렇게 되자 이유는 빨리 황제를 폐위시키자고 동탁을 충동질했다. 동탁은 이유의 말에 따라 대궐 안에서 연회를 베풀고 문무백관을 청하였다. 그는 여포에게 명하여 용감한 군사 천여 명이 좌우를 시위(侍衛)하게 했다.

주연이 한참 무르익을 무렵, 드디어 동탁은 칼을 빼어 들고

"황제께서는 건강이 좋지 않고 더욱이 정사(政事)에 밝지 못하시므로, 나는 이윤과 곽광처럼 그를 폐하고 대신 그의 아우이신 진류왕을 황제로 모시기로 하였다. 만일 이에 복종하지 않는 자는 이 자리에서 목을 베겠다"

하고 말했다.

여러 군신들은 겁을 먹고 떨기만 할 뿐 어느 누구 하나 입을 여는 사람이 없었다. 오직 중군교위 원소가 동탁을 꾸짖을 뿐이었다.

"황제께서는 이제 즉위하신 지도 얼마 안 되실 뿐 아니라 덕(德)을 잃은 과오도 없으시다. 그런데 감히 네놈이 적계(嫡系)이신 현 황제를 폐하고 서자(庶子)인 진류왕을 황제의 자리에 앉히려고 모반한단 말이냐?"

동탁은 노하여 소리쳤다.

"지금은 천하가 오직 내 손아귀에 있을 뿐이다. 내가 하는 일을 감히 어느 놈이 막는다는 말이냐. 이 칼이 무섭지도 않느냐?"

원소도 질세라 칼을 빼들었다.
"네 이 죽일 놈! 네놈의 칼만 서슬이 퍼런 줄 아느냐?"
결국 원소와 동탁 두 장수는 싸움이 붙었다.
정원이 의로움을 받들어 맞서 싸우다 먼저 죽고, 원소가 또 불구덩이 속으로 뛰어든 셈이었다.
과연 원소는 어떻게 될지…….

4. 황제가 된 진류왕

폐한제진류위황
廢漢帝陳留爲皇

모동적맹덕헌도
謀董賊孟德獻刀

동탁이 황제를 폐하여 진류왕을 제위에 올리고, 계책을 꾸민 조조가 동탁을 죽이려다 칼을 바치다.

진류왕을 황제로 세우다

동탁이 원소를 찔러 죽이려 할 때, 이유가 급히 동탁을 만류했다.
"아직 어떤 결정도 내리지 않았는데 사람을 죽이는 것은 망령된 일입니다."
동탁이 칼을 거두니 원소도 칼을 거두고 거기 모인 문무백관에게 소란을 피워 미안하다고 사죄했다. 대궐에서 나온 원소는 관패(官牌)를 풀어 동문에 걸어놓고 그 길로 기주(冀州)를 향해 떠났다.
동탁이 태부(太傅) 원외(袁隗)를 불러 말했다.
"그대의 조카 원소가 무례하게 굴었으나 그대의 체면을 생각하여 용서하기로 했소. 황제의 폐립 문제에 대하여는 어떻게 생각하오?"
"오직 장군의 뜻에 따를 뿐입니다."
원외는 부들부들 떨면서 이렇게 대답했다. 이에 동탁은 더욱 힘을 얻어,
"누구든 대의(大義)를 좇지 않는 자는 군법에 의해 처단하리라"

하고 전체를 둘러보며 말했다. 문무백관은 두려움에 떨면서,

"대감의 명에 따르겠습니다"

할 뿐이었다.

어느덧 연회도 끝났다. 원소가 목의 가시처럼 생각되었던 동탁은 문무백관이 돌아간 후, 부하 중에서 시중 주비(周毖)와 교위 오경(伍瓊)을 불러서 물었다.

"원소가 왜 갔다고 생각하느냐?"

주비가 먼저 대답했다.

"비록 원소가 불평을 품고 갔다고 해도 급히 서둘 필요는 없습니다. 빨리 먹는 밥이 체한다고 오히려 일을 그르칠 우려가 있습니다. 그의 가문(家門)은 4대에 걸쳐 은혜를 폈으므로 그 문하에는 많은 문생(門生)과 관리가 있습니다. 만일 그자가 자기를 따르는 천하의 호걸을 모아 난을 일으킨다면 산동(山東) 지방은 모두 그의 수중에 들 것입니다. 그를 널리 용서하여 작은 벼슬이라도 내린다면 결코 후환을 일으키지 않을 것입니다."

오경도 주비의 말을 거들었다.

"원소는 비록 재간은 있으나 과단성이 없는 위인이니 두려워할 것이 없습니다. 그에게 작은 태수 자리라도 내려서 민심을 거두십시오."

동탁은 두 사람의 말에 따르기로 했다. 그리하여 원소를 발해(渤海) 태수에 봉했다.

그해 9월, 동탁은 황제를 가덕전에 모시고 문무백관을 모아놓고 다음과 같이 선포했다.

"천자가 어질지 못하여 만인의 임금이 될 자격이 없다. 지금 책문(策文)을 읽을 터이니 문무백관은 귀 기울여 들으라."

이유가 동탁의 명을 받아 책문을 읽었다.

지금의 황제는 효령(孝靈) 황제의 뒤를 이어 등극(登極)하셨으므로 모든 백성들이 우러르고 따랐다. 그러나 자질(資質)이 경박하고 위의(威儀)가 없었으며 상중에도 만백성의 뜻을 저버렸다. 뿐만 아니라 하 태후는 범절(凡節)이 없어 정사를 어지럽혔고 동 태후를 죽이기까지 하여 삼강

(三綱)의 도가 끊어졌으며, 천지 기강이 무너졌다. 반면에 진류왕은 성덕과 범절을 갖춰 상중에도 효성을 다하였으며 부질없는 말을 삼갔다. 그의 아름다운 덕망은 천하에 자자하여 만세에까지 전하리라. 이에 진류왕을 황제의 위에 모시고자 하는 바다. 이는 하늘과 만백성의 뜻에 응하는 것이려니와 생령(生靈)의 뜻에 따름이다.

이유가 책문의 낭독을 마치자, 동탁은 좌우의 신하에게 현 황제를 끌어내리라 하고는 옥새 인끈까지 풀게 한 후 북쪽을 향해 꿇어앉아 신하라고 칭하라는 명을 내렸다. 이어 하 태후의 예복을 벗겼다. 황제와 태후는 서로 붙들고 통곡했으며, 거기에 모인 문무백관도 이 모습을 보고 모두 비통해 했다. 이 때 별안간 섬돌 아래에서 고함을 지르는 한 대신(大臣)이 있었다.
 "이 역적 동탁아, 네 어찌 감히 하늘을 속이려 드느냐? 네 목의 피를 뿌려 네놈을 징계하리라"
하고 외치며 손에 들었던 상간(象簡)으로 동탁을 후려쳤다. 그는 다름 아닌 상서(尙書) 정관(丁管)이었다. 동탁은 크게 노하여 저놈을 끌어내려 목을 베라고 소리치니, 그의 부하들이 정관을 끌고 형장(刑場)으로 갔다. 정관은 목숨이 다할 때까지 태연자약하게 동탁의 잘못을 꾸짖었으며, 죽음에 임해서도 얼굴빛조차 조금도 변하지 않았다.
 후세 사람들은 그의 충절(忠節)을 이렇게 읊었다.

동탁이 황제를 폐위시킬 뜻을 품으니	董卓潛懷廢立圖
한나라 종묘사직이 폐허가 되겠구나.	漢家宗社委丘墟
만조의 신하들 입 다물어 말 없는데	滿朝臣宰皆囊括
오직 정 공 홀로 장부임을 보였네.	惟有丁公是丈夫

동탁은 진류왕을 전(殿)에 오르게 하고, 군신들로 하여금 황제에 대한 예를 갖추게 했다. 이어서 전 황제·하 태후·황제의 비 당(唐)씨 등을 영안궁(永安宮)에 가두고 사람의 출입을 금지시켰다. 가련하게도 소제는 4월에 등극하여 9월에 쫓겨난 것이다.

동탁에 의해 새로이 황제가 된 진류왕 협은 영제의 차남으로, 자는 백화(伯和)였으며, 겨우 아홉 살 된 어린 소년이었다. 이가 곧 헌제(獻帝)로, 연호를 초평(初平)이라 했다.

황제의 죽음

이후 동탁은 국상(國相)이 되어 겨우 황제 앞에 찬배(贊拜)만 할 뿐 허리도 굽히지 않고, 황제 폐하의 어전임에도 전상(殿上)에 오를 때 칼을 차고 예사로 오르는 등 온갖 무례한 짓을 다했다.

이유는 동탁에게 덕망 있는 선비를 많이 기용(起用)하여 인망을 얻도록 권하며, 재간이 있다는 채옹(蔡邕)을 천거했다. 동탁은 이유의 말에 따라 채옹을 불렀다. 그러나 채옹은 이에 응하지 않았다. 자기의 명령이 무시당하자 동탁은 사람을 보내 채옹을 협박했다.

"만일 내 명을 거역하여 벼슬에 나오지 않으면 전가족을 멸하겠다."

채옹은 할 수 없이 동탁을 찾았다. 동탁은 크게 기뻐하며 그를 맞이하여, 그의 벼슬을 한 달 동안에 무려 세 번이나 올려 주어 시중(侍中)의 자리에까지 오르게 했다.

한편 영안궁에 갇힌 전 황제와 하 태후·당비(唐妃) 등은 의복과 음식이 날로 적어짐에 눈물 마를 날이 없었다.

어느 날 우연히 두 마리의 제비가 뜰에 날아든 것을 본 전 황제는 다음과 같은 시 한 수를 지었다.

돋아나는 파란 풀 연기같이 곱구나.	嫩草綠凝煙
나는 쌍제비 맵시도 고울시고.	裊裊雙飛燕
낙수 강물 한줄기 띠처럼 흐르니	洛水一條青
언덕 위 사람들 봄 경치 즐기누나.	陌上人稱羨
멀리 바라보니 흰 구름 떠가고	遠望碧雲深
오호라, 이곳이 내 궁전이 아니더냐.	是吾舊宮殿

| 충의를 지킬 자 어느 뉘 있어서 | 何人仗忠義 |
| 원한 맺힌 이 심사를 풀어주리오. | 洩我心中怨 |

　매일같이 사람을 시켜 그들의 동정을 감시하던 동탁은 어느 날 이 시를 보게 되었다.
　"원망하는 빛이 역력하구나. 죽여 없애야겠다."
　동탁은 사위인 이유를 불러 군사를 거느려 전 황제를 죽이도록 명령하였다.
　당시 폐위된 황제는 하 태후·당비와 더불어 누각에 앉아 있었다. 그 때 한 궁녀가 이유가 왔다는 전갈을 올렸다. 전 황제는 두려움에 떨었다. 이유는 누각에 이르자 술을 받들어 전 황제에게 올렸다. 황제가 웬 술이냐고 묻자, 이유는 둘러댔다.
　"마침 날씨도 화창한 봄날이라 국상이신 동탁께서 술을 올리라 하였습니다."
　이를 수상히 여긴 하 태후가 이유에게 명했다.
　"그 술을 그대가 먼저 먹어보라."
　이유는 노발대발하며,
　"너는 이 술을 마시지 못하겠느냐?"
하고 '너'라는 말까지 사용하며 전 황제를 윽박질렀다. 황제는 다만 어이없을 뿐이었다. 이유는 무사들을 불러 칼과 흰 비단을 가져오게 한 뒤,
　"만일 이 술을 못 마시겠다면 칼과 비단 중 어느 것을 선택하겠느냐?"
하고 또 윽박질렀다. 칼로 찔러 죽든지 아니면 비단으로 목을 매어 죽으라는 뜻이었다. 보다 못한 당비가 이유 앞에 꿇어 엎드렸다.
　"첩이 황제 폐하를 대신하여 그 술을 마실 터이니 공께서는 두 모자분의 생명을 보존해주십시오."
　가녀린 여인의 애소(哀訴)에도 그는 눈 하나 까딱하지 않고 꾸짖었다.
　"네가 왜 황제 대신 죽으려 하는 게냐?"
　이유는 하 태후에게도 술잔을 내밀었다. 하 태후는,
　"네놈이 먼저 마셔라"

하고 울부짖으며 먼저 죽은 오빠 하진을 원망했다. 하진이 도적의 무리를 이끌고 입경(入京)만 하지 않았어도 이런 화(禍)는 당하지 않았을 것이기 때문이었다. 이유는 빨리 독배(毒盃)를 들라고 성화가 불같았다.

전 황제는 울면서 부탁했다.

"모친과 작별할 시간을 달라."

말을 마치고 통곡을 하더니 시 한 수를 지어 불렀다.

천지가 바뀌고 해와 달도 거꾸로 떴구나.	天地易兮日月翻
천하를 호령하던 내가 이런 신세가 되다니	棄萬乘兮退守藩
신하에게 핍박받는 몸 명 또한 길지 않으리.	爲臣逼兮命不久
대세는 기울었고 눈물만 흐르누나!	大勢去兮空淚潸

전 황제의 옆에 있던 당비도 통곡을 하다가 시를 지어 노래를 불렀다.

하늘이 무너지니 땅마저 꺼지누나.	皇天將崩兮后土頹
황후 된 몸으로 따르지 못하는 한이여!	身爲帝姬兮恨不隨
생사의 갈림길에 나머지는 죽음뿐	生死異路兮從此別
외롭게 남을 몸 심사만 괴롭구나.	奈何煢速兮心中悲

당비는 이 노래를 마치고 전 황제를 얼싸안고 통곡했다. 이유는 무자비하게 그들을 꾸짖었다.

"국상께서는 빨리 결과를 아뢰라 하셨거늘, 너희들이 죽음을 모면하려 이같이 시간을 끈다고 누가 구해줄 줄 아느냐?"

보다못한 하 태후도 악에 받쳐 큰소리로 이유를 꾸짖었다.

"역적 동탁은 우리 모자를 핍박(逼迫)하고 네놈들은 그의 개가 되어 악행(惡行)을 범하니, 필시 멸족당할 날이 멀지 않으리라."

무지막지한 이유는 하 태후를 번쩍 들어 누각 아래로 내던져 버리고 당비는 부하에게 목졸라 죽이라고 명을 내렸다. 그리고 전 황제의 입을 강제로 벌리고 독약을 들이부어 참살(慘殺)하였다.

이유가 동탁에게 돌아가 보고하니 그는 퉁명스럽게 시체를 성 밖으로 끌어내어 묻으라고 했다.

충신 오부의 죽음

이 때부터 동탁은 안하무인이었다. 밤마다 궁에 들어가 궁녀를 번갈아 끼고 용상에서 잤다.

전에 한 번은, 동탁이 군사를 이끌고 성 밖으로 나가 양성 지방에 이르렀다. 때는 마침 2월이라 마을 남녀가 모두 모여 가을걷이 후 마을 수호신에게 제사를 올리고 있었다. 그 곳을 지나던 동탁은 군사들에게 그들을 에워싼 후 모두 죽이라고 명하였다. 그리고 부녀자를 겁탈하고 재물을 약탈해 수천 대의 수레에 싣고 목을 벤 사람 머리 천여 개를 수레 밑에 매달고 서울로 돌아왔다.

그리고는 양성에서 적군을 만나 그들을 대패시킨 후에 큰 승리를 거두고 돌아오는 길이라고 거짓말을 꾸며 퍼뜨리고, 목을 베어 가져온 사람의 머리를 성문 밖에서 불사르고 노략질해온 재물과 부녀자는 군사들에게 나눠주었다.

월기교위(越騎校尉) 오부(伍孚)는 자를 덕유(德瑜)라 하는 사람으로, 동탁의 횡포에 일찍이 분함을 품고 있었다. 그는 항시 조복(朝服) 속에 단도를 지니고 다니며 동탁을 죽일 기회만 엿보고 있었다.

어느 날 동탁이 대궐에 들어갈 때, 오부는 동탁에게 칼을 휘둘렀다. 그러나 동탁의 힘이 워낙 세어 오부는 붙잡혔고, 동탁의 부하가 된 여포의 손에 넘겨졌다.

"너에게 모반하도록 조종한 놈이 누구냐?"

동탁은 분에 못 이겨 이를 갈며 오부를 문초했다.

"이놈아, 네놈은 내 임금이 아니고 나 또한 네놈의 신하가 아니거늘, 어찌 감히 모반이라는 말을 하느냐? 네놈의 죄상은 하늘을 뒤덮을 지경이고 백성치고 네놈을 죽이려 하지 않는 자 없다. 네놈을 당장 수레바퀴에 매달아 사지를 찢어 죽여도 시원치 않겠다."
  그러나 무서운 권력 앞에는 충신도 소용이 없었다. 결국 오부는 몸뚱이가 토막쳐져 처참하게 죽었다.
  후세 사람은 그의 처참한 죽음을 이렇게 시로 읊었다.

오, 장하도다. 한말의 충신 오부여!	漢末忠臣說伍孚
하늘을 찌르는 그 의기 다시 없어라.	沖天豪氣世間無
조당의 역적을 단칼에 찌른 그 이름이여.	朝堂殺賊名猶在
만고에 길이 대장부라 전해지리!	萬古堪稱大丈夫

  이후부터 동탁은 완전무장한 병사들의 호위를 받으며 나들이를 했다.
  이 때 발해의 태수로 있던 원소도 동탁이 권력을 희롱하여 제멋대로 횡포를 부리고 있다는 소문을 듣고 왕윤에게 다음과 같은 밀서(密書)를 보냈다.

  역적 동탁이 하늘을 속여 황제를 폐하였으나, 세인(世人)은 후환이 두려워 말을 못 하오. 공은 이를 알고도 모른 체하시니 충신으로 취할 바가 아니라 생각하오. 이 원소는 황실을 바로잡으려 군사를 훈련하며 신중을 기하고 있소. 공께서 나와 뜻을 같이한다면, 나는 곧 명을 받들어 군사를 거느려 쳐들어가겠소.

  왕윤은 밀서를 받고 깊이 생각했으나 별다른 묘책(妙策)이 떠오르지 않았다.

동탁을 없앨 모의

  어느 날 궁중에 들어가서 여러 대신들이 모여 있는 것을 보고 왕윤은 이렇게 말했다.

"여러분, 오늘은 이 몸의 생일입니다. 비록 누추한 집이나마 찾아주셔서 술자리를 같이하여 주시기 바랍니다."

대신들이 대답했다.

"꼭 축하드리러 가지요."

이날 저녁, 왕윤은 후당(後堂)에 잔칫상을 차렸다. 술이 몇 순배 돌았을 때, 왕윤은 갑자기 목이 메어 말을 못 하고 얼굴을 감싸며 흐느껴 울기만 했다. 여러 대신들이 우는 까닭을 묻자, 왕윤은 그제야 울음을 그치고 대답했다.

"사실 오늘은 내 생일이 아니오. 다만 여러분과 함께 한자리에 모여서 지난날의 회포를 풀려고 했으나, 동탁이 이를 의심할까봐 일부러 거짓말을 했던 것뿐이오. 동탁이 천도(天道)를 어기고 권력을 한손에 잡았으니, 나라의 앞길이 하루 아침에 결단나게 되었소. 우리의 고황제(高皇帝)께서 무도한 진(秦)나라를 멸하고 초(楚)를 멸하신 후 천하를 통일한 지 수백 년이오. 그런데 오늘날 그 사직(社稷)이 동탁의 손에 망할 줄 누가 꿈이나 꾸었겠소? 이러므로 다만 슬퍼서 이렇게 우는 것이오."

왕윤의 말을 듣고 모두 목을 놓아 울었다. 이 때 좌중에서 한 사람이 손뼉을 치며 웃어대더니 이렇게 말했다.

"여러분, 이렇게 밤낮없이 울기만 한다고 동탁이 죽을 일도 아니잖소? 하하하……."

그는 다름 아닌 효기교위(驍騎校尉) 조조였다.

화가 난 대신들이 왜 웃느냐고 묻자 조조는,

"내가 웃는 데는 그만한 까닭이 있소. 이렇게 많은 대신들 중에 동탁을 해치울 계교를 가진 사람이 하나도 없기에 웃었을 뿐이오. 내 비록 재주는 없으나, 즉각 동탁의 목을 베어 도문(都門)에 매달아 천하에 본보기로 보이겠소"

라고 장담했다.

조조의 이 말을 듣고 왕윤은 자리를 고쳐 앉아 반색하며 물었다.

"맹덕(孟德)은 어떠한 고견(高見)을 가지고 있소?"

"요사이 내가 아니꼬운 꼴을 무릅쓰고 동탁을 섬기는 것은 사실인즉 좋은 기회를 얻고자 함이었소. 요즘 와서는 그도 나를 믿음직하게 여기고 있는 터인지라, 나도 다행히 가까이에서 그를 모실 수 있게 되었소. 듣자 하니 왕 사도께서는 보검을 한 자루 가지고 계신다고 하더군요. 잠깐 저에게 그 칼을 빌려주시면 승상부로 들어가 동탁을 찔러 죽이겠습니다. 만일 일이 그렇게 된다면 저는 죽어도 한이 없을 것입니다."

"맹덕 공께서 그러한 생각을 가졌다면 이는 천하에 둘도 없이 다행한 일이오."

왕윤은 기뻐하며, 친히 술잔에 술을 가득 부어 조조에게 권했다. 조조가 술잔을 받아 그 술을 땅에 뿌리고 거사(擧事)를 맹세하니, 왕윤도 즉시 칠보도(七寶刀)를 꺼내어 조조에게 건네 주었다. 조조는 또다시 술 한 잔을 쭈욱 들이키더니, 서슴지 않고 칠보도를 받아 들고 여러 대신에게 작별을 고하고는 자리에서 물러났다. 여러 대신들은 조조가 아무쪼록 성공하기를 기원하며 축배를 들었다.

조조의 실패

다음날 조조는 칠보도를 위엄 있게 허리에 차고 승상부로 달려가 승상의 소재를 물었다. 문지기가 대답했다.

"사랑채에 계십니다."

조조가 그 곳으로 가보니 동탁은 상(床) 위에 앉아 있고 여포가 곁에서 모시고 있었다. 동탁은 조조를 반가이 맞았다.

"맹덕은 오늘 어째 이렇게 늦었는가?"

"예, 말이 비쩍 말라 빨리 달리지 못해서 늦었소이다."

동탁은 옆에 서 있는 여포를 돌아보며 일렀다.

"나에게 서량(西涼)에서 진상한 말이 여러 필 있다. 봉선(奉先)이 네가 친히 나가서 좋은 말 한 필을 골라 조조에게 주어라."

여포는 분부에 따라 자리에서 물러났다.

조조는 속으로 쾌재를 불렀다. 그는 '이놈이 오늘은 내 손에 죽게 되었

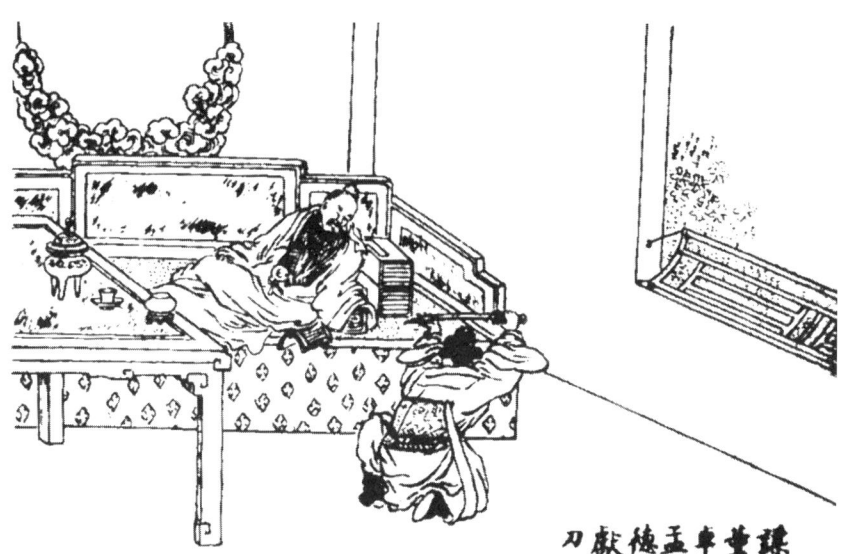

계책을 꾸민 조조가 동탁을 죽이려다 칼을 바치다. 《繡像全圖三國演義》에서

구나'고 생각하며 칼을 빼려고 하다가 동탁의 힘이 워낙 센 것을 생각하고는 잠시 주저하였다. 동탁은 몸이 육중하여 숨이 가빠 상 위에 오래 앉아 있을 수가 없어서 벽을 향하여 돌아누웠다. 참으로 절호의 기회였다.

'이놈을 꼭 내 손으로 죽이겠다.'

조조는 이렇게 생각하며 급히 칼을 뽑아 손에 들었다. 동탁을 막 찌르려는 순간, 동탁이 얼른 몸을 일으키며 조조를 꾸짖었다. 비록 동탁이 벽을 향하여 누워 있었지만, 그 곳에는 커다란 거울이 있어서 조조의 일거일동을 살필 수 있었던 것이다.

"맹덕, 무슨 짓을 하고 있느냐?"

이 때 마침 여포가 말을 끌고 나타났다. 조조는 당황하여 칼을 두 손으로 받들어 무릎을 꿇고 동탁에게 아뢰었다.

"저에게 진귀한 보도(寶刀) 한 자루가 있어 이를 동 승상께 바치려 하였습니다."

동탁이 칼을 받아서 보니 조조의 말대로 길이가 한 자가 넘고, 칼집에는 칠보로 상감까지 해 넣어 눈이 부셨으며 칼날도 심히 날카로운 것이 보도가 틀림없었다. 동탁은 그 칼을 여포에게 건네며 잘 보관하라고 일렀다. 동탁은 조조를 데리고 뜰로 내려가서 거기에 매여 있는 말 한 필을 주었다.

조조는 감사의 뜻을 표하고 이렇게 말했다.

"당장 시험삼아 한번 타보고 싶습니다."

동탁은 곧 안장과 고삐를 준비해주었다. 말을 끌고 승상부 대문 밖으로 나온 조조는 신바람나게 채찍질을 하더니, 동남방 쪽으로 말을 달려 달아나 버렸다.

"조조의 행동이 아무래도 수상합니다. 조조는 동 공을 죽이려다 들켜서 하는 수 없이 칼을 바친 것이 아닐까요?"

여포가 동탁에게 물었다.

"나도 그렇게 생각이 되는구나."

이런 이야기를 주고받을 때 이유가 나타났다. 동탁은 이유에게 자초지종을 이야기하였다.

이유가 동탁에게 말했다.

"조조는 자기의 처자를 서울에 둔 것도 아니고, 혼자 떠돌이 생활을 하고 있습니다. 지금 당장 사람을 시켜서 그를 불러보십시오. 두말 없이 당장에 달려오면 진심으로 칠보도를 공께 바칠 의사가 있었던 것이요, 만일 핑계를 대고 오지 아니한다면 공의 생명을 노린 것이 틀림없습니다. 그러니 그놈을 붙잡아 심문하셔야 합니다."

동탁은 이유의 말이 옳다고 생각하고 병사 네 명을 조조에게 보냈다. 얼마 안 되어 병사들이 돌아와 보고하기를,

"조조는 자기의 처소로 돌아가지도 않았으며, 말을 달려 그대로 도주해 버렸습니다. 승상의 명을 받고 급한 일로 나간다며 달아났다고 합니다"

하고 말했다.

듣고 있던 이유는 이렇게 말했다.

"조조가 그런 꾀를 부려 성문을 빠져나갔다면, 반드시 공의 생명을 노린 것이 틀림없소이다."

"내가 그를 그토록 사랑했는데 나를 죽이려 들다니……."

동탁은 아쉬움을 금할 길이 없었다.

이유가 말했다.

"필시 공모한 자가 있을 것입니다. 조조만 잡는다면 반드시 그 배후(背後)와 내막(內幕)을 알 수 있을 겁니다."

동탁은 영을 내려 조조의 화상(畵像)을 그려 방방곡곡에 붙이고, 생포한 자에게는 1천 금의 상을 내리고 만 호(萬戶)의 후(侯)에 봉하고, 반대로 조조를 숨겨주는 자는 조조와 같은 죄로 다스린다는 방을 붙이게 했다.

진궁과 만난 조조

조조는 서울을 탈출하여 달아나던 도중에 중모현(中牟縣)에서 관문지기에게 붙잡혀 현령의 문초를 받게 되었다.

"너는 뭣하는 사람이며 어디로 가는 길이냐?"

"나는 떠돌이 장사꾼으로 성은 황보(皇甫)라 합니다."

현령은 조조를 유심히 살펴보고 무언가 깊이 생각하더니 입을 열었다.

"내가 전에 낙양에 있을 때 그대를 본 기억이 있다. 왜 그대는 자신을 숨기려 하는가?"

조조는 아무런 할 말이 없었다.

"이자를 옥에 가두어라. 내일 수도로 압송하여 상을 타리라."

현령은 관문지기에게 후하게 술과 음식을 내렸다. 밤이 깊자 현령은 측근에게 명하여 조조를 살그머니 끌어내도록 했다. 그리고 현령은 은밀한 곳으로 가서 조조에게 말했다.

"그대는 동 승상에게 후한 대접을 받은 것으로 알고 있는데, 어이하여 스스로 화(禍)를 불러일으켰소?"

"제비나 참새 따위가 어찌 기러기와 고니의 뜻을 알겠는가(燕雀安知鴻鵠志哉)? 그대가 이미 나를 이렇게 붙잡은 이상 나를 수도로 잡아가서 상이나 받도록 하라. 이 이상 그 일에 대해서는 묻지 말라."

현령은 주위에 있는 측근을 물리친 후, 조조에게 말했다.

"그대는 나를 대수롭게 보지 마오. 내 비록 지금은 하잘것없는 현령이지만 속된 관리는 아니오. 다만 이제까지 섬길 만한 주인을 못 만났을 뿐이오."

그제서야 조조도 숨김없이 자기 마음을 털어놨다.

"솔직히 말하여 나는 대대로 한나라의 녹(祿)을 먹고 살았소. 그러니 나라를 위하여 충성하고자 하는 마음이 없다면 짐승과 무엇이 다르겠소. 내가 동탁에게 몸을 굽혔던 것은 오직 기회를 얻어 나라를 망친 그놈을 죽이려던 것뿐이오. 그것이 뜻대로 안 되었으니 이것도 하늘의 뜻인가보오."

"그럼 조맹덕께서는 장차 어디에 몸을 숨기실 작정이오?"

"장차 향리(鄕里)에 돌아가 뜻있는 천하의 제후들을 모아 동탁을 잡아죽이는 것만이 내 유일한 소원이오."

현령은 이 말을 듣고 친히 조조의 묶은 포승을 풀어주고 조조를 상좌에 모신 후 두 번 절하였다.

"공께서는 천하에 둘도 없는 충신이십니다."

조조도 역시 답례하며 현령의 성명을 물었다.

"나는 진궁(陳宮)이라 하며 자는 공대(公臺)입니다. 노모와 처자는 모두 동군(東郡)에 있습니다. 공의 충의심(忠義心)을 본받아 관직을 버리고 공을 따를까 합니다."

조조는 기쁨을 감출 길이 없었다.

그 날 밤 진궁은 노자(路資)를 마련하여 조조와 함께 변장을 하고 칼 한 자루씩을 가지고 슬그머니 관청을 벗어나 고향을 향해 말을 달렸다. 3일 동안을 달려 성고(成皐) 지방에 이르렀을 때는 이미 날이 어두워져 있었다. 앞서서 달리던 조조는 채찍을 들어서 숲이 우거진 곳을 가리키며 말했다.

"저 마을에 여백사(呂伯奢)라는 분이 계시는데, 그분은 우리 아버님과 결의형제한 분이오. 집안 소식도 들을 겸 오늘 밤을 그 곳에서 묵어가도록 합시다."

"좋은 말씀입니다."

두 사람은 집 앞에서 말을 내려 주인 백사를 찾았다. 백사 노인은 반색을 하며 조조를 맞았다.

"조정에서는 너의 용모(容貌)까지 그린 방을 붙여 잡으려 한다는 얘기를 들었는데 용케도 나를 찾아왔구나. 너의 아버지께서는 이미 몸을 피하여 진류(陳留) 땅으로 가셨다. 어떻게 하여 이렇게 무사히 나를 찾아왔느냐?"

조조는 백사에게 지난 얘기를 낱낱이 들려줬다. 이어서 조조는,

"만일 현령 진궁의 도움이 없었던들 나는 이미 뼈가 가루가 되고 몸이 부서져 죽었을 것입니다"

라고 덧붙였다. 백사는 진궁에게 고맙다는 인사를 하고,

"만일 현령의 도움이 없었다면 조씨 문중은 멸족(滅族)이 되었을 것입니다. 참으로 고마운 일입니다. 편히 쉬시면서 누추하나마 오늘 밤 제 집에서 묵어가시기 바랍니다"

하고 말했다. 여백사는 안으로 들어가더니 한참 후에 다시 나와 진궁에게 이렇게 말했다.

"집 안에 좋은 술이 없어 서촌(西村)으로 가서 술을 좀 사올 테니 잠깐만 기다려주십시오."

그러고 나서 그는 나귀를 타고 밖으로 나갔다.

조조와 진궁이 초조하게 여백사가 돌아오기를 기다리고 있을 때, 뒤꼍에서 바쁘게 칼 가는 소리가 들려왔다.

조조는 왈칵 의심이 솟았다.

"진공, 여백사는 비록 아버님과 형제의 의(義)를 맺었다고는 하지만, 친아버지가 아닌 이상 의심이 나지 않을 수 없소. 아마 관청으로 우리를 밀고(密告)하러 갔을 것이오."

두 사람은 살며시 뒤꼍으로 다가갔다. 그 곳에서 사람들이 이렇게 쑥덕거리는 소리가 들렸다.

"묶어서 죽여버리는 것이 어떨까?"

조조가 진궁에게 속삭이듯 말했다.

"내 생각이 맞았소. 먼저 선수(先手)를 써서 처리해버립시다. 그렇지 않으면 반드시 잡혀 죽고 말 것이오."

말을 마치자 조조는 진궁과 더불어 남녀를 가리지 않고 닥치는 대로 죽여버렸다.

조조가 나머지 사람들을 찾아 부엌으로 가보니 그 곳에는 커다란 돼지

한 마리가 묶여 있었다.
 아뿔싸, 아까 칼을 간 것은 바로 이 돼지를 잡으려던 것인데, 그것을 모르고 사람을 죽였으니, 진궁의 마음은 아프고 괴로웠다.
 "맹덕, 우리가 너무 소심해서 죄 없는 생사람을 잡았구려."
 두 사람은 급히 말을 타고 여백사의 집을 나와 달아났다. 한두 마장쯤 달려가다가 그들은 나귀를 타고 돌아오는 여백사 노인과 만났다. 백사의 나귀 안장에는 술 두 병과 갖가지 안주가 실려 있었다.
 여백사는 떠나는 그들을 한사코 만류했다.
 "아니 조카는 이 밤중에 어디로 가는 중인가?"
 "예, 쫓기는 몸이라 오래 머물 수가 없어 떠나는 길입니다."
 조조는 약간 떨리는 목소리로 대답했다.
 "내가 나오면서 집안 사람들에게 돼지 한 마리를 잡으라고 했다. 어서 현령을 모시고 집으로 돌아가자."
 여백사는 간청하다시피 만류했다. 조조는 듣지 않고 가다가 갑자기 칼을 빼들고 도로 돌아가서 여백사에게,
 "저기에 오는 저 사람이 누구입니까?"
하고 소리를 쳤다. 여백사가 고개를 돌려 뒤를 돌아보는 순간 조조의 칼이 여백사의 목을 내리쳤다. 여백사의 머리는 피를 흘리며 땅바닥에 나뒹굴었다.
 진궁이 크게 노하여 조조를 꾸짖었다.
 "조 공, 이게 무슨 짓이오!"
 "여백사가 집에 돌아가서 식구가 다 죽은 것을 보면 우리를 그냥 놔두겠소? 사람들을 풀어 우리를 뒤쫓을 것이니 그렇게 된다면 꼼짝없이 큰 화를 당할 것이오. 그래서 그를 죽인 것뿐이오."
 "죄 없는 사람들을 죽이는 것은 의에서 크게 벗어나오."
 "차라리 내 편에서 천하 사람들을 저버릴지언정 천하 사람들이 나를 저버리게 할 수는 없소"
라고 조조는 차갑게 대답했다. 진궁은 입을 다물고 말았다.
 그 날 밤은 달도 밝았다. 그들은 얼마 동안 말을 타고 달리다가 어느 주

막집에 이르러 거기에서 하룻밤을 묵게 되었다.
 조조는 잠에 곯아떨어졌으나 진궁은 마음이 착잡하여 잠이 오질 않았다. 진궁은 조용히 마음속으로 생각했다.
 '나는 조조가 장차 훌륭한 사람이 될 수 있을 것이라고 믿고 벼슬도 버리고 따라왔건만, 이제 보니 이리 같은 마음씨를 지닌 자로구나. 이대로 살려뒀다가는 후일 큰 화근이 되겠구나……'
라고 생각한 진궁은 조조를 죽이려고 칼을 빼어 들었다.
 과연 조조는 죽을 수밖에 없는 것인지……

5. 동맹군과 동탁의 싸움

<small>발교조제진응조공</small>   <small>파관병삼영전여포</small>
發矯詔諸鎭應曹公   破關兵三英戰呂布

황제의 밀조를 꾸며 돌린 격문으로 모든 제후들이 조조에게 모이고, 유비 등 삼형제는 여포와 싸우다.

조조의 격문

 진궁은 조조를 죽이려고 들이댔던 칼을 거두며 생각했다.
 '내가 나라를 구하겠다는 일념으로 이자를 따라서 여기까지 오게 되었는데, 이제 와서 이자를 죽인다면 나 또한 불의한 사람이 되고 만다. 차라리 이자를 그냥 내버려 둔 채 떠나는 것이 현명하겠구나.'
 이렇게 생각한 진궁은 그 날 밤 말을 달려 날이 밝기 전에 고향인 동군으로 가버렸다. 조조가 잠에서 깨어 살펴보니 진궁의 모습이 보이지 않았다.
 조조는 속으로,
 '진궁은 어제 내가 한 말을 듣고, 내가 어질지 못하다고 생각하여 나를 버리고 가버렸구나. 이 곳에 오래 머물러 있는 것은 이롭지 못하겠다'
 하고 생각하며 급히 그 곳을 빠져나갔다.
 조조는 어둠을 타고 아버지가 피해 있는 진류를 향해 달렸다. 그는 진류

땅에 도착한 즉시 아버지 조숭을 찾아뵙고 그간에 지낸 일을 일일이 설명한 후에 가재(家財)를 팔아 의병을 모집하고 싶다는 생각을 말했다.

그의 부친은 조조의 말을 듣고서 이렇게 말했다.

"너의 뜻은 가상하지만 너나 내가 가진 재산이 몇 푼어치나 되느냐? 군자금(軍資金)이 적으면 일을 이루기 어렵다. 이 근처에 인망 있는 사람으로 위홍(衛弘)이라는 분이 계시다. 그는 사람의 됨됨이가 뛰어날 뿐 아니라 집안에 돈도 많은 분이다. 또한 의리를 숭상하고 재물을 쓸 줄도 아는 사람이다. 만일 그분의 힘을 빌린다면 큰일을 도모할 수 있을 것이다."

조조는 아버지의 말씀을 듣고 위홍을 초대하여 잔치를 베풀고 자기의 뜻을 전했다.

"지금 한실(漢室)에는 주인이 없습니다. 오직 동탁이 권세를 손아귀에 쥐고 임금과 백성을 속이고 해치니, 모두가 이를 갈고 있을 뿐입니다. 이 조조가 사직을 붙들어 구하고자 하지만, 힘이 모자라는 것이 한스러울 뿐입니다. 선생님께서는 충의를 존중하시는 분이라고 알고 있습니다. 부디 소생을 도와주시기 바랍니다."

"나도 오래 전부터 그런 마음을 갖고 있었으나, 아직 이렇다 할 영웅을 만나지 못한 것을 못내 서운하게 여기던 터였지. 이제 자네와 같이 큰 뜻을 품은 젊은이를 만났으니, 내 가산을 다 팔아서라도 자네를 돕겠네."

조조는 크게 기뻐했다. 그는 황제의 조칙(詔勅)을 스스로 만들어 각처로 보내 의병을 모집했다. 그가 백기의 한쪽에 '충의(忠義)' 두 글자를 크게 써서 내걸자, 수일 내에 헤아릴 수 없이 많은 의병이 모여들었다.

첫날 조조를 찾아온 사람은 양평(陽平)의 위국인(衛國人) 악진(樂進)으로, 자를 문겸(文謙)이라 하는 사람이었다. 이어 산양(山陽)의 거록인(鉅鹿人) 이전(李典)이 투항했다. 그의 자는 만성(曼成)이었다.

또한 패국(沛國)의 초인(譙人) 하후돈(夏侯惇)과 그 아우 하후연(夏侯淵)이 각기 군사 천여 명을 거느리고 조조를 찾아왔다. 하후돈은 하우영(夏侯嬰)의 후손으로, 어려서부터 창(槍)과 작대기 쓰는 솜씨가 뛰어났다. 그는 14세 때부터 스승에게서 무예를 배웠는데, 어느 날 누가 스승을 모독하자 스승을 위하여 그 사람을 죽이고 몸을 피하여 외방으로 숨어다니다가 조조가 의병을 모집한다는 말을 듣고 천여 명의 장정을 거느리고 온 것이었다.

하후돈·하후연은 비록 조조와 성은 다르지만, 그와 형제뻘이 되는 사람이었다. 조조의 아버지 조숭이 원래 하후씨의 아들이었으나 조씨 집안에 양자로 들어간 까닭에 하후씨와 조조의 집안은 동족(同族)인 것이다.

며칠 후에는 활을 잘 쏘고 말을 잘 달리는 조인(曹仁)·조홍(曹洪)이 각기 천여 명의 군사를 거느리고 찾아왔다. 조인의 자는 자효(子孝)요, 조홍의 자는 자렴(子廉)이었다. 두 사람도 역시 무예에 출중했다.

조조는 마을 앞에서 군마(軍馬)를 열심히 훈련시키고, 위홍은 가재를 털어 갖가지 군장비를 마련하였으며, 사방에서 독지가들이 나서서 조조를 도왔다. 그러자 차츰 천하의 호걸들이 조조를 주목하기 시작했다.

이 때 발해의 태수로 있던 원소는 조조와 합치기 위해 휘하의 문무 장수 3만여 명을 거느리고 발해를 떠났다. 이 소식을 들은 조조는 힘을 얻어 각 군에 격문을 보냈다.

나 조조 등은 대의(大義)를 받들어 천하에 다음과 같이 알린다. 동탁은 천리(天理)를 어기어 황제를 죽이고 나라를 위태롭게 했다. 그는 궁금(宮禁)을 더럽혀 어지럽게 하고, 죄 없는 사람을 죽이는 반역을 저질러 그 죄악이 하늘과 땅에 가득하다. 이제 황제의 밀조(密詔)를 받들어 크게 의병을 일으켜 그들을 소탕하고자 한다. 바라건대 뜻있는 사람은 함께 군사를 일으켜 맺힌 원한을 씻고 황실을 받들고, 괴로움에 허덕이는 백성을 구하는 데 힘을 합하자. 이 격문이 이르는 날 행동을 같이하자.

조조의 격문이 사방팔방으로 전해지자, 다음과 같이 각 진(鎭)의 제후(諸侯)들이 의병을 일으켜 행동을 같이했다.

제 1진 — 후장군(後將軍) 남양(南陽) 태수 원술(袁術)
제 2진 — 기주(冀州) 자사 한복(韓馥)
제 3진 — 예주(豫州) 자사 공주(孔伷)
제 4진 — 연주(兗州) 자사 유대(劉岱)

제 5진 — 하내(河內) 태수 왕광(王匡)
제 6진 — 진류(陳留) 태수 장막(張邈)
제 7진 — 동군(東郡) 태수 교모(喬瑁)
제 8진 — 산양(山陽) 태수 원유(袁遺)
제 9진 — 제북상(濟北相) 포신(鮑信)
제 10진 — 북해(北海) 태수 공융(孔融)
제 11진 — 광릉(廣陵) 태수 장초(張超)
제 12진 — 서주(徐州) 자사 도겸(陶謙)
제 13진 — 서량(西涼) 태수 마등(馬騰)
제 14진 — 북평(北平) 태수 공손찬(公孫瓚)
제 15진 — 상당(上黨) 태수 장양(張楊)
제 16진 — 오정후(烏程侯) 장사(長沙) 태수 손견(孫堅)
제 17진 — 기향후(祁鄕侯) 발해(渤海) 태수 원소(袁紹)

 이들 장수들은 제각기 길을 떠나 수도인 낙양을 향해 말을 달렸다. 각기 휘하에 1,3만여 군사를 거느리고 있었다.
 북평 태수 공손찬이 부하 1만 5천을 거느리고 덕주(德州)를 경유하여 평원(平原)에 이르렀을 때, 멀리 뽕나무 숲속에서 황색 깃발을 휘날리며 그를 영접하는 기병(騎兵)이 있었다. 공손찬이 자세히 살펴보니 그는 다름 아닌 유현덕 일행이었다.
 "아니, 아우 유현덕이 아닌가? 어인 일로 이곳에 나와 있는가?"
하고 공손찬이 빈겼다.
 "전에 낙양에서 형의 덕택으로 평원 현령이 되고 난 후 지금껏 이곳 평원에 있었습니다. 형께서 의병을 일으켜 이곳을 지나신다는 소문을 듣고 이렇게 나왔습니다. 잠깐 성 안에 드시어 쉬어가시는 것이 어떻겠습니까?"
 현덕의 옆에는 관우와 장비가 항시 그림자처럼 따랐다.
 "저 사람들은 누구인가?"
공손찬이 현덕에게 물었다.
 "저들은 관우와 장비로, 저와는 의형제를 맺은 사람들입니다."

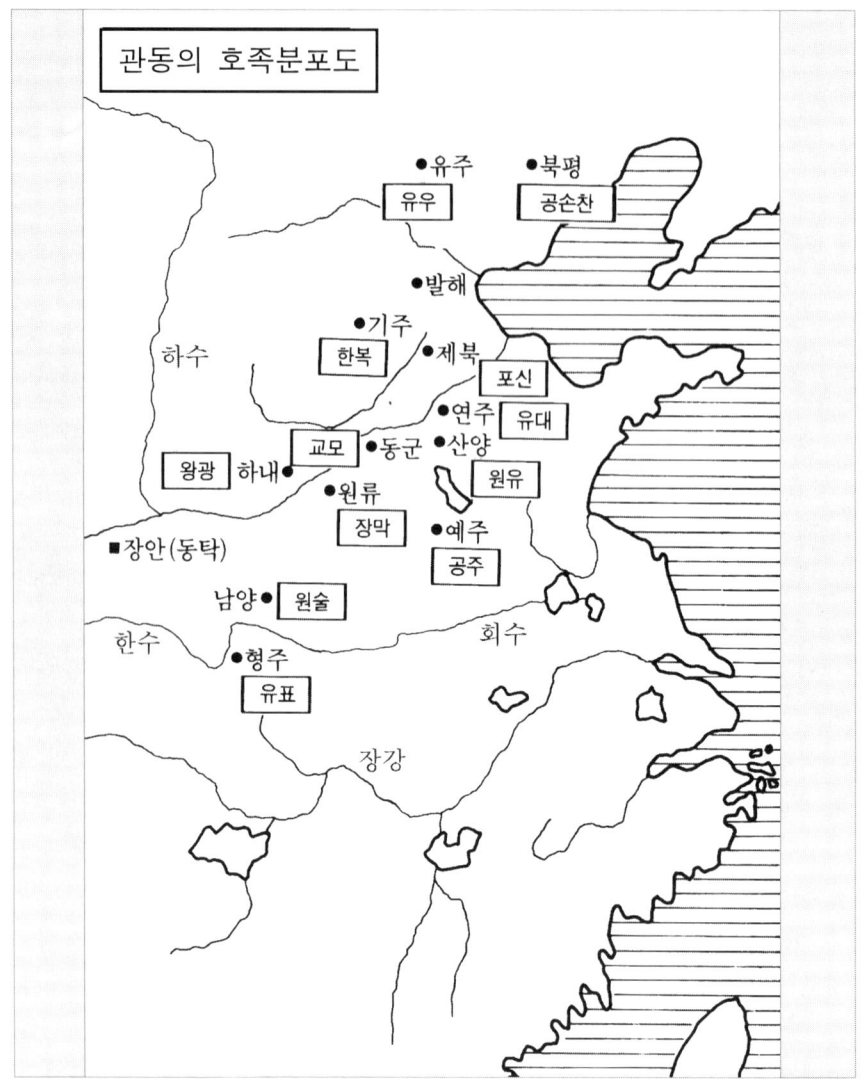

"동생을 도와서 황건적을 무찔렀다는 사람들이 바로 저 사람들인가?"
"예, 모두 저 두 사람 덕분이었습니다."
"두 사람은 지금 무슨 벼슬을 하고 있는가?"
"관우는 마궁수(馬弓手)요, 장비는 보궁수(步弓手)로 있습니다."

현덕은 이렇게 설명하며 쓸쓸히 웃었다.

"아우는 아까운 영웅들을 썩히고 있구먼. 지금 동탁이 세상을 어지럽히고 있으므로, 천하의 제후들이 힘을 모아 그를 치려 하는데, 아우도 우리와 같이 나서서 역도(逆徒)를 무찌르고 한실을 구하는 것이 어떻겠나?"

"바로 저희들이 원하던 바입니다."

현덕이 대답했다.

"황건적을 칠 당시에 제가 그놈을 죽이려 했는데, 현덕 형님께서 만류하셔서 살려두었습니다. 그 때 그놈을 죽여 없앴던들 오늘날 이런 일은 없었을 것입니다."

장비가 분하다는 듯이 말했다.

"사태가 이쯤 되었으니 당장 나가서 동탁놈을 때려 잡읍시다."

관우가 나서서 말했다.

그리하여 유비·관우·장비는 휘하의 장병을 거느리고 공손찬의 뒤를 따랐다.

역적 타도의 기치

한편 조조는 여러 제후들을 접견하며 진영을 배치해놓고 보니 그 대열은 300여 리 길을 완전히 메웠다. 조조는 소와 양을 잡아 군사들을 배불리 먹인 후, 여러 제후들을 모아 낙양으로 진격할 작전 계획을 상의했다. 먼저 하내 태수 왕광이 의견을 내놓았다.

"지금 우리는 큰 뜻을 받들어 낙양을 향하여 진격하는 길이니, 먼저 총대장을 세운 다음에 모든 제후가 그의 명령에 따라 일사불란하게 진군하는 것이 좋을 것 같습니다."

이에 조조가 말했다.

"원소 장군은 4대(代)에 걸쳐 3정승을 배출한 집안으로, 관리들도 많이 나왔습니다. 한나라의 유명한 재상의 후예시니, 그를 총대장으로 삼읍시다."

"나는 그럴 자격이 없는 사람입니다."

원소는 극구 사양했지만, 마침내 여러 제후의 의견에 따라 총대장이 될 것을 승낙했다.

이튿날 3층으로 단을 쌓고 동서남북 중앙에 청(靑)·황(黃)·적(赤)·백(白)·흑(黑)의 오색기를 꽂고 원소를 청하여 총대장의 단(壇)에 오르게 했다. 원소는 의관과 칼을 바로잡고 의연히 서서 향을 사르고 하늘에 재배하고 고천문(告天文)을 읽었다.

불행히도 한(漢)나라는 황실의 기강과 전통을 잃었고 그 틈을 타서 역도 동탁은 화를 일으키니 그 재앙이 미치지 않은 곳이 없고 백성들은 학정(虐政)에 허덕이도다. 이에 원소 등은 사직(社稷)이 흔들림을 보고만 있을 수 없어 의병을 규합하여 국난(國難)을 바로잡고자 결심하였도다. 우리들 동맹군은 마음을 다하여 신하된 도리를 다할 것이며 그릇된 생각을 품지 않을 것이니, 이 맹세를 거역하는 자 목숨을 보전치 못하리라. 천지신명이시여, 호국영령이시여! 우리를 굽어살피소서.

원소가 고천문의 낭독을 마치고 피를 뿌려 맹세하니, 모두가 비분강개하여 흐느껴 울었다.

원소가 총대장 막사에 이르니, 모든 제후들이 벼슬의 지위와 나이 순에 따라 좌우에 늘어섰다. 조조는 술을 내어 여러 제후에게 대접하고 이렇게 말했다.

"오늘 총대장을 모셨으니, 남은 일은 오직 힘을 합하여 나라를 건지는 일뿐이오. 휘하 장병의 숫자가 많고 적음에 따라 제후들의 강하고 약함을 따질 문제는 아니라 생각하오."

원소가 목소리를 가다듬어 이렇게 말했다.

"내 비록 재주는 없으나 여러분들의 추대로 총대장이 되었소. 앞으로 모든 일은 신상필벌(信賞必罰) 주의로 일을 처리하겠소. 나라에는 국법이 있고 군에는 군율이 있는 법이오. 모두 법을 지켜 어김이 없도록 하오."

"명령대로 따르겠습니다."

5. 동맹군과 동탁의 싸움   109

황제의 밀조를 꾸며 돌린 격문으로 모든 제후들이 조조에게 모이고.《繡像全圖三國演義》에서

　모든 제후들이 입을 모아 일제히 대답하자, 원소는 명을 내렸다.
　"내 동생 원술은 군량과 말먹이를 총감독하되, 모든 영문(營門)에 공급하여 부족함이 없도록 하라. 그리고 여러분 중에 훌륭한 장수를 한 사람 뽑아 선봉장을 삼아서 곧 사수관(汜水關)으로 쳐들어가 싸움을 돋우고, 나머지 군사들은 지형적으로 험난한 곳에 진을 치고 있다가 선봉과 함께 응전토록 하오."
　장사 태수 손견이 앞으로 나와 아뢰었다.
　"제가 선봉에 서겠습니다."
　"손견 장군은 용감하고 씩씩하니, 응당 그 일을 맡아 처리할 수 있을 것 같소."
　원소는 선봉장에 손견을 임명했다. 손견이 군사를 거느리고 사수관으로 쳐들어가니, 그 곳을 지키고 있던 장수와 군졸들은 황급히 보발을 보내 낙양의 승상부로 이 소식을 알렸다.
　동탁은 대권을 손에 넣은 후, 매일 잔치를 베풀고 술을 마시며 시간 가는 줄 모르고 있다가 이유로부터 이 급보를 받자, 크게 놀라서 휘하 장수들을 급히 불러모아 대책을 협의했다.

성급한 여포가 먼저 입을 열었다.

"아버님께서는 염려하실 것 없습니다. 그따위 제후들, 제게는 지푸라기에 불과합니다. 소생이 장수들을 이끌고 나아가 그놈들의 머리를 베어 성문에 달아놓겠습니다."

동탁은 기뻐서 어쩔 줄을 모르며,

"여포가 있으니 이제 베개를 높이 베고 잠을 잘 수 있겠구나"
하고 여포를 믿음직스럽게 바라보았다.

이 때였다. 여포의 등뒤에서 큰소리를 지르는 한 장수가 있었다.

"닭을 잡는 데 어찌 소 잡는 칼을 쓰겠습니까! 여포 장군께서 친히 나가실 필요가 없습니다. 제가 가서 쉽사리 처치하겠습니다."

그는 키가 9척이요, 생김생김이 마치 호랑이 같은 화웅(華雄)이었다. 동탁은 그 말을 듣고 더없이 기뻤다. 동탁은 화웅에게 효기교위(驍騎校尉)의 벼슬을 내리고 군마와 보병 5만을 주어 이숙·호진(胡軫)·조잠(趙岑)과 함께 적을 맞아 싸우도록 했다.

한편 의병 측에서는 손견이 선봉장이 된 것을 안타까워하는 장수가 있었으니, 그는 포신이었다. 그는 손견에게 공을 빼앗기는 것을 억울하게 생각했다. 그는 아우 포충(鮑忠)에게, 보병 3천을 줄 터이니 지름길로 달려가서 손견보다 먼저 공을 세우도록 하라고 일렀다. 포충은 즉시 보병 3천을 거느리고 지름길로 사수관을 향하여 달려가 화웅과 싸웠다.

"역적 동탁의 주구(走狗)는 나와서 내 칼을 받으라!"

화웅은 철기(鐵騎) 500을 거느리고 사수관 문루에서 뛰어내려 포충의 군사를 포위했다. 포충의 군사는 보병이요 화웅의 군사는 말을 탄 철기였으므로, 포충의 군사는 화웅의 군사를 당해 내지 못했다.

포충은 할 수 없이 군사들에게 후퇴를 명했다.

"이놈, 어디로 달아나느냐!"

화웅은 큰소리를 지르며 포충의 뒤를 쫓아, 말을 타고 달아나는 포충을 찔렀다. 포충은 말 아래로 나뒹굴었고 수많은 군사가 화웅의 포로가 되었다. 화웅이 포충의 목을 베어 승상부로 보내니, 동탁은 크게 기뻐하며 화웅에게 도독(都督)의 벼슬을 내렸다.

쫓기는 손견

한편 손견은 휘하에 네 장수를 거느리고 사수관에 도착했다. 그 네 장수는 창과 방패를 잘 쓰는 덕모(德謀) 정보(程普), 철채찍을 잘 쓰는 공복(公覆) 황개(黃蓋), 자루 달린 큰 칼을 잘 쓰는 의공(義公) 한당(韓當), 쌍칼을 잘 쓰는 대영(大榮) 조무(祖茂)였다.

손견은 찬란한 은 갑옷을 입었고 머리에는 붉은 수건을 두르고 고정도(古錠刀)를 비껴 차고 말 위에 높이 앉아 사수관 문루를 손으로 가리키며 외쳤다.

"역도 동탁의 조무래기들아, 어서 내려와 항복하지 못하겠느냐!"

화웅의 부장(副將) 호진이 크게 노하여 군사 5천을 이끌고 손견에게 대들었다. 손견의 휘하 장군 정보는 창과 방패를 들고 호진을 맞아 싸웠다. 정보와 호진은 두어 차례 싸운 끝에 정보가 창으로 목을 찔러 호진을 말에서 떨어뜨렸다.

이 틈을 타고 손견이 급히 군사를 지휘하여 사수관으로 쳐들어가려 하니, 문루에서 동탁의 군사가 활과 돌을 비오듯 쏘아 댔다. 손견은 할 수 없이 군사를 이끌고 물러나 양동(梁東)에 진을 치고 원소 대장군에게 정보의 승전을 보고하고, 이어서 원술에게는 군량미의 보급을 부탁했다.

원술이 손견에게 군량미를 보내려 할 때, 한 부하가 원술에게 건의했다.

"손견은 강동의 호랑이입니다. 만일 그가 낙양을 쳐 동탁을 죽이면 그 후에는 마음이 변하여 자신이 동탁을 대신할 것이니, 이는 마치 늑대를 피하다가 범을 만나는 격이 될 것입니다. 장군께서 손견에게 군량미를 보급치 않으면 그는 자연 패할 수밖에 없게 됩니다."

원술은 부하의 건의를 받아들여 군량미와 말먹이를 보내지 않았다.

손견의 군사들은 밥을 굶게 되니 자중지란(自中之亂)을 일으켰다. 손견의 군사들이 자중지란을 일으켰다는 정보를 입수한 이숙은 화웅에게 한 계책을 이야기했다.

"오늘 밤 나는 야음(夜陰)을 타서 한 떼의 군사를 거느리고 샛길로 나아가 손견의 후방을 칠 터이니, 장군은 손견과 정면에서 싸워 손견을 사로잡읍시다."

화웅은 이숙의 말에 따라 군사들에게 배불리 먹을 것을 명한 후, 야음을 틈타 군사를 이끌고 관문 밖으로 나갔다. 그 날따라 달은 밝고 바람이 시원했다. 이숙의 군사가 손견 군사의 후방에 이르렀을 때에는 벌써 한밤중이었다. 이숙의 군사가 별안간 북을 치고 고함을 지르며 앞으로 돌격하자, 이에 놀란 손견이 투구와 갑옷을 걸치고 말에 오르는 것을 화웅의 군사가 가로막았다. 손견과 화웅이 말을 타고 창을 겨누어 싸울 때, 손견의 후방에서는 이숙이 군사를 지휘하여 크게 불을 질렀다.

손견의 군사가 이리저리 흩어지고 모든 장수들이 혼전을 하고 있을 때, 손견의 휘하 장군 조무가 위기에 몰려 달아나고 있는 손견을 발견했다. 화웅이 손견을 쫓아가자 손견은 쫓아오는 화웅을 향하여 활을 당겼다. 그 때마다 화웅은 요리조리 잘도 피했다. 손견은 당황하여 계속 죽을 힘을 다해서 활을 당겼다. 너무 세게 당겼던지 활이 마침내 부러지고 말았다. 할 수 없이 손견은 활을 내던지고 말을 달려 달아났다. 조무가 뒤쫓아오며 소리쳤다.

"장군님, 머리에 쓴 붉은 수건을 벗으십시오. 적의 눈에 띄기 쉽습니다. 저의 투구와 바꿔 쓰시는 게 좋을 듯합니다."

의롭게 죽은 조무

손견은 조무의 말대로 얼른 붉은 수건을 벗어 조무에게 넘기고 조무의 투구를 받아 쓰고는 샛길로 빠져서 달아났다. 이런 사실을 모르는 화웅은 조무가 쓰고 가는 붉은 수건만 바라보면서 군사를 거느려 뒤를 쫓았다.

달아나던 조무는 위급함을 느꼈다. 그가 달아나며 살피니 길 옆에 무성한 숲이 있고, 그 숲 앞에는 불에 타다 만 민가의 빈터에 나무기둥이 우뚝

서 있었다. 조무는 얼른 붉은 수건을 벗어 타다 남은 나무기둥에 걸어놓고 몸을 피하여 숲으로 달아났다.

뒤쫓던 화웅의 군사들이 바라보니 달빛이 은은히 비치는 속에 멀리 손견이 붉은 수건을 쓰고 우뚝 서 있는 것이 아닌가? 화웅의 군사들은 무서워서 감히 가까이 가지 못하고 멀찍이 서서 활만 쏘아댔다.

붉은 수건을 쓴 나무기둥이 날아드는 화살에 쓰러질 리도 없으려니와 달아날 리도 없는 것은 당연했다. 화웅의 군사들이 '와!' 소리를 치면서 나무기둥의 붉은 수건을 벗기려 할 때 돌연 숲속에서 한 장수가 벽력 같은 소리를 지르고 쌍칼을 휘두르며 달려나왔다. 조무였다. 그러나 화웅이 범같이 빠르게 칼을 들어 조무를 쳤다. 조무는 화웅의 단칼에 맞아 말에서 떨어져 나뒹굴었다. 조무는 화웅의 적수가 되지 못했던 것이다.

동이 틀 무렵, 화웅은 승전고를 크게 울리며 군사를 이끌고 사수관으로 돌아갔다.

한편 정보·황개·한당은 가까스로 손견을 찾아냈다. 그들은 흩어진 병사와 군마를 수습했다. 이 수습 과정에서 손견은 조무가 죽었다는 사실을 알았다. 손견은 자기 대신 죽은 부하 장수를 생각하니 가슴이 에는 듯했다.

날이 밝아 원소에게 손견의 전황이 보고되었다. 원소는 크게 놀라며 분함을 참지 못했다.

"손견이 화웅에게 패하다니, 그것이 말이나 되는 소리냐!"

원소는 여러 제후를 불러모아 회의를 열었다. 공손찬도 여러 제후와 장수들의 뒤쪽에 서 있었다.

"지난번에는 포충이 자기의 능력은 생각지도 않고 공훈에 눈이 어두워 군율을 어기면서까지 나가 싸워 생명을 잃고 많은 군사를 잃더니, 이번에는 손견마저 화웅에게 패하여 군사의 사기가 크게 저하되었으니 이를 어쩌면 좋겠소."

그러나 여러 제후들은 꿀 먹은 벙어리가 된 채 아무도 입을 열지 않았다.

삼형제와 조조의 만남

원소가 답답하여 눈을 들어 살피니, 공손찬의 등뒤에 낯모를 세 사람이 입에 냉소를 머금고 서 있는 것이 눈에 띄었다. 원소는 거기 공손찬 태수의 뒤에 있는 세 사람은 누구냐고 물었다. 공손찬이 유비를 불러내어 소개했다.

"이 사람은 저와 동문수학한 친구로, 평원 현령 유현덕이라는 사람입니다."

"아니, 그렇다면 저 황건적을 격파했던 유현덕이 아닙니까?"

조조가 놀라며 물었다.

"바로 그렇습니다."

공손찬이 거들었다. 유현덕은 대장군 원소와 여러 제후에게 인사를 올렸다. 공손찬은 계속하여 유현덕의 공로와 출신 등을 설명했다. 이에 원소는 유현덕에게,

"그러고 보니 한실의 종파(宗派)시군요. 이리 와서 앞에 앉으십시오"

하고 자리에 앉기를 청했다. 유현덕은 이를 겸손히 사양했다. 그러나 원소 대장군의 간곡한 권유도 있고 해서 유비는 할 수 없이 말석에 가 앉았다. 관우와 장비도 곧 유비의 등뒤로 가서 손을 맞잡고 시립(侍立)해 있었다.

이 때 전령이 급히 들어와 보고했다.

"화웅이 철기군을 거느리고 손견 태수의 붉은 수건을 장대에 꿰어들고 싸움을 걸어오고 있습니다."

모두 깜짝 놀라 눈만 굴렸다.

"누가 나가서 그자와 싸워볼 사람은 없소?"

하고 원소가 만좌중에 물었다. 원술의 뒤에 서 있던 장수 유섭(俞涉)이 나오며 말했다.

"제가 가겠습니다."

원소가 응낙하니 유섭은 말을 몰아 달려나갔다. 얼마 안 되어 비보(悲報)가 날아들었다.

"유섭 장군이 나가 화웅과 맞섰으나, 불과 3합도 싸워보지 못하고 목이

잘려 죽었습니다."

모두 눈이 휘둥그래졌다. 이 때 태수 한복이 아뢰었다.

"제 휘하에 반봉(潘鳳)이라는 상장(上將)이 있습니다. 그는 가히 화웅과 맞서 싸울 수 있을 것입니다."

반봉은 커다란 도끼를 손에 들고 말에 올랐다. 반봉이 달려나간 지 얼마 안 되어 반봉마저 싸움에 패하였다는 슬픈 소식이 전해졌다.

이 소식을 들은 대장군 원소 이하 제후들은 크게 실망했다.

"분한 일이로다. 나의 상장 안량(顔良)과 문추(文醜)가 이 자리에 없는 것이 한이로구나. 그 두 사람 중에 한 사람만 있었어도 화웅쯤이야 두려울 것이 없을 터인데……."

원소는 혼잣말처럼 한탄했다.

이 때였다.

"소장이 나가 싸워 화웅의 목을 베어 바치겠습니다."

모두 소리나는 쪽을 바라보니 키가 9척이요, 수염이 두 자, 눈꼬리는 위로 찢어졌고 눈썹은 숯으로 그린 듯하며, 얼굴은 잘 익은 대추 빛깔 같은 사나이가 마치 깨진 종이 울리는 듯 소리를 지르며 앞으로 걸어나오는 것이 아닌가. 원소가 누구냐고 묻자,

"저 사람은 유비의 의제(義弟) 관운장이라는 사람이오"
라고 공손찬이 설명하고 이어 덧붙여 말했다.

"지금은 유현덕을 따라다니며 마궁수 노릇을 하고 있습니다."

옆에서 듣고 있던 원소 대장군의 아우 원술이 공손찬을 나무라듯 말했다.

"공손찬 태수께서는 우리 장군들을 어떻게 보고 하는 말이오?"

이어서 관운장에게,

"일개 궁수 따위가 어찌 감히 그런 소리를 지껄이느냐? 건방진 네놈을 때려눌 테다"
하고 역정을 내자 조조가 급히 이를 말렸다.

"공로(公路)는 너무 노하지 마시오. 저 사람이 그런 큰소리를 친 데는 필히 그럴 만한 용맹함과 지략이 있기 때문일 거요. 한번 나가 싸우라고 합시

다. 이기면 다행이고, 이기지 못하면 그 때 책망해도 늦지 않소이다."

원소 대장군도 걱정스러운 듯 말했다.

"한낱 궁수가 나가 싸워봤자 화웅의 웃음거리밖에 되지 않을 것이오."

"보아하니 저 사람은 보통 사람 같지가 않소. 화웅이야 저 사람이 일개 궁수인 것을 어찌 알겠소?"

관운장을 가리키며 조조가 말했다. 이제까지 듣고만 있던 관운장이 드디어 입을 열었다.

"만일 나가 싸워 이기지 못하면 이 목을 바치오리다."

조조는 관운장이 말에 오르기 전에 따뜻한 술을 한 잔 권했다.

"술은 천천히 마시기로 합시다. 내가 곧 돌아올 터이니 그 때 마시지요."

말을 마치더니 관운장은 청룡도를 손에 쥐고 날듯이 말에 올라 밖으로 달려나갔다.

여러 제후들이 궁금하게 기다리고 있자니, 곧 밖에서 북 울리는 소리가 크게 들리고 이어 함성을 지르는 소리가 들렸다. 그 소리에 천지가 떠나갈 듯했다. 모든 제후들이 놀라 웬일인가 하고 소식을 기다릴 때, 말 방울 소리가 짤랑짤랑 울리더니 말 한 필이 걸어 들어왔다. 관운장이 화웅의 머리를 베어 칼끝에 꽂아 들고 들어와 땅에 내팽개쳤다. 그 때까지 조조가 따라 놓은 술은 아직 식지 않고 있었다.

후세 사람이 이렇게 칭찬하였다.

천지를 뒤흔든 첫번째 공로 세우고   威鎭乾坤第一功
승전고 앞세워 개선문 들어섰네.   轅門畵鼓響鼕鼕
장하다 관운장 술잔 받아 옆에 놓고   雲長停盞施英勇
그 술 식기 전에 화웅의 목 베었네.   酒尙溫時斬華雄

조조는 기뻐 어쩔 줄을 몰랐다. 운장이 화웅의 목을 베어 들어오는 것을 본 장비가 현덕의 등뒤에서 큰소리를 지르며 나섰다.

"우리 형님께서 화웅의 목을 베었으니, 이러고 있을 게 아니라 당장 사수관으로 쳐들어가 동탁을 생포합시다! 그러지 않으면 시기를 놓치고 맙니다."

원술이 또 화가 나서 소리쳤다.

"우리 대신들도 가만히 있는데 일개 현령의 부하 따위가 왜 그렇게 활개를 치며 날뛰느냐! 당장 물러가라."

조조가 급히 끼여들었다.

"공이 있는 자에게는 상을 내리는 것이고 싸우고자 하는 자에게는 싸우게 내버려 두는 것이지, 이 자리에서 귀천(貴賤)은 따져 무엇하겠소!"

"공들께서 일개 현령을 그렇게 중히 생각한다면, 우리들은 이만 물러가겠소."

원술은 이같이 승복하려 들지 않았다.

"장군, 큰일을 치러야 할 이 마당에 그건 너무 지나친 말이오."

조조가 불쾌한 듯 이렇게 받아넘기고 공손찬에게 우선 유비·관우·장비를 거느리고 물러가 있도록 했다.

회의가 끝나 여러 장수들이 자리를 뜬 다음, 조조는 은밀히 술과 고기를 보내어 세 사람을 위로했다.

한편 화웅 휘하의 패잔병들이 사수관으로 돌아가 전황(戰況)을 보고하니, 이숙은 이를 문서로 작성하여 동탁에게 고하였다. 동탁은 급히 이유와 여포를 불러 숙의(熟議)했다.

"장군 화웅이 죽은 지금 적의 사기는 하늘을 찌를 듯합니다. 원소가 적의 맹주(盟主)가 되었으니, 그의 숙부인 원외가 걱정입니다. 원외는 현재 태부(太傅)의 직에 있는 자로, 만일 원소와 내통이라도 하는 날에는 심히 불편한 관계에 놓일 터이니, 먼저 그를 제거한 후 승상께서 친히 대군을 거느리시어 적을 무찌르는 것이 좋을 것 같습니다."

동탁은 그 의견에 따라 이각(李傕)과 곽사(郭汜)를 불러 군사 500을 거느리고 태부 원외의 집을 포위하여 남녀노소를 막론하고 모두 죽이라 명했다. 또한 원외의 머리를 베어 사수관에 매달게 했다.

이어서 동탁은 군사 20만을 모두 두 갈래로 나누었다. 우선 이각·곽사에게 군사 5만을 주어 사수관을 지키게 하고, 자신은 직접 이유·여포·번

조(樊稠) · 장제(張濟)와 15만 대군을 거느리고 호뢰관(虎牢關)으로 진군했다. 호뢰관은 낙양에서 50여 리 떨어진 곳에 있었다.

호뢰관에 도착한 동탁은 여포에게 3만의 군사를 주어 호뢰관 전방에 주둔하게 하고, 자신은 호뢰관 망루 위에 군사를 거느리고 있었다.

이런 정보를 원소의 보발(步撥) 군사가 급히 원소에게 알렸다.

호뢰관 싸움

원소는 여러 장수를 불러 대책을 협의했다.

"동탁이 호뢰관에 군사를 주둔시킨 것은 우리 군의 배후를 끊고자 함이니, 병력을 나누어 이에 대처해야 할 것입니다."

조조의 이런 제의에 원소는 왕광 · 교모 · 포신 · 원유 · 공융 · 장양 · 도겸 · 공손찬 등 8로 제후에게 각각 호뢰관으로 진격하도록 하고 조조에게는 후원군을 이끌도록 조치했다. 8로의 여러 제후들은 작전 계획에 따라 군사를 이끌었다.

하내 태수 왕광이 제일 먼저 호뢰관에 도착하니, 여포가 철기군 3천을 거느리고 나는 듯 대들었다. 왕광이 진을 치고 군기 아래에서 바라보니 여포가 위풍 당당히 진두에 서 있었다.

여포는 투구에서 갑옷에 이르기까지 갖가지 찬란한 장식을 하고, 활을 메고 손에는 화극(畵戟)을 들고 적토마 위에 앉아 있었다. 과연 여포다운 모습이었으며 타고 있는 말 또한 적토마라는 이름에 손색이 없었다. 왕광은 뒤를 바라보며 군사들에게 소리를 질렀다.

"누가 나가 저자와 싸울 사람 없느냐?"

뒤편에서 한 장수가 창을 휘두르며 말을 몰아 앞으로 나왔다. 그는 하내의 명장 방열(方悅)이었다. 말을 탄 여포와 방열이 몇 차례 싸웠으나, 여포의 일격에 방열은 그만 말에서 굴러떨어졌다. 이어 여포가 폭풍처럼 달려드니 왕광의 군사는 크게 패하여 뿔뿔이 흩어졌다. 여포는 동에 번쩍 서에 번쩍 하면서 닥치는 대로 죽였다. 그의 앞에서는 모두가 짚단이 쓰러지듯 했다. 달아나던 왕광은 교모와 원유의 구원병을 만나 겨우 목숨을 구했고 여포도 더 이상 쫓지 않았다.

3로의 제후는 군마를 잃고 30여 리나 도망쳐 다시 진을 정비했다. 뒤이어 5로의 군마도 도착하여 모두 머리를 맞대고 대책을 논의했지만, 여포의 용맹 앞에서는 별 뾰족한 수가 없었다. 모두가 걱정하고 있을 때, 여포가 쳐들어온다는 전갈이 왔다. 8로의 제후들이 일제히 말에 올라 군사를 여덟 부대로 나누어 싸울 준비를 하고 높은 곳에 이르러 바라보니, 여포가 군기를 휘날리며 선두에 서서 질풍처럼 달려오고 있었다.

상당 태수 장양이 맞아 싸웠으나, 그는 여포의 단칼에 거꾸러지고 말았다. 그 번개 같은 솜씨에는 모두 놀랄 뿐이었다. 다음에는 북해 태수 공융의 부장 무안국(武安國)이 철퇴를 휘두르며 말을 달렸다. 여포도 창을 휘두르며 말을 달려 무안국과 맞섰다. 순간 여포가 휘두르는 창칼에 무안국의 팔이 떨어져 나갔다. 철퇴도 땅바닥에 뒹굴었다. 8로의 제후 군병이 일제히 대들어 무안국을 구출하니, 여포는 그제야 물러갔다.

제장이 다시 모여 대책을 협의했다. 먼저 조조가 입을 열었다.

"여포는 감히 당할 수 없는 놈이니, 18로의 여러 제후가 다 모여 의논하는 것이 좋겠습니다. 만일 여포 하나만 생포한다면 동탁을 잡아죽이는 것쯤이야 식은 죽 먹기지요."

이렇게 협의하고 있을 때 또다시 여포가 군사를 이끌고 싸움을 청했다. 8로의 제후가 나가 맞싸웠다. 공손찬이 앞장서서 여포를 맞아 싸웠다. 그러나 그도 역부족으로 물러서자, 여포는 적토마를 몰아 바람처럼 내달았다. 여포가 회극을 들어 공손찬의 등덜미를 내려치려는 순간, 한 장수가 눈을 부릅뜨고 호랑이같이 텁수룩한 수염을 날리며 비호처럼 대들었다. 그의 손에는 1장 8척이나 되는 긴 창이 쥐어져 있었다.

"성을 셋이나 가진 종놈아! 장비가 예 있다."

고막을 찢을 듯한 불호령에, 공손찬을 찌르려던 여포는 말을 달려 장비에게 대들었다. 장비도 정신을 가다듬어 여포를 맞아 싸웠다. 두 장수가 불꽃 튀기는 접전을 50여 회나 벌였으나 승부가 나질 않았다. 보다못한 관운장이 82근이나 되는 청룡도를 휘두르며 협공했으나 역시 결판이 안 나자,

이번에는 유현덕까지 쌍고검을 휘두르며 말을 달려 싸움을 거들었다.

　유현덕·관운장·장비 삼형제가 여포를 포위하여 싸우자, 8로의 의병들은 침을 삼키며 그 광경을 바라보고 있었다. 여포는 당해낼 도리가 없었다. 그가 현덕에게 창을 겨누어 찌르는 체하니 현덕이 번개처럼 몸을 피했다. 그 틈을 이용하여 여포는 화극을 거꾸로 들고 말을 달려 자기 진지로 돌아가고 말았다.

　삼형제는 말을 달려 여포를 쫓았다. 8로의 제후 군사들도 일제히 고함을 지르고 먼지를 일으키며 뒤를 쫓았다. 여포는 군사와 군마를 이끌고 호뢰관으로 달아났다. 유비·관우·장비는 말을 더욱 세게 몰아 호뢰관까지 달렸다. 당시 상황을 어느 역사가는 이렇게 적고 있다.

　　당시는 한나라 영제(靈帝) 때였다. 그 찬연하던 국운(國運)이 기울어지는 해와 같았다.

　　간신 동탁이 소제를 폐하여 나라가 어지러워지고 세상이 시끄러워 잠자던 귀신도 놀라 깰 지경이 되었다.

　　조조가 분연히 일어나 천하에 고하여 의병을 모집하니, 제후들도 분함을 참지 못하여 군사를 일으켜 모여들었다. 그들은 뜻을 모아 원소를 맹주로 삼아 왕실을 일으키고 천하를 태평하게 할 것을 맹세하였다.

　　여포는 비할 데 없는 장수로서, 그 놀라운 재주는 가히 사해에 떨쳐 영웅으로 이름을 날렸다. 답답하던 용이 큰 바람을 만난 듯 그가 휘두르는 화극은 섬뜩하기만 했다. 그가 호뢰관을 나섰을 때 그와 맞서 싸울 자 그 누구인가? 8로의 제후들은 가슴이 서늘하도록 두려웠으며 연인(燕人) 익덕 장비만이 그를 맞아 싸웠다. 1장 8척의 창을 들고서…… 호랑이 수염같이 텁수룩한 수염에 눈은 전광처럼 빛났다.

　　여포와 장비의 싸움에 판가름이 나지 않으니 운장이 일어나 맞아 싸웠다. 휘두르는 청룡도는 서릿발 같고, 치달릴 때의 전포 자락은 날으는 나비 같았다. 이리저리 치닫는 말발굽 소리에 귀신도 놀라고 구경하는 자의 피도 얼어붙는 듯했다.

　　천하 영웅 유현덕도 쌍고검을 휘두르며 하늘을 가를 용기를 보여주었다. 유비·관우·장비 삼형제는 여포를 포위하여 수차례 싸웠으니 가히 숨돌릴 틈도 없었으며, 그들이 지르는 함성은 천지를 진동시키고, 살기는 등등하여 태양도 얼어붙을 듯하였다.

　여포가 역부족으로 화극을 거꾸로 잡고 달아나니, 금은으로 장식한 갑옷이 번쩍번쩍 광채를 발하였다. 적토마를 비껴 타고 달아나더니 나는 듯 호뢰관 위로 기어올랐다.

　삼형제가 말을 달려 호뢰관 아래 이르니, 호뢰관 문루에서는 때마침 불어오는 서북풍에 푸른 비단 일산이 나부끼고 있었다. 장비가 그것을 보고 소리쳤다.
"저기에 틀림없이 동탁이 있을 게요. 여포를 쫓느니 차라리 먼저 동탁을 붙잡아 악의 뿌리를 뽑는 게 좋겠소"
하고 호뢰관으로 말을 달려 동탁을 잡으려 했다.
　그것은 곧 '도둑의 무리를 잡으려면 먼저 두목부터 잡아야 한다(擒賊定須擒賊首)'는 것이며, '기적적인 공로는 기인을 기다리는 수밖에 없다(奇功端的待奇人)'는 말은 이 경우를 두고 하는 말이었다.
　이 끝나지 않은 싸움의 승리는 과연 누구에게로 돌아갈 것인가!

6. 동탁의 만행

분 금 궐 동 탁 행 흉 　 익 옥 새 손 견 배 약
焚金闕董卓行兇　　匿玉璽孫堅背約

궁궐을 불태운 동탁의 만행, 옥새를 얻은 손견은 원소를 배반하다.

불바다가 된 낙양

장비가 말을 달려 호뢰관 아래에 다다르니, 관 위에서 화살과 돌이 비오듯 했다. 장비는 후퇴하는 수밖에 별도리가 없었다.

제후들은 유현덕·관우·장비를 불러 공로를 치하했고, 한편 사람을 보내어 원소가 있는 본대(本隊)로 전황을 보고했다. 원소 대장군은 손견을 보내어 그들을 대신 격려하게 하고, 그대로 군사를 진격시키라고 명령했다.

공을 빼앗긴 손견은 휘하 장수 정보·황개 등을 거느리고 지난번에 군량미를 대주지 않은 원술을 찾아갔다.

손견은 분함을 참지 못하여 지휘봉으로 땅바닥을 북북 그으면서 대들었다.

"동탁과 나의 사이는 본래부터 어떤 원한이 있었던 것이 아니오. 그러한 내가 내 한 몸을 돌보지 않고 나서서 화살과 돌덩이를 무릅쓰고 결사적으로 싸운 것은, 위로 나라를 도적의 손에서 지키고 아래로 장군의 가문과 나와의 의리를 저버리지 말자는 것이었소. 그러나 장군께서 군량 공급을 중단하는 바람에 우리들은 패하고 말았소. 그 점을 어떻게 생각하시오?"

원술은 당황하여 할말이 없었다. 그래서 군량미의 공급을 중단하도록 건의한 자의 목을 베고 손견에게 사죄했다.

이 때 손견 휘하의 군사 하나가 찾아왔다.

"진지에 말을 타고 온 한 장수가 장군님을 뵙고자 합니다."

손견이 원술과 헤어져 진에 돌아와 보니, 거기에는 동탁이 아끼는 이각이 와 있었다. 손견은 깜짝 놀라 그에게 물었다.

"네가 여기에 웬일이냐?"

"장군은 동 승상께서 존경하는 분 중의 한 분입니다. 저를 특사(特使)로 보낸 것은 다름이 아니라 동 승상께는 귀여운 따님이 계시는데 장군의 자제님과 결혼을 시키고 싶어서입니다."

손견은 불끈 화를 냈다.

"동탁은 천하무도한 역적으로 황실을 뒤엎은 놈이다. 내가 놈의 일문(一門)을 멸족시켜 천하 사람에게 보이고자 하는 판에 그게 될 법이나 한 말이냐? 당장 네놈의 목을 벨 것이나 용서하니 속히 돌아가서 호뢰관 성을 우리에게 바치라 하여라. 어물어물한다면 네놈을 박살내리라."

이각은 쥐새끼처럼 머리를 싸매고 달아나 동탁에게 손견이 여차여차하게 무례한 말을 하더라고 전했다.

동탁은 화를 버럭 내더니 사위인 이유를 불러 대책을 상의하였다.

"여포가 패한 후 군사들의 사기가 떨어졌습니다. 군사를 이끌고 낙양으로 돌아가서 황제와 도읍을 장안(長安)으로 옮겨 항간에 떠도는 동요의 구절대로 하는 것이 좋을까 합니다. 요사이 시중에서,

서쪽에도 한나라가 있고	西頭一個漢
동쪽에도 한나라가 있네.	東頭一個漢
사슴이 장안으로 들어가야만	鹿走入長安
난리가 아니 나리	方可無斯難

라는 동요가 불려지고 있습니다. 신의 생각으로는 이 '서쪽에도 한나라'라 함은 고조 황제께서 서쪽 도읍인 장안에서 열두 황제의 역사를 이룩하셨음을 의미하는 것이요, '동쪽에도 한나라'라 함은 광무 황제께서 똑같이 낙양에서 열두 황제의 역사를 이룩하셨음을 의미하는 것이라 생각됩니다. 하오니 승상께서는 천운(天運)에 따라 장안으로 천도(遷都)하시면 무사태평할 수 있을 것입니다."

"네가 그런 얘기를 하지 않았더라면, 나는 그런 사실을 전혀 생각지도 못할 뻔했구나."

동탁은 크게 기뻐했다.

동탁은 그 날 밤으로 여포를 데리고 낙양으로 돌아와 문무백관을 조당(朝堂)에 모아 상의했다.

"낙양을 한나라의 도읍으로 정한 지 어언 200년이 지나 이미 운수가 쇠잔하였다. 내가 보기에는 왕성한 기세가 지금 장안에 있는 것 같다. 나는 어가(御駕)를 모시어 장안으로 도읍을 옮기려 하니 너희들도 준비를 갖춰라."

이에 사도 양표가 나서서 말했다.

"장안 일대인 관중(關中) 지방은 현재 형편없이 황폐해버렸습니다. 지금까닭도 없이 종묘(宗廟)와 황릉(皇陵)을 버리고 장안으로 천도한다면 백성들이 놀라 동요할 것입니다. 그러면 천하 인심이 흔들리기 쉽고 평안을 되찾기 어렵게 됩니다. 바라옵건대 승상께서는 심사숙고하여 처리하시기 바랍니다."

"네놈이 국가 대계를 막으려 하느냐?"

동탁은 노기 띤 어조로 꾸짖었다.

태위 황완(黃琬)이 뒤이어 일어서서,

"사도 양표의 말이 옳다고 생각합니다. 옛날 왕망(王莽)이 역적질할 때, 장안을 온통 불살라 버려 기와 조각만 뒹구는 황폐한 곳이 되었습니다. 그리하여 백성들은 모두 그 곳을 떠나버려 쥐새끼 한 마리 살지 않습니다. 지금 이처럼 훌륭한 궁궐을 버리고 황무지로 간다는 것은 무모한 일입니다"

하고 말했다.

"관동에 도적들이 벌떼처럼 일어나 천하가 어지러운 이 때, 장안에는 효산(崤山)과 함곡관(函谷關) 같은 험한 자연적 요새가 있고, 가까운 곳에서 나무며 돌기와 벽돌 따위를 쉽게 얻을 수 있어 몇 달 내로 대궐을 지을 수 있으니, 너희는 다시 참견하지 말라."

동탁은 그들의 진언(進言)을 막았다.

사도 순상(筍爽)이 다시 간하기를,

"승상께서 만약 천도하신다면 백성들이 소동을 일으켜 편할 날이 없을 것입니다"

하고 아뢰었다.

"내가 천하를 위하여 계책을 세우는 것이니 백성들이야 어찌 되든 내 알 바 아니다."

이렇게 역정을 부리며 동탁은 그 날로 그의 면전에서 천도를 반대한 양표·황완·순상을 파면시켰다.

회의를 마치고 동탁이 밖으로 나와 수레에 오르려 할 때, 앞으로 달려와 머리를 수그리는 두 사나이가 있었다.

그들은 상서 주비와 성문을 지키는 교위 오경이었다.

"웬일이냐?"

동탁이 물었다.

"듣자하니 승상께서 장안으로 천도하신다 하니 그게 참말이신지요? 만일 참말이라면 아뢸 말씀이 있습니다"

하고 주비가 말했다.

"나는 전에도 니희들 두 사람의 말을 듣고 원소를 살려두었었다. 그러나 오늘날 원소가 나를 배반하지 않았느냐? 네놈들도 그와 한통속이지?"

하고 동탁은 무사들을 시켜 두 사람의 목을 베도록 명했다. 이어 그는 곧바로 장안으로 천도하겠다는 영을 내리고 다음날 안으로 실행하도록 했다.

"지금 군자금과 군량이 바닥났습니다. 낙양에는 부호(富豪)들이 굉장히 많사오니, 이 때에 그들의 재산을 모두 몰수하십시오. 원소와 관계가 있다는 구실을 내세워 그들을 잡아죽이고 재산을 몰수하면, 필시 수만 냥에 이를 것입니다."

모사꾼 이유의 계교였다.

동탁이 즉시 기마 병사 5천 명을 풀어 낙양의 부자들을 모조리 잡아들이니, 그 수는 수천 명에 이르렀다. 동탁은 부호들의 집집마다 '반신역당(反臣逆黨)'이라 크게 쓴 기를 꽂은 후에 부자들을 성 밖으로 끌고 가 죽여버리고 그들의 재산을 몽땅 빼앗아버렸다.

동탁의 심복 이각·곽사는 수백만의 낙양 백성들을 군사들과 함께 휘몰아 장안으로 쫓아버렸다. 장안으로 끌려가던 백성들 중에 죽어 개천에 버려진 자가 수없이 많았다.

동탁의 군사들이 저지르는 횡포는 이것에만 그치지 않았다. 그들은 유부녀와 처녀를 가리지 않고 닥치는 대로 간음하고, 백성들의 양식과 재물을 강탈하니, 백성들의 울부짖는 소리가 천지를 진동했다.

동탁은 또 출발 직전에 여기저기 성문에 불을 질러 백성들의 집은 물론 종묘·궁궐·관청 등을 모조리 태우니, 남북의 양 궁전은 불바다가 되고 궁실이란 궁실은 모두 재가 되었다.

그는 또 여포를 시켜 선황제 및 황후의 묘까지도 파헤치고 그 속에 있는 금은보화를 모두 꺼냈다. 군사들도 질세라 이 때를 틈타 전 관리와 백성들의 묘를 파헤쳤다.

동탁은 금은보화와 값비싼 비단 등 좋은 물건을 수천 수레나 싣고 황제와 황후 등을 협박하여 장안으로 향했다.

조조의 추격

손견이 군사를 몰아 낙양으로 쳐들어가니, 화염이 충천하고 검은 연기가 땅을 뒤덮은 것이 바라다보였다. 낙양에 이르는 2,300리 길에서는 사람은 물론 닭이나 개의 그림자조차 볼 수 없었다. 손견은 먼저 군사를 풀어 불을 끄도록 하고, 원소는 제후들에게 폐허 위에 군마를 주둔시키도록 했다.

한편 조조는 대장군 원소를 찾아갔다.

"지금 동탁은 장안을 향하여 서쪽으로 달아났으니, 이 때를 틈타 급히 쫓아야 할 터인데, 여기에 군사를 주둔시키고 움직이지 않는 것은 무슨 까닭입니까?"

"제후들과 군사들이 모두 피곤하니, 이들을 몰아 싸운다는 것은 도움이 되지 못할 것 같소."

"동탁의 무리들이 궁궐을 불사르고 황제를 협박하여 수도를 옮기니 민심이 흉흉합니다. 이는 하늘이 동탁을 망하게 할 때임을 알리는 것이라 생각합니다. 단번에 천하를 평정할 터인데 어이하여 제후들께서는 의심하고 나가 싸우지 않습니까?"

"가볍게 움직일 때가 아닙니다."

모든 제후들이 입을 모아 말했다.

"그릇이 되지 않는 자들과는 함께 일을 도모 할 수 없다."

조조는 이렇게 내뱉더니 하후돈·하후연·조인·조홍·이전·악진 등과 함께 군사 만여 명을 이끌고 동탁을 뒤쫓았다.

한편 동탁이 백성과 군사를 몰아 형양(滎陽) 지방에 이르니, 태수 서영(徐榮)이 나와 맞았다. 이유가 또 모사를 꾸몄다.

"승상께서 낙양을 불지르고 오셨으니, 원소의 군사들이 반드시 뒤를 쫓아올 것입니다. 서영에게 은밀히 영을 내려 형양 성 밖에 군사를 매복시켰다가 우리를 추격해오는 무리를 막아내게 한 다음, 이편에서 놈들의 퇴로를 차단하면 다시는 뒤쫓아오는 군사가 없을 것입니다."

동탁은 그 계교에 따라 서영에게 영을 내리고, 한편으로는 여포에게 정예 부대를 거느려 추격해오는 군사를 막으라고 했다.

여포가 군사를 거느려 진을 치고 있으니, 과연 조조의 1만여 군사가 달려들었다.

여포가 껄껄 웃었다.

"이유의 생각대로 네놈들이 나타났구나."

여포는 군마를 배치하고 맞아 싸울 태세를 갖추었다. 조조가 앞장서서 말을 달려왔다.

"이 역적놈아! 천자를 욕되게 하고 불쌍한 백성들을 끌고 어디로 가려 하느냐?"

조조가 크게 꾸짖었다.
여포도 질세라,
"주인을 배반한 놈아. 무슨 망발을 그리 하느냐!"
하고 맞섰다.

 순간 하후돈이 창을 비껴 들고 말을 달려 여포에게 대들었다. 서로 겨루지 몇 합 되지 않아 이각이 군사를 이끌고 좌편에서 밀어닥치자, 조조가 하후연에게 적을 맞아 싸우게 했다. 이번에는 오른편에서 함성이 또 일어나며 곽사가 군사를 이끌고 밀어닥치자, 조조는 또 그에 대비하여 조인에게 적을 맞아 싸우도록 했다.

쫓기는 조조

 그러나 하후돈·하후연·조인 등의 군사는 여포의 군세를 당해낼 도리가 없어 그들은 말을 몰아 후퇴했다. 그 뒤를 쫓아 여포가 철기병을 몰아 돌격하니, 조조의 군사는 대패하고 말았다.

 조조는 할 수 없이 패한 군사를 거느리고 형양을 향해 말을 달렸다. 이윽고 어느 산모퉁이에 이르니, 때는 한밤중으로 달이 대낮같이 밝았다.

 조조의 군사들이 배가 고파 밥을 지으려 할 때, 사방에서 함성이 일어나며 숨어 있던 서영의 군사가 쏟아져 나왔다.

 조조는 당황하여 급히 말을 달려 달아나다가 서영과 정면으로 마주쳤다. 조조가 말 머리를 돌려 오던 길로 달아나려는 순간, 서영이 쏜 화살이 조조의 어깨에 꽂혔다.

 화살을 맞은 채 조조가 간신히 말을 몰아 언덕길로 피하여 달아날 때, 숲속에 매복해 있던 두 병사가 일제히 내달아 창부리로 조조의 말을 찔렀고, 조조는 땅에 나뒹굴어 떨어져 결국 붙잡히는 몸이 되었다.

 바로 이 순간, 웬 장수 하나가 말을 몰아 달려오더니 칼을 휘둘러 두 병사를 죽이고 말에서 내려 조조를 구해주었다. 조조가 얼굴을 들어 바라보니, 그는 다름 아닌 조홍이 아닌가!

"나는 여기서 죽을 수밖에 없다. 아우나 빨리 이곳을 빠져나가게!"
"장군님, 어서 말에 오르십시오. 저는 걸어서 가겠습니다."
"적병이 쫓아오면 어쩌려고 걸어간다는 말인가?"
조홍이 조조의 말을 받아 이렇게 말했다.
"저 같은 몸이야 세상에 있으나마나 하지만 공께서 죽어서야 되겠습니까?"
"내가 다시 살아난다면 오직 너의 덕택이구나."
조조는 이렇게 종제(從弟)를 치하하며 말에 올랐다. 조홍은 갑옷과 투구를 벗어 내동댕이치고 칼을 질질 끌며 말 뒤를 따랐다. 이렇게 걷다보니 어느새 밤은 깊어 4경이나 되었다.
그런데 이게 웬일인가! 앞에는 큰 강이 가로막혀 있고, 뒤에서는 고함치는 소리가 차츰 가까이 들려왔다.
"아! 내 운명도 이것으로 끝나는구나. 다시는 살아날 길이 없겠구나!"
조조가 길게 탄식했다.
조홍은 급히 조조를 말에서 내리게 하고 옷을 홀랑 벗더니 조조를 등에 업고 강을 건넜다. 겨우 맞은편 언덕 기슭에 이르렀을 때, 뒤쫓아온 적병들이 강을 가로질러 화살을 쏘아붙였다. 조조는 다급하여 물 속으로 뛰어들었다.
조조 일행이 간신히 물 속에서 나와 30여 리 길을 도망쳐 어느 언덕 밑에서 한숨을 돌리고 있노라니, 또다시 함성이 들리면서 한 떼의 군마가 공격해왔다. 그것은 상류에서 강을 건너 쫓아온 서영의 군사들이었다. 조조가 당황히여 이리저리 허둥거리는 판에 하후돈·하후연이 수십 기의 군마를 거느리고 나타나서 외쳤다.
"이놈 서영아, 우리 조 공에게 감히 무슨 짓이냐?"
하후돈이 서영을 꾸짖으니, 서영은 창을 들고 하후돈에게 덤벼들었다. 결국 서영은 하후돈의 창에 찔려 말에서 떨어지고, 서영을 따라온 군사들은 죽거나 뿔뿔이 흩어지고 말았다.
조조는 위기일발의 순간에 겨우 목숨을 건져, 뒤늦게 달려온 조인·이전·악진 등과도 만났다.

패잔병을 수습하니 1만여 군사 중에 살아 남은 자는 겨우 500여 명에 불과했다. 조조는 이들을 거느리고 하내로 돌아왔다.

한편 다른 제후들은 군사를 거느리고 낙양에 들어가 제각기 진을 치고 있었다. 손견은 성 안으로 들어가 불타고 있는 궁궐의 불을 끄고 건장전(建章殿)이 있던 곳에 군막을 쳤다.

옥새를 쥔 손견

손견은 군사들에게 명하여 대궐 마당에 쌓인 기와 조각을 치우도록 했으며, 한편 동탁이 파헤친 능들을 복구시키고 태묘(太廟) 옛 자리에 작은 사당(祠堂)을 지어 한나라 황실의 역대 황제 위패를 모시고 위령제를 지냈다. 제후들이 뿔뿔이 흩어져 간 다음, 손견은 자기 군막에 돌아와 구름 한점 없이 달빛과 별빛만 찬란히 비치는 밤 하늘 아래 서서 긴 칼을 옆에 차고 폐허를 굽어보았다.

문득 머리를 들어 북녘 하늘을 바라보니, 자미원(紫薇垣) 별 주위에 백기(白氣)가 자욱이 끼어 있었다.

제왕성이 밝지 못하니	帝星不明
역적들이 나라를 어지럽히는구나.	賊臣亂國
백성은 도탄에 빠져 있고	萬民塗炭
낙양은 폐허가 되었도다!	京城一空

손견은 이렇게 한탄하며 더 이상 말을 잇지 못하고 눈물만 주르르 흘렸다.

이 때 옆에 있던 군사 하나가 손을 들어 가리켰다.

"건장전 남쪽 우물 속에서 오색이 영롱한 서기(瑞氣)가 비칩니다."

손견이 즉시 군사에게 명하여 횃불을 만들어 우물 속을 살피게 했더니, 그 곳에 한 여인의 시체가 있어 끌어올렸다. 시체는 오랫동안 우물 속에 있

옥새를 얻은 손견은 원소를 배반하다. 《繡像全圖三國演義》에서

었지만 부패하지 않은 채였는데, 궁녀 차림새로 몸에는 비단 주머니를 차고 있었다. 그 주머니 속에는 황금 자물쇠를 채운 작은 갑(匣)이 들어 있었는데, 자물쇠를 끄르고 갑을 열어보니 옥새 한 벌이 있었다. 그것은 4치(寸) 가량의 장방형 옥새로, 손잡이에는 다섯 마리 용의 형상이 새겨져 있고, 비단 실로 술을 늘인 옆에는 한 귀퉁이가 떨어져 나가 황금으로 땜질이 되어 있었다.

거기에는,

'수명어천(受命於天)

기수영창(旣壽永昌)'

이란 여덟 글자가 전자(篆字)체로 새겨져 있었다.

옥새를 손에 쥔 손견은 옆에 있던 정보에게 이것이 무어냐고 물었다.

"이것은 역대로 내려오는 옥새입니다."

"이 옥돌은 옛적에 변화(卞和)가 형산(荊山)에서 얻은 것으로, 변화가 이 옥돌을 얻을 때 봉황새가 그 옥돌 위에 앉아 있었다고 합니다. 그리하여 변화는 이를 초문왕(楚文王)에게 진상했고 초문왕은 그 옥돌을 깨뜨려 이 옥을 꺼냈다고 합니다. 그리고 진시황 26년, 이사(李斯)가 이 여덟 글자의 전서를 쓰고 유명한 도장장이가 이를 새겼다고 합니다.

진시황 28년, 시황제가 순행차 동정호(洞庭湖)에 이르렀는데 풍랑이 크게 일어 배가 뒤집히려고 해 급히 이 옥새를 호수 속에 집어던졌더니 풍랑이 멈췄습니다. 38년에는 시황제가 수렵차 화음(華陰) 땅에 당도했는데, 한 사람이 길을 막고 이 옥새를 건네주며, '이를 조룡(祖龍)이신 진시황에게 돌려드리도록 하라'고 하고는 홀연히 사라졌다고 합니다.

이렇게 하여 이 옥새는 다시 진시황에게 돌아왔고, 그 이듬해 진시황이 세상을 떠나시자 영제(嬰帝)께서 한고조(漢高祖)에게 바친 것입니다. 후에 왕망이 황제의 위를 찬탈하려 했을 때, 효원(孝元) 태후께서 이 옥새로 왕망의 무리 왕심(王尋)·소헌(蘇獻)을 때리셨기 때문에 한 귀퉁이가 떨어져 나가 그 곳을 금으로 때운 것입니다. 그 후 광무제(光武帝)께서 이 보물을 의양(宜陽)에서 손에 넣게 되어 지금까지 왕위에 물려온 것입니다. 근간에 듣기에는 십상시들이 소제를 끌고 북망산으로 달아났다가 다시 환궁했을 때, 이 옥새가 없어졌다고 합니다.

이제 하늘이 이 옥새를 공에게 드림은 바로 공께서 천자의 자리에 오르시라는 뜻일 것입니다. 이대로 이곳에 더 머물러 계시지 말고 속히 강동으로 가시어 따로 큰 계획을 세우심이 좋을까 합니다."

"나도 그런 생각을 하고 있었다. 내일 몸이 불편하다는 핑계를 대고 강동으로 돌아가겠다."

손견은 정보와 뜻을 정한 후, 군사들에게 옥새를 얻은 일을 누설하지 말라고 일렀다. 그러나 군사 중에 원소와 동향 사람이 있었다. 그는 이를 누설하여 출세하고 싶은 욕망으로 밤을 틈타 손견의 진지를 탈출하여 원소의 진으로 달려가 손견이 옥새를 갖고 있다고 보고했다. 원소는 그를 후하게 대접하고 은밀히 자기의 진중에 숨겨주었다.

다음날 손견은 원소를 찾아가 작별 인사를 올렸다.

"이 몸은 병이 있어 고향으로 돌아갈까 하여 이렇게 특별히 공을 찾았습니다."

원소가 빙그레 웃으며 말했다.

"내 생각에는 공이 국가에 전해오는 옥새를 얻었기 때문에 병이 생긴 듯하오."

손견은 깜짝 놀랐다.

"그게 무슨 말씀이신지요?"

"지금 우리가 군사를 일으켜 역적의 무리를 토벌하는 것은 오직 나라를 위하기 때문이오. 옥새는 조정의 보물이니, 공께서 만일 옥새를 얻었다면 응당 제후들에게 보인 후 맹주(盟主)에게 보관시켰다가 동탁을 주살한 후에 조정에 돌려줘야 하거늘, 이를 숨겨 귀향하려는 것은 무슨 심사요?"

"어찌하여 옥새가 나에게 있다는 말씀입니까?"

"건장전 우물에서 나온 것은 무엇이오?"

"나는 그런 것을 가져본 일이 없습니다. 왜 생사람을 잡으려 하십니까?"

"빨리 그것을 내놓는 것이 몸에 좋을 게요"

라고 원소가 타일렀다.

손견은 손을 들어 하늘을 가리키며,

"내가 만일 그런 귀한 것을 얻어 이를 사사로이 지니고 있다면 칼이나 화살을 맞아 불명예스럽게 죽을 것입니다"

하고 맹세했다.

여러 제후들이 일제히 입을 모았다.

"손견이 저같이 맹세까지 하는 걸로 봐서 틀림없이 그런 일은 없는 것 같습니다."

원소는 그의 진지에 숨겨놓은 군사를 불렀다.

"우물을 칠 때 이 사람이 있지 않았소?"

손견은 발끈 화가 치밀어 허리에서 칼을 뽑았다. 손견이 그 병사의 목을 베려 할 때, 원소도 칼을 뽑으며 소리를 질렀다.

"네가 이 군사를 죽이려는 것은 곧 제후들을 속이려는 것이다."

원소의 등뒤에 있던 안량과 문추도 칼을 뽑아 들었다. 아울러 손견의 등뒤에서는 손견 휘하의 장수 정보·황개·한당 등이 손견을 위하여 칼을 뽑아 들었다. 그러자 모든 제후들이 일제히 자리에서 일어나 두 장수의 싸움을 말렸다.

손견은 재빨리 말 위에 올라 자기 진지에 돌아와 그 곳을 걷어치우고 낙양을 떠나고 말았다.

원소는 화가 머리끝까지 올라 심복 부하에게 편지를 한 통 써주면서 그 날 밤 중으로 형주에 다녀오라고 일렀다. 그는 형주 자사 유표(劉表)에게 손견이 달아나는 길을 막아 옥새를 빼앗으라는 지령을 내렸던 것이다.

그 이튿날 조조가 동탁을 추격하여 형양(滎陽)에서 싸운 결과, 크게 패하여 돌아왔다는 소식이 날아들었다. 원소는 사람을 보내어 조조를 자기의 진지로 초청하여 주연을 베풀어 그를 위로해주었다. 조조가 자기의 괴로운 심정을 솔직하게 고백했다.

"내가 처음에 큰 뜻을 일으킨 것은 적들을 무찌르고 나라를 구하기 위해서였소. 제공들께서도 뜻을 같이하여 모여들었소. 내가 처음에 마음먹은 바는 원 공께 하내의 군사를 이끌어 맹진(孟津)과 산조(酸棗) 땅을 확보하시게 하고, 여러 제후들은 성고(城皐) 땅을 굳게 지켜 오창(廒倉)에 진을 치게 하고 환원(轘轅)·대곡(大谷)의 험준한 계곡을 제압하는 것이었습니다. 그 후 남양(南陽)으로 나아가 단석(丹析)에 주둔한 후에 무관(武關)으로 돌입하여 경조(京兆)·우풍익(右馮翊)·좌부풍(左扶風)의 삼보(三輔)를 치게 하고, 길게 호를 파고 보루를 높게 쌓고 싸우지 않으며, 한편 의병(疑兵) 전술을 써서 없는 군사도 있는 척 적을 현혹시켜 천하의 대세가 기울어짐을 보여주면, 그것은 순(順)으로 역(逆)을 주(誅)하는 이치로, 곧 내 뜻이 이뤄질 수 있으리라 믿었소. 이제 제공께서 망설이기만 하고 전진하려는 꿈도 꾸지 않으니, 이는 천하의 신망을 크게 상실시킨 일인지라, 이 조조는 오직 수치스러울 뿐이오."

이 말에 원소와 여러 제후들은 묵묵히 입을 다물었다.

모두 자리를 떠났을 때, 조조는 원소의 무리가 제각기 딴 생각을 품고 있기 때문에 큰일을 성사시키지 못할 것을 예견했다. 그는 스스로 휘하의 군사를 이끌고 양주로 향했다.

조조가 떠나자 공손찬이 유비·관우·장비와 협의했다.

"원소는 무능한 위인일세. 그와 오래 있다가는 필시 어떤 변이 일어날 것이니, 우리도 돌아가는 것이 좋겠네."

그들은 진중을 떠나 북행(北行)하였다. 평원에 이른 현덕은 다시 그 곳 평원을 다스렸고, 공손찬은 자기의 영토인 북평에 가서 군사를 훈련하며 다음날을 기다리고 있었다.

연주 자사 유대는 군사에게 먹일 양식이 없어 동군 태수 교모에게 군량미를 빌려 달라고 했다. 그런데 교모가 이를 받아들이지 않자, 유대는 군사를 거느리고 교모의 진지에 돌입하여 그를 죽인 후, 항복하는 군사들을 자기의 휘하에 넣었다.

유표의 등장

원소는 모든 제후들이 각기 흩어지자, 자신도 대군을 휘동하여 진지를 떠나 낙양을 버리고 관동(關東)으로 돌아갔다.

한편 형주 자사 유표는 산양(山陽) 고평(高平) 사람으로 자를 경승(景升)이라 했다. 그는 어려서부터 친구 사귀기를 즐겨하여 일곱 명의 쟁쟁한 은사(隱士)와 교우를 맺고 있었는데, 이들을 가리켜 '강하팔준(江夏八俊)'이라 불렀다. 그 7인은 여남(汝南)의 진상(陳翔)과 범방(范滂), 노국(魯國)의 공욱(孔昱), 발해의 범강(范康), 산양(山陽)의 단부(檀敷)와 장검(張儉), 남양의 잠경(岑晊) 등이었고, 그 외에 연평(延平)의 괴량(蒯良)과 괴월(蒯越), 양양(襄陽)의 채모(蔡瑁)로 정사를 돕게 했었다.

원소가 보낸 밀서를 받은 유표는 괴월과 채모에게 1만 군사를 주어 손견이 가는 길을 가로막도록 하였다. 손견이 군사를 이끌고 형주 땅에 당도하자, 괴월은 군사를 풀어 손견의 길을 가로막았다.

손견이 버럭 소리를 질렀다.

"괴월 장군은 어인 까닭으로 내가 돌아가는 길을 막는 게요?"

"당신은 한나라의 신하가 아닙니까? 신하의 몸으로 어찌 감히 사사로이 옥새를 숨기고 있다는 말씀이오? 속히 내놓으시오. 그러면 돌아가도록 해주겠소."

손견은 이 말을 듣고 노기가 등등하여 휘하 장군 황개에게 저자를 물리치라고 명을 내렸다. 황개가 대들자 괴월의 옆에 있던 채모가 칼을 휘두르며 황개를 맞아 싸웠다. 수합을 싸운 끝에 황개는 철채찍을 들어 채모의 가슴막이인 호심경(護心鏡)을 후려쳤다. 호심경을 맞은 채모가 기겁을 하고 말을 몰아 달아나니, 신바람이 난 손견은 군사를 이끌고 채모를 따라 계구산(界口山)까지 뒤쫓아갔다. 산모퉁이를 돌아들었을 때 쇠붙이와 북 소리가 울리며 유표가 군사를 이끌고 나타났다.

사면초가(四面楚歌)에 부딪힌 손견은 말을 탄 채 예를 갖췄다.

"경승께서는 어인 일로 원소의 편지만 믿고 가까운 곳에 사는 나를 괴롭히는 겁니까?"

"너는 옥새를 감추고 내놓지 않았는데, 그것은 국가를 배반하는 것과 같지 않느냐?"

"내가 그것을 소유했다면 개죽음을 당해도 여한이 없겠소"

하고 손견은 발뺌을 했다.

"네가 만약 그렇다면 네 몸을 샅샅이 뒤져보게 해라."

손견은 이를 부드득 갈면서 소리쳤다.

"너무 지나치오. 어디 끝까지 힘으로 겨뤄봅시다."

손견이 군사를 풀어 싸울 의사를 표하자, 유표는 슬며시 말을 뒤로 물렸다. 손견은 말을 몰아 유표의 뒤를 쫓았다. 이 때였다. 양편 산기슭에 숨어 있던 병사들이 일제히 손견에게 덤벼들었고, 배후에서는 채모와 괴월이 손견을 뒤쫓았다. 손견은 어쩔 수 없이 곤경에 빠지고 말았다.

옥새란 그것을 소유해야 할 사람이 아닌 자가 지니면, 무용지물(無用之物)과 같은 것이고 오히려 화를 부르는 화근이 되는 것이다. 손견은 그만 수렁에 빠진 몸이 되고 말았다.

7. 복수전

<small>원소반하전공손</small>　　<small>손견과강격유표</small>
袁紹磐河戰公孫　　孫堅跨江擊劉表

원소는 반하에서 공손찬과 싸우고, 손견은 강을 건너 유표를 공격하다.

기주를 차지한 원소

손견이 유표의 장수들에게 포위되었을 때, 정보·황개·한당 세 장수가 덤벼들어 가까스로 구해주었기 때문에 손견은 병력의 태반을 잃었으나 간신히 강동으로 돌아갈 수 있었다. 이로 인하여 손견과 유표는 원한을 맺어 앙숙이 되었다.

한편 원소는 군사를 하내에 주둔시켰지만, 군량미가 떨어져 곤경에 처했다. 이에 기주(冀州) 목사 한복(韓馥)이 양식을 보내어 군량에 보태 쓰도록 했다. 이를 보다못해 모사꾼 봉기(逢紀)가 원소에게 충동질을 했다.

"대장부란 의당 천하를 치달려야 하거늘 어찌 남이 보내준 양식에 의지하여 산단 말입니까? 기주는 땅이 넓어 자연자원이 풍성한 곳입니다. 장군께서는 왜 이런 땅을 빼앗지 않습니까?"

"좋은 계책이 없기 때문일세."

"공손찬에게 몰래 사람을 보내어 기주를 취하자고 약속하면, 그는 반드시 군사를 일으킬 것입니다. 그렇게 되면 한복이란 자는 줏대가 없는 인물이므로, 장군에게 기주의 일을 봐 달라고 구원을 청할 것입니다. 그 기회를 잘 이용한다면 쉽사리 기주를 빼앗을 수 있을 것입니다."

원소는 자못 기뻐하며 즉시 공손찬에게 서신을 보냈다. 편지를 받아 읽어보니, 함께 기주를 공격하여 영토를 분배하자는 내용이었으므로, 공손찬은 크게 기뻐하며 그 날로 군사를 일으켰다. 원소는 이 사실을 은밀히 한복에게 알렸다. 당황한 한복은 순심(筍諶)과 신평(辛評)을 불러 대책을 숙의했다.

신평이 먼저 입을 열었다.

"공손찬이 연(燕)·대(代) 두 나라의 군사를 이끌고 멀리서부터 쳐들어온다면 그 예봉을 꺾기 힘들 것입니다. 거기에다 유현덕·관운장·장비까지 공손찬의 편에 가담한다면 도저히 막아 내지 못할 것입니다. 원소 장군께서는 용기와 지혜가 출중(出衆)한 사람으로, 지금 그 휘하에는 수많은 장수들이 있습니다. 장군께서 원소에게 사람을 보내어 같이 기주를 지키자고 제의하면, 그자는 반드시 장군을 후대할 것이며, 그렇게만 된다면 공손찬에 의한 화(禍)도 없을 것입니다."

한복은 즉시 보좌관 관순(關純)을 원소에게 보내려 했다. 이에 장사(長史) 경무(耿武)가 한복에게 간했다.

"원소는 이제 기댈 곳 없는 외로운 장수가 되었습니다. 따라서 우리의 눈치만 보고 있어 손바닥 위에 놓인 어린애와 같은 꼴입니다. 마치 젖을 주지 않으면 굶어 죽는 어린애와 같습니다. 그런 위인에게 어떻게 기주를 함께 다스리자고 하겠습니까? 이는 호랑이를 양 떼 속으로 끌어들임과 같습니다."

"나는 본래 원씨 집안의 신세를 진 사람으로, 재능 면에서도 그를 따를 수 없는 몸이다. 어진 사람을 가려 나라를 양보하는 것은 옛 군자의 도리다. 너는 왜 그를 질투하느냐?"

한복은 오히려 경무를 나무랐다.

"기주는 이로써 끝장이로구나!"

경무는 탄식하였다. 이 때 벼슬을 버리고 떠난 자가 무려 30여 명이나

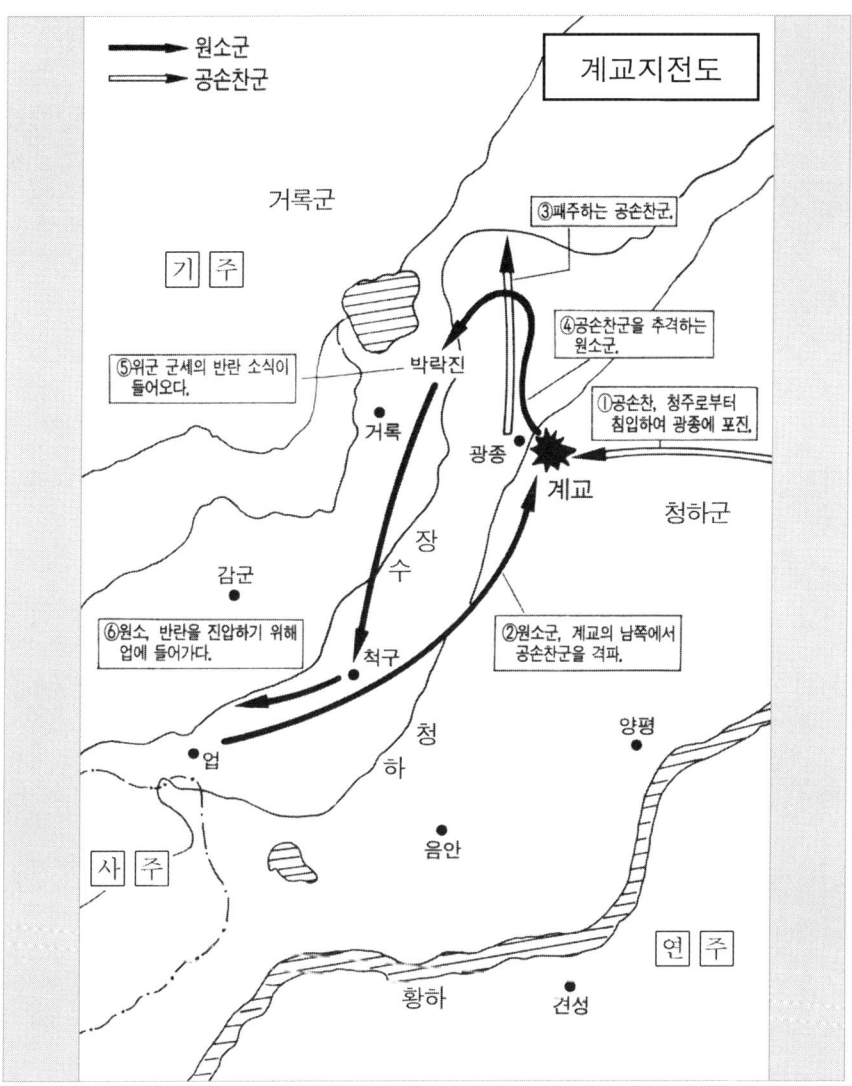

되었음에도 불구하고 오직 경무와 관순만은 성 밖에 숨어 원소가 나타나기를 기다리고 있었다.

며칠이 지나 원소가 군사를 거느리고 나타났다. 경무와 관순이 칼을 휘두르며 원소를 죽이려 하니, 원소 휘하의 장수 안량이 경무의 목을 베고 문추가 관순을 죽여버렸다.
 원소는 기주로 들어가 한복을 분위장군(奮威將軍)에 임명하고 기타 전풍(田豊)·저수(沮授)·허유(許攸)·봉기(逢紀)에게 고을의 행정을 맡겨 한복의 권한을 모조리 빼앗았다. 그 때서야 한복은 자신의 어리석음을 후회하며, 처자식을 버리고 진류(陳留) 태수 장막(張邈)을 찾아갔다.
 한편 공손찬은 원소가 기주를 점거했다는 사실을 알고 동생 공손월(公孫越)을 보내어 기주를 반분해 달라고 했다.
 원소는 공손월을 맞아 이렇게 말했다.
 "자네의 백씨(伯氏)께서 직접 와서 부탁한다면 내가 고려해 보지."
 공손월은 하직하고 되돌아섰다.
 공손월이 채 50여 리도 가기 전에 길 양옆에서 번개처럼 군마가 나타났다. 그들은,
 "우리들은 동탁의 부장들이다"
라고 외치며 달려들어 공손월을 화살을 쏘아 죽였다. 공손월의 시종은 가까스로 도망쳐 공손찬에게 이 사실을 보고했다.
 공손찬은 노발대발하며,
 "원소란 놈이 나를 유혹하여 군사를 일으켜 한복을 치도록 하고는 뒤로 돌아서서 딴 짓을 하고, 급기야 동탁의 군사로 가장하여 내 아우를 죽이다니……. 내 이놈을 가만 두지 않을 테다"
라고 크게 외치며 군사를 일으켜 기주로 쳐들어갔다. 원소도 공손찬이 쳐들어온다는 전갈을 받고 군사를 이끌고 나가 싸웠다.
 양편의 군사는 반하(磐河)에서 마주쳤다. 원소의 군사는 다리 동편에 진을 치고 공손찬의 군사는 반대편인 서쪽에 진을 쳤다.
 공손찬은 말을 달려 다리 한복판에 이르러 호통을 쳤다.
 "이 신의 없는 놈아! 왜 나까지 팔아먹으려 드느냐?"
 원소도 질세라 말을 몰고 다리에 이르러서 소리쳤다.
 "한복이 무능하여 내게 기주를 양도하기를 원했거늘 네놈이 어찌 간섭하려 드는 게냐?"
 "내 일찍이 네놈을 충의(忠義)의 대장부로 여겨 맹주로 추대하였더니, 지

금 네 소행으로 봐서는 정말 승냥이나 개 같은 놈이로구나. 너 같은 놈이 어떻게 낯을 들고 뻔뻔스럽게 세상을 살아간단 말이냐!"

"누구 저놈을 사로잡을 자 없느냐?"

원소의 추상 같은 불호령이 미처 끝나기도 전에, 부장 문추가 창을 비껴 들고 말을 달려 공손찬에게 대들었다. 공손찬은 문추를 맞아 싸웠으나, 당해낼 수가 없자 말을 달려 달아났다.

문추가 기세 등등하여 몰아붙이니 공손찬은 그만 자기 진중으로 들어가 버렸다.

원소와 공손찬의 싸움

문추는 말을 달려 공손찬의 진중에 들이닥쳐 마음대로 휘저었다. 공손찬 휘하의 장수 네 명이 일제히 문추를 맞아 싸웠으나, 한 장수가 문추의 창에 찔려 말에서 나뒹굴어 떨어지자 셋은 꽁무니를 빼고 말았다.

문추가 계속 들이덤비자 공손찬은 멀리 산골짜기로 도주했다. 문추는 악착같이 공손찬을 추격하며 소리질렀다.

"빨리 말에서 내려 항복하지 못할까!"

쫓기는 공손찬은 화살을 다 떨어뜨리고 투구도 벗겨져 산발을 한 채 산비탈을 돌아 급히 말을 몰았다. 그 순간 화살 하나가 달리는 말 앞에 꽂혔다. 공손찬의 몸뚱이는 벼랑 아래로 나뒹굴었다.

뒤쫓던 문추가 급히 창을 들어 찔러 죽이려는 찰나, 인덕 왼쪽에서 소년 장수 한 사람이 나는 듯 말을 달려 창을 휘두르며 문추를 막아섰다.

이 틈에 공손찬이 정신을 차려 벼랑을 기어올라가 머리를 들고 바라보니, 문추를 맞아 싸우는 장수는 키가 8척이요 짙은 눈썹에 눈은 부리부리하고 너부죽한 얼굴에 턱이 중후하여 위풍이 당당했다. 문추가 이 소년 장수를 맞아 50여 회나 싸웠으나 결판이 나질 않았다.

이 때 공손찬의 부하들이 공손찬을 구하려 달려드니, 문추는 말을 몰아 돌아갔고, 그 소년 장수는 더 이상 문추를 추격하지 않았다.

공손찬은 바삐 벼랑을 내려와 그에게 누구냐고 물었다.
"저는 상산(常山) 태생 조운(趙雲)이라는 사람으로, 자는 자룡(子龍)이라 합니다. 본래 원소의 휘하에 있었으나, 그에게는 나라에 충성하며 백성을 구할 마음이 없어 보여 그의 휘하를 떠나 공을 따르고자 이곳까지 왔습니다."

공손찬은 이 말을 듣고 크게 기뻐했다. 그는 자룡과 함께 진지에 돌아와 흩어진 군사를 정비했다.

다음날, 공손찬이 휘하의 장수와 군마를 좌우로 나누어 진을 편성하니, 그 기세는 새가 날개를 편 듯했다. 거느린 말은 5천여 필로, 대부분 우수한 백마(白馬)였다. 전에 오랑캐를 맞아 싸울 때 백마만 뽑아 선발대로 삼아 오랑캐를 무찌르니, 세인들은 그를 '백마 장군'이라 일컬었었다. 이후 오랑캐들은 백마만 보면 질겁을 하고 달아났으며, 이로 인하여 백마의 수를 더욱 늘렸다.

한편 원소도 안량과 문추를 선봉에 세워 각기 활 잘 쏘는 군사 1천여 명을 거느리고 좌우의 양대(兩隊)로 진을 치게 했다. 국의(麴義)에게는 궁수(弓手) 800, 보병 1만 5천을 거느려 진을 치게 하고, 원소 자신은 보병과 기병 수만 명을 거느리고 후방에서 응전하기로 했다.

공손찬은 조자룡이 휘하에 들어온 지 얼마 안 되므로 그 진심을 알 수 없어 따로 일진을 거느려 뒤에 있게 하고, 대장 엄강(嚴綱)을 선봉장으로 삼았다. 자신은 중군(中軍)을 지휘하고 그가 탄 말의 앞에는 붉은 바탕에 금실로 '수(帥)'라고 수놓은 깃발을 앞장세웠다.

공손찬의 군사는 아침부터 거의 정오 때까지 북을 울리며 싸움을 돋우었으나, 원소의 군사는 아무런 움직임이 없었다. 원소의 부장 국의는 전패(箭牌) 아래에 궁수들을

조운의 상
《貫華堂三國志演義》에서

원소는 반하에서 공손찬과 싸우고, 《繡像全圖三國演義》에서

매복시키고 있었다. 엄강은 군사를 거느리고 북을 울리고 고함을 치며 진지로 달려들었다. 그러나 국의의 군사는 엄강이 쳐들어와도 움직이지 않고 있다가 그들이 가까이에 이르자, 매복해 있던 800여 궁노수(弓弩手)들이 일제히 화살과 쇠뇌를 쏘았다. 엄강이 급히 달아나려 할 때 국의가 말을 몰아 칼을 휘둘러 엄강을 말 아래로 떨어뜨리니, 공손찬의 군사는 크게 패하였다.

공손찬의 좌우 양군이 급히 구원하려 했으나, 원소 휘하의 안량과 문추의 궁노수들이 쉴 새 없이 궁노를 쏘았다. 이에 원소의 군사는 용기백배하여 다리 근처까지 쳐들어갔다. 선봉장인 국의가 대장기를 들고 있는 장수의 목을 베니 대장기가 기둥처럼 쓰러졌다.

공손찬은 대장기가 쓰러지자 말 머리를 돌려 다리 아래로 달려나왔다. 국의가 군사를 거느리고 치달아 공손찬의 후군을 공격하려다가 조자룡과 마주쳤다. 조자룡은 창을 비껴들고 말을 달려 국의를 쫓았다. 싸운 지 몇 합 안 되어 조자룡의 창에 찔린 국의는 말에서 떨어졌다.

조자룡은 홀로 말을 몰아 원소의 진에 들어가 닥치는 대로 병사들을 죽였다. 문자 그대로 무인지경(無人之境)이었다. 뒤를 이어서 공손찬이 친히 군사를 이끌고 쳐들어가니 원소의 군사는 대패하였다.

한편 먼저 사람을 보내어 전황을 탐지하게 한 원소는, 국의가 공손찬의 대장기를 든 장수의 목을 베고 패잔병을 추격한다고 하자, 아무 준비도 없이 장수 전풍과 함께 창을 든 군사 수백 명과 궁수 수십 명을 데리고 말을 타고 나가 구경하며 기뻐하고 있었다.

"공손찬, 네놈도 별수 없는 놈이구나. 하하하……!"

이 때였다. 돌연 조자룡이 앞쪽에서 덤벼들었다. 원소의 군사 수십 명이 활시위를 당겨 쏘려고 할 때 조자룡이 그들을 먼저 죽이니 원소의 군사들은 달아나 버렸다. 공손찬의 군사가 달아나는 원소의 군사를 포위하여 물밀듯 쳐들어가자, 전풍이 급히 원소에게 간하였다.

"공께서는 빨리 진 안으로 피하시는 것이 좋을 것 같습니다."

원소는 쓰고 있던 투구를 땅바닥에 내팽개치며 노기 띤 소리로 꾸짖었다.

"대장부란 싸움터에 이르면 싸우다 죽는 것이거늘 어찌 진 안에 숨어 살기를 바란단 말이냐!"

이 말을 들은 모든 군사들이 일제히 죽기를 두려워 않고 나가 싸우니, 조자룡도 더 이상 어찌할 수 없었다.

이 때 원소의 대군이 그를 구출하러 들어오고 안량도 역시 군사를 이끌고 당도하여 좌우 양로에서 협공했다.

조자룡은 공손찬을 보위하면서 에워싼 포위망을 뚫고 다리 끝으로 밀려났다.

원소의 대군이 물밀듯 쏟아져 들어와 다리 위로 쳐들어오니 물에 빠져 죽는 자 그 수를 헤아릴 수 없었다. 원소가 앞장서서 공손찬을 한참 뒤쫓았을 때, 별안간 산모퉁이에서 함성이 크게 들려왔다.

삼형제의 도움과 화해

한 떼의 군사를 거느린 세 사람의 장수가 비호같이 나타났다. 다름 아닌 유현덕·관운장·장비였다. 이들 세 사람은 평원현에 있다가 공손찬이 원소와 싸운다는 소식을 듣고 그를 도우려고 달려온 것이었다.

세 호걸은 각기 군사를 거느리고 말을 달려 비호처럼 원소에게 달려들었다. 그러자 원소는 혼비백산하여 손에 들었던 보검마저 땅에 떨어뜨리고 말을 달려 달아나니, 원소의 군사들이 다리를 건너가 그를 구출했다.

공손찬은 군사를 수습하여 진지로 돌아왔다. 현덕·운장·익덕과의 인사가 끝나자 공손찬은,

"현덕 공께서 먼 길을 달려와 나를 구해주지 않았던들 내 꼴이 어찌 되었겠소"

하며 그 자리에서 현덕에게 조자룡을 소개했다. 조자룡이 공손히 유현덕에게 인사를 드리니, 유현덕은 젊은 장수 조자룡을 보고는 칭찬을 하며 단번에 벌써 놓치고 싶지 않은 마음을 가졌다.

한편 원소는 싸움에 패하고는 방비만 굳건히 할 뿐 나오려 하지를 않으니, 양쪽 군사는 서로 맞선 채 한 달을 끌었다.

이 소식이 장안의 동탁에게 전해지니 이유가 동탁에게 계책을 말했다.

"원소와 공손찬은 근래에 보기 드문 호걸입니다. 지금 그들이 반하(磐河)에서 대치 중이라 하니, 천자의 조서(詔書)를 내려 두 사람을 화해시켜야 될 줄 압니다. 그렇게 조처하면 그 둘은 크게 감화하여 태사(太師)를 따를 것입니다."

"좋은 생각이구나."

동탁은 고개를 끄덕이며 좋아했다.

다음날 동탁은 태부(太傅) 마일제(馬日磾)·태복(太僕) 조기(趙岐)에게 조서를 가지고 가도록 했다. 두 사람이 하북(河北)에 다다르니, 원소는 100여 리나 마중을 나와 조서를 받들고 재배했다.

다음날에는 또 공손찬의 진영에 가서 조서를 전달하니, 공손찬도 사신을

《繡像全圖三國演義》에서

원소의 진으로 보내어 서로 화해할 의사를 동탁에게 전했다. 공손찬은 군사를 정리하여 북평으로 돌아가면서, 유현덕을 평원상(平原相)에 앉힐 것을 조정에 건의했다.

유현덕과 조자룡은 눈물을 흘리며 작별을 아쉬워했다.

조자룡이 먼저 입을 열었다.

"저는 지난날 공손찬을 영웅으로 잘못 생각했습니다. 이제 그가 하는 짓을 보니 원소와 다를 바 없는 위인입니다."

"우선은 그의 뜻을 따르도록 하시오. 언젠가 다시 만날 날이 있을 것이오."

현덕은 이렇게 조자룡을 위로하며 눈물을 글썽였다.

손견의 보복

한편 원소의 아우 원술은 남양에 있으면서 원소가 기주를 얻었다는 새로운 소식을 듣고, 사신을 보내어 말 천 필을 요구했다. 그러나 원소는 원술의 청을 묵살해버렸는데, 이로 인하여 두 형제 사이에는 불화가 생겼다.

원술은 할 수 없이 사신을 형주로 보내어 유표에게 군량 20만 섬을 빌려줄 것을 요구하니 유표 역시 거절하고 말았다. 원술은 이를 갈며 손견에게 밀서를 보내어 유표를 치도록 충동질했다.

밀서의 내용은 다음과 같았다.

지난날 유표가 공이 돌아가는 길을 끊은 것은 우리 형님 원소가 시킨 것입니다. 이제 원소는 유표와 합세하여 공을 칠 것을 염탐 중에 있습니다. 공께서 속히 군사를 일으켜 유표를 토벌하시면 저는 인색한 원소를 공격하겠습니다. 이렇게만 된다면 공께서는 두 원수를 한꺼번에 무찌르는 격입니다.

공께시는 형주를 취하게 되고 저는 기주를 취하게 되니 이 아니 기쁘겠습니까?

손견은 밀서를 받아들고,

"얼마나 오랫동안 이를 갈며 기다려온 기회냐. 돌아가는 길에 당장 결판을 내지 않으면 이런 기회는 다시 없으리라"

하며 즉시 정보·황개·한당 등을 불러 협의했다.

먼저 정보가 의견을 제시했다.

"원술은 본바탕이 간사한 사람으로 믿을 만한 위인이 못 된다고 생각합니다."

"내가 스스로 보복을 하자는 것이지 그까짓 원술의 도움을 받자는 것은 아니지 않느냐?"

손견은 이렇게 그의 굳은 뜻을 나타내고 먼저 황개를 강변으로 보냈다. 배를 잘 배치시켜 장비와 군량을 가득 싣게 하고 큰 배에는 군사와 군마를 싣고 유표와 싸울 준비를 하라고 일렀다.

강에서 배를 타고 다니면서 염탐하던 유표의 염탐꾼이 유표에게 이 소식을 알렸다. 유표는 깜짝 놀라 급히 휘하의 참모를 불러모아 대책을 협의했다.

괴량이 입을 열었다.

"걱정하실 것 없습니다. 황조(黃祖)로 하여금 강하(江夏)의 군사를 거느려 선봉장이 되게 하시고, 공께서는 양양의 군사를 친히 이끄시어 뒤를 보살피십시오. 그렇게 되면 손견의 군사는 멀리 강을 건너온지라 그들을 맞아 싸우기란 식은 죽 먹기나 다를 바 없을 것입니다."

유표는 괴량의 말에 따라 황조를 선봉장으로 삼고 친히 대군을 통솔하여 후방을 지켰다.

손견에게는 오씨(吳氏) 부인의 소생(所生)인 네 아들이 있으니, 장자는 손책(孫策)으로 자를 백부(伯符)라 했고, 차남은 손권(孫權)으로 자를 중모(仲謀)라 했다. 셋째는 손익(孫翊)으로 자는 숙필(叔弼)이요, 넷째는 손광(孫匡)으로 자를 계좌(季佐)라 했다. 또한 오 부인의 동생이 손견의 둘째 부인으로 따로 1남 1녀를 두었는데, 아들은 손랑(孫朗)으로 자를 조안(早安)이라 했으며, 딸의 이름은 인(仁)이라 하였다. 그리고 소실 유씨(俞氏)가 있었는데, 그 몸에도 소(韶)라고 불리는 아들이 하나 있었다. 자는 공례(公禮)였다. 그리고 또 아우가 하나 있어, 이름은 정(靜)이요 자는 유대(幼臺)였다.

손견이 군사를 이끌고 출전하려 하니 아우 손정이 조카들을 거느리고 손견이 타고 있는 말 앞에 와서 절하며 간했다.

"지금 동탁이 국권을 손아귀에 쥐고 있으며 천자께서는 나약하여 천하가 크게 어지럽습니다. 오직 강동만이 무사할 뿐인데, 형님께서 보잘것없는 일로 군사를 일으킨다는 것은 옳지 못합니다. 잘 생각하여 처신하십시오."

"아우는 너무 말이 많구먼……. 나는 장차 천하를 다스릴 몸, 걸리적거리는 원수가 있다면 그를 처치해야 할 것이 아니냐?"

손견이 아우를 나무라자 큰아들 손책이 입을 열었다.

"아버님께서 꼭 출전하시겠다면 소생이 아버님을 따라가겠습니다."

손견은 아들의 청을 받아들여 모두 배를 타고 번성(樊城)을 향해 닻을 올렸다.

손견의 배가 당도하기만을 기다리며 맞은편 강변에 매복해 있던 유표의 장수 황조는 손견의 배가 강기슭에 이르자 일제히 궁노를 쏘도록 명령했다. 화살과 쇠뇌가 빗발치듯 날아갔다. 손견은 군사들에게 경거망동하지 말고 다만 배를 저어 적을 유도하도록 명령했다. 이러기를 3일, 손견의 배는 수십 차 연안을 오갔다. 황조의 군사는 그 때마다 화살을 쏘아 이제 더 쏠 화살마저 동이 나고 말았다.

손견이 전함 위에 쏟아진 화살을 긁어모으니 10만여 개나 되었다. 그 날 따라 순풍이 불어 손견의 군사가 일제히 활을 쏘며 상륙작전을 개시하니, 황조는 달아나고 말았다.

손견의 군사는 연안에 상륙하여 정보·황개를 대장으로 하여 군사를 나누어 곧장 황조의 진지로 달려들어갔다. 황조의 뒤에는 한당이 대군을 거느리고 후군을 지휘하고 있었다. 삼면에서 협공을 당한 황조는 더 이상 버틸 수가 없어 번성을 버리고 등성(鄧城)으로 달아났다.

손견은 황개에게 전함을 지키게 하고 친히 대군을 거느리고 등성을 향하여 출발했다. 황조는 군사를 이끌고 나와 평야에 진을 치니 손견도 이에 응하여 진을 배열했다. 아들 손책은 부장이 되어 갑옷을 입고 투구를 쓰고 창을 들고 말에 올랐다. 황조는 두 장수로 하여금 말을 달려 나가서 싸우게 하니, 두 장수는 강하(江夏)의 장호(張虎)와 양양(襄陽)의 진생(陳生)이었다.

이어 황조는 채찍을 높이 들어 손견을 꾸짖었다.

"강동의 쥐새끼 같은 놈아! 네 어찌 감히 한실 종친의 땅을 짓밟으려 하느냐."

황조의 명이 떨어지자 장호가 말을 몰아 달려나갔다. 손견의 진지에서는 한당이 나서서 장호와 맞섰다. 두 장수는 30여 합이나 싸웠다. 드디어 장호의 힘이 부치자 이를 본 진생이 장호를 도와 나는 듯 말을 몰았다.

손견의 옆에 있던 손책은 진생이 나타나는 것을 보자 활을 들어 시위를 당겼다. 화살이 진생의 얼굴을 정통으로 맞히자 진생은 그대로 말에서 나뒹굴었다.

장호는 이 모습을 보고 깜짝 놀랐다. 다음 순간 눈깜짝할 사이에 한당이 칼을 들어 장호의 얼굴을 쳤다. 또한 정보는 말을 달려 황조를 생포하려 했다. 황조는 투구를 벗어버리고 말에서 내려 군졸들 틈으로 달아나 버렸다.

손견은 유표의 패잔병을 닥치는 대로 잡아죽이면서 양양성의 서북편에 있는 한수(漢水)에 도달한 후, 황개에게 명하여 한수까지 전함을 끌고 오도록 하였다. 황조는 패잔병을 이끌고 유표 앞에 나서서 손견의 세력을 당할 수가 없다고 보고했다.

유표는 당황하여 괴량을 불러 상의했다.

"지금 우리 군사들은 다시 싸울 엄두도 못 낼 것입니다. 당분간 해자(垓字)와 성을 구축하며 예봉을 피하여 원소에게 원병을 청하는 것이 현책(賢策)일 것입니다. 그렇게 되면 자연 포위망도 풀릴 것입니다."

옆에 있던 채모가 반대 의견을 냈다.

"괴량의 말은 언어도단입니다. 지금 적들이 성 밑까지 왔는데 싸워보지도 못하고 죽을 수는 없는 일입니다. 비록 재주는 없으나 저에게 군사를 주시면 한번 성 밖으로 나가서 겨뤄보겠습니다."

유표는 그것을 허락하였다. 채모는 군사 1만여 명을 거느리고 양양성 밖으로 나가 현산(峴山)에 진을 쳤다.

그러자 손견은 병사들을 거느리고 의기양양하게 진군해왔다. 채모가 나타나자 손견이 입을 열었다.

"저놈은 유표 후처(後妻)의 오라비다. 누가 나를 대신해서 저놈을 사로잡지 않겠느냐?"

말이 끝나기도 전에 정보가 창과 방패를 들고 말을 달려 치달았다. 채모는 몇 번 겨뤄보지도 못하고 그만 달아나고 말았다.

　손견의 대군 앞에는 유표 군사의 시체가 산처럼 쌓이게 되었고, 채모는 가까스로 몸을 피하여 양양으로 달아났다.

손견의 죽음

　괴량은 채모가 자기 말을 듣지 않고 날뛰다가 참패했으니 군율(軍律)에 의하여 목을 베어야 한다고 주장했지만, 유표는 채모의 여동생을 후처로 맞은 지 얼마 안 되었기 때문에 채모를 처형하지 않았다.
　한편 손견은 군사를 사방으로 나누어서 양양성을 에워싸고 공격을 개시했다.
　그러던 어느 날, 광풍이 크게 일어나면서 손견의 본진에 세워놓은 '수(帥)'자를 쓴 깃대가 두 동강으로 부러져버렸다.
　한당이 손견에게 건의했다.
　"이것은 불길한 징조입니다! 군사를 거두어들이는 것이 좋을듯합니다."
　"나는 지금껏 연전연승했다. 양양을 빼앗을 날이 눈앞에 닥쳤거늘 바람에 깃대가 꺾였다고 해서 군사를 거두라는 말이냐?"
　손견은 한당의 말을 듣지 않고, 더욱 군사를 휘몰아 양양성 공격에 나섰다.
　다른 한편으로 유표의 진에서는 괴량이 유표에게 아뢰었다.
　"어젯밤에 천문(天文)을 보니, 한 개의 장군별이 떨어지려고 하였습니다. 별자리에 의해 추측하건대 이건 틀림없이 손견의 별이었습니다. 공께서는 시급히 원소 장군에게 서신을 보내어 구원을 청하십시오."
　유표는 곧 원소에게 구원병을 청하는 편지를 써가지고, 누가 포위망을 뚫고 원소에게 편지를 전하겠느냐고 물었다. 용장 여공(呂公)이 자진해서 그것을 전달하겠다고 나섰다.
　"그대가 가겠다면 나에게 한 계책이 있으니 잘 들으시오. 활 잘 쏘는 군마 500명을 줄 터이니 진을 뚫고 단숨에 현산(峴山)으로 달려가시오. 그러면 손견은 반드시 그대를 쫓아갈 것이오. 그 때 그대는 100여 명의 군사를 산꼭대기에 매복시켜 큰 돌을 모아놓도록 하고, 또 다른 100여 명에게는 활을 들려서 숲속에 매복시켜 두시오. 저편에서 쫓아올 때 곧장 달아나서는 아니 되오. 이리저리 피하는 척하며 그들을 산꼭대기 쪽으로 유인하여 화살과 큰 돌을 일시에 퍼부으시오. 만약 이 계책이 들어맞았을 때에는 석포(石砲)를 쏘시오. 성 안 원군을 보내겠소. 만일 저편에서 쫓아오지 않을 경우에는 무조건 앞으로 달리기만 하시오. 오늘 밤은 달도 밝지 않으니 황혼녘에 성을 나가는 게 좋을 게요.”

여공은 괴량의 계책을 들은 후, 군마를 정비하여 황혼녘에 은밀히 동문을 열고 군사를 몰아 돌진해나갔다.

진중에 있던 손견은 별안간 함성이 요란하게 들리는 것을 듣고 즉각 30여 기를 거느리고 진 밖으로 나갔다.

병사 하나가 보고했다.

“방금 한 떼의 기마병이 쳐들어오다가 현산 쪽으로 달아나는 것을 보았습니다.”

그러나 손견은 이 말을 들은 척도 하지 않고 혼자 30여 기만을 거느리고 뒤를 쫓았다.

여공은 이미 나무가 무성하고 숲이 우거진 깊숙한 곳을 택하여 위아래에 군사를 매복시켜 놓았다. 손견의 말은 워낙 빨라 앞장을 서서 대담하게 단기(單騎)로 달려 추격해갔다.

“이놈, 게 섰거라!”

손견의 이런 호통에 여공은 말 머리를 돌려 그대로 산길을 향해 뺑소니쳤다.

손견은 영문도 모르고 여공의 뒤를 쫓아 말을 달렸다. 그러다가 문득 앞을 보니 여공은 그림자도 찾을 수 없었다. 당황한 손견이 산꼭대기로 향하여 말 머리를 돌려 올라가려고 할 때 난데없이 징소리가 천지를 진동시키더니, 산꼭대기에서 큰 돌이 빗발치듯 쏟아져 내리고 숲속에서는 화살이 어지럽게 날아왔다.

그토록 용감하던 손견도 이 불의의 습격에는 어찌할 수 없었다. 결국 손견은 비오듯 쏟아지는 화살과 큰 돌에 맞아서 머리통이 깨져 그의 말과 더불어 현산 골짜기에서 죽고 말았다. 그 때 그는 겨우 37세의 아까운 나이였다.

여공은 손견이 거느렸던 30여 기의 군사를 모두 몰살시킨 후, 석포를 쏘았다.

석포 소리를 신호로 성 안에서 황조·괴월·채모가 제각기 군사를 거느리고 나오니, 강동의 손견 군사들은 이 불의의 습격에 옴짝달싹 못 하고 수라장을 이루며 달아났다.

한수에 있던 황개는 천지가 진동하는 듯한 함성을 듣고 곧 수군을 거느리고 양양으로 들어오다가 황조와 정면으로 마주쳤다. 겨우 두 번도 싸우지 못하고 황조는 사로잡힌 몸이 되었다.

정보는 손견의 아들 손책을 보살피려고 달려와 살아나갈 구멍을 찾느라고 무진 애를 쓰던 중에 여공과 정면으로 맞닥뜨리고 말았다. 정보는 말을 몰아 싸운 지 수합도 안 되어 여공을 찌르니, 여공은 그대로 말에서 나뒹굴어 버렸다.

양편 군사들은 날이 밝을 때까지 일대 격전을 벌이다가 각기 군사를 거느리고 후퇴했다. 군사를 거느리고 한수에 돌아온 손책은 대경실색했다. 아버지가 빗발치는 듯한 화살과 큰 돌에 맞아 차마 눈뜨고 볼 수 없는 죽음을 당하였으며, 그 머리는 장대 끝에 매달리고 시체는 성 안으로 떠메어 갔다는 말을 듣고 손책은 대성통곡했다.

모여 있던 군사들도 흐느껴 울지 않을 수 없었다.

"아버님의 시신을 적진에 두고 어찌 고향에 돌아갈 수 있으랴!"

손책은 흐르는 눈물로 말을 제대로 잇지 못했다.

"적장 황조란 놈을 생포하여 우리 진중에 묶어두었으니, 성 안으로 사람을 보내어 강화(講和)를 맺고, 황조를 주군(主君)의 시체와 바꾸자고 해보십시오"

라고 황개가 손책을 위로했다.

채 말이 끝나기도 전에 환해(桓楷)가 앞으로 나서며,

"저는 본시 유표와 친분이 있으니 저를 사신으로 보내주시기 바랍니다"

하고 청하니 손책은 이를 쾌히 승낙했다. 환해는 성 안으로 들어가 유표를 만나서 손책의 의견을 전달했다.

"손견의 시신은 내가 정중히 입관(入棺)하여 두었소. 그러니 빨리 황조를 보내주시면 우리도 손견의 시신을 보내기로 하고, 쌍방이 다같이 군사를 수습하여 다시는 서로 침범하는 일이 없도록 합시다."

유표의 이런 말에 환해가 고마움을 표하고 자리를 뜨려고 할 때, 계단 아래에 대기하고 있던 괴량이 가로막았다.

"그것은 절대 불가능합니다. 손견의 군사는 한 명이라도 그냥 돌려보내서는 아니 됩니다. 먼저 저 환해의 목을 베시고 난 연후에 다른 계책을 세우십시오."

적을 쫓던 손견이 목숨을 빼앗기고, 화의를 맺으려던 환해의 목숨마저 위태롭게 되었으니…….

8. 초선에게 빠진 두 영웅

왕사도교사연환계 　동태사대요봉의정
王司徒巧使連環計　　董太師大鬧鳳儀亭

왕 사도가 초선을 내세워 동탁과 여포를 이간
질하고, 동탁은 봉의정을 발칵 뒤집다.

곡아에 묻힌 손견

괴량이 다시 말했다.
"강동의 손견은 이미 죽었고, 그 아들이래야 애송이가 아닙니까? 이렇게 허약한 틈을 타서 군사를 몰아 진군한다면 강동을 손쉽게 얻을 수 있을 것입니다. 만일 시체를 돌려보내고 싸움을 그만둔다면 이는 고양이를 길러 호랑이를 만드는 격으로, 뒷날 형주의 걱정거리가 될 것입니다."
"황조가 저놈들 수중에 있는데 그대로 죽으라고 내버려 둘 수는 없지 않느냐?"
"황조 하나쯤 버리고 대신 강동을 얻는 편이 좋지 않습니까?"
"황조는 나의 충실한 심복이었다. 그를 버리는 것은 불의(不義)다."
이렇게 말하며 유표는 환해를 되돌려보내고, 손견의 시체와 황조를 교환하기로 약속하였다. 그리하여 손책은 손견의 시체를 돌려받았다. 손책은 장례를 치르기 위해 싸움을 포기하고 강동 땅으로 돌아갔다.

그는 부친을 곡아(曲阿)의 묘지에 묻고 난 후 군사를 거느려 강도(江都)에 주둔하면서 사방의 어진 선비들을 초빙하여 후대하였다. 그래서 천하의 영웅호걸들이 점점 손책의 휘하에 모여들었다.

한편, 동탁은 장안에 있으면서 손견이 죽었다는 말을 전해 듣고 기뻐하며,

"이제야 내 앓던 이가 빠진 것 같구나"

라고 중얼거리고는,

"그놈의 아들이 지금 몇 살이냐?"

하고 물었다.

"열일곱 살입니다."

누군가 옆에서 대답했다.

이 말을 듣고 동탁은 안심하는 듯했다.

동탁의 무법천하

동탁은 이후부터 더욱 교만하고 방자하여 스스로 '상보(尙父=태공망 : 무왕을 도와 은을 멸하고 세상을 평정함)'라 칭하고, 들고 날 때에는 천자와 똑같은 의장(儀仗)을 갖추게 할 뿐더러 아우 동민(董旻)에게 좌장군(左將軍)의 직책과 호후(濠侯)라는 작위를 내리고, 조카 동황(董璜)을 시중(侍中)으로 삼아 근위병을 통솔케 하였다. 또한 동씨 일문은 늙고 젊고 간에 모두 열후(列侯)에 봉하였다.

그 밖에도 장안성에서 250여 리 떨어진 곳에 미오(郿塢)라는 이름의 별궁을 짓게 하였으니, 거기에 부역으로 동원된 인원은 25만여 명이요 성곽의 높이와 크기 및 폭은 장안성과 다를 바 없었다. 성 안에는 궁실과 창고를 지었고 거기에다 20년 간 먹고도 남을 만한 양의 곡식을 그득히 쌓아두었다. 또한 황금이니 비단이니 하는 갖가지 보물을 산더미처럼 쌓아놓고, 여염집의 소년과 미녀 800여 명을 뽑아들이고 자신의 가족도 그 안에서 살도록 하였다.

동탁은 보름에 한 번 또는 한 달에 한 번 정도 장안으로 나들이를 했는데, 그 때마다 만조백관들은 장안의 성문인 횡문(橫門) 밖까지 나가 그를 전송하거나 맞이하기에 바빴다. 그럴 때마다 동탁은 연회를 베풀었다.

한 번은 마침 북지군(北地郡)에서 투항해오는 포로 수백 명이 도착하였다. 동탁은 그 자리에서 즉각 포로들의 수족을 자르게 하거나 눈알을 후벼내고, 혀를 뽑거나 큰 가마솥에 넣어 삶아 죽이게 하는 만행을 저질렀다. 포로들의 울음소리와 비명이 천지에 진동하여 만조백관들은 부들부들 떨며 젓가락을 떨어뜨릴 지경인데도 동탁은 태연히 먹고 마시고 웃고 떠들었다.

어느 날 동탁은 궁중 성대(省臺)에 백관을 모았다. 술을 양편으로 부어 행주(行酒)를 하여 두서너 순배가 지났을 때 여포가 들어와 동탁의 귀에 뭐라고 속삭였다.

동탁은 회심의 미소를 지으며 말했다.

"원래부터 그랬다는 말이지?"

동탁이 뭐라고 명령을 내리니, 여포는 연회석으로 올라와 사공(司空) 장온(張溫)의 앞으로 가더니 그를 끌어내렸다. 이를 지켜보던 백관들은 사색이 되었다.

잠시 후 시종(侍從)이 붉은 쟁반에 피가 뚝뚝 떨어지는 사람의 머리를 담아 동탁의 앞으로 들고 왔다. 바로 장온의 머리였다. 지켜보던 만조백관들은 넋이 나간 듯 몸둘 바를 몰랐다.

"여러분은 놀라지 마라. 장온이 원술과 결탁하여 나를 죽이려 했는데, 그 음모에 관한 밀서가 내 아들 봉선에게 들어왔기에 장온의 목을 벤 것이다. 공들은 그와 아무런 관계가 없으니 놀라거나 무서워할 필요 없다."

여포와 초선

백관들은 아무 말 없이 흩어지고 말았다.

사도 왕윤도 이 날 그 자리에 참여했다가 이 꼴을 보고 집으로 돌아왔다. 그는 그 날 일을 생각하고 마음이 편치 아니하여 그야말로 좌불안석(坐

왕 사도가 초선을 내세워 동탁과 여포를 이간질 하고, 《繡像全圖三國演義》에서

不安席)이었다. 밤은 깊고 달은 대낮같이 밝아 왕윤은 지팡이를 끌고 뒤뜰로 내려서서 황색 장미가 엉클어진 난간 옆에서 하늘을 우러러보며 하염없이 눈물을 흘리고 있었다.

그 때, 홀연 모란정 쪽에서 누군가 길게 탄식하는 사람이 있음을 깨달았다. 왕윤이 발걸음을 죽여 다가가서 보니, 그는 관저에서 노래를 부르는 초선(貂蟬)이었다.

초선은 어려서부터 왕윤의 관저에 들어와서 노래와 춤을 배웠는데, 나이가 바야흐로 열여섯에 이른 초선은 용모나 재간이 출중하고 미색 또한 겸비하여 왕윤이 자기 친딸처럼 귀여워하고 있었다.

왕윤은 한동안 귀를 기울이며 초선의 탄식을 듣고 있다가 소리를 버럭 질렀다.

"요망스럽다. 계집애가 무슨 말 못할 사정이 있기에 장탄식을 하느냐?"

초선은 깜짝 놀라 무릎을 꿇고 아뢰었다.

"천첩(賤妾)이 감히 무슨 사사로운 정이 있겠습니까?"

"그렇다면 무엇 때문에 이렇게 밤늦게 이런 곳에서 한숨을 쉰다는 말이냐?"

"먼저 천첩이 어떤 이야기를 하더라도 용서하신다고 말씀해주십시오."

"뭣이든지 숨김없이 다 이야기하여라."

"천첩에게 이렇게 과분한 은총을 내리셔서 노래와 춤을 배우게 하시고 귀여워해주신 대감님의 은혜는 뼈가 가루가 되고 몸이 부서진다 해도 갚을 길이 없습니다. 그런데 요즈음 대감을 뵈오매 양미간에 수심(愁心)이 어려 있으시니 반드시 국가에 큰일이 있는 것 같습니다. 그러나 어찌 감히 저 같은 천첩이 여쭈어볼 도리가 있겠습니까? 오늘 저녁에도 심히 언짢아하시는 안색을 뵈옵고 자연 저도 모르게 그만 장탄식을 하게 되었습니다. 혹시 저 같은 천첩이라도 힘이 될 수 있는 일이라면 일만 번 죽는다 해도 사양치 않겠사오니 거두어주십시오."

왕윤이 지팡이로 땅을 치며 말했다.

"그렇다! 한나라의 운명이 오직 네 손에 달렸다. 어서 나와 같이 화각(畵閣)으로 들어가자."

초선이 왕윤을 따라 화각 안으로 들어서니, 왕윤은 거기에 있던 다른 여자들을 물러가도록 하고, 초선을 자리에 앉히고 별안간 머리를 조아려 정중하게 절을 했다.

초선은 깜짝 놀라 같이 꿇어앉으며 말했다.

"대감께서 이게 어인 일이옵니까?"

"초선아, 부디 한나라의 백성들을 불쌍히 여겨 다오!"

왕윤의 눈에서는 눈물이 샘솟듯 했다.

초선도 눈시울을 붉혔다.

"아까도 말씀드렸지만 비록 이 몸이 천첩이오나 소용이 되신다면 이 몸 만 번 죽는다 해도 사양치 않겠나이다."

"지금 백성들은 모두 거꾸로 매달린 것 같은 괴로움 속에 있고, 군신(君臣)은 모두 누란(累卵)의 위기에 빠져 있다. 네가 아니면 이를 구할 수가 없겠구나. 역적 동탁놈이 지금 당장 천자의 자리를 빼앗으려 하는데도 조정의 문무백관은 그저 속수무책(束手無策)이로구나. 동탁에게는 여포라 불리는 양자가 있는데, 천하에 보기 드문 호걸이란다. 내 생각에는 이 두 놈이 모두 호색한(好色漢)들이니 맞불을 놓아 산불을 끄듯이 연환지계(連環之計)를 써봄이 좋겠다. 즉 우선 너를 여포에게 시집보냈다가 후에 다시 동탁에게 바칠 터이니, 너는 두 사람 사이에 끼여 두 부자놈을 이간하여 여포의 손으로 동탁을 죽여버리게 만들면 천하의 큰 악이 뿌리뽑히게 될 것이다. 기울어진 사직을 다시 일으켜 세우고 천하를 바로잡는 길은 오직 네 손에 달렸다. 그래, 네 뜻은 어떠냐?"

"천첩이 어찌 대감의 일을 위하여 죽은들 두려워하겠습니까? 천첩에게도 생각이 있으니 저를 즉시 동탁에게 보내어주소서."

"만약 일이 잘못 누설된다면 멸족을 당하는 화를 입을 것이니 극히 조심하도록 하라."

"대감께옵서는 조금도 걱정하지 마옵소서. 천첩이 대의(大義)에 보답치 못한다면 비록 죽음을 당하더라도 후회하지 않겠나이다."

왕윤은 고맙다는 인사를 남기고 초선과 헤어졌다.

다음날 왕윤은 가보(家寶)로 간직했던 야광주 두 알을 꺼내어 세공사(細工師)에게 주며 황금관에다 새겨 넣게 하여, 그것을 은밀히 여포에게 보냈다. 여포는 왕윤이 보낸 황금관을 받고 크게 기뻐하여 감사의 뜻을 표하고자 친히 왕윤의 관저를 방문했다.

왕윤은 갖가지 좋은 술과 안주를 준비했다. 여포가 그의 관저에 이르렀다는 말을 들은 왕윤은 손수 문 밖까지 나가 여포를 맞이하여 후원 별당으로 정중히 모시고 상좌에 앉혔다.

여포는 기쁨을 감추지 못하고 말했다.

"나는 승상부의 일개 장수에 불과한 몸인데, 조정의 대신이신 공께서 소인을 이처럼 경대(敬待)하시니 몸둘 바를 모르겠습니다."

"지금 이 천하에 이렇다 할 영웅이 없는 터에 오직 장군이 있을 뿐입니다. 이 왕윤이 장군을 공경하는 것은 장군의 지위를 공경하는 것이 아니라 다만 장군의 뛰어난 재질을 공경하는 것입니다."

이 말을 들은 여포는 더없이 기뻤다. 왕윤은 여포에게 정중히 술을 권하는 한편, 입에 침에 마르도록 쉴 새 없이 동탁과 여포의 덕망을 치켜세웠다. 여포는 너털웃음을 웃으며 왕윤이 권하는 술잔을 모두 비웠다.
　왕윤은 여러 시녀들 중 몇 명만 남겨서 여포에게 술을 권하도록 했다. 여포가 술이 거나하게 취했을 때, 왕윤은 분부를 내렸다.
　"아기씨보고 좀 나오라고 일러라."
　잠시 후 하녀가 예쁘게 몸단장을 한 초선을 데리고 나왔다. 여포가 깜짝 놀라며 누구냐고 물었다. 여포는 초선의 머리끝에서 발끝까지를 핥듯이 쳐다보았다.
　"내가 딸처럼 생각하는 초선이외다. 내가 평소에 장군의 과분한 호의를 받아 장군을 한집안이나 다름없이 생각하는지라 장군과 서로 인사나 나누라고 불러낸 것입니다."
　이렇게 말하면서 초선이더러 여포에게 술잔을 올리라고 했다. 초선은 여포의 잔에 술을 따르면서 그에게 생긋 매혹적인 눈길을 보냈다. 술잔을 올리는 초선의 손이 은어처럼 곱다.
　왕윤은 술에 취한 척하면서 이렇게 말했다.
　"아가! 장군께서 취하도록 마시게 해드려라. 우리 집안은 언제나 장군의 비호를 받고 있단다."
　여포는 기분이 흐뭇하여 초선에게 옆으로 와 앉기를 권했다. 초선은 여포의 말에는 아랑곳하지 않고 짐짓 안으로 들어가려는 시늉을 했다.
　이를 본 왕윤은 초선에게 말했다.
　"장군께서는 니외 막역한 사이다. 장군 옆에 앉아도 무방하니 어서 옆에 앉도록 해라."
　초선은 못 이기는 척 여포의 옆에 다시 앉았다. 여포는 초선의 자태에 넋이 나간 듯 뚫어지게 초선을 바라보며 눈 한 번 깜박이지 않았다.
　다시 술잔이 몇 순배 돌아가자 왕윤이 초선을 바라보며 여포에게 물었다.
　"장군! 내 이 아이를 장군께 첩으로라도 드릴 생각인데, 장군의 뜻은 어떠하오?"

여포는 벌떡 자리에서 일어나 고맙다고 인사하며 말했다.
"그렇게만 된다면야 내 공을 위하여 무슨 일인들 못 하겠소."
"그러시다면 조만간에 좋은 날짜를 잡아 저 아이를 장군의 부중(府中)으로 보내겠습니다."
여포는 더할 나위 없이 기뻤다. 여포는 욕정에 이글거리는 눈으로 자주 초선을 바라보았다. 초선도 부끄러운 듯 두 볼을 붉히며 입가에 엷은 미소를 띠우고 간드러지게 추파를 던졌다.
얼마 후에 술상을 물리게 되었을 때 왕윤이 말했다.
"오늘 밤 장군을 저의 집에서 주무시게 하고 싶었습니다만, 동 태사(董太師)가 혹시 이를 알면 의심을 할까봐 그렇게 하지 못하니 이해하시기 바랍니다."
이 말을 듣고 여포는 재삼 감사를 드리며 돌아갔다.

동탁과 초선

이로부터 며칠 후, 왕윤은 대궐 안 조당(朝堂)에서 동탁을 만났다. 때마침 그 자리에는 여포가 없었다. 좋은 기회라 생각한 왕윤은 땅에 엎드려 동탁에게 절을 하며 말했다.
"항상 태사님을 모시고 술이라도 좀 대접하고 싶었지만, 제 집이 워낙 변변치 못해서 말씀드리지 못했었습니다. 언제 한 번 태사님을 모시고 싶은데 태사님의 뜻은 어떤지 모르겠습니다."
"사도께서 초대하신다면 언제든지 달려가지요."
동탁과 헤어진 왕윤은 집으로 돌아와서 산해진미가 가득한 잔칫상을 걸게 준비하고 대청에는 수병풍을 치고 바닥에는 화탄자를 깔아놓은 후, 안팎으로 채색 휘장을 둘러치고 화려한 포진(鋪陳)을 차렸다.
다음날 정오경에 동탁이 왕윤의 저택을 방문했다. 왕윤은 조복(朝服)을 갖춰 입고 대문 밖까지 나가서 동탁을 맞았다.
수레에서 내린 동탁은 좌우에 창과 칼로 무장한 100여 군사의 호위를 받으며 문안으로 들어섰다. 왕윤은 당하에 내려가 동탁에게 재배를 올렸다. 동탁은 시자에게 영을 내려 왕윤을 자기 옆에 앉게 하라고 했다.

왕윤은 동탁에게 아첨을 했다.

"태사님의 성덕은 이윤(伊尹)이나 주공(周公)도 따를 수 없을 만큼 높사옵니다."

노재상(老宰相) 왕윤의 이 말에 동탁은 기쁨을 감추지 못했다.

왕윤은 동탁에게 좋은 술과 산해진미를 대접하고, 시녀들에게 일러 풍류 소리가 끊이지 않게 하며 입에 침이 마르도록 동탁을 치켜세웠다.

밤이 깊어 술이 거나하게 취하자, 왕윤은 동탁을 후당으로 모셨다. 동탁은 기분이 내키는 듯, '에라! 물러가라' 하고 호위하던 좌우의 군사들을 물리쳤다.

왕윤은 친히 금잔에 넘치도록 술을 가득 부어 동탁에게 권하면서 말했다.

"이 몸이 어려서부터 천문 공부를 하여 제법 천문을 볼 줄 압니다. 간밤에 건상(乾象)을 살피니 한나라의 운수는 이미 기울었고 태사님의 공덕은 천하에 떨쳐 있습니다. 마치 순(舜)이 요(堯)나라의 뒤를 잇고, 우(禹)가 순(舜)의 뒤를 이어받듯 태사께서는 한나라의 뒤를 계승하실 것입니다. 이것이 바로 천심(天心)과 민심(民心)의 뜻에 부합하는 일입니다."

"그런 일을 어찌 감히 바라기나 하겠소?"

동탁은 겸손을 가장했지만 눈빛만은 음흉하게 빛났다.

왕윤이 그런 동탁의 내심을 놓칠 리 없었다.

"예로부터 '도(道) 있는 사람이 도가 없는 이를 치고 덕 없는 사람이 덕 있는 사람에게 자리를 내준다'고 했습니다. 어찌 과분하다 하십니까?"

동탁은 입가에 미소를 띠우면서 말했다.

"만약 천명(天命)이 나에게 돌아온다면 사도께서는 당연히 원훈(元勳)이 되실 것입니다."

왕윤은 허리를 굽혀 사례한 후, 시녀에게 촛대에 불을 밝히라 하고 다시 주안상을 차리게 했다.

"교방(教坊 : 국악원 같은 곳)의 풍류로는 별로 흥이 일지 않으실 것 같아, 마침 제 집에 있는, 기예가 뛰어난 가기(歌妓)로 태사님을 모실까 합니다."

"그거 듣던 중 반가운 소리오."

왕윤이 명을 내리니 대청에는 발이 내려지고 악사들의 오현금 연주 소리가 은은히 퍼지는 속에 초선이 그림처럼 나타나서 교태어린 춤을 추었다. 잔잔히 물결치듯 흔들리는 몸매, 그 몸매에서 명주실이 풀리듯 흐르는 율동미.

이를 두고 후대의 어느 시인은 이렇게 읊었다.

춤추는 여인은 본래 소양궁 궁녀로구나.	原是昭陽宮裏人
날쌘함이 놀란 기러기 같구나.	驚鴻宛轉掌中身
동정호 봄 물결 따라 날아가나 했더니	只疑飛過洞庭春
저 양주로 걸어가는 연보와 같고	按徹深州蓮步穩
바람결에 하늘거리는 나뭇가지 같구나.	好花風裊一枝新
화당에 향 어리어 누를 길 없는 춘정이여.	畵堂香暖不勝春

또 이런 시도 있다.

홍아로 박을 치니 제비같이 빠르구나.	紅牙催拍燕飛忙
한 조각 흰 구름이 화당으로 기어든다.	一片行雲到畵堂
얄미운 푸른 눈썹, 탕자의 시름을 자아내고	眉黛促成遊子恨
예쁜 두 볼, 옛 친구의 창자를 끊는다.	瞼容初斷故人腸
유전으로 천금 같은 웃음을 살 수 없구나.	楡錢不買千金笑
버들띠로 백보 단장을 꾸밀 수 있으랴	柳帶何須百寶妝
춤추기를 파하고 주렴을 사이에 두고	舞罷高簾偸目送
추파를 흘려보내니	不知誰是楚襄王
알지 못하겠다, 누가 초양왕인가를.	

춤이 끝나자 동탁은 초선에게 가까이 오도록 명했다. 다소곳한 걸음걸이

로 다가선 초선은 깊이 머리를 숙여 절했다.

　동탁은 초선을 가까이 대하고 그 뛰어난 미모에 넋이 나간 듯 바라보다가 왕윤에게 물었다.

　"이 애는 누구요?"

　"예, 가기 초선이라는 아이입니다."

　가기라는 말에 동탁은 초선의 노랫소리가 듣고 싶어서,

　"너, 그럼 노래도 할 줄 아느냐?"

하고 초선에게 물었다.

　왕윤은 노래를 한 곡조 부르도록 초선에게 일렀다. 초선은 박자판을 손에 들고 소리를 낮추어 조용히 노래를 불렀다.

빨간 점을 찍은 앵두 같은 입술이여.	一點櫻桃啓絳脣
노래와 박자가 어우러져 봄빛을 뿜는구나.	兩行碎玉噴陽春
향기로운 혀끝은 강철 같은 칼을 토해	丁香舌吐橫鋼劍
나라 망치는 간신을 한칼에 베려 하네.	要斬奸邪亂國臣

　노래가 끝나자 동탁은 입에 침이 마르도록 초선을 칭찬했다.

　왕윤은 초선에게 술잔을 받도록 했다. 동탁은 그 잔에 술을 따르면서 물었다.

　"네 나이가 몇이냐?"

　"천첩 이제 열여섯입니다."

　동탁이 음흉한 웃음을 흘리며 지껄였다.

　"마치 신선 속에 노니는 선녀 같구나!"

　이 때를 놓칠세라 왕윤이 끼여들었다.

　"제가 이 아이를 태사 어른께 바칠까 하옵는데 정녕 마음에 드실는지요?"

　"이런 귀여운 선녀를 준다니, 이 은혜를 어떻게 보답해야 할지 모르겠소."

　"이 애가 태사님을 모시게 된 것만으로도 그 기쁨을 누를 길이 없습니다."

동탁은 재삼 사례했다.

왕윤은 즉각 좋은 수레를 준비시켜 초선을 태워서 승상부로 보냈다. 동탁도 자리에서 일어나 왕윤에게 작별 인사를 했다. 왕윤은 동탁을 승상부로 데려다주고 은근한 작별을 고한 후에 발길을 돌렸다.

몸이 단 여포

왕윤이 말을 타고 돌아오는데 앞쪽에서 한 쌍의 붉은 등불이 어른거렸다. 여포가 창을 비껴 들고 급히 달려오는 길이었다.

여포는 왕윤의 앞까지 달려오더니 다짜고짜로 왕윤의 멱살을 붙잡았다.

"사도께서는 초선을 나에게 준다고 허락하고는 지금 그 아이를 태사에게 보내고 돌아오니, 그래 누굴 희롱하는 거요?"

왕 사도는 급히 손을 휘저으면서 말했다.

"여기는 장소가 장소니만큼 말할 수가 없으니 우리 집 초사(草舍)로 갑시다."

여포는 왕윤을 따라 그의 집에 도착하여 말에서 내려 후당으로 들어갔다. 왕윤이 입을 열었다.

"장군은 왜 이 늙은이를 의심하는 거요?"

"사도는 초선을 수레에 태워 태사에게 보냈다는데 그 까닭이 무엇이오?"

"장군은 아직도 깊은 내막을 모르는구려. 어제 내가 조당에 나갔다가 태사를 만났소. 그런데 당신의 의부 태사께서 하시는 말씀이, '내가 경과 상의할 일이 있어 내일 댁을 방문할까 합니다' 하십디다. 그래서 나는 음식을 조금 준비하고 태사를 기다렸소. 술이 몇 순배 돌아가자 태사께서 말씀하시기를, '내가 듣자하니 당신에게 초선이라 하는 아이가 있어 내 아들 여포에게 주마고 허락했다니 내가 그 사정도 알아볼 겸 이렇게 특별히 방문한 것이오. 한번 대면해보고 싶소이다' 라고 하셨소. 그래 나는 그 영을 거역할 수 없어서 초선이를 불러내어 태사께 인사를 시켰던 것이오. 초선이를 본 태사께서는 '오늘은 길일(吉日)이니 내가 데려가서 봉선과 결혼을 시키겠소'라고 하십디다. 장군께서도 한번 생각해보십시오. 친히 오셔서 며느리감인 초선이를 데려가겠다는데 이 늙은이가 어찌하겠소?"

그제야 여포가 분이 좀 풀린 듯 말했다.

"왕 사도께는 죄가 없구려. 내가 어리석게도 잠시 착각을 했었나 보오. 내일 다시 와서 죄를 빌겠소."

왕윤이 말했다.

"우리 아이의 신행(新行)에 보낼 세간들도 있는데 다음에 장군부(將軍府)로 보내지요."

여포는 사죄하고 물러났다.

다음날 여포는 승상부로 가서 동정을 살폈으나 아무런 소식도 들을 수 없었다. 발길을 돌려 중당으로 가서 시녀들에게 수소문한 결과 한 시녀가 귀띔해주었다.

"태사께서는 어젯밤 새로 들어온 어느 젊은 여인과 잠자리에 든 채 아직 일어나지 않았습니다."

여포는 피가 머리꼭대기까지 치솟는 듯한 분함을 참지 못하여 몰래 동탁의 침실 뒤로 돌아가 동정을 살폈다.

이 때 초선은 잠자리에서 일어나 창가에 앉아 머리를 빗고 있었는데, 홀연 창 밖의 연못에 키가 장대한데다 상투를 매고 관을 쓴 사나이의 그림자가 어른거리는 것이 보였다. 살며시 바라보니 다름 아닌 여포였다.

초선은 고의로 양미간을 찌푸리고 괴로움을 참을 수 없다는 듯이 우수어린 표정을 지으며, 비단 손수건을 들어 흐르는 눈물을 닦는 시늉을 했다.

이런 모습을 훔쳐보던 여포는 잠시 자취를 감추더니 얼마 안 있어 다시 나타났다.

이 때, 동탁이 잠자리에서 일어나 중당에 앉아 있다가 여포가 나타나는 것을 눈여겨보고 물었다.

"밖엔 별다른 일 없었느냐?"

"예, 아무 일도 없었습니다."

이렇게 대답하며 여포는 동탁의 옆에 시립했다.

동탁이 식사하고 있는 동안에 여포는 슬며시 안쪽을 살폈다. 그러자 한 여인이 오락가락하며 이편을 기웃거리더니, 늘어진 수장막 사이로 얼굴을 반쯤 내밀고 눈을 들어 추파를 보냈다. 그것이 바로 초선인 것을 안 여포는 정신이 나간 듯 어찌할 바를 몰랐다.

동탁은 여포의 이런 모습을 보고 심중에 질투심이 이글거렸다.

"별일 없으니 봉선이 너는 이제 물러가도록 하라."

여포는 하는 수 없이 그 자리를 물러나고 말았다.

동탁은 초선을 맞은 후부터 젊은 여자의 매혹적인 육체에 도취되어 한 달 남짓이나 정사(政事)를 돌보지 않았다. 그것도 그럴 것이, 동탁이 조금만 몸이 아파도 초선은 밤중까지 허리띠도 풀지 않고 정성을 다하여 돌보는 시늉을 하니, 비록 무쇠 같은 마음의 동탁이라 할지라도 녹아나지 않을 수 없었던 것이다.

어느 날 여포가 문병차 들렀을 때, 동탁은 깊은 잠에 빠져 있었다. 초선은 침상 뒤에서 눈물을 뚝뚝 떨구고 있었다. 여포는 가슴이 메어지는 듯했다.

동탁은 여포가 몽롱한 눈으로 침상 뒤를 주시하고 있는 모습을 보고 그쪽으로 눈을 돌렸다. 한데 거기에는 초선이 서 있지 않은가!

동탁은 불끈 화를 내며 소리쳤다.

"네 이놈! 감히 내가 사랑하는 계집을 넘볼 작정이냐!"

이렇게 호통을 치고 좌우의 측근에게,

"앞으로는 저놈이 이곳에 들지 못하게 하라"

하고 명을 내렸다.

여포는 분통을 참을 길이 없었으나, 그 자리에서 물러설 수밖에 없었다. 돌아오는 길에 여포는 이유를 만나 자기의 억울한 사정을 호소했다.

여포와 헤어진 이유는 그길로 동탁을 찾아가 말했다.

"태사께서는 천하를 손아귀에 넣으려 하시면서 보잘것없는 허물로 여포를 책망하십니까? 만약 여포를 멀리하시면 그의 마음이 변하게 되고, 그렇게 된다면 천하 대사를 그르치게 될 것입니다."

이 말에 동탁도 마음이 불안한 듯 물었다.

"그럼 어떻게 하면 좋겠느냐?"

"내일 아침, 다시 여포를 불러 금은보화를 내리시고 좋은 말씀으로 달래십시오. 그렇게 하면 별일이 없을 것입니다."

동탁은 그 말에 따라 다음날 사람을 시켜 여포를 불렀다. 그리고는 여포를 위로했다.

"내가 어제는 병중에 심신이 편치 않아 너에게 심한 말을 한 것 같다. 그 일로 너무 서운하게 생각지 말라."

이렇게 말하며 많은 금과 비단을 내렸다. 여포도 동탁에게 고마움을 표했다. 그러나 여포는, 비록 동탁을 가까이에서 모시고 있었지만, 마음은 항시 초선의 곁을 떠날 수 없었다.

동탁은 병이 회복되자 조정에 들어와서 정사를 돌보게 되었다.

어느 날 여포는 한 손에 창을 들고 동탁을 따라와 같은 자리에 있었다. 여포는 초선이 생각이 간절하여, 동탁이 헌제와 이야기하는 틈을 타서 창을 든 채로 내궁에서 나와 동탁이 있던 승상부로 말을 달렸다.

승상부 앞에 다다른 여포는 말을 매어두고 창을 든 채 초선이 있는 후당으로 들어갔다. 거기에는 생각대로 초선이 기다리고 있었다.

"저기 후원에 있는 봉의정(鳳儀亭)으로 가셔서 잠깐 기다리세요."

초선의 속삭이는 듯한 이 말에 여포는 창을 들고 봉의정으로 가서 초선이 나타나기만을 기다리고 있었다.

초선의 눈물

얼마 후 초선이 나타났다. 봉의정 정원의 꽃을 헤치고 늘어진 버드나무 가지를 헤집고 나타난 초선의 모습은 마치 구름 사이로 나타난 달나라의 선녀와 같이 보였다.

초선은 여포의 넓은 가슴에 와락 안기어 울먹이며 말했다.

"저는 비록 왕 사도님의 친딸은 아니지만, 사도님께서는 저를 친딸과 다름없이 대하며 사랑하셨습니다. 그런데 한 번 장군을 뵈옵고 이 몸은 평생

장군을 모시리라 생각하여 기뻐하며 소원을 이룰 마당에, 뜻밖에 동 태사가 불량한 마음으로 소첩의 몸을 더럽혔습니다. 소첩은 당장 죽으려 했으나 가슴에 맺힌 한을 풀지 않고는 죽을 수 없다는 생각이 들었습니다. 장군을 뵈옵고 이 기막힌 사정을 말씀드린 후 욕된 목숨을 버리려 했던 것입니다. 이제 다행히 장군님을 뵈었으니 소첩은 더 이상 바랄 것이 없습니다. 이미 더럽혀진 몸이라 다시 장군님을 모실 수는 없으니 장군님 앞에서 목숨을 끊어 소첩의 뜻을 밝히고자 합니다."

이렇게 말을 끝낸 초선은 난간을 붙잡고 연못을 굽어보며 뛰어들려고 했다.

여포는 황망히 초선을 껴안고 속삭였다.

"내가 네 마음을 알고 있은 지 오래였다. 너와 진작 이야기를 나누지 못한 것이 그저 원통할 뿐이다."

초선은 이 때라는 듯이 앙큼스럽게 여포의 팔을 덥석 잡아당기며 말했다.

"소첩은 이승에서는 장군님의 아내 노릇을 할 수 없으니, 내세에서나 다시 만나기를 바랄 뿐입니다."

"내가 이승에서 너를 아내로 삼지 못한다면 결코 영웅이라 할 수 없지 않겠느냐?"

"소첩에게는 하루가 1년과 같이 지루합니다. 부디 소첩을 불쌍히 여기셔서 빨리 구해주소서."

초선은 이렇게 말하며 여포의 가슴에 불을 질렀다.

"오늘은 잠시 몰래 빠져 나왔다. 그 늙은이가 의심을 할지도 모르니 당장 돌아가야만 하겠다."

초선은 섬섬옥수 고운 손으로 여포의 옷자락을 이끌며 다시 한 번 여포의 마음에 정염(情炎)의 불길을 놓았다.

"장군님께서 이다지도 그 늙은이를 두려워하신다면 소첩은 앞으로도 햇빛을 볼 날이 다시는 없을 것입니다."

여포는 초선을 달랠 수밖에 없었다.

"나에게도 생각이 있으니 뒷일은 내게 맡겨라."

말을 마친 여포가 창을 들고 급히 가려 할 때 초선이 앞을 가로막았다.

8. 초선에게 빠진 두 영웅 171

《繡像全圖三國演義》에서

"소녀가 규중(閨中)에 깊이 들어 있을 때부터 장군님께서는 천하의 영웅이라 들었습니다. 그 우레와 같이 들려오던 장군님의 명성은 어디 갔습니까? 이렇게 남에게 구속을 받으시며 사시는 것을 그 누가 알겠습니까?"

초선의 눈에서는 눈물이 비오듯 했다.

여자의 눈물은 쇠도 녹인다던가!

당대의 영웅이라 불리던 여포도 초선의 이 말에 부끄러움으로 얼굴이 달아올랐다. 여포는 손에 들었던 창을 다시 내려놓고, 돌아서서 초선을 품에 껴안고 좋은 말로 달래고 위로했다. 여포와 초선은 서로 껴안은 채 떨어질 줄을 몰랐다.

한편 동탁은 아무리 주위를 둘러보아도 여포가 보이지 않자, 마음에 수상쩍은 생각이 들어서 황망히 헌제와 작별하고 승상부를 향하여 급히 수레를 몰았다.

승상부 앞에 이르러 여포의 말이 거기에 매여 있는 것을 발견한 동탁은 즉시 문지기에게 여포가 왔는가를 물었다.

"여포 장군께서는 후당으로 들어가셨습니다."

동탁은 좌우에 호위하는 시종들을 물리치고 즉각 후원으로 들어가 그를 찾았으나 보이지 않았다. 초선을 불러도 초선 역시 보이지 않자 급히 시첩에게 물었다.

"마님은 후원에서 꽃구경을 하고 있습니다."

동탁이 후원으로 찾아가 보니 마침 여포와 초선이 서로 부둥켜안고 어우러졌고, 여포의 창은 땅바닥에 나둥그러져 있었다. 이 꼴을 목격한 동탁은 분통을 참지 못하여 버럭 소리를 질렀다.

초선을 껴안고 정신이 없던 여포는 깜짝 놀라 뒤를 돌아보았다. 거기에 동탁이 서 있음을 발견한 여포는 달아나려고 몸을 돌렸다. 동탁은 봉의정 아래 있던 여포의 창을 집어 들고 그의 뒤를 쫓았다.

재빠른 여포는 몸을 날리듯 달아났으며 비대한 동탁은 그를 따르지 못했다. 화가 치민 동탁은 창을 날려 여포를 찔러 죽이려 했으나, 여포는 날쌔게 그것을 받아넘겨 땅에 떨어뜨렸다.

동탁이 다시 창을 들어 여포를 뒤쫓으려 했을 때에는 이미 여포가 멀리 달아나버린 후였다. 그래도 동탁은 기를 쓰고 여포의 뒤를 쫓았다. 동탁이 치달아 후원 문밖에 이르렀을 때, 아뿔싸! 웬 사나이가 몸을 날리듯 나타나 서로 맞부딪치게 되니, 동탁은 그 자리에 나자빠지지 않을 수 없었다.

그야말로 노기는 충천하여 하늘을 찌를 듯하고, 뚱뚱한 몸집은 땅 위에 나뒹구는 나무토막 꼴이었다.

동탁과 부딪친 사람은 과연 누구일까?

9. 동탁의 죽음

제 폭 흉 여 포 조 사 도   범 장 안 이 각 청 가 후
除暴兇呂布助司徒   犯長安李催聽賈詡

여포가 왕 사도를 도와 동탁을 살해하고, 이각
은 가후의 충동질로 장안을 습격하다.

동탁을 녹인 초선

동탁과 부딪친 사람은 다름 아닌 이유였다. 이유는 황망히 동탁을 일으켜 세워 서원(書院)으로 모시고 갔다.
"너는 무슨 일로 예까지 왔느냐?"
동탁이 퉁명스럽게 물었다.
"제가 마침 승상부에 이르렀을 때, 태사께서 역정을 내시며 여포 장군을 찾아 후원으로 들어가셨다는 말을 듣고 걱정이 되어 급히 문 안으로 들어섰습니다. 그런데 여포가 급히 뛰어나오면서 '태사가 나를 죽이려 하오'라고 외치기에, 후원에 들어가 이를 말리려고 하다가 뜻밖에 태사와 마주쳐서 넘어지시게 하였으니, 소인이 죽을 죄를 지었습니다."
"그런 배은망덕한 놈이 내가 사랑하는 계집을 희롱하려 들었으니, 맹세코 그를 죽이리라."
"태사님, 그것은 잘못된 생각입니다. 옛날에 초(楚)의 장왕(莊王)이 절영

회(絶纓會)라는 연회를 베푼 고사(故事)가 있습니다.
 초나라의 장왕이 어느 날 밤에 신하들과 더불어 잔치를 벌였는데, 별안간 바람이 불어 촛불이 꺼졌습니다. 이 어둠을 틈타서 신하 장웅(蔣雄)이 짝사랑하던 장왕의 애희의 몸을 더듬다가 애희에게 그만 갓끈을 떼였습니다. 이어 그 애희의 날카로운 목소리가 어둠을 갈랐습니다. '어느 놈이 나를 희롱하여 그놈의 갓끈을 끊었으니 빨리 불을 밝혀라!' 이 때 초 장왕은 생각하기를, 만일 불을 켜면 신하 중에 갓끈을 떼인 사람이 발견될 것이니 훌륭한 신하 하나를 잃게 될지도 모른다 싶어 어둠 속에서, '오늘은 갓끈을 끊는 연회이니 누구를 막론하고 다 갓끈을 끊으라'는 명을 내려 난처한 입장에 놓인 신하를 용서했다는 것이 바로 그 이야기입니다. 뒷날 진(秦)나라 군사와 싸우다 장왕이 곤경에 처했을 때, 장웅은 죽을 힘을 다해 장왕을 위기에서 구했었습니다.
 초선으로 말하면 하나의 계집에 불과하지만 여포 장군은 태사님의 심복인 맹장입니다. 만약 이런 기회에 태사님께서 초선을 여포 장군에게 넘기신다면 여포는 그 은혜에 감격하여 목숨을 바쳐 태사님을 모실 것입니다. 재삼 고려하시기 바랍니다."
 동탁은 한동안 깊은 생각에 잠기더니,
 "네 말도 일리가 있구나. 좀더 생각해보기로 하겠다"
라고 말했다.
 이유가 물러가자 동탁은 후당에 들어가서 초선을 불렀다.
 "너는 어찌하여 여포와 남몰래 정을 통했느냐?"
 초선이 둘러댔다.
 "소첩이 후원에서 꽃을 구경하고 있을 때 갑자기 여포 장군이 나타나기에 저는 깜짝 놀라 몸을 피하려 했습니다. 그런데 여포 장군께서는 '나는 동탁 태사의 아들인데 왜 나를 피하려 하느냐'라고 말하면서 창을 휘두르며 봉의정까지 저를 따라왔습니다. 소첩은 여포 장군이 음흉한 마음을 품고 있다는 생각으로 두려움에 떨면서 연못에 몸을 던져 이 몸을 보전하려다가 그만 그의 품에 안기게 되었던 것입니다. 제가 죽느냐 사느냐의 고비에 놓였을 때, 태사님께서 나타나시어 소첩의 목숨을 구하신 것입니다."

"나는 지금 너를 여포에게 보내려 한다. 네 생각은 어떠냐?"
초선은 깜짝 놀라는 시늉을 하며 구슬프게 통곡까지 했다.
"소첩은 이미 태사님을 섬겼는데 이제 갑자기 그런 천한 자에게 내주신 다니, 그리 될 바에야 소첩은 차라리 죽음을 택하겠나이다."
초선이 이렇게 말하며 벽에 걸려 있는 칼을 빼어 제 목을 찌르려 하자, 동탁은 당황하여 칼을 빼앗고 초선을 껴안으며 달랬다.
"내가 농담삼아 해본 소리다."
초선은 동탁의 가슴에 쓰러져 얼굴을 묻고 흐느꼈다.
"태사님, 이것은 이유의 계교가 분명하옵니다. 이유는 여포와 친교가 두터운 사이인지라 이 같은 계교를 꾸며 태사님의 체면도 돌보지 않고 소첩의 목숨까지 뺏으려 한 것입니다. 소첩은 그 이유를 죽여도 분이 풀리지 않을 것 같사옵니다."
"내가 어떻게 너를 버릴 수 있겠느냐!"
"태사님께옵서는 소첩을 가엾게 여기시어 소첩이 비록 태사님의 사랑을 독차지하고 있다 해도, 이곳은 오래 거처할 곳이 못 됩니다. 반드시 여포에게 해를 당할 것이옵니다."
"염려하지 말아라. 내일은 너를 미오로 데려가서 함께 즐기며 지낼 것이니라."
이 말을 듣고 초선은 눈물을 거두며 정이 어린 눈으로 동탁에게 고마움을 표했다.
다음날 이유가 동탁을 찾아왔다.
"오늘은 일신이 좋은 날이니 초선을 여포 장군에게 보내도록 하십시오."
"여포와 나는 부자의 의를 맺은 사이인데 어찌 초선을 그에게 내주겠느냐? 다만 그의 죄를 따지지 않을 것이니, 너는 가서 내 뜻을 전하고 위로해 주어라."
"태사님께서는 초선이란 계집에게 너무 깊이 빠지시면 아니 되옵니다."
동탁은 이 말에 얼굴을 붉히며 이유를 꾸짖었다.
"네놈은 자기 여편네를 여포에게 넘겨줄 수 있겠느냐? 초선의 문제에 대해서는 더 이상 거론치 말도록 하라. 다시 주둥이를 놀리면 네놈의 목을 먼저 베겠다."

이유는 할 수 없이 물러나와 하늘을 우러러 탄식했다.

"우리가 장차 계집의 손아귀에 죽겠구나."

후인(後人)이 책을 읽다가 이 대목에 이르러 시 한 수를 읊어 탄식했다.

왕 사도는 묘한 계책을 계집에게 맡겼구나.	司徒妙算託紅裙
무기와 군사를 부린들 무슨 소용 있으랴.	不用干戈不用兵
호뢰관에서의 싸움은 헛수고가 되었을 뿐	三戰虎牢徒費力
승리의 노래는 오히려 봉의정에서 울렸네.	凱歌却奏鳳儀亭

그 날로 동탁은 초선을 데리고 미오로 가겠다고 명을 내리니, 문무백관들이 모두 허리를 굽혀 전송했다.

초선은 수레 위에서, 여포가 문무백관 사이에서 뚫어지게 자기를 노려보고 있는 것을 보았다.

초선은 일부러 수건으로 얼굴을 가리고 슬피 우는 체했다.

왕윤의 계략

초선을 실은 수레가 멀어지자, 여포는 언덕 위에 말을 멈추고 수레바퀴에서 일어나는 먼지를 바라보며 끓어오르는 분노와 슬픔을 달래고 있었다.

이 때였다. 여포의 등뒤에서 인기척이 났다.

"장군께서는 어이하여 태사님을 따라가시지 않고 여기에 서서 긴 한숨만 쉬고 계십니까?"

여포가 고개를 돌려 바라보니 사도 왕윤이었다.

"이 노부(老夫)는 요즈음 며칠간 몸이 불편하여 두문불출했으므로 오랫동안 장군을 뵙지 못했습니다. 오늘 태사님께서 미오로 떠나신다기에 이렇게 나왔던 것인데, 다행히 장군을 뵙게 되어 기쁘기 한이 없습니다. 그런데 장군께서는 무슨 연고로 여기에 서서 그토록 한탄만 하고 계십니까?"

"그건 바로 사도님의 따님 때문입니다."

왕윤은 놀라는 기색으로 시치미를 뗐다.

"아니, 여태껏 장군에게 제 딸을 보내지 않았다는 말씀입니까?"

"그 늙은 늑대가 지금까지 혼자만 재미를 봤다오……."

왕윤이 더한층 놀라는 시늉을 했다.

"그런 믿지 못할 말씀을 하시다니요."

여포는 지난 일을 낱낱이 왕윤에게 설명했다. 왕윤은 믿을 수 없다는 듯 고개를 가로저으며 한동안 말을 잇지 못하다가, 얼마 후에 마음을 가다듬어 말했다.

"태사께서 그토록 짐승만도 못한 짓을 하리라고는 생각지도 못했습니다. 일단 우리 집으로 가서 상의합시다."

왕윤은 여포의 손을 잡아끌었다.

여포는 왕윤을 따라 그의 저택에 이르러 은밀한 장소로 안내되었다.

이어서 주안상이 나오고 술이 거나하게 취하자, 여포는 봉의정에서 있던 일을 다시 한 번 상세히 이야기했다.

왕윤은 거기에 맞장구쳤다.

"태사가 내 딸을 겁탈하고 장군의 아내를 빼앗은 격이 되었으니 천하의 웃음거리가 되었구려. 그런데 세상 사람들은 동탁을 비웃지 않고 나와 장군을 비웃을 것이니 이 아니 기막힌 일이오? 게다가 이 늙은 나는 무능하고 도리도 모르는 놈이 되었고, 장군께서는 천하의 영웅으로서 씻을 수 없는 오명(汚名)을 뒤집어쓰게 되었으니 참으로 통탄할 일이구려."

이 말에 여포는 노발대발하여 상을 치며 야단법석이었다. 왕윤은 얼른 돌려 말했다.

"이 늙은 것이 실언을 했나 보구려. 장군께서는 너무 역정을 내지 마십시오."

"두고 보십시오. 내 기필코 늙은 역적 동탁놈을 잡아죽여 설욕하고 말겠소."

왕윤은 당황하여 여포의 입을 막으며 말했다.

"말조심하십시오. 잘못하면 늙은 나까지 괜한 화를 입게 될 테니 말이오."

"남아 대장부로 이 세상에 태어나 언제까지나 남의 밑에서 기를 펴지 못하고 살 수야 없지 않소!"

왕윤은 이 때다 싶어 여포에게 은근히 말했다.

"장군과 같이 재간이 있는 분이 동 태사 밑에 있는 일부터가 잘못된 노릇이지요."

"그 늙은 역적놈을 죽여버리고는 싶지만, 이미 부자지정(父子之情)을 맺은 사이니 후세 사람들의 입에 오르내리는 것만이 두려울 뿐이오."

왕윤은 미소를 머금으며 말했다.

"장군의 성씨는 여(呂)씨고, 태사의 성씨는 동(董)씨가 아니오? 초선의 문제로 태사가 당신에게 창을 던졌을 때, 이미 부자지정은 끊어진 거나 다름이 없는 게 아닐까요?"

여포는 정색을 하며 대답했다.

"그렇군요. 왕 사도님의 충고가 없었더라면 스스로 잘못을 저지를 뻔하였습니다."

여포의 뜻이 이미 정해졌음을 알고 왕윤이 또 말을 이었다.

"장군께서 만일 한나라 황실을 건진다면 청사(靑史)에 길이 충신으로서 이름을 남겨 그 명예를 백세(百世)까지 누릴 것이지만, 만일 반대로 동탁을 돕는다면 역신(逆臣)이란 더러운 이름을 만대까지 물려받을 것이오."

왕윤의 이 말에 여포는 자리에서 내려앉아 절을 했다.

"이 여포의 뜻은 이미 정해졌으니 왕 사도께서는 나를 더 이상 의심치 마십시오."

"참 잘 생각하셨소. 그러나 만에 하나라도 실패하는 날에는 큰 화를 초래하게 될 것이오."

이 말을 듣고 여포는 배신하지 않겠다는 증거로 칼을 뽑아 자기의 어깨를 찔러 피를 흘려 보였다. 왕윤도 여포 앞에서 무릎을 꿇고 말했다.

"한나라 사직이 망하지 않게 된 것은 오직 여포 장군의 힘이오. 이 일은 결코 누설되는 일이 없도록 하시오. 거사하게 될 때에는 달리 계책을 알려드리겠소."

여포가 돌아가자, 왕윤은 자기를 따르는 활 잘 쏘는 무사 손서(孫瑞)와 또 다른 무사 황완(黃琬)을 불러 협의했다.

먼저 손서가 입을 열었다.

"듣자하니 근래에 주상께서 병환이 드셨다가 회복되었다고 합니다. 말씀씨 있는 사람을 한 명 골라 상의할 일이 있다고 미오에 있는 동탁에게 보내고, 또 다른 한편으로는 천자의 밀서를 여포에게 내리게 해서 궐문 안에 무장한 군사를 매복시켰다가 동탁이 들어갈 때 주살(誅殺)하는 것이 상책이 아닐까 생각합니다."

듣고 있던 황완이 물었다.

"그렇다면 누굴 보내야 할까요?"

"여포와 동향 사람인 이숙(李肅)이 있지 않소. 그는 본래 동탁의 심복이었으나, 동탁이 좋은 벼슬자리로 옮겨주지 않는다고 앙심을 품고 있소. 만약 그를 불러 동탁에게 보내면 동탁은 틀림없이 그의 말을 따를 것이오."

손서의 이런 설명에 왕윤도 찬의를 표했다.

"좋은 생각이오."

왕윤이 여포를 불러 협의하니 여포도 이에 맞장구쳤다.

"지난날 나에게 정원(丁原)을 죽이고 동탁의 편을 들도록 한 장본인이 바로 이숙이오. 만일 이숙이 가지 않겠다고 하면 먼저 그자의 목을 베겠소."

그리하여 사람을 시켜 은밀히 이숙을 오게 했다. 그에게 여포가 먼저 말문을 열었다.

"이숙, 공께서는 지난날 이 여포에게 정원을 죽이고 동탁의 편을 들게 하지 않았었소. 그러나 지금은 동탁이 위로 천자를 속이고 아래로 백성들을 학대하여 그 죄악이 하늘에 이르고 있어, 사람들은 물론 하늘까지도 분개하고 있소. 그러니 공께서는 천자의 조서를 받들고 미오에 가서 동탁에게 입궐토록 전하십시오. 그리고 복병을 이용하여 입궐하는 동탁을 주살한 다음 힘을 합하여 한나라의 왕실을 건지고 함께 충신이 되었으면 하는데 공의 의향은 어떠하오?"

이숙도 귀가 솔깃한 모양이었다.

"나 역시 그 역적놈을 제거해야겠다는 생각을 한 지 오래되었소. 그러나 뜻을 같이할 동지를 얻지 못하던 터에 만일 장군께서 그 같은 일에 나선다면 이는 분명히 하늘이 도우시는 일입니다. 장군께서는 결코 내 말을 의심치 마십시오."

이숙은 맹세의 표를 해보였다. 옆에 있던 왕윤이 거들었다.

"만약 그 일을 맡아 처리하여 주신다면 공께서 커다란 벼슬을 얻게 될 것은 당연하지 않겠습니까?"

동탁의 죽음

다음날 이숙은 수십 명의 기병을 거느리고 미오에 갔다. 그는 천자의 조서를 가지고 왔다고 알리며 동탁에게 머리 숙여 절했다.

"천자께서 어떤 조서를 내리셨느냐?"

"천자께옵서 그 동안 병환중에 계시다가 회복되시자 미앙전에서 문무백관들을 모아놓고 태사님께 제위를 물려줄 뜻이 있으셔서 이 조서를 내리신 듯합니다."

참으로 귀가 솔깃한 말이었다. 동탁이 다그쳐 물었다.

"그에 대한 왕윤의 의견은 어떻더냐?"

"왕 사도님께서는 수선대(受禪臺)를 마련하라는 명을 내리고 다만 태사님께서 오시기만을 기다리고 계십니다."

동탁은 그 말에 마음이 흡족한 듯 껄껄껄 웃으며 말했다.

"간밤에 용이 내 몸을 감싸는 꿈을 꾸었더니 오늘 이런 기쁜 소식을 듣는구나. 자, 이제 때를 만났으니 놓쳐서는 안 되지!"

그는 곧 심복 이각·곽사·장제·번주에게 정병 3천을 거느리고 미오를 지키라고 하고, 자신은 그 날로 장안으로 들어갈 준비를 서둘렀다. 그는 만면에 웃음을 띄우며 이숙에게 말했다.

"내가 황제가 되면 너는 집금오(執金吾)가 될 것이다."

이숙은 고개를 숙여 신하의 예를 갖췄다.

동탁은 입궐하기 전에 먼저 노모에게 하직 인사를 올리러 찾아갔다. 노모는 90여 세로, 갑자기 방문한 아들 동탁을 맞으며 물었다.
"어디를 가려고 그렇게 바삐 서두르냐?"
"예, 한나라의 선위(禪位)를 받으러 장안에 좀 갈까 합니다. 어머님께서는 머지않아 태후가 되실 것입니다."
"요사이 내가 가슴이 떨리고 심기가 불편하니 아무래도 길조는 아닐 것 같구나."
"어머님께서는 장차 국모가 되실 터인데 어찌 놀라운 일이 일어나지 않겠습니까?"
동탁은 이렇게 하직 인사를 하고 물러 나와 이번엔 초선을 찾았다.
"내가 지금 천자가 되려고 길을 떠나니, 너는 장차 내 귀비(貴妃)가 될 것이다."
초선은 일이 돌아가는 내막을 이미 짐작하고 있었기에 속으로 쾌재를 부르면서 동탁을 배웅했다.
동탁은 수레에 올라 전후의 호위를 받으며 장안을 향하여 말을 몰았다. 동탁이 미오를 떠나 30여 리를 채 못 가서 돌연 동탁이 탄 수레바퀴가 부러져 그는 수레에서 내려 말로 갈아타야만 했다.
그러나 흉조(凶兆)는 그에 그치지 않았다. 이번에는 떠난 지 10여 리가 못 되어 동탁이 타고 가던 말이 갑자기 울부짖더니 말고삐가 끊어지고 재갈이 벗겨지는 일이 생겼다. 동탁은 불길한 생각이 들어 이숙에게 물었다.
"수레바퀴가 부러지고 말고삐가 끊어지니, 이것은 필시 불길한 징조가 아니겠느냐?"
이숙이 둘러댔다.
"태사께서 한나라의 제위를 받게 되시니, 옛것을 버리고 새것을 맞이할 것이고 장차 금은보석으로 장식한 수레와 안장을 얻으실 길조인가 합니다."
동탁은 그럴 듯한 해석이다 싶어 얼굴에 기쁨이 가득했다.
그러나 장안으로 향하는 이튿날에도 여전히 심상치 않은 일이 벌어졌다. 난데없이 광풍이 일더니 먹구름과 안개가 온 하늘을 뒤덮는 것이었다.
동탁은 불길한 예감에서 벗어날 수가 없어 다시 이숙에게 이게 웬일이냐고 물었다.

"태사님께서 선위에 오르심은 용이 등극함과 다를 바 없습니다. 용이 등극하려는 이 마당에 어찌 상서로운 일이 일어나지 않겠습니까!"
하고 이숙이 위로하자, 동탁은 더 이상 의심하려 하지 않았다.

동탁이 성 밖에 이르니 문무백관이 모두 출영(出迎)했다. 오직 이유만이 병을 핑계삼아 나오지 않았다. 동탁이 승상부에 오르니 여포가 들어와 축하 인사를 하였다.

축하 인사를 받은 동탁이,

"내가 만일 등극하게 된다면 너는 천하의 군사를 거느리는 총대장이 된다"

라고 선심을 쓰자, 여포는 고개를 숙여 고마움을 표했다.

그 날 밤 성 밖에서 수십 명의 아이들이 떼를 지어 동요를 불렀는데, 그 소리가 바람결에 들려왔다.

천리초 비록 푸르기는 하지만	千里草何靑靑
열흘만 지나면 죽을 수밖에.	十日上不得生
천리초 비록 푸르기는 하지만	千里草何靑靑
열흘만 지나면 죽을 수밖에.	十日上不得生

들려오는 노랫소리는 구슬프고 처량했다. 동탁은 그 노래를 듣고 불안해진 나머지 이숙에게 물었다.

"저 동요가 무엇을 뜻하느냐?"

"예, 그것은 한나라를 다스리던 유씨(劉氏)가 망하고 동씨(董氏)가 흥한다는 뜻입니다"

라고 이숙이 설명했다. 이숙의 설명은 사실 그 반대였다. 천리초는 천(千)·리(里)·초(艸)이니, 즉 동(董) 자를 파(破)해서 쓴 것이기 때문이다.

다음날 동탁은 그의 측근들을 거느리고 기세도 당당히 입궐하다가, 우연히 푸른 도포에 흰 수건을 머리에 두르고 손에는 긴 지팡이를 든 한 도인을 만났는데, 그는 한 길이 넘는 두 개의 천에다 각기 입 구(口) 자를 써서 들고 있었다.

동탁이 이숙에게 물었다.

"뭣하는 노인이냐?"

"예, 필시 미친 놈이 분명합니다."

이숙은 이렇게 둘러대며 사람을 불러 그 도인을 쫓아내도록 일렀다. 이숙은 이 때에도 동탁에게 거짓을 고했던 것이다. 입 구(口) 자가 둘이면 여(呂) 자요, 베(布)에 썼으니 바로 여포(呂布)를 주의하라는 뜻이었다.

동탁이 대궐문에 들어서니 여러 군신들이 각기 조복(朝服)을 갖추고 길게 늘어서서 동탁을 맞았다. 이숙은 손에 보검을 들고 동탁의 수레를 따랐다.

그들이 북액문(北掖門)에 가까워지자, 이숙은 20여 명의 군사만 수레를 따르게 하고 나머지는 궐문 밖에서 기다리도록 했다.

동탁이 휘 둘러보니 거기에는 왕윤을 비롯하여 여러 장수들이 각기 보검을 손에 들고 전문(殿門)에 서 있지 않은가? 동탁은 아연실색한 나머지 이숙에게 물었다.

"보검을 들고 있는 것은 웬 까닭이냐?"

그러나 이숙은 아무런 대꾸도 하지 않고 동탁의 수레를 전문으로 밀어 넣었다.

이 때였다. 왕윤의 고함 소리가 쩌렁쩌렁 울렸다.

"역도놈이 나타났다. 무사들은 어디 있느냐?"

왕윤의 고함 소리를 신호로 하여 양편에서 100여 명의 무사들이 제각기 창과 칼을 휘두르며 내달았다.

그러나 동탁은 조복 밑에 갑옷을 입고 있었기 때문에 칼과 창으로 갑옷을 뚫을 수는 없었다.

어느 무사가 동탁의 팔을 찌르자 동탁은 수레에서 굴러 떨어지면서 큰 소리로 여포를 불렀다.

"내 아들 봉선이는 어디 갔느냐?"

여포가 수레 뒤에서 긴 창을 들고 뛰어나오면서,

"여기 역적 동탁을 죽이라는 조서를 가져왔다"

라고 벽력같이 소리치면서 긴 창으로 동탁의 급소를 찌르자, 이숙이 그의 머리를 베어버렸다.

여포는 왼손에는 긴 창을 들고 오른손으로 안주머니에서 조서를 꺼내며 큰소리로 외쳤다.

"이 여포는 조서를 받들어 역적을 죽였다. 나머지 사람의 죄는 묻지 않겠다."

문무백관이 모두 만세를 부르며 환호성을 질렀다.

후일 사람들은 다음과 같이 동탁의 죽음에 대한 시를 남겼다.

패업이 이루어질 때에는 제왕이요	伯業成時爲帝王
그렇지 못해도 부유한 집안의 주인이었네.	不成且作富家郞
누가 천의에 사사로움이 없음을 아는가?	誰知天意無私曲
미오의 융성함도 이제는 끝장이로구나!	郿塢方成已滅亡

모든 문무백관들의 환호성을 들으며 여포는 당 아래로 내려서서 말을 이었다.

"동탁을 도와 잔학무도한 소행을 저지른 놈은 이유다. 누구 그놈을 잡을 자 없나?"

이숙이 선뜻 나섰을 때, 궐문 밖에서 또 다른 함성이 들려왔다. 이어 이유의 하인들이 이유를 붙잡아 묶어서 들어오고 있다는 전갈이 왔다.

왕윤은 이유를 끌어내어 목을 베라는 명령을 내리는 한편, 동탁의 시체와 머리를 큰길가로 끌어내라고 명하였다.

동탁의 시체는 어찌나 살이 쪘던지 군사들이 그의 배꼽에 심지를 박고 불을 붙이니 기름이 지글지글 끓어 땅바닥으로 넘쳐 흘렀다. 오가는 백성 모두가 머리통을 발로 차고 시체를 짓밟았다.

왕윤은 다시 여포에게 영을 내려 황보숭·이숙과 더불어 군사 5만을 거느리고 미오로 가서 동탁의 가산을 몰수하고 식솔을 잡아들이도록 했다.

한편 이각·곽사·장제·번주 등 동탁의 심복들은, 이미 동탁은 죽고 여포가 머지않아 쳐들어올 것이라는 소문을 듣게 되었다. 이들은 곧 친위대를 거느리고 야음을 틈타서 양주(涼州)로 뺑소니를 쳐버렸다.

미오에 도착한 여포는 먼저 초선을 찾는 데 혈안이 되었다.

황보숭은 예하 장수에게 미오성 안에 있던 양가의 여자를 모조리 석방하도록 영을 내렸다. 그러나 동탁의 친척은 모조리 잡아죽이라고 일렀으므로 동탁의 노모는 죽음을 면할 길이 없었다. 뿐만 아니라 동탁의 동생 동민과 조카 동황도 참수형을 당했다.
　장수들이 미오의 성 중에서 거둬들인 동탁의 재산은 금은보화를 비롯하여 비단 등 갖가지 보물로, 그 수량을 헤아릴 수가 없었다. 그들은 몰수한 모든 것을 왕윤에게 바쳤다.

채옹의 죽음

　왕윤은 이 보화를 모든 군사들에게 나누어주고 크게 잔치를 베풀었다.
　대신들이 역적을 없앤 기쁨을 나누며 연회에 어울려 있을 때, 누군가가 전갈을 가져왔다.
　"동탁의 시체가 저잣거리에 내팽개쳐져 있는데 웬 사람이 나타나더니 동탁의 시체를 덮어주고 대성통곡을 하고 있습니다."
　"역적 동탁의 죽음을 만백성이 모두 기뻐하거늘 어느 놈이 감히 역적놈을 조상하여 곡(哭)을 한다는 말이냐?"
　왕윤은 이렇게 노기 띤 목소리로, 동탁을 조상하는 자를 잡아오도록 명을 내렸다.
　얼마 후 무사들이 한 사람을 잡아들였다. 좌중의 대신들은 놀라지 않을 수 없었다. 그는 시중(侍中)의 벼슬을 지낸 바 있는 채옹(蔡邕)이 아닌가!
　왕윤이 노하여 꾸짖었다.
　"역적 동탁을 죽인 오늘 같은 날은 나라의 큰 경사가 아닌가? 그대는 한나라의 중신(重臣)으로서 이날을 경사롭게 여겨야 하거늘, 역적 동탁을 위하여 운 까닭이 무엇인가?"
　채옹은 땅바닥에 꿇어 엎드려 사죄하며 말했다.
　"비록 이 몸 뛰어난 재주는 없으나 대의(大義)가 무엇인지는 알고 있습니다. 그러니 어찌 나라를 배신하고 동탁에게 향하려 하겠습니까? 다만 동탁이 국가를 배반한 역적이기는 하지만 한때는 저의 재주를 알아주며 지우(知遇)하였으므로 사사로운 정을 이기지 못하여 한 차례 곡을 한 것입니다. 스스로 내 죄가 큼을 알고 있으니 공께서 너그러이 봐주시기만 바랄 뿐입니다. 공께서 만약 저를 평민이 되게 하고 월족(刖足 : 죄를 지어 발꿈치를 베는 형벌)을 내리시며, 저로 하여금 한나라의 역사(歷史)를 완성하게 하는 것으로 속죄가 되게 해주신다면 이 채옹으로서는 더없는 다행일 것입니다."

모두 채옹의 뛰어난 재주를 아껴 그를 구출하고자 했다.

그 중에 태부 마일제가 왕윤에게 다가가서 귀엣말을 나눴다.

"백개(伯喈 : 채옹의 호)는 재주가 남다른 사람입니다. 만약 그에게 한나라의 역사서(歷史書)를 완성하게 한다면 이는 아주 뜻깊은 일이 될 것입니다. 더욱이 그는 효행이 또한 지극한 자이오니 서둘러 그를 죽인다면 크게 세상의 인망을 잃을까 두렵습니다."

왕윤은 마일제의 말에 고개를 가로저으며 말했다.

"옛날에 효무제(孝武帝)는 사마천(司馬遷)을 죽이지 않고 《사기(史記)》를 쓰게 하였으므로, 그를 비방한 글이 오늘날까지 전해지고 있소. 지금 국운이 약하여 조정이 어지러운데 어리신 천자의 곁에서 그런 아첨하는 신하로 하여금 사관(史官)이 되어 사서(史書)를 쓰도록 한다는 것은 말도 안 되는 소리오."

마일제는 아무 말 없이 물러나와 거기에 모여 있는 사람들에게 이렇게 중얼거렸다.

"왕윤은 아마도 후손이 없을 것이오! 옛말에 '착한 사람은 나라의 기강이요, 글을 짓는다는 것은 국가의 전고(典考)'라는 말도 있소. 기강이 멸하고 전고가 없어진다면 왕 사도의 운명인들 어찌 오래 지탱할 수 있으리오?"

왕윤은 마일제의 진언을 무시하고 채옹을 옥에 가두어 목매어 죽이도록 영을 내렸다. 이에 한때 명성이 있던 사대부들도 채옹이 죽었다는 소식을 듣고 눈물을 흘리지 않는 사람이 없었다.

후세 사람들이 이에 관하여 말하기를, 채옹이 동탁을 위하여 눈물을 흘린 것은 근본적으로 잘못되었지만 왕윤이 채옹을 죽여 없앤 것 또한 심했다고 한탄하였다.

동탁은 권력을 휘둘러 불인을 자행하고	董卓專權肆不仁
채옹은 어찌 스스로 자신을 죽였는가?	侍中何自竟亡身
당시 공명이 융중에 누워	當時諸葛隆中臥
어찌 가벼이 난신을 섬기려 하는가!	安肯輕身事亂臣

이각과 곽사의 진격

한편 이각·곽사·장제·번주의 무리는 재빨리 섬서(陝西) 지방으로 몸을 피해 있으면서 사람을 장안으로 보내어 상소문을 올려 죄를 사해줄 것을 요청했다.

왕윤은 상소문을 받고,

"동탁이 못된 짓을 한 것은 모두 이각·곽사·장제·번주 등의 부추김에 의해서였다. 지금 천하에 대사면(大赦免)을 내리고 있으나, 이들 네 사람은 절대로 사면할 수 없다"

고 말했다.

사자가 이 사실을 이각에게 알리자, 그는 씁쓸히 입맛을 다시며,

"사면을 못 받아 살아날 수 없다면 각자 뿔뿔이 흩어져 자구책(自救策)을 찾을 길밖에 없겠구나"

라고 탄식했다.

이를 듣고 있던 모사꾼 가후가 입을 열었다.

"여러분들이 군사를 버리고 뿔뿔이 흩어진다면 지방관들이 수수방관(袖手傍觀)하지 않고 오히려 여러분들을 붙잡아 중앙에 넘길 것입니다. 그러니 이 때에 병마를 모아 동 태사의 원수를 갚는다는 구실로 장안으로 쳐들어가는 것만 못합니다. 만일 일이 잘되면 천하를 다스리게 되는 것이고 설사 패해도 밑질 것이 없습니다. 그 때 도망치더라도 늦지 않습니다."

이각 등은 가후의 말에 따라 새로운 유언비어를 퍼뜨리기로 했다. 그 유언비어는,

'동탁을 죽인 왕윤이 장차 서량(西凉)의 백성들을 모조리 죽이려고 한다'

이각은 가후의 충동질로 장안을 습격하다. 《繡像全圖三國演義》에서

는 것으로, 이 헛소문은 삽시간에 퍼져서 서량 사람들을 깜짝 놀라게 했다.
　이각 등은 더욱 과격한 격문으로 백성을 부추겼다.
　"앉아서 개죽음을 당할 것인가, 일어나 반기를 들 것인가?"
　이 구호는 다행히 백성들의 아픈 곳을 찔러서, 다시 모여든 무리가 10여만 명에 달했다. 동탁의 네 부하는 이들을 네 갈래로 나누어 이끌고 장안으로 쳐들어갔다.
　진군 중에 그들은 동탁의 사위 우보(牛輔)를 만났다. 우보는 장인의 원수를 갚으려고 5천 병마를 거느리고 장안으로 향하던 길이었다. 이각은 우보를 앞에 내세우고 뒤에는 네 명의 장군으로 하여금 대군을 거느리게 하여, 장안으로 폭우처럼 내달았다.
　왕윤은 서량의 군사가 쳐들어온다는 소식을 듣고 여포와 대비책을 협의했다.
　"염려 마십시오. 그까짓 쥐새끼 같은 놈들이야 몇 백만인들 뭣하겠습니까!"

여포는 대수롭지 않게 말하며 이숙과 함께 장병들을 이끌고 이각을 맞아 싸웠다.

이숙이 나서자 저편에서는 우보가 나와서 맞섰다. 그야말로 일대 접전이 벌어졌다. 잠시 후 우보는 이숙의 상대가 못 되어 군사를 이끌고 달아나고 말았다.

첫 싸움에 이긴 이숙의 군사는 자만에 빠져 경비에 소홀했다. 이 틈을 타서 꼭두새벽에 우보의 군사가 밀어닥쳤다. 곤히 잠에 빠져 있던 이숙의 군사는 야습을 당해 30여 리 밖으로 쫓겨났다. 살아 남은 자는 겨우 절반밖에 되지 않았다. 이들을 이끌고 이숙은 여포를 찾아가 원병을 청했다.

여포가 크게 노하여 소리쳤다.

"이 미친놈아, 군사의 예기(銳氣)를 꺾다니······."

여포는 당장에 이숙의 머리를 베어 군문(軍門)에 매달았다.

다음날 여포는 군사를 이끌고 나가 우보를 맞아 싸웠다. 우보는 도저히 여포를 당해낼 수 없어서 군사를 몰아 달아났다.

이 날 밤 우보는 심복 호적아(胡赤兒)를 불러 대책을 협의했다.

"도저히 여포를 당해낼 도리가 없으니 차제에 이각 일당을 배반하고 그들이 숨겨놓은 금은보화를 가지고 뜻맞는 몇몇이 달아나는 것이 어떻겠나?"

호적아는 좋은 계책이라며 그러자고 했다. 호적아는 그 날 야음을 틈타서 몰래 이각의 진중으로 들어가 보물을 훔쳤다. 물론 그의 졸개 몇몇을 대동하고······.

우보와 호적아는 측근 몇을 데리고 이날 밤 안으로 이각의 진을 빠져 나와 달아났다. 그들이 달아니다가 어느 냇물을 건널 무렵, 호적아는 딴마음이 생겨 우보의 목을 베었다.

호적아는 금은보화와 우보의 목을 여포에게 바쳤다. 큰 보상이 있으리라는 부푼 가슴으로······.

난데없이 우보의 목과 금은보화를 받은 여포는,

"이것이 어인 일인가?"

하고 물었다. 그러자 호적아의 부하들이 일제히 머리를 조아렸다.

"호적아는 우보와 같이 금은보화를 훔쳐 달아나다가 욕심이 생겨 우보의 목을 베고 금은보화를 독차지하려 했던 것입니다."

여포는 동지를 배반한 나쁜 놈이라고 하면서 호적아의 목을 베었다. 그는 다시 군사를 몰아 이각을 치려고 나섰다.

이각은 미처 진을 가다듬기도 전에 공격을 받았으므로 여포의 강병을 막아낼 도리가 없었다. 이각은 50여 리나 달아나 곽사·장제·번주가 진을 치고 있는 곳에 이르러 대책을 논의했다.

"여포는 비록 용맹을 갖추고 있기는 하나, 지략이 모자라는 놈입니다. 나는 군사를 거느리고 산골을 지키면서 매일 그를 유인하겠으니, 곽 장군께서는 군사를 거느리고 북과 꽹과리를 울리면서 적의 후방을 교란시키시고, 장·번 두 장군께서는 군사를 양대로 나누어서 장안으로 곧장 진격하십시오. 그놈은 정신을 못 차리게 될 것이니 우리가 승리하는 것은 당연하지 않습니까?"

모두 고개를 끄덕였다.

한편 이들이 이런 모의를 하고 있는 동안 여포는 군사를 이끌고 산 아래에 도착했다. 이각이 작전대로 군사를 몰고 달아나는 척하자 여포는 노도와 같이 군사를 몰아왔다.

이각은 산봉우리를 향하여 퇴각하여 산 위에서 활을 쏘아댔다. 여포의 군대는 더 이상 진격할 수가 없었다.

이 때였다. 여포 군대의 후미에 홀연히 곽사의 군사가 밀어닥쳤다. 여포는 곽사를 향하여 군진을 돌렸다. 그러나 다만 북소리만 들리고 곽사의 군사들은 이미 퇴각한 뒤였다.

여포가 군사를 몰아 곽사의 군사를 쫓으려 하자, 이번에는 별안간 등뒤에서 징 소리가 요란스럽게 들리더니, 이각이 군사를 이끌고 산 아래로 달려 내려오지 않는가?

미처 대적하기도 전에 이번에는 또 등뒤에서 곽사가 군사를 이끌고 달려왔다.

이렇게 되니 여포는 미칠 지경이 되어 이리 달리고 저리 달리기를 거의 사흘 동안이나 계속했지만 큰 성과는 없었다. 참으로 분통이 터질 지경이었다.

장안 함락

이 때 장제와 번주가 군사를 두 길로 몰아 장안으로 쳐들어가니 장안이 극히 위태롭다는 전갈이 왔다. 여포가 급히 군사를 몰아 장안으로 향하니 이각·곽사가 뒤에서 밀어붙였다. 천하 명장 여포도 어쩔 수 없어 유능한 장수를 많이 잃을 수밖에 없었다.

여포가 장안성 아래에 도착하니, 이미 적도들이 구름처럼 운집하여 철통같이 성을 에워싸고 있었다.

수차례의 싸움에서 여포는 그저 당하는 도리밖에 없었다. 여포는 화를 이기지 못하여 괜히 군사를 꾸짖고 포악하게 굴었다. 그 바람에 많은 군사가 적도들에게 투항했다.

수일이 지난 후 동탁의 잔당인 이몽(李蒙)이 성중에서 반도들과 내통하여 몰래 성문을 열어주자, 적도들은 일제히 성 안으로 쳐들어왔다.

여포는 좌충우돌(左衝右突) 적을 맞아 싸웠으나, 중과부적(衆寡不敵)으로 적도들을 당할 수가 없었다. 그렇게 되자 여포는 급히 말을 몰아 궁성이 있는 청쇄문(靑鎖門)으로 달려가 왕윤에게 고하였다.

"형세가 위급합니다! 사도께서는 말을 달려 저와 함께 관(關)을 빠져나가 따로 좋은 계책을 도모합시다."

"만일 이 나라를 지키는 수호신이 계시다면 이대로 망하게는 하지 않을 것이오. 일이 잘못되어 불행에 처하게 된다면 나라를 위하여 이 몸을 바칠 생각이오. 나는 결코 이런 국난에서 살아 남기만을 바라지는 않소이다. 부디 쓰러지는 사직을 바로잡도록 최선을 다해주시기만 바랄 뿐이오."

여포가 재삼 몸을 피하도록 권하여도 왕윤은 들은 체도 하지 않았다.

그 때였다. 난데없이 모든 성문이 화염에 싸여가고 있지 않은가. 여포는 겨우 가족과 100여 기의 부하만을 거느리고 가까스로 궐문을 빠져나오자, 문득 원술 생각이 머리에 떠올라 남양을 향해 말을 몰았다.

그 때에는 이미 이각·곽사가 장안성에 들어가 불을 지르고 금은보화를 약탈할 때였다. 이들이 휘두르는 칼에 태상경(太常卿) 충불(沖拂)을 비롯하여 궁내의 여러 문관과 무관이 죽음을 당했다. 그들은 결국 대궐의 내정에까지 쳐들어갔다. 중신들은 먼저 천자를 선평문에 모셔 난을 피하시도록 권하였다.

이각을 비롯한 반도(叛徒)들은 천자의 황금색 거개(車蓋)를 바라보고는 군사를 멈추도록 하고 일제히 소리 높여 만세를 불렀다. 헌제는 문루에 올라 그들을 꾸짖었다.

"경은 주청(奏請)도 없이 함부로 군사를 몰아 장안으로 들이닥쳤으니, 하물며 앞으로는 무슨 일을 저지르려 하는가?"

이각·곽사가 땅에 엎드려 아뢰었다.

"일찍이 동 태사께서는 폐하의 더없는 중신(重臣)이었습니다. 그런 죄 없는 동 태사께서 왕윤에게 억울하게 죽음을 당하셨기 때문에 신들은 오직 동 태사의 원수를 갚으러 왔을 뿐, 결코 반란을 일으키려 하지는 않았습니다. 신의 무리는 다만 왕윤을 만나고 물러가겠습니다."

마침 황제의 곁에 있던 왕윤은 이 말을 듣고 천자께 간하였다.

"신은 국가 사직을 위하여 동탁을 죽였습니다. 그러나 이제 일이 이쯤 되었으니 폐하께서는 저 같은 신하의 목숨을 아끼시어 사직을 그르치지 마십시오. 바라건대 신이 직접 저들을 만나게 하여 주옵소서."

천자가 어찌할 줄을 몰라 당황하는 중에 왕윤은 스스로 선평 문루에서 내려와 문루 아래에 당도하여 소리쳤다.

"이놈들아! 왕윤이 여기에 와 있다."

이각과 곽사가 칼을 빼들고 왕윤에게 덤볐다.

"너는 왜 동 태사를 죽였느냐?"

"동탁은 역적의 죄를 범하였다. 그의 죄는 천지에 진동하여 말로는 다할 수 없다. 동탁이 죽음을 당하던 날, 장안의 모든 백성들이 기뻐하던 그 소리를 유독 너희들만 듣지 못하였다는 말이냐?"

"태사의 죄는 그렇다 치더라도 우리들은 도대체 무슨 죄를 저질렀기에 우리들만 사면하지 않았느냐?"

"이 역도놈들아! 무슨 잔소리가 그리도 많으냐! 나 왕윤은 비록 오늘 죽는다 하더라도 두려울 것이 없다!"

9. 동탁의 죽음

왕윤의 말이 채 끝나기도 전에 두 역도들은 왕윤의 멱살을 잡아 끌어내려 죽였다.

후세의 역사가들은 왕윤의 죽음을 한탄하며 다음과 같이 시를 읊었다.

왕윤의 계책으로	王允運機謀
간신 동탁을 죽였도다!	奸臣董卓休
마음엔 나라를 안정시키려는 한이 서렸고	心懷安國恨
얼굴에는 조정에 대한 수심이 차 있었네.	眉鎖廟堂憂
영기는 하늘에 이어졌고	英氣連霄漢
충심은 북두칠성에 통하였네.	忠心貫斗牛
지금도 그 혼백은	至今魂與魄
여전히 봉황루를 맴도는구나.	猶遶鳳凰樓

적도들은 왕윤을 죽인 후 그의 집으로 군사를 보내어 노인이나 어린이를 가리지 않고 왕윤의 가족을 모조리 죽였으므로, 이들의 잔악한 행동에 눈물을 흘리지 않는 자가 없었다.

그래도 속이 풀리지 않았던지 이각과 곽사는 또 일을 의논했다.

"일이 이렇게 된 이상, 아예 천자를 유혹해서 대사를 꾀하지 않으면 언제 또 이런 기회가 있겠습니까?"

이렇게 말하며 둘은 즉시 칼을 뽑아 들고 궁궐 안으로 달려들어가려고 했다.

그야말로 역적 동탁이 죄 앞에 굴복하여 재난의 불길이 꺼지려는 판국에, 졸개놈들이 날뛰어 다시 화를 불러일으키는 꼴이 되었다.

과연 천자와 세상일은 어찌 될는지…….

10. 조조의 득세

근왕실마등거의　　　　보부수조조흥사
勤王室馬騰擧義　　　　報父讐曹操興師

마등은 왕실을 위해 의병을 일으키고, 조조는 부친의 원수를 갚기 위해 군사를 일으키다.

이각과 곽사의 세상

이각과 곽사가 헌제를 시해(弑害)하려 할 때, 장제와 번주는 이를 적극 말렸다.

"그건 안 될 말이오. 지금 천자를 죽이면 다른 사람들이 그냥 있지 않을 것이오. 그러나 전처럼 먼저 좌우의 제후들을 처치하고 난 후에 천자를 죽인다면, 천하를 얻는 것은 식은 죽 먹기나 다름이 없을 것이오."

이각과 곽사도 마냥 우길 수만은 없어, 천자를 죽이려고 빼어 든 칼을 거두었다.

이 때 천자가 누각 위에 모습을 드러내어 그들을 달랬다.

"경들은 왕윤이 이미 주살되었거늘 왜 아직도 군마를 거두지 않느냐?"

"신들은 왕실을 위하여 공을 세웠으나 아직 아무런 벼슬도 받지 못했으므로 군사를 물릴 수 없사옵니다."

천자가 다시 입을 열었다.

"경들이 바라는 벼슬은 무엇이란 말인가?"

이각·곽사·장제·번주는 각기 그들이 바라는 벼슬 이름을 적어서 올렸고, 천자는 그들이 원하는 대로 벼슬을 내렸다.

먼저 이각을 거기장군(車騎將軍) 지양후(池陽侯)에 봉하고 사예교위(司隸校尉)에 임명하였으며, 곽사를 후장군(後將軍) 미양후(美陽侯)에 봉하여 이각·곽사 모두 조정의 정사(政事)에 참여토록 하였다. 그리고 번주는 우장군(右將軍) 만년후(萬年侯)에 봉하였고, 장제는 표기장군(驃騎將軍) 평양후(平陽侯)에 봉하여 홍농(弘農)에 주둔하여 군사를 거느리도록 했다. 그 밖에 이몽과 왕방(王方)을 교위에 임명하니 그제서야 그들은 군사를 거느리고 성 밖으로 물러갔다.

성 밖으로 나온 그들은 피부가 벗겨지고 해골이 부서진 동탁의 시체를 찾아냈다. 그들은 향나무로 몸체를 깎아 만들어 부서진 해골에 맞춘 후, 천자에 해당하는 의관과 관을 만들어 성대하게 제사를 지내고 길일을 택하여 미오에 안장했다. 그 날 따라 번개가 심하게 치고 바람이 불며 비가 억수같이 쏟아져 평지까지 물에 잠겼으며, 벼락이 동탁의 관에 떨어져 시신이 밖으로 튀어나왔다.

이각은 날이 개기를 기다려 장례를 치르려 했으나, 그 날 밤에도 전과 같은 이변이 벌어졌다.

세 차례나 옮겨서 묻으려 했으나 역시 허사였다. 그나마 얼마 남지 않았던 시신은 벼락을 맞아 형체도 없게 되었다. 동탁에 대한 하늘의 노여움이 이와 같았던 것이다.

이각과 곽사가 대권을 손아귀에 쥔 후 백성들에게 저지르는 잔악한 행위는 이루 말할 수 없었다. 그리고 심복을 몰래 천자 가까이에 보내 천자의 동정을 낱낱이 살폈다.

당시 천자인 헌제는 마치 가시밭길을 헤매는 격이었다. 조정의 벼슬자리도 두 역도가 쥐고 흔들면서, 그래도 인망을 얻으려는 수작으로 주전(朱雋)을 불러들여 태복(太僕)을 삼아 허수아비로 내세웠다.

마등과 한수의 실패

어느 날 서량 태수 마등(馬騰)과 병주 자사 한수(韓遂) 등 두 장수가 군사 10여만 명을 거느리고 역적 이각과 곽사를 치려고 장안으로 쳐들어오고 있다는 보고가 날아들었다. 마등과 한수는 일찍이 사람을 장안으로 보내어 시중인 마우(馬宇)·간의대부(諫議大夫)인 충소(种邵)·좌중랑장(左中郞將)인 유범(劉範)과 내통하여 역적의 무리를 토벌할 계획을 세웠다. 이 3인의 말에 따라 헌제는 마등을 정서장군(征西將軍)에, 한수를 진서장군(鎭西將軍)에 각각 봉하여 역적을 처치하라는 밀서를 내렸던 것이다.

이각·곽사·장제·번주 등은 마등·한수 두 장수가 쳐들어 온다는 말을 듣고 이들을 막아낼 대책을 협의했다.

먼저 그들의 참모인 가후가 입을 열었다.

"그들은 먼 곳에서 군사를 이끌고 오는 중이니, 이쪽에서는 못을 깊이 파고 성을 높이 쌓아 굳게 지키고 있으면 그들은 석 달도 못 가서 군량이 떨어질 것이며, 그러면 그들은 물러설 수밖에 도리가 없을 것입니다. 그 때에 군사를 풀어 추격한다면 그들을 생포할 수도 있을 것입니다."

이몽과 왕방이 이에 반대했다.

"그것은 좋은 계책이 못 됩니다. 저희에게 정병 1만여 명만 주신다면 저희가 그들의 목을 베어 장군들 앞에 바치겠습니다."

"지금 나가 그들을 맞아 싸운다면 이쪽이 패할 것은 당연지사입니다"
하고 가후가 말하자 이몽과 왕방이 다시 말했다.

"만약 우리 둘이 나아가 싸워 패한다면 가후 당신이 우리들의 목을 베어도 할 말이 없소. 그러나 우리가 승전하고 돌아올 때에는 공의 목을 베겠소."

가후는 이각과 곽사에게 또 다음과 같이 말했다.

"이몽과 왕방이 정 나가 싸우겠다면 장안 서편 200여 리 밖에 험한 주질산이 있으니 장제와 번주 두 장군에게 명하여 거기에 군사를 주둔시켜 견고히 지키도록 하시고, 이몽과 왕방으로 하여금 군사를 거느리고 적군을 맞아

마등은 왕실을 위해 의병을 일으키고, 《繡像全圖三國演義》에서

싸우도록 하십시오."

이각과 곽사는 가후의 말에 따라 1만 5천의 병마를 이몽과 왕방에게 맡기니, 그들은 기꺼이 군사를 이끌고 나가 장안에서 300여 리 떨어진 곳에 진을 쳤다.

이 때 서량 태수 마등과 병주 자사 한수가 군사를 이끌고 와서 이몽과 왕방의 앞길을 막고 진두에 나와 호통을 쳤다.

"저 역도놈 이몽과 왕방을 사로잡을 자는 없느냐?"

명령이 채 떨어지기도 전에 한 나이 어린 장수가 진중에서 앞으로 나섰다. 그의 얼굴은 관옥(冠玉)과 같이 희고 고왔으며 눈빛은 별처럼 반짝였다. 그는 호랑이 같은 체구에 원숭이 같은 팔을 하고 있었으며, 손에는 긴 창을 들고 준마를 타고 달려나왔다. 그는 마등의 아들 마초(馬超)로 자를 맹기(孟起)라 하였으며, 17세의 젊은이로 비록 나이는 어리지만 용맹에 있어서는 그를 당할 자가 없었다.

왕방은 마초가 어린 것을 얕보고 말을 달려 나아가 싸웠으나, 몇 번 싸우지도 못하고 마초가 휘두르는 긴 창에 찔려 말 위에서 나둥그러졌다.

　마초가 유유히 말 머리를 돌려 돌아서자, 이 꼴을 지켜보고 있던 이몽이 말을 달려 마초의 뒤를 쫓았다.

　마초가 어찌 등뒤의 위급한 상황을 알 수 있으랴! 그러나 진문에서 이 광경을 목격한 마등이 큰소리로 외쳤다.

　"적이 뒤에서 쫓아온다. 빨리 몸을 피하라!"

　마등의 고함 소리가 채 끝나기 무섭게 마초는 홱 몸을 돌이켜 말 위의 이몽을 사로잡았다. 기실 마초는 이몽이 뒤에서 쫓아오는 것을 이미 알고 있었으나 짐짓 모른 체하고 있다가, 이몽이 창으로 찌르려는 틈을 타서 번개처럼 몸을 날려 이몽을 사로잡은 것이다.

　장수를 잃은 이몽의 군사들은 뿔뿔이 흩어져 도망치고 말았다. 마등과 한수의 군사는 여세를 몰아 달아나는 이몽의 군사를 쳐서 크게 이겼다. 그들은 즉시 이각과 곽사가 진을 치고 있는 곳 가까이에 진을 치고, 이몽의 머리를 베어서 진문 위에 높이 걸어 전승을 시위하였다.

　이각과 곽사는 마등의 아들 마초가 이몽과 왕방을 모두 죽였다는 소식을 듣고, 가후의 선견지명을 좇지 않았음을 후회하며 가후의 계략대로 진중에 깊이 박혀 나와 싸우지를 않았다.

　과연 두 달도 채 못 되어 성 밖 군사들의 군량미와 말먹이가 동이 났다. 할 수 없이 그들은 군사를 이끌고 회군할 것을 상의했다.

　그들은 성 안으로 비밀리에 사람을 보내어, 이미 내통이 되어 있는 마우·충소·유범에게 그 사실을 알렸다.

　그러나 마우의 집 심부름하는 아이가 주인에게 몹시 꾸지람을 듣자, 앙심을 품고 주인 마우와 충소·유범이 성 밖과 내통하고 있다는 사실을 밀고했다. 이 밀고를 받은 이각과 곽사는 화가 머리끝까지 치밀어 마우·충소·유범의 전가족을 붙잡아 장터에 끌어내어 노소를 막론하고 모조리 죽이고, 마우·충소·유범의 머리를 베어 성문 위에 매달았다.

　마등과 한수는 군량미도 떨어진 터에 그들의 내통마저 헛일로 끝난 사실을 알고 할 수 없이 군사를 이끌고 물러나고 말았다.

　이각과 곽사는 장제에게 명하여 마등을 추격하도록 하고, 번주에게는 한

수를 뒤쫓도록 했다. 서량 군사는 대패할 수밖에 없었다.

마초는 뒤에 남아서 죽을 힘을 다하여 장제를 막았다.

한수는 번주가 추격하여 진창(陳倉) 부근까지 육박했을 때 말 머리를 돌려 번주에게 말했다.

"공과 나는 같은 고향 사람인데, 오늘은 왜 이다지도 무정하게 구는 거요?"

번주도 달리던 말을 멈추고 대답했다.

"상부의 명령이니 난들 어이하겠소!"

"내가 군사를 이끌고 예까지 온 것은 오직 국가를 위함이오. 그런데 공은 어이하여 우리를 물리치려 하는 거요?"

이 말에 양심이 찔렸던지 번주는 한수를 놓아주고 말 머리를 돌려 군사를 이끌고 갔다.

그러나 불행하게도 이런 광경을 이각의 조카 이별(李別)이 엿보고는 돌아와서 이 사실을 숙부에게 일러바쳤다. 이각은 노발대발하여 곧 번주를 죽이려 했다.

그 때였다. 모사꾼 가후가 또 나섰다.

"지금처럼 민심이 흉흉한 터에 군사를 자주 일으키는 것은 바람직하지 않습니다. 차라리 장제와 번주의 공을 치하해주는 주연을 베풀어 그들을 초청한 자리에서 번주를 붙잡아 목을 베는 편이 힘들이지 않고 일을 처리하는 방법입니다."

이각은 가후의 말에 따라 장제와 번주를 위하여 연회를 베풀도록 지시했다. 멋도 모르고 그 자리에 나타난 장제·번주가 한참 취기가 도는 판에 난데없이 이각이 안면을 바꾸면서 소리쳤다.

"번주, 네놈은 무슨 까닭으로 적장 한수와 밀통하여 모반을 일으키려 했느냐?"

번주가 채 대답도 하기 전에 옆에 있던 군사들이 칼을 들어 번주의 목을 내리쳤다. 장제는 어찌할 줄을 몰라 벌벌 떨면서 땅에 엎드렸다. 이각이 그를 일으키면서 말했다.

"번주가 모반을 했기 때문에 죽였을 뿐인데, 공은 나의 심복이거늘 왜

이다지도 벌벌 떠는 거요?"

이렇게 말하며 번주가 거느리던 군사를 장제의 휘하에 들게 하니 장제는 혼자서 군사를 이끌고 홍농으로 돌아갔다.

이각과 곽사가 서량의 군사를 완전히 쳐부순 후 제후들은 감히 모반할 엄두를 다시 내지 못했다. 아울러 가후가 누차 올린 진언에 따라 백성을 편안케 하고 어진 사람과 영웅호걸을 잘 등용하여 쓰니 한때나마 조정에는 생기가 돌았다.

조조의 휘하에 모여든 사람들

그러나 뜻밖에도 청주에서 황건적이 다시 일어나, 10여만 명이 이렇다 할 두목도 없이 떼지어 다니며 양민을 괴롭혔다.

태복 주전이 그들을 토벌할 수 있을 인물이라며 한 사람을 추천했다.

이각과 곽사가 누구냐고 물었다.

"산동(山東) 지방에 새로 일어난 황건적을 물리칠 수 있는 인물은 바로 조조뿐인가 합니다."

"그럼 조조는 지금 어디에 있소?"

"동군(東郡) 태수로 있는 것으로 알고 있는데, 그의 휘하에는 많은 군사가 몰려 있소. 만약 그에게 황건적을 토벌하라는 명령을 내린다면 며칠 내에 황건적을 물리칠 수 있을 것입니다."

이각은 크게 기뻐하며 그 날 밤 안으로 동군에 있는 조조에게 사람을 보내어 제북(濟北)의 상(相)인 포신과 더불어 황건적을 토벌하도록 명령을 내렸다. 조조는 이 명을 받들어 포신과 더불어 군사를 이끌고 수양(壽陽)으로 쳐들어갔다.

그러나 포신은 적 진지 깊숙이 들어가다가 그들에게 붙잡혀 죽고 말았다.

조조가 황건적을 추격하여 제북까지 몰아치니 항복하는 무리가 수만에 이르렀다. 그리고 투항해오는 적들을 선봉으로 내세우니 도처에서 투항하는 황건적의 수는 헤아릴 수가 없었다. 불과 100여 일도 못 되어 항복해온 군사들이 30만이나 되었으며, 그의 휘하에 든 백성들은 남녀 합해서 100여만 명에 이르렀다.

조조는 그 중에 정예병을 뽑아 '청주병(靑州兵)'이라 이름하고 다른 사람은 모두 돌아가 농사를 짓도록 했다.

이후로 조조의 이름은 나날이 유명해졌으며, 그런 사실이 장안에 널리 알려지니 조정에서는 그를 진동장군(鎭東將軍)으로 봉했다.

조조가 연주에 있으면서 널리 현사(賢士)들을 모집하니, 먼저 숙질간인 두 명의 현사가 찾아왔다.

한 사람은 순욱(荀彧)으로 자를 문약(文若)이라 했다. 영주(潁州) 영음현(潁陰縣)에 사는 순곤(荀昆)의 아들로, 전에는 원소의 아래에 있다가 원소를 버리고 조조를 찾아왔다.

조조는 기쁨을 감추지 못하고,

"그대는 나에게 한고조 유방(劉邦)을 도운 장자방(張子房)과 같은 분이오"

라고 칭찬하며 그에게 행군사마(行軍司馬)의 벼슬을 주었다.

또 다른 한 사람은 순욱의 조카인 순유(荀攸)로, 자는 공달(公達)이라 하였다. 일찍이 해내명사(海內名士)의 한 사람으로 황문시랑(黃門侍郞)을 지낸 적이 있었으나, 벼슬을 버리고 시골로 내려갔다가 숙부와 함께 조조를 찾은 것이었다. 조조는 순유에게는 행군교수(行軍敎授)의 직을 내렸다.

순욱이 어느 날 조조에게 아뢰었다.

"연주에 어떤 선비 한 분이 계셨는데, 지금은 어디에 계시는지 모르겠습니다."

조조는 그가 누구냐고 물었다.

"그는 동군의 동아(東阿) 사람으로 자는 중

순욱의 상
《貫華堂三國志演義》에서

덕(仲德)이요, 이름은 정욱(程昱)이라 합니다."

"나도 전에 그 이름을 들은 것 같소."

조조는 즉시 사람을 보내어 수소문하도록 했다. 가까스로 정욱의 처소를 찾았을 때, 정욱은 산속에서 공부하고 있었다. 그를 뵙고자 하는 조조의 뜻을 전하니 정욱은 산에서 내려와 조조를 만났다. 조조는 더없이 기뻐했다.

정욱은 순욱에게 한 사람을 천거했다.

"나는 견문이 좁고 부족한 몸입니다. 공과 동향 사람으로 자를 봉효(奉孝), 이름을 곽가(郭嘉)라고 하는 당대의 현사가 있는데 왜 그를 모시지 않으십니까?"

이에 순욱은 번뜩 곽가를 생각해냈다.

"어찌 내가 그를 잊었던고!"

순욱은 조조에게 곽가의 인물 됨됨이를 이야기하고 곽가를 연주로 불러 천하의 일을 함께 논의했다.

곽가가 다시 광무제(光武帝)의 적손으로 회남(淮南) 성덕(成德)에 사는 유엽(劉曄)을 천거했다. 유엽의 자는 자양(子陽)이었다.

조조가 유엽을 초빙하니 유엽은 또 두 사람의 현사를 천거했다. 그 한 사람은 산양(山陽) 창읍(昌邑)에 사는 만총(滿寵)으로 자를 백령(伯寧)이라 했고, 또 한 사람은 무성(武城)에 사는 여건(呂虔)으로 자를 자각(子恪)이라 했다.

조조도 그들의 이름을 들어 잘 알고 있던 터인지라 즉각 그들을 초빙하여 군중종사(軍中從事)로 삼았다.

만총과 여건이 또 한 사람의 현사를 천거하니, 그는 진류(陳留) 평구(平丘) 사람으로 자는 효선(孝先)이요, 성명은 모개(毛玠)였다.

그런가 하면 태산(泰山)의 거평(鉅平) 사람 우금(于禁)이라는 장수는 수백 명의 휘하 군사를 거느리고 조조에게 투항해왔다.

조조는 우금의 활 쏘기와 말 부리는 솜씨가 뛰어남을 보고 즉각 점군사마(點軍司馬)에 명하였다.

어느 날 하후돈이 체격이 장대한 장수 한 명을 데리고 조조를 찾아와 소개했다.

《繡像全圖三國演義》에서

 "이 사람은 진류 사람으로 전위(典韋)라 하는데, 힘이 특출한 자입니다. 전에는 장막(張邈)의 휘하에 있었으나, 다른 부하들과 뜻이 맞지 않아 수십 명을 때려죽이고 산으로 들어가 숨어 지내고 있었습니다. 제가 어느 날 사냥을 나갔다가, 이 사람이 호랑이를 쫓아 냇물을 건너뛰는 것을 보고 데려다가 군중(軍中)에 두었는데, 지금 특별히 공께 천거하는 바입니다."
 "내가 보기에도 용모가 출중하구려. 분명히 힘이 뛰어나 보이오."
 "언젠가는 그가 친구의 원수를 갚아주려고 어떤 사람을 죽여 피가 줄줄 흐르는 머리를 들고 시장판을 질주했으나, 어느 한 사람 그의 앞에 나서는 자가 없었습니다. 지금 그가 쓰고 있는 양지창(兩枝創)은 무게가 80여 근이나 됩니다. 그는 그것을 말 위에서 자유자재로 휘두를 수 있는 장사입니다."

조조는 즉시 그의 힘을 시험했다. 전위는 바로 그 양지창을 들고 비호처럼 말을 몰며 허공에다 휘둘렀다.

그 때였다. 회오리바람에 진지 아래에 세워둔 커다란 기가 넘어지는 것을 보고, 모여 있던 군사들이 일제히 달려나와 그 기를 바로잡으려 했으나 커다란 깃대는 끄떡도 하지 않았다. 그런데 전위가 말에서 내려와 군사들을 꾸짖고 한손으로 커다란 깃대를 바로잡으니, 깃대는 조금도 움직이지 않고 꼿꼿이 서 있었다.

"과연 옛날 은나라 때의 악래(惡來)와 같은 장사로구나!"

조조는 이렇게 감탄하며 그를 장전도위(帳前都尉)의 자리에 앉히고 조조 자신이 입고 있던 비단옷을 하사하고 좋은 말과 안장도 주었다.

조조 일가의 몰살

이렇게 여러 참모들과 맹장들이 조조의 휘하에 몰려드니 산동 지방은 모두 조조의 손아귀에 들어가게 되었다. 조조는 태산 지방의 태수 응소(應邵)를 낭야(琅琊)로 보내어, 난을 피해 숨어 있던 부친 조숭을 모셔오도록 했다.

아들 조조의 글월을 받은 조숭은 작은아들 조덕(曹德)을 비롯하여 가족 40여 명과 하인배 100여 명을 100여 대의 수레에 태우고 연주를 향하여 길을 떠났다.

서주 자사 도겸(陶謙)은 전부터 조조와 가까이하려 했으나 길이 없어 고민하고 있었는데, 마침 조조의 부친이 그 곳을 지난다는 말을 듣고 성 밖까지 나와서 영접해드리고 이틀 동안이나 연회를 베풀어 후대하였다.

조숭이 다시 출발할 무렵, 도겸은 친히 성 밖까지 일행을 전송하고 휘하의 도위 장개(張闓)에게 명하여 500여 명의 병사를 거느리고 잘 호송하도록 특별히 일렀다. 도겸은 성품이 온후하고 신의가 돈독하였으며 자를 공조(恭祖)라고 했다.

조숭이 일행을 거느리고 화비(華費) 지방에 이르니, 이 때 여름은 가고 초가을이었는데 갑자기 소나기가 퍼붓기 시작하여, 이를 피하기 위해 할 수 없이 어느 낡은 절에서 쉴 수밖에 없었다.

중들은 조숭의 일행만 안으로 불러 편히 쉬게 하고 장개에게는 군사들을 거느리고 바깥 회랑에 머물게 했다. 주룩주룩 내리는 소나기에 옷이 젖은 군사들은 불평불만이 대단했다. 장개가 부하 두목 몇몇을 은밀한 곳으로 불렀다.

"원래 우리들은 황건적이었다. 지금은 할 수 없이 도겸의 휘하에 들어 있지만 좋은 대접을 받고 있는 것도 아니다. 지금 조숭 일행의 짐이 100여 수레나 되니 그것을 손아귀에 넣기만 한다면 부귀를 누릴 것은 당연한 일이다. 그러니 오늘 저녁 삼경에 우리가 조숭의 일족을 모조리 죽여버리고 재물을 빼앗아 산으로 들어가 동고동락하는 게 어떤가?"

모두 찬성했다.

그 날 밤은 유난히 바람이 불었고 비도 억수같이 쏟아졌다. 조숭이 잠자리에 들지 않고 정좌하고 있는데 난데없이 사방에서 고함 소리가 크게 들려왔다.

조덕은 바깥 동정을 살피려고 칼을 차고 나왔다가 장개 일당에게 칼을 맞고 거꾸러졌다.

조숭은 이러한 황망중에도 첩 하나를 거느리고 뒷문으로 빠져나가 담을 넘어 달아나려고 했다. 그러나 첩이 너무 살이 쪄서 도저히 담을 뛰어넘을 수가 없었다. 조숭은 급한 김에 첩을 이끌고 변소로 몸을 피했으나, 달려온 병사들에 의하여 처참하게 죽고 말았다.

응소는 간신히 목숨을 건져 원소에게로 도망쳤다.

장개는 조숭의 일행을 모조리 잡아죽이고 재물을 송두리째 빼앗은 후, 절에 불을 지르고 500여 부하를 거느리고 회남 땅으로 달아났다.

훗날 그 때의 참상을 아래와 같은 시로 적어 회상하고 있다.

조조는 세상이 자랑하는 영웅인데　　　　　　　　曹操奸雄世所誇
일찍이 여백사의 전가족을 몰살하더니　　　　　曾將呂氏殺全家
지금은 어찌 살해당함을 막지 못했는가.　　　　如今闔戶逢人殺
천리의 순환에 인과응보는 잘못됨이 없도다.　　天理循環報不差

　응소의 부하 중에서 간신히 목숨을 건진 군사가 그간의 사실을 조조에게 알렸다. 조조는 땅을 치며 통곡하다가 그만 졸도하고 말았다. 부하들이 급히 달려들어 일으키니 조조는 이를 갈며 말했다.

조조의 복수

　"도겸이란 놈이 부하들을 충동질하여 내 아버님을 죽이다니, 아들로서 이 원수를 갚지 않고는 하늘을 보지 못하리라. 당장 군사를 일으켜서 서주를 휩쓸고 한을 풀고야 말겠다."
　이리하여 조조는 순욱과 정욱에게 군사 3만을 주어 견성(鄄城)·범현(范縣)·동아(東阿) 3현(縣)을 지키게 하고 스스로는 나머지 군사를 이끌고 서주를 향하여 말을 달렸다. 선봉은 하후돈·우금·전위 세 장수가 맡았다.
　행군 중에 조조는 영을 내려 점령한 성 안에 있는 백성을 모조리 잡아죽여 자기 아버지의 원수를 갚고자 했다.
　이 때 구강(九江) 태수 변양(邊讓)은 서주 자사 도겸과 교분이 두터웠으므로, 서주가 조조의 군사들에 의해 위기에 처하였다는 소식을 듣고 군사 5천을 거느리고 달려왔다. 이러한 소식을 전해 들은 조조는 노발대발하며 하후돈을 시켜 서주로 오는 변양을 도중에서 죽여버렸다.
　때마침 동군종사(東郡從事)로 있던 진궁 역시 도겸과 교분이 두텁던 차에 조조가 군사를 일으켜 서주의 백성들을 몰살하려 한다는 말을 듣고, 밤낮을 가리지 않고 말을 달려 조조를 찾게 되었다.
　조조는 진궁이 도겸을 위하여 세객(說客)으로 온 것을 알고 그를 만나려 하지 않았다. 그러나 지난날의 은혜――조조가 동탁을 죽이려다 탄로가 나서 도망칠 때, 진궁은 그를 잡지 않고 살려주었다——를 저버릴 수 없어 진중으로 그를 불러 만났다.

먼저 진궁이 입을 열었다.

"듣자 하니 공께서는 대군을 이끌고 돌아가신 춘부장의 원수를 갚기 위하여 서주에 오셔서 죄 없는 백성들을 모조리 죽이려 한다기에 공께 긴히 드릴 말씀이 있어 이렇게 왔습니다. 도겸은 어진 사람으로 결코 사사로운 이익을 위하여 의리를 저버릴 사람이 아닙니다. 춘부장께서 화를 입으신 것은 장개의 소행이지 결코 도겸의 죄가 아닙니다. 또한 서주의 백성들이 공과 무슨 원한을 산 적이 있습니까? 공께서 죄 없는 서주 백성들을 함부로 죽이는 것은 결코 상서로운 일이 되지 못하니, 재삼 생각하시고 처리하시기를 바랄 뿐입니다."

"공께서는 전에 나를 버리고 떠나시더니 이제 무슨 면목으로 나를 다시 찾으셨소? 도겸은 우리 가족을 모조리 죽였소. 내 기필코 그놈을 죽여 간을 꺼내 씹어 이 피맺힌 원한을 풀겠소. 공께서는 도겸을 위하여 나를 설득하러 온 것 같은데, 나는 더 이상 공의 이야기는 듣지 않겠소."

진궁은 할 수 없이 조조에게서 물러서며 한탄했다.

"이제 정말 도겸을 만나볼 면목이 없게 되었구나."

그는 진류 태수 장막이 있는 곳으로 말을 몰았다.

한편 조조의 대군은 이르는 곳마다 죄 없는 백성을 잡아죽이고 심지어 묘까지 파헤치는 만행을 저질렀다.

도겸은 조조가 이같이 군사를 일으켜 죄 없는 백성을 죽이는 만행을 저지르며 서주로 오고 있다는 전갈을 받고 땅을 치며 하늘을 우러러 통곡했다.

"내가 하늘에 죄를 지었기에 내가 다스리는 백성들이 이렇게 큰 재앙을 당하는구나!"

그는 급히 참모들을 불러서 대책을 협의했다.

먼저 조표(曹豹)가 자기의 의사를 말했다.

"이미 조조의 군사가 예까지 당도했는데 그냥 앉아서 죽을 수는 없는 일이 아닙니까? 제가 비록 불민하지만 태수님을 도와 조조의 군사를 격파하겠습니다."

도겸은 조표의 의견에 따라 군사를 이끌고 나갔다.

멀리 바라보니 조조의 군사가 마치 눈사태가 난 것처럼 쏟아져 들어오고 있었다. 그들은 커다란 백기를 들고 있었는데, 거기에는 원수를 갚겠다는 뜻의 '보수설한(報讐雪恨)'이란 네 글자가 커다랗게 씌어 있었다. 그들의 군마는 전열을 가다듬어 위세가 당당했으며, 조조는 말을 타고 소복을 입은 채 선두에 서서 채찍을 휘두르며 큰소리로 외치고 있었다.

도겸도 역시 문기(門旗) 앞으로 달려나와 말을 탄 채 예를 갖추고 말했다.

"나 도겸은 공과 교우를 맺고자 하던 터였으므로 장개로 하여금 공의 부친을 호위하라고 부탁했었소. 그러나 생각지도 않은 불상사가 발생했구려. 사실 이 몸은 아무 죄도 없으니 공께서는 현명하게 판단하여 주기 바라오."

"저 늙은 놈이 우리 부친을 살해하고서도 저따위 망발을 하는구나. 누구 저놈을 사로잡을 사람은 없느냐?"

조조의 노한 음성이 터져 나오자 하후돈이 말을 몰아 내달았다.

도겸은 허겁지겁 성 안으로 들어갔다.

하후돈이 재빠르게 말을 몰아 쫓아오니 조표가 창을 들고 나왔다. 두 장수가 서로 맞닥뜨려 싸우는데, 갑자기 광풍이 불어닥쳐 모래가 날리고 돌이 구르는 바람에 양편의 군사는 할 수 없이 물러설 수밖에 없었다.

도겸은 성 안으로 들어와 다시 참모들을 불러 협의했다.

"조조의 군사는 워낙 숫자가 많아 당해낼 도리가 없소. 그러니 이제 내 발로 조조의 진영에 들어가 내 한 목숨을 버려 죄 없는 서주의 백성들을 구할까 하오."

도겸의 말이 채 끝나기도 전에 난데없이 누군가가 불쑥 나타나서 말했다.

"그건 안 됩니다. 공께서는 오랫동안 서주를 잘 다스렸으므로 서주의 백성들은 모두 공의 은혜에 깊이 감사하고 있습니다. 지금 조조의 군사가 제 아무리 많다고 하더라도 쉽사리 우리 성을 쳐부술 수는 없을 것입니다. 비록 이 몸이 특별한 재주는 없다고 하지만 따로이 계책을 써서 조조로 하여

금 죽어도 장사지낼 땅조차 없도록 하겠습니다."

  이 당돌한 말에 모두가 놀라 그 계책이 무엇이냐고 반문했다.

  이는 참으로 교분을 맺으려다 원한을 산 격이요, 막다른 골목에서 살길을 찾는 격이다.

  과연 이 극적인 이야기를 한 주인공은 누구일까?

11. 두각을 나타낸 유현덕

유황숙북해구공융 　 여온후복양파조조
劉皇叔北海救孔融 　 呂溫侯濮陽破曹操

유현덕은 공융으로부터 구원을 요청받고, 여포
와 조조는 복양에서 싸움을 벌이다.

북해의 공융

　자원하여 계책을 밝힌 사람은 동해의 구현(朐縣) 사람 미축(麋竺)으로, 자를 자중(子仲)이라 했다.
　그는 대대로 부호인 집안에서 태어났으며 그 역시 낙양을 오가며 장사를 했다. 어느 날 그가 수레를 몰고 돌아가던 중, 길거리에서 어떤 어여쁜 귀부인을 만났다. 귀부인이 수레에 동승시켜 달라고 부탁하기에 미축은 그 귀부인을 수레에 태우고 자기는 걸어갔다. 그런데 귀부인이 함께 수레를 타고 가자고 말해왔으므로, 거절할 수 없어 수레에 같이 타긴 했지만 미축은 조금도 그녀에게 시선을 빼앗기지 않았다.
　얼마쯤을 가다가 작별할 무렵에 그 귀부인은,
　"저는 남방의 화덕성군(火德星君)이라는 별인데 옥황 상제의 뜻을 받들어 그대의 집을 불태우러 가는 길입니다. 그러나 그대의 예의바름에 감탄하여 이 사실을 알려드리니 귀가하는 즉시 재물을 구해내십시오. 나는 오늘 밤 안으로 그대의 집에 가겠습니다"
라고 말하며 홀연히 사라지고 말았다.

　미축은 깜짝 놀라 날듯이 집에 도착하여 소장하고 있던 값진 재물들을 끄집어냈다. 한밤중이 되니 과연 부엌에서 불길이 치솟아 가옥이 전부 타버렸다.

　그 후 미축은 재산을 풀어 불쌍한 사람을 도와주었다. 후에 이 소식을 들은 도겸이 미축을 초빙하여 별가종사(別駕從事)의 직을 내렸던 것이다.

　미축은 그의 계책을 이렇게 설명했다.

　"북해(北海) 사람으로 나의 친구인 공융(孔融)에게 원병을 청하고 또한 청주에 사는 전해(田楷)에게도 원병을 청하겠습니다. 만일 북해·청주 두 곳에서 원병이 달려온다면 조조의 군사는 필히 물러가고 말 것입니다."

　도겸은 미축의 계책을 듣고 2통의 편지를 써서, 먼저 진등(陳登)으로 하여금 청주의 전해에게 가져다 주도록 하고, 북해에는 미축을 보낸 후 친히 군사를 이끌어 성을 굳게 지키고 조조 군의 공격에 대비했다.

　그럼 공융은 어떤 사람인가? 그는 자를 문거(文擧)라 하였으며 노(魯)나라 곡부(曲阜) 사람으로, 공자의 20대 손이며 태산도위(泰山都尉) 공주(孔宙)의 아들이다.

　그는 어려서부터 총명하기가 이를 데 없었다. 그가 열 살 때에 하남윤(河南尹) 이응(李膺)을 찾아갔다가 문지기가 거절하자 한 가지 꾀를 냈다. 공융은,

　"우리 공씨와 이씨는 예로부터 잘 아는 처지이니 염려 말고 나를 들여보내 주시오"

하고 들어가 이응을 뵈었다. 이응이 공융을 맞으며 물었다.

　"어찌하여 너의 조상과 우리 조상이 친교가 있었다는 말이냐?"

　"일찍이 우리 조상 공자께서는 이씨 가문의 노자(노자의 본명은 李耳임)와 '예(禮)'에 대한 문답을 주고받으셨으니, 이것이 바로 우리 집안과 사도 가문과의 세교(世交)가 되지 않습니까?"

　이응은 이 말을 듣고 그를 기특한 아이라고 생각하지 않을 수 없었다. 바로 그 때 대중대부(大中大夫) 진위(陳煒)가 이응을 방문하였다. 이응은 같

이 있던 공융을 가리키며 기특한 아이라고 소개했다.

"어려서 영리하다고 반드시 자라서 큰 그릇이 되는 것은 아니다."

진위가 이렇게 말하자 어린 공융이 이 말을 받았다.

"그렇게 말씀하시는 것을 보니 어르신께서는 틀림없이 어렸을 때 영리하셨겠습니다."

그러자 진위는 껄껄 웃으며,

"이 소년은 자라면 분명히 큰 그릇이 되겠구먼……"

하고 칭찬했다고 한다.

그 후 소년 공융은 차차 명성을 날리더니 자라서 중랑장이 되었으며 점점 승진하여 북해 태수의 직에까지 올랐다. 공융은 자기를 찾아오는 손님을 맞이하는 것을 즐겼다.

"내가 있는 곳에 나를 찾는 손님이 끊이지 않고, 술독에는 술이 비지 않는 것만이 오직 내 소원이오."

그는 평소에 이렇게 말하곤 했다. 그는 북해 태수의 직에 있던 6년 동안 백성들로부터 인심을 많이 얻었다.

어느 날 공융이 벗들과 어울려 담소를 즐기고 있는데 서주에서 미축이 왔다는 전갈을 받았다. 공융은 어인 일로 이렇게 찾아왔느냐고 반기며 물었다.

미축은 도겸의 서한을 꺼내 보이며 말했다.

"조조가 성을 포위하고 공격하려 하므로 도움을 얻을까 하여 왔습니다."

"나와 도겸은 조상 때부터 친교가 있었소. 더욱이 미축 공께서 예까지 친히 오셨으니 어찌 아니 가겠소. 다만 나와 조조는 아무 원한도 없으니 먼저 조조에게 서한을 보내어 화해를 구해보겠소이다. 만일 그에 응하지 않으면 그 때에 군사를 일으키도록 합시다."

"조조는 자기 군사의 위력을 믿고 결코 화해하려 하지 않을 것입니다."

공융의 상
《貫華堂三國志演義》에서

공융이 한편으로는 군사를 재편성하고 다른 한편으로는 조조에게 서신을 보내려고 상의할 무렵, 관해(管亥)가 황건적의 잔당 수만 명을 거느리고 물밀듯 쳐들어온다는 놀라운 소식이 전해져 왔다.

이 소식을 들은 공융은 즉시 군사를 정비하여 성을 나가 황건적을 맞아 싸웠다.

관해가 말을 달려 앞으로 나와 말했다.

"나는 북해에 양곡이 풍부히 있다는 말을 듣고 여기까지 왔다. 우리에게 양곡 1만 석만 준다면 즉시 군사를 이끌고 물러갈 것이나, 우리의 요구를 거절한다면 우리는 성곽을 부수고 강둑을 헐어 남녀노소를 가리지 않고 모조리 죽이고 말겠다."

공융은 노하여 소리쳤다.

"나는 한나라의 신하로 한나라 땅을 지키고 있다. 설령 양곡이 남아난다고 한들 어찌 너희 도적 떼에게 주겠느냐!"

관해는 노하여 공융을 잡아죽이려고 칼을 휘두르며 말을 달렸다. 이에 공융 휘하의 장수 종보(宗寶)가 창을 잡고 말을 달려 맞아 싸웠으나, 관해가 휘두르는 칼에 맞아 말에서 나뒹굴어 떨어졌다. 공융의 군사는 뿔뿔이 흩어져 성 안으로 달아나기에 바빴다.

관해의 군사가 사면으로 나뉘어 성을 포위하니, 공융의 마음은 우울했고 미축도 깊은 수심에 빠진 것은 말할 필요도 없었다.

다음날 공융은 성루에 올라 내려다보니 황건적의 숫자가 어마어마하여 더욱 마음이 우울하고 괴로웠다. 이 때 성 밖으로부터 한 장수가 홀연히 나타나 창을 비껴 들고 말을 달려 좌충우돌, 문자 그대로 무인지경을 달리듯 하여 성문에 이르렀다.

"문 열어라!"

공융은 그 장수가 누구인지 몰랐기 때문에 감히 성문을 열 수가 없었다. 그 장수가 성문 밖에서 서성이고 있는 동안 적도들은 성 둘레에 파놓은 연못의 둑에까지 이르렀다. 그러나 그 무사는 훌쩍 말 머리를 돌려 눈깜짝할 사이에 수십 명을 죽이니 적도들은 무서워 모두 달아났다.

공융은 급히 성문을 열고 그 장수를 맞았다. 장수는 말에서 내려 창을

《繡像全圖三國演義》에서

내려놓고 성 위에 올라서서 공융에게 예를 올렸다.

공융도 답례하며 누구냐고 물었다.

"저는 동래(東萊)의 황현(黃縣) 사람으로 태사자(太史慈)라고 합니다. 자는 자의(子義)입니다. 저의 늙으신 노모께서 공의 신세를 많이 졌다는 말을 들었습니다. 저는 어제 모친을 뵈려고 요동에서 돌아오는 길에 황건적들이 쳐들어와 난리가 났다는 말을 들었습니다. 그러자 모친께서 저에게, '내가 수차에 걸쳐 그분의 큰 은혜를 입었으니 빨리 가서 그분을 구해드려라'고 말씀하셔서서 이렇게 말을 몰아 달려왔습니다."

공융은 태사자의 말을 듣고 기쁨을 감추지 못했다. 비록 태사자와 만난 적은 없었지만 그의 뛰어난 용맹심은 이미 들어 알고 있던 터였다.

태사자가 멀리 나가 있었으므로 성문 밖 20여 리에 있던 태사자의 노모는 생활이 여간 곤란하지가 않았다. 그리하여 공융은 그 때마다 사람을 보내어 먹을 것과 입을 것을 전해주었다. 태사자의 노모는 그 때 입은 공융의 은덕을 못 잊어 아들을 보내어 공융을 돕게 했던 것이다.

공융은 태사자에게 갑옷과 준마, 안장 등을 주며 후히 대접했다.

태사자가 고개를 숙여 청했다.

"저에게 정예 군사 1천여 명만 주신다면 성 밖으로 나아가 적도들을 물리치겠습니다."

"그대가 비록 용감하다고는 하지만 지금 적도들의 세력이 굉장하니 경솔히 나가서는 안 될 걸세."

"아닙니다. 저의 모친께서 사도님의 두터우신 은덕을 입으셨기에 저를 보내신 것입니다. 만약 제가 적을 물리치지 못한다면 무슨 면목으로 모친을 다시 뵈올 수 있겠습니까? 싸우다 죽는 한이 있더라도 나가 싸우겠습니다."

"나는 유현덕이란 분이 당대의 영웅이라는 소문을 들은 바 있소. 만약 그분께서 오시면 저들을 물리칠 수 있으리라 생각하는데, 이 판국에 보낼 만한 마땅한 사람이 없소."

그러자 태사자가 자원했다.

"공께서 서신만 내려주신다면 제가 당장 달려갔다 오겠습니다."

공융은 기뻐하면서 그에게 서신을 써주었다.

태사자는 갑옷을 입고 말 위에 올랐다. 그는 허리에는 활을 손에는 창을 들고 음식도 배부르게 먹는 등, 무장을 단단히 하고 성 밖으로 말을 몰았다.

성 밖 연못 둑에 있던 황건적들이 떼지어 달려들었으나, 태사자는 여러 놈을 때려눕히고 포위망을 뚫고 나갔다. 적장 관해는 성 안에서 사람이 나오는 것은 필시 구원병을 청하러 가는 것이 틀림없다고 생각하고, 급히 수백의 기마병을 이끌고 사방팔방으로 태사자를 포위했다.

태사자도 이에 질세라 창을 말안장에 걸고 활을 빼어 당기니 그 족족 적도들은 말 위에서 나뒹굴었다. 결국 그들도 개미 떼처럼 흩어질 수밖에 없었다.

포위망을 뚫은 태사자는 그 날 밤 안으로 말을 달려 평원에 이르러 유현덕을 알현하게 되었다.

유현덕의 출동

그는 예를 갖추어, 북해 태수 공융이 황건적에 포위되어 곤경에 빠졌으니 구원을 요청한다는 말과 함께 공융이 써준 서찰을 올렸다.

현덕이 공융의 서찰을 받아본 후에 태사자에게 물었다.

"그대는 누구시오?"

"이 몸 태사자는 동해에 사는 사람입니다. 공융과는 피를 나눈 친척도 아니요, 같은 고향 사람도 아니지만 의기투합하여 어려움을 당하면 서로 근심을 나누는 사이입니다. 지금 적도 관해가 북해를 포위하고 있어 북해성의 함락이 눈앞에 이르렀습니다. 사도께서는 어질고 의로우신 분으로 소문이 자자하십니다. 그런 까닭에 죽음을 무릅쓰고 포위망을 헤치고 달려와 사도께 구원을 청하는 바입니다."

유현덕은 그 말이 고마웠다.

"북해의 공융이 이 세상에 아직 유현덕이 살아 있다는 것을 알다니!"

유현덕은 관운장·장비와 함께 정병 3천을 거느리고 북해를 향하여 말을 달렸다.

적장 관해는 원병이 달려오는 것을 보고 스스로 부하들을 이끌고 맞아 싸웠다. 그는 유현덕의 군사가 예상 외로 적은 것을 보고 코웃음을 쳤다.

현덕은 관운장·장비·태사자를 대동하고 선진에 나섰다. 관해도 질세라 분함을 누르지 못하고 싸우러 나섰다.

태사자가 말을 달려 상대하려는 것을 관운장이 앞질러서 관해를 막았다. 말과 말이 서로 맞닥뜨리는 순간, 양편의 군사는 천지를 뒤흔들 듯 함성을 질렀다. 하지만 어찌 관해 따위가 관운장을 맞아 싸울 수 있으랴.

11. 두각을 나타낸 유현덕   217

유현덕은 공융으로부터 구원을 요청받고, 《繡像全圖三國演義》에서

 수십 합을 싸우다 관운장의 청룡도가 하늘에 번뜩 빛을 발하는 순간, 관해의 머리채는 말 아래로 나뒹굴었다. 이 때를 맞추어 태사자·장비가 말을 달려나가 창을 휘두르니, 적도들은 짚단 쓰러지듯 쓰러졌다. 유현덕도 군사를 몰아 적도들을 이 잡듯 잡아죽였다.
 한편 성문 위에서 바라보던 공융은, 태사자가 관운장·장비와 함께 마치 양 떼 속에 뛰어든 호랑이처럼 이리 뛰고 저리 뛰며 적도들을 죽이는 것을 목격하고 역시 군사를 이끌고 성 밖으로 나왔다.
 양쪽에서 협공을 당한 적도들은 크게 패하여, 항복하는 자는 그 수를 헤아릴 수 없었으며 나머지는 쥐새끼 흩어지듯 달아나고 말았다.
 공융은 유현덕 일행을 성 안으로 맞아들여 예를 올리고 크게 잔치를 베풀었다.
 이 자리에 미축도 나와서 유현덕을 뵈었다. 미축은 현덕에게 장개가 조숭을 죽이게 된 이야기며, 그로 인하여 조조가 지금 군사를 일으켜 서주를 포위하고 있다는 이야기, 원병을 청하러 왔다는 이야기 등을 설명했다.

이야기를 들은 현덕은,

"도겸 공께서는 어진 군자이신데 이렇게 불의에 터무니없는 누명을 쓰시게 되다니요……"

하고 그를 위로했다.

옆에 있던 공융이 유현덕에게 물었다.

"공께서는 한실의 종친이십니다. 지금 조조는 자기 군사의 힘만 믿고 백성들을 괴롭히며 갖은 악행을 저지르고 있습니다. 공께서는 저와 함께 도겸을 도와드릴 의향이 없으신지요?"

유현덕은 자신의 입장을 밝히지 않을 수 없었다.

"변명이 아니라 실은 휘하에 군사가 얼마 안 되어 경거망동할 수가 없습니다."

"제가 도겸을 도우려 한 것은 다만 옛 친구의 정리만을 위한 것이 아니라 대의를 위해서였습니다. 공께서도 대의를 기둥삼아 한번 움직여보심이 어떠한지요?"

유현덕은 더 이상 거절할 수가 없었다.

"정 그러시다면 먼저 문거(文擧)로 가십시오. 저는 공손찬에게 들러 4, 5천의 군사를 빌려서 뒤를 따르겠습니다."

"신의를 배반해서는 안 됩니다."

공융이 현덕에게 다짐해 말했다.

유현덕은 좀 불쾌해졌다.

"공께서는 저를 어찌 보시고 하시는 말씀인지요? 옛 성인이 말하기를, '자고로 죽음은 항시 있게 마련이요, 신용이 없는 인간일 수 없다'고 했습니다. 제가 공손찬에게서 군사를 얻든 못 얻든 간에 달려가겠습니다."

공융은 현덕과 약속한 후, 먼저 미축을 서주로 보내고 자기는 군사를 이끌고 서주로 향할 준비를 했다.

그 때서야 태사자가 공융에게 작별 인사를 했다.

"저는 모친의 명을 받들어 이렇게 달려왔으나, 이제 다행히 근심거리가 사라지게 되었습니다. 고향 사람인 양주 자사 유요(劉繇)가 저에게 글월을 보내어, 오라고 했으니 아니 가볼 수 없습니다. 떠남을 용서하십시오. 다시 뵙기로 하겠습니다."

공융은 황금과 비단을 주어 공로를 사례했으나, 태사자는 이를 거절하고 돌아갔다.

아들 태사자가 돌아왔다는 말을 듣고 그의 노모는 크게 기뻐하며,

"네가 북해 태수님을 위하여 큰 공을 세웠다는 말을 들었다. 참 기쁘구나."

하고 말하며 다시 아들을 양주로 가도록 했다.

공융은 군사를 이끌고 곧 서주로 떠났다.

한편 공융과 작별한 유현덕은 공손찬을 찾아가 서주에서 일어난 일을 이야기하니 공손찬이 걱정하며 말했다.

"조조는 그대와 아무 원한이 없거늘 왜 남의 싸움에 뛰어들어 괴로움을 자초하려 하는가?"

"이미 약속을 한 바이니 신의를 저버릴 수는 없습니다."

"그렇다면 내가 그대에게 군마 2천을 빌려주겠네."

유현덕은 불현듯 조자룡이 생각났다.

"그러시다면 조자룡도 보내주십시오."

공손찬이 쾌히 이를 허락하니 유현덕은 관우·장비와 더불어 선발대에 서서 본부 군사 3천을 거느리고, 조자룡에게는 공손찬이 빌려준 군사 2천을 거느리고 뒤를 따르게 하고 서주로 향하여 말을 달렸다.

한편 급히 서주로 달려간 미축은 도겸에게 북해 태수 공융이 군사를 이끌고 구원하러 오고, 유현덕도 역시 원병을 이끌고 올 것이라고 보고했다.

또한 청주로 원병을 청하러 갔던 진등도 돌아와서, 청주 자사 진해기 흔연히 군사를 거느리고 구원하러 올 것이라고 하자 그 때서야 도겸은 마음이 놓였다.

공융과 전해의 양군은 각기 다른 길로 서주를 향해 군사를 이끌었으나, 조조 군의 용맹에 위축되어 진격을 포기하고 멀리 산을 돌아 진을 쳤다. 한편, 조조도 좌우의 구원병을 보고 함부로 군사를 부릴 수가 없어 서주성을 정면 공격할 수 없었다.

이 때, 유현덕이 군사를 이끌고 공융을 찾았다.

유현덕을 맞은 공융이 충고했다.

"조조의 군사는 그 어느 때보다 강력합니다. 더욱이 조조는 전략에 능한 자이니 함부로 경거망동하지 말고 그들을 잘 관찰한 후에 싸움을 하는 것이 좋겠습니다."

"알겠습니다. 그러나 군량이 없으면 싸움에 이길 수 없으니, 관운장과 조자룡에게 4천의 군사를 주어 공의 휘하에서 공을 돕도록 하고, 나는 장비와 더불어 조조의 진을 뚫고 성 안으로 들어가 도겸과 뒷일을 상의하겠습니다."

유현덕의 이 말에 공융은 만족해 하며 전해와 협의하며 군사를 좌우로 나누어 적과 대치시키고, 관운장과 조자룡으로 하여금 군사를 거느리고 두 편의 연락을 취하도록 했다.

이날 유현덕은 장비와 함께 1천의 군마를 거느리고 조조의 진지를 향하여 쳐들어갔다. 그런 와중에 조조의 진지에서 갑자기 북소리가 요란스럽게 울리더니 기마병과 보병들이 물밀듯 밀려나와 맞아 싸웠다.

선두에 나서서 그들을 지휘하는 한 장수가 있었으니 조조의 부하 우금(于禁)이었다. 우금이 말을 달려 앞으로 치달으며 소리쳤다.

"도대체 어디서 온 미친놈들이기에 이곳을 지나려 하느냐?"

말이 떨어지기도 전에 장비가 말을 몰아 우금에게 덤벼들었다. 그들이 그처럼 싸우는 사이, 유현덕은 군사를 이끌고 쌍고검을 휘두르며 치달렸다.

불리함을 깨달은 우금은 말을 몰아 달아났다. 장비는 달아나는 적도들의 뒤를 쫓아 닥치는 대로 잡아죽이며 서주성까지 밀고 들어갔다.

조조가 물러가다

한편 성 위에서 그들을 내려다보던 도겸은 붉은 깃발에 흰 글씨로 쓰여진 '평원 유현덕'이란 글씨를 보고 곧 성문을 열어 현덕을 맞아들였다.

현덕이 성 안으로 들어서니 도겸은 친히 현덕을 맞아 예를 갖추고 크게 잔치를 베풀어 노고를 치하했다. 도겸은 비록 현덕을 만나는 것은 처음이지만 그의 의표(儀表)가 뛰어나고 사람 됨됨이나 행동거지가 훌륭함을 보고 내심 기뻐했다. 도겸은 미축에게 명령하여 서주목(徐州牧)의 관인을 가져오게 하였다. 서주목의 벼슬자리를 자기 대신 현덕에게 내주려 했던 것이다.

현덕은 깜짝 놀라며 사양했다.

"공께서는 어이하여 이러시는 겁니까?"

"지금 천하는 소란스럽고, 왕실의 기강이 무너진 지도 오래입니다. 공께서는 왕실의 종친이시고 게다가 사직을 구하실 역량도 지니셨습니다. 저는 이제 나이도 들고 무능한 몸이니, 공께서 서주를 맡아 다스려주시기를 간절히 바랄 뿐입니다. 저는 곧 조정에 표문(表文)을 올리겠습니다."

현덕은 몸가짐을 바로잡고 재배하며,

"이 유비, 비록 한실의 후예이기는 하지만 쌓은 공도 보잘것없고 덕 또한 없는 몸입니다. 제가 평원상이 된 것도 과분한 일이요, 여기 온 것 역시 오직 대의를 위함일 뿐입니다. 공께서 그런 말씀을 하심은 이 유비의 진심을 바르게 이해하지 못한 때문이 아닙니까? 제가 그런 생각을 갖고 여기에 왔다면 하늘이 절 돕지 아니할 것입니다"

하고 말했다.

"아닙니다. 저는 오직 진심을 말했을 뿐입니다."

그러나 유현덕은 오직 굳게 사양할 뿐이었다.

이렇게 두 장수가 서로 서주 자사 자리를 놓고 사양하니 옆에 있던 미축이 진언했다.

"지금 조조의 군사들이 성 아래에 임해 있으니 먼저 적병을 물리칠 일을 의논하시고 그들을 평정한 후에 다시 상의하시는 것이 좋겠습니다."

현덕이 이 말에 고개를 끄덕이며 말했다.

"우선 제가 조조에게 글월을 띄워 화해하기를 권하겠습니다. 만일 조조가 듣지 않는다면 그 때는 군사를 몰아 저들을 쳐부수기로 합시다."

유비의 제안에 도겸과 미축도 찬성했다.

한편 조조가 휘하의 여러 장수들을 불러 서주성을 공략할 계책을 세우고 있던 중 서주에서 전서(戰書)가 왔다는 전갈이 왔다.

조조가 전서를 받아 펼쳐보니 그것은 바로 유비의 글이었다.

관외(關外)에서 한 번 공의 얼굴을 뵈온 후, 천하가 이토록 어지럽게 되어 자주 뵙지 못했습니다.
지난번 공의 부친께서 뜻밖의 변을 당하게 된 것은 바로 황건적의 도당인 장개의 어리석음 때문이요, 결코 도겸의 잘못이 아닙니다. 요즈음 황건적의 잔당들은 외곽에서 소란을 피우고, 죽은 동탁의 무리들은 안에서 그들의 세력을 다시 펴고 있습니다.
하오니 공께서는 먼저 조정을 구하시고 사사로운 원수는 뒤로 돌리시어 서주의 군사를 거두셔서 국난을 구하신다면 서주를 위하여 다행한 일이요, 더 나아가 천하를 위하여도 다행한 일이라 생각합니다.

유비의 글월을 다 읽은 조조는 노기등등하여 소리쳤다.
"유비가 어떤 놈이기에 감히 나에게 이런 글월을 올린단 말이냐! 건방진 놈이 나를 빈정거리려 드는구나!"
조조는 역정을 버럭 내며, 편지를 가져온 사람을 목베어 죽이고 군사를 동원하여 서주성을 공격할 것을 명했다.
그러자 부하 곽가가 극구 만류했다.
"유비가 먼 곳에서 구원병으로 와서, 먼저 예를 갖추어 공께 글월을 올린 것입니다. 그러니 당장 군사를 일으키지는 아니할 것입니다. 공께서는 먼저 좋은 말로 답서를 내리셔서 그들을 안심시킨 후, 군사를 일으켜 저들을 공격한다면 반드시 승리를 거두실 수 있을 것입니다."
조조는 곽가의 말을 좇아 유비의 사자를 불러 회신을 보내려고 휘하 장수들과 협의했다.
바로 그 때였다.
"큰일났습니다!"
하는 숨가쁜 전갈이 왔다.
조조가 웬일이냐고 묻자, 여포가 연주를 치고 복양으로 진격하고 있다고 했다.

여포는 원래 이각·곽사의 난이 일어나자 그 길로 무관(武關)을 지나 원술에게 갔으나, 원술은 그를 탐탁히 여기지 않고 거절했다. 여포가 할 수 없이 원소의 진지에 찾아드니 원소는 그를 맞아들여 함께 상산(常山) 땅에서 장연(張燕)을 격파했다. 그 후부터 여포는 득의양양하여 원소의 휘하 장수들에게 오만하게 굴어 원소가 여포를 잡아죽이려 하니, 여포는 이를 눈치채고 도주하여 장양(張楊)의 휘하에 들어갔다. 이 때 장안에서 살고 있던 여포의 친구 방서(龐舒)는 여포의 소실 초선을 숨겨두었다가 여포에게 돌려보낸 일이 있었다.

이 사실을 알게 된 이각과 곽사는 크게 노하여 곧 방서를 죽이고 장양에게 편지를 띄워 여포를 죽이라고 충동질했다. 일이 이렇게 되니 여포는 다시 장양의 곁을 떠나 장막의 휘하에 들었다.

바로 이 때, 장막의 아우 장초가 진궁을 데려와 형인 장막에게 소개했다.

장막을 맞아 진궁이 아뢰었다.

"지금 중원 천하는 붕괴되었고, 영웅은 곳곳에서 일어나 천하를 손아귀에 움켜쥐려고 합니다. 공께서 이각·곽사 따위의 통제를 받고 있다는 것은 말이 안 됩니다. 지금 조조는 군사를 이끌고 서주를 치러 갔으니 연주는 텅 비어 있습니다. 이 때를 틈타서 무술이 뛰어난 여포와 더불어 연주를 공략한다면 가히 천하를 손아귀에 넣을 수 있을 것입니다."

이리하여 장막은 여포에게 군사를 주어 연주를 공격하고 이어서 복양까지 진격했다.

오직 견성(鄄城)·동아(東阿)·범현(范縣)만이 조조 휘하의 장수 순욱·정욱의 완강한 저항으로 지켜졌을 뿐, 나머지 땅은 모두 여포가 점령했다. 조인이 몇 번 여포를 맞아 싸웠으나 한 번도 승리하지 못했다.

이렇게 불리한 전황이 날아들자 조조는 크게 당황했다.

"연주가 놈들의 손아귀에 들어간다면 내가 설 곳이 없어지니 먼저 놈들을 박살내야 되겠구나."

옆에 있던 곽가가 입을 열었다.

"공께서는 이번 기회에 유현덕과 우의를 두텁게 맺어 그들의 군사가 돌아간 다음에 연주로 가십시오."

조조는 그럴 듯한 의견이라고 생각하고 즉시 유비에게 회답을 전한 후 다시 진지를 구축하며 군사를 거뒀다. 그리하여 조조에게 갔던 사자는 서주로 돌아와 도겸에게 조조의 회답을 올리며, 이미 조조의 군사는 물러갔다는 사실을 보고했다.

소패를 다스리게 된 현덕

조조가 물러갔다는 말에 도겸은 크게 기뻐하며 공융·전해·관운장·조자룡 등의 장수들을 모아 큰 잔치를 베풀었다.

연회가 무르익자 도겸은 현덕을 청하여 윗자리에 앉도록 하고 여러 사람을 둘러보며 다시 말을 꺼냈다.

"나는 이미 늙었고, 두 아들이 있으나 그들은 나라의 중임(重任)을 맡을 재목이 못 됩니다. 유현덕 공께서는 한 왕실의 후예요, 덕이 높고 재질이 뛰어나 가히 서주를 맡으실 만합니다. 부디 이 늙은이가 좀 쉬면서 병이나 고칠 수 있도록 해주시기 바랍니다."

유현덕이 당황한 얼굴로 이렇게 말했다.

"북해 태수 공융께서 저를 이곳에 보낸 것은 오직 대의를 위함이었습니다. 제가 지금 무단히 서주를 점거하게 된다면 세상 사람들이 저를 의리도 모르는 사람이라고 손가락질할 것입니다."

옆에 있던 미축이 유비에게 말했다.

"지금 한나라 왕실은 무너지고 천하는 뒤집혀졌습니다. 사나이로 태어나 큰 뜻을 세울 때는 바로 지금입니다. 이 곳 서주는 기름지고 번성하며 인구는 100만이나 됩니다. 부디 사양치 마십시오."

"저는 결코 이 서주를 맡을 수 없습니다."

현덕은 간곡히 거절했다.

진등(陳登)이 옆에서 유비에게 권했다.

"도겸 공께서는 지금 심한 병중에 계시므로 더 이상 일을 맡아보실 수 없습니다. 하오니 부디 공께서 이곳을 맡아주십시오."

"원술은 4대를 내려오며 정승을 지냈으므로 천하 사람들이 모두 그를 존경하는 터입니다. 그는 지금 여기에서 멀지 않은 수춘(壽春)이라는 곳에 있습니다. 그에게 서주를 맡기면 어떻겠습니까?"

서주를 원술에게 맡기자는 유현덕의 말에 여지껏 입을 다물고 있던 공융이 급기야 입을 열었다.

"원술은 비록 살아 있으나 숨쉬는 송장과 다를 바 없습니다. 오늘의 이 일은 하늘이 공께 내리는 기회이니 이 기회를 놓치면 나중에 후회하게 될 것입니다."

주위의 간곡한 권유에도 유현덕이 완강히 거절하자, 도겸은 눈에 눈물을 글썽였다.

"공께서 나를 버리고 떠난다면 나는 죽더라도 눈을 감지 못할 것입니다."

사태가 이쯤 되니 관운장과 장비도 그냥 입을 다물고만 있을 수는 없었다.

관운장이 먼저 앞으로 나와서 아뢰었다.

"도 공의 뜻이 저토록 간곡하시니, 우선 형님께서 잠시 서주를 맡도록 하십시오."

장비도 관운장의 말을 받아 거들었다.

"우리가 서주를 내놓으라고 강요한 것도 아니요, 도 공께서 호의로 서주를 양보하시는데 왜 괴롭게 양보만 하고 계십니까?"

"그대들은 나에게 의리도 모르는 사람이 되라는 말이냐!"

유현덕은 두 아우 관운장과 장비를 나무랐다.

도겸은 재삼 현덕에게 서주를 맡아줄 것을 간청했으나, 현덕은 좀처럼 그의 뜻을 굽히려 하지 않았다.

도겸도 역시 굽히지 않고,

"공께서 이 곳 서주를 맡으실 의향이 정 없으시다면 여기에서 멀지 않은 곳인 소패군을 맡아주십시오. 그 곳은 군사를 주둔시킬 만한 곳이니 그 곳에 군사를 주둔시켜 이 곳 서주를 보살펴주시는 게 어떨지요?"

라고 부탁했다.

 도겸의 이러한 제의에 주위에 있던 여러 장수들도 도겸의 뜻에 따르도록 권유하자, 유현덕은 더 이상 거절할 수가 없어서 결국 소패에 있기로 했다.

 도겸은 큰 잔치를 베풀어 고마움을 표하였다. 잔치가 끝나 조자룡이 그의 군사를 거느리고 공손찬에게 돌아가려 하자, 현덕은 그의 손을 잡고 석별의 정을 나누며 헤어졌다.

 공융과 전해도 각기 그들 휘하의 군사를 거느리고 돌아갔다.

 유현덕은 관운장·장비와 더불어 군사를 이끌고 소패에 이르러 보루와 성을 고치고 백성들을 돌보았다.

조조와 여포의 대결

 한편 조조가 군사를 이끌고 돌아오니 조인이 다가와서, 진궁이 모사를 하고 있는 여포의 군세가 대단하여 연주와 복양도 다 빼앗겼으나, 순욱과 정욱이 잘 지켜서 간신히 견성·동아·범현의 함락만은 모면했다고 말했다.

 "여포는 비록 용맹하지만 지략은 뛰어나지 못한 터이니 과히 염려할 것 없다."

 조조는 여포를 대수롭지 않게 생각하면서 다시 군대를 정비하고 성을 굳게 지킬 대책을 강구했다.

 여포는 조조가 벌써 군사를 물려 등현(滕縣)을 지나간 것을 알고 부장 설란(薛蘭)과 이봉(李封)을 불렀다.

 "나는 너희 두 사람을 오래 전부터 한번 써보고 싶었다. 너희에게 1만의 군사를 맡길 터이니 연주를 사수하라."

 이렇게 명하고 친히 군사를 이끌어 조조를 치러 떠나려 할 때, 진궁이 급히 앞을 막으며 물었다.

 "장군께서는 이 곳 연주를 버리고 어디로 가시려 하십니까?"

 여포는 가던 길을 멈추고 대답했다.

"나는 복양에 군사를 주둔시켜 삼각대(三角臺)의 포진을 취하려 하오."

"아니 될 소립니다. 설란은 연주를 지킬 재목이 못 됩니다. 여기에서 정남쪽으로 200여 리쯤에 있는 태산의 좁은 길목에 군사를 매복하고 계십시오. 조조의 군사는, 연주가 공의 군사에게 함락되었다는 말을 들으면 필시 그 곳을 통과할 것입니다. 그들의 군사가 태산을 통과할 무렵 그들을 친다면 거의 사로잡을 수 있을 것입니다."

"내가 복양에 군사를 매복시키려는 것은 나대로 생각이 있어서이니 염려하지 마시오."

여포는 이렇게 퉁명스럽게 쏘아대고 설란에게 연주를 사수하도록 다시 당부한 후 복양을 향하여 군사를 거느리고 갔다.

한편 조조가 군사를 이끌고 바로 태산의 좁은 길목에 이르렀을 때 곽가가 조조에게 진언했다.

"이곳에는 복병이 있을지도 모르니 조심하십시오."

"여포는 머리가 모자라는 놈이라고 내가 말하지 않더냐! 그놈은 설란에게 연주를 사수하도록 하고 자신은 복양으로 갔을 터이니, 여기에 군사를 매복할 까닭이 없지 않느냐?"

이렇게 코웃음을 치며 조인에게 연주를 포위하도록 영을 내리고, 자신은 군사를 이끌고 여포를 찾아 복양으로 향했다.

반면에 여포의 진지에서는 조조가 군사를 이끌고 쳐들어온다는 말을 듣고 진궁이 여포에게 또 다른 계책을 말했다.

"조조의 군사는 먼 곳에서 오느라고 피로해 있을 터이니 초전에 박살을 내야 합니다. 때를 늦추어서는 아니 됩니다."

그러나 여포는

"나는 필마 단기로 천하를 주름잡은 사람이다. 그까짓 조조쯤이야 두려울 것이 없다. 그놈이 나타나기만 하면 내가 나가서 당장 사로잡을 테다."

라고 대답했다.

이 때 조조는 이미 군사를 이끌고 복양에 당도하여 들 밖에 진을 쳤다. 조조는 말을 타고 문기(門旗) 아래에 이르러 멀리 여포의 진지를 살폈다. 여포의 군사는 둥그렇게 진을 치고 있다가 여포가 말을 타고 앞으로 나서니 좌우에 여덟 명의 맹장이 여포를 호위했다. 여덟 맹장은 장요(張遼)·장패(臧覇)·학맹(郝萌)·조성(曹性)·성렴(成廉)·위속(魏續)·송헌(宋憲)·후성(侯成)이었다.

여포가 5만의 군사를 이끌고 진두에 나서니 북 소리가 천지를 뒤흔드는 듯했다.

조조가 손을 들어 여포를 가리키며 소리쳤다.

"나는 그대와 원한을 맺은 일이 없는데, 그대는 왜 남의 땅을 빼앗으려 하는가?"

그러자 여포는,

"모두가 다 한나라 땅인데 네 땅 내 땅이 어디 있다는 말이냐!"

하고 고함치며, 휘하 맹장 장패에게 나가 싸우도록 명령을 내렸다.

장패가 말을 몰아 달려나가니 조조 편에서는 악진(樂進)이 장패를 맞아 싸웠다.

이렇게 하여 장패와 악진이 30여 회나 창을 휘두르며 싸웠으나 승부가 나지 않자, 조조 편에서는 하후돈이 말을 타고 달려나와 악진을 도왔고, 여포의 진에서는 장요가 뛰쳐나와 하후돈을 죽이려 했다.

네 장수가 얼크러져 싸우는 광경을 보고 있던 여포가 급한 성미에 욱 치밀어오르는 분노를 가누지 못하여 화극을 손에 들고 말을 달려 뛰쳐나가니, 하후돈과 악진은 겁에 질려 달아나고 말았다.

여포는 달아나는 두 장수의 뒤를 쫓아 화살처럼 달려가 조조의 군사를 닥치는 대로 죽이니, 그들은 40여 리나 떨어진 곳으로 달아나 진을 쳤다.

여포도 군사를 이끌고 그의 본진으로 돌아가고 말았다.

뜻밖에 패배를 하게 된 조조는 그의 진영으로 돌아와 여러 장수들과 대책을 협의하니 우금이 먼저 입을 열어,

"제가 오늘 산 위에 올라가 여포의 적진이 있는 복양 서편을 살피니, 그곳을 지키는 군사가 극히 적어 보였습니다. 그들은 우리가 패하여 달아났다고 생각하며 승리감에 들떠서 아무런 준비도 하지 않고 있을 것입니다. 우리가 이 틈을 타서 그들의 본영을 야습하여 그들을 무찌르고 그 진지를 수중에 넣는다면 여포도 질겁을 할 것입니다"

하고 말했다.
 조조는 우금의 의견에 따라 휘하 장수 조홍(曹洪)·이전(李典)·모개(毛玠)·여건(呂虔)·우금(于禁)·전위(典韋) 등 여섯 장수를 거느리고 선발된 2만의 마보군(馬步軍)을 이끌고 야음을 틈타 지름길로 여포의 본영으로 쳐들어갔다.
 한편 여포는 진지 안에서 조조와의 싸움에서 승리한 군사들을 위하여 피로연을 베풀고 있었다.
 진궁이 근심스러운 듯 여포에게 다가서며 말했다.
 "우리 본영이 있는 서채(西寨)는 군사적으로 매우 중요한 요새입니다. 이렇게 주연을 베풀고 있는 중에 조조의 군사가 기습이라도 한다면 어떻게 하시겠습니까?"
 "우리가 일격에 박살을 내버렸는데 어느 겨를에 그들이 서채를 기습한다는 말이오?"
 "조조는 작전에 능한 사람입니다. 그러니 할 수 있는 한 방비는 튼튼히 해야 합니다."
 여포도 할 수 없이 진궁의 의견을 좇아 고순(高順)·위속·후성 세 장수를 뽑아 군사를 이끌고 서채로 가서 지키도록 영을 내렸다.
 이런 중에, 조조는 어둠이 깔리는 야음을 틈타서 군사를 이끌고 서채를 향하여 동·서·남·북 사방에서 공격을 개시했다. 아닌 밤중에 홍두깨격으로 기습을 당한 서채의 여포 군사는 도저히 당해낼 도리가 없어 사방으로 흩어져 달아나고, 조조는 쉽게 서채를 장악했다.
 겨우 4경이 되어서야 고순은 군사를 이끌고 서채에 도착하여 이미 빼앗긴 서채를 탈환히려고 했으나, 조조가 식섭 군사를 휘동(麾動)하여 맞붙어 싸우니 서채는 온통 수라장이 되었다.
 동이 훤하게 틀 무렵, 서쪽으로부터 북 소리가 요란스럽게 들리더니 여포가 군사를 이끌고 치달아왔다. 조조는 중과부적으로 어떻게 할 도리가 없어 달아나려고 하는데, 뒤에서 고순·위속·후성이 뒤쫓아왔다. 조조의 편에서 우금과 악진이 여포를 맞아 싸우는 동안, 조조는 몸을 피하여 북쪽으로 달아났다.

조조가 산모퉁이를 돌아들 무렵, 이번에는 난데없이 장요와 장패가 좌우에서 범처럼 달려들었다. 조조는 급히 조홍과 여건으로 하여금 그들을 맞도록 했으나 사태가 불리하여 북으로 달아나던 발길을 서쪽으로 돌렸다.

냇물을 피하다가 강을 만난 격이 된 조조, 그가 달아나는 앞길에서 고함 소리가 들리더니, 학맹·조성·성렴·송헌이 군사를 이끌고 앞을 가로막았다.

조조의 장수들이 죽을 힘을 다해 그들을 맞아 싸우는 수라장 속에서 조조는 간신히 포위망을 뚫고 달아났다. 그 때 딱딱이 소리를 신호로 빗발치듯 화살이 날아들었다.

그야말로 사면초가가 된 조조는 급한 김에,

"누구 날 구해줄 사람 없소?"

하고 고함쳤다. 선뜻 한 장수가 튀어나왔다. 바로 전위였다. 그의 양손에는 쌍지창이 쥐어져 있었다.

"장군님, 제가 구하리다."

전위는 말에서 훌쩍 뛰어내려 쌍지창을 두 겨드랑이 사이에 끼고 손에는 단검을 열 개나 쥐었다. 그를 따르는 부관에게, 적군들이 10보 가까이 다가서면 신호를 하라고 이르고 전위는 빗발치는 화살을 무릅쓰고 돌진해 들어갔다.

마침내 전위의 뒤를 쫓던 여포의 군사가 10여 보 가까이 다가서자 부관이,

"적군이오!"

하고 소리를 질렀으나 아랑곳하지 않다가, 여포의 군사가 거의 5,6보에 달하는 순간 전위는 몸을 획 돌리며 손에 쥐었던 열 자루의 단검을 순식간에 뿌렸다.

전위의 손을 떠난 열 개의 단검은 한 치의 어긋남도 없이 말 위의 적군을 나뒹굴게 하니, 뒤쫓던 군사들은 질겁을 하고 달아나고 말았다.

전위는 다시 말을 집어 타고 쌍지창을 휘두르며 적진으로 돌격했다. 여포의 네 장수 학맹·조성·후성·송헌 등이 죽을 힘을 다하여 나가 싸웠으나, 도저히 당할 재간이 없자 각기 달아나고 말았다.

전위는 다시 나머지 적군을 물리치고 조조를 구하니, 흩어졌던 조조의 대장들과 군사들도 다시 모여들어 진지로 돌아갈 길을 트게 되었다.

그러나 이건 또 웬일인가. 갑자기 뒤에서 여포가 고함을 지르면서 화극을 손에 들고 달려오는 게 아닌가.

"역적 조조야, 게 섰거라!"

호랑이가 포효(咆哮)하는 듯한 고함 소리에 조조를 따르던 장수들은 서로 얼굴만 바라볼 뿐, 달리 길이 없어 모두 도망칠 궁리만 했다.

간신히 포위망을 뚫고 달아난 조조가 다시 추격을 당하게 되었으니 과연 조조는 살아날 수 있을지…….

12. 불사신 조조

도공조삼양서주　　　조맹덕대전여포
陶恭祖三讓徐州　　　曹孟德大戰呂布

도겸은 서주를 유현덕에게 물려주고, 조조는
여포를 크게 이기다.

여포에게 곤혹을 치른 조조

　조조가 정신 없이 남쪽을 향하여 달아나고 있을 때, 갑자기 그의 부하 하후돈이 군사를 이끌고 나타났다. 그는 조조를 뒤쫓던 여포를 맞아 일대 접전을 벌였다.
　양편 군사들의 접전은 치열하여 날이 저물도록 계속되었으나, 때마침 내리퍼붓는 소나기로 양군은 각기 군사를 이끌고 물러섰다.
　가까스로 몸을 피하여 요새에 돌아온 조조는 자기의 생명을 구해준 전위의 공로를 크게 치하하며 후히 상을 내리고 영군도위(領軍都尉)의 벼슬을 내렸다.
　한편 자기의 진영으로 돌아온 여포는 장수 진궁을 불러 작전을 협의했다.
　"복양성(濮陽城) 안에는 식솔을 1천여 명이나 거느린 전씨(田氏)라는 큰 부호가 한 분 살고 있습니다. 그는 복양성에서 제일 가는 부호입니다. 그에게 명하여 은밀히 조조에게 밀사(密使)를 보내게 하십시오. 조조에게 보내는 글월의 내용은, '여포는 잔악하고 포악하며 어질지 못한 인물이어서, 민심이 어지럽게 되어 백성들이 모두 여양(黎陽) 땅을 떠나려 하므로, 지금 복양성을 고순에게 맡기고 군사를 여양으로 이동시키려 하니, 야음을 틈타 진군하면 저도 그에 응하여 장군을 도우리라'고 써서 보내도록 하십시오. 이렇게 하면 조조는 군사를 이끌고 올 것이니, 이처럼 성으로 유인한 후에 성의 사대문에 불을 지르고 성 밖에는 군사를 매복시켜 놓는다면 비록 조조가 제아무리 하늘을 오르는 재주가 있다고 하더라도 살아서 도망치지는 못할 것입니다."

여포는 이 계획대로 전씨에게 은밀히 명령을 내려 조조에게 사람을 보내도록 했다.

조조는 여포 군사와의 첫 싸움에 패하고 어떻게 할 줄을 몰라 망설이고 있던 터에 부호 전씨에게서 사람이 왔다는 말을 듣고 그를 불러들여 밀서를 받아 읽었다.

여포는 이미 여양을 향하여 떠났고 성 안은 텅 비었습니다. 만반의 준비를 갖추고 있으니 속히 군사를 몰아 쳐들어오시기만 바랄 뿐입니다.
성 위에 '의(義)'자를 쓴 흰 기를 걸어 암호로 삼겠습니다.

밀서를 읽은 조조는,
"하늘이 나에게 복양을 얻게 하심이다"
하고 크게 기뻐하며 밀서를 가져온 자에게 후한 상을 내리는 한편 다시 군사를 수습했다.

옆에 있던 부장 유엽이 조용히 조조에게 충고했다.
"여포는 비록 멍청하고 무모한 사람이라고 하더라도 진궁은 계책이 뛰어난 사람입니다. 반드시 무서운 계책이 있을 것이니 쉽사리 따를 바는 아닙니다. 공께서 꼭 출진하실 의향이 있으시면 군사를 삼분(三分)하여 양대(兩隊)는 성 밖에 매복시키고, 나머지 1대만 거느리고 성 내에 들어가십시오."

조조는 유엽의 말을 따르기로 하고, 군사를 3대로 나누어 복양성 아래에 이르렀다.

　조조는 우선 성 위를 살폈다.

　성 위에는 여러 가지 깃발이 바람에 펄럭이고 있었다. 조조가 차례로 눈을 돌려 서문 귀퉁이를 바라보니, 밀서에 밝힌 '의'자를 쓴 흰 깃발이 눈에 들어오는 것이 아닌가. 조조는 내심 기뻐하며 회심의 미소를 띠었다.

　그 날 정오가 되자 성문이 열리더니 여포의 부장 후성과 고순이 각기 전위군과 후위군을 이끌고 성문 밖으로 치달았다. 조조는 즉시 장수 전위로 하여금 말을 달려 싸우게 하니, 전위는 전위군의 후성과 대결했다. 후성은 당할 도리가 없었던지 말을 돌려 성 안으로 도망쳤다. 그 뒤를 따라 전위가 구름다리를 건너 후성을 뒤쫓으니, 고순이 뛰어들어 전위와 대적하려다 역시 성 안으로 달아나고 말았다.

　이렇게 혼란한 중에 몇 명의 낯선 군사가 조조의 진영으로 뛰어들어왔다. 그들은 예를 갖춘 후 전씨가 보낸 사람임을 자처하며 품속에서 한 장의 밀서를 꺼내 조조에게 올렸다.

　그 밀서는 이렇게 씌어 있었다.

　　오늘 밤 초저녁에 성 위에서 징을 치는 것을 신호로 하여 진군하시면 때맞춰 누군가가 문을 열 것입니다.

　때가 이르자, 조조는 부장 하후돈에게 좌편의 군사를, 조홍에게는 우편의 군사를 이끌게 하고, 자신은 하후연·이전·악진·전위의 네 장수를 거느리고 군사를 몰아 성 안으로 들이치려고 했다.

　이전이 말했다.

　"공께서는 성 밖에 계십시오. 저희들이 들어가겠습니다."

　조조는 호통을 치며,

　"내가 가지 않으면 누가 앞장선다는 말이냐!"

하면서 군사를 이끌고 앞서서 성 안으로 쳐들어갔다.

　마침 아직 초저녁이라서 달은 밝지 않았다.

　바로 이 때였다. 성 위에서 징소리가 들리더니, 천지가 무너질 것 같은 함성과 더불어 성문 위에 횃불이 휘황찬란하게 밝혀졌으며, 성문이 활짝 열리고 구름다리가 내려오는 것이 아닌가.

 그 구름다리는 성문 입구의 해자 위에 설치된 것으로, 적이 성문을 부수고 들어오려고 할 때에는 걷어지고 우군이 성 안으로 들어오려고 할 때에는 내려지도록 만들어진 다리였다.

 조조가 말에 박차를 가하여 앞장서서 성문 안의 주아(州衙)에 이르렀을 때는 사람이라고는 그림자조차 눈에 띄지 않았다. 조조는 '아뿔싸! 속았구나' 생각하고 말 머리를 돌리며 큰 소리로 외쳤다.

 "군사를 물려라!"

 이 때 성 안에서 포성이 들리더니, 4문에서 불길이 하늘을 찌를 듯이 치솟고 쇠붙이와 북소리가 일제히 들려왔으며 함성 소리는 마치 바다가 용솟음치는 듯했다.

 동쪽에서는 장요가, 서쪽에서는 장패가 각각 군사를 거느리고 조조를 협공했다.

 조조가 급히 북문을 향하여 도망치려고 하니 길가에서 난데없이 학맹·조성 두 장수가 일진을 거느리고 앞을 가로막았다. 조조가 다시 남문으로 말 머리를 돌렸을 때, 거기에는 이미 고순·후성 두 장수가 대기하고 있었다.

조조는 어디에

 한편 조조의 부상 선위는 구름다리를 건너 조조를 찾았으나, 그가 보이지 않자 그대로 성 안으로 들어가려다 성문 아래에서 이전을 만났다.

 "장군께서는 어디에 가셨소?"

 "저도 역시 못 봤습니다."

 "그러면 공은 성 밖으로 나가서 원병을 청하시오. 나는 장군을 찾겠소."

 이전이 원병을 청하러 나간 후 전위는 조조를 찾아 성 안으로 달려갔으나 찾지 못하고 다시 죽을 힘을 다하여 간신히 성을 빠져나와, 강가에서 악진을 만나게 되었다.

악진은 전위를 만나자 우선 조조의 안부를 물었다.

"장군께서는 어디에 계신가요?"

"나 역시 성 안을 두 번이나 뛰어다녔으나 찾지 못했소."

"우리 함께 놈들을 잡아죽이고 장군을 구합시다."

두 사람이 이야기를 주고받으며 성문에 당도하니 성 위에서 불덩어리가 떨어져 내렸다.

악진의 말은 깜짝 놀라 성문 안으로 들어가려고 하지 않았고, 전위는 연기와 불덩어리를 헤집고 성 안으로 들어가 닥치는 대로 죽이며 조조가 있을 만한 곳을 찾아다녔다.

한편 조조는 북문으로 도망치려다가 전위가 적군을 무찌르며 나타나는 것을 목격하고 말 머리를 돌리려 했으나, 사방에서 적도들이 포위하고 있어 부득이 북문으로 말 머리를 돌릴 수밖에 없었다.

그 때였다. 누군가가 화염 속을 헤치며 한 손에 화극을 들고 말을 몰아 달려나왔다. 그는 바로 여포였다.

조조가 한 손으로 얼굴을 가리고 말을 달려 도망치려는 순간, 여포가 뒤쫓아와서 조조의 투구를 툭 치면서 물었다.

"조조는 어디에 있느냐?"

조조는 손을 들어 반대편을 가리키면서 말했다.

"저 앞에 누런 말을 타고 달아나는 놈이 바로 조조입니다."

여포는 그 말을 듣고, 조조는 내버려 두고 조조가 가리킨 누런 말을 추격했다.

조조는 속으로 쾌재를 부르며 말 머리를 돌려 동문을 향해 달렸다. 거기에서는 그의 부장 전위가 기다리고 있었다.

전위가 조조를 호위하여 적들을 헤치고 다시 성문 가까이에 이르니, 화염은 하늘을 찌를 듯하였고 성문 위에서는 불타는 짚단이 떨어져 땅바닥이 온통 불바다가 되었다.

전위가 손에 들고 있던 화극을 사용하여 불길을 막고 연기와 불길이 충천한 사이를 말을 달려 뛰쳐나가니, 조조도 또한 그 뒤를 따랐다.

그들이 막 성문을 통과할 무렵, 이번에는 문루 위에서 불붙은 대들보가 떨어져 조조가 타고 있던 말의 궁둥이를 후려갈겼다. 그러자 말은 비명을 지르며 땅바닥에 쓰러졌다.

조조는 그 대들보를 손으로 치우다가 손이며 어깨, 수염 등 온몸에 화상을 입게 되었다. 이번에도 다시 전위가 말 머리를 돌려 조조를 구하려는 순간, 하후연이 달려왔다.

전위와 하후연은 불길 속에서 조조를 구출하여 하후연의 말에 태웠다. 그들이 성문을 빠져 나와 여포 군의 저항을 뿌리치고 무사히 본영에 도착했을 때에는 이미 훤히 동이 트고 있었다.

여러 장수들이 조조 앞에 엎드려 문안을 드리니, 조조는 계면쩍게 웃었다.

"변변치 않은 놈에게 속아 개망신을 당했다. 내 기어이 보복을 하고 말테다."

"빨리 계책을 세우셔야 합니다."

곽가가 이렇게 말하자 조조는,

"이제 '장이야', '군이야' 하며 적의 계책을 역이용하는 것이 좋을 것 같다. 내가 심한 화상을 입어 새벽녘에 죽었다고 헛소문을 퍼뜨리면, 여포는 군사를 이끌고 쳐들어올 것이다. 그 때 저들이 오는 길목인 마릉산(馬陵山)에 군사들을 매복시켰다가, 여포의 군사가 절반쯤 산길로 들어섰을 때 저들을 공격한다면 여포를 사로잡을 수 있을 것이다"

라는 계책을 말했다.

"과연 뛰어난 묘책입니다."

곽가는 소소의 묘책에 찬동했다. 즉시 군사들에게 명하여 상복을 입도록 하고 조조가 죽었다는 헛소문을 퍼뜨렸다.

조조가 어제 복양성에 들어갔다가 중화상을 입고 죽었다는 소식은 여포의 귀에까지 전해졌다. 여포는 즉시 휘하 군마를 점검하여 이끌고 마릉산속 조조의 군사가 매복해 있는 곳까지 쳐들어왔다. 그 때 난데없이 북 소리가 울리더니 조조의 군사들이 개미 떼처럼 몰려들었다.

궁지에 몰린 여포는 군사를 모두 잃고 가까스로 목숨을 건져 복양으로 돌아가 성문을 굳게 닫고 나타나지 않았다.

그 해에는 메뚜기 떼가 농사 지은 벼를 모조리 먹어버렸으므로 피해가 심해, 식량난이 극도에 달하여 쌀값이 하늘을 찌를 듯 올라가니 사람이 사람을 잡아먹는 지경에까지 이르렀다.

조조는 진중에 군량미가 떨어져 군사들을 이끌고 견성으로 돌아가고, 여포도 역시 군사를 이끌고 군량미를 찾아 산양으로 가니 싸움은 잠시 중지되었다.

서주를 맡은 현덕

한편 서주에 있던 도겸은 어언 나이가 63세에 이르러서 갑자기 중병에 걸려 병세가 나날이 악화되어 갔다. 그가 휘하 장수 미축과 진등을 불러 후계자 문제를 협의하니 미축이 아뢰었다.

"조조가 철군한 것은 여포가 연주를 습격했기 때문입니다. 지금은 흉년이 들어 군량미가 떨어졌기 때문에 조조가 군사를 이끌고 물러갔지만 내년 봄이 되면 또 쳐들어올 것입니다. 전에 공께서 두 번이나 서주를 유현덕에게 물려주려 하셨으나, 현덕은 이를 거절했었습니다. 그 때는 공께서 건강하셨기 때문에 그랬던 것입니다. 그러나 지금은 공의 병세가 악화되었으므로 그에게 간곡히 부탁하면 유현덕도 더 이상 사양치 않을 것입니다."

도겸은 미축의 말을 듣고 기뻐하며 사람을 소패로 보내어, 유현덕에게 군 작전상 상의할 일이 있다고 하면서 급히 와줄 것을 부탁했다. 현덕은 관운장·장비와 함께 기마병 수십 명을 거느리고 달려왔다. 그들은 도겸의 병실로 안내되었다.

유현덕이 문안을 올렸다. 도겸은 천천히 입을 열어 당부했다.

"현덕 공을 오시게 한 것은 특별한 일이 있어서는 아닙니다. 저는 이미 늙고 중병까지 얻었으니 오늘 죽을지 내일 죽을지 모를 목숨입니다. 그래서 부디 바라는 바가 있다면, 공은 한나라를 바로잡아야 할 어른이시니 서주를 다스려 달라는 것입니다. 공께서 서주를 다스려주셔야 제가 죽어도 눈을 감

12. 불사신 조조   239

도겸은 서주를 유현덕에게 물려주고. 《繡像全圖三國演義》에서

을 것입니다."
 "공께서는 자제분이 두 분이나 계시는데 왜 하필 저에게 맡기려 하십니까?"
 "물론 큰아들 상(商)과 작은아들 응(應)이 있기는 하지만 중임을 맡을 만한 그릇이 아니지요. 제가 죽은 후라도 공께서는 제 아이들을 보살펴주시기는 하되, 절대로 서주의 통치를 맡겨서는 아니 됩니다."
 "제 힘 몸으로 어찌 그런 대임을 맡겠습니까?"
 "제가 공을 도울 수 있는 사람을 천거해드리지요. 북해 사람으로 손건(孫乾)이라는 사람이 있는데, 자를 공우(公祐)라 합니다. 그 사람이라면 능히 공을 도울 수 있을 것입니다."
 도겸은 또 옆에 있던 미축에게 부탁했다.
 "유현덕 공께서는 당세의 인걸이니 잘 섬기도록 하오."
 유현덕은 시종일관 다른 일을 구실삼아 거절하였다.

도겸은 손을 심장 가까이 가져가더니 그만 숨을 거두고 말았다. 모든 서주성 사람들은 도겸의 죽음을 애도하며 현덕에게 패인(牌印)을 바쳤다. 그러나 현덕은 한사코 거절할 뿐이었다.

다음날 서주의 온 백성들은 서주 부청(徐州府廳) 앞에 엎드려,

"만일 유 공께서 이 고을을 다스리지 않으시면 저희는 편히 살 수가 없을 것입니다"

라고 울면서 간청했다. 동석했던 관운장과 장비도 수차에 걸쳐서 간곡히 간청했다.

유현덕은 할 수 없이 서주 목사의 책임을 맡았다.

그는 손건·미축을 보좌관으로 삼고, 진등을 막관(幕官)에 앉히고, 또한 소패에 주둔한 병마를 서주성 안으로 이동시킨 후, 곳곳에 방을 붙여 백성들을 안심시키는 한편, 도겸의 장례를 성대히 치렀다.

도겸의 장례 때에는 지위의 고하를 막론하고 모든 군사들에게 상복을 입도록 하고, 제단을 크게 차린 다음 도겸의 유해를 황하의 원류에 장사지내고, 도겸이 임종시에 쓴 유표(遺表)를 조정에 올렸다.

한편 견성에 있던 조조는, 도겸이 죽고 유현덕이 서주 목사가 되었다는 소식을 듣고 비위가 뒤틀렸다.

"내가 아직 원수도 갚기 전에 가만히 앉아서 서주 땅을 손아귀에 넣다니……. 내 반드시 유비를 잡아죽인 후, 도겸의 시체를 갈기갈기 찢어 돌아가신 부친의 한을 풀리라!"

조조는 즉시 명령을 내려 군사를 일으켜 서주를 치려고 했다.

이 때 순욱이 조조에게 아뢰었다.

"일찍이 한고조가 관중(關中)을 보전하고 광무제(光武帝)께서 하내(河內)에 본거지를 두신 것은 모두 그 곳을 기반으로 하여 천하를 바로잡으려는 뜻에서였습니다. 그러한 기반이 있었기에 진격을 하면 승리할 수 있었고, 비록 물러선다 하더라도 적을 견고히 막을 수 있었으며, 처음에는 고전을 했다 하더라도 결국엔 대업을 완수할 수 있었던 것입니다. 지금의 연주(兗州)와 하제(河濟)는 천하의 요새며, 두 곳은 곧 옛날의 관중과 하내입니다. 만일 공께서 연주를 버리고 많은 군사를 움직여 서주로 향한다면 여포에게

허점을 찔려 연주를 잃게 될 것입니다. 연주도 잃고 서주도 빼앗지 못한다면 그 때 공께서는 어디로 가시렵니까? 지금 비록 도겸이 죽어 없다고는 하지만 유비가 이미 서주를 지키고 있습니다. 그리고 백성들은 유비에게 열복(悅服)하고 있으니 반드시 죽기까지 유비를 도울 것입니다. 공께서 연주를 버리고 서주를 취하려 하심은 대(大)를 버리고 소(小)를 얻으려는 격이요, 길을 두고 산으로 가는 격입니다. 깊이 생각해보시기 바랍니다."

조조가 내뱉듯이 말했다.

"금년같이 흉년이 들어 군량미가 없는 이 마당에 군사들만 지키고 있다는 것도 현책은 아니다."

순욱이 다시 아뢰었다.

"군사를 이끌고 여남과 영주로 가는 것보다는 차라리 진(陳) 땅을 공략하는 것이 좋겠습니다. 황건적의 잔당인 하의(何儀)·황소(黃劭)의 무리들이 여남과 영주를 약탈해서, 금은보화와 비단 양곡을 산더미같이 쌓아놓았을 것입니다. 이들 적도들을 쉽게 토벌할 수도 있고, 그렇게 하여 얻은 양곡으로 군사를 배불리 먹인다면 조정에서도 좋아할 것이고 백성 또한 기뻐할 것이니, 이것이 곧 하늘의 뜻을 따르는 순리이기도 합니다."

조조는 쾌히 순욱의 말을 따라 하후돈·조인으로 하여금 연주의 견성을 지키도록 하고, 스스로 군사를 거느려 진 땅을 공략한 후, 여남과 영주를 공략하기로 했다.

한편 황건적의 잔당인 하의와 황소는 조조가 군사를 이끌고 쳐들어온다는 것을 알고 무리들을 모아 양산(羊山)에 집결시켰다. 그러나 그들은 비록 숫자는 많다고 하더라도 모두가 오합지졸로, 지휘 계통도 서지 않았고 군율도 없었다.

조조는 강한 활과 기타 무기를 준비하게 하고 전위에게 출전 명령을 내렸다. 황건적 편에서는 하의가 부장을 내보내 전위와 싸우게 했으나 무기를 몇 번 휘두르기도 전에 전위가 내두르는 철창에 맞아 말에서 나둥그러졌다. 조조는 이러한 승세를 몰아 졸지에 양산 땅을 점령해버렸다.

다음날 황소가 스스로 군사를 이끌고 와서 둥그렇게 진을 쳤다. 그 진두에서 한 장수가 뚜벅뚜벅 걸어 나왔다. 머리에는 누런 수건을 동여매었고,

푸른빛 옷을 걸쳤으며, 손에는 철봉을 꽉 움켜쥐고 큰소리로 외쳤다.

"이놈들아, 나는 하만(何曼)이다. 내게 덤빌 놈은 없느냐?"

조조 편에서는 이 꼴을 보고 있던 조홍이 대성 일갈(大聲一喝)하더니 나는 듯 말에서 내려 칼을 들고 걸어 나왔다.

두 장수는 4, 50합을 싸웠으나 좀처럼 승부가 나지 않았다. 그래서 조홍은 꾀를 내어 달아나는 체하자, 하만이 그 뒤를 쫓았다. 순간 조홍이 번개처럼 몸을 돌려 등에 멘 장검을 뽑아 하만을 내리치니 하만의 어깨에 적중하였고, 신음하는 하만을 다시 내리치니 그는 그 자리에서 죽어버렸다.

여세를 몰아 이전이 비호처럼 말을 달려 적진에 뛰어들었다. 졸지에 기습을 받은 황소는 채 달아나기도 전에 이전의 손에 붙잡히고 말았다.

조조의 군사들이 물밀듯 들이닥쳐 적도들을 닥치는 대로 잡아죽이니, 적도들은 노략질한 금은보화며 양곡을 무수히 남기고 달아나고 말았다.

용장 허저를 얻다

하의도 전세가 불리함을 깨닫고 수백 기의 군사를 이끌고 갈파(葛陂)로 도망쳤다. 막 산모퉁이를 돌아서려는 순간, 갑자기 한 떼의 군사들이 나타나 앞을 가로막았다.

그들을 선두에서 이끄는 사나이는 키가 8척에 허리통이 절구통 같은 거한으로, 커다란 칼을 휘어잡고 하의의 앞을 딱 막았다. 하의도 질세라 창을 비껴 들고 싸웠으나, 역부족으로 미처 창을 써보지도 못하고, 그 거한이 던지는 올가미에 사로잡히고 말았다. 다른 적도들은 대장이 패한 것을 보고 부들부들 떨다가, 말에서 내린 거한에게 붙잡혀 모두 갈파의 진지로 끌려갔다.

한편 하의를 추격하던 전위가 갈파에 이르니 그 거한이 한 떼의 군사를 거느리고 또 앞을 막았다.

먼저 전위가 입을 열어 거한을 꾸짖었다.

"네놈들도 역시 황건적이냐?"

"이놈아, 나는 황건적 수백 명을 붙잡아놓은 사람이다!"

"그 황건적을 내 앞에 끌고 오너라."

"네놈이 내 수중에 있는 이 보검을 빼앗을 수 있다면 너에게 황건적을 넘기마."

전위는 무례한 녀석이라 생각하고 창을 휘두르며 덤볐다.

두 장수는 정오까지 서로 어우러져 싸웠으나 승부가 나지 않았다. 서로 갈증을 풀어가며 해질녘까지 겨뤄도 승부가 나지 않자 말들도 지쳐 싸움을 중단할 수밖에 없었다.

전위가 휘하 장병을 조조에게 보내어 굉장한 장수가 있다는 말을 전하니, 조조는 군사들을 이끌고 급히 달려왔다.

그 다음날도 두 장수는 무술을 겨뤘다.

조조는 거한의 무술 솜씨를 보고 그 위풍당당한 모습에 마음 속으로 기뻐하며, 전위에게 명하여 지는 체하라고 했다.

전위는 조조의 명령에 따라 30여 회쯤 싸우다가 패한 체하고 진지로 달아났다. 거한이 전위를 따라 진문에 이르니, 조조의 군사들은 화살을 빗발치듯 쏘았다. 조조는 급히 군사를 이끌고 5리쯤 물러나 몰래 함정을 파놓고 구수(鉤手)들을 매복시켰다.

다음날 전위는 조조의 명령을 받아 또 100여 명의 기병을 거느리고 그 거한에게 도전했다.

그 거한은 가소롭다는 듯 껄껄 웃으며 소리쳤다.

"패하여 달아난 놈이 또 도전하려 드느냐!"

호통을 치며 말을 몰아 덤벼들었다.

이번에도 전위는 싸우는 체하다가 말을 몰아 도망쳤다. 거한이 달아나는 전위를 쫓다가 말과 함께 함정에 빠져 허딕이는 것을, 매복해 있던 구수들이 묶어서 조조 앞으로 끌고 왔다.

조조는 뜰 아래로 내려서며 거한을 묶어온 군사들을 크게 꾸짖고, 손수 결박을 풀어주었다. 또한 조조는 그 거한에게 새옷을 내리고 고향과 이름을 물었다.

"나는 초국(譙國)의 초현(譙縣) 사람으로, 허저(許褚)라 하오. 지난번에 황건적의 난을 만나자 일가 친척 수백 명을 거느리고 갈파 언덕 아래 성을 쌓고 적을 막고 있었소. 그러던 어느 날 황건적이 쳐들어오자 사람들에게 돌을 준비하도록 명령하고, 나는 주워온 돌을 황건적에게 던지며 싸워서 결국 그들을 물리쳤소. 그 다음날 또 황건적이 몰려왔을 때에는 우리에게 양식이라곤 한 톨도 없었소. 내가 우리 소와 그들의 양곡을 바꾸는 조건으로 화친하자고 제의했더니, 그들은 쌀을 가져와서 우리 소를 끌고 갔소. 그런데 황건적에게 끌려갔던 소는 얼마 되지 않아 되돌아왔소. 내가 한 손에 소꼬리 하나씩을 잡고 100여 보를 끌자 놈들은 놀라서 감히 소를 돌려 달라는 말도 못 하고 달아나고 말았소. 그렇게 하여 결국 그 곳을 지킬 수 있었던 것이오."

"그랬었구려. 나와 같이 일해보는 게 어떻겠소?"

"원하던 바요."

이리하여 허저는 그의 일가 친척 100여 명을 거느리고 조조의 휘하에 들게 되었다.

조조는 허저에게 도위(都尉)의 벼슬을 내리고 후한 상을 주어 위로하고, 황건적의 두목 하의와 황소의 목을 베어 여남과 영주 땅을 평정했다.

조조가 휘하 장군들을 불러 앞으로의 문제를 협의하니, 조인·하후돈이 최근에 얻어들은 정보를 아뢰기를, 여포가 연주에 설란과 이봉을 남기고 군사들을 이끌고 노략질하러 나갔다는 사실과, 지금 연주성이 완전히 비어 있으니 단지 북만 울리며 진군하더라도 이를 손아귀에 넣을 수 있으리라는 말을 했다.

조조는 조인·하후돈의 말에 따라 군사를 이끌고 지름길을 통하여 연주로 향했다.

뜻밖에 조조의 군사가 나타나자 설란과 이봉은 군사를 이끌고 성 밖에 나와 조조 군과 응전할 태세를 갖췄다.

허저가 조조에게 아뢰었다.

"제가 저 두 놈을 산 채로 잡아 공을 만나게 된 예물로 바치겠습니다."

조조는 크게 기뻐하며 허저를 나가 싸우도록 했다.

먼저 이봉이 화극을 휘두르며 덤볐으나, 채 2합도 싸우기 전에 허저의 칼에 맞아 말에서 나뒹굴었다.

설란은 겁에 질려 말 머리를 돌려서 진지로 달아나려다가 구름다리 옆에서 지키고 있던 이전에게 가로막히자, 할 수 없이 군사를 이끌고 거야(鉅野)로 도망치려 했지만, 뒤쫓아오는 조조의 부하 여건의 화살에 맞고 쓰러졌다. 그러자 설란의 부하들은 개미새끼처럼 뿔뿔이 흩어져 달아났다.

조조는 이렇게 하여 연주를 다시 손아귀에 넣게 되었으며, 부장 정욱은 이 기회에 복양마저 탈취하자고 제의했다.

조조는 전위·허저를 선봉장으로 삼고 하후돈·하후연을 좌군장으로, 이전·악진을 우군장으로 삼고 스스로는 중군장이 되었으며, 우금·여건은 후군장으로 삼았다. 이리하여 그는 대군을 이끌고 복양으로 향했다.

조조의 군사가 복양 땅에 침범해온다는 말을 들은 여포는 스스로 총대장이 되어 조조 군을 맞아 싸우려 하니, 부장 진궁이 앞을 막으며 아뢰었다.

"지금 출전하셔서는 아니 됩니다. 여러 장수들이 다 모인 후에 대책을 강구하십시오."

"내가 그놈들을 두려워할 줄 아느냐?"

여포는 이렇게 큰소리치며 진궁의 말을 무시한 채 군사를 이끌고 출전했다. 그의 손에는 화극이 쥐어져 있었다.

조조 편에서는 허저가 선두에 나섰다.

두 장수가 어우러져 싸우기 20여 회, 그러나 좀처럼 승부가 나지 않았다.

그러자 침을 삼키며 여포와 허저의 싸움을 지켜보고 있던 조조가 말했다.

"여포란 놈은 비범한 놈이라서 허저 혼자서는 당해내지 못하겠구나."

이렇게 중얼거리며 전위에게 명하여 허저를 돕도록 했다. 전위와 허저가 여포를 협공하자 좌측에서는 하후돈과 하후연이, 우측에서는 이전과 악진이 여포를 공격했다.

비록 여포가 하늘을 나는 재주가 있다 하더라도 한꺼번에 여섯 장수가 대드는 데야 어찌할 수 없어, 말을 몰아 복양성 안으로 들어가려 할 때, 성위에 있던 전씨(田氏)는 여포가 패하여 도망쳐오는 것을 보고 급히 사람을 보내어 적교를 들어올리게 했다.

여포가 당황하여,

"문 열어라!"

하고 고래고래 소리치니, 전씨는 태연히,

"나는 이미 조 장군에게 항복했소이다"

라고 야유했다. 여포는 아연실색, 할 수 없이 바삐 군사를 이끌고 정도(定陶)로 도망쳤다.

복양성 안에 있던 진궁은 전씨가 변절하자 사태가 급함을 깨닫고 급히 동문을 열고 여포의 가족들을 보호하여 성을 빠져 나왔다. 복양성을 얻은 조조는 전씨가 지난날 저질렀던 죄를 용서해주었다.

모사 유엽이 조조에게 또 진언을 했다.

"여포는 맹호와 같은 위인으로, 예삿놈이 아닙니다. 비록 오늘은 곤경에 처했다 하더라도 가볍게 넘길 위인이 아닙니다."

조조는 유엽의 뜻을 따라, 그에게 복양을 지키라는 명령을 내리고 스스로는 군사를 이끌고 정도로 쳐들어갔다.

이 때 여포는 휘하 장수 장막·장초와 더불어 성 안에 틀어박혀 움직이지 않았고, 또 다른 휘하 장수인 고순·장요·장패·후성은 양곡을 약탈하기 위하여 바닷가를 배회하느라 아직 돌아오지 않고 있었다.

조조의 승리

정도에 도착한 조조는, 여러 날이 지나도 여포 군이 응전해 오지 않자 군사를 이끌고 40리나 떨어진 먼 산기슭에 진을 쳤다.

당시 그 일대는 보리를 타작하는 철이었으므로 조조는 보리를 거둬들여 군량에 쓰고자 했다.

조조가 보리를 거둬들이고 있다는 보고를 받은 여포는 군사를 이끌고 조조의 진지 가까이에 이르렀다.

그러나 여포는 조조의 진지 좌측에 무성히 자란 숲을 보고, 혹시 그 곳에 조조의 복병이 있지나 않을까 염려하여 할 수 없이 군사를 이끌고 진지로 되돌아갔다.

　조조는 여포가 군사를 이끌고 왔다가 다시 돌아갔다는 말을 듣고 휘하 장군들을 불러모았다.

　"여포가 저기에 있는 숲을 보고 혹 복병이 있지나 않을까 생각한 모양이다. 저 산림에 기를 더욱 많이 꽂아 그놈을 골탕먹이도록 하라. 또 진지 서쪽에 있는 긴 제방은 물이 말라 있어서 복병을 숨겨두기에 좋은 곳이다. 내일 틀림없이 여포가 저 숲에 불을 지르러 올 것이니, 제방에 복병을 숨겨두었다가 그들의 배후를 친다면 여포를 사로잡을 수 있을 것이다."

　이 작전에 따라 고수(鼓手) 50명에게는 북을 치도록 하고, 마을에서 잡아온 사람들에게는 여포의 군사가 오면 고함을 치도록 명하고, 제방 뒤에는 군사를 매복시키는 등 만반의 준비를 갖췄다.

　한편, 여포는 그의 진중에서 모사 진궁과 작전 계획을 협의했다.

　"조조는 꾀가 많은 자로 가볍게 볼 놈이 아닙니다."

　"난 화공법(火攻法)을 써서 복병을 모조리 죽일 테다."

　다음날, 여포는 진궁과 고순 두 장수에게 진을 지키도록 하고, 자신은 대군을 이끌고 조조의 진지에 이르렀다. 휘 둘러보니 어제 복병이 있으리라고 생각했던 산림 속에서 무수한 깃발이 바람에 나부끼는 게 아닌가!

　일이 뜻대로 되는구나 하고 생각한 여포는 군사를 몰아 숲의 사면에 불을 질렀으나 한 사람도 보이지 않고, 여포가 조조의 진지를 치려고 한 바로 그 때 오히려 조조의 진지로부터 천지가 뒤집힐 것 같은 북소리가 들려왔다.

　갑자기 당한 여포가 어리둥절해 하고 있을 때, 등뒤에서 한 떼의 군사가 몰려왔다. 여포가 그들을 향해 말을 몰아 달리니, 이번에는 제방 뒤에서 복병들이 포를 울리며 물밀듯 쏟아져 나왔다.

　복병을 선두에서 이끌고 있는 적장은 하후돈·하후연·허저·전위·이전·악진이었다. 아닌 밤중에 홍두깨격으로 나타난 복병과 여섯 장수를 당해낼 재간이 없게 된 여포는 할 수 없이 말을 달려 도망칠 수밖에 없었다. 불행히도 이 싸움에서 여포의 휘하 장수 성염은 악진이 쏜 화살에 즉사하고 말았다.

한편 여포의 군사가 패하여 거의 다 달아났다는 보고에 접한 진궁은 혼잣말처럼,

"비어 있는 성은 지키기 어려운 법, 급히 도망칠 수밖에……"
라고 탄식하며 고순과 더불어 여포의 가족을 이끌고 정도를 빠져나갔다.

조조의 군사는 여세를 몰아 파죽지세로 정도성에 이르렀다. 그 때는 이미 여포의 휘하 장수 장초는 자결하였고, 장막은 원술에게로 도망친 후였다.

이리하여 산동성 일대는 모두 조조의 손아귀에 들어가게 되었다. 조조는 성을 다시 쌓고 백성들을 안심시켰다.

한편 도망치던 여포는 중도에서 여러 휘하 장수들을 만났다. 거기에는 이미 진궁도 와 있었다. 여포는,

"내가 비록 패하여 군사는 좀 잃었지만, 언제라도 조조놈쯤이야 물리칠 수 있다"
고 큰소리치며 다시 군사를 모았다. 병가(兵家)에서 싸움에 이기고 지는 일은 흔히 있을 수 있는 일, 다가오는 일이야 누구도 점칠 수 없는 것이다.

과연 여포가 다음 번 싸움에서 조조를 이길 수 있을지? 두고 볼 수밖에……

13. 이각과 곽사의 다툼

이 각 곽 사 대 교 병　　　양 봉 동 승 쌍 구 가
李傕郭汜大交兵　　　楊奉董承雙救駕

이각과 곽사가 대군을 거느려 각자 천자와 중신들을 위협하여 끌고 가니 도적떼가 들끓고, 양봉과 동승은 천자를 구하다.

현덕에게 몸을 의탁한 여포

정도에서 조조에게 크게 패한 여포는, 가까스로 해빈(海濱)에 이르러 패잔병을 모으고 여러 장수를 불러 다시 조조와 싸울 대책을 강구했다.

이번에도 역시 진궁이 먼저 입을 열었다.

"지금으로서는 상승세를 타고 있는 조조 군을 맞아 싸울 길이 없습니다. 우선 몸둘 곳을 마련한 연후에 때를 봐서 쳐도 늦지 않습니다."

"잠시 원소에게 몸을 의탁하는 것이 어떻겠느냐?"

"먼저 기주로 사람을 보내어 원소의 근황을 알아보고 가는 것이 좋을 듯합니다."

여포는 진궁의 의견에 따르기로 했다.

이 때 기주에 있던 원소는 조조와 여포가 서로 겨루고 있다는 소식을 듣고 모사들을 불러 이 일에 대한 대책을 협의했다.

"여포는 표범과 같은 작자로, 만일 연주를 손에 넣게 되면 반드시 우리

기주를 치려 할 것입니다. 조조를 돕는 것이 후환이 없으리라 생각합니다."

원소는 장수 안량(顔良)에게 군사 5만을 주어 조조를 돕도록 했다.

이런 소식은 곧바로 여포의 귀에까지 전해졌다. 여포는 이 소식을 듣고 펄쩍 뛰며 진궁 등과 더불어 앞일을 상의했다.

"듣자 하니 유현덕 공께서 새로 서주를 다스리고 있다고 합니다. 그에게로 가는 것이 좋겠습니다."

여포는 진궁의 말에 따라 휘하 군사를 이끌고 서주로 향했다.

여포가 자기에게 온다는 말을 들은 유현덕은 휘하 장수들을 모아 말했다.

"여포는 당세의 뛰어난 용장이오. 나가서 그를 맞이하는 것이 좋겠소."

그러자 미축이 반대했다.

"여포는 여우 같은 놈입니다. 그를 받아들이시면 반드시 손해를 입을 것입니다."

"전에 여포가 연주를 습격하지 않았다면 어찌 우리 서주가 조조의 화를 면할 수 있었겠소? 지금 그는 어려운 입장에 처해 나를 찾아오는데, 내가 어찌 딴 생각을 가질 수 있겠소?"

"그저 좋게만 생각하시는구려. 비록 받아들인다 하더라도 그에 대한 대비는 단단히 하셔야 합니다."

장비가 불쑥 나서면서 말참견을 했다. 현덕은 빙긋이 웃으며 모든 부하를 거느리고 성 밖 30리까지 나가서 여포를 맞이하고, 어깨를 나란히 하여 성 안으로 들어왔다.

둘은 아청(衙廳)에 도착하여 서로 예를 갖춰 인사를 나눴다.

여포가 당 아래에서 말했다.

"나는 원래 왕 사도(王司徒)와 뜻을 같이하여 동탁을 죽이고 사직을 바로잡으려 했소. 그런데 뜻밖에 이각·곽사의 난을 당하여 바람에 휘날리는 가랑잎 신세가 되어 관동으로 떠돌아다녔으나, 여러 제후들은 나를 거들떠보지도 않았소이다. 그 무렵, 어질지 못한 조조는 서주를 침범했고, 그 때 공께서는 도겸을 도와 그를 구원해주셨소. 나는 당시에 연주를 습격하여 조조의 세력을 꺾으려 했다가 도리어 그놈의 간계에 넘어가 패장이 되어 지금

조조에 패한 여포는 유현덕에게로 달아나다. 《新鐫全像通俗演義》 三國志傳卷之三에서

이렇게 공에게 온 것이외다. 이제 공과 더불어 큰일을 도모하려 하는데 공의 의향은 어떠신지요?"

유현덕이 대답했다.

"근래에 도겸께서 세상을 떠나시니 이 서주 땅을 다스릴 자가 없었습니다. 그리하여 내가 잠시 서주를 섭정(攝政)하고 있을 뿐입니다. 이제 다행히 장군께서 이곳 서주에 오셨으니 이곳을 장군께 양보할까 합니다."

유현덕은 관인을 가져오도록 하여 여포에게 넘기려 했다. 관인을 물려받으려던 여포는 현덕의 뒤에서 눈을 부릅뜨고 있는 관우·장비와 눈이 마주쳤다. 그들의 눈에는 노기가 서려 있었다.

여포는 얼굴에 거짓 웃음을 띠고 면구스러운 듯 구차하게 변명을 늘어놓았다.

"이 여포는 한낱 무관에 지나지 않습니다. 어찌 감히 서주 목사의 일을 맡아보겠습니까?"

유현덕이 재차 권유하니 옆에 있던 여포의 참모 진궁이 입을 열었다.

"손님이 주인 행세를 할 수는 없다고 했습니다. 부디 그런 말씀은 거두어주십시오."

진궁의 말을 들은 유현덕은 더 이상 서주 목사의 자리를 여포에게 권하지 않았다. 유현덕은 여포 일행을 위하여 크게 잔치를 베풀고, 따로이 저택을 마련하여 편히 지낼 수 있도록 하였다.

여포와 장비의 반목

 다음날 여포가 답례로 현덕에게 잔치를 베푸니, 현덕은 관운장·장비 두 장수와 더불어 연회에 참석했다. 술이 반쯤 거나하게 취했을 때 여포는 현덕을 후당으로 청했다. 관우·장비도 현덕을 따라나섰다.
 후당에 들어서니 여포는 자기의 젊은 처 초선을 불러 현덕에게 인사를 시키려 했다. 현덕은 거듭 사양했다.
 "아우님, 그렇게 사양할 필요가 뭐 있소."
 여포가 현덕을 '아우'라고 칭하자, 이 말을 옆에서 들은 장비가 두 눈을 부릅뜨며 소리쳤다.
 "이놈아, 우리 형님은 황실의 후예이시고 나에게는 세상에 더없는 형님이신데 네놈이 어찌 감히 '아우'라고 부르느냐! 당장 이리 내려와 나하고 결판을 내보자!"
 현덕이 당황하여 장비를 꾸짖고, 관운장도 장비의 소매를 끌어 밖으로 데려갔다.
 유현덕은 여포에게 사과를 했다.
 "내 아우가 주사(酒邪)가 심해서 실수한 것 같은데, 대신 못난 형인 저를 꾸짖으십시오."
 여포는 묵묵부답이었다.
 곧 연회가 끝나고 여포가 현덕을 환송하려고 문 밖까지 나오니, 장비가 손에 창을 비껴 들고 말을 달려나오면서 호통쳤다.
 "이놈, 여포야! 나하고 끝까지 싸워보자."
 관운장이 장비를 만류했다.
 다음날 여포는 더 이상 머무를 수 없음을 깨닫고 현덕을 찾아와 서주를 떠나겠다고 인사를 했다.
 "공은 저를 버리지 아니하시나 공의 아우님들이 이 여포를 마땅치 않게 생각하므로 다른 데로 가겠습니다."

"만일 장군께서 이대로 가신다면 제가 큰 죄를 짓는 격이 됩니다. 무례하게 군 제 아우들을 대신해서 제가 사과하겠습니다. 이 근처에 소패라는 곳이 있는데 전에 제가 그 곳에 군사를 주둔시킨 적이 있었습니다. 장군께서 협소하게 여기시지 않으신다면 우선 그 곳에 머무시는 게 어떻겠습니까? 제가 군량과 군마는 대어드리도록 하겠습니다."

여포는 현덕에게 고맙다는 인사말을 남기고 군사를 이끌어 소패에 가서 편히 몸을 쉬었다. 그러나 여포의 가슴속 깊은 곳에 맺힌 장비에 대한 원한은 풀 길이 없었다.

한편 산동 지방을 평정한 조조는 조정에 이 사실을 알렸다. 조정에서는 그에게 건덕장군(建德將軍) 비정후(費亭侯)의 벼슬을 내렸다. 동탁의 부하였던 이각과 곽사는 스스로 대사마와 대장군이라 칭하며 갖가지 부정을 예사롭게 저질렀으나, 어느 누구 하나 감히 뭐라고 말하는 사람이 없었다.

이런 와중에도 태위 양표와 대사농(大司農) 주전이 몰래 헌제에게 아뢰었다.

"지금 조조의 휘하에는 이십만 명의 병사가 있고 뛰어난 모사와 무장들도 수십 명이나 있습니다. 만일 그를 끌어들인다면 사직을 보전할 수 있음은 물론, 이각과 곽사 등 간신배들을 제거하여 천하가 조용해질 것입니다."

헌제는 말없이 눈물을 글썽이며 말했다.

"짐(朕)은 오래 전에 두 역도놈들에게 말 못 할 수모를 당했소. 그놈들의 목을 벨 수만 있다면 그런 다행이 없겠소."

"신에게 계교가 하나 있습니다. 우선 두 놈을 서로 이간시켜 싸우게 한 후, 조조에게 밀명을 내려 적노들을 소탕하도록 지시하면 조정은 편안해질 것입니다."

"묘책이란 무엇이오?"

"곽사의 아내는 질투심이 강하다는 말을 들었습니다. 그 질투심에 불을 지른다면 두 역도놈은 서로 개처럼 싸울 것입니다."

헌제는 고개를 끄덕이며 양표 편에 조조를 부르는 밀서를 내렸다.

어전에서 나온 양표는 그의 아내를 은밀히 곽사의 집에 보내어 곽사의 부인을 만나도록 지시했다.

이각과 곽사의 대결

곽사의 부인을 만난 양표의 아내는 큰 비밀이나 말하듯 속삭였다.
"곽 장군께서 사마 이각의 부인과 은밀히 정을 나눈다는 소문이 들립니다. 만일 이런 사실을 이각이 안다면 장군을 해치려 할 것이니, 무슨 수를 써서라도 부인은 그 두 분의 왕래를 끊도록 하심이 좋을 것입니다."
"요즈음 외박이 잦아 좀 괴이하다고 생각했는데, 그런 나쁜 짓을 하고 다닐 줄이야! 부인께서 말씀해주시지 않았다면 저는 그 사실을 모를 뻔했구려. 내 기필코 꼬리를 잡겠습니다."
양표의 아내가 돌아가려 하자, 곽사의 아내는 몇 번이나 되풀이하여 고맙다고 치사했다.
며칠이 지난 어느 날, 곽사가 이각의 집에 연회가 있다고 하며 외출하려고 하자, 곽사의 처가 가로막았다.
"이각은 성미가 괴팍한 사람입니다. 그리고 두 영웅은 한자리에 설 수 없는 법입니다. 만일 음식에 독약이라도 섞게 된다면 소첩의 신세는 어떻게 되겠습니까?"
곽사가 아내의 만류에도 불구하고 부득불 나가려 하자, 아내도 적극 가지 말라고 말렸다. 곽사는 할 수 없이 외출을 포기했다.
이 날 저녁 늦게 이각의 집에서는 사람을 시켜 술과 안주를 보내왔다.
곽사의 아내는 이각의 집에서 보낸 음식에 몰래 독약을 넣어 곽사 앞에 내놓았다.
곽사가 음식을 먹으려 하자 그의 처가 끼여들었다.
"밖에서 들어온 음식을 왜 함부로 드시려고 하십니까?"
부인이 마당의 개에게 그 음식을 먹이니 개가 그 자리에서 뻣뻣이 죽어 넘어지는 게 아닌가!
이로부터 곽사는 이각을 의심하게 되었다.

어느 날 조정에서의 회의가 끝난 후, 이각은 지난 연회에 곽사가 오지 아니하여 섭섭했다며, 곽사를 집으로 초대하여 음식을 베풀었다. 밤이 으슥하여 연회가 끝나고, 만취한 곽사가 귀가하자 공교롭게도 복통을 일으켰다.
　곽사의 처는 그것 보라는 듯이 이죽거렸다.
　"잡수신 음식에는 반드시 독약이 들어 있었을 것입니다."
　곽사의 처는 사람을 시켜 소금물을 가져오도록 하여 곽사에게 먹였다.
　한바탕 토한 곽사는 살기가 등등한 얼굴로 씩씩거렸다.
　"내가 그놈과 같이 큰일을 도모했거늘 이제 와서 아무런 죄도 없는 나를 죽이려 하다니, 내가 먼저 그를 죽여버릴 테다."
　곽사는 즉시 자기 수하의 병사를 거느리고 이각의 집으로 쳐들어갔다.
　이 소식을 전해 들은 이각은 크게 분개하여 소리쳤다.
　"곽사란 놈이 하룻강아지 범 무서운 줄 모르는구나!"
　이각 역시 수하의 병사를 거느리고 곽사를 치러 나섰다. 두 장수가 거느린 군사는 수만에 이르렀으며 바로 장안성 아래에서 혼전을 벌였는데, 이 틈을 타 병사들이 백성들을 약탈하는 일도 생겼다.
　이각의 조카 이섬(李暹)은 군사를 거느리고 궁궐을 에워싼 후 수레 두 채를 끌어내어 한 채에는 천자를, 또 다른 한 채에는 황후를 태워 가후(賈珝)와 좌령(左靈)으로 하여금 끌고 나가도록 지시했다. 그리고 내시와 궁인들은 걸어서 궁궐을 빠져나갔다.
　일행이 대궐의 후문을 통과하려 할 때, 곽사의 군사와 맞닥뜨려 서로 활을 당기는 혈전을 벌이는 판에 수많은 궁인이 죽었다.
　양편의 군사가 서로 어우러져 싸울 때, 이각이 군사를 이끌고 곽사의 배후를 공격하자, 곽사는 군사를 이끌고 달아났다. 천자와 황후가 탄 수레는 이 틈을 타서 겨우 성을 빠져 나와 이각의 진지에 이르게 되었다.
　곽사는 군사를 이끌고 궁궐로 들어가 금은보화를 노략질하고 궁녀들을 겁탈하고 궁전을 불태웠다.
　다음날 이각이 천자를 데려간 사실을 안 곽사는 다시 군사를 이끌고 이각의 진지를 향해 달렸다. 천자와 황후를 빼앗기 위해서였다.
　후세 사람이 이 가공스러운 광경을 연상하고는 탄식하여 처절한 시 한편을 남겼다.

광무에 중흥한 한나라가 흥하여	光武中興興漢世
상하에서 12제를 이어갔네.	上下相承十二帝
환제·영제 무도하여 종묘사직 무너지고	桓靈無道宗社墮
환관이 권력을 농권하여 말세가 되었네.	閹臣擅權爲叔季
무모한 하진이 어찌 삼공이 되리.	無謀何進作三公
간신을 없애려다 간웅을 불러들였네.	欲除社鼠招奸雄
승냥이와 수달 대신 범과 이리가 들고	豺獺雖驅虎狼入
서주에선 외려 내시들이 음흉한 짓을 하네.	西州逆豎生淫凶
왕윤은 진심으로 부녀자에게 의탁했고	王允赤心託紅粉
동탁과 여포는 서로 모순을 이루었네.	致令董呂成矛盾
괴수들 다 없애면 천하가 태평하련만	渠魁殄滅天下寧
누가 이각과 곽사의 심회의 울분을 알랴.	誰知李郭心懷憤
신주의 가시밭길 왜 다투나.	神州荊棘爭奈何
육궁은 굶주린 채 전쟁에 시달린다.	六宮饑饉愁干戈
인심은 이미 천명을 버리고 떠났는데	人心旣離天命去
영웅들은 산하를 갈라서 할거한다.	英雄割據分山河
후왕은 이를 거울삼아 왕업을 지키고	後王規此存兢業
나라가 외모(外侮)를 받지 않도록 등한히 하지 말지어다	莫把金甌等閒缺
참살당한 생령은 썩어 문드러져	生靈糜爛肝腦塗
뇌장이 땅에 흩어지고 시체는 그냥 방치되었네.	剩水殘山多怨血
남은 물, 남은 산이 온통 원혈인데	我觀遺史不勝悲
유사를 보는 나는 슬픔을 못 이기고	今古茫茫歎黍離
예나 이제나 세상의 무상함을 탄식하네.	人君當守苞桑戒
임금은 근본을 견고히 지킬 일.	太阿誰執金綱維
태아 중에 누가 강유를 잡을 것인가?	

한편 군사를 일으킨 곽사는 이각의 진지를 급습했지만 별다른 소득이 없었으므로 퇴각할 수밖에 없었다.

이 틈을 타서 이각은 황제와 황후를 태운 수레를 미오로 옮겨 조카 이섬으로 하여금 지키도록 하고 그들을 철저히 외부와 단절시켰다. 뿐만 아니라 음식까지도 제대로 대어주지 않아 시신(侍臣)들의 얼굴에는 모두 굶주린 빛이 역력했다.

황제는 이각에게 사람을 보내어 기름진 쌀과 고기를 보내라고 했다. 좌우의 시신들을 먹이기 위해서였다.

"조석(朝夕)으로 그토록 차려주는데 무엇이 또 부족하다는 말인가?"

이각은 역정을 내면서 썩은 고기와 묵은 냄새가 나는 양곡을 보내왔는데, 그것은 도저히 먹을 수가 없었다.

기가 막힌 황제는 한탄을 금치 못했다.

"비록 역도들이라 할지라도 이토록 사람을 우롱하다니 …….!"

이 때 시중 양표가 급히 아뢰었다.

"이각은 성미가 포악한 놈입니다. 이렇게 된 이상 폐하께서는 꾹 참으시고 그와 맞서지 마시옵소서."

천자는 그 말을 듣고 아무 말 없이 눈물을 흘렸다. 눈물은 천자의 곤룡포(袞龍袍)를 타고 흘러내렸다.

이 때였다.

"저쪽에서 창검을 휘두르며 군마가 달려오고 있습니다. 천지가 진동하도록 쇠붙이와 북을 울리며 황제 폐하를 구하러 온다는 소문입니다."

좌우 신하의 이러한 갑작스런 보고가 있었다. 천자는 쇠·북소리와 군마의 말발굽 소리를 들었다. 그러나 그것이 곽사의 군사임을 안 황제는 깊은 수심에 잠겼다.

이 때 미오성 밖에서 또 다른 함성이 들려 천자는 귀를 기울였다. 그것은 이각이 곽사의 군사를 맞아 싸우려고 군사를 이끌고 나온 것이었다.

이각이 채찍을 높이 들어 곽사를 보고 외쳤다.

"이놈아, 난 너를 박대하지 않았는데 네놈은 왜 나를 모함하여 해치려 하느냐?"

이각과 곽사는 대 교전을 벌이고, 《繡像全圖三國演義》에서

곽사도 만만치 않았다.
"이 역적놈아, 너 같은 놈을 죽이지 않고 그럼 누구를 죽인단 말이냐!"
"이놈아, 나는 황제를 보호하고 있는데 내가 왜 역적이란 말이냐!"
"그것이 황제 폐하를 감금한 것이지 보호한 것이냐?"
"닥치거라 이놈, 우리 서로 싸워서 이기는 편이 황제를 모시기로 하자."
이리하여 양측에서는 각기 군사를 내어 100여 차례나 싸웠으나, 결국 승부가 나지 않았다.
이 때 양표가 급히 말을 달려오며 외쳤다.
"두 장군은 잠깐 싸움을 중단하시오. 이 늙은이가 이렇게 급히 말을 달려온 것은 두 장군을 화해시키기 위해서요."
이리하여 이각과 곽사는 각기 군사를 이끌고 각자의 진영으로 돌아갔다.
양표는 주전과 더불어 60여 명의 조정 대신들과 협의하고, 먼저 곽사의 진지로 찾아가 화해를 청하기로 했다. 그러나 곽사는 이들을 모두 감금해버렸다.

　대신들은 입을 모아 항의했다.

　"우리들은 좋은 일을 하기 위해 여기에 왔는데 왜 우리를 이렇게 대하는 겁니까?"

　"이각은 천자까지 감금했거늘 내가 공들을 감금할 수 없다는 말이오?"

　"한 사람은 천자를, 또 한 사람은 우리 대신들을 감금하여 도대체 어쩌자는 것이오?"

　양표가 항의하자 곽사는 성을 불끈 내면서 허리에 찬 칼을 뽑아 양표를 죽이려 했다. 중랑장 양밀이 이를 만류했다. 곽사는 양표와 주전은 놓아주었으나, 나머지 대신은 그대로 감금해 두었다.

　"한 나라의 신하된 몸으로 나라와 군주를 바로 모시지 못하고 어찌 살아남아 하늘을 볼 수 있겠습니까!"

　양표와 주전은 한없이 흐르는 눈물을 닦으며 이런 말을 주고받았다. 해가 서산으로 기울 때까지…….

　주전은 그 길로 귀가한 후, 병을 얻어 그만 죽고 말았다.

　이후 이각과 곽사는 50여 일을 계속하여 싸웠는데, 이로 인하여 죽은 자는 헤아릴 수도 없었다.

　한편 이각은 해괴망측하고 요사스러운 술법을 좋아하여 진중에 항상 무녀(巫女)를 불러들여 강신(降神)한답시고 북을 울리고 야단법석을 떨곤 했다.

황제를 도운 가후

　이를 보다못한 가후가 수차에 걸쳐 그 일을 중지하도록 간하였으나, 이각은 들은 체도 하지 않았다.

　가후의 이러한 태도를 지켜보던 시중 양기(楊琦)가 은밀히 황제께 아뢰었다.

　"신이 지켜보건대 가후는 비록 이각의 심복이기는 하오나 폐하를 잊은 사람은 아닌 것 같습니다. 제 생각에는 폐하께서 그와 일을 도모함이 좋을까 합니다."

이 때, 난데없이 가후가 불쑥 나타났다.

헌제는 좌우의 대신을 물리고 눈물어린 목소리로 가후에게 물었다.

"경은 한나라 조정을 가엾게 여겨 짐을 구할 수 없겠는가?"

"그건 소신이 원하던 바입니다. 폐하께서는 가만히 계시옵소서. 신이 알아서 수습하겠나이다."

가후가 땅에 엎드려 아뢰니 황제는 눈물을 흘리며 치하했다.

얼마 후 이각이 나타났다. 허리에 칼을 차고 나타난 이각을 본 황제는 그만 사색이 되고 말았다.

황제 앞에 나타난 이각은 거드름을 피웠다.

"곽사는 신하라고 할 수 없는 놈입니다. 그는 조정의 대신들을 감금하고 왕위를 빼앗으려 했습니다. 소신이 아니었더라면 폐하께서는 놈에게 붙잡혀 가셨을 것입니다."

황제가 이각의 손을 잡고 치하하니 이각은 어전을 물러났다.

바로 이 때, 황보력(皇甫酈)이 나타나서 황제를 배알했다. 황제는 황보력이 말주변이 뛰어나고 더욱이 이각과는 동향인이라는 사실을 알고 그에게 이각과 곽사를 화해시키라는 명령을 내렸다.

황보력은 황제의 명을 받들어 곽사의 진영에 도착했다.

"만일 이각이 천자를 돌려보낸다면, 나도 대신들을 풀어주겠소."

곽사의 이 말을 들은 황보력은 곧 이각에게로 달려갔다.

"지금 천자께서는 내가 공과 같은 서량 사람임을 아시고 나에게 공과 곽사 두 분의 화해를 부탁하셨습니다. 그리고 곽사는 이미 천자의 뜻을 받들기로 했습니다. 공께서는 어떻게 하시겠습니까?"

"나는 여포를 패주(敗走)시킨 큰 공이 있을 뿐 아니라 정사(政事)를 보필한 지 이미 4년, 기타 공훈은 말할 것도 없소. 천하가 다 알다시피 곽사란 놈은 일개 마적(馬賊)이오. 그런 놈이 감히 대신들을 가두고 나와 맞서 싸우려 하니, 그런 놈은 죽여 마땅하오! 공도 아는 바와 같이 내 휘하에는 뛰어난 책사(策士)와 장수가 많소. 내가 무엇이 그놈보다 못하여 화해한다는 말이오?"

"그렇지 않습니다. 예전에 유궁국(有窮國)의 후예(后羿)는 자기의 활 쏘는 재주만 믿고 뒷일을 생각지 않았기 때문에 멸망한 적이 있었습니다. 또한 공께서도 아시는 것처럼 근래의 동 태사도 비록 세력은 막강했었으나, 그의 양아들 여포가 은혜를 원수로 갚았기에 결국 그에게 목이 잘려 죽고 말았소. 강하고 센 것만이 능사(能事)는 아니오. 뿐만 아니라 공께서는 상장(上將)의 몸으로 모든 권세를 한 손에 쥐셨고 아울러 자손과 일가친척이 모두 높은 벼슬에 올라 있으니, 성은을 입지 않았다고 할 수는 없을 것입니다. 그러니 지금 곽사가 대신들을 감금하고 있는 것과 공께서 천자를 감금하고 있는 것이 무엇이 다르다는 말씀입니까?"

황보력의 말이 끝나기도 전에 이각은 칼을 빼어 휘두르며 소리쳤다.

"천자가 너더러 나를 욕하라 하더냐? 당장에 목을 베어 죽일 놈 같으니……."

이런 위급한 순간에 기도위 양봉(楊奉)이 얼른 이각을 가로막으며 끼여들었다.

"곽사를 제거시키기 전에 천자의 사자를 죽인다는 것은 곽사에게 군사를 일으킬 명분을 주는 것입니다. 그렇게 되면 여러 제후들은 모두 곽사를 도울 것입니다."

옆에 있던 가후도 적극 이각을 만류시키니 그제서야 이각의 노여움이 조금 풀렸다.

가후가 황보력을 이끌고 밖으로 나가니 황보력은 큰소리로 목청껏 외쳤다.

"이각은 천자의 조서를 받들지 않고, 오히려 천자를 죽이고 스스로 천자가 되려고 한다!"

깜짝 놀란 시중 호막(胡邈)이 급히 달려와 말했다.

"말조심하십시오. 신상에 해로우십니다."

"이놈 호막아, 네놈 역시 조정의 신하로서 어찌 적도들의 사냥개 노릇을 한단 말이냐? 임금이 욕을 당하면 신하는 마땅히 죽어야 하는 것, 내 비록 이각의 손에 죽는다 하더라도 그것이 곧 내 본분일 뿐이다."

황보력은 호막을 꾸짖었다.

이 사실을 안 황제는 급히 영을 내려 황보력을 서량으로 돌려보냈다.
이각의 군사들은 거의가 서량 사람들로 게다가 그는 강족(羌族)들의 도움을 받고 있었다. 황보력이 미오에서 돌아오니 서량 사람들이 황보력을 찾아갔다.
황보력이 그들에게 말했다.
"이각은 모반자다. 그를 따르는 자 역시 역적으로 몰려 큰 후환을 당할 것이다."
서량 사람들이 이런 말을 듣고 걱정하자 군심이 점차로 동요하였다.
이런 소문을 들은 이각은 크게 노하여, 왕창(王昌)에게 서량으로 가 황보력을 죽이라고 명했다. 그러나 황보력이 충신임을 잘 알고 있는 왕창은 서량까지 가지도 않고 되돌아와서, 이각에게 거짓 보고를 했다.
"황보력은 어디로 도망쳤는지 행방을 알 수 없었습니다."
때를 같이하여 가후 역시 강족들에게 밀서를 보내어 충동질했다.
"천자께서는 여러분의 충의와 오랜 전투에서의 노고를 이미 알고 계십니다. 그래서 여러분들이 빨리 귀환하도록 밀조를 내리셨으니, 그 밀조를 받들어 귀환하는 자에게는 후에 천자께서 큰 상을 내리실 것입니다."
강족들은 그렇지 않아도 이각이 상과 벼슬을 내리지 않음에 불만을 품고 있던 터에 가후의 이 말을 듣게 되자, 병사들을 이끌고 돌아가 버렸다. 가후는 다시 황제에게 은밀히 상주문을 올렸다.

이각은 욕심이 한이 없는 자이옵니다. 지금 그의 군사들이 모두 흩어진 이 마당에 그에게 큰 벼슬을 내리겠다고 하여 그를 달래도록 하옵소서.

황제는 이각에게 대사마의 벼슬을 내렸다.
이각은 기뻐 어쩔 줄을 몰랐다.
"이는 무녀가 강신 기도를 올린 신통력 덕분이로구나."
이각은 기뻐하며 무녀들에게 상을 후히 내렸으나, 그를 도와 싸운 장군들에게는 상을 내리지 않았다. 이각의 이런 태도에 기도위 양봉은 크게 노하여 송과(宋果)와 공모하기 시작했다.

"우리들은 죽음을 무릅쓰고 화살과 돌덩이가 나는 속에서 죽자 사자 싸웠거늘, 우리들의 공이 무당들의 공만도 못하다는 말인가?"

"그 역적놈을 잡아죽이고 천자를 구하는 게 어떻겠는가?"

"자네는 오늘 밤 군중(軍中)에 불을 지르게. 나는 그걸 신호로 하여 밖에서 군사를 거느리고 이각을 치겠네."

이렇게 두 사람은 모의를 마치고 한밤중이 되기를 기다리고 있었다. 그러나 불행히도 이 사실을 알고 있던 자가 이각에게 둘의 모의를 밀고하고 말았다. 이각은 즉시 송과의 목을 베었다.

한편 이런 사정도 모른 채 성 밖에서 군사를 이끌고 신호가 있기만을 기다리고 있던 양봉은 초조하기 짝이 없었다.

그 때였다. 아닌 밤중에 홍두깨격으로 이각이 손수 군사를 이끌고 나타나지 않는가. 이리하여 양편의 군사는 동이 틀 무렵까지 싸웠으나, 양봉은 싸움에 승산이 없다고 생각되자 군사들을 이끌고 서안(西安)으로 도망쳐 버렸다.

그러나 그 이후 이각의 군사는 점점 줄어들기 시작하여 군세가 더욱 약해진 데다 또한 곽사의 공격까지 받게 되니 다치고 죽는 자가 부지기수였다. 이런 와중에 갑자기 보발이 와

"섬서성의 장제(張濟)가 대군을 이끌고 쳐들어와서, '이각·곽사 두 장수는 즉각 화해를 하라. 이를 거역하면 군사를 이끌어 공격하겠다'고 합니다"고 보고했다.

어쩔 수 없는 상황에 놓인 이각은 장제의 진중에 사람을 보내어 곽사와의 화해안을 받아들였다. 곽사 역시 화해안을 받아들이지 않을 수 없었다.

장제는 황제에게 상주문을 보내어 홍농군(弘農郡)으로 행차하시도록 권했다.

황제는 기쁨을 감추지 못했다.

"짐이 동도(東都) 낙양을 그리워한 지 오래다. 이제 낙양으로 가게 되었으니 천만다행이로구나."

황제는 장제에게 표기장군의 벼슬을 내렸다.

장제는 문무백관들에게 양식과 술과 고기를 대접했다. 곽사 역시 진영

안에 가둬둔 백관들을 풀어주었다.
 이각은 황제가 탄 수레를 수백 명의 어림군(御林軍)에게 정중히 호송하도록 하여 신풍(新豊)을 지나 패릉(覇陵)에 이르렀다.
 이미 가을은 깊어 찬바람이 소매 속으로 파고들었다.
 황제가 탄 수레가 어느 다리목에 이르렀을 무렵, 때 아닌 함성이 들리더니 난데없이 수백의 군사들이 다리 위에 서서 황제의 수레를 가로막았다.
 "너희들은 웬놈들이냐?"
 시중 양기가 말을 달려 다리 위로 뛰쳐나가며 소리쳤다.
 "성상의 행차시다. 어느 놈이 감히 앞을 막느냐?"
 저편에서도 두 장수가 앞으로 나오며 말했다.
 "우리는 곽사 장군의 명을 받들어 이 다리를 지키고 있다. 너희들의 말대로 성상의 행차시라면 우리가 친히 뵙고 확인해야만 하겠다."
 양기는 말에서 내려 황제의 수레 앞에 친 발을 올렸다.
 "짐이 여기 있다. 너희들은 길을 비켜라."
 근엄하신 황제의 어명에 두 장수는 만세를 부르며 양편으로 길을 비켜 황제의 수레가 통과하도록 했다.
 두 장수는 진지에 돌아가 곽사에게 황제의 수레가 지나갔다는 사실을 알렸다.
 "나는 지금으로서는 장제의 대군을 당해낼 수 없어 화친을 맺었던 것이다. 이제 황제가 탄 수레를 납치하여 미오로 다시 모시려 했는데 왜 네놈들 마음대로 통과시켰다는 게냐?"
 곽사는 두 장수의 목을 단칼에 베고 군사를 일으켜 황제의 뒤를 쫓았다.
 한편, 황제가 탄 수레가 화음현에 이를 무렵, 등뒤에서 천지가 떠나갈 듯한 군사들의 고함 소리가 들렸다.
 "황제의 수레는 멈추시오."
 황제는 눈물을 글썽이며 대신들에게 물었다.
 "이리를 피하다가 범을 만난 격이로구나. 이제 어찌하면 좋겠느냐?"
 모든 대신들도 그저 아연실색할 뿐이었다.
 적도들이 더욱 가까이 다가오고 있을 때, 산모퉁이에서 또 다른 무리들이 함성을 지르고 북을 울리며 나타나더니 한 장수가 말을 달려 뛰어나왔다. 그는 '대한 양봉(大漢楊奉)'이라고 커다랗게 쓴 기를 앞세우고 천여 명의 군사를 거느리고 있었다.

원래 양봉은 이각에게 패한 후 군사를 이끌고 종남산(終南山) 아래 진을 치고 있다가 황제의 수레가 온다는 말을 듣고 황제를 호위하기 위하여 나타난 것이다.

양봉은 황제의 수레를 납치하기 위하여 나타난 곽사의 군사를 보고 급히 진을 치고 대항하니, 곽사의 부장 최용(崔勇)이 앞으로 말을 달려나오며 반적 운운하며 양봉을 꾸짖었다. 화가 머리끝까지 치민 양봉은 자기 진을 향하여 외쳤다.

"공명(公明)은 게 있느냐!"

그러자 한 장수가 커다란 도끼를 들고 나는 듯이 말을 몰아 나와서 최용을 맞아 싸웠다.

두 장수가 어우러져 제대로 싸워보지도 못하고 최용은 말에서 굴러떨어졌다. 이 틈을 타서 양봉이 군사를 휘몰아치니 곽사의 군사는 크게 패하여 20여 리나 도망쳤다.

양봉은 다시 군사를 수습하고 황제를 알현했다. 황제는 양봉을 치하했다.

"경이 짐을 구했구려. 실로 그 공이 크도다."

양봉은 고개를 숙여 황제에게 예를 올렸다.

황제가 다시 묻는다.

"아까 적의 목을 벤 장수는 누구인고?"

양봉은 황제의 명을 받들어 그 장수를 수레 앞으로 데려왔다.

"예, 이 사람은 하동(河東)의 양군(楊郡) 사람 서황(徐晃)으로, 자를 공명이라 하옵니다."

황제는 공명을 치하했다.

양봉이 황제의 수레를 호위하여 화음에 이르니, 장군 단외(段煨)가 의복과 음식을 갖추어 황제께 올렸다.

이날 밤 황제는 양봉의 영내에 숙소를 정했다.

다음날 곽사는 다시 군사를 이끌고 공격해왔다. 비록 공명이 앞에 나서서 적도들을 막았으나, 그들이 사면팔방으로 포위하여 천자와 양봉은 위기에 처하게 되었다.

그 때 동남쪽에서 때 아닌 함성이 들리더니 한 장수가 군사를 이끌고 말을 달려 쫓아왔다. 그러자 적도들은 뿔뿔이 흩어졌다.

이 틈을 타서 공명이 적도들을 공격하니, 곽사의 군사는 또다시 패하여 도망치고 말았다.

황제를 구출한 동승

위기에 처한 황제를 구출한 장수가 앞으로 나와 황제를 뵈었다. 그는 다름 아닌 동승이었다. 동승을 만난 황제는 울먹이며 지난날을 얘기했다.

동승은 황제를 위로했다.

"폐하, 염려하지 마십시오. 저와 양봉이 기필코 이각·곽사 두 역도의 목을 베어 천하를 바로잡겠습니다."

동도(東都 : 낙양)로 가겠다는 황제의 뜻에 따라 동승과 양봉은 황제의 수레를 호위하여 밤낮없이 홍농을 향하여 말을 몰았다.

한편 패한 군사를 이끌고 돌아가던 곽사는 이각을 만났다.

"양봉과 동승이 황제의 수레를 빼앗아 홍농으로 갔소. 그들이 산동에 자리를 잡게 되면 틀림없이 천하에 포고하여 여러 제후들과 더불어 장군과 나의 삼족을 멸하려 들 것이오."

"지금 장제가 군사를 이끌고 장안에 진을 치고 있으니, 그들은 가볍게 움직이지 아니할 것이오. 그러니 장군과 내가 서로 힘을 합하여 홍농으로 쳐들어가 황제를 죽여버리고 천하를 반분하면 될 것이 아니오?"

이각이 이렇게 말하자 곽사의 얼굴에 기쁜 빛이 번뜩였다.

둘은 곧 군사를 한곳에 집결시켜 곧장 홍농을 향하여 치달렸다.

양봉과 동승은 멀리서 이각과 곽사의 역도들이 군사를 이끌고 쳐들어온다는 말을 듣고, 군사를 돌려 동간(東澗)에서 적도들을 맞아 싸웠다.

이각과 곽사는, 저편은 중과부적이니 혼전을 하면 반드시 승리할 것이라

헌제는 눈물을 흘리며 이각을 욕하다. 《新鐫全像通俗演義》三國志傳卷之三에서

는 데 의기투합하여, 곽사는 우측에서 이각은 좌측에서 군사를 휘몰아치니 그들의 군사는 동간 평야를 메우는 듯했다.

양봉과 동승이 힘을 합하여 한편으로는 적도들을 맞아 싸우고, 한편으로는 황제와 황후를 호위하여 분전하였으나, 많은 대신과 궁인·전적·기타 일체의 어용지물(御用之物)은 포기할 수밖에 없었다.

곽사는 군사를 이끌고 홍농으로 들어가 부녀자를 겁탈하고 백성들의 재산을 마구 빼앗았다.

양봉과 동승은 가까스로 황제와 황후를 모시고 섬북(陝北)으로 달아나니, 이각·곽사는 군사를 나누어 이들을 추격했다. 양봉과 동승은 그들을 맞아 싸우는 한편, 급히 황제의 밀조를 하동으로 보내어 한섬(韓暹)·이락(李樂)·호재(胡才) 세 장수에게 구원을 청했다.

이락은 원래 산적이었으나 어쩔 수 없이 그에게도 원병을 청할 수밖에 없었던 것이다.

세 장수는 황제께서 지난날의 죄를 사하고 벼슬을 내린다는 말을 듣고 아니 갈 수가 없었다. 그들은 휘하의 무리를 거느리고 가 동승과 상의하여 사후 보장을 받은 후, 일제히 공격하여 홍농을 다시 탈환했다.

이 때 이각과 곽사는 이르는 곳마다 백성의 재산을 빼앗고, 노약자는 죽이고 젊은 장정은 강제로 붙잡아들여 그들을 감사군(敢死軍)이란 이름 아래 화살받이로 이용하니, 그들의 군세는 날로 커가기만 했다.

한편 이락의 무리들이 위양(渭陽)에 이르렀을 때, 곽사는 산적들의 근성을 역이용하여 자기 편 군사들에게 입고 있는 의복과 물건들을 길거리에 버리도록 했다.

아니나다를까. 이락의 무리들은 길거리에 흩어진 의복과 물건을 보고 하나라도 더 줍느라고 혈안이 되어 대오가 흩어지고 말았다.

이 때를 놓칠세라 이각과 곽사의 군사가 사방에서 공격하니, 이락의 무리들은 그만 패하여 도망쳤다.

양봉과 동승은 쉴 틈도 없이 황제의 수레를 호위하여 북으로 달아났다. 그 뒤로는 여전히 이각과 곽사의 군사가 뒤쫓아왔다.

이락이 황제께 아뢰었다.

"사태가 매우 급하게 되었습니다. 폐하께서는 말을 타고 먼저 피하십시오."

"짐이 어이 백관들을 버리고 홀로 달아난다는 말이냐?"

황제의 이 말에 모든 신하들은 울면서 뒤를 따랐다.

호재는 뒤쫓는 적도들을 맞아 싸웠으나 중과부적으로 적도들에게 죽음을 당했다. 동승과 양봉은 급하게 추격해오는 적도들을 보고 황제에게 청하여 수레를 버리고 걷도록 했다.

이락의 방자한 행위

일행이 황하 연안에 이르니 이락의 무리는 작은 배 한 척을 준비하여 가까스로 황하를 건너게 하였다.

때는 엄동설한인지라 황제와 황후는 갖은 고생을 다하며 연안에 이르렀으나 연안이 너무 높아 도저히 배를 탈 수가 없었다.

뒤에서는 적도들이 계속 추격해오고 있었다.

"말고삐를 풀어 마주 이어서 폐하의 허리에 묶은 후 배에 오르는 길밖에

漢帝后登舟避難

헌제는 배에 올라 난을 피하다. 《新鐫全像通俗演義》三國志傳卷之三에서

없겠습니다."

양봉이 이렇게 말했다.

이 때 황후의 친정 아버지 복덕(伏德)이 10여 필의 흰 비단을 내놓았다.

"제가 난 중에 습득한 비단입니다. 이것을 이용하여 배에 오르도록 합시다."

행군교위 상홍(尙弘)이 그 비단을 이용하여 황제와 황후를 차례로 배에 오르게 했다.

이락이 뱃머리에서 칼을 빼어 들고 서로 먼저 오르려는 사람들을 제지했으나, 그들은 줄을 움켜쥐고 놓질 않았다.

가까스로 배가 움직여, 황제와 황후를 건네드린 후에 다시 배를 띄워 사람들을 도강(渡江)시켰으나, 미처 배에 오르지 못한 사람들은 연안에서 손을 흔들며 천지가 떠나갈 듯 대성통곡을 했다. 그도 그럴 것이, 강을 못 건너면 적도들의 손에 죽을 수밖에 없기 때문이었다.

도강한 사람은 황제와 가장 가까운 측근 십여 명에 지나지 않았다.

어디서 구했는지 양봉이 소달구지 한 대를 구하여 황제를 모시고 겨우 대양(大陽)에 다다랐다.

밥을 굶은 채 늦게서야, 전쟁 때문에 텅 빈 기와집 한 채를 발견하고 들어가니 촌로 하나가 조밥을 올렸다. 황제와 황후가 그것을 먹으려고 했으나

너무 깔깔하여 넘길 수가 없었다.

다음날 황제가 이락을 정북장군(征北將軍)에, 한섬을 정동장군(征東將軍)에 각각 봉하고 길을 나서는데, 두 대신이 나타나 수레 앞에 엎드렸다. 그들은 바로 양표와 한융(韓融)이었다. 그들을 다시 만난 황제와 황후는 재회의 기쁜 눈물을 흘렸다.

한융이 황제 앞에 꿇어 엎드려 아뢰었다.

"이각·곽사 두 역도놈은 제 말을 잘 믿는 편입니다. 신에게 군사만 내어주신다면 그들을 잡아죽일 터이니 폐하께서는 너무 걱정하지 마시고 옥체를 보존하십시오."

한융이 적진을 향하여 떠난 후, 이락은 어전에 들어와 양봉의 영채에서 잠시 쉬는 것이 좋겠다는 의견을 제시했다.

그 후 양표의 청에 의하여 황제는 몸을 피하고자 안읍현(安邑縣)에 당도했는데, 황제가 거처할 만한 집이 마땅치 않아 할 수 없이 어느 초가에 들게 되었다.

그 초가엔 문도 울타리도 없었다. 황제와 대신들은 임시 방편으로 가시나무로 울타리를 쳐 거기에서 지낼 수밖에 없었고, 장군들은 군사를 거느리고 울타리 밖에서 야영하게 되었다.

산적이었던 이락은 이후부터 전권을 휘둘렀으며, 조금만 자기의 비위에 거슬리는 백관이 있으면 어전이고 어디고 가릴 것 없이 행패와 욕지거리를 서슴지 않았다. 심지어 황제께 올리는 음식도 막걸리나 거친 잡곡밥이었으며, 황제는 이를 마다할 수가 없었다.

또한 이락과 한섬은 연명(連名)으로 황제에게 자기들의 졸개였던 천한 노복·무녀·하인배를 가릴 것 없이 200여 명에게 교위(校尉)나 어사(御史) 등의 벼슬을 내려 달라고 압력을 가했다.

당시 옥새를 갖고 있을 까닭이 없는 황제는 나뭇조각에 송곳 같은 것으로 글씨를 파서 사령장(辭令狀)을 대신했으니, 황제의 체통은 말이 아니었다.

한편 어전을 떠난 한융은 이각과 곽사를 만나 설득시키니, 그들은 인질로 잡아둔 백관과 궁녀들을 풀어주었다.

그 해에는 또 흉년까지 들어 백성들은 초근목피(草根木皮)로 연명할 수밖에 없었으며, 굶어 죽은 자들의 시체 때문에 발을 옮길 수가 없을 지경이었다.
　이런 중에 하내 태수 장양과 하동 태수 왕읍(王邑)이 쌀과 고기, 비단을 바쳐 황제는 겨우 기근과 추위를 견딜 수 있었다.
　동승과 양봉이 서로 협의하여 낙양의 궁전을 수축케 하고 황제를 낙양에 모시려 했으나, 이락은 이를 극구 반대하여 황제의 환도를 막았다.
　할 수 없이 동승은 이락을 찾아가서 말했다.
　"낙양은 원래 천자가 계시던 도읍지요. 안읍 같은 소읍에 언제까지나 황제를 계시게 할 수는 없지 않소? 지금 황제를 낙양으로 모시는 것은 이치에 합당한 일이오."
　"그대들이나 천자를 모시고 가시오. 나는 여기에 남겠소."
　이락의 이런 퉁명스러운 대답을 들은 동승이 황제를 모시고 낙양으로 떠나자, 이락은 비밀리에 이각과 곽사에게 사람을 보내어 황제를 납치할 음모를 꾸몄다.
　이들의 음모를 미리 탐지한 동승·양봉·한섬은 즉각 군사들에게 황제가 탄 수레를 물샐틈없이 호위하도록 명령하여 낙양으로 향하는 발걸음을 재촉했다.
　이런 사실을 보고받은 이락은 이각과 곽사의 군사가 도착할 때까지 기다릴 수 없어 스스로 군사를 이끌고 황제의 뒤를 추격했다. 황제의 뒤를 추격하던 이락은, 그 날 4경쯤에 기산(箕山) 아래에서 황제를 모시고 가는 동승 일행을 만나게 되었다.
　"수레를 멈추어라! 이각·곽사가 예 왔다."
　황제가 깜짝 놀라 고개를 들었을 때, 이미 기산의 산상에는 횃불이 훤히 켜져 있다.
　황제는 소리지른 자가 이락이란 사실을 알 까닭이 없었다.
　전에는 두 적도가 두 패로 나뉘었으나, 이번에는 세 적도가 하나로 뭉친 격이었다. 비록 한나라의 황제라 하더라도 이 난국을 벗어날 방법을 알지 못하는 것은 참으로 당연했다.
　과연 황제의 운명은 어떻게 될 것인지…….

14. 대권을 쥔 조조

조맹덕이가행허도　　　여봉선승야습서군
曹孟德移駕幸許都　　　呂奉先乘夜襲徐郡

조조는 천자를 허도(허창)로 모셔오고, 여포는 야밤에 서군을 기습하다.

황폐한 낙양

한편 이각과 곽사를 사칭(詐稱)하고 나타난 이락의 추격을 받은 황제가 어쩔 줄 몰라 당황하자, 곁에 있던 양봉이 황제를 위로했다.
"저놈은 이각과 곽사가 아니라 이락입니다."
양봉이 서황을 보내어 이락을 물리치도록 명을 내리니, 이락도 질세라 앞으로 나와 서황과 맞섰다.
둘이 맞서 채 한 번 싸우기도 전에 서황이 휘두르는 칼에 이락은 말 위에서 나뒹굴어 떨어졌으며, 뿔뿔이 흩어진 남은 무리들은 죽임을 당했다.
이렇게 하여 황제를 모신 수레가 낙양에 이르는 길목인 기관(箕關)에 도착하니, 태수 장양이 길에 나와 곡식과 비단을 바쳤다. 황제가 장양에게 대사마의 벼슬을 내렸으나, 장양은 한사코 이를 거절하고 군사를 이끌고 야왕(野王)으로 떠났다.
황제의 수레는 무사히 낙양에 이르렀으나, 궁전은 불타고 시가지는 황폐

백관은 형극에서 조례드리다. 《新鍥全像通俗演義》三國志傳卷之三에서

하기 이를 데 없이 잡초만 무성하였으며, 궁궐의 담장은 허물어져 있었다.

황제가 우선 양봉으로 하여금 소궁(小宮)을 수리하게 하여 드니, 문무백관들은 조례(朝禮) 때마다 가시덤불 위에 서 있어야 했다.

이 때 황제는 흥평(興平)이라는 연호를 고쳐 건안(建安) 원년(서기 186년)이라 했다.

이 해 역시 크게 흉년이 들어, 낙양성 안의 가호가 수백 호에 지나지 않았으나 먹을 것이 없어 거의가 성을 떠나 초근목피로 연명했다. 상서랑 이하의 백관들은 땔나무를 하러 성 밖으로 나가야만 했고, 무너진 담과 빈터에는 죽은 시체가 널려 있었다.

한말의 쇠퇴한 기운은 이보다 더한 때가 없을 정도였다.

후세에 어느 누군가 이 처참한 형상을 시로 남겼으니, 여기 옮겨본다.

피로 물든, 억새로 덮인 무덤가 상석에는 흰 뱀이 죽어 있고	血流芒碭白蛇亡
붉은 깃발 이리저리 사방에 요란하다.	赤幟縱橫遊四方
진나라 사슴〔진나라〕을 뒤엎어 사직을 일으켰고	秦鹿逐翻興社稷
초나라 오추마〔초나라〕를 거꾸러뜨리고 영토를 차지했다.	楚騅推倒立封疆

임금이 나약하면 간신이 들끓고　　　　天王懦弱姦邪起
종묘사직 시들면 도적이 날뛴다.　　　　宗社凋零盜賊狂
양 경의 난리 치른 속 바라보면　　　　看到兩京遭難處
눈물 없는 무쇠 같은 사람도　　　　　　鐵人無淚也悽惶
비애와 두려움에 빠진다.

　태위 양표가 어전에 들어가 황제께 진언했다.
　"전에 폐하께서 어명을 내리셨으나 조조에게 사람을 보내지 못했습니다. 지금 조조는 산동(山東)에 머무르고 있으며 그 휘하에는 뛰어난 장군과 막강한 군사들이 있으니, 그를 입조(入朝)시켜 왕실을 보필하도록 하옵소서."
　"짐이 이미 경에게 명을 내렸거늘 다시 새삼스럽게 물을 필요가 뭐 있겠느냐? 즉시 사람을 보내도록 하여라."
　양표는 황제의 명에 따라 곧 사람을 산동성으로 보냈다.
　한편 산동에 있던 조조는 황제가 무사히 낙양에 귀환했다는 소식을 듣고 휘하의 참모들을 불러 협의했다. 먼저 순욱이 입을 열었다.
　"전에 진(晉)나라 문공(文公)은 주(周)나라 양왕(襄王)을 받들어 모셨으므로 제후들이 복종하였고, 한(漢)나라 고조(高祖)께서는 의제(義帝)의 장례를 잘 치렀기 때문에 천하가 그의 치하에 들게 되었던 것입니다. 지금 황제께서 어려운 여건 하에 계시니 이 때를 이용하여 장군께서 의병을 일으켜 천자를 받드신다면, 천하 백성들의 인망을 얻어 불세출(不世出)의 영웅이 되실 것입니다. 만약 머뭇거리다가 늦어지면 좋은 기회를 놓치게 됩니다."
　조조가 크게 기뻐하며 곧 군사를 수습하려 할 때 천자가 보낸 사자가 와서 조서를 전했다. 조조는 그 날 중으로 군사를 이끌고 낙양을 향해 떠났다.
　낙양의 황제는 만사가 미비하여 정사(政事)도 제대로 볼 수 없었으며, 무너진 성곽조차 수리할 길이 없었다.

황제를 지키다

이 때 또 이각과 곽사가 군사를 이끌고 쳐들어온다는 소식을 듣고 황제는 수심에 잠겨 양봉 등을 불러 물었다.

"이를 어찌하면 좋겠는가?"

양봉과 한섬이 입을 모아 아뢰었다.

"신들이 나가 싸우다 죽더라도 폐하를 보필하겠습니다."

동승이 옆에 있다가 말했다.

"지금 성곽은 무너져 견고하지 못하고 더욱이 군사 또한 많지 않은 이 마당에, 그들을 맞아 싸운다는 것은 죽음을 자초하는 격이오. 그러니 다시 폐하를 모시고 산동으로 몸을 피하는 게 좋을 듯하오."

황제는 동승의 의견에 따라 그 날로 산동으로 떠날 준비를 했다. 문무백관들은 타고 갈 말이 없어서 걸어갈 수밖에 없었다.

그들이 낙양을 떠날 무렵에는 적을 맞아 싸울 단 한 대의 화살도 없었다.

그들이 채 한 걸음도 옮기기 전에 천지가 떠나갈 듯한 북소리와 함께 뿌연 먼지를 일으키며 수많은 군사들이 몰려왔다. 황제와 황후는 무서워 어쩔 줄을 몰랐다.

홀연 한 사람이 나는 듯 말을 달려 황제가 탄 수레 앞에 와 엎드렸다. 그는 산동에 갔던 사신이었다.

"조조 장군이 어명을 받들어 군사를 거느리고 산동을 떠나 이 곳 낙양으로 오다가 이각과 곽사가 침범한다는 소식을 듣고, 먼저 하후돈을 선봉장으로 하여 장수 10여 명이 정병 5만을 거느리고 폐하를 호위하러 오고 있는 중입니다."

사자의 이런 보고에 황제는 안도의 한숨을 쉬었다.

잠시 후 하후돈이 허저·전위 등을 거느리고 어전에 나타나 군견례(軍見禮)를 올렸다. 황제가 기뻐하며 이들을 위로하고 있을 때 동편으로부터 한 떼의 군사들이 몰려오고 있다는 전갈이 왔다.

하후돈은 병사를 이끌고 와 군견례를 올리다. 《新鋟全像通俗演義》三國志傳卷之三에서

 황제가 즉시 하후돈을 보내어 어느 쪽 군사인가 알아보도록 명을 내리니, 하후돈이 다녀와서 이렇게 보고했다.
 "조 장군의 보병이 이제 막 도착했습니다."
 얼마 있다가 조조의 휘하 장군 조홍·이전·악진 등이 어전에서 황제를 뵙고 각기 자기 성명을 아뢰었다.
 먼저 조홍이 황제께 보고했다.
 "신의 가형(家兄)이신 조조 장군께서 적도들이 가까이 온다는 소식을 듣고, 하후돈이 고군분투하지 않을까 염려하여 저희들을 보내어 황제 폐하를 보위하도록 명하셔서 이렇게 달려왔습니다."
 "조 장군은 한나라 사직을 건진, 참으로 어진 신하요."
 황제는 이렇게 말하면서 그들로 하여금 자기를 보위토록 했다.
 그 때 급한 말발굽 소리가 가까워지더니 누군가 숨을 헐떡이며 달려와 아뢰었다.
 "이각과 곽사의 무리가 가까이 쳐들어오고 있습니다."
 황제는 하후돈에게 명하여 그들을 맞아 싸우도록 했다.
 하후돈과 조홍이 각기 군사를 이끌고 좌우익을 맡아 선두에 서서 공격을 하니, 이각·곽사의 군사는 크게 패하여 수만 명의 부하를 잃었다.
 이리하여 황제는 다시 발걸음을 돌려 낙양으로 환궁하게 되었고 하후돈은 성 밖에 군사를 주둔시켰다.

다음날 조조는 대군을 거느리고 낙양에 도착하여 성 밖에 진영을 설치했다. 군사들을 편히 쉬게 한 뒤, 그는 궁 안으로 들어와 계단 아래에 꿇어 엎드려 황제를 뵈었다.

황제께서 친히 조조를 일으켜 위로하니, 조조가 아뢰었다.

"신은 국은(國恩)을 입은 몸으로 그 은혜에 보답할 마음을 가슴 깊이 새기고 있었습니다. 지금 이각·곽사의 무리들이 큰 죄악을 저지르고 있습니다. 신에게는 정병 20여 만 명이 있사오니 저들을 맞아 완전히 토벌하겠습니다. 폐하께서는 옥체나 잘 보전하소서. 한나라 사직이 오직 폐하 한 몸에 달려 있습니다."

황제는 조조를 사예교위에 임명하고 겸하여 상서사(尙書事)의 벼슬을 내렸다.

한편 이각·곽사는 조조가 멀리서 군사를 이끌고 황제를 구하러 왔다는 말을 듣고 속전속결로 해결하려고 했다. 그러자 참모 가후가 극구 만류했다.

"그건 불가능합니다. 조조의 휘하 장수들은 맹장일 뿐만 아니라 군사들 역시 모두 정병(精兵)들이니 죄를 용서받고 항복함이 좋겠습니다."

이 말을 들은 이각은 벌컥 화를 냈다.

"네놈이 감히 우리의 예봉을 꺾으려 드느냐?"

이각은 당장 칼을 빼들고 가후를 죽이려 했다.

주위의 만류로 겨우 죽음을 면한 가후는 그 날 밤으로 말을 달려 고향으로 돌아갔다.

다음날 이각은 군사를 이끌고 조조의 진지에 이르렀다.

조조는 먼저 허저·조인·전위 등에게 명하여 철기(鐵騎) 300을 거느리고 이각의 진지를 공격하게 하니, 허저 등이 세 차례의 공격 끝에 적진을 포위했다.

이각의 진지에서도 이에 질세라 이각의 조카 이섬과 이별이 말을 달려나와 맞섰다.

나는 듯 달려와 휘두르는 허저의 단칼에 싸워보기도 전에 이섬의 목이 굴러떨어지니, 이 바람에 놀란 이별은 제풀에 말에서 떨어졌다. 허저는 급히 달려들어 이별의 목마저 베어 들고 진지로 돌아왔다.

조조는 기쁜 얼굴로 허저를 칭찬하였다.

"그대는 참으로 나에게는 유방(劉邦)을 도와 항우(項羽)를 친 번쾌(樊噲)와 같은 사람이로다."

조조가 곧 하후돈에게 좌군을, 조인에게는 우군을 이끌게 하고 자신은 중군을 이끌어 북을 울리며 일제히 삼면에서 공격하니, 적도들은 당할 길이 없어 대패하여 달아났다.

조조는 친히 보검을 빼들고 군사를 독려(督勵)했다. 조조의 군사들이 밤낮없이 적을 추격하여 무찌르니, 죽고 상하는 자도 많았지만 항복하는 자도 그 수를 헤아릴 수 없었다.

이런 경황 중에 겨우 목숨을 구하여 서쪽으로 달아난 이각은, 마치 주인 잃은 쓸쓸한 개 꼴이 되어 깊은 산중에 몸을 숨겼다.

군사를 이끌고 돌아온 조조는 다시 낙양성 밖에 진을 쳤다.

양봉과 한섬은 앞으로의 일에 대하여 서로 상의했다.

"지금 조조가 공을 크게 세웠으니, 앞으로 중책을 맡아 전권을 휘두를 것은 뻔한 일이오. 그렇게 된다면 우리는 앞으로 어떻게 처신해야 되겠소?"

그들은 천자 앞에 나아가 이각과 곽사의 뿌리를 뽑겠다고 아뢰었다. 천자로부터 윤허(允許)를 받자 둘은 많은 군사를 이끌고 대량(大梁)으로 말을 몰았다.

동소와 왕립의 제안

어느 날 황제는 조조의 진영에 사람을 보내어 조조를 어전에 들도록 했다.

천자가 보낸 사자가 도착했다는 말을 들은 조조는 그를 맞이했다. 사자는 이목이 수려하고 얼굴에 기름이 번지르르하게 돌았다. 조조는 속으로 생각했다.

'지금 동군(東郡)은 크게 흉년이 들어 군·관·민 할 것 없이 모두 굶주린 판에 저 사자는 어떻게 지냈기에 얼굴에 굶주린 빛이 없다는 말인가?'
 조조는 사자에게 물었다.
 "공의 얼굴은 유난히 윤기가 흐르는데 어떤 음식을 먹기에 그런고?"
 "별다른 방법이 있는 것이 아니고, 30년 간 오직 채식을 한 때문입니다."
 조조는 고개를 끄덕이며 다시 반문했다.
 "지금 직책은 무엇이오?"
 "과거에 급제했을 뿐입니다. 원래는 원소의 휘하에 있다가 지금은 장양을 돕고 있습니다. 천자께서 환도하셨다는 말씀을 듣고 특별히 와서 뵈었더니 정의랑(正議郎)의 벼슬을 주셨습니다. 저는 제음현(濟陰縣)의 정도(定陶) 사람으로, 성명은 동소(董昭), 자는 공인(公仁)이라 합니다."
 조조는 자리를 고쳐 앉으며 말을 이었다.
 "그 이름을 들은 지 이미 오래되었소. 이렇게 뵙게 되어 기쁘기 그지없소."
 조조는 동소를 위하여 술상을 마련하고 순욱까지 불러들여 술좌석을 벌였다.
 이 때 홀연히 급보가 날아들었다.
 "한 떼의 군사들이 동쪽에서 달려오고 있는데 어느 편인지 알 길이 없습니다."
 조조는 급히 사람을 보내어 어느 쪽 군사들인가 알아보도록 지시했다.
 동소가 조용히 입을 열었다.
 "그들은 아마 이각의 휘하 장군이었던 양봉과 힌섬으로, 장군께서 이 곳에 오신 까닭으로 그들 휘하의 군사를 이끌고 대량으로 가는 길일 것입니다."
 조조는 기분이 나빴다.
 "그들이 날 의심한다는 말인가?"
 "장군께서 그따위 조무래기들을 걱정하실 게 뭐 있습니까!"
 "이각·곽사 두 적도들은 어찌 되겠소?"

"그들은 발톱 없는 호랑이요, 날개 잃은 독수리 꼴이니 장군의 밥에 지나지 않습니다. 개의치 마십시오."

조조는 동소의 말을 듣고 안심한 후, 화제를 바꾸어 조정의 일을 물었다.

동소가 대답했다.

"공은 의병을 일으켜 폭도들을 진압하셨으니 조정에 들어가 천자를 보좌하십시오. 그 공이야말로 열국(列國) 시대로 돌아가면 패권을 잡았던 제(齊)나라 환공(桓公)·진(晋)나라 문공(文公)·진(秦)나라 목공(穆公)·송(宋)나라 양왕(襄王)·초(楚)나라 장왕(莊王)의 공적과 다를 바 없을 것입니다. 그러나 사람의 속셈은 제각기 달라 복종하려 들지 않는 사람도 있는 법입니다. 만일 공께서 이렇게 군사를 이끌고 여기에 오래 계신다면 불편한 일이 있을까 생각되니, 황제를 허창으로 천도케 하심이 좋겠습니다. 지금 황제께서 낙양에 환도하신 지 얼마 안 되어 다시 천도한다면 모두들 의아하게 생각할 것이지만, '궁하면 통한다〔窮則通〕'라는 말도 있듯이 달리 방법이 있을 것입니다. 공께서는 달리 방도를 강구하십시오."

조조는 만면에 웃음을 띠고 동소의 손을 잡으며 물었다.

"나도 그런 생각을 했었소. 그러나 양봉이 대량에 머물러 있고 대신들이 조정에 있으니 달리 무슨 변이라도 생기지 않을까요?"

"그거야 걱정할 게 없습니다. 먼저 양봉에게 글월을 띄워 그를 안심시켜 놓고 다음에 대신들은, 낙양에는 양곡이 없으니 양곡의 운반이 용이한 노양(魯陽)이 가까운 허창으로 천자를 모실까 한다고 설득하면 그들도 의심치 않을 것입니다."

그 계책에 조조는 뛸 듯이 기뻐했다.

동소가 작별을 고하니 조조는 서운한 듯 동소의 손을 잡고 감사해 했다.

"공은 평소에 품고 있던 이 조조의 생각에 불을 지른 격이오."

동소는 사의의 말을 남기고 자리에서 물러났다.

이런 일이 있은 후, 조조는 날마다 휘하의 참모를 모아 비밀히 천도에 대한 모사를 꾸미고 있었다.

이 때 시중 왕립(王立)은 종정(宗正) 유애(劉艾)와 귀엣말을 나눴다.

조조는 천자를 허도로 모셔오고, 《繡像全圖三國演義》에서

 "제가 천문을 보니, 지난 봄에 태백성이 북두칠성과 견우성 사이에서 북극성을 범하여 은하수를 지나고, 화성은 역행하여 천관(天關)에서 엇갈렸으니, 이는 금과 불이 교체되는 현상으로 반드시 새로운 천자가 나타날 조짐입니다. 제 생각에는 한나라의 천기와 운수가 다하고 진위(晉魏) 땅에 천자가 될 자가 나타날 것 같습니다."
 왕립은 천지 헌제에게도 비밀리에 아뢰었다.
 "천명에는 거취(去就)가 있고, 오행(五行)에는 성쇠가 있게 마련입니다. 화(火)를 대신하여 토(土)가 일어나는 법이니 한을 대신하여 천하를 다스릴 나라는 응당 위(魏)나라일 것입니다."
 왕립이 헌제에게 말한 내용이 조조의 귀에 들어가니, 조조는 사람을 시켜 왕립에게 주의를 주었다.
 "공은 조정에 충성스러운 인물인 줄 내가 모르는 바 아니나, 원래 천도

(天道)란 깊고 오묘한 것, 함부로 떠벌릴 일이 못 됩니다."

조조는 또 왕립의 천문에 대한 이야기를 순욱과 협의했다.

조조의 이야기를 듣고 순욱이 말했다.

"한나라가 화은(火恩)을 입었다면 명공께서는 토명(土命)을 받으신 것입니다. 허창은 토(土)에 속하는 땅이니, 반드시 흥할 날이 있을 것입니다. 화생토(火生土)요 토왕목(土旺木)이니, 동소와 왕립의 말은 표현만 다를 뿐 내용은 같은 뜻입니다. 명공께서는 반드시 흥자(興者)가 될 것입니다."

조조는 동소와 왕립의 말을 따르기로 마음먹고, 다음날 대궐로 들어가 천자를 뵈었다.

"동도(東都)는 이미 오래 전부터 황폐해졌고 수리 또한 불가능합니다. 더욱이 양식도 운반하기 어려운 지경입니다. 그러나 허창은 곡창지대인 노양이 가깝고 또한 거기에는 성곽과 궁실(宮室)이 갖춰져 있으며, 양곡과 갖가지 물품이 풍족하옵니다. 그러기에 신은 폐하께 허창으로 천도하시기를 간언합니다."

헌제는 감히 조조의 간언을 물리칠 수가 없었다. 어전에 모여 있는 여러 신하들도 조조의 세력이 무서워 누구 하나 이론을 제기하는 자가 없었다.

헌제는 할 수 없이 허창으로 천도할 수밖에 없었다.

대군을 거느린 조조는 황제의 수레를 호위했고 문무백관은 그 뒤를 따랐다.

조조의 휘하에 든 서황

행렬이 움직여 어느 능선에 이르렀을 때, 갑자기 함성이 크게 일더니 양봉과 한섬이 앞을 가로막고 한 장수가 앞에 나서서 크게 꾸짖었다.

"네 이놈, 조조야! 네놈은 황제를 끌고 어디로 가려 하느냐!"

조조가 말을 타고 나와 살펴보니 그는 서황이었다. 조조는 그의 당당한 위풍을 마음속으로 칭찬하며 허저를 내보내어 서황을 맞아 싸우게 했다.

두 장수가 칼을 빼어 불꽃 튀는 싸움을 50여 회나 했으나 승부가 나질 않았다.

조조는 징을 울려 참모들을 모아 대책을 협의했다.

"양봉과 한섬은 보잘것없는 무리이나 서황은 참으로 대단한 장수다. 힘으로 잡아죽이기는 아까운 자이니, 계책으로 그를 사로잡을 수 없겠는가?"

행군종사(行軍從事) 만총이 말을 받았다.

"공께서는 너무 염려 마십시오. 저는 서황과 면식이 있습니다. 오늘 밤 제가 병사로 변장하고 그의 진영으로 들어가 그의 마음을 움직여 스스로 항복하도록 하겠습니다."

조조는 혼연히 만총을 서황의 진영으로 보냈다.

이날 밤 만총이 병사로 변장하고 서황의 막장 앞에 이르러 살피니, 서황은 갑옷을 입은 채 혼자 촛불을 돋우고 있었다.

만총은 불쑥 서황의 앞에 나타나 읍하며 말했다.

"친구, 그간 별고 없었나?"

서황은 깜짝 놀라 자리에서 일어나 누군가 자세히 살피더니, 그가 만총임을 알아봤다.

"자네는 산양(山陽)의 백령(伯寧) 만총이 아닌가?"

"그렇네. 나는 지금 조 장군을 돕고 있네. 오늘 싸우는 자네의 모습을 보고 옛 친구인 자네에게 꼭 하고 싶은 이야기가 있어 이렇게 죽기를 무릅쓰고 자네를 찾았네."

그제서야 서황은 만총에게 자리를 권하며 찾아온 뜻을 물었다.

만총은 차근히 입을 열었다.

"자네는 용맹함이나 지략이 출중하거늘 왜 양봉이나 한섬 따위에게 머리를 굽히고 있는가? 조 장군은 당대의 영웅, 어질고 예의바른 인물을 좋아하심은 천하가 다 아는 사실이 아닌가. 오늘 싸움터에서 자네가 뛰어나게 용맹함을 보고 자네를 경애해 마지 않더군. 그리하여 절대로 자네를 죽게 할 수 없다고 특별히 나를 보내어 자네의 용기를 격려하라고 했네. 그러니 승산 없는 짓은 그만두고 나와 함께 대업을 이룩하는 게 어떠한가?"

서황은 길게 한숨을 내쉬며 혼자 탄식하듯 말했다.

"내 비록 양봉과 한섬이 함께 일을 도모할 인물이 못 됨을 알고는 있지만, 오랫동안 생사를 같이해서 쉽사리 버릴 수 없기 때문에 이러고 있는 것이네."

만총이 다시 말했다.

"옛말에 이르기를, '슬기로운 새는 쉴 나무를 가려서 앉고, 현명한 신하는 주인을 가려서 섬긴다'라고 하지 않던가? 섬길 가치가 없는 주인을 섬기다 목숨을 잃는다는 것은 장부로서 취할 도리가 아니라고 생각하네."

서황은 자리에서 일어나며 말했다.

"자네의 말에 따르겠네."

그러자 만총이 슬며시 부추겼다.

"이왕이면 자네가 양봉과 한섬의 목을 베어 조 장군을 만나는 것이 예의상 좋지 않을까?"

"아랫사람으로서 주인을 죽이는 것은 의를 크게 벗어나는 짓일세. 나는 그렇게는 할 수 없네."

"자네는 참으로 의를 아는 선비일세."

이리하여 서황은 그의 휘하 수십 명의 부하를 거느리고 그 날 밤중으로 만총과 함께 조조에게 투항하려 말을 달렸다.

서황이 조조에게 투항하기 위해 달아났다는 소식이 양봉에게 전해지자, 양봉은 크게 노하여 곧 수천 명의 부하를 거느리고 서황의 뒤를 쫓았다.

"반적 서황아, 게 섰거라!"

양봉이 벽력같이 소리를 지르며 말을 달리는데, 갑자기 지축을 울리는 소리와 함께 산꼭대기와 산골짝에서 일제히 봉화가 올려지더니 복병들이 여기저기에서 뛰쳐나왔다.

조조가 친히 군사를 이끌고 나타나서 소리쳤다.

"네놈들을 기다린 지 오래다. 꼼짝 말고 게 섰거라."

조조가 벽력 같은 소리를 지르자, 양봉이 깜짝 놀라 군사를 이끌고 달아나려 하는 것을 조조의 군사가 사방에서 포위해버렸다. 이 때 한섬이 군사를 이끌고 나타나 양봉을 도와 조조의 군사와 어울려 싸움을 벌이는 틈을 타서 양봉은 가까스로 달아날 수 있었다.

달아나는 한섬과 양봉을 본 조조가 한 떼의 군사를 몰아 뒤쫓으니, 한섬과 양봉 휘하의 군사 태반이 항복하고, 한섬과 양봉은 몇이 안 되는 군사를 거느리고 쓸쓸히 원술에게로 달아났다.

조조가 군사를 수습하여 진영에 돌아오니 만총이 서황을 이끌고 조조 앞에 나타났다.

조조는 기뻐하며 그들을 후히 대접했다.

조조에게 넘어간 대권

이렇게 한 차례 난리를 치른 후, 조조는 황제를 모시고 허창에 도착했다.

허창에 이른 조조는 대궐을 다시 수리하고 종묘와 사직을 세우고, 성곽을 쌓고 부고(府庫 : 궁정의 문서, 재보를 넣어 두는 곳집)를 세우고 나서 동승 등 공이 많은 13인에게 각기 높은 벼슬을 내렸다.

이제 신하들에게 상을 내리고 벌을 주는 권한이 모두 조조의 손아귀에 들어갔다.

그는 스스로 대장군 무평후(武平侯)라 칭하고, 순욱은 시중상서령(侍中尙書令)에, 순유는 군사(軍師)에, 곽가는 사마좨주(司馬祭酒)에, 유엽은 사공연조(司空掾曹)에, 또한 모개와 임준은 전농중랑장(典農中郞將)을 삼아 금전과 양곡에 대한 감독과 생산 촉진을 담당케 하고, 정욱(程昱)은 동평상(東平相)에, 범성(范成)과 동소는 낙양령(洛陽令)에, 만총은 허도령(許都令)에, 하후돈·조인·하후연·조홍 등에게는 모두 다 장군의 칭호를 내리고, 여건·이전·악진·우금·서황에게는 교위(校尉)의 칭호를, 허지·전위는 도위(都尉)를 삼고 기타 장수들에게도 각자 능력에 합당한 벼슬을 내리니, 이로부터 대권은 모두 조조의 손에 들게 되었음은 당연한 일이다.

따라서 조정의 큰일은 모두 조조의 손을 거쳐 천자에게 아뢰게 되었다.

순욱의 계교

이렇게 대권을 한 손에 쥔 조조는 후당에서 잔치를 베풀고 측근을 불러모아 앞일을 의논했다.

"유비는 서주(徐州)에 군사를 주둔시켜 그 곳을 다스리고 있으며 여포는 패전한 이후 유비에게 몸을 의탁하여 지금은 소패(小沛)에 있다 하니, 만약 그 둘이 힘을 모아 군사를 이끌고 쳐들어온다면 이는 마음 편한 일이 아니다. 공들은 그 일에 대하여 달리 어떤 계책이 없겠는가?"

허저가 먼저 의견을 내었다.

"저에게 병력 5만 명을 주신다면 유비를 죽이고 여포의 목을 쳐서 조 승상께 바치겠습니다."

순욱이 허저의 말을 가로막았다.

"허 장군께서는 자신의 용맹함만 믿는 것 같으나, 용맹만으로는 불가능하고 다른 묘책을 써야 할 줄로 믿습니다. 지금 허창에 새로이 도읍을 정한 마당에 군사를 일으켜서는 안 됩니다. 유비와 여포의 후환을 막기 위해서는 두 범이 서로 다투어 잡아먹게 하는 '이호경식지계(二虎競食之計)'를 쓰십시오. 지금 유비는 천자의 조명(詔命) 없이 서주를 다스리고 있습니다. 명공께서는 천자께 아뢰어 유비에게 서주목(徐州牧)의 벼슬을 내리도록 하시고, 따로이 밀서를 동봉하여 유비로 하여금 여포를 죽이도록 하십시오. 그 계책이 성공하면 유비는 한 팔을 잃는 격이니 혼자 남은 유비를 죽이는 일은 어렵지 않습니다. 설령 일이 잘못된다 하더라도 유비가 자기를 죽이려던 것을 안 여포가 유비를 죽여버릴 것이니, 이것이 바로 이호경식지계라는 것입니다."

조조는 순욱의 말에 따라 즉시 천자께 아뢰었다. 그는 사람을 서주로 보내어 유비에게 정동장군(征東將軍) 의성정후(宜城亭侯)의 벼슬을 내리고, 서주 목사로 임명하여 서주를 다스리게 하는 한편 예의 밀서를 보내는 것도 잊지 않았다.

한편 서주에 머물고 있던 유현덕은 천자께서 허창으로 천도했다는 소식

14. 대권을 쥔 조조 287

《繡像全圖三國演義》에서

을 듣고 축문을 올리려고 했다.

그 때 천자에게서 사자가 온다는 소식을 듣고 현덕은 스스로 성 밖에까지 나가 그들을 영접했다. 현덕은 예를 갖춘 다음 잔치를 베풀어 천자가 보낸 사자를 맞았다.

사자가 유현덕에게 말했다.

"공께서 이처럼 천자의 은명(恩命)을 얻게 된 것은 조조 장군께서 천자께 강력히 공을 천거했기 때문입니다."

현덕은 사자에게 고마움을 표했다.

사자는 조조의 편지라고 말하며 따로이 글월을 전했다.

현덕은 글월을 훑어본 다음 이렇게 말했다.

"이 일에 대하여는 따로 상의해보겠습니다."

사자는 안심한 듯 자리를 물러나 숙소로 돌아갔다.

유현덕은 밤을 지새우며 측근들과 조조의 서신에 대하여 상의했다.

먼저 입을 연 사람은 장비였다.

"여포는 본래 의리가 없는 놈입니다. 이 기회에 죽여버리는 게 어떨까요?"

유현덕은 그 의견에 반대했다.

"그가 궁지에 몰려 우리에게 투항한 이상, 우리가 그를 죽이는 것 또한 의를 벗어난 짓이 아닌가?"

"형님은 사람이 너무 좋으신 게 탈이오."

장비가 다시 불쑥 나섰으나, 현덕은 장비의 말에 개의치 않았다.

다음날 유현덕이 서주목의 벼슬을 천자에게서 받았다는 소식을 듣고 여포가 축하하러 왔다.

"듣자 하니 공께서 조정의 은명을 받들어 서주목이 되셨다기에 축하드리기 위하여 이렇게 특별히 찾아왔습니다."

유현덕은 여포가 찾아준 데 대하여 겸손히 고마움을 표했다.

이 때 갑자기 장비가 칼을 빼어 들고 상청에 올라서며 여포를 죽이려 했다. 이를 본 현덕은 황망히 저지했다.

여포가 깜짝 놀라며 소리쳤다.

"익덕 장비, 네놈이 왜 나를 죽이려 하느냐?"

"조조도 역시 네놈은 의리가 없는 놈이니 죽여버리라고 했다."

장비는 그만 발설해서는 안 될 말을 퍼부어댔다. 현덕은 장비를 크게 꾸짖어 물리친 후, 여포를 데리고 후당으로 들어가 자초지종을 얘기했다.

현덕이 조조가 보낸 밀서를 여포에게 보이니, 이를 훑어본 여포는 고마움의 눈물을 흘리며 말했다.

장비는 여포를 죽이려 하고 유비는 이를 말리다. 《新鋟全像通俗演義》三國志傳卷之三에서

"이는 조조란 놈이 우리가 불화하도록 꾸민 계교입니다."

"공께서는 너무 걱정하지 마십시오. 이 유비는 결코 불의를 행하지는 아니할 것입니다."

여포는 재삼 유비에게 고마움을 표했다.

유비는 술상을 마련하여 밤늦도록 여포를 대접했다.

늦게야 여포가 돌아가니 관우와 장비가 유현덕 앞에 나타나서 물었다.

"형님은 왜 여포를 죽이지 않으셨습니까?"

유현덕은 자세를 가다듬고 말했다.

"조조가 나에게 밀서를 내린 까닭은 나와 여포가 공모하여 자기를 칠까봐 두려워서 꾸민 계교일세. 나와 여포 두 사람이 서로 다투는 중에 그는 스스로 어부지리(漁父之利)를 연사는 것이지. 그린 낌새도 눈치 채지 못해서야 말이 되겠나?"

관운장은 그도 그럴 법하다는 듯 고개를 끄덕였다. 그러나 장비는 역시 못마땅한 듯 투덜거렸다.

"나는 꼭 여포란 놈을 죽여 후환을 없애겠소."

"그것은 대장부로서 취할 바가 아니네."

현덕이 점잖게 나무랐다.

다음날 현덕은 허창으로 돌아가는 사자 편에 천자에게 사은하는 글월을 올리고, 따로이 조조에게는 밀서의 내용에 대하여 연구하겠다는 글월을 보냈다.

서주에서 돌아온 사자 편에, 현덕이 여포를 죽이지 않았다는 말을 전해 들은 조조는 순욱을 불러 대책을 논의했다.

"그 계책이 수포로 돌아갔으니 어찌하면 좋겠느냐?"

"염려하실 일이 못 됩니다. 승냥이를 시켜 범을 몰아내는 방법인 '구호탄랑지계(驅虎呑狼之計)'라는 것도 있습니다."

"그것이 무엇이냐?"

"암암리에 원술에게 사람을 보내어, 유비가 원술을 공략하자는 상소문을 올렸다는 소문을 퍼뜨리는 것입니다. 그 소문을 들은 원술은 필시 유비를 공략하려 들 것이며, 이 틈을 타서 공께서는 유비에게 원술을 치라는 명령을 내리시면 됩니다. 그리하여 둘이 맞붙어 싸우게 되면 여포는 반드시 딴 생각을 품게 될 것이 아니겠습니까? 이것이 곧 '구호탄랑지계'라는 것입니다."

조조는 만면에 희색을 띠며 마땅한 사람을 뽑아 원술이 있는 곳으로 보내고 또한 천자의 조서(詔書)를 위조하여 서주의 현덕에게 보냈다.

서주에 있던 현덕은 천자로부터 사자가 왔다는 말을 듣고 성 밖까지 나가 천자의 조서를 받아보니, 즉시 군사를 일으켜 원술을 토벌하라는 것이었다.

현덕은 명령에 따르겠다는 말을 전하고 사자를 먼저 돌려보냈다.

"이번에도 역시 조조의 계략 같습니다."

미축이 앞에 나서며 말했다.

"비록 이것이 그의 계책이라고 하더라도 왕명을 거역할 수는 없는 일이오."

현덕은 곧 군마를 점검하고 그 날로 떠나려고 했다.

우이 싸움

그 때 손건이 말했다.
"떠나기 전에 먼저 누구에겐가 성을 지키도록 명하는 것이 좋겠습니다."
현덕은 관우와 장비를 불러서 물었다.
"두 아우 중에 누가 성을 지키겠소?"
"제가 지키겠습니다."
관우가 나섰다.
"그대와는 조만간에 분명히 상의할 일이 있을 것 같은데, 떨어져 있을 수는 없지 않겠소?"
하고 걱정스러운 듯 유현덕이 말하자,
"성은 제가 지키겠습니다"
하고 장비가 자원해 나섰다.
"아우가 성을 지킨다면 마음이 놓이지 않네. 첫째는 술이 과하게 되면 성미가 괴곽해져서 군사들을 두들겨 패기 때문이고 둘째는 일을 경솔히 처리하여 주위에서 간하는 소리를 듣지 않기 때문에 그런 것이네."
현덕이 이렇게 걱정하자 장비가 말했다.
"이 아우는 지금부터 술도 마시지 아니할 것이며 군사들을 구타하지도 않을 것이려니와, 주위의 말에 따라 제반사를 처리하겠습니다."
옆에 있던 미축이 장비를 놀렸다.
"목이 컬컬할 때 술 생각이 안 날까……?"
이 말에 장비가 성을 벌컥 냈다.
"내가 다년간 술을 먹고 빌빌거렸어도 아직 믿음을 저버려본 적은 없거늘, 공은 왜 나를 경솔히 다루려 하는가?"
현덕이 장비를 타이르듯 말했다.
"아우의 말은 고맙지만, 아무래도 마음이 놓이지 않네, 원룡(元龍) 진등(陳登)을 불러 아우가 술을 덜 마시도록 당부하여 실수하는 일이 없도록 하겠네."

유현덕은 진등에게 단단히 부탁했다.

현덕은 이렇게 뒷일을 맡기고 친히 군사 3만을 거느리고 남양(南陽)을 향하여 서주를 떠났다.

한편 원술은 유비가 천자에게 표(表)를 올려 그가 있는 곳을 공격하려고 한다는 소문을 듣고 화를 벌컥 냈다.

"자리 방석이나 짜고 짚신이나 삼아서 팔던 녀석이 지금은 서주 같은 큰 군(郡)을 점령하여 제후와 동렬이 되었다기에 내가 그놈에게 본때를 보이려던 터에, 반대로 나를 친다고 하다니! 심히 괘씸한 놈이로구나!"

그는 상장(上將) 기령(紀靈)을 시켜 10만 군사를 이끌고 가서 서주를 치도록 했다.

이리하여 유비와 원술의 두 군사들은 우이(盱眙)에서 서로 마주치게 되었다. 현덕은 군사가 적은지라 산을 등지고 있는 계곡에 진을 쳤다.

기령은 산동 사람으로, 길이가 세 발(尖)이나 되고 무게가 50근이나 되는 칼을 사용하고 있었다.

기령이 군사를 거느리고 앞으로 나와서 크게 외쳤다.

"이 촌놈 유비야! 네 놈은 왜 감히 우리의 경계에 침범하려 드느냐!"

유비도 가만히 있지 않았다.

"나는 천자의 조서를 받들어 너희 역도놈을 치려는 것이다. 네놈들이 감히 나와 맞서 싸운다면 그 죄는 죽어 마땅하리라."

기령은 크게 노하였다. 그는 말에 박차를 가하며 칼을 휘둘러 단번에 현덕을 죽이려 대들었다.

"이 못난 놈아! 가만 있거라. 내가 나간다."

벽력같이 소리를 지르며 관운장이 말을 몰아 기령을 맞아 싸웠다. 그러나 30여 합을 싸웠어도 좀처럼 승부가 나질 않았다. 기령이 잠깐 쉬어 목을 축이자고 소리치니, 관우도 말을 몰아 진지 앞에 대기하고 있었다.

물러갔던 기령은 부장 순정(筍正)을 내보내어 관운장을 맞아 싸우도록 했다.

적장이 기령이 아님을 안 관운장이 큰소리로 꾸짖었다.

"기령더러 나와서 나와 자웅을 다투자고 일러라."

관운장은 순정의 목을 베어 대승을 거두다. 《新鐫全像通俗演義》 三國志傳卷之三에서

"너 같은 이름 없는 놈이 우리 장군의 적수가 된다는 말이냐?"

하룻강아지 범 무서운 줄 모르는 격으로 순정이 지껄였다. 화가 머리끝까지 치민 관운장이 말을 치달려 나가니, 채 싸워보지도 못하고 순정의 목은 땅바닥에 나뒹굴었다.

이 때를 놓칠세라 현덕이 군사를 몰아 적의 군사와 장수들을 치니, 기령은 크게 패하여 나머지 군사를 이끌고 물러가 회음강(淮陰江) 입구에 진을 치고 감히 나와 싸우려 들지 않았다.

이렇게 양군은 서로를 노리기만 하고 싸움은 더 이상 하지 않았다.

서주를 빼앗긴 장비

한편 현덕이 원술을 공략하기 위하여 출정한 후, 장비는 잡무 일체를 진원룡에게 맡기고 자기는 군대에 관한 일만 관리하였다.

어느 날 그는 여러 관원들에게 연회를 베풀며 말했다.

"유비 형님께서 떠나시면서 나에게 술을 적게 마시라고 분부하셨소. 그것은 혹 실수하여 일을 그르칠까 하여 그랬던 것이오, 그러니 오늘 하루만 취하도록 마시고 내일부터는 각자 술을 삼가고 성을 잘 지킵시다. 자, 오늘 한번 맘껏 취해봅시다."

장비는 자리에서 몸을 일으켜 여러 관원에게 술잔을 권했다.

순배가 조표에게 돌아오자, 조표는 술을 거절했다.

"네까짓 주제에 술을 안 먹어? 난 네놈의 입에 술을 부어서라도 꼭 마시게 하고야 말겠다."

장비의 서슬에 조표는 하는 수 없이 울며 겨자 먹기로 술잔을 받아 주욱 들이켰다.

장비는 이렇게 술잔을 전부에게 돌리고 자신은 커다란 대접으로 연거푸 열 잔을 들이켰다. 그리고는 인사불성이 되어 또다시 술잔을 죽 돌렸다.

술잔이 다시 조표에게 이르자 조표는 이를 마다하였다.

"도저히 더 이상은 마실 수 없습니다."

"아까는 잘도 처먹더니 지금은 왜 못 먹는단 말이냐?"

그래도 조표는 장비가 주는 술을 결코 마시려 하지 않았다. 취기가 오른 장비는 핏발 선 눈을 부라리며 호통쳤다.

"이놈, 명령을 어기려 드느냐? 저놈을 끌어내어 곤장 100대를 때려라."

이를 보다못한 진원룡이 만류했다.

"현덕 공께서 떠나시면서 내리신 분부도 있지 않았습니까?"

"네놈은 문관이니 네가 맡은 일이나 할 일이지 웬 간섭이냐?"

조표는 용서를 빌 수밖에 별도리가 없었다.

"익덕 공, 내 사위의 체면을 봐서라도 나를 용서해주시오."

"네놈의 사위가 누구냐?"

"여포입니다."

여포라는 말에 장비는 펄쩍 뛸 듯 노하여 더욱 소리쳤다.

"정작 네놈에게 곤장을 칠 생각은 없었다만, 네놈이 여포의 세력을 믿고 나를 업신여기니 더 이상 용서할 수 없다. 널 치는 것은 바로 여포놈을 치는 것이니라."

장비의 서슬에 여러 관원은 몸둘 바를 몰랐다.

장비가 조표에게 곤장 50여 대를 쳤을 때, 더 이상 보고만 있을 수 없어 주위에서 말리자, 장비는 그제야 그만두었다.

연회가 파하고 돌아가는 조표의 가슴에는 장비에 대한 원한이 사무쳐 있었다. 조표는 서찰을 써서 소패에 있는 여포에게 보냈다.

글의 내용은 장비가 자기에게 무례하게 굴었다는 것과, 현덕이 이미 회남(淮南)으로 가고 없다는 이야기, 장비가 술에 취하여 곤드레가 되었으니 오늘 밤에 군사를 이끌고 와 서주를 친다면 더없이 좋은 기회라는 것 등이었다.

조표의 글을 받은 여포는 참모 진궁을 불러 의견을 물었다.

"이곳 소패는 오래 머무를 곳이 못 됩니다. 지금 서주를 손에 넣을 수 있다면 더없이 좋은 일입니다. 이번 기회에 서주를 취하지 못하면 언젠가 후회하게 될 것입니다."

여포는 진궁의 말에 따라 즉시 전복(戰服)을 갖춰 입고 말에 올랐다. 500기를 거느리고 선두에 서서 진궁으로 하여금 대군을 거느리고 뒤를 쫓도록 했으며, 고순(高順)에게는 후군을 이끌고 따르게 했다.

소패와 서주는 불과 4, 50리밖에 떨어져 있지 않았으므로, 말을 달린 여포는 삽시간에 서주성 앞에 이르렀다.

때는 4경인데 달이 높이 떠 밝게 비치고 성 위는 쥐죽은 듯 조용하기만 했다.

여포는 성문 앞에 이르러 크게 외쳤다.

"유현덕 공의 비밀 편지를 전할 일이 있어 온 사람이다."

때마침 성 위에는 조표와 가까운 군사가 있다가 여포가 도착했다는 사실을 조표에게 알리니, 그는 성 위에 이르러 군사들에게 문을 열라고 명령했다.

여포의 진격 명령이 내리자, 군사들은 일세히 물밀듯 성 안으로 들이닥쳤다.

한편 곤드레가 되어 잠에 떨어진 장비를 주위에서 깨웠다.

"여포가 성문을 부수고 쳐들어와 지금 난리를 피우고 있습니다."

보고를 받은 장비는 크게 노하여 황망히 갑옷을 입고 8척이나 되는 창과 방패를 들고 말에 올라 성문을 향해 나가다가 여포와 정면으로 맞닥뜨렸다. 장비는 그 때까지 취기가 온전히 가시지 않아 사력을 다하여 싸우려 했으나 몸이 마음대로 움직여주지 않았다. 여포 역시 장비의 용맹함을 전부터 잘 알고 있던 터였으므로 함부로 덤벼들 수 없었다.

그럴 때 장비의 부하 장수 10여 명이 장비를 옹위하여 가까스로 동문으로 빠져나갔다.

서주성 안에는 현덕의 가족이 고스란히 남아 있었지만, 장비로서는 그들을 돌볼 겨를이 없었다.

조표는 장비가 술이 취하여 비틀거리며 10여 명의 부하들과 달아나는 것을 목격하고, 군사 100여 기를 거느리고 뒤를 쫓았다.

장비는 뒤쫓는 자가 조표임을 알고 말을 돌려 조표와 싸웠다. 조표는 3합까지 싸웠으나 당할 도리가 없자 말을 돌려 강변을 타고 도망쳤다. 장비가 뒤쫓아가 손에 든 창을 번쩍 들어 조표의 등을 향해 던졌다. 그 창은 조표의 심장을 꿰뚫었다. 이리하여 조표는 타고 있던 말과 함께 강물에 떨어져 죽었다.

장비는 성 밖에서 기다리고 있다가 성문을 빠져 나온 군사들을 이끌고 쓸쓸히 회남으로 향했다.

한편 성 안으로 들어온 여포는 백성들을 안심시키고 100여 명의 부하로 하여금 현덕의 집을 지키게 하여 외부인이 함부로 출입을 못 하도록 조처했다.

회남으로 떠난 장비는 수십 기의 군사를 거느리고 우이에 도착하여 현덕을 만나서, 조표와 여포가 서로 내응하여 야밤에 서주를 공격했다는 사실을 보고하니, 주위의 모든 사람은 놀랄 수밖에 없었다.

현덕은 비탄에 젖은 음성으로 중얼거렸다.

"기쁜 소식인가 했더니 슬픈 소식이로구나!"

관운장은 현덕 공의 식구들 생각이 퍼뜩 떠올라서 장비에게 물었다.

"형수님은 무사하시냐?"

"성 안에 그대로 붙잡혀 있을 것입니다."

현덕은 할말을 잊은 채 망연히 앉아 있을 뿐이었다.

관운장이 발을 구르며 장비를 꾸짖었다.

"네가 애초에 성을 지킨다고 나섰을 때, 장형(長兄)께서 술을 삼가라고 하지 않더냐? 이제 성도 빼앗기고 더욱이 형수님까지 놈들에게 붙잡혔으니 이를 어쩌면 좋다는 말이냐?"

관운장의 꾸중에 장비는 몸둘 바를 몰라 칼을 뽑아 자결하려 했다.

술을 마시고 싶은 마음을 이기지 못하여 일어난 불상사를 후회하며 칼을 빼어 든들 이미 때는 늦은 일. 장비의 생명이 여기서 끝나버린다면……?

하여간 두고 볼 일이다.

15. 강동을 차지한 손책

태사자감투소패왕   손백부대전엄백호
太史慈酣鬪小覇王   孫伯符大戰嚴白虎

손책과 겨루던 태사자는 손책의 휘하에 들어가고, 엄백호는 손책과 겨뤘으나 강동을 내줄 수밖에 없게 되다.

여포의 선심

장비가 칼을 뽑아 자결하려 하자, 현덕이 이를 발견하고 급히 달려가 장비를 붙들고 칼을 빼앗아 땅에 던졌다.

"옛말에 이르기를, '형제는 손발과 같고 처자식은 의복과 같다. 의복은 해어지면 다시 맞출 수 있지만, 손발이 절단되면 이을 수 없다'고 했네. 우리 세 사람이 도원에서 결의하기를, 비록 같이 태어나지는 않았지만 죽기는 같이하자고 했네. 그러니 지금, 서주성과 내 가족을 잃었다고는 하지만 형제의 의를 끊을 수는 없는 일이 아닌가? 성지(城池)는 원래 우리의 것이 아니었고, 설령 내 가솔(家率)들이 붙잡혀 있다고 해도 여포가 그들을 죽이지는 아니할 것이니, 그들을 구해낼 방도를 연구하기로 하세. 아우님이 일시 잘못을 저지르긴 했지만 죽을 것까지야 없네."

현덕이 통곡하니, 관우와 장비도 그에 감동되어 눈물을 흘렸다.

이 때 원술은, 여포가 서주를 공격하여 다스리고 있다는 소식을 듣고 그에게 사람을 보내어, 유비를 공격한다면 양곡 5만 석, 말 500필, 금은 1만 냥, 비단 1000필을 주겠다고 제의했다. 여포는 기뻐 어쩔 줄을 모르며 휘하 장군 고순에게 군사 5만을 주어 현덕의 배후를 치라고 명령했다.

이 소식을 전해 들은 현덕은 우이를 버리고 비올 때를 틈타서 군사를 이끌고 동쪽의 광릉을 향하여 떠났다.

고순이 군사를 거느리고 우이에 도착했을 때는 이미 현덕이 떠난 후였다.

고순은 원술의 부장 기령을 만나 전에 약속한 바를 이행하라고 말했다.

"공은 일단 군사를 이끌고 회군하십시오. 제가 원술 장군을 만나 여쭈어 보겠습니다."

기령의 말을 듣고 고순은 여포에게 그 사실을 모두 이야기했다. 고순의 말을 들은 여포는 분명 어떤 흉계가 있을 것이라고 짐작하였는데, 그 때 원술에게서 글월이 전달되었다.

비록 고순이 왔었다고는 하지만 유비를 쳐부순 것은 아니오. 유비를 붙잡기만 하면 언제라도 그대와 약속한 물건을 보내드리도록 하지요.

글월을 다 읽은 여포는 원술이 자기를 속였다고 노발대발하며, 군사를 일으켜 원술을 치려 했다.

진궁이 극구 말렸다.

"군사를 일으키심은 불가합니다. 원술은 수춘(壽春) 지방을 점거하고 있어, 거느린 군사도 많고 군량 또한 풍부히 갖추고 있으니 그들을 가볍게 보지 마십시오. 먼저 현덕을 청하여 소패로 불러 아군을 만드십시오. 그 다음에 현덕을 선봉에 서도록 하여 원술을 치도록 하십시오. 원술을 친 후에 천하를 손아귀에 넣기란 쉬운 일입니다."

진궁의 말을 귀 기울여 듣고 있던 여포는 사람을 시켜 현덕에게 서주로 되돌아오라는 글월을 보냈다.

이 때 현덕은 군사를 이끌고 동쪽 광릉을 취하려다가 원술의 습격을 당하여 군사의 태반을 잃고 있었다. 크게 패한 현덕은 군사를 이끌고 퇴각하다가 때마침 여포가 보낸 사자와 만나게 되었다.
 여포의 글월을 읽은 현덕은 더할 수 없이 기뻤다.
 관우와 장비가 현덕의 마음을 환기시켰다.
 "여포는 의리가 없는 놈이니, 그놈의 말을 믿어서는 안 됩니다."
 현덕이 말했다.
 "그자가 호의로 나를 대하는 마당에 그를 의심할 수야 없지 않은가?"
 현덕 일행이 서주에 도착했다는 말에 여포는 혹시 현덕이 자기를 의심하지 않을까 두려워서 현덕의 가족들을 풀어주도록 명령을 내려, 먼저 감(甘)·미(麋) 두 부인을 현덕에게로 보냈다.
 현덕을 만난 두 부인이 아뢰었다.
 "여포 장군은 군사들을 시켜 우리 집을 잘 보호하셨으며, 또한 잡인들의 출입도 막아주셨고, 항상 시녀들 편에 우리가 사용할 물건을 보내주셨기에 조금도 부족함이 없었습니다."
 이 말을 듣고 현덕이 관우와 장비에게 말했다.
 "나는 여포가 내 가족들을 죽이지 않으리라는 것을 확실히 알고 있었다."
 현덕은 성 내에 들어서면 여포에게 고마움을 표하기로 했다. 그러나 여포를 못마땅하게 생각한 관우와 장비는 여포를 피하여 감·미 두 형수를 모시고 소패로 먼저 떠났다.
 현덕이 여포를 만나 절을 하며 고마움을 표했다.
 여포는 미안한 듯 변명했다.
 "제가 서주가 욕심이 나서 빼앗은 것은 아닙니다. 장비가 술주정이 심해 혹시 생사람을 죽이지 아니할까 염려되어 성을 지키기 위하여 왔던 것뿐입니다."
 "이 유비는 형장께 서주를 양보하고자 한 지 이미 오래입니다."
 여포는 기뻤으나, 겉으로는 서주를 다시 현덕에게 양보하는 체했다.
 현덕이 이를 극구 사양하고 소패로 돌아가니, 관우·장비는 불평이 이만저만이 아니었다.
 현덕은 관우와 장비를 타일렀다.

"몸을 굽히고 분수를 지키는 것은 천시(天時), 즉 때를 기다리는 것이며, 천명과 다퉈서는 아니 되는 것이네."

이후 여포는 인편에 양곡과 비단을 보내왔다.

이리하여 여포와 현덕 두 진영 사이는 다시 화목하게 되었다.

원술에게 넘어간 옥새

한편 원술은 수춘에서 여러 장수들에게 크게 잔치를 베풀었다. 이 때 손책이 여강(廬江) 태수 육강(陸康)을 정벌하고 싸움에 이겨 돌아온다는 전갈이 왔다.

손책이 돌아와 당하에 꿇어 엎드려 원술에게 인사를 올리니, 원술은 손책에게 벌써 전공을 세웠는가 묻고 주연장에서 시좌(侍坐)하도록 명했다.

원래 손책은 자기 부친 손견이 죽은 후 강남(江南)에 물러가서 살면서 예의바르고 어진 선비를 받들고 모시다가, 후에 도겸(陶謙)과 그의 외숙(外叔)뻘이 되는 단양태수 오경(吳璟)의 불화로 그의 모친과 가족을 곡아에 옮겨 살게 하고 자신은 원술에게 몸을 의탁하고 있던 터였다.

원술은 그를 심히 사랑하여 항상 칭찬하였다.

"나에게 손책과 같은 친아들이 있다면 죽어도 여한이 없을 터인데……"

원술은 그에게 교위의 벼슬을 내려 군사를 이끌고 가서 경현(涇縣) 태사 조랑(祖郞)을 치도록 했다. 손책이 크게 승리하고 돌아오니, 그 용맹함을 안 원술은 다시 육강을 공격하게 했으며, 손책은 다시 승리를 하고 지금 개선한 것이다.

그 날 잔치가 끝나 자기 진지로 돌아온 손책은 자기를 애송이 취급하는 원술의 행동에 심히 마음이 울적했다.

그는 달빛이 훤히 비치는 뜰을 거닐며 지난 일을 생각했다. 아버지 손견은 영웅으로 세상을 마쳤거늘, 자기는 이처럼 몰락하여 한낱 애송이 취급을 받는구나 생각하니 서글퍼져서 눈물을 비오듯 흘리며 목놓아 울었다.

이 때였다. 인기척에 놀라 바라보니 누군가가 빙긋이 웃고 있었다.

"백부(伯符 : 손책의 호)! 거기에서 뭘하고 있나? 나는 자네의 춘부장이 살아 계실 때 은혜를 많이 입은 사람일세. 불쾌한 일이 있는 것 같은데 왜 나에게 말하지 않는가? 그래, 그렇게 우는 까닭이 무엇인가?"

손책이 눈여겨 살펴보니 그는 단양(丹陽) 사람으로, 자는 군리(君理) 성명은 주치(朱治)라 불리는 사람이었다. 그는 전에 손견 밑에서 종사관(從事官)으로 일한 적이 있었다.

손책은 옷소매로 눈물을 닦고 꿇어 엎드려,

"제가 이렇게 우는 것은 아버님의 큰 뜻을 받들 능력이 없음을 한탄한 때문입니다"

하고 말했다.

"외숙인 오경을 구하러 간다는 핑계로 원술에게 군사를 빌려 강동에 가서 대업을 이룩할 일이지, 왜 자네는 이토록 오래 남의 밑에서 어렵게 지내는가?"

이렇게 이야기를 나누고 있을 때, 누군가 난데없이 그들 앞에 나타났다.

"두 분께서 이야기하는 것을 듣고 있었습니다. 제 휘하에 용감한 장정 100명이 있으니 손책의 한 팔이 되어 도와드리겠습니다."

손책이 살펴보니, 그는 원술의 참모인 여범(呂範)으로, 자를 자형(子衡)이라 하는 여남현(汝南縣) 세양(細陽) 사람이었다. 손책은 크게 기뻐하며 셋이 빙 둘러앉아 앞일을 상의했다.

여범이 입을 열었다.

"지금 원술에게 군사를 빌리자고 말하셨지만, 그는 이에 응하지 않을 것입니다."

손책이 입을 열었다.

"저에게는 돌아가신 아버님께서 유물로 남겨주신 옥새가 있습니다. 그것을 저당잡히는 것이 어떨까요?"

"그것은 원술 공께서 오래 전부터 탐내고 있었으니, 그것을 저당잡힌다면 분명히 군사를 빌려줄 것입니다."

여범이 맞장구를 쳤다.

세 사람은 이렇게 앞으로의 일을 정하고 헤어졌다.

15. 강동을 차지한 손책   303

孫策將玉璽當兵

손책은 옥새로 군사를 빌리다. 《新鐫全像通俗演義》三國志傳卷之三에서

다음날 손책은 원술을 만나 통곡하며 아뢰었다.
"소자는 부친의 원수를 갚지 못해 한이 맺힌 중에, 또다시 외숙 오경이 양주 자사 유요에게 곤혹을 당하고 있어, 외숙께 의지하여 곡부에 계신 모친까지 해를 입으실까 걱정됩니다. 소자 손책에게 용감한 군사 수천 명만 빌려주신다면 강을 건너가 난국을 타파하고 모친도 뵙고 오겠습니다. 혹 저를 믿으실 수 없으시다면 선고(先考)께서 유물로 남겨주신 옥새를 저당잡히겠습니다."
옥새라는 말에 귀가 번쩍 트인 원술은 이를 손아귀에 넣을 수 있다는 생각에 크게 기뻐하며 물었다.
"지금 네가 지니고 있는 옥새가 틀림없이 진품이렷다! 내가 군사 3천과 말 500필을 너에게 빌려줄 것이니, 곡부를 평정한 후에 빨리 귀대하도록 하여라. 현재로는 너의 직위가 낮아 대군을 지휘하기 어려울 것이다. 내가 황제께 표를 올려 너를 교위 진구장군(殄寇將軍)에 앉히도록 주선할 터이니 오늘 중으로 곧 군사를 이끌고 가도록 하여라."
손책은 원술에게 고맙다는 인사를 올리고 부장으로 주치와 여범, 전에 장수였던 정보·황개·한당 등과 같이 군마를 이끌고 택일하여 장도에 올랐다.

손책의 휘하 장수들

손책 일행이 역양(歷陽)에 이르렀을 때, 한 떼의 군사가 다가오고 있었다. 그 중의 어느 한 장수가 유난히 풍채가 뛰어나고 용모 또한 수려했다.

그는 말에서 내려 공손히 손책에게 인사를 올렸다. 손책이 눈여겨 살펴보니 그는 다름 아닌 여강의 서성(舒城) 사람인 주유(周瑜)였다. 그는 자를 공근(公瑾)이라 했다.

원래 그는 손견이 동탁을 토벌할 때 가족과 함께 서성에 이주하였으며 나이는 손책과 동갑이었다. 그들은 교분이 두터워서 형제의 의를 맺었는데, 손책의 생일이 두 달 빨라 주유는 손책을 형이라 불렀다.

주유는 숙부인 주상(周尙)이 단양의 태수로 있기 때문에 그 곳으로 가던 길에 손책을 만나게 된 것이다.

손책은 주유를 알아보고 재회의 기쁨을 나눴다.

주유가 말했다.

"비록 적은 힘이나마 도움이 된다면 저도 돕겠습니다."

손책은 기쁨을 감추지 못했다.

"내가 자네를 만났으니 일은 이미 성사된 것이나 다름이 없네."

손책은 부장 주치와 여범을 소개했다.

주유가 손책에게 진언했다.

"형님께서 큰일에 성공하시려면 강동에 있는 두 장씨(張氏)를 만나셔야 할 것입니다."

"두 장씨라니 누구 말이냐?"

손책이 물었다.

"한 사람은 팽성(彭城)의 장소(張昭)로, 자를 자포(子布)라 하는 분이고, 또

주유의 상
《貫華堂三國志演義》에서

다른 사람은 광릉(廣陵)의 장굉(張紘)으로, 자를 자강(子綱)이라 하는 분입니다. 그 두 사람은 하늘도 놀랄 만한 재주를 지니신 분으로, 지금은 시끄러운 난세를 피하여 은둔 생활을 즐기고 계십니다. 형님께서 그분들을 초빙하지 않으시겠습니까?"

주유는 이렇게 말했다.

손책은 기뻐 어쩔 줄 모르며 사람을 보내어 둘을 모시려 했으나, 그들은 극구 반대하고 오지 않았다. 할 수 없이 손책이 직접 나서서 두 분을 방문하고 간청하니 두 재사는 더 이상 거절할 수 없었다.

손책은 장소에게 장사(長史)의 벼슬을 내려 무군중랑장(撫軍中郞將)을 삼고, 장굉은 참모 벼슬인 정의교위(正議校尉)를 삼아 유요(劉繇)를 공격할 대책을 협의했다.

유요는 자를 정례(正禮)라 하는 동래현(東萊縣)의 모평(牟平) 사람으로, 본래 한나라 왕실의 피를 이은 태위(太尉) 유총(劉寵)의 조카였다. 그는 또한 연주 자사(兗州刺史)인 유대(劉岱)의 아우이기도 했다.

그는 전에는 양주 자사로 수춘에 머물러 있었으나, 원술에게 쫓겨 강동에 와서 곡아에 머물게 된 것이다.

유요는 당하에서 쉬고 있다가 손책이 군사를 이끌고 온다는 말을 듣고, 급히 여러 장수들을 불러모아 대책을 협의했다.

부장 장영(張英)이 먼저 입을 열었다.

"제가 한 떼의 군사를 거느리고 우저(牛渚)에 주둔하고 있으면, 비록 적이 100만 대군을 이끌고 온다 해도 감히 근접하지 못할 것입니다."

이렇게 말을 마치자 당하에서 누군가가 고함을 지르며 나타났다.

"제가 선봉에 나서겠습니다."

모두 놀라 돌아보니 그는 동래 황현(黃縣) 사람 태사자(太史慈)였다.

태사자와 손책의 혈투

태사자는 일찍이 북해 싸움을 해결하고——북해에서 황건적에 포위된 공융을 구해주었다——뒤에 유요에게 와서 휘하의 장수가 되었다.

이 날 손책이 쳐들어온다는 말을 듣고 그가 선봉장을 자원하고 나선 것이다.

"너는 아직 나이가 어려 대장이 될 수 없다. 내 옆에서 나를 돕는 것이 좋겠다."

유요가 이렇게 말하자 태사자는 시무룩하여 자리에서 물러섰다.

장영은 군사를 이끌고 우저에 도착하여 군량미 10만 섬을 창고에 쌓고 대기하고 있었다.

손책이 군사를 이끌고 도착하니 장영이 손책을 맞아 싸웠다. 양쪽 군사는 우저탄(牛渚灘)에서 피나는 전투를 치렀다.

손책이 말을 달려 선두에 나서자 장영이 손책을 꾸짖으며 달려들었다. 그러자 손책의 부장 황개가 앞에 나서서 그를 맞아 싸웠다.

황개와 장영이 어우러져 몇 차례 칼을 휘두를 때, 돌연 장영의 진중이 시끄러워지더니 불길이 치솟았다. 누군가 불을 지른 것이다.

장영이 급히 말을 몰아 달아나자, 손책은 그들을 앞질러 앞으로 가서 기다리고 있다가 닥치는 대로 치고 죽였다. 장영은 할 수 없이 우저를 버리고 깊은 산 속으로 도망쳤다.

장영의 진지 후방에서 불을 지른 사람은 손책의 장수들이었다. 한 사람은 구강(九江) 수춘 사람 장흠(蔣欽)으로 자를 공혁(公奕)이라 했으며, 또 한 사람은 구강 하채(下蔡) 사람 주태(周泰)로 자를 유평(幼平)이라 했다.

두 사람은 난세를 당하여 양자강 연안에서 사람들을 긁어모아 노략질을 하며 지내다가, 손책이 강동의 어진 사람과 호걸을 초빙한다는 말을 듣고 거느리고 있던 무리 300여 명을 이끌고 투항하러 오던 길이었다.

손책은 크게 기뻐하며 그 둘에게 거전교위(車前校尉)의 벼슬을 내리고, 장영이 우저의 창고에 넣어둔 군량과 무기를 빼앗아 포로 4천여 명을 이끌고 군사들과 함께 신정(神亭)으로 진군했다.

한편 싸움에 패한 장영이 유요의 진지로 돌아오니, 유요는 분함을 참지 못하여 장영의 목을 베려고 했다. 그러나 참모 착융(笮融)과 설예(薛禮)의 간청에 의하여 장영을 죽이지 않고, 변방인 영릉성(零陵城)을 지키도록 했다.

유요는 친히 군사를 이끌고 신정의 남녘에 진을 쳤고, 손책은 신정 북녘에 진을 치고 있었다.

어느 날 손책이 그 곳 원주민들에게 물었다.

"이 근처 어디엔가 한나라 광무제(光武帝)를 모신 사당이 있느냐?"

"예, 저쪽 고개 좌측에 사당이 있습니다."

한 원주민이 대답했다.

"지난밤 꿈에 광무제를 뵈었다. 가서 도와주십사고 기도를 올려야겠다."

손책이 떠나려 하자 장소가 앞을 막아섰다.

"가시면 아니 됩니다. 저쪽 남녘에는 유요가 진을 치고 있으니, 필시 복병을 숨겨두었을 것입니다. 가지 마십시오."

"천지신명도 나를 돕거늘 무엇이 두렵겠느냐?"

손책은 갑옷을 입고 창을 들고 말에 올랐다.

그는 정보·황개·한당·장흠·주태 등 12명의 장수를 거느리고 사당에 이르러 분향을 올렸다. 사당 참배를 마친 후 손책은 꿇어 엎드려 축(祝)을 올렸다.

　　만약 이 불효자가 강동에서 선친의 대업을 부흥시킨다면, 사당을 중수(重修)하고 사시사철 제사를 올리겠습니다.

이렇게 축을 끝내고 사당을 나와 말에 오른 손책은 여러 장수들을 휘 둘러보면서 말했다.

"저 고개에 올라가 유요의 진지를 살피고 오겠다."

손책이 떠나려 하자 모든 장수들이 간곡히 이를 말렸다. 그러나 손책은 주위의 권유를 무시한 채 장수들을 대동하고 고갯마루에 올라섰다.

때마침 남녘의 숲속 소로에 숨어 있던 복병들이 고갯마루에 나타난 손책을 목격하고 급히 유요에게 알렸다.

"이는 분명히 손책이 우리를 유인하고자 하는 계책이다. 쫓아가서는 안 된다."

유요가 주저하니 태사자가 그게 무슨 소리냐는 듯이 아뢰었다.

"지금 손책을 붙잡지 않으면 언제 잡겠습니까?"

태사자는 유요의 명령도 기다리지 않고 스스로 갑옷으로 갈아 입고 말 위에 올라 창을 들고 나서며 소리쳤다.

"누구든지 담력 있는 자는 나를 따르라!"

그러나 어느 장수 하나 뒤를 따르려 하지 않았다. 오직 이름 없는 한 장수가 말을 몰아 앞으로 나섰다.

"태사자 장군은 참으로 용기 있는 장군이십니다. 제가 나가서 돕겠습니다!"

다른 장수들은 가소롭다는 듯 모두 껄껄 웃기만 했다.

한편 손책은 한참 동안 적진을 둘러보고 진지로 돌아가려고 말 머리를 돌렸다. 그들이 고개를 내려오는 순간, 누군가가 고갯마루에서 소리를 질렀다.

"손책아. 게 섰거라!"

손책이 놀라 머리를 돌려 바라보니 두 장수가 번개처럼 말을 몰아 내려오지 않는가!

손책과 부장들은 일제히 그를 맞아 싸울 준비를 갖췄다. 창을 들고 고개 아래에서 기다리고 있을 때, 태사자가 다시 고함을 질렀다.

"누가 손책이냐?"

"네놈은 누구냐?"

손책도 만만치 않았다.

"나는 동래의 태사자다. 네놈을 잡으려고 내가 예까지 왔다."

"내가 바로 손책이다. 너희 두 놈이 일제히 나 하나를 공격한다 하더라도 두려울 것이 없다. 내가 네놈들을 두려워한다면 손책이 아니다."

"나도 네놈들이 다 덤벼든다 하더라도 두려울 것이 없다!"

태사자는 창을 비껴 들고 손책을 잡으려고 말을 잦혔다. 손책도 창을 들고 맞아 싸웠다.

말 두 필이 어우러져 50여 합이나 창과 창을 휘두르며 싸웠으나 좀처럼 승부가 나지 않았다. 정보 등 손책의 부장들은 그저 놀라서 바라보기만 할 뿐이었다.

15. 강동을 차지한 손책   309

태사자와 손책은 대전을 벌이다. 《新鍥全像通俗演義》 三國志傳卷之三에서

태사자는 손책의 뛰어난 창솜씨를 보고 놀라, 술수를 써서 손책을 유인해내야겠다는 생각이 들었다. 그는 오던 길을 버리고 딴 길로 산모퉁이를 돌아 달아났다.

손책은 태사자를 뒤쫓으며 소리쳤다.

"비겁한 놈아, 달아나지 마라!"

태사자는 달아나면서 마음속으로 생각했다.

'그의 뒤에는 12명의 장수가 따르고 있다. 비록 내가 손책을 붙잡는다 하더라도 결국 그들에게 빼앗기고 말 게 아닌가? 한 번 더 그를 유인하여 으슥한 곳에서 붙잡으리라.'

이렇게 생각하며 태사자는 말을 몰았다.

손책은 손책대로 그를 놓칠세라 바짝 뒤를 쫓았다. 그들은 널따란 평지에 이르렀다. 달아나던 태사자는 번개처럼 말 머리를 돌려 손책을 맞아 싸웠다.

그들이 서로 창을 휘두르기를 50여 합 끝에 손책이 휘두른 창이 태사자의 목을 스치려는 순간 태사자는 손책의 창끝을 휘어잡았고, 다시 태사자가 창을 휘둘러 손책의 목을 치려 할 때, 이번에는 손책이 태사자의 창을 휘어잡았다.

두 장수는 사력을 다하여 창을 빼앗으려고 실랑이를 벌이다가 마침내 한 덩어리가 되어 말에서 굴러떨어져 나뒹굴었다. 이 바람에 놀란 두 말은 주인을 버려둔 채 어디론지 멀리 달아나 버렸다.

둘은 창을 버리고 맨주먹으로 치고 받고 뒹굴며 혈전을 벌여 갑옷은 걸레 조각이 되었다.

손책이 손을 재빨리 뻗어 태사자의 등뒤에 꽂힌 단극(短戟)을 빼어 드니, 태사자 역시 번개처럼 손책의 머리에서 투구를 낚아챘다. 손책이 태사자의 심장을 단극으로 찌르려는 순간, 태사자는 얼른 손책의 투구를 방패로 삼았다.

손에 땀을 쥐게 하는 순간, 갑자기 함성이 들리더니 유요가 1천여 명의 군사를 이끌고 나타났다. 손책이 당황하고 있을 때, 정보 등 12명의 부장들이 번개처럼 뛰어드니, 손책과 태사자는 서로 휘어잡았던 손을 놓았다. 태사자는 구원군으로 온 군사의 말을 날쌔게 잡아타고 다시 창을 취하여 급히 말을 몰았다. 정보가 달아나던 손책의 말을 끌고 왔으므로 손책 역시 창을 취하여 말에 올랐다.

유요의 1천여 군사와 정보 등 손책의 열두 장수는 서로 어우러져 혼전을 벌이며 신정의 고개 아래에까지 이르렀다.

이 때 또 다른 함성이 들리더니, 이번에는 손책의 장수 주유가 군사를 이끌고 다가왔다. 이에 유요가 대군을 이끌고 맞아 싸웠다.

이미 해도 지고, 구름은 황혼의 붉은 빛으로 물들었다. 때가 우기여서 태풍이 불고 비가 억수같이 쏟아졌으므로, 양편 장수는 각기 군사를 이끌고 진지로 돌아갈 수밖에 없었다.

다음날 손책은 다시 군사를 이끌고 유요의 진지로 쳐들어갔다.

양편의 군사가 각기 둥그렇게 진을 치고 있을 때, 손책은 빼앗은 태사자의 단검을 창끝에 높이 달고 군사들에게 소리치게 했다.

손책의 군사들은 일제히 입을 모아 조롱했다.

"태사자야, 네놈이 도망치지 않았다면 네놈은 찔려 죽었을 것이다."

태사자 역시 손책의 투구를 장대에 높이 내걸어 부하들에게 일제히 소리치도록 했다.

"봐라, 손책의 머리통이 여기 있다!"

양편 군사가 지르는 함성으로 이곳 저곳에서 메아리가 울려 천지를 진동시키는 듯했다.

태사자가 손책과 결판을 내려고 말을 몰아 달려나오니, 손책도 질세라 나가려 하는 것을 정보가 앞을 막으며 말했다.

"공께서 나설 것은 없습니다. 제가 직접 나가서 저자를 사로잡겠습니다."

정보가 진 앞으로 나서며 말을 힘차게 몰았다.

태사자는 기대하던 적수가 손책이 아닌 정보임을 알고 소리쳤다.

"네놈은 내 적수가 될 수 없으니 손책더러 나오라고 일러라!"

정보는 크게 노하여 창을 비껴 들고 태사자를 붙잡으려고 채찍을 휘둘렀다.

두 장수가 어우러져 30여 차례 싸웠으나 승부가 나지 않았다. 유요는 급히 징을 쳐 군사들을 거두었다.

태사자는 죽든 살든 결판을 내려던 계획이 수포로 돌아가자 유요에게 항의했다.

"제가 적도놈을 붙잡을 판이었는데 왜 하필이면 그 때 군사를 철수시켰습니까?"

"지금 막 접한 보고에 의하면 주유가 군사를 이끌고 진무(陳武)와 내통하여 곡아를 습격했다고 한다. 곡아는 우리의 아성(牙城)으로, 이제 그 곳을 빼앗기게 되었으니 더 이상 여기에 머물 수 없다. 빨리 말릉(秣陵)으로 가서 설예·착융과 협의하여 곡아를 지키는 수밖에 없다."

유요가 뿌연 먼지를 일으키며 말을 몰아 달리니, 태사자도 하는 수 없이 나머지 군마를 거느리고 그 뒤를 따랐다.

손책은 달아나는 그들을 추격하려 하지 않았다.

장소가 옆에서 아뢰었다.

"저놈들이 곡아가 주유에게 습격당했다는 말을 듣고는, 우리와 싸울 생각을 버리고 정신 없이 달아나고 있습니다. 오늘 밤은 적진을 야습하기에 다시없이 좋은 기회입니다."

손책은 고개를 끄덕이며 그 날 밤으로 군사를 다섯 길로 나누어 유요의 진지를 급습했다. 급습을 당한 유요의 군병은 대패하였으며 모두 사분오열(四分五裂)이 되어 달아났다.

 태사자는 안간힘을 다하여 싸웠으나 역부족으로 당할 길이 없자, 군사 10여 기를 거느리고 말을 몰아 경현으로 도망쳤다.

고함 소리에 죽은 번능

 한편 손책은 진무를 자기 휘하에 끌어들여 부장으로 삼았다. 진무는 키가 7척이나 되었으며, 얼굴은 누렇고 눈동자는 붉어서 그 형상이 괴이했다.

 손책은 그를 퍽 공경하고 사랑하여 그에게 교위의 벼슬을 내리고 선봉장을 삼아 설예를 공격토록 했다.

 영을 받은 진무는 곧 10여 기를 거느리고 적진에 뛰어들어 일시에 50여 명의 목을 베었다. 그러자 설예는 겁에 질려 성문을 걸어 잠그고 나와 싸우려 하지 않았다.

 손책이 성을 공격하고 있을 때, 유요가 착융과 더불어 우저를 공격하러 떠났다는 연락이 왔다. 손책은 크게 노하여 우저를 지키려고 스스로 대군을 이끌고 떠났다.

 손책이 달려오는 것을 목격한 유요와 착융이 손책을 맞아 싸우려고 말을 몰고 달려왔다.

 "여기 손책이 왔다. 항복하지 못하겠느냐!"

 손책이 벽력 같은 소리를 지르니, 유요의 뒤에 있던 한 장수가 창을 비껴 들고 말을 달려 뛰어나왔다. 그는 유요의 부장 우미(于麋)였다. 우미를 맞이한 손책은 겨우 세 차례도 싸우기 전에 우미를 사로잡아 말 머리를 돌려 진지로 돌아갔다.

 우미가 사로잡혀 가는 것을 지켜보던 유요의 부장 번능(樊能)이 창을 비껴 들고 뛰쳐나왔다.

 번능이 손책의 등뒤에서 창을 찌르려는 순간 손책의 군사들이 크게 외쳤다.

"뒤를 살피십시오."

손책은 고개를 휙 돌려 벽력 같은 소리를 질렀다. 그러자 깜짝 놀란 번능은 그만 말 위에서 떨어져 두개골이 깨어진 채 그 자리에서 즉사하고 말았다.

손책이 자기 진지의 문기(門旗) 아래 도착했을 때, 붙잡아온 우미는 이미 숨이 막혀 죽은 지 오래였다. 이렇게 잠깐 사이에 한 장수를 옆구리에 껴서 죽이고 한 장수는 고함쳐서 죽이니, 이를 본 사람들은 그 무서운 힘에 놀라 고개를 설레설레 저으며 손책을 가리켜 소패왕(小覇王 : 항우)이라 칭하게 되었다.

이날의 싸움에서 유요는 크게 패하였고 부하의 태반이 손책의 군사에게 항복했다. 뿐만 아니라 손책이 목을 벤 군사의 수효 또한 1만여 명에 달했다.

유요는 할 수 없이 착융과 더불어 목숨을 구하여 유표에게로 달아났.

손책은 다시 군사를 거느리고 말릉성을 공격했다. 그는 직접 성 주위에 파놓은 못가에 이르러 설예를 자기 편으로 투항하도록 설득시켰다.

순간 성 위에서 화살이 날아와 손책의 좌측 허벅지에 박혔다. 손책은 말 위에서 굴러떨어졌다. 이를 지켜보던 장수들이 일제히 달려나가 손책을 일으켜 진으로 돌아와, 화살을 빼내고 상처에 약을 발랐다.

손책은 군사들에게 명령하여, 자기가 적이 쏜 화살에 맞아 죽었다고 거짓 소문을 퍼뜨리게 했다. 손책의 진지에서는 정말로 손책이 죽기나 한 것처럼 통곡을 하고 조기를 내걸었다.

손책이 죽었다는 소문을 들은 설예는 그 날 밤 중으로 성 안에서 군사를 다시 정비했다. 그는 날쌘 장수 상영·신횡(陳橫)과 더불어 성문을 물밀듯 빠져 나와 손책의 진지를 공격했다.

그러자 갑자기 복병들이 이곳 저곳에서 나타나더니, 손책이 선두에서 늠름히 말 위에 앉아 큰소리로 고함을 질렀다.

"이놈들아, 손책이 여기 있다."

설예의 군사들은 손책의 외치는 소리에 혼비백산하여 창과 칼을 버리고 쥐구멍을 찾는 쥐새끼 꼴이 되었다.

손책은 항복하는 자는 죽이지 말라고 명령을 내렸다.

태사자는 손책의 휘하로

죽었다던 손책의 고함 소리에 놀라 도망치던 장영은 손책의 부장 진무가 휘두르는 창에 찔려 즉사했고, 또한 진횡은 장흠이 쏜 한 대의 화살에 맞아 죽고 말았다. 설예 역시 그 싸움 중에 칼에 맞아 죽었다.

손책은 곧 군사를 몰아 말릉성으로 들어가 백성들을 안심시키고, 태사자를 사로잡으려고 다시 군사를 이끌고 경현으로 진군했다.

이 때, 태사자는 정병 2천을 모아 유요와 함께 복수하려고 벼르는 중이었다.

손책은 주유와 더불어 태사자를 사로잡을 대책을 협의했다. 손책은 주유에게, 태사자가 도망칠 수 있도록 일부러 동문만 터주고 나머지 서·남·북문을 공격케 하고, 성에서 25리 떨어진 곳에 군사를 매복시켰다가 도망치는 태사자를 사로잡기로 했다.

태사자를 따르는 군사들은 원래가 산이나 들에 살면서 나무 장사나 농사를 짓던 사람들이라, 군율이 엉망임은 두말 할 나위가 없었다. 뿐만 아니라 경현성은 저지대에 자리잡고 있었다. 태사자 편은 여러 가지로 불리한 조건에 놓여 있는 셈이었다.

이날 밤 손책은 부장 진무에게 명하여 간편한 차림으로 칼을 들고 성 위에 올라가 불을 지르게 했다.

갑자기 성 위에서 훨훨 타오르는 불길을 본 태사자는 곧 말에 올라 동문을 빠져나가 도망쳤다. 도망치는 태사자의 뒤를 손책이 군사를 거느리고 뒤쫓았다.

태사자는 더욱 빨리 말을 달려 도망쳤다. 태사자의 후군이 성에서 30여 리쯤 떨어진 지점을 통과할 무렵, 그들의 말과 군사는 피로에 지쳐 터벅터벅 걷고 있었는데, 난데없이 갈대밭에서 일제히 함성이 울려 나왔다.

불시에 위급함에 처한 태사자가 말을 휘몰아 달아나려는 순간, 타고 있

15. 강동을 차지한 손책   315

손책은 친히 태사자의 오랏줄을 풀어주다. 《新鋟全像通俗演義》三國志傳卷之三에서

던 말이 손책의 군사가 쳐놓은 그물에 걸려 쓰러지면서 태사자는 붙잡히는 몸이 되고 말았다.

손책의 군사들이 태사자를 사로잡아 끌고 진지에 이르니, 손책은 친히 나와서 군사들을 물리며 손수 태사자를 묶은 오랏줄을 풀어주었다. 그리고 자기의 도포를 벗어 태사자에게 입혀주고 진중(陣中)으로 안내하며 위로했다.

"나는 공이 참다운 대장부임을 진작부터 알고 있었소. 유요처럼 어리석은 사람 밑에 있어서, 유요가 공의 뛰어난 재능을 잘 쓸 줄 몰랐기에 오늘날 이렇게 패한 것뿐이오."

태사자는 손책의 두터운 후의에 감동하여 스스로 자리를 내려앉으려 했다. 그러나 손책은 이를 극구 말리면서 태사자의 손을 붙잡았다.

"지난날 신정에서 우리가 맞서 싸울 때, 공이 나를 잡았다면 나는 어찌 되었겠소?"

태사자는 입가에 웃음을 띄우면서 답했다.

"그거야 알 수 없는 일이지요."

손책 역시 껄껄거리며 만족한 웃음을 웃었다. 진중에 들어서자 손책은 태사자를 상좌에 앉도록 하고 크게 잔치를 베풀었다.

"유요가 근래의 싸움에서 크게 패한 후 그를 따르는 군사들의 마음이 흔들렸습니다. 제가 스스로 나가 군사들을 수습하여 공을 돕고자 하는데, 공께서 저를 믿어주실지 의문입니다."

"그건 바로 이 손책이 원하던 바입니다. 공이 약속을 지켜주신다면 내일 다시 돌아가셔도 좋습니다."

태사자는 신의를 저버리지 않겠다고 말하며 돌아갔다.

"태사자는 이번에 가면 결코 돌아오지 아니할 것입니다."

손책의 부하 장수들은 이렇게 불평했다.

"그는 의리가 있는 친구이니 결코 우리와의 신의를 저버리지 아니할 것이오."

손책이 타일렀으나 장수들은 이를 믿으려 하지 않았다.

다음날 손책은 영문(營門)에 장대를 높이 세워 해그림자를 살폈다. 태사자와 약속한 정오쯤이 되었을 때, 태사자는 1천여 명의 군사를 거느리고 다시 나타났다.

손책은 뛸 듯이 기뻤다. 모든 장수들 역시 '손책은 사람을 알아보는 장군'이라고 하면서 기뻐했다.

수만의 군사를 거느리게 된 손책은 강동으로 내려가 백성들을 편안하게 하고 위로해주니, 투항해오는 자의 수를 헤아릴 수 없을 정도였다.

강동의 백성들은 그야말로 손책을 형제처럼 맞이해주었다.

처음에는 손책의 군사가 쳐들어온다는 소문을 듣고 달아났었으나 막상 손책의 군사가 들어와서 추호도 백성을 괴롭히지 아니하니, 심지어 닭과 개도 놀라지 아니하였다. 백성들은 기뻐서 소를 잡고 술을 장만하여 손책의 군사를 맞아 위로하며 대접했다.

손책은 백성들에게 금은보화와 비단을 풀어 위로했다. 그러자 백성들의 기뻐하는 웃음소리가 산과 들에 가득했다.

손책은 또한 지난날 유요를 따랐던 군사 중에서 자기를 따르기를 원하는 자는 그대로 자기의 진지에 머물게 하고, 군사로 머물러 있기를 원치 않는 자에게는 따로이 상급(賞給)을 주어 귀농케 했다.

이렇게 되자 강남의 백성들 중 그를 칭송하지 않는 자가 없었고, 이로 인하여 그의 군세는 더할 수 없이 막강해졌다.

손책은 곧 모친·숙부·아우들을 곡아에 다시 모시게 되었으며 아우 손권(孫權)에게는 부장 주태를 짝지어주어 선성을 지키게 했다.

손책 스스로는 다시 군사를 거느리고 오군(吳郡)을 공격하기 위하여 남으로 향했다.

이 때 오군에는 엄백호(嚴白虎)라 불리는 인물이 자칭 동오덕왕(東吳德王)이라고 하면서 오군을 점거하고 있었으며, 휘하의 부장을 오정(烏程)과 가흥(嘉興)에 보내어 그 곳을 지키도록 하고 있었다.

강동을 내놓은 엄백호

손책의 군사가 쳐들어온다는 소문을 들은 엄백호는 즉시 아우 엄여(嚴輿)를 보내어 나가 싸우게 하니, 손책의 군사와 엄여는 풍교(楓橋)에서 맞닥뜨리게 되었다.

엄여는 풍교 위에서 칼을 비껴 차고 말 위에 올라 기다리고 있었다.

누군가에게 엄여가 다리 위에서 진로를 막고 있다는 말을 들은 손책이 나가 싸우려 하자, 참모 장굉이 간했다.

"장군께서는 3군을 거느리신 분으로 잘못하면 몇 안 되는 졸개들에게 화를 입으실 수도 있습니다. 부디 자중하시기 바랍니다."

"공의 충고는 고맙기 그지없소만 장수로서 날아드는 화살을 겁낼 수는 없는 일이오."

손책은 우선 한당을 내보내어 싸우도록 했다.

한당이 다리 위에 이르렀을 때, 장흠과 진무 두 장수가 작은 배를 타고 강을 거슬러 올라가 다리 위로 뛰어올라갔다. 그러자 적진에서 화살이 비오듯 쏟아졌다. 그러나 장흠·진무 두 장수가 마구 쏟아지는 화살을 피하여 닥치는 대로 적들을 찌르고 죽이니, 엄여는 무서워 도망치고 말았다.

한당이 군사를 몰아 뒤를 추격하니 엄여의 군사는 모두 성문 안으로 들어가 버렸다.

이 때를 틈타 손책이 군사를 수륙 양면으로 나누어 쳐들어가서 오성(吳城)을 포위하니, 3일이 지나도록 개미새끼 한 마리 나와 싸우려 하지 않았다.

친히 군사를 거느리고 성문 밖에 도착한 손책이 항복할 것을 권하니, 성 위에 있던 한 비장(裨將)이 왼손으로는 성 문루의 보를 짚고, 오른손으로는 성 아래의 손책에게 손가락질하며 욕설을 퍼부었다.

손책의 옆에서 말을 타고 이를 지켜보고 있던 태사자가 화살을 뽑아 당기며 옆에 있던 장수에게 말했다.

"내가 저놈의 왼손을 쏘아버리겠습니다."

채 말이 끝나기도 전에 '윙!' 소리를 울리며 활시위를 떠난 화살은 적의 왼손에 보기 좋게 명중하여 손을 꿰뚫고 뒤의 대들보에 꽉 박혔다. 성 위에서 이를 지켜본 사람들은 눈이 휘둥그래졌고 성 아래 군사들은 탄성을 질렀다.

부하 한 사람이 문루에 나뒹구는 시체를 끌고 내려와 엄백호에게 알렸다. 자기 부하가 나뒹굴게 된 내용을 보고받은 엄백호는 내심 놀라운 듯 말했다.

"손책의 군사 중에 그렇게 활 잘 쏘는 군사가 있다니……. 예삿일이 아니로구나!"

드디어 엄백호는 사정을 헤아려 생각했다.

다음날 엄백호는 엄여를 성 밖으로 내보내어 손책을 만나도록 했다.

엄여를 맞이한 손책은 그를 진지로 데려가 술을 내어 대접했다. 술잔이 돌아 거나하게 취기가 돌자, 손책은 넌지시 엄여의 뜻을 떠보았다.

"네 형의 속셈은 무엇이냐?"

"장군에게 강동 지방을 반분해드릴 것 같습니다."

손책은 얼굴에 노기를 띠고 벽력같이 소리질렀다.

"그런 쥐새끼 같은 놈이 나와 맞먹고 강동을 반분하자니……."

손책은 분함을 참지 못하고 엄여의 목을 베라고 부하에게 명을 내렸다. 순간 엄여가 급히 몸을 일으켜 칼을 뽑으려고 했으나, 손책이 먼저 번개처럼 칼을 뽑아 엄여의 머리를 쳤다.

손책은 엄백호와 대전을 벌이고, 《繡像全圖三國演義》에서

　손책은 땅바닥에 나뒹구는 엄여의 머리통을 적진으로 보내도록 했다. 엄백호는 비로소 적이 화친을 반대함을 깨닫고 성을 버리고 달아나고 말았다.
　손책은 군사를 몰아 엄백호를 추격하고, 황개는 가흥을 공격하여 취하고 태사자는 오정을 공격하여 빼앗으니, 강동 일대가 모두 손책의 수중에 들어가게 되었다.
　여항(餘杭) 땅으로 달아나던 엄백호는 이르는 곳마다 백성들의 재물을 약탈하니, 백성 중에 능조(凌操)라는 사람이 향리 사람들을 거느려 대항했다. 엄백호는 할 수 없이 회계(會稽)를 향하여 도망치고 말았다.
　능조가 그 아들과 더불어 손책을 맞으니, 손책은 그에게 종정교위(從征校尉)의 벼슬을 내렸다.
　손책은 능조와 함께 강을 건너 달아나는 엄백호를 추격했다. 달아나던 백호는 서진(西津) 나루터에 군사를 풀어 손책의 부장 정보를 맞아 싸웠으나, 역시 크게 패하여 밤낮으로 말을 달려 회계로 달아났다.
　엄백호가 군사를 이끌고 온다는 말을 듣고 회계 태수 왕랑(王朗)이 군사를 이끌고 가서 엄백호를 구해주려고 하니, 누군가가 앞을 가로막았다.

"그것은 안 될 말씀입니다. 손책은 어질고 의로운 사람이나, 엄백호는 포악무도하기 이를 데 없는 놈입니다. 차라리 그놈을 잡아서 손책에게 바치는 것이 현명할 것입니다."

이렇게 왕랑을 가로막은 사람은 보잘것없는 말단 관리인 우번(虞翻)으로, 자를 중상(仲翔)이라고 하는 자였다.

왕랑이 우번에게 호통을 치니, 우번은 탄식하며 물러설 도리밖에 없었다.

왕랑은 군사를 이끌고 나아가 백호를 맞이하여 같이 야트막한 산기슭에 군사를 풀어 진을 쳤다.

양쪽 군사가 서로 둥그렇게 진을 치니, 손책이 말을 달려 앞으로 나와 왕랑을 꾸짖었다.

"내가 인의지병(仁義之兵)을 거느리고 절강(浙江)지방을 평안하게 하러 왔거늘 네놈은 왜 도적놈들을 도우려 하느냐?"

왕랑도 질세라 손책을 꾸짖었다.

"네놈은 그래 아직 탐심(貪心)이 부족하다는 말이냐? 이미 오군을 손아귀에 넣었으면 되었지, 또 무엇이 부족해서 우리 회계를 차지하려 하느냐! 내가 오늘 특히 너를 맞아 싸우는 까닭은 엄백호의 원수를 갚기 위함이다."

손책이 크게 노하여 교전하려 하니 태사자가 먼저 급히 말을 달려 앞으로 나섰다. 왕랑도 칼을 휘두르며 말을 달렸다.

왕랑과 태사자가 어우러져 칼을 휘둘러 싸울 때, 왕랑의 휘하 부장인 주흔(周昕)이 왕랑을 도우려고 나타났다. 손책의 진중에서도 황개가 비호같이 말을 몰고 달려나와 주흔을 맞아 싸웠다.

양쪽 진영에서는 천지가 진동하도록 북을 울리면서 자기 편의 군사를 응원했다.

이 때였다. 갑자기 왕랑의 후진이 어수선해지더니 한 떼의 군사들이 왕랑의 후진을 공격하는 것이 아닌가. 왕랑은 크게 놀라 급히 말을 몰아 본진으로 돌아갔다.

왕랑의 배후를 친 사람은 주유와 정보였다. 그들이 군사를 이끌고 산을 내려가서 뒤편을 공격했던 것이니, 왕랑은 전후 양면으로 협공을 받게 된 것이다.

중과부적이 된 왕랑은 할 수 없이 엄백호·주흔과 더불어 죽음의 길을 뚫고 성 안으로 도주하여 적교를 걷어 올리고 성문을 굳게 닫았다.

손책의 대군은 여세를 몰아 성문 아래까지 이르러 군사를 나누어 네 문을 동시에 공격하기 시작했다.

성 안에 있던 왕랑은 손책의 공격이 극렬하여 위급함을 느꼈다. 왕랑은 죽기를 무릅쓰고 다시 나가 싸우려 했으나 엄백호가 강력히 이를 제지했다.

"손책의 군세가 강성하긴 하지만 성 주위에 파놓은 호가 깊으니 성벽을 뛰어넘지는 못할 것입니다. 또 그들은 1개월 이내에 군량이 다 떨어질 것이니, 그 때에는 그들도 어쩔 수 없이 자연히 물러서고 말 것입니다. 그 때 여세를 몰아 그들을 공격한다면 싸우지 않고도 격파할 수 있을 것입니다."

왕랑은 그 뜻에 따라 회계를 굳게 지키며 성 밖으로 나오지 않았다.

손책은 며칠에 걸쳐 성을 공략하려 했지만 성공을 거두지 못하자 휘하 장수들을 불러 대책을 협의했다.

먼저 손정(孫靜)이 입을 열었다.

"왕랑이 성 밖으로 나오지 않고 성을 고수하는 한 성을 쉽게 공략하기는 어려운 일입니다. 그들은 군량의 대부분을 사독(査瀆)에 두고 있으며, 사독은 예서 불과 수십 리밖에 아니 됩니다. 군사를 풀어 그 곳을 먼저 공격합시다. 그것이 이른바 방비 없는 곳을 공격하여 방비하고 있는 곳의 군사들을 끌어내는 계책입니다."

손책은 손정의 말을 듣고 크게 기뻐했다.

"숙부의 방법을 사용한다면 능히 적도들을 격파할 수 있겠습니다."

손책은 즉시 명령을 내려 각 문에 휘황찬란하게 불을 켜놓도록 하고 깃발을 높이 세워 군사들이 많이 응집해 있는 것처럼 보이게 한 후, 야음을 틈타 군사를 남으로 휘동하여 사독으로 향했다.

주유가 또 한 계책을 진언했다.

"주공께서 대병을 일으키면 왕랑은 틀림없이 성 밖으로 쫓아나올 것이며, 이 때 기병을 풀어 저들을 공격하면 반드시 승리를 얻을 수 있을 것입니다."

"이제 모든 준비는 완료되었다. 오늘 밤 안으로 성을 공략하기로 하자."

손책은 곧 군마를 움직였다.

한편 왕랑은 손책의 군사가 물러갔다는 보고를 받고 스스로 여러 사람을 거느리고 성루에 올라가 적진을 살펴보았다. 그런데 성문 밖 저 아래에 불길이 오르고 깃발이 바람에 나부끼니 마음에 한가닥 의심이 솟았다.

이 때 옆에서 주흔이 입을 열었다.

"손책의 군사는 물러갔습니다. 저렇게 꾸민 것은 우리를 속이려는 수작입니다. 지금 성문을 나가 저들을 공격하는 것이 좋겠습니다."

엄백호는 한 수 더 떠서 이렇게 말했다.

"손책이 이렇게 물러간 것은 분명 사독을 향하여 떠난 것임에 틀림없습니다. 제가 주흔 장군과 더불어 뒤를 쫓겠습니다"

왕랑은 걱정스러웠던지,

"사독은 우리의 군량이 보관되어 있는 곳이니 반드시 지켜야 합니다. 먼저 군사를 이끌고 그들을 뒤쫓으십시오. 제가 곧 뒤를 따라가겠습니다"

하고 말했다.

엄백호는 주흔과 같이 5천여 군사를 거느리고 성을 나와서 손책의 뒤를 쫓았다. 그들이 성을 떠나 20여 리쯤 말을 달렸을 때는 이미 해가 진 초저녁이었다.

그 때 갑자기 숲속에서 북소리가 울리더니 불길이 여기저기에서 일제히 솟았다. 엄백호는 깜짝 놀라 말 머리를 돌려 달아났다.

그런데 누구인가 앞을 가로막는 사람이 있어 엄백호는 불빛에 살펴보았다. 그는 다름 아닌 손책이었다.

엄백호 군에서 주흔이 칼을 휘두르며 말을 달려 뛰쳐나왔으나 손책이 창을 휘둘러 찔러 죽이고 말았다.

엄백호의 많은 군사들은 손책에게 항복하고, 엄백호만 간신히 목숨을 건져 여항을 향하여 도망쳤다.

한편 엄백호를 도우려고 성문을 나섰던 왕랑은 도중에 엄백호가 크게 패했다는 소문을 듣고, 두려워서 성으로 들어가지 못하고 부하들을 이끌고 해우(海隅)로 도망쳤다.

손책은 다시 군사를 이끌고 회계로 돌아와 여세를 몰아 성을 취하고 인민들을 안심시켰다.

다음날 어떤 장수 한 사람이 엄백호의 머리를 베어 들고 와서 손책의 군전(軍前)에 바쳤다. 손책이 그 장수를 살펴보니 키는 8척이요 얼굴은 장방형이며, 입 또한 말할 수 없이 컸다. 손책이 성명을 물으니, 그는 동습(董襲)으로 자를 원대(元代)라 하는 말단 벼슬아치라고 대답했다.

손책은 그를 기쁘게 맞이하여 별부사마(別部司馬)의 벼슬을 내렸다.

이것으로 동로(東路) 지방은 모두 평정되었다.

손책은 그의 삼촌 손정에게 회계를 지키도록 하고 주치에게는 오군의 태수가 되어 그 곳을 다스리게 하고, 자기는 다시 군사를 이끌고 강동으로 돌아왔다.

주태를 돌본 화타

한편 손권이 주태와 더불어 선성을 지키고 있을 때, 산적들이 작당하여 이곳 저곳에서 몰려왔다. 밤이 깊은 시간이어서 군사들은 잠이 들어 적을 막을 수가 없었으므로, 주태가 위급함을 깨닫고 손권을 깨워 말에 오르게 했다.

주태는 발각될까 두려워서, 산적들이 칼을 빼들고 날뛰는 속을 벌거벗은 몸에 오직 칼 한 자루만 지니고, 그들 틈을 빠져나가며 10여 명을 죽였다. 그런데 누군가가 그의 뒤로 창을 휘두르며 말을 달려오더니, 주태의 등을 찔렀다. 주태가 순식간에 적의 창을 휘어잡아 빼앗으니, 그자는 말에서 떨어져 나뒹굴었다. 그는 즉시 말과 창을 취하여 죽음의 길을 뚫고 손권을 구출하여 도망쳤다.

도적들의 무리가 멀리까지 쫓아왔으나 그들을 잡지는 못했다.

화타의 상
《貫華堂三國志演義》에서

주태의 몸뚱이는 산적들이 휘두른 창에 열두 군데나 상처를 입었으며, 그로 인하여 목숨이 위태롭게 되었다. 이 소식을 들은 손책은 깜짝 놀라 크게 걱정했다.

손책이 주위의 참모들과 주태의 위태로운 사태를 상의하니 동습이 말문을 열어 말했다.

"언젠가 제가 해적들과 싸우다 여러 곳을 창에 찔린 일이 있었습니다. 그 때 회계의 한 관리인 우번이 어느 의원을 천거해 주었는데, 그 의원의 보살핌으로 보름만에 완쾌되었습니다."

"우번이라면 우중상을 말함이 아닌가?"

"예, 그렇습니다."

"그 사람이면 충분히 주태를 완쾌시킬 수 있을 것이오."

그는 장소와 함께 동습을 보내어 우번을 초청해오도록 했다.

우번이 당도하자, 손책은 예로써 그를 맞이하고 공조(功曹)의 벼슬을 내리어 전의 그 의원을 만났으면 좋겠다고 말했다.

"그 사람은 패국(沛國)의 초군(譙郡) 사람이며, 이름은 화타(華陀)요 자는 원화(元化)라고 하는 분입니다. 참으로 뛰어난 의술을 지녔습니다. 제가 그분을 모셔오도록 하겠습니다."

우번은 그 날 중으로 화타를 데려왔다.

화타의 용모는 동안(童顔)으로, 머리카락은 눈같이 하얗게 빛났으며 용모가 출중하여 마치 신선을 대하는 듯하였다.

손책은 곧 그를 성대히 대접하고 주태의 상처를 봐달라고 청했다.

주태의 상처를 살펴보고 난 화타가 말했다.

"쉽게 고칠 수 있겠습니다."

주태는 약을 투여한 지 1개월 만에 상처가 완전히 나았다.

손책은 크게 기뻐하며 화타에게 후히 사례를 하고, 곧 군대를 이끌고 나아가서 산적들을 완전히 토벌했다. 이로 인하여 강남 지방은 완전히 평온을 되찾았다.

손책은 곧 군사들을 부추겨서 각처를 잘 지키도록 지시하고, 한편으로 조정에 표문을 올리고 또 한편으로는 조조와 내통하며, 다른 한편으로는 원술에게 사람을 보내어 전에 저당잡힌 옥새를 돌려 달라는 서신을 전하게 했다.

한편 원술은 내심으로 황제가 되고자 하던 터였으므로, 적당히 답서만 보내고 옥새는 돌려주지 않았다.

원술은 곧 장사(長史) 양대장(楊大將), 도독 장훈(張勳)·기령(紀靈)·교유(橋蕤), 상장 뇌박(雷薄)·진란(陳蘭) 등 30여 명의 휘하 참모들을 거느리고 대책을 협의했다.

"손책이 나에게서 군마를 빌려가서 지금은 강동 일대를 손아귀에 넣고, 그 은혜에 보답하기는커녕 무례하게도 군마를 빌려갈 때 저당잡힌 옥새를 돌려 달라고 하는데 어떤 묘책이 없겠느냐?"

"지금 손책은 장강의 요새를 점거하고 있을 뿐만 아니라, 군사는 정예화되어 있으며 군량 또한 풍부하게 보유하고 있으니, 가볍게 일을 처리해서는 안 됩니다. 지금 상황으로는 먼저 유비를 정벌하여 지난날 무고하게 당한 한을 풀고 난 후 그 때 가서 손책을 공략하여도 늦지 않을 것입니다. 저에게 따로이 계책이 있으니 한번 그대로 실행하여 보십시오."

양대장이 이렇게 진언했다.

그야말로 강동을 차지하기 위하여 호랑이와 표범이 다투는 격이요, 서군(徐郡)을 손아귀에 넣기 위하여 용이 서로 싸우는 격이었다.

그렇다면 양대장의 계책이란 무엇인가, 두고 볼 수밖에 …….

16. 영웅들의 결전

여 봉 선 사 극 원 문
呂奉先射戟轅門

조 맹 덕 패 사 육 수
曹孟德敗師淯水

여포는 원문에서 화극을 쏘아 맞혀 유현덕과 원술을 화해시키고, 조조는 육수에서 패하다.

유현덕을 도운 여포

양대장이 유비를 공격할 계책이 있다고 하자, 원술이 물었다.
"어떤 계책인가?"
"지금 유비는 군사를 거느리고 소패에 주둔하고 있으니, 그를 공략하기란 쉬운 일입니다. 그런데 여포가 서주에 머물고 있습니다. 전에 그에게 주기로 한 금은보화와 양곡·군마를 주지 아니하면 우리가 유비를 공격할 경우 여포는 유비를 도울 것입니다. 지금이라도 사람을 시켜 약속한 양곡 등을 보내 그의 마음을 붙들어맨다면, 그는 군사를 움직이지 아니할 것입니다. 그 후에 유비를 사로잡는 일은 식은 죽 먹기와 다를 바 없습니다. 먼저 유비를 사로잡고 곧 여포를 친다면 쉽게 서주를 손에 넣을 수 있을 것입니다."
원술은 크게 기뻐하며 양곡 20만 섬을 준비하여 한윤(韓胤) 편에 밀서와 함께 여포에게 보냈다.

여포는 기쁨을 감추지 못하였으며 한윤을 융숭히 대접했다.

한윤이 원술에게 여포의 회신을 전하니, 원술은 기령을 대장으로 삼고 뇌박·진란 등을 부장으로 삼은 후, 수만의 군사를 거느리고 소패를 공격하도록 영을 내렸다.

유현덕은 원술의 군사가 쳐들어온다는 소문을 듣고 곧 참모 회의를 열었다. 장비가 나서며 자기가 출전하겠다고 했다. 그러자 손건이 옆에서 가로막았다.

"지금 우리 소패에는 군량미도 부족할 뿐만 아니라 군사도 보잘것없습니다. 어떻게 적을 맞아 싸우려 하십니까? 서신을 띄워 여포에게 위급함을 알리는 것이 좋겠습니다."

"그놈이 우리를 도우러 올 것이라 생각하오?"

장비가 퉁명스럽게 맞받았다.

"손건의 말이 옳은 것 같소."

현덕은 말하며 여포에게 다음과 같은 서신을 띄웠다.

장군께서 베푸신 배려로 지금 유비가 여기 소패에 머물게 되었습니다. 이것은 모두 장군의 덕택이 아닐 수 없습니다. 지금 원술이 사사로운 원한을 갚고자 기령으로 하여금 군사를 이끌고 침공하도록 하여, 이곳 사정이 풍전등화와 같아 구원의 손길만 기다리고 있습니다. 바라건대 일려(一旅)의 병력을 보내주시면 위급함을 면할 수 있겠습니다.

기쁜 소식 있기를 바랍니다.

유비의 글월을 읽어본 여포는 참모 진궁을 불러 협의했다.

"전에 원술이 나에게 양곡을 보내며 서신까지 보낸 것은, 그가 현덕을 공격할 때 내가 현덕을 구해줄 것이 두려워서 미리 손을 쓴 것이다. 지금 유현덕이 나에게 구원을 요청한 이 마당에 소패의 유현덕을 생각하지 않을 수 없다. 머지않아 나에게도 해가 닥칠 것이 틀림없는 사실이라 여겨지기 때문이다. 만일 원술이 유현덕을 치고 북으로 태산(泰山)의 여러 장수들과 힘을 합하여 나를 공격한다면 베개를 높이 베고 잠을 잘 수 없을 터이니,

여포는 원술의 밀서를 보다. 《新鋟全像通俗演義》三國志傳卷之三에서

유현덕을 도와주어야겠다."

여포는 곧 군사를 거느리고 소패로 향했다.

한편 기령은 대군을 이끌고 소패의 동남쪽에 도착하여 진영을 세웠다. 진영이 설치된 곳을 보면, 낮엔 부대의 깃발이 숲을 이룬 것 같고 밤에는 횃불을 들고 북을 울리는 소리에 천지가 무너질 것 같았다.

유현덕은 소패에서 5천에 불과한 군사를 거느리고 억지 춘향 격으로 현 밖으로 나와 군영을 설치하고 진을 쳤다. 그 때 누군가가 급히 달려와서 여포가 10여 리 밖의 서남방에 진을 치고 있다고 보고했다.

여포의 활솜씨

기령은 여포가 군사를 거느리고 유비를 구하러 왔다는 것을 알고는 급히 인편에 글월을 띄워 그의 신용 없음을 꾸짖었다.

기령의 글월을 받아 읽은 여포는 입가에 음흉한 미소를 지으며 중얼거렸다.

'좋은 수가 있다. 나는 원술과 유비 어느 누구에게도 원한 살 일은 없지

않은가!'

이렇게 생각하고 여포는 연회를 베풀겠다고 사람을 보내어 기령과 유비를 청했다.

유현덕이 여포가 자기를 청하였다는 말을 듣고 여포의 집으로 가려고 하자, 관운장과 장비가 강력히 만류했다.

"가시면 아니 됩니다. 분명 여포는 딴 마음을 품고 있을 것입니다. 위험합니다."

"내가 그를 박대한 일이 없는데 그가 나를 해치겠는가?"

유현덕이 대수롭지 않다는 듯 말을 타고 출발하니 할 수 없이 관운장과 장비도 그를 따라나섰다.

그들이 여포의 진지에 도착하니 여포가 말했다.

"지금 내가 특별히 여기까지 와서 공의 위급함을 구해주었으니, 훗날 그 은혜를 잊으시면 아니 됩니다."

현덕이 고맙다고 사례하자, 여포는 유현덕을 자리에 앉게 했다.

현덕이 앉아 있는 뒤에는 관운장과 장비가 칼을 차고 서 있었다.

그 때 누군가에게서 기령이 도착하고 있다는 뜻밖의 소식을 듣고 현덕은 깜짝 놀랐다.

여포는 괜찮다는 듯 말했다.

"내가 특별히 두 분을 청한 것이니 의심하실 것은 없습니다."

그러나 현덕은 여포의 속셈을 알 길이 없어 마음이 몹시 불안했다.

기령은 말에서 내려 여포의 군영으로 들어오다가 현덕이 상좌에 앉아 있는 모습을 보고 깜짝 놀라 몸을 돌려 가려고 했다. 그러자 좌우에서 만류했다.

여포가 급히 일어나 어린아이를 안듯 번쩍 들어 끌고 오니 기령이 버럭 소리를 질렀다.

"장군께서는 이 기령을 죽이겠다는 속셈이오?"

"그럴 리가 있겠습니까?"

"그럼 다른 꿍꿍이속이 있는 게 아니오?"

"물론 그것도 아니오."

"그렇다면 왜 이렇게 하는 게요?"

"유현덕과 나는 형제지간으로, 장군 때문에 유현덕이 곤경에 처하여 구하러 왔을 뿐이오."

"그렇다면 기령 이 몸을 죽이겠구려."

"그럴 까닭이야 없지요. 나는 싸움하기보다 말리는 편을 좋아하오. 내겐 오직 양편을 화해시키자는 것 외엔 딴 뜻이 없소."

"그래, 화해시키는 방법이 무엇이오?"

"그 방법이란 하늘의 뜻을 따르는 것이오."

이렇게 말하면서 여포는 기령을 군막 안으로 끌고 가서 유현덕과 상면시켰다.

두 사람은 비록 자리는 같이하고 있었지만 여포에 대한 의구심은 풀리지 않았다.

여포는 중간에 앉아 기령을 좌측에, 유현덕을 우측에 앉힌 다음 술상을 내오도록 했다.

술이 몇 순배 돌자 여포가 먼저 입을 열었다.

"두 분께서는 저를 봐서라도 각기 군사를 이끌고 돌아가시는 것이 좋겠습니다."

유현덕은 아무런 대꾸도 하지 않는데 기령이 입을 열었다.

"나는 나의 주공인 원술의 명을 받들고 10만 대군을 거느리고 유비를 잡으러 왔거늘, 어떻게 마음대로 군사를 이끌고 돌아간다는 말이오?"

장비가 옆에 있다가 화를 벌컥 내면서 칼에 손을 얹으며 호통을 쳤다.

"비록 우리가 숫자는 적다고 하지만 네깐놈들의 짓거리야 아이들 소꿉장난으로 본다. 감히 네까짓 놈들이 100만 황건적에 어떻게 비교가 되겠느냐!"

관운장이 급히 가로막으며 말했다.

"여포 장군이 어떻게 나오는 가를 보고 그 때 가서 각자 진지로 돌아간 후 죽여도 늦지 않다."

이번에는 여포가 입을 열었다.

"내가 양편을 청한 것은 화해를 시키기 위함일 뿐, 서로 죽이고 죽게 하

여포는 원문에서 화극을 쏘아 맞히고, 《繡像全圖三國演義》에서

자는 것은 아니었소."

그러나 기령은 분함을 참지 못하여 부르르 떨고 있고, 다른 한편에서는 관운장과 장비가 기령을 잡아죽일 듯이 눈을 부라리고 있었다.

이를 본 여포는 크게 노하여 부하들에게 소리쳤다.

"가서 내 창을 가져오너라!"

부하가 가져온 창을 여포는 왼손에 잡았다.

기령과 현덕은 웬일인가 하고 아연실색했다.

"나는 양편의 싸움을 말리려 했으나 이제 하늘의 뜻에 맡기는 수밖에 없소."

여포는 좌우에 있는 시자에게 창을 원문(轅門) 밖 멀찍이 꽂아놓으라고 명령했다. 그러고 나서 그는 다시 기령과 현덕을 바라보면서 말했다.

"원문은 여기서 150보의 거리에 있소. 내가 활을 당겨 창의 옆가지를 한살에 명중시키면 양편의 군사를 파하여 돌아가되, 만일 명중시키지 못하면 각자 진영으로 돌아가 싸워도 좋소. 그렇지만 내 말을 거역한다면 나라도 나서서 다 죽이고 말겠소."

기령은 속으로 코웃음을 쳤다.

'창이 150보나 떨어져 있는 곳에 꽂혀 있거늘 그것을 한 살에 명중시키 겠다고? 명중시키지 못할지도 모르니 기다리고 있다가 유현덕을 잡아죽여야지.'

유현덕은 아무런 대꾸도 없이 앉아 있었다.

여포·기령·유현덕은 다시 자리를 고쳐 앉아 술 한 잔씩을 돌려 마셨다.

술을 마신 후, 여포는 화살을 가져오라고 명을 내렸다.

유현덕은 조용히 눈을 감고 마음속으로 빌었다.

'바라건대 여포의 화살이 명중하게 해주십시오!'

여포는 이미 도포 소매를 걷어 올리고 화살을 빼어 활에 재고 있었다. 활은 힘껏 당겨져서 예각의 원호를 그리고 있었다.

"딱!"

여포의 활에서 떠난 화살은 푸른 하늘에 유성(流星)처럼 포물선을 그리더니 꽂혀 있는 창의 작은 곁가지에 명중하는 것이 아닌가!

여포의 진중에서는 장수나 병졸 할 것 없이 모두가 함성을 지르며 갈채를 보냈다.

후세에 누군가가 이를 다음과 같은 시로 기리고 있다.

온후의 활솜씨 세상에 드물어	溫侯神射世間稀
진작 원문을 향해 위기를 넘겼네.	會向轅門獨解危
낙일은 과연 후예(하나라의 제후로, 궁술의 명수)도 속겠구나.	落日果然欺后羿
잔나비조차 유기(궁술의 명수, 성은 양(養), 이름은 유기)를 이기려 드네.	號猿直欲勝由基
호랑이 힘줄 같은 시위 소리 내며	虎觔弦響弓開處
떠난 화살 깃처럼 날아 떨어지면서	雕羽翎飛箭到時

표범 꼬리처럼 요동하며 창을 뚫으니	豹子尾搖穿畵戟
양편의 웅병 10만이 갑옷을 벗게 되었네.	雄兵十萬脫征衣

당 아래에서 활을 쏜 여포는 살이 목표물을 명중시킨 것을 확인하고 껄껄 웃으며 좋아하더니, 활을 땅에 내려놓고 기령과 유현덕의 손을 붙잡았다.

"이는 하늘이 양군으로 하여금 군사를 파하고 화평하기를 바라는 것이오."

여포는 그의 군사들에게도 술을 내어 실컷 마시게 했다.

유현덕은 한편으로는 여포의 재주에 놀라고 한편으로는 소극적이었던 자신을 부끄러워했다.

기령은 아무 말 없이 고개를 숙이고 있다가 여포에게 말했다.

"장군의 말씀을 따르지 않을 수 없습니다. 그러나 군사를 이끌고 돌아가서 이런 사실을 이야기해도 주공인 원술이 믿으려 하지 않을 터이니 어떻게 하면 좋겠습니까?"

"내가 편지를 써서 보내도록 하지요."

그들은 술상이 나오자 다시 몇 순배 술을 마셨다.

기령이 여포의 편지를 갖고 먼저 떠나니, 여포는 현덕에게 생색을 냈다.

"내가 아니었더라면 공은 위기에 처했을 것이오."

현덕은 고맙다고 사례를 하고 관운장·장비와 함께 소패로 돌아갔다.

이리하여 기령·유현덕·여포는 모두 흩어졌다. 기령은 회남으로, 유현덕은 소패로, 여포는 서주로 되돌아간 것이다.

원술과 여포의 혼인 정책

한편 회남으로 돌아가 원술을 만난 기령은, 여포가 원문의 창에 활을 쏘아 유현덕과 화해를 시킨 일을 설명하며 여포의 글월을 전했다.

원술은 크게 노하여 소리쳤다.

"여포 그자가 나에게서 많은 양곡을 받고도 어린애 같은 짓거리로 유비를 두둔하다니……. 내 직접 군사를 이끌고 가서 유비를 치고 아울러 여포도 토벌하겠다."

"그래서는 안 됩니다. 여포는 용력(勇力)도 뛰어나고 거기에다 서주라는 큰 땅을 차지하고 있습니다. 만일 여포와 유비가 서로 어우른다면 보통 일이 아닙니다. 제가 들은 바에 의하면 여포에게는 그의 처 엄씨(嚴氏)의 몸에서 난 딸이 하나 있는데, 그 딸이 지금 시집갈 나이라 합니다. 사람을 보내어 주공의 자제와 혼인하자고 하심이 좋겠습니다. 여포와 주공께서 사돈 관계를 맺는다면 반드시 유비를 잡아죽일 수 있을 것입니다. 이것이 소위 '소불간친지계(疏不間親之計)'라고 하는 것입니다."

원술은 기령의 말에 따라 그 날로 갖가지 예물을 마련하여 한윤을 중매쟁이로 삼아 서주의 여포에게 보냈다.

서주에 도착하여 여포를 만난 한윤이 여포에게 아뢰었다.

"우리 주공 원술은 장군을 존경하고 계시며 장군의 따님을 며느리로 맞고자 하십니다. 더없는 짝이라고 생각합니다."

여포는 안으로 들어가 엄씨와 상의했다.

원래 여포에게는 두 처와 첩이 하나 있었다. 먼저 엄씨에게 장가들었고, 후에 초선을 취하여 첩으로 삼았으며, 소패에 있을 때 조표의 딸을 둘째 처로 삼았다. 조씨(曹氏)는 일찍 죽어 소생이 없었고, 초선 역시 아이가 없었다. 오직 엄씨가 딸 하나를 낳으니, 여포는 이 무남독녀를 특별히 귀여워했다.

원술에게서 청혼이 들어왔다는 말을 들은 엄씨가 물었다.

"원 공께서는 오랫동안 회남 땅을 차지하고 있어 휘하의 군사도 많고 군량도 풍부하여 머지않아 천자가 될 것이라는 말을 나도 들었습니다. 만일 일이 성사된다면 우리 딸아이는 장차 황후가 되는 것이 아닙니까? 아들은 몇 명이나 된다고 합니까?"

"독자라고 하더구먼."

"그렇다면 당장 허락하는 게 좋겠습니다. 비록 딸아이가 황후가 못 된다 하더라도 우리 서주는 걱정할 것이 없을 것 같습니다."

여포는 마음을 정하고 한윤에게 별도로 후한 상을 주고 원술의 청혼을 받아들였다.

한윤이 돌아가 원술에게 아뢰니, 원술은 곧 예물을 준비하여 한윤 편에 서주로 보냈다. 여포는 원술이 보낸 예물을 받고 중매쟁이 한윤을 특별히 대접했다.

다음날 여포·원술 양가의 혼사 관계로 한윤이 왔다는 말을 듣고 진궁은 한윤이 묵고 있는 곳으로 찾아갔다.

서로 예를 갖춘 후, 진궁은 주위 사람을 물리고 한윤과 마주 앉았다.

"이 계교는 누가 짜낸 것입니까? 원술이 봉선 여포와 사돈 관계를 맺고자 하는 것은 유현덕의 목을 베기 위함이지요?"

한윤은 놀라움을 감추지 못하고 자리에서 일어나 절을 올리며 사정했다.

"공은 이 사실을 절대로 누설하지 마시기 바랍니다."

"누설할 까닭이 있겠습니까? 그러나 혼사가 늦어진다면 누군가가 알게 될 것이고 그렇게 된다면 사태가 어렵게 될 것입니다."

"그렇다면 어쩌면 좋겠소? 공이 한번 말씀해보시구려."

"제가 여포 장군을 만나 오늘 중으로 따님의 혼사를 치르도록 말하는 것이 어떻겠습니까?"

한윤이 크게 기뻐했다.

"만일 그렇게만 된다면 저희 원 공께서는 공의 총명하심에 감탄하여 칭찬을 아끼지 아니할 것입니다."

진궁은 한윤과 작별하고 여포를 만났다.

"소문에 장군께서 원술과의 혼사 문제를 응낙하셨다니 잘하신 일입니다. 그런데 결혼은 언제 시키시렵니까?"

"그것을 상의하려던 중이다."

"예로부터 허혼(許婚)에서 성혼(成婚)까지는 각기 정해진 예가 있습니다. 예컨대 천자는 1년이요 제후의 경우는 6개월, 대부(大夫)는 3개월이요 일반 서민은 1개월입니다."

"원술에게는 하늘이 옥새를 내리다시피 했으니 머지않아 응당 천자가 될 것이다. 천자의 예를 좇음이 어떻겠느냐?"

"아니 됩니다."
"그렇다면 제후의 예를 따라야 하는가?"
"그것도 역시 안 됩니다."
"그렇다면 사대부의 예를 따라야 한단 말인가?"
"그것도 역시 안 되는 일입니다."
여포는 껄껄 웃으며,
"공은 날더러 일반 서민의 예를 따르라는 말이군?"
하고 말했다.
"그것도 아니지요."
"그렇다면 어떻게 하는 게 좋겠나?"
"지금 천하의 제후들이 서로 다투고 있는 판에, 공께서 원술 집안과 혼인을 통한 인척 관계를 맺는 것은 다른 제후들의 질투심을 불러일으킬 것입니다. 혹 택일이 멀리 난다면 그 틈을 이용하여 신행길에 복병을 매복했다가 신부를 탈취해갈지도 모르는 일 아닙니까? 제 생각에는 이런 때 계책을 부리는 것이 좋겠다는 생각이 듭니다. 그 계책이란 여러 제후들이 알기 전에 미리 따님을 수춘에 보내어 별관에 거처케 한 연후에 길일을 택하여 혼사를 치르는 것입니다."
"공의 말도 그럴 듯하구먼……."
여포는 얼굴에 희색이 만연하여 안으로 들어가 아내 엄 부인에게 일러 갖가지 예단을 준비하여, 그 날 밤 중으로 송헌·위속·한윤에게 호위케 하여 딸을 수춘으로 보내도록 했다.
행렬을 따르는 북소리와 장구 소리는 천지에 퍼지고 백성들은 성 밖까지 환송을 나왔다.
이 때 진원룡의 부친 진규(陳珪)는 몸이 노약하여 집에 있던 중에 요란한 풍악 소리를 듣고 웬 풍악 소리냐고 물었다. 사람들이 여포의 딸이 출가하는 길이라고 대답하자,
"분명 정략 결혼임에 틀림없구나. 현덕 공께서 위기에 처하겠구나"
하고 혼자 중얼거리며 병든 몸을 이끌고 여포에게로 달려갔다.
"대부님께서 어인 일로 오셨습니까?"

진규를 맞은 여포가 물었다.

"장군께 죽을 때가 닥쳤다기에 이렇게 문상차 왔소이다."

"아니, 그게 무슨 말씀이오?"

"전에 원 공이 금은보화를 보내 유현덕을 죽이라고 사주했을 때, 공은 창을 던져 화해를 시키신 일이 있습니다. 이제 사돈을 맺자는 것은 따님을 인질로 하여 후에 유현덕을 쳐서 소패의 땅을 빼앗자는 수작입니다. 소패가 망하면 서주 땅 역시 위기에 놓이게 됩니다. 그 때 가서 원술은 군량을 빌리자느니 군사를 빌리자느니 하고 부탁할 것이며, 그렇게 된다면 장군께서는 그의 명령에 따라 분망히 움직여야 할 것입니다. 만일 그의 뜻을 좇지 못하여 원한을 산다면 혼인 관계를 파기하는 것이 됩니다. 듣자 하니 원술은 황제가 되려는 야심까지 가졌다는 소문이 들리는데, 이는 분명한 반역 행위입니다. 사태가 그렇게 된다면 공은 역적 무리들의 친척이 되는 것이며, 그렇게 되면 천하 사람들은 공을 용서하려 들지 아니할 것입니다."

깜짝 놀란 여포가 중얼거렸다.

"진궁이 내 일을 망쳤구나!"

여포는 군사를 보내어 신행길을 막도록 명을 내렸다. 군사들은 30여 리를 달려 여포의 딸을 데리고 돌아왔다.

여포는 되돌아온 원술의 사신 한윤을 감금하고 보내지 않았다. 그리고 따로이 원술에게 사람을 보내어, 아직 딸의 혼수가 마련되지 않았으니 준비되는 대로 보내겠다고 했다.

진규는 원술의 사신 한윤을 천자가 있는 허창으로 보내라고 설득했다. 그러나 여포는 어떻게 하는 게 좋을지 몰라 전전긍긍했다.

이 내였다. 누구인기기 급히 달려와 아래와 같이 여포에게 고했다.

"유현덕이 소패에서 군마를 사고 군사를 모은다는 말이 있습니다. 무슨 일인지 모르겠습니다."

"그거야 장수로서 의당 할 수 있는 일인데 뭐가 그렇게 이상하다는 말이냐?"

여포는 대수롭지 않게 여겼다.

이 때 송헌과 위속이 여포에게 또 이렇게 고했다.

"저희들이 공의 명을 받들어 군마를 사 귀향길에 패현(沛縣)에 이르렀을 때, 반 이상을 강도에게 빼앗겼습니다. 사람들의 말에 따르면 그 강도는 유현덕의 아우 장비로, 산적으로 가장하여 창을 휘두르며 말을 빼앗아갔다는 것입니다."

화가 머리끝까지 치민 여포는 곧 장비를 치려고 군사를 이끌고 소패로 향했다.

여포와 장비의 대결

여포가 군사를 이끌고 쳐들어온다는 말을 들은 유현덕은 깜짝 놀라 급히 군사를 거느리고 나갔다.

양 진영은 둥그렇게 대처했다.

유현덕이 말을 타고 앞으로 나와서 얘기했다.

"형장께서는 왜 군사를 거느리고 이곳까지 오셨습니까?"

여포는 노기어린 목소리로 소리쳤다.

"나는 원문에서 활을 쏘아 그대를 구했거늘 그대는 왜 내 군마를 빼앗아 갔소?"

"이곳에는 말이 귀하여 사람을 시켜 말을 사도록 한 바는 있습니다만 어찌 감히 형장의 말을 빼앗았겠습니까?"

"장비를 시켜 내 군마 150여 필을 강탈하도록 하고도 무슨 할 말이 있다는 게요?"

이 때 장비가 손에 창을 들고 말을 몰아 앞으로 달려나오며 소리쳤다.

"너의 군마를 빼앗은 사람은 바로 나다. 그래 네놈이 어쩔 테냐?"

"이 고리눈을 가진 도적놈아, 네놈이 날 우습게 생각하는구나!"

"내가 네놈의 군마를 빼앗은 것이 그리 원통하다는 말이냐? 네놈은 서주를 친 적도 있지 않느냐?"

여포는 울화가 치밀어 방천화극을 휘두르며 말을 몰아 장비를 치려 했다.

16. 영웅들의 결전 339

여포와 장비는 대전을 치르다. 《新鐫全像通俗演義》三國志傳卷之三에서

 장비 역시 창을 휘두르며 말을 달렸다.
 여포와 장비는 서로 어우러져 100여 회나 무기를 휘두르며 싸웠으나, 좀처럼 승부가 나질 않았다.
 사태의 위급함을 느낀 유현덕은 급히 징을 쳐서 군사들을 성 안으로 들게 했다. 여포 역시 군사를 모아 4대로 나누어 성을 에워쌌다.
 현덕은 장비를 불러 꾸짖었다.
 "네가 말을 빼앗았기에 사태가 이렇게 되었다. 도대체 군마는 어디다 두었느냐?"
 "각처의 사원(寺院) 안에 두었습니다."
 현덕은 성 밖으로 사람을 보내어 여포에게 정황을 설명토록 하고, 말을 다시 보내줄 터이니 피차에 군사를 물리자고 하니, 여포 또한 그럴 뜻을 비추었다.
 그러나 참모 진궁이 여포에게 말했다.
 "지금 유비를 처치하지 않으면 훗날 반드시 후환이 있을 것입니다."
 듣고 있던 여포는 그럴 듯하여 유현덕의 제의에 아랑곳없이 곧 성을 공격했다.
 유현덕은 부장 미축·손건 등과 협의했다.

손건이 먼저 입을 열었다.

"조조는 여포에게 깊은 원한을 품고 있습니다. 만일 사태가 불리해지면 성을 버리고 허창으로 가서 조조에게 투항한 후, 군사를 빌려 여포를 치는 것이 좋겠습니다."

"누구 먼저 포위망을 뚫고 나갈 사람은 없겠소?"

유현덕이 묻자 장비가 앞으로 나왔다.

"제가 죽음을 무릅쓰고 싸워보겠습니다."

현덕은 장비에게 앞장서게 했다. 관운장에게는 후위를 맡도록 하고, 자기는 노약자와 어린 식구를 보살폈다.

그들은 밤이 깊어 3경에 이르러서야 달빛을 받으면서 북문을 뚫고 밖으로 나갔다.

이 때 여포의 부장 송헌·위속 등이 가로막았으나, 장비가 곧 이들을 물리쳐 포위망을 뚫고 나갈 수 있었다. 뒤에서 적장 장요가 뒤쫓아왔으나 관운장이 후위에서 막아냈다.

여포는 유현덕의 군사가 도망치는 것을 보고는 더 이상 쫓지 않았다. 그는 군사들을 거느리고 성 안으로 들어가 백성들을 안심시킨 뒤, 고순에게 소패를 다스리게 하고 자기는 군사를 거느리고 서주로 향했다.

조조의 휘하에 든 현덕

한편 허창에 도착한 유현덕 일행은 성 아래에 진을 치고 먼저 손건을 조조에게 보내어, 여포의 추격을 받아 투항하러 왔다는 사실을 알렸다.

"유현덕은 나의 형제나 다름이 없다."

조조는 사람을 보내어 일행을 성 안으로 들게 했다.

다음날 관운장·장비와 함께 성 밖에 있던 유현덕은 손건·미축 등의 부장을 거느리고 성 안으로 들어가 조조를 만났다.

조조는 이들을 극진히 대접했다. 현덕은 조조에게 여포의 일에 대해 자세히 설명했다.

이야기를 귀담아 듣던 조조가 말했다.

"여포 그놈은 의리가 없는 놈입니다. 나와 함께 그놈을 죽여버립시다."

현덕이 고맙다고 사의를 표하자, 조조는 잔치를 베풀어 밤늦도록 그들을 대접했다.

유현덕이 성 밖으로 나간 후, 순욱이 조조를 찾았다.

"유현덕은 뛰어난 영웅입니다. 지금 그를 처치하지 않는다면 반드시 훗날 화를 입을 것입니다."

조조가 이렇다 저렇다 대답이 없자, 순욱은 자리를 물러서고 말았다.

다시 곽가가 조조에게 들어왔다.

이번에는 조조가 먼저 입을 열었다.

"순욱은 나에게 유현덕을 죽이도록 부추기는데, 그대는 어떻게 생각하는가?"

"당치도 않은 말입니다. 공께서는 백성들에게 포악하게 구는 자들을 물리치려고 의로운 군사를 일으키신 분입니다. 그러므로 의당 신의로써 천하의 호걸들을 맞이하셔야 하고, 그들이 오지 않는 것을 오히려 두려워하셔야 합니다. 지금 유현덕과 같이 명망 있는 영웅이 궁지에 처하여 투항했는데, 그를 죽인다는 것은 곧 현자(賢者)를 죽이는 격입니다. 천하의 모사(謀士)들이 그런 사실을 안다면 곧 그들은 발길을 끊어버릴 것인데, 일이 그렇게 되면 공은 누구와 더불어 천하를 다스리겠습니까? 이는 한 사람의 후환을 제거시킴으로써 천하의 명망(名望)을 잃는, 참으로 위태로운 일입니다. 잘 생각하여 처리하십시오."

조조도 역시 기쁜 얼굴로 말했다.

"그대의 말이 내 마음에 꼭 드는구려."

다음날 조조가 곧 유현덕을 예주(豫州) 목사에 천거하려 하자, 순욱이 또 간했다.

"유현덕은 남의 밑에 있을 사람이 아닙니다. 빨리 손을 쓰는 것이 좋을 것입니다."

"지금은 내가 영웅들을 불러 쓸 때다. 한 사람을 죽임으로써 만천하의 민심을 잃을 수는 없다. 이는 곽가도 나와 뜻을 같이하는 바다."

조조는 순욱의 말에 귀를 기울이지 않고, 군사 3천과 군량 1만 섬을 유현덕에게 보내어 예주 목사에 부임하게 하고, 군사를 소패로 진주시켜 흩어진 군사를 다시 소집하여 여포를 공격하게 했다.

예주에 도착한 현덕은 조조에게 사람을 보냈다.

한편 조조가 군사를 일으켜 여포를 치려고 하자 누군가가 급히 말을 달려왔다.

그는 장제(張濟)가 남양(南陽) 공격 중에 화살에 맞아 죽자, 장제의 조카 장수(張繡)가 모사인 가후의 도움으로 유표와 결탁하여 완성(宛城)에 진을 치고, 대궐에 침입하여 왕을 탈취하려 한다는 보고를 올렸다.

조조는 곧 군사를 일으켜 그들을 치려고 했다. 그러나 한편 그 사이 여포가 허창을 공격하지 않을까 하는 두려움이 앞서 순욱과 협의했다.

"걱정하실 것 없습니다. 여포는 생각이 모자라는 사람으로, 자기에게 실리만 있으면 그저 좋아 날뛰는 인물입니다. 공께서는 서주의 여포에게 사람을 보내어 관작을 올려주고 상을 내리시어 유현덕과 화해하도록 이르십시오. 여포는 기뻐할 뿐 앞을 내다보지는 못할 것입니다."

"과연 좋은 착상이다."

조조는 봉군도위(奉軍都尉) 왕칙(王則)을 보내어 여포에게 새로운 관작을 내리고 유현덕과 화해하라는 글월을 서주로 띄우는 한편, 스스로 15만 군사를 일으켜 장수를 토벌하러 나섰다.

그는 먼저 군사를 3대로 나누어 하후돈을 선봉장으로 삼아 육수(淯水)에 당도했다.

일이 이쯤 되니 장수는 당황했다. 그런데 가후가 또 모사를 꾸몄다.

"조조의 군세가 대단하니 그들을 맞아 싸울 수는 없습니다. 차라리 항복하는 게 좋겠습니다."

장수도 어찌할 수 없어 가후의 말에 따르기로 하고, 가후를 조조의 진지에 사자로 보냈다.

가후를 만난 조조는 그의 청산유수 같은 언변에 반하여, 그를 자기 휘하의 모사로 두고자 했다. 그러나 가후는 그럴 수 없다고 하면서 이렇게 말했다.

"저는 전에 이각에게 있을 때 잘못 모사를 꾸며 천하에 큰 죄를 진 적이 있습니다. 그 후 몸을 장수에게 의탁하였던 바, 그는 저를 아껴 저의 모사에 귀를 기울여주셨으니 그의 은혜를 저버릴 수는 없습니다."

가후는 조조의 앞을 물러났다.

그 이튿날 가후가 장수와 더불어 조조를 친견하니, 조조는 후하게 그들을 대접했다.

조조는 친위병만 거느리고 완성에 입성하고 주력 부대는 성 밖에 주둔하도록 하니, 그 군사의 진지가 10여 리나 뻗쳤다.

장수는 여러 날 동안 조조를 위하여 큰 잔치를 베풀었다.

망신당한 조조

그러던 어느 날 술이 거나하게 취한 조조는 침실에 들면서 옆에 있는 사람들에게 귀엣말을 속삭였다.

"성 안에 혹시 기생은 없느냐?"

조조의 조카 조안민(曹安民)은 조조의 속셈을 눈치 채고 가만히 아뢰었다.

"간밤에 관사(館舍) 옆을 살피니, 미모가 뛰어난 부인이 한 분 계셨습니다. 제가 그 부인이 누구냐고 묻자 장수의 숙부 장제의 미망인이라고 하더군요."

이 말을 들은 조조는 마음이 동하여 곧 조카에게 명하여 무장한 50인의 군사로 하여금 그 부인을 납치하도록 했다. 졸개들은 조조가 시키는 대로 행동했다.

조조 앞에 붙잡혀온 여인은 과연 아름다웠다.

조조는 여인에게 성씨가 무엇이냐고 물었다.

"장제의 전 아내 추씨(鄒氏)입니다."

"부인은 내가 누구인지 알겠는가?"

장제의 아내가 정감어린 목소리로 속삭였다.

조조와 추씨는 함께 술을 마시다. 《新鐫全像通俗演義》三國志傳卷之三에서

"승상의 위명(威名)을 들은 지는 오래입니다. 오늘 저녁 다행히 이렇게 뵙게 되어 기쁠 뿐입니다."

조조는 침을 삼키며 뇌까렸다.

"내가 부인을 만났고, 장수 또한 항복했으니 내가 장씨를 멸족할 수는 없게 되었소이다."

"이렇게 다시 목숨을 부지하게 된 은혜에 감사할 따름입니다."

"오늘 저녁에 부인을 만나게 된 것은 하늘의 뜻인가 하오. 오늘 밤 그대와 잠자리를 같이하고자 하오. 뜻에 따라준다면 허창에 돌아가 편안히 부귀영화를 누릴 것이오. 그대의 뜻은 어떠한지?"

추씨 부인은 응낙의 뜻을 표했다.

이리하여 그 날 밤 그들 남녀는 장중(帳中)에서 잠자리를 같이했다. 솜사탕 같은 밤이 며칠인가 흘렀다.

어느 날 추 부인은 간드러지게 속삭였다.

"이곳 성 안에 오래 머물러 있으면 시조카 장수가 의심을 품을 것이며, 또한 성 밖 사람들이 알까 두렵습니다."

조조는 이렇게 대답했다.

"오늘이라도 나와 함께 성 밖 내 진지로 나갑시다."

다음날 조조는 추 부인과 성 밖으로 나와 전위(典韋)에게 그들의 침실 밖을 단단히 지키게 했다.

조조는 그의 부름이 없이는 어느 누구도 얼씬하지 못하게 했으므로, 조조의 침실과 외부와는 완전히 통신이 두절된 상태였다.

조조는 매일 추씨의 품에 안겨 지내느라고 허창으로 돌아갈 생각을 하지 않았다.

한편 성 안에서는 가족 중 누군가가 이 사실을 장수에게 알렸다.

장수는 노발대발하여 소리쳤다.

"조조놈이 내 얼굴에 똥칠을 하는구나."

장수는 이렇게 탄식하며 모사 가후를 불러 상의했다.

가후 역시 이 가증스러운 일에 치를 떨었다.

"이는 발설할 성질의 것이 못 됩니다. 내일 장중으로 조조를 찾아가셔서 여차여차하게 말씀하십시오."

그리고 나서 가후는 무언가 귀엣말을 속삭였다.

다음날 장수가 조조의 장중을 방문하니, 조조는 자리에 앉아 있었다.

"새로 항복한 군사들 중에 도망자가 많이 생깁니다. 그들을 장군께서 계시는 진중에 두는 것이 좋을 듯합니다."

조조는 장수의 속셈을 모르고 이를 허락했다.

장수는 곧 군사들을 조조가 있는 진중에 합법적으로 주둔시킬 수 있었으며, 이들은 4대로 나뉘어 각기 때를 기다리고 있었다. 그러나 전위의 감시가 두려워 경거망동할 수는 없었다.

장수는 심복 호거아(胡車兒)와 대책을 논의했다. 호거아는 500근의 무게를 등에 질 수 있고, 하루에 700리나 걸을 수 있는 기인(奇人)이었다.

호거아가 장수에게 이렇게 말했다.

"전위가 두려운 것은 그의 쌍철극(雙鐵戟) 때문입니다. 공께서는 내일 그를 청하여 잔뜩 취하게 하여 보내십시오. 그러면 저는 몰래 그가 데리고 온 군사들 틈에 끼여들어 장방(帳房)에 잠입하여 쌍철극을 훔쳐내겠습니다. 그렇게 한다면 그 때는 두려울 것이 없을 것입니다."

이 계책을 들은 장수는 만면에 기쁨을 띠고, 먼저 조조의 장중에 들어간 심복 부하에게 무장을 갖추게 했다.

때가 이르자 가후에게 전위를 부르도록 하여 그에게 많은 술을 대접했다.

밤이 깊어 그가 곤드레가 되어 돌아가니, 호거아는 조조와 전위의 군사들 틈에 끼여 조조의 영문으로 들어갔다. 그 날 밤도 역시 조조는 그의 장중에서 추 부인과 어우러져 함께 술을 마시며 즐기고 있었다.

그 때 장 밖에서 인마의 웅성거리는 소리가 들리자, 조조는 웬일이냐고 물었다.

심부름꾼이 다시 돌아와 장수의 군사들이 야경을 돌고 있다고 보고하자, 조조는 더 이상 의심하려 하지 않았다.

밤이 깊어 2경이 되었을 때, 돌연 함성이 들렸다. 누군가가 조조에게 달려와서 군마에게 먹일 풀을 실은 마차에 불이 붙었다고 보고했다.

"군사들이 잘못하여 불이 붙었나 보구나. 진중이 발칵 뒤집히겠구나."

그러나 아뿔싸, 곧 사방에서 불길이 치솟자 당황한 조조는 전위를 불렀다.

이 때 술에 취하여 곯아떨어졌던 전위는 깊은 잠 중에도 귀를 찢는 징소리와 고함 소리에 놀라 번쩍 눈을 떴다. 그는 급히 쌍철극을 찾았으나 이미 없어진 지 오래였다.

장수의 군사들은 벌써 원문 가까이 이르렀으며, 전위는 급한 김에 보병의 허리에 찬 칼을 빼앗아 들었다.

문 쪽을 바라보니 헤아릴 수 없는 군사와 군마가 긴 창과 칼을 들고 지켜 서 있었다. 전위는 사력을 다하여 칼을 휘둘러 20여 명을 베었다.

기병이 물러서자, 이번에는 보병이 도착했다. 그들은 손에 칼과 창을 들고 전위를 포위했다. 취중에 채 갑옷도 입지 못한 전위는 창을 들고 대드는 보병과 사력을 다하여 싸웠다.

그런 정황 중에 칼 쓰기도 바빠진 전위는 칼을 내던지고, 달려드는 적병 8, 9인을 맨주먹으로 쓰러뜨렸다. 그러자 적병들도 감히 더 이상 접근하려 하지 않았다.

그들은 멀찍이 떨어져 전위에게 활을 쏘았다. 화살은 비오듯 쏟아져 전위의 온몸에 박혔다.

 그래도 전위는 성채의 문을 지켰다.

 적병들은 전위의 등뒤로 다가가 역습했다. 누군가 전위의 등을 찌르자, 전위는 단말마의 비명을 지르며 쓰러졌다. 땅에는 곧 그의 피가 낭자했다.

 그가 죽은 지 오래 지나서도 적병들은 두려워서 감히 성채의 문에 발을 들여놓지 못했다.

 한편 전위의 필사적인 방어로 조조는 뒷문으로 말을 타고 달아날 수 있었는데, 오직 조카 조안민 한 사람만이 걸어서 조조의 뒤를 따라갔다.

 말을 달려 달아나던 조조의 오른팔에 어디에선가 화살이 하나 날아와 꽂혔다. 그가 타고 있던 말도 세 대의 화살을 맞았다. 조조가 탄 말은 대완(大宛) 지방의 명마로, 조조를 실은 채 고통을 무릅쓰고 쏜살같이 달렸다.

 적병은 달아나는 조조의 뒤를 추격했다. 조조가 도망쳐 육수 강변에 이르렀을 때, 이미 조카 조안민은 적병에게 붙잡혀 사지가 찢겨 죽고 말았다.

 조조가 급히 말을 몰아 육수의 거센 물결을 헤치고 건너편 기슭에 이르렀을 때, 한 적병이 활을 당겨 말의 눈알을 명중시키니, 말은 비명을 지르며 나뒹굴었다.

 이 때였다. 적군을 방어하던 조조의 큰아들 조앙(曹昻)이, 급히 타고 있던 말을 내어주며 달아나기를 권했다. 조조는 말을 바꿔 타고 급히 달아났다.

 적들은 미처 몸을 피하지 못한 조조의 큰아들 조앙에게 화살을 퍼부었다, 그리하여 조앙은 죽었으나, 조조는 무사히 빠져 달아날 수 있었다.

 달아나던 조조는 도중에 부하 장수들을 만나 패하여 달아나던 부하들을 다시 수습했다.

의심받은 우금

 한편 조조가 여러 번 죽을 고비를 넘기는 동안 하후돈이 이끄는 청주의 병사들은 사태가 불리하여 도망치는 도중에 고을마다 들러 백성의 재산을 빼앗았다. 그리하여 평로교위(平虜校尉) 우금(于禁)은 이런 사실을 하후돈에게 알리고 못된 무리를 잡아죽여 원망어린 백성들을 무마했다.

그러나 도리어 청주 군사들은 조조가 있는 곳에 들어와서, 우금이 반란을 일으켜 청주 군사들과 군마를 모조리 죽였다고 머리를 조아리며 말했다.

이 말에 화가 머리끝까지 치민 조조는 즉시 하후돈·허저·이전·악진 등 휘하 장수들을 모았다.

조조는 우금이 우리에게 반기를 들었다니 잡아죽여야 한다며 열을 올렸다.

한편 우금은 조조의 의향을 알아차리고는 곧 군사를 지휘하여 진을 치고 그에 맞설 준비를 끝냈다.

이런 우금의 행동을 이해하지 못한 순욱이 우금에게 물었다.

"청주 군사들이 장군께서 승상 조조에게 반기를 들었다고 고하여 승상이 그렇게 알고 있는 판에, 왜 그에 대한 해명은 하지 아니하고 먼저 진지부터 구축하는 겁니까?"

"지금 적도들은 우리를 추격하여 곧 이곳에 당도할 것이오. 만일 지금 방비를 단단히 하지 아니한다면 어떻게 적도들을 막을 수 있겠소? 지금 중요한 일은 해명이 아니라, 우선 적을 막아 싸우는 것이오."

우금이 순욱의 말에는 아랑곳없이 방비를 단단히 하고 있을 때, 장수의 군사들이 두 길로 물밀듯 들이닥쳤다.

우금은 몸을 일으켜 선봉장으로 나서서 적을 맞아 싸웠다. 그 용맹 앞에 적도들은 잠시 뒤로 물러서지 않을 수 없었다.

이를 본 우금 휘하의 장수들이 각기 군사를 이끌고 적을 공격하니, 장수의 군사들은 크게 패하여 수많은 살상자를 내고 100여 리 밖으로 달아났다.

부하를 잃은 장수는 쓸쓸히 몇 안 되는 패잔병을 이끌고 유표에게 투항하러 갔다.

조조가 군사들을 수습하고 장수들을 살피니 거기에는 우금도 와 있었다. 이 자리에서 우금은, 청주 군사가 노략질이 심하여 백성들의 인망을 잃게 되었으므로 할 수 없이 그들을 죽였다고 고하였다.

그러자 조조가 입을 열었다.

"그렇다면 왜 나에게 보고도 없이 진지를 구축했느냐?"

우금은 얼마 전에 순욱에게 들려준 말을 그대로 되풀이했다.

그 때서야 의심이 풀린 조조는,

"장군께서는 그런 위급한 경황중에서도 군사를 정비하고 진지를 견고히 하여 맡은 바 임무를 완수하였소. 반기를 들었다는 모략 속에서도 적을 맞아 승리했으니, 이는 청사(靑史)에 어느 누구도 이룩하지 못한 일이오. 장하시구려"

하고 우금을 위로하며 후히 상을 내리고 수정후(壽亭侯)라는 벼슬에 봉했다. 또한 하후돈에게는 군사를 잘 다스리지 못한 죄를 엄히 다스렸고 자기를 지키기 위하여 싸우다 죽은 전위를 위해서는 죽은 영혼이나마 위로하고자 위령제를 올렸다.

조조는 제단 앞에 엎드려 친히 잔을 올리고 곡을 하고서 주위의 장군들을 불러 말했다.

"나는 이번에 애석하게도 나의 큰아들과 아끼던 조카를 잃어 가슴이 아프다. 그러나 나를 더 슬프게 하는 것은 바로 이 전위의 죽음이구나."

이 말에 모여 있던 장수들 모두가 전위의 용감함과 부하를 아끼는 조조의 마음에 감탄했다.

그는 또 다음날 허창으로 돌아갈 것임도 아울러 알렸다. 다음날 조조는 군사를 이끌고 허창에 돌아왔다.

한편 조조의 조서(詔書)를 가지고 서주에 간 왕칙은 여포의 각별한 영접을 받았다.

그는 여포에게 조서를 전하고 아울러 평동장군(平東將軍)이란 직위와 이를 증명할 도장을 건네주었다. 또한 조조의 사신(私信)도 전했다. 왕칙은 여포 앞에서, 승상 조조께서 여포 장군을 각별히 공경하고 있다는 말도 잊지 않고 했다.

여포는 기쁨을 감추지 못하고 좋아했다.

이 때 원술에게서 사신이 왔다는 전갈이 있자, 여포는 그를 들여보내라고 했다.

원술의 사신이 여포 앞에 나와 말했다.

"원 공께서는 곧 황제의 위에 오르실 것입니다. 그리하여 동궁을 세우시 겠다면서 즉시 여포 장군의 따님이신 황비(皇妃)를 회남으로 모셔오라는 분부를 내렸습니다."

여포는 사신의 말을 듣고 노발대발하여 소리쳤다.

"그 역적놈의 자식을……."

채 말을 잇기도 전에 사신의 목을 베어 죽이라는 영을 내리고, 원술의 휘하 장수였던 한윤을 단단히 묶어 허창의 조조에게 보냈다. 진등에게는 사례하는 글월을 가지고 왕칙과 함께 허도로 가 사은하게 하고 아울러 전에 베푼 은혜에 감사하다는 답서도 보냈다. 여포는 거기에 서주를 다스리게 해달라는 요구 사항도 적었다.

한편 조조는 여포가 원술과의 혼인 관계를 포기한 것을 알고 크게 기뻐했으며, 여포가 보낸 한윤은 허창의 중심가에서 목베어 죽였다. 그런데 왕칙을 따라 조조에게 온 진등이 무언가 은밀히 귀엣말로 조조에게 속삭였다.

"여포는 원래가 늑대 같은 놈이라, 비록 용맹함은 뛰어났다고 하나 앞뒤를 분간 못 하는 위인이며 사람이 경거망동합니다. 잘못하면 고양이 새끼를 키워 호랑이를 만드는 격이 될 것입니다."

"여포의 그 늑대 같은 마음을 내 모르는 바 아니오. 오래 놔두어서는 안 되지요. 공의 선친과 공의 도움이 없다면 나도 어려움에 봉착할 것이니, 나를 도와주구려."

"장군께서 거사를 한다면 그 때 협조하도록 하오리다."

조조는 진등의 말이 믿음직스러웠다. 그래서 진등의 부친 진규에게는 2천 섬의 녹을 내리고 진등에게는 광릉(廣陵) 태수의 벼슬을 내렸다.

진등이 조조에게 하직 인사를 올리니, 조조는 진등의 손을 굳게 잡으며 뜻있는 말을 했다.

"동방을 공략하는 일은 오직 공의 손에 달려 있소."

진등은 허리를 굽혀 절을 올리고 서주의 여포에게로 돌아갔다.

여포가 조조를 만났던 그간의 사실을 묻자, 진등은 부친에게는 녹을 내렸고 자기에게는 광릉 태수의 벼슬을 주더라고 말했다.

여포는 펄쩍 뛰면서 진등을 꾸짖었다.

"너는 내가 서주를 다스릴 수 있게 조조를 설득하라고 보냈거늘 너희 부자의 벼슬과 봉록만 받아왔구나. 너의 부친은 원술과의 혼사 관계를 끊고 조조를 도우라 하더니, 이제 내 요구는 아랑곳없고 네놈들의 실리만 구해준 격이니 내가 농락을 당했구나."

화가 난 여포가 진등의 목을 치려 하니 진등이 껄껄 웃으며 말했다.

"장군 답답도 하구려!"

"내가 뭣이 답답하다는 게냐?"

"나는 승상 조조를 만나 여포 장군을 기르는 것은 범을 기르는 것과 같아 고기를 배불리 주지 아니하면 양이 차질 않아 사람을 문다고 했습니다. 그러자 조조가 자기는 여포 장군을 매 기르듯 한다고 하면서, '여우와 토끼를 잡자면 먼저 매를 굶주리게 해야 한다. 굶주리면 사냥을 하되 배부르면 달아난다'고 했습니다. 그래서 내가 누가 여우이며 누가 토끼냐고 물었더니 조조가 설명하기를, 회남의 원술·강동의 손책·기주의 원소·형양의 유표·익주의 유장·한중의 장로 등이 모두 여우와 토끼라고 하더이다."

그제서야 여포는 마음이 놓이는지 칼을 거두어 칼집에 넣고 기뻐하며 말했다.

"조 승상께서 나를 알아주시는군!"

그 때였다. 갑자기 누가 달려들어오면서 원술이 서주를 향해 쳐들어오고 있다고 보고했다.

여포는 그 말을 듣고 얼굴빛이 사색이 되었다.

혼사 말이 오갔던 여포와 원술 사이에 사주단자 대신에 군사가 쳐들어온 격이니 사태는 과연 어떻게 변할 것인지…….

17. 원술과 조조의 혈전

원공로대기칠군　　　조맹덕회합삼장
袁公路大起七軍　　　曹孟德會合三將

원술은 여포를 공략하려고 20만 대군을 7군으로 나누어 군사를 일으키고, 조조는 유현덕·관운장·장비와 만나다.

서주 정벌에 나선 원술

한편 비옥하고 넓은 회남 땅을 차지한 원술은 금상첨화격으로 손책에게서 옥새까지 빼앗아 가지고 있는 터여서, 언제쯤에나 황제로 불릴 것인가 하는 초조한 생각에 젖어 있었다.

그는 여러 부하들을 불러모아 놓고 물었다.

"옛날 한고조는 사상(泗上)이란 조그마한 고을의 일개 벼슬아치에 불과했으나 천하를 얻어 지금까지 400년 동안 그 자손이 다스리고 있다. 그러나 이미 한나라의 운세는 다하여 천하가 어지럽기 이를 데 없다. 이제 우리 가문은 4대에 걸쳐 높은 벼슬을 했으며 백성들도 우리 집안을 의지하고 있다. 나는 하늘의 뜻에 따라 황제의 자리에 오르려는데 공들의 생각은 어떠한가?"

주부 염상(閻象)이 말했다.

"당치도 않으신 말씀입니다. 주(周)나라의 후직(后稷)은 덕과 공을 쌓았으므로 문왕(文王) 대에 이르러 그 집안이 천하의 3분의 2를 차지했는데,

원술은 황제라 자칭하다. 《新鋟全像通俗演義》三國志傳卷之三에서

그래도 은(殷)나라를 도왔습니다. 우리는 아직 주실(周室)만큼 가세가 번성한 것도 아니요, 또한 한나라가 병들긴 했지만 아직 은나라의 주(紂)처럼 폭정을 하는 것도 아닙니다. 함부로 나설 일이 못 됩니다."

부하에게서 기대했던 대답은 나오지 않고, 오히려 주의를 주는 듯한 말에 원술은 노기 띤 얼굴로 말했다.

"우리 원씨 집안은 순(舜) 임금의 후예로 진(陳)에서 나왔다. 불[火]이 사라지면 흙[土]만 남는 것. 지금은 불에 해당하는 진(陳)의 운세가 왔다. 요즘 세상에 떠도는 말 중에 '도고(塗高)가 한을 대신한다'는 말이 있다고 한다. 내 자는 공로(公路)이니, 바로 길의 뜻이 있는 노(路)와 도(塗)는 같은 뜻이다. 더욱이 옥새까지 갖고 있으니 임금이 되지 않는 것이 오히려 하늘의 뜻을 거역하는 게 아니겠느냐? 내 뜻이 그러하니 더 이상 왈가왈부하지 말라. 목을 베리라."

원술은 중씨(仲氏)라는 별호를 짓고, 따로이 관청을 세웠으며, 수레에는 용과 봉을 새겨 스스로의 위용을 갖췄다. 그리고 남방과 북방을 향하여 황제가 된 제례를 지낸 뒤, 풍방(馮方) 부인을 후(后)라고 칭하고 아들을 동궁에 앉혔다.

원술은 그 허세에 더하여 여포의 딸을 맞아 동궁비를 삼고자 했으나, 사신으로 간 한윤을 여포가 조조로 하여금 죽이게 했다는 소식을 듣고 화를 벌컥 냈다.

그는 곧 장훈(張勳)을 대장군으로 삼아 군사 20여만을 주어 7로(路)로 나누어 서주를 정벌토록 했다.

제1로는 대장군 장훈이 맡고, 제2로는 상장(上將) 교유가, 제3로는 상장 진기(陳紀)가, 제4로는 부장(副將) 뇌박이, 제5로는 부장 진란이, 제6로는 항장(降將) 한섬이, 제7로는 항장 양봉이 맡았다.

원술은 이렇게 군사를 편제하고, 휘하 부장들을 이끌고 당일로 서주 정벌길에 오르도록 명령을 내렸다.

또한 연주 자사 김상(金尙)에게는 태위의 벼슬을 내려, 7군이 먹을 수 있는 군량을 책임지고 운반하라고 했다. 그러나 김상이 이를 듣지 아니하자, 원술은 그를 죽여버렸다.

원술은 이어 기령을 전군의 도구응사(都救應使)에 임명하고 스스로는 별도의 3만 군사를 거느렸으며, 이풍(李豊)·양강(梁剛)·악취(樂就)를 결전독려관으로 삼아 먼저 나간 7군을 돕게 했다.

한편 원술이 군사를 일으킨 낌새를 눈치 챈 여포는 정탐꾼을 보냈다. 그 결과 장훈이 큰길을 취하여 서주로 쳐들어오고 교유는 소패로 향했으며, 진기는 기도(沂都)로, 뇌박은 낭야(琅琊)로, 진란은 갈석(碣石)으로, 한섬은 하비(下邳)로, 양봉은 준산(浚山)을 향하여 물밀듯 쳐들어오는 것을 알아냈다. 그들은 하루에 50여 리를 진군하여 이르는 곳마다 노략질을 그치지 않는다고 했다.

여포는 곧 참모들을 불러모아 대책을 강구했다. 그 자리에는 진등과 진규 부자도 함께 있었다.

여포의 어리석음

진궁이 먼저 입을 열었다.

"서주가 화를 입게 된 것은 진규 부자 때문이오. 비록 저들은 조정에서 벼슬을 얻었지만, 오늘날 화를 입은 당사자는 오직 여포 장군뿐이오. 그러니 저들 부자의 목을 베어서 원술에게 보낸다면 그들은 자연히 물러설 것이오."

여포는 진궁의 진언을 듣고 곧 진규 부자를 옥에 가두게 했다.

그러나 진등이 가소롭다는 듯,

"왜들 그리 소심하오? 내가 보기에는 원술의 군사는 썩어빠진 지푸라기에 불과하오. 무얼 그런 무리에게 신경을 쓰오?"

하고 말했다.

여포는 귀가 솔깃했다.

"그래, 네가 적을 쳐부술 수 있는 계책을 말하면 네 죄를 용서하마."

"장군께서 적의 무리를 쫓는다면 서주는 끄떡없을 것입니다."

"말해봐라."

여포는 초조하여 다그쳤다.

"원술의 무리는 숫자는 많지만 모두가 오합지졸에 불과합니다. 제 말을 믿으십시오. 우리가 정예 부대로 수비를 단단히 하고 기병을 내보내 그들을 친다면 승리는 따놓은 당상입니다. 또 한 가지 계책은 서주를 안전히 보전하고 원술을 사로잡는 것입니다."

"그 계책을 이야기하라."

"원술의 휘하 장수 한섬과 양봉은 예전에는 한나라의 신하로 조조가 싫어 달아났으나, 몸을 의탁할 곳이 없어서 잠시 원술에게 붙어 있습니다. 원술은 그들을 대단치 않게 여길 것이며, 그들 역시 원술을 좋아하지 아니할 것이니, 그들에게 밀서를 보내면 내통해올 것이 틀림없습니다. 한편 유현덕과 손을 잡는다면 반드시 원술을 사로잡을 수 있을 것입니다."

"너는 한섬·양봉과 각별히 친한 사이니 네가 밀서를 띄우도록 하여라."

진등은 그렇게 하겠다고 말했다.

여포는 원술을 막기 위하여 군사를 부려야 하겠다는 내용의 글을 허창에 보내고, 예주의 유현덕에게도 글월을 띄운 후, 진등에게 기병 몇 명을 주어 하비에 가서 한섬을 만나도록 명을 내렸다.

한섬이 군사를 이끌고 하비에 이르러 진을 치니, 진등이 한섬의 진지로

원술은 7군을 크게 일으키고, 《繡像全圖三國演義》에서

찾아왔다.

진등의 방문을 받은 한섬은, 진등의 예기치 않은 방문에 의혹이 들어 입을 열었다.

"그대는 여포의 휘하에 있는 몸으로 왜 나를 찾으셨소?"

진등은 웃음을 머금은 얼굴로 대답했다.

"나는 한나라의 벼슬을 받은 사람인데 왜 나를 여포의 사람이라 하십니까? 장군께서는 전에는 한의 신하였으나 지금은 반역자의 편에 섰으니, 지난날 관중(關中)에서 천자를 지킨 공은 수포가 아니겠소? 참으로 장군을 위하여 슬픈 일이오. 원술은 원래 의심이 많은 인간으로, 훗날 화를 면치 못할 것입니다. 지금도 늦지 않으니 지난 일을 뉘우치면 장군께 별탈은 없을 것입니다."

한섬은 한숨을 깊이 쉬면서,

"다시 한으로 돌아가고 싶으나 방도가 서질 않소이다"

라고 말했다.

　진등은 이 때다 싶어 지니고 있던 여포의 밀서를 내밀었다.

　한섬은 진등에게서 받아든 여포의 밀서를 읽고 말했다.

　"당신의 뜻을 알겠소. 먼저 돌아가도록 하십시오. 나는 양봉 장군과 같이 원술을 반격하겠소. 내가 불을 질러 신호를 올릴 터이니 여포 장군에게 협공하라고 전하시오."

　진등은 고맙다는 인사를 남기고 한섬과 헤어져 여포에게 단걸음으로 달려와 이 사실을 보고했다.

　여포는 곧 군대를 5대로 나누었다.

　제1군은 고순을 대장으로 삼아 소패로 가서 교유를 맞아 싸우도록 했고, 제2군은 진궁으로 하여금 기도로 나아가 진기를 맞아 싸우게 했고, 제3군은 장요·장패로 하여금 낭야로 나아가 뇌박과 싸우도록 했으며, 제4군은 송헌·위속으로 하여금 갈석으로 가서 진란을 맞아 싸우게 했다.

　여포 자신은 나머지 제5군을 거느리고 큰길을 따라서 장훈을 맞아 싸웠다.

　각 군은 1만여 명의 군사를 단위로 했으며, 나머지 군사는 성을 지키도록 했다.

　여포는 서주성을 떠나 30여 리에 진을 치고 있었다.

　그 때 원술의 장군 장훈이 군사를 거느리고 쳐들어왔으나, 여포를 당할 재간이 없어 20여 리 밖으로 달아나 진지를 구축하고 자기편 원군이 도착하기만을 기다리고 있었다.

　밤이 깊어 2경에 이르렀을 때, 약속대로 한섬과 양봉은 도처에 신호의 불을 질렀다. 여포가 기다렸다는 듯이 곧 군사를 일으키니 적장 장훈의 군대에는 크게 소란이 일어났다.

　여포가 승세를 타고 닥치는 대로 적을 잡아죽이니 장훈은 나머지 군사를 이끌고 멀리 달아났다.

　여포가 달아나는 장훈을 뒤쫓을 때쯤에는 어느덧 동쪽 하늘이 뿌옇게 밝아오고 있었다.

　이 때였다. 원술의 부장 기령이 여포의 앞을 가로막았다.

여포와 원술의 대결

여포와 기령, 양쪽 군사가 불꽃 튀는 접전을 벌이고 있을 때, 한섬과 양봉이 좌우에서 여포를 도와 협공하니, 기령은 크게 패하여 달아났다. 여포가 그들을 뒤쫓아 잡으려고 말을 달릴 때, 한 떼의 군사가 함성을 지르며 내달았다.

그것은 마치 천자의 나들이처럼 깃발이 숲을 이루었는데 용과 봉, 해와 달을 그린 깃발은 물론 오색 깃발이 바람에 펄럭였으며, 천자의 행차를 알리는 금빛 철퇴며 은빛 도끼가 찬란한 빛을 발하고 있다. 게다가 호화찬란하게 꾸민 일산 밑에는 금빛 갑옷과 투구로 단단히 무장한 원술이, 양 어깨에 단검을 꽂고 늠름히 말 위에 버티고 있지 않는가.

그는 여포를 보자 태산이 무너질 듯한 목소리로 외쳤다.

"주인을 배반한 이 종놈아!"

여포가 노하여 창을 휘두르며 앞으로 내달리니 원술의 부장 이풍 역시 창을 휘두르며 여포를 맞아 싸웠다.

서로 어우러져 서너 번 불꽃 튀는 접전을 벌였을 때, 여포는 이풍의 창 든 손을 찔렀다. 이풍은 여포를 당해낼 도리가 없자 창을 버리고 달아났다. 그 여세로 여포가 군사를 이끌고 쳐들어가서 닥치는 대로 잡아죽이니, 원술의 군사는 혼비백산, 아수라장이 되고 말았다.

여포가 도망치는 원술의 군사를 추격하니, 그들이 버리고 간 군마며 갑옷 등이 길거리에 넝마처럼 뒹굴고 있었다.

원술과 관운장의 대결

원술이 패한 군사를 이끌고 달아나는데, 난데없이 전방의 산모퉁이에서 일군의 군사들이 물밀듯 몰려오며 원술의 앞길을 가로막았다. 맨 앞에는 당당한 모습의 장군이 마치 호랑이처럼 떡 버티고 서 있었다.

그는 바로 관운장이었다.

"이놈, 역적놈아! 게 섰거라."

그 목소리는 마치 호랑이의 울부짖음 같았다.

원술은 부리나케 도망쳤으며 그의 부하들은 쥐새끼처럼 뿔뿔이 흩어졌다. 그리하여 관운장은 큰 승리를 거두게 되었고, 원술은 가까스로 몇 남지 않은 부하들을 거느리고 회남으로 도망쳐 갔다.

생각지 않은 승리를 거두게 된 여포는 관운장과 한섬·양봉 및 그들의 부하까지 데리고 서주로 가서 크게 잔치를 베풀어 그들의 노고를 위로했다. 또한 졸병들에게도 공훈에 따라 상을 내리는 것을 잊지 않았다.

다음날 관운장이 고맙다는 인사를 남기고 떠나자, 여포는 한섬에게 기도 목사의 직위를, 양봉에게는 낭야 목사 직위를 내린 후, 그들을 달래어 서주에 머물게 하는 것이 어떠냐고 휘하 참모들과 협의하니, 진규가 극구 반대했다.

"그건 안 될 말씀입니다. 한섬과 양봉을 산동에 머물게 한다면, 채 1년도 못 가서 산동은 그들 두 장수의 손에 들게 될 것입니다."

여포도 일리 있는 말이라는 생각이 들어 한섬·양봉에게 우선 기도와 낭야에 목사로 머물러 있으면서 천자의 정식 발령이 내릴 때까지 기다리라는 명령을 내렸다.

후에 진등이 그의 부친 진규에게 물었다.

"왜 한섬과 양봉을 서주에 머물러 있게 하면서 여포를 죽이게 하지 않으셨습니까?"

"만일 두 놈이 여포의 편이 되어 한덩어리가 된다면 호랑이에게 뿔까지 달아주는 격이 되느니라."

진등은 부친 진규의 뛰어난 식견에 놀랄 수밖에 없었다.

한편 크게 패하여 회남으로 달아난 원술은, 손책에게 사람을 보내어 전에 빌려준 군사를 반환해 달라는 부탁을 했다.

그러나 손책은 노기등천하여 소리쳤다.

"그놈은 나에게서 빌려간 옥새를 빙자하여 스스로 황제라 칭했으니, 한실을 배반한 오만무례한 도둑놈이다. 내가 그놈의 죄를 물어 그놈을 치려는 판에 나에게 군사를 돌려 달라니!"

손책은 호통을 쳐 사자를 돌려보냈다.

사자가 가져온 손책의 회신을 보니, 거기에는 그의 청을 일언지하에 거절하는 내용이 적혀 있었다.

원술은 화가 머리끝까지 치밀었다.

"젖비린내나는 어린 놈이 감히 어느 안전이라고……. 내가 먼저 그놈을 죽여버리겠다."

그러나 장사(長史) 양대장(楊大將)이 강력히 이를 말렸다.

한편 손책은 손책대로 원술이 자기의 청을 거절했다는 구실로 미구에 쳐들어올 것을 대비하여 미리 군사들에게 강과 나루를 단단히 지키도록 명령을 내렸다.

이 때 조조는 인편에 손책에게 회계(會稽) 태수의 벼슬을 내리면서 군사를 일으켜 원술을 치라는 명령을 내렸다.

손책이 군사를 일으킬 생각으로 휘하 참모들과 대책을 협의하니, 장사 장소가 입을 열었다.

"비록 원술이 이번 싸움에는 패했으나, 그는 아직 많은 군사와 군량을 가지고 있으니 가볍게 여기지 마십시오. 차라리 조조에게 글월을 띄워 먼저 원술을 공격토록 하고 우리 편에서는 원술을 협공하는 것이 좋겠습니다. 조조와 우리가 힘을 합하여 원술을 공격한다면 원술은 반드시 패하게 될 것이며, 비록 일이 잘못된다 하더라도 조조가 우리를 구해줄 것입니다."

손책은 장소의 진언에 따라 그런 내용의 글월을 조조에게 보냈다.

한편 가까스로 살아 허창에 도착한 조조는 자기를 살리기 위하여 대신 죽은 전위를 생각하여 제사를 지내주고 전위의 아들 전만(典滿)에게는 중랑의 벼슬을 주어 가까이 데리고 있었다.

이 때 갑자기 손책으로부터 글월이 날아들었다. 조조가 손책의 글월을 읽고 있을 때, 누군가가 지금 원술은 군량미가 바닥이 나 진류 땅으로 노략질을 하러 떠났으니 이 틈을 타서 그를 공격함이 어떻겠느냐고 아뢰었다.

원술 공략에 나선 조조

 조조는 곧 원술을 칠 준비를 갖췄다. 먼저 조인에게 허창을 지키게 하고 자신은 군사 17만, 군량 1천여 수레를 이끌고 원술을 정벌하러 나서는 한편, 손책·유현덕·여포에게 글월을 띄워 원술을 협공하도록 권했다.
 조조가 군사를 이끌고 예주와 장주(章州)의 경계에 도착하니, 유현덕이 이미 군사를 이끌고 그를 맞이하여 그의 진지로 조조를 모셨다.
 조조와 유현덕이 서로 자리를 같이하자마자 유현덕은 사람 머리 둘을 조조에게 바쳤다.
 조조가 깜짝 놀라며 물었다.
 "아니, 이것은 누구의 머리요?"
 "예, 한섬과 양봉의 머리입니다."
 "어떻게 그놈들의 목을 베었소?"
 "여포가 이 두 놈을 각각 기도와 낭야의 목사로 부임시켰던 바, 이놈들은 백성들의 재산을 노략질하여 백성들의 원성이 하늘을 찌를 듯했습니다. 그래서 두 놈이 잔치를 베푸는 동안 제가 술잔을 던지는 것을 신호로 관운장·장비로 하여금 그들을 죽이게 하여 이렇게 목을 잘랐습니다. 제가 큰 죄를 지은 것 같습니다."
 "그대는 국가의 장래를 위하여 암적인 존재를 제거했거늘, 그것이 공이 되면 공이 되었지 죄라니요?"
 조조는 유현덕의 노고를 치하했다.
 조조의 군사와 유현덕의 군사가 함께 서수의 경계에 다다르니 여포가 마중을 나왔다. 조조는 듣기 좋은 말로 여포를 위로하고 좌장군에 봉하면서 사령장은 허창에 돌아가서 보내겠다고 말하자, 여포는 좋아서 어쩔 줄을 몰랐다.
 조조는 곧 좌군의 지휘를 여포에게, 우군의 지휘는 유현덕에게 맡기고 자신은 스스로 중군을 거느렸으며, 하후돈과 우금을 선봉장으로 삼아 원술을 공격하기 위해 말을 몰았다.

조조의 군사가 쳐들어온다는 말을 들은 원술은 대장 교유에게 5만의 군사를 주어 선봉에 서게 했다.

이리하여 조조의 군사와 원술의 군사는 수춘의 경계에서 맞닥뜨리게 되었다.

원술 쪽에서는 교유가 말을 달려 앞으로 나와 조조의 부장 하후돈과 맞붙어 싸웠으나, 채 손을 써보지도 못하고 하후돈이 휘두르는 칼날에 쓰러지고 말았다. 원술의 군사는 교유가 죽자 혼비백산하여 성 안으로 도망쳤다.

그리고 곧 이어 이미 손책이 배를 이용하여 강을 건너 서쪽을 공격하고 있고, 여포는 동쪽을, 유현덕·관운장·장비는 남쪽을, 조조는 17만 대군을 거느리고 북쪽을, 이렇게 성을 사면에서 공격하고 있다는 보고가 들어왔다.

사색이 다 된 원술은 부랴부랴 모든 참모들을 불러 사태 수습을 의논했다.

양대장이 먼저 입을 열었다.

"이곳 수춘은 몇 해 동안 가물어서 백성들이 굶기를 밥먹듯 합니다. 이 마당에 군사를 동원하여 백성들을 소란케 한다면 그들의 원성 또한 높을 것이며, 그리 되면 적을 막기는 난감한 일이지요. 저는 굳이 군사를 일으켜 싸울 필요가 없다고 생각합니다. 우리가 싸우지 않고 그냥 있으면 저들은 군량이 떨어질 것이며, 그 때는 반드시 어떤 변화가 일어날 것입니다. 폐하께서는 친위병을 거느리고 잠깐 동안만 회수를 건너 계십시오. 첫째로 서서히 힘을 기르는 것이요, 둘째로 소나기는 피하자는 전법입니다."

원술은 양대장의 이러한 진언에 따라서 이풍·악취·양강·진기 네 장수에게 군사 10만을 주어 성을 지키도록 하고, 나머지 군사를 이끌고 창고에 숨겨둔 갖가지 금은보화와 양곡을 전부 싣고 회수를 건너 몸을 피했다.

한편 조조는 17만 군사가 매일 먹어치우는 엄청난 양의 군량미를 도저히 당해낼 도리가 없었다. 부근의 고을에도 역시 흉년이 들어 긁어모은 곡식으로도 어쩔 수가 없었다.

초조해진 조조는 빨리 적을 끌어내어 한판 승부를 겨루려 해도 이풍 등은 성문을 걸어 잠근 채 나와 싸우려 하지 않았다.

조조가 원술의 군사와 대치한 지 불과 1개월도 못 되어 군량은 바닥이 났다. 그는 할 수 없이 손책에게 10만 섬의 곡식을 빌렸으나, 그것 역시 17

만 군사를 먹이기에는 그야말로 새 발의 피였다.

　조조가 걱정을 태산같이 하고 있을 때, 군수 담당관인 임준(任峻)의 부하 왕후(王后)가 걱정스러운 듯 조조에게 물었다.

　"군사는 많고 곡식은 적으니 어떻게 할까요?"

　"우선 조금씩이라도 주어서 먼저 시장끼나 면하게 하라."

　"군사들의 불평이 대단할 텐데요."

　"나도 생각이 있어 하는 말이다."

　왕후는 조조의 명에 따라 적은 양의 급식을 실시했다.

　아니나다를까, 군사들은 불평이 대단했으며 개중에는 조조를 욕하는 소리도 들렸다.

　조조는 이 사실을 빤히 알고 있었다.

　하루는 조조가 은밀히 왕후를 불러들였다.

　"내가 너에게서 무엇인가를 빌려 군사들의 불평을 막아야겠다. 너는 내가 원하는 것을 빌려줘야 하느니라."

　"승상께서 빌리고자 하시는 물건이 무엇입니까?"

　"네 목이다. 그것을 병사들에게 보여줘야 한다."

　"아니 제가 무슨 죄를 지었기에……?"

　"물론 너에게는 죄가 없다. 그러나 너를 그냥 살려둔다면 군사들은 반란을 일으킬 것이다. 네가 나를 위하여 죽어준다면 너의 처자식은 내가 책임지고 잘 돌봐주겠다. 조금도 걱정하지 말아라."

　왕후가 제발 살려 달라고 빌 때, 조조는 곧 망나니들을 불러들여 단칼에 왕후의 목을 베게 했다.

　왕후의 목은 긴 장대에 매달려 높이 걸렸고, 장대에는 방문(榜文)이 걸려 있었다.

　그 내용은 이러했다.

　　왕후는 군량미를 도둑질하기 위하여 고의로 제군들에게 적은 양의 급식을 했으므로 군법에 의하여 처벌했다.

조조는 왕후를 참수하여 군사들을 아우르다.《新鍥全像通俗演義》三國志傳卷之三에서

이리하여 조조는 가까스로 군사들의 원성을 가라앉힐 수 있었다.
이튿날 조조는 각 군영에 영을 내렸다.
"만일 3일 이내에 성을 부수고 적을 섬멸하지 못하면 모두 목을 베리라."
조조는 성 아래에 나와서 친히 군사들의 돌 나르기, 참호(塹壕) 메우기 등의 작업을 지휘했다.
그 때 성 위에서 화살을 비오듯 쏘아내렸다. 이에 두 비장이 날아드는 화살을 피하여 몸을 숨기니 이를 지켜보고 있던 조조가 칼을 빼어 즉석에서 그들의 목을 치고, 날아드는 화살을 무릅쓰고 말에서 내려 작업하는 군사들을 독려했다. 이를 지켜본 군사들은 모두 물밀듯 성문 쪽으로 돌진했다.
성 위에서는 그 기세에 눌려 이렇다 할 저항이 없었다. 조조의 군사 중 하나가 성 문지기의 목을 베고 걸어 잠근 열쇠를 부수자, 군사들은 터진 봇물처럼 성 안으로 진격했다.
원술의 부장 이풍·진기·악취·양강은 모두 붙잡힌 몸이 되었다. 조조는 이들을 시가지에 끌어내 목을 쳐 죽이도록 명을 내리는 한편, 원술이 건립한 대궐과 궁전을 모조리 불살라버렸다.
한편 원술이 부당하게 긁어모으고 약탈한 갖가지 물건들도 모두 불살라 수춘성은 텅 비게 되었다.

조조는 이에 만족하지 않고 회수를 건너 진격하여 원술을 뒤쫓으려 했다. 그러자 순욱이 이를 말렸다.

"해마다 흉년이 들어 양곡을 구하기 어려운 판에 다시 군사를 일으킨다면 군사들도 피로하고 또한 백성들의 원성도 클 것이니 이로울 게 없을 것입니다. 잠시 허창으로 돌아갔다가 보리가 여무는 봄을 기다려 충분한 군량을 갖춘 다음에 다시 일을 도모하는 것이 좋을 듯합니다."

조조가 이렇다 할 결정을 내리지 못하고 주저하고 있을 때, 말발굽 소리가 가까워지더니 전령이 뛰어들어와 숨가쁘게 보고했다.

"유표에게 달아났던 장수가 다시 군사를 모아 지금 남양·강릉 등의 여러 성을 공격하고 있습니다. 조홍 장군께서 그들을 막아 싸웠으나 역부족으로 패했음을 급히 아룁니다."

조조는 곧 손책에게 군사를 강어귀에 포진시켜 유표가 가벼이 군사를 움직이지 못하게 하라는 서신을 띄우고, 장수의 문제는 따로이 대책을 세우기로 하고 우선 허창으로 회군할 마음으로 유현덕에게는 소패를 지키게 하고 여포에게는 형제의 일처럼 유현덕을 돕도록 하여 서로 다투는 일이 없도록 지시하니, 여포는 군사를 이끌고 서주로 향했다.

조조는 따로이 유현덕을 불러 말했다.

"공에게 소패에 군사를 주둔시키라고 한 것은 함정을 파고 호랑이를 기다리자는 '굴갱대호(掘坑待虎)'의 계략이오. 유사시에는 진규 부자와 대책을 협의하여 실수하는 일이 없도록 하오."

그런 다음 조조는 군사를 이끌고 허창으로 떠났다.

조조가 군사를 이끌고 허창에 이르니, 단외는 이각을, 오습(伍習)은 곽사의 목을 베어 조조에게 바쳤다. 또한 단외는 이각의 친지와 가족 200여 명도 붙잡아 허창으로 끌고 왔다.

조조가 붙잡아온 이각의 족속을 성문 밖으로 끌어내 목을 베게 하여 이를 전시하니, 백성들은 모두 쾌재를 부르며 좋아했다.

천자는 어전에 납시어 문무백관을 불러 성대하게 잔치를 베풀었다. 또한 단외를 탕구장군(盪寇將軍)에 봉하고, 오습은 진로장군(殄虜將軍)으로 삼아 각기 군사를 이끌고 장안(長安)을 지키게 하니, 두 사람은 크게 고마움을 표하고 물러났다.

조조는 천자에게 장수가 반군을 일으켰다고 아뢰고 군사를 출동시키니, 천자는 친히 궁궐 밖까지 전송을 하며 무훈을 빌었다.

때는 바로 건안(建安) 3년 4월이었다.

조조의 기만

조조는 순욱을 허창에 머물게 하여 원병을 조달하라는 임무를 맡기고 스스로 대군을 거느리고 출동했다.

조조의 군사가 행군을 계속하니, 도로 연변에는 보리가 한창 익어 거둬들일 때인데도 백성들은 조조의 군사를 보고는 감히 베지를 못하고 피해 달아나기만 했다.

조조는 원근에 있는 나이 많은 노인들의 모습을 살피고는 이르는 곳마다 영을 내렸다.

"우리는 천자의 명을 받들어 역적을 치려고 출병하는 것이니, 민폐가 없도록 하라. 지금은 보리가 익어 타작할 시기니, 진군이나 행군할 때 모든 군사는 보리밭을 밟지 말라. 보리밭을 밟는 자는 누구를 막론하고 목을 벨 것이다. 이렇게 군법을 심히 엄하게 함은 양민들의 원성을 피하기 위함이니라."

이 소식을 들은 백성들은 기뻐하며 조조를 칭송하지 않는 사람이 없었다. 백성들은 조조의 군사가 이르는 곳마다 길가에 나와 그를 바라보며 절을 했다.

관군은 부득이 보리밭을 지나야 할 경우에는 말에서 내려 늘어진 보리를 옆으로 치우며 통과하여 보리를 다치지 않게 했다.

그런데 공교롭게도 조조가 말을 타고 행군하는데 말발굽 소리에 놀란 비둘기 한 마리가 조조가 타고 가던 말의 눈을 스쳐 날아가니, 놀란 말이 보리밭에 뛰어들어 그만 쑥대밭으로 만들고 말았다. 조조는 곧 행군의 책임을 진 참모를 불러, 자기가 보리밭을 밟은 죄를 졌으니 법에 따라 자기를 벌하라고 했다.

행군 참모는 깜짝 놀라며 주저했다.

"제가 어떻게 승상의 죄를 묻겠습니까?"

그러자 조조는

"법을 내가 만들고 또 내가 법을 어겼거늘, 어찌 군사들에게 법을 지키라고 할 수 있겠느냐?"

하고 말하며 허리에 찬 칼을 뽑아 자결하려고 했다.

주위의 장수들이 모두 달려와 이를 제지했다.

곽가는 감복하여 말했다.

"옛 《춘추(春秋)》에 이르기를, 존귀하신 분에게는 법을 적용할 수 없다고 했습니다. 승상께서는 대군을 통솔해야 할 임무를 맡으신 분입니다. 어찌 스스로 목숨을 끊으려 하십니까?

조조는 깊은 생각에 잠겨 있다가 다시 입을 열었다.

"《춘추》에 그렇게 적혀 있다면 나는 죽음만은 면할 수 있겠구나."

조조는 즉시 칼을 뽑아 자기의 머리털을 베어서 땅에 던지며,

"이것으로 내 목을 친 것을 대신하도록 하라"

하고 말했다.

전령은 조조의 머리카락을 모든 장병들에게 보여주며,

"승상께서 보리를 밟으셨으므로 승상의 목을 베라고 하셨으나, 존귀하신 분이므로 이렇게 머리카락을 잘라 대신했다"

하고 말했다.

장병들은 모두 놀라면서 이후 군율을 잘 지켰다.

이 광경을 후세 사람이 한 수의 시로 전했으니 다음과 같다.

사람은 나름대로 각자의 생각이 있는 것.	十萬貔貅十萬心
한 사람의 명령으로 묶어두기는 어렵도다.	一人號令衆難禁
머리털을 베어 목 베는 죄를 대신하니	拔刀割髮權爲首
조조의 술수는 놀랍기만 하구나.	方見曹瞞詐術深

한편 조조가 군사를 이끌고 쳐들어온다는 사실을 탐지한 장수는 유표에

게 편지를 띄워 원병을 청하는 한편, 뇌서(雷敍)·장선(張先) 두 장군에게 나가서 조조를 막도록 영을 내렸다.

양쪽 군사가 진을 치고 맞서고 있을 때, 장수가 말을 달려 앞으로 나왔다.

그는 조조를 손가락질하며 꾸짖었다.

"이 양의 가죽을 뒤집어쓴 늑대놈아, 너는 짐승만도 못한 놈이다."

조조는 화가 머리끝까지 치밀어 허저를 내보내어 장수를 처치하라고 했다.

장수는 부하 장군 장선에게 허저를 맞아 싸우게 했다. 칼과 칼이 맞부딪쳐 금속성 소리를 세 번인가 내더니 장선이 허저의 칼날에 맞아 말 아래로 굴러떨어졌다. 장수의 대군은 박살이 났다.

조조는 군사를 몰고 뒤쫓아 남양성 아래까지 그들을 추격했다. 장수는 성문을 굳게 걸어 잠그고 나타나지 않았다.

조조가 성을 포위하여 공격하려 했지만 성 주위에 파놓은 참호가 너무 넓고 깊어 가까이할 수가 없었다. 조조는 할 수 없이 군사들에게 명하여 참호를 흙으로 메우게 하고, 그 위에 다시 긴 사닥다리를 걸쳐 성 안을 정찰하라고 했다. 이렇게 부하에게 명을 내린 조조는 스스로 말을 달려 성 주위를 둘러봤다.

조조는 3일 동안이나 성 주위를 둘러보고 작전을 짰다. 그는 성의 서문 모서리에 흙이 들어 있는 포대로 축대를 쌓도록 지시하고 장병들을 그 곳으로 오르게 했다.

한편 성 안 장수의 진영에서는 가후가 조조의 일거수 일투족을 지켜보고 있다가 조용히 장수에게 말했다.

"조조의 속셈을 알았습니다. 이제 꾀에는 꾀로 상대하는 도리밖에 없습니다."

그렇다. 쇠는 쇠로써 막아야 하는 것이고 사기 수법은 역시 사기 수법으로 대해야 하는 것이 정한 이치다.

과연 가후는 어떤 꾀로써 조조에게 맞설 것인지, 궁금할 뿐이다.

18. 여포의 승리

<small>가 문 화 료 적 결 승</small>
賈文和料敵決勝

<small>하 후 돈 발 시 담 정</small>
夏侯惇拔矢啖睛

가후는 조조의 꾀에 맞서 조조 군사를 크게 이기고, 하후돈은 화살을 뽑아 눈알을 먹다.

가후에게 패한 조조

가후는 조조의 속셈을 알아차리고 간교한 꾀에는 간교한 꾀로써 맞서야 한다는 생각이 들어 장수에게 말했다.

"제가 그간 성 위에서 살펴보니, 조조는 연 3일간이나 성 주위를 정탐하고 다녔습니다. 그는 성의 동남쪽 모퉁이가 허술한 것을 알고 그 곳을 공격할 태세를 갖춘 것 같습니다. 그러나 그는 오히려 서북방을 칠 듯이 그 곳에 진지를 쌓아 우리의 관심을 그쪽으로 끌려고 허세를 부리고 있습니다. 하지만 그는 야음을 틈타서 동남방으로 쳐들어올 게 분명합니다."

"그렇다면 어떻게 하는 게 좋겠느냐?"

"그거야 어려운 일이 아닙니다. 내일 정예 군사들을 모아 배불리 먹인 후, 몰래 가벼운 장비를 하고 동남방 건물 안에 숨겨 두고, 일반 백성들을 군사로 가장시켜 서북편을 지키는 시늉을 합니다. 적병이 야음을 틈타 동남방으로 쳐들어올 때 폭죽을 신호로 하여 복병이 일제히 기습한다면 조조를

가후는 조조의 꾀에 맞서 조조 군사를 크게 이기고. 《繡像全圖三國演義》에서

사로잡을 수 있을 것입니다."

장수는 기뻐 어쩔 줄 모르며 그 계책에 따르기로 했다.

조조의 정탐꾼은 급히 말을 달려 조조에게, 지금 장수가 모든 군사를 모아 서북편을 방비하고 있으므로 동남쪽은 텅텅 비어 있다고 보고했다.

"나의 계교가 적중했구나!"

조조는 곧 성을 부술 수 있는 모든 장비를 갖추어 낮 동안 서북편을 공격하는 시늉을 하다가 날이 어두워지면 날랜 군사를 몰아 동남방의 성을 헐고 쳐들어가라는 군령을 내렸다.

조조의 군사는 동남쪽으로 공격하여 성 안에 당도했으나, 적들은 이렇다 할 반응이 없었다.

모든 군사가 그 곳으로 일제히 쳐들어가려고 할 때 난데없이 폭죽 터지는 소리가 들리더니, 이곳 저곳에서 복병이 나타났다. 조조가 급히 달아나려고 할 때, 배후에서 장수가 친히 날쌘 군사를 이끌고 조조를 기습했다.

조조는 대패하여 가까스로 성문을 빠져나가 수십 리 밖으로 도망쳤다.

장수는 달아나는 조조의 뒤를 쫓아 닥치는 대로 잡아죽이다가 날이 밝자 다시 성 안으로 돌아왔다.

조조가 패잔병을 수습하여 점검해보니, 살아 남은 자는 겨우 5만여 명이었고 군량미와 무기는 많이 줄어들어 있었다. 그런가 하면 여건·우금 두 부하 장수도 크게 부상을 당했다.

한편 조조가 달아나는 것을 확인한 가후는, 장수에게 권하여 급히 유표에게 서신을 띄워서 달아나는 조조의 앞길을 막아 싸우게 하라고 했다.

장수의 편지를 받은 유표가 곧 군사를 일으켜 나가 싸우려 할 때 누군가가 긴박한 사정을 아뢰었다. 그것은 손책이 강 어귀에 진을 치고 지키고 있다는 보고였다.

참모 괴량이 말했다.

"손책이 강어귀에 진을 치고 있는 것은 분명 조조의 간계에 의한 것입니다. 지금 조조가 패한 이 마당에 그들의 기세를 꺾지 못한다면 반드시 훗날 화를 당할 것입니다."

유표는 괴량의 말에 따라 황조(黃祖)에게 강을 굳게 지키라고 명했다. 그리고 스스로는 군사를 이끌고 조조의 퇴로를 끊으려고 안중현으로 나가면서, 이 사실을 장수에게 알렸다.

장수는 유표가 조조를 치기 위하여 군사를 일으켰다는 전갈을 받고 가후와 함께 조조의 뒤를 쫓았다.

조조에게 패한 유표

싸움에 패한 조조는 패잔병을 이끌고 서서히 행군하여 양성(襄城)을 지나 육수에 이르더니 대성통곡을 하며 울었다.

모든 군사들이 웬 까닭에 그러느냐고 묻자 조조가 대답했다.

"작년에 이곳 싸움에서 대장 전위를 잃었던 생각이 나서 이렇게 우는 것이다!"

조조는 곧 그 곳에 군사와 군마를 주둔시키라는 명령을 내렸다. 그는 크게 제단을 만들고 전위의 죽은 넋을 위하여 제사를 지냈다. 조조가 친히 향불을 켜고 엎드려 곡하며 절을 올리니, 보는 사람 중에 감복하지 아니하는 자가 없었다.

전위의 제사를 마친 조조는 이어서 조카 조안민, 아들 조앙을 위해서 제사를 지내고, 또한 무명 용사며 자기의 생명을 끝까지 지켜준 대완마(大宛馬)를 위해서 제사 지내는 것도 잊지 않았다.

다음날 순욱에게서 조조에게 인편으로 연락이 왔다.

"유표가 장수를 도와 군사를 안중현에 집결시켜 우리의 귀로를 끊으려 한다"

는 내용이었다.

조조는 곧 순욱에게 답서를 띄웠다.

내가 진군을 더디게 하는 것은 적병이 우리를 추격한다는 사실을 몰라서 그러는 것은 결코 아니다. 그것은 내 나름대로의 생각이 있어서다. 우리가 안중현에 이르면 필히 장수 놈의 군사를 박살낼 터이니 과히 염려하지 말라.

조조의 군사가 안중현 경계에 다다를 무렵, 유표는 이미 천연의 요새지를 찾아 진을 치고 있었고 장수는 군사를 이끌고 조조를 추격하고 있었다.

조조는 모든 군사에게 어둠을 틈타 길 옆 산허리에 굴을 파서 매복하고 있으라는 영을 내렸다.

날이 밝자 유표와 장수는 군사들을 합하여 조조 군을 살피다가 조조의 군사가 적은 것을 보고 공격을 개시했다.

조조는 달아나는 체하면서 적병을 유인하여, 자기 군사를 매복시켜 놓은 지점에 이르렀을 때 일제히 나아가 쳐부수게 하니, 유표와 장수의 군사는 떼죽음을 면할 수 없었다.

싸움에 크게 이긴 조조는 군사를 이끌고 안중현을 지나 애외(隘外)에 진을 쳤다.

유표와 장수는 패잔병을 수습하고 대책을 협의하기 위하여 한자리에 모였다.

먼저 유표가 입을 열었다.

"조조의 역습 작전에 휘말릴 줄을 누가 꿈에나 생각했겠느냐?"
"할 수 없지요. 달리 방도를 찾읍시다."
이렇게 합의를 본 그들은 군사를 이끌고 안중현으로 들어와 진을 치고 있었다.
이 때 순욱은 원술의 형인 원소가 군사를 일으켜 허창을 침범할 것이라는 비밀을 탐지하고, 그 날 중으로 곧 조조에게 이 사실을 알렸다. 순욱의 편지를 받은 조조는 크게 당황하여 그 날로 군사를 회군할 준비를 갖췄다.
조조의 군사가 허창으로 회군한다는 내용을 탐지한 장수는 곧 조조의 뒤를 추격하려 했다.
그러나 가후가 이를 강력히 말렸다.
"안 될 일입니다. 지금 조조를 추격한다는 것은 패배를 자초하는 격입니다."
"오늘 조조를 추격하지 말라고 함은 가만히 앉아서 다시없는 기회를 놓치라는 말인가?"
옆에 있던 유표가 역정을 내면서 1만여 명의 군사를 풀어 조조를 추격하자고 장수에게 강력히 권했다.
그들이 조조를 쫓아 10여 리를 추격해갔을 때, 조조의 후군과 만나 싸우게 되었다.
조조의 군사들은 사력을 다하여 싸웠으므로 유표·장수의 양 군사는 도망칠 수밖에 없었다.
장수는 가후의 말을 듣지 아니한 것을 후회하며 가후에게 사과했다.
"공의 말을 따르지 아니하여 이렇게 참패를 당했구려."
가후가 말했다.
"너무 상심하지 마시고 지금 곧 정병을 모아 다시 조조를 추격하도록 하십시오."
장수와 유표는 가후의 말에 입을 모아 물었다.
"지금 이렇게 패했거늘 어떻게 다시 추격하라는 말이오?"
"지금 추격하신다면 반드시 크게 승리할 것입니다. 만일 추격했다가 실패한다면 그 때는 저의 목을 베셔도 좋습니다."

장수는 가후의 말에 따라 조조를 추격하려 했지만, 유표는 반신반의하여 군사를 일으키려 하지 않았다. 장수는 혼자 군사를 이끌고 조조의 뒤를 다시 추격했다.

과연 가후의 말대로 장수의 재추격에 조조의 군사는 크게 패하였고, 많은 군량미와 무기를 잃었으며 군사들은 바람에 흩날리는 낙엽처럼 사방으로 흩어졌다.

가까스로 달아나는 조조의 뒤를 쫓아 장수가 추격을 계속하여 막 산모퉁이를 돌아나가려는데 난데없이 한 떼의 군마가 나타나 앞을 가로막았다.

장수는 기가 질려 더 이상 추격할 용기를 잃고 군사를 거두어 안중현으로 회군했다.

예상을 뒤엎고 승리하여 돌아온 장수를 본 유표는, 가후에게 이렇게 물었다.

"이전에 우리가 정병을 이끌고 적을 쫓았을 때 공께서는 우리가 패할 것이라 말했고, 이번에는 비록 패한 군사를 이끌고 추격하더라도 승리할 것이라고 말했는데 과연 공의 말과 같이 되었소. 이것이 어찌 된 일인지 말씀해 주시오."

"그거야 이상한 일이 아니지요. 사실 장군의 작전술과 용병술로는 조조를 당할 수가 없습니다. 조조는 비록 패하기는 했어도 날랜 장군과 정예 부대를 후군에 배치하여 추격에 대비했으므로, 비록 아군의 정예부대가 적을 추격했다 하더라도 그들을 당해낼 도리가 없어 패하게 된 것은 당연한 일이지요. 그런데 이번에 조조가 급히 군사를 회군해서 물러간 까닭은 반드시 허창에 어떤 위급한 사태가 생겼기 때문일 것입니다. 그들은 회군에만 바빠 배후의 추격에는 신경 쓸 겨를이 없어 방비가 허술했으므로, 비록 우리 편이 별 준비 없이 추격했어도 능히 그들을 대파할 수 있었던 것입니다."

유표와 장수는 가후의 높은 식견에 감탄하지 않을 수 없었다.

가후가 유표에게는 형주로 돌아가고 장수에게는 양성을 지키도록 권하며, 상호 의지하고 돕는 관계를 유지하라고 부탁했다. 이리하여 유표는 자기의 군사를 이끌고 형주로 갔다.

조조를 도운 이통

한편 조조가 군사를 이끌고 허창으로 향하고 있을 때, 후군이 장수의 추격을 받고 있다는 보고를 받자, 급히 부하 장군들과 군사를 이끌고 후군을 도우려고 말 머리를 돌렸다.

뒤를 쫓던 장수의 군사들이 다시 물러가자 후군의 한 군사가 조조에게 이렇게 아뢰었다.

"우리가 적도들의 추격에 쫓겨 산모퉁이를 돌아 달아날 때, 저분의 출현이 없었더라면 우리는 모두 붙잡혔을 것입니다."

조조가 그가 누구냐고 묻자, 옆에 말을 타고 있던 한 장수가 말에서 내려 조조에게 절을 했다.

그는 강하(江夏)의 평춘(平春) 땅에 사는 진위중랑장(鎭威中郞將)의 벼슬에 있는 이통(李通)이라는 사람으로, 자를 문달(文達)이라 했다.

조조가 어떻게 위기에 때맞추어 와주었느냐고 묻자, 이통은 이렇게 대답했다.

"근래에 여남을 지키고 있던 터에 승상께서 유표와 장수의 군사와 싸우고 계신다는 말을 듣고 특별히 찾아뵈러 왔습니다."

조조는 크게 기뻐하며 이통에게 건공후(建功侯)의 벼슬을 내려, 여남 서쪽을 지키며 유표와 장수를 막으라고 했다. 이통은 고맙다는 인사를 올리고 자리에서 물러났다.

허창에 도착한 조조는 천자에게 손책의 공을 아뢰고, 상주문을 올려 손책을 토역장군(討逆將軍)에 봉하고 오후(吳侯)의 자위를 주었으며, 손책에게 사람을 보내어 유표를 막아 더욱 열심히 싸우라는 격려를 아끼지 않았다.

조조가 승상부에 도착하니 모든 벼슬아치가 조조를 만나뵈었다. 그들이 자리에서 물러서자 순욱이 혼자 들어와 조조를 만났다.

"승상께서 안중현으로 행군이 늦어 그걸 걱정하였으나 적도들을 섬멸할 수 있음을 아셨으니 그 까닭이 무엇입니까?"

"적도들은 설사 달아나려고 해도 길이 막혀 달아날 곳이 없으니 그들은 죽음을 무릅쓰고 우리와 싸울 판이었다. 그래서 우리는 서서히 그들을 유인하여 복병을 숨겨놓은 곳까지 유인하였으므로 우리가 승리할 것을 알았다."

순욱은 조조의 뛰어난 계교에 감탄해 마지않았다.

이 때 곽가가 들어왔다.

"공은 어찌 이렇게 늦게 나를 찾아오는 거요?"

조조가 퉁명스럽게 물으니, 곽가는 편지 한 통을 꺼내어 조조에게 건네주면서 말했다.

조조와 원소의 비교

"원소 공께서 승상께 전해 달라고 인편에 편지를 보냈습니다. 내용인즉 공손찬을 공격하고자 하니 군사와 군량미를 빌려 달라는 것입니다."

"원소가 허창을 치려고 군사를 일으켰다는 소문을 듣고 내가 허겁지겁 이곳 허창으로 회군했거늘 이제 딴소리를 하다니?"

조조는 원소의 편지를 뜯어보았다.

편지의 내용은 교만하기 이를 데 없었다.

"원소는 오만무례하기 짝이 없는 놈이다. 내 당장 그놈을 쳐부수고 싶지만 지금은 역부족이니 어쩌면 좋겠느냐?"

"한나라 때의 유방(劉邦)과 항우(項羽)가 원래는 적수가 아니었음을 승상께서는 알고 계실 것입니다. 유방이 항우를 이길 수 있었던 것은, 비록 힘은 항우에게 못미쳤으나 지략이 항우보다 뛰어났던 때문입니다. 지략에 의해서 유방이 항우를 이기고 한고조(漢高祖)가 되었던 것입니다.

비록 지금 원소의 군대가 승상의 군대보다 강하다고는 하지만, 승상께서는 원소와 비교하여 완전히 우세한 여건에 놓여 있습니다. 그 우세한 여건이란, 원소는 허례허식을 좇아 예절이 번다한데 승상께서는 자연에 맡기시니 도(道)에서 원소보다 앞서 있으며, 원소는 천하를 역(逆)으로 움직이지만 승상께서는 순리에 따르시니 원소보다 의(義)에서 앞서 있으며, 유사 이래의 실정(失政)은 관(寬)에 의해서 이루어지는데 저쪽은 관(寬)의 편을 취하고 승상은 맹(猛)을 취하니 다스림〔治〕에서 원소를 앞서 있습니다. 원소는 밖으로 너그러운 체하지만 안으로는 까다로우나 승상께서는 오히려 밖으로 대범하시고 안으로는 고견을 품으시고 계시기 때문에, 저쪽은 혈연을 중심으로 사람을 기용하지만 승상께서는 인물을 헤아려 기용하시니 도(度)에서 앞서 있으시며, 원소는 비록 꾀는 많으나 결단성이 모자라지만 승상께서는 어떤 계획이 서면 곧 이를 실행하시니 모(謀)에서 앞서 있습니다.

또한 원소는 명예를 높이 사려 하지만 승상께서는 사람을 지성으로 접대하니 덕(德)에서 앞서 있으며, 원소는 가까이에서 아첨하는 무리를 좋아하고 멀리 있는 사람은 무시하지만 승상께서는 그렇지 아니하시니 인(仁)에서 앞서 있습니다. 원소는 아첨하는 소리에 귀가 얇지만 승상께서는 아첨을 받아들이지 아니하시니 총명(聰明)함에서 앞서 계시며, 원소는 시시비비(是是非非)를 가릴 줄 모르나 승상께서는 법도에 따라 밝게 처리하시니 문(文)에서 앞서 계시며, 원소는 허세를 부리기 좋아하여 군사를 제대로 다스릴 줄 모르나 승상께서는 비록 적은 군사라도 이의 용병(用兵)이 뛰어나시니 무(武)에서도 역시 원소보다 앞서 있습니다.

이처럼 좋은 여건을 가지고 계시니 원소와 싸워 10전 10승을 거둘 것은 당연할 일이지요."

조조는 자기를 추켜세우는 말에 기쁨을 감추지 못하고 웃음 띤 얼굴로 말했다.

"공의 말대로라면 내가 어찌해야 그 일을 해낼 수 있는가?"

조조의 고립 작전

옆에서 순욱이 말참견을 했다.

"곽가 공께서 말씀하신 것은 평소의 저의 생각과 다름이 없는 옳은 말씀입니다. 비록 원소의 군대가 머릿수는 많다고 하지만 두려울 것이 없습니다."

곽가가 다시 입을 열었다.

"실로 걱정해야 할 인물은 서주의 여포입니다. 지금 원소가 북으로 공손찬을 치려고 하니 우리는 이 때를 틈타 먼저 멀리 여포를 공략하고, 동남 지방을 평정한 후에 원소를 치는 것이 상책인가 합니다. 우리가 먼저 원소를 친다면 반드시 여포는 그 틈을 타 허창을 칠 테니 그 해가 이만저만이 아닐 것입니다."

조조는 곽가의 진언에 일리가 있다고 생각하여 먼저 동으로 여포를 칠 문제를 상의했다.

순욱이 자기의 의견을 말했다.

"먼저 인편으로 유현덕에게 편지를 띄워 같이 여포를 토벌하자는 의향을 묻고 답서를 받은 후에 군사를 움직이는 것이 좋겠습니다."

조조는 순욱의 말을 좇아 유현덕에게 글월을 보내는 한편, 원소가 보낸 사자를 후하게 대접하여 보내고는, 원소에게 대장군 태위의 벼슬을 내리고 기주·청주·유주·병주 네 고을의 도독(都督)을 겸임하게 했다.

그는 또한 공손찬을 토벌한다면 반드시 돕겠다는 답서도 잊지 않고 보냈다.

조조의 답서를 받은 원소는 크게 기뻐하며 곧 군사를 일으켜 공손찬을 공격하도록 명령을 내렸다.

한편 서주에 머물러 있으면서 찾아오는 손님을 접대하기에 여념이 없는 여포에게, 진규 부자는 그가 반드시 때를 만나게 될 것이라고 칭찬을 아끼지 않았다.

이를 늘 못마땅하게 여기던 진궁이 이 때다 싶어 여포에게 고해바쳤다.

"진규 부자가 장군을 대하는 태도가 심상치 않습니다. 조심하도록 하십시오."

여포는 노발대발하며 진궁을 꾸짖었다.

"네놈은 왜 괜스레 남을 헐뜯으려 하느냐!"

진궁은 여포의 앞에서 물러 나와 혼자 탄식하며 말했다.

"충성스러운 바른말이 씨가 먹히지 않으니 우리는 반드시 큰 화란을 겪겠구나."

진궁은 여포를 버리고 다른 사람에게 의탁하고 싶었으나 그럴 수는 없었

18. 여포의 승리   379

여포는 서신을 보고 대노하다. 《新鍥全像通俗演義》三國志傳卷之三에서

다. 상전을 저버렸다고 남들이 입방아를 찧을 생각을 하니 종일 마음만 답답할 뿐이었다.

그러던 어느 날, 진궁은 울적한 마음을 달래기 위하여 군사 몇 명을 거느리고 소패에서 가까운 곳으로 사냥을 나갔다가 길가에서 파발마 한 필이 나는 듯 달리는 모습을 목격했다. 진궁은 의아스러운 생각이 퍼뜩 들어 군사들을 이끌고 샛길로 앞질러 가서 파발꾼을 붙잡아 물었다.

"너는 어디서 오는 사신이냐?"

사자는 그들이 여포의 부하임을 눈치 채고 대답하려 하지 않았다. 진궁은 사자의 몸을 수색한 결과 유현덕이 조조에게 보내는 답서를 압수했다.

진궁은 사자를 붙잡아 내친 걸음으로 여포에게 보냈다.

여포는 깜짝 놀라 웬일이냐고 물었다. 숨을 헐떡이며 붙잡혀온 사신이 아뢰었다.

"저는 승상 조조로부터 예주의 유현덕에게 편지를 전하고 답서를 받아오라는 명령을 받고 답서를 받아가지고 가는 길입니다. 그러나 답서의 내용은 알 길이 없습니다."

여포는 궁금하여 즉시 편지를 꺼내어 읽어보았다.

그 내용은 다음과 같았다.

승상의 뜻을 받들어 여포를 칠 뜻이야 어느 때인들 갖고 있지 않겠습니까? 그러나 유비 이 몸은 이끄는 군사가 미약할 뿐만 아니라 장수도 몇 명 되지 않아 함부로 가벼이 행동할 수가 없습니다. 만일 승상께서 대군을 보내주신다면 이 몸 마땅히 선봉장이 되어 군사와 무기를 정비하여 명령을 기다리겠습니다.

편지를 다 읽은 여포는 크게 노했다.
"조조 그 역적놈이 감히 이따위 짓을 하다니……."
여포는 곧 사자의 목을 베어 죽이고, 휘하 장군 진궁·장패에게 태산(泰山)을 중심으로 도적질하는 손관(孫觀)·오돈(吳敦)·윤례(尹禮)·창희(昌稀) 등과 내통하여 산동성에 있는 연주의 여러 고을을 빼앗도록 명령을 내리고, 고순·장요에게는 패성을 취하여 유현덕을 공격하도록 했다.
또한 송헌과 위속에게는 여남과 영주를 공격케 하고 스스로는 중군(中軍)을 지휘하여 3군의 구원병으로 나갈 태세를 갖췄다.
이리하여 고순·장요 등이 군사를 이끌고 서주로 나아가 소패에 이르니 누군가가 이들의 동태를 유현덕에게 알렸다.
유현덕은 곧 휘하 참모들을 불러 대책을 강구했다.
먼저 손건이 말했다.
"속히 이 위급함을 조조에게 알리는 게 좋겠습니다."
"이 판국에 누가 허창에 가서 이 급박한 사정을 알린다는 말이오?"
이 때였다. 뜰 아래에서 누군가가 걸어오며 소리쳤다.
"제가 다녀오겠습니다."
그는 유현덕과 동향 사람으로 자를 헌화(憲和)라고 하는 간옹(簡雍)이었다. 그는 지금은 유현덕 밑에서 중요한 참모의 일을 맡아보고 있었다.
유현덕은 곧 간옹 편에 편지를 주어 그 날 밤 안으로 허창에 가서 원병을 보내도록 전하라고 당부하고, 한편으로는 무기를 가다듬고 성을 지키기에 심혈을 기울였다.

여포의 장수와 겨룬 현덕

유현덕은 스스로 남문을 지키고 있었으며 손건에게는 북문을, 관운장에게는 서문을, 장비에게는 동문을 지키도록 하고 미축과 미방 형제에게는 중군(中軍)을 거느리도록 명령을 내렸다.

미축의 여동생이 유현덕의 둘째 부인이 되어 미축 형제와 유현덕은 처남 매부지간이었다. 그리하여 유현덕은 작은 부인을 보호하도록 미축 형제에게 중군을 맡겼던 것이다.

마침내 고순이 군사를 이끌고 나타났다.

현덕이 성문 누상에서 소리쳤다.

"나는 본래 여포 장군과 특별한 원한 없이 지냈거늘 그대는 왜 군사를 이끌고 나타났는가?"

"조조와 결탁하여 우리 여포 장군을 해하려던 것이 탄로난 이 마당에 무슨 잔소린가? 잔말 말고 포박을 받으라!"

고순은 곧 군사를 지휘하여 성을 공격했다.

현덕은 문을 굳게 걸어 닫고 싸움에 응하지 않았다.

다음날 여포의 부장 장요도 군사를 이끌고 나타나 서문을 공격해왔다.

서문을 지키고 있던 관운장이 이들을 보고 꾸짖었다.

"그대같이 비범한 인물이 뭣이 모자라 여포 같은 역적을 위해 목숨을 내던지려 하는가?"

장요는 스스로 부끄러웠던지 고개를 숙이고 입을 열지 못했다. 그 모습을 본 관운장은 상요를 충성심과 의리가 있는 인간이라 생각하고 더 이상 악담을 삼가고 나가 싸우지도 않았다.

장요가 이번에는 군사를 이끌고 동문에 나타나니, 장비가 그를 맞아 싸웠다. 그러자 누군가가 급히 관운장에게 달려와 장요와 장비의 싸움을 알렸다.

관운장이 급히 동문으로 달려와 살펴보니 장비는 성문을 박차고 나갔고 장요의 군사는 후퇴하고 있었다.

장비가 이를 추격하고자 하니 관운장은 곧 사람을 보내어 장비에게 성문 안으로 들어오도록 했다.

다 잡은 꿩을 놓치게 된 장비가 씩씩거리면서 불만을 토했다.

"내가 무서워서 달아나는 놈을 왜 형님께서는 추격하지 못하게 합니까?"

"그의 무예 솜씨는 그대와 나에게 결코 지지 않네. 내가 바른말로 타일러 그의 아픈 곳을 지적하니 그는 우리와의 싸움을 단념하고 간 것일세."

관운장의 설명을 들은 장비는 자기의 경솔함을 뉘우치고 군사에게 명하여 성을 굳게 지키게 하고, 다시는 나가 싸우지 않았다.

한편 허창에 도착한 간옹은 조조를 만나 밀서 사건이 탄로난 사실을 아뢰었다.

조조는 곧 휘하 참모들을 불러모아 대책을 협의했다.

"나는 여포를 공격하려 한다. 원소는 크게 문제될 것이 없으나 유표와 장수가 뒤에서 어떤 일을 벌일지 모르겠구나."

순욱이 먼저 입을 열어 답했다.

"유표와 장수는 얼마 전에 크게 패하였으므로 함부로 굴지 아니할 것입니다. 그러나 여포는 우둔하리만큼 용맹스러운 놈으로, 만일 원술과 다시 손을 잡는다면 천지를 모르고 날뛸 터이니, 발등에 불이 떨어진 연후에야 그들과 맞선들 그들을 당해 내기란 어려울 것입니다."

곽가도 순욱과 유사한 의견을 제시했다.

"여포의 철없는 불장난에 여러 무리들이 뛰어들기 전에 기선을 꺾는 것이 현명한 방법입니다."

조조는 그 의견에 따르기로 했다.

그는 하후돈·하후연·여건·이전에게 군사 5만을 거느리고 선봉대에 서도록 하고, 스스로는 대군을 거느리고 그 뒤를 따랐다. 간옹은 조조를 수행해 나섰다.

조조의 군사가 쳐들어온다는 소문을 들은 고순은 곧 여포에게 그 사실을 알렸다.

여포는 먼저 후성·학맹·조성에게 200여 기병을 거느리고 고순과 합세하도록 명령하고, 스스로는 패성 밖 30여 리까지 나와서 조조를 맞아 싸울 태세를 갖췄다.

한편 소패성에서 고순이 군사를 이끌고 물러간 후에 조조의 군사가 온다는 기별을 받은 현덕은, 곧 손건에게 성을 지키도록 했다. 또한 미축과 미방에게는 가족을 돌보게 하고 스스로는 관운장과 장비 두 장수를 거느리고 성 밖까지 나가서 조조의 군사를 맞을 준비를 했다.

애꾸가 된 하후돈

한편 선봉대를 거느리고 전진을 계속하던 조조의 부장 하후돈은 여포와 고순의 군사와 마주치게 되었다. 그러자 하후돈은 창을 비껴 들고 말을 몰아 앞으로 나섰다.

고순도 질세라 선봉에 나서 싸웠다.

하후돈·고순 두 장수는 서로 맞닥뜨려 50여 회를 싸웠다. 그러다가 고순은 하후돈을 당할 수 없었던지 진중으로 도망쳤다. 하후돈이 뒤를 추격했다. 고순은 갈지자로 용케도 하후돈의 추격을 피했다. 그러나 하후돈은 추격을 멈추려 하지 않았다.

진지에서 하후돈의 추격을 내려다보던 여포의 부장 조성이 가만히 활에 화살을 메겨 하후돈을 향하여 시위를 당겼다. 화살은 날아가 하후돈의 왼쪽 눈을 명중시켰다.

하후돈은 '악' 하는 외마디 소리를 지르고는 급히 정신을 가다듬어 눈에서 화살을 뽑았다. 그 바람에 눈알이 화살촉에 박혀 튀어나오고 피가 흘렀다.

"이 눈알로 말하면 아버지의 정기와 어머니의 피를 받아 만들어진 것, 어이 이를 버릴 수 있으랴."

하후돈은 크게 소리를 지르더니 눈알이 꽂힌 화살을 입에 넣고 훑어 질근질근 씹었다.

그는 다시 창을 비껴 들고 조성을 잡아죽일 듯 내달았다. 조성은 질겁을 하고 도망치다가 최후 방어선인 제방에 이르기 전에 하후돈이 던진 창에 얼

하후돈은 화살에서 눈알을 뽑아 삼키다. 《新鋟全像通俗演義》三國志傳卷之三에서

굴이 찔려 그만 말에서 굴러떨어졌다. 이를 본 양편 군사들은 그저 혀만 내두를 뿐이었다.

조성을 죽인 하후돈이 말 머리를 돌려 진지로 돌아가려는 순간, 고순이 군사를 이끌고 뒤에서 물밀듯 밀려왔다. 하후돈이 조성을 잡아죽이는 것을 보고 자만에 빠졌던 조조의 군사는 손쓸 겨를도 없이 크게 패하고 말았다.

하후돈은 그의 동생 하후연의 도움으로 가까스로 목숨만은 건졌으며, 여건과 이전은 겨우 패잔병을 수습하여 제북(濟北)으로 도망쳐 진을 쳤다.

하후돈과의 싸움에서 크게 이긴 고순은 여세를 몰아 유현덕을 치기 위하여 말을 달렸다. 거기에는 이미 여포가 대군을 이끌고 당도해 있었다.

여포는 장요·고순 등과 함께 군사를 3군으로 나누어 유현덕·관운장·장비를 공격하러 나섰다.

19. 여포의 최후

하비성조조오병　　백문루여포운명
下邳城曹操鏖兵　　白門樓呂布殞命

조조와 유현덕의 연합군에 의해 하비성으로
쫓긴 여포는 백문루 위에서 삶을 구걸하며
처참하게 죽어가다.

여포에게 쫓긴 삼형제

먼저 고순은 장요와 더불어 관운장이 지키고 있는 요새를 공격했고, 여포는 스스로 군사를 이끌고 장비가 지키고 있는 요새를 공격했다.

유현덕은 관운장과 장비에게 그들을 맞아 싸우게 하고 자신은 나머지 군사를 이끌고 뒤에서 두 장수를 지원해주기로 했다.

여포가 군사를 나누어 1대는 유현덕 군의 배후를 치게 하고 1대는 정면을 공격하게 하니, 관운장과 장비는 궁지에 몰리게 되었으며 유현덕만 가까스로 수십 기의 기병을 이끌고 패성(沛城)으로 빠져나갔다.

여포가 군사를 이끌고 도망치는 유현덕을 추격하니, 현덕은 급히 문루에 있는 군사에게 명하여 적교를 내리게 했다. 뒤에서는 여전히 여포가 쫓고 있었다.

성 문루에서 이를 지켜보던 군사는 활을 당겨 쏘고 싶었으나 잘못 빗나가 유현덕을 쏘게 될까봐 이러지도 저러지도 못했다. 그야말로 속수무책이

여포는 패성으로 돌진하다. 《新鋟全像通俗演義》三國志傳卷之四에서

었다.

　여포는 유현덕의 뒤를 쫓아 성 안으로 치달았다. 수문장이 안간힘을 다하여 여포를 막으려 했으나 도리가 없었던지 모두 이리저리 흩어져 도망치고 말았다.

　여포의 군사는 패성 안에까지 물밀듯 몰려들었다. 유현덕은 다급해서 가족들을 돌볼 겨를이 없었던지, 처자식을 그냥 둔 채 성을 버리고 서문으로 빠져 나와 말을 달려 도망쳤다.

　여포는 유현덕의 뒤를 쫓지 않고 유현덕의 집으로 말 머리를 돌렸다. 거기에는 미축이 유현덕의 가족을 돌보고 있었다.

　"대장부는 적의 처자식은 해치지 않는다고 들었소. 장군께서 상대해 싸울 사람은 조조뿐이오. 현덕 공께서는 전에 원문에서 장군께 입었던 은혜를 잊지 않고 있는데 어찌 장군을 배신하겠소. 지금 어찌할 수 없어 조조를 돕고 있을 뿐이니, 현덕 공을 너그럽게 봐주시오."

　"현덕과 구교(舊交)가 있는 나이거늘 어찌 그의 처자를 해치겠느냐?"

　이렇게 말한 여포는 곧 사람을 시켜 미축으로 하여금 현덕의 가족을 이끌고 서주에 가 있도록 하라고 명령을 내렸다.

　여포는 이어서 군사를 이끌고 산동 지방의 연주로 나가면서 고순과 장요에게 소패를 지키라고 했다.

이즈음 손건은 이미 성을 빠져나가 도망쳤고 관운장·장비 두 장수도 각각 패잔병과 살아 남은 군마를 이끌고 산 속에 몸을 숨기고 있었다.

한편 유현덕은 말을 몰아 달아나는데 한 사람이 그를 뒤쫓는 것이었다. 뒤를 돌아보니, 그는 다름 아닌 손건이었다.

유현덕이 반기며 물었다.

"지금 관운장과 장비의 생사도 알 수 없고 가족들도 모두 흩어졌으니 이를 어찌하면 좋겠소?"

"일단 조조에게 투항한 다음 대책을 강구하시는 게 좋을 것입니다."

유현덕은 손건의 진언에 따라 샛길을 더듬어 허창으로 말을 달렸다. 얼마를 달리던 유현덕은 배가 고파 마을로 내려가 구걸하기로 했다. 이르는 곳마다 예주 목사 유현덕이 왔다는 소문에 주민들은 너도나도 유현덕에게 음식을 바쳤다.

한 집에 이르러 하루 저녁 자고 가기를 청하니, 한 젊은 사람이 나와 절하며 그들 일행을 맞았다. 유현덕이 성씨가 뭐냐고 묻자 그 젊은이는 사냥으로 먹고 사는 유안(劉安)이라고 자기를 소개했다.

유안은 자기의 누추한 집에 들른 분이 예주 목사 유현덕임을 알았다.

유안은 짐승을 사냥해 그 고기를 유현덕에게 드리고 싶었지만 밤이 깊어 그럴 수도 없어 하는 수 없이 자기의 아내를 죽여 그 고기를 유현덕에게 바쳤다.

고기를 받은 유현덕이 물었다.

"이것이 무슨 고기요?"

"예, 사냥한 여우 고기입니다."

유안이 대답하자 유현덕은 더 이상 의심하지 않고 그 고기를 배불리 먹었다. 밤이 깊어 피로에 지친 유현덕은 단잠을 잤다.

다음날 아침 날이 밝아 현덕이 길을 떠나려고 그 집 후원 말 매어놓은 곳으로 가다가 보니 부엌에 웬 여자가 죽어 있고 그 여자의 어깻살이 예리한 칼로 베어져 있었다.

현덕은 자기를 배불리 먹이기 위해 아내까지 죽인 데 대해 아픈 마음을 누를 길이 없었다. 그는 말 위에 오르며 하염없이 눈물을 흘렸다.

유안이 달려나와 유현덕에게 이렇게 말하며 미안해 했다.

"어른을 모시고 가는 것이 도리일 것 같으나, 저에게는 노모님이 한 분 계시므로 멀리 길을 떠날 수가 없습니다."

현덕은 그 뜻을 치하하며 아쉬운 석별의 정을 나누고 양성(梁城)으로 향했다. 큰길에 접어드니 일대의 군사가 뿌연 먼지를 일으키며 달려오고 있었다.

유현덕은 그것이 틀림없이 조조의 군사일 것이라고 생각하고 손건과 함께 대장기가 있는 곳으로 갔다. 예상했던 대로 그것은 조조의 군사였다.

조조를 만난 유현덕은 패성이 함락되었다는 이야기며, 관운장·장비 두 동생과도 헤어졌다는 이야기, 처자식을 잃었다는 등등의 지난 이야기를 했다.

조조는 눈물을 흘리며 유현덕을 위로했다.

또한 유안이 자기의 처를 죽여서 대접했다는 말을 들은 조조는 손건에게 명하여 유안에게 금 100냥을 내리도록 명령했다.

일행이 제북(濟北)에 당도하니, 하후연 등이 맞아 진 안으로 모셨다. 하후연은 형 하후돈이 아직 병으로 자리에서 일어나지 못한다고 보고했다. 조조는 하후돈이 누워 있는 곳으로 직접 찾아가 병문안을 하고, 먼저 허창으로 가서 몸조리를 하도록 했다. 그리고 한편으로는 사람을 시켜 지금 여포가 어디에 진을 치고 있는가 살펴보고 오게 했다.

염탐꾼은 급히 되돌아와 보고했다.

"여포는 지금 진궁과 장패를 이끌고, 태산에 거점을 두고 있는 도둑 떼들과 손을 잡아 연주의 여러 곳을 공격하고 있습니다."

조조는 조인에게 명령하여 즉시 3천 병력을 이끌고 가서 패성을 공격하라고 하고, 자신은 스스로 대군을 이끌고 유현덕과 함께 여포를 맞아 싸우러 나섰다.

이들이 산동으로 향하여 소관(簫關)에 당도할 무렵 태산을 거점으로 한 도적 떼 손관·오돈·윤례·창희 등이 졸개 3만여 명을 거느리고 앞을 막아섰다.

조조가 허저에게 명하여 나가 싸우게 하니, 손관·오돈·윤례·창희 네

놈이 일제히 말을 달려 앞으로 나섰다. 허저가 죽을 힘을 다하여 싸우니, 네 놈들은 당해낼 도리가 없었던지 뿔뿔이 흩어져 달아났다.

조조는 승세를 몰아 닥치는 대로 죽이며 소관으로 들이닥치니 염탐꾼이 이를 여포에게 급히 알렸다.

이 때 서주로 가 있던 여포는 소패가 위태로움을 깨닫고 소패를 지키려고 진등과 함께 소패로 향하면서, 진규에게는 서주를 지키라고 했다.

진등이 여포를 따라나서려 하니, 진규는 아들의 출정을 가로막으며 말했다.

"전에 조 승상께서 산동의 일은 네게 맡긴다고 하시지 않더냐? 이번엔 여포가 반드시 패할 것이니 잘 생각해서 처신하여라."

"밖의 일은 제가 알아서 처리하겠습니다. 만일 여포가 패하여 돌아오거든 아버님께서는 미축과 협의하여 성문을 걸어 잠그고 여포를 성 안으로 들이지 마십시오. 저도 따로이 몸을 빼낼 계략이 있습니다."

"이곳에는 여포의 소첩도 있고 그의 심복들도 득실거리니 어찌하면 좋겠느냐?"

"제게도 생각이 있습니다."

진등은 말을 마치고 여포에게로 갔다.

진등이 말했다.

"서주는 적이 사면으로 공격하기에 용이하므로 조조는 있는 힘을 다하여 공격해 들어올 것입니다. 그러니 우리가 먼저 선수를 치는 것이 좋겠습니다. 그래서 드리는 말씀인데, 만약의 경우에 대비하여 양곡을 하비 땅으로 옮겨놓으면 비록 서주가 포위된다 하더라도 걱정할 일이 없을 것입니다. 여포 공께서는 저의 계책을 따르시는 게 어떻는지요?"

"자네 말이 그럴 듯하네. 양곡을 옮길 때 내 아내들도 같이 이주시키는 것이 좋겠네."

여포는 송헌·위속 등에게 명하여 그의 처첩들과 군량미를 하비로 옮겨 보호하도록 명령하고, 스스로는 군사를 이끌고 진등과 함께 소관을 향하여 떠났다.

진등에게 속은 여포

소관에 이르기 전에 진등이 여포에게 말했다.
"제가 먼저 달려가서 조조 군사의 동정을 살피고 올 터이니, 장군께서는 뒤에 오시도록 하십시오."
여포는 진등의 말을 따르기로 했다. 진등은 말을 달려 소관에 당도했다.
소관에 도착한 진등은 진궁에게 말했다.
"여포 장군은 공이 빨리 나가서 싸우지 않는다고 해서 공을 의심하고 계시며, 저에게 그 죄를 문책하라고 하셨습니다."
"지금 조조의 병력은 대단하여 함부로 나설 일이 아닙니다. 우리는 이곳 소관을 단단히 지키고 있을 터이니, 여포 장군께서는 패성을 잘 지키시는 것이 상책이라고 아뢰어주십시오."
진등은 그렇게 하겠다고 대답했다.
밤이 깊자 진등은 성루에 올라 조조의 진지를 바라보다가 급히 세 통의 편지를 써서 화살에 매어 조조의 진중으로 쏘았다.
다음날 진궁과 헤어진 진등은 급히 말을 몰아 여포에게 달려와 아뢰었다.
"가서 살펴보니 손관이 소관을 조조에게 내어주려고 합니다. 저는 이 사실을 진궁에게 알려 성문을 굳게 지키라고 명하고 왔습니다. 장군께서는 해질녘에 조조의 군사를 쳐 진궁을 도와주십시오."
"공이 아니었다면 소관을 빼앗길 뻔했구먼……."
여포는 진등에게 빨리 말을 달려 소관으로 가서 내응의 표시로 불 신호를 올리라는 전갈을 보냈다.
여포의 말이 떨어지자 진등은 내친 걸음으로 달려 진궁에게 왔다.
"조조의 군사가 지름길을 통하여 이미 소관 땅에 도착해서 지금 서주가 퍽 위험한 지경에 이르렀소. 장군께서는 급히 서주로 오라는 전갈이오."
진궁은 진등의 말에 따라 급히 소관을 버리고 군사를 몰고 서주로 떠났다.

진등은 곧 성루에 올라가 횃불을 올렸다.

밤이 깊어 횃불을 보고 달려온 여포의 군사를 조조의 군사로 잘못 안 진궁의 군사는 어둠 속에서 서로 어우러져 찌르고 죽이는 수라장을 벌였다.

한편 조조는 전날 밤에 누군가가 보낸 세 통의 편지에 따라, 횃불이 오르자 일제히 군사를 몰아 공격했다. 여포와 진궁은 서로 어우러져 싸우느라 정신이 없었고, 손관 등 도적떼들은 조조의 군사를 당할 길이 없어 뿔뿔이 흩어져 도망쳤다.

어우러져 싸우던 여포는 날이 밝자 계교에 빠진 것을 깨닫고, 진궁과 더불어 군사를 이끌고 급히 서주로 말을 달렸다.

서주 성문 가까이 이른 여포가 소리쳐 성문을 열도록 하자 성루에서는 일제히 화살을 쏘아 내렸다. 때를 같이하여 미축이 성루에 올라 서서 호통을 쳤다.

"네놈은 우리 주인의 성을 빼앗은 놈이다. 이제 마땅히 우리 주인에게 돌려줘야 하니, 네놈은 다시 이 성 안으로 들어오지는 못할 것이다."

여포는 화가 머리끝까지 치밀어 외쳤다.

"진규는 어디 있느냐?"

"내가 이미 죽였다."

여포는 옆에 있는 진궁을 바라보며 말했다.

"진등이란 놈은 어디 있지?"

"장군께서는 번번이 그놈에게 속으면서도 그 역도놈을 또 찾으십니까?"

여포는 곧 진등을 찾아보도록 명령을 내렸다. 그러나 이미 진등은 그림자도 보이지 않았다.

진궁이 소패로 가는 것이 좋겠다고 권하자, 여포는 진궁의 말을 따랐다. 그들이 말을 달려 소패로 향하는 중 일단의 군사가 그들을 가로막았다. 그들은 다름 아닌 고순과 장요였다.

여포가 웬일이냐고 묻자 그들이 대답했다.

"진등이 급히 와서 말하기를 장군께서 포위당했으니 급히 달려가 도와주라고 하여 달려왔습니다."

"또 그놈에게 속았구나! 내 기필코 그놈을 죽이고 말리라."

여포는 이렇게 중얼거리며 급히 말을 몰아 소패로 달렸다.

소패성에 달려와 성루를 바라보니 이게 웬일인가! 성 위에는 이미 조조의 깃발이 펄럭이고 있는 것이 아닌가! 조조가 조인(曹仁)에게 영을 내려 성을 습격하여 군사를 이끌고 가서 지키도록 했던 것이다.

성 아래 도착한 여포는 성 위를 바라보며 진등에게 욕설을 퍼부었다. 진등도 질세라 성 위에서 여포를 손가락질하며 꾸짖었다.

"나는 한나라의 신하다. 그래서 너 같은 반적(反賊)을 제거하려는 것이다."

여포가 화가 치밀어 견딜 수가 없어 군사를 휘동하여 성을 공격하려고 할 때, 배후에서 벽력 같은 함성이 들리더니 일대의 군사와 군마가 치달려 오고 있었다.

앞에 선 장군은 바로 장비였다. 여포의 부하 고순이 나가 싸우려 했으나, 그는 도저히 장비의 적수가 될 수 없었다.

이번에는 여포가 직접 나섰다.

막 싸움이 벌어진 판에 멀리서 함성이 들리더니 조조가 친히 대군을 거느리고 여포를 죽이려고 달려오고 있었다. 여포는 그 많은 조조의 군사를 당해내지 못하겠다는 생각이 들어 군사를 이끌고 동쪽으로 도망쳤다.

조조의 군사는 곧 그들을 추격했다.

혼쭐이 나서 도망치던 여포도 지쳤고 여포를 태운 말도 이미 지쳐 헐떡이며 달렸다.

여포가 말을 몰아 달리고 있을 때, 또다시 일대의 군마가 번개처럼 나타나 앞길을 막았다.

한 장수가 칼을 비껴 들고 말을 세워 선두에 버티고 서서 큰소리로 외쳤다.

"여포야, 게 섰거라! 관운장이 예 있다!"

여포는 깜짝 놀라 칼을 뽑았다. 그러나 이를 어쩌랴. 뒤에서는 장비가 추격해오는 것이 아닌가!

겁에 질린 여포는 싸울 생각이 나질 않았다. 그는 진궁과 힘을 합쳐 죽을 힘을 다해 퇴로를 찾아 지름길을 통하여 하비로 달아났다. 여포가 하비

조조와 현덕은 서주성에 들다. 《新鋟全像通俗演義》三國志傳卷之四에서

성에 무사히 이를 수 있었던 것은 도중에 후성을 만나 그의 원군의 도움을 받았기 때문이었다.

관운장과 장비는 서로 얼싸안고 눈물을 흘리며 지난 일을 얘기했다.

먼저 관운장이 입을 열었다.

"나는 해주(海州) 길목에 군사를 거느리고 있다가 자네가 이곳에 있다는 소문을 듣고 이렇게 달려왔네!"

장비가 말했다.

"저는 망탕산(芒碭山)에 숨어 있다가 형님들이 이곳에 계시다는 말을 듣고 달려와 다행히 오늘 형님을 만나뵙게 되었습니다."

그들은 지난 이야기를 주고받으며 각기 휘하의 군사를 이끌고 유현덕을 찾아가 통곡하며 땅에 엎드려 인사를 올렸다. 유현덕도 역시 기쁨의 눈물을 흘리며 이들을 맞이했다.

유현덕은 두 아우를 거느리고 조조를 만났다. 조조는 여포를 쫓아낸 관운장과 장비를 치하했다. 그리고 곧 유현덕 삼형제와 더불어 서주성으로 들어갔다.

서주성 안에 들어서니 미축이 현덕을 반기며 현덕 공의 가족이 모두 무사하다는 기쁜 소식을 전했다. 걱정했던 가솔이 모두 무사하다니 현덕은 더이상 기쁠 수가 없었다.

진규 부자도 나와서 조조와 그 일행을 맞이했다. 조조는 곧 큰 잔치를 베풀어 모든 장수들의 노고를 치하했다.

잔치가 베풀어지는 동안 조조는 상석에, 그 오른편에는 유현덕, 왼편에는 진규가 앉아 있었고 기타 장수들은 차례로 그 앞에 앉았다.

잔치가 끝날 무렵, 조조는 진규 부자의 공을 치하하여 진규에게 10여 개의 현(縣)을 녹으로 더 주고, 아들 진등에게는 복파장군(伏波將軍)의 벼슬을 내렸다.

하비성을 공격한 조조

서주를 손쉽게 손아귀에 넣은 조조는 심중으로 크게 기뻐하며 여러 장수들과 참모들을 불러모아 여포가 있는 하비성을 치는 것이 어떠냐고 물었다.

먼저 정욱이 입을 열었다.

"지금 여포는 하비성 하나만을 손아귀에 넣고 있으므로 우리가 급히 그를 친다면 그는 사생결단하고 싸우며 원술에게 투항할 것입니다. 만일 여포와 원술이 손을 잡는다면 그 세력을 꺾기란 용이한 일이 아닙니다. 지금은 회남으로 가는 길목에 유능한 장수를 보내어 군사를 이끌고 가서 주둔하게 한 후, 안으로 여포를 막고 밖으로 원술을 공략하는 것이 좋겠습니다. 더욱이 지금 상황으로는 아직 산동에 장패와 손관의 무리들이 귀순하지 않고 버티고 있으니, 그놈들에 대한 방어도 소홀히 해서는 아니 됩니다."

"나는 군사를 이끌고 산동에 이르는 모든 길목을 맡을 테이니, 회남에 이르는 길목은 현덕 공께서 맡아주시오."

조조가 현덕에게 부탁했다.

"승상의 명령을 어찌 감히 거역하겠습니까?"

현덕은 쾌히 허락했다.

다음날 유현덕은 미축·간옹 두 장수에게는 서주에 머물러 그 곳을 지키도록 하고, 손건·관운장·장비를 대동하여 군사를 이끌고 회남으로 갔다. 그리고 조조는 군사를 이끌고 하비를 공격하러 떠났다.

한편 하비에 닿은 여포는 풍족한 군량미와 사수(泗水)가 있는 지형적인 조건 때문에 이곳은 안심하고 적을 막을 수 있는 곳이라는 자만에 빠져 있었다.

그러자 진궁이 걱정스러운 듯 여포에게 이렇게 간했다.

"지금 조조가 군사를 이끌고 이곳을 치려고 달려오고 있는 것 같습니다. 그들이 진지를 구축하여 자리를 잡기 전에 그들을 먼저 치면 반드시 승리를 얻으실 것입니다."

"나는 이미 여러 번 패한 끝이라 함부로 군사를 일으킬 수 없다. 차라리 그들이 공격해올 때 배후에서 그들을 치게 되면 놈들을 모두 사수에 장사지낼 수 있을 것이다."

여포는 진궁의 말을 따르지 않았다.

며칠이 지나자 과연 조조는 하비성 아래에 진지를 구축하여 자리를 잡고 있었다.

조조는 친히 여러 장수들을 거느리고 하비성 아래에 이르러 여포를 불렀다.

여포도 큰 소리로 답하며 망루에 나타났다.

조조가 먼저 말문을 열었다.

"소문에 의하면 여포 장군은 다시 원술과 사돈을 맺으려 한다기에 내가 군사를 이끌고 여기까지 왔다. 원술은 반역죄를 지은 죄인이다. 장군도 동탁을 토벌한 공이 있는 사람이 아닌가! 그런데 지금 장군이 전에 얻은 공을 헌신짝 버리듯 하고 역적을 따르고 있으니 어인 까닭인가? 내가 이 성을 파괴할 때는 비록 잘못을 뉘우친다고 하더라도 이미 때가 늦다. 지금도 늦지 않았으니 와서 항복하여 우리와 함께 왕실을 보호한다면 장군은 봉후(封侯)의 지위도 잃지 아니할 것이다."

"먼저 물러가라. 곧 부하들과 상의해보겠다."

조조의 부드러운 말솜씨에 마음이 약해진 여포는 부하들과 한번 상의해 볼 문제라고 생각했다.

그러나 여포의 곁에 있던 진궁은 조조의 간악한 꾀를 탐지하고 화살을 뽑아 조조를 향해서 쏘았다. 화살은 빗나가 조조를 가리고 있던 일산(日傘)

조조는 하비성에서 격전을 벌이고, 《繡像全圖三國演義》에서

위에 꽂혔다.

　조조는 손가락으로 진궁을 가리키며 욕설을 퍼부었다.

　"내가 네놈을 잡아죽이고 말겠다."

　조조는 곧 군사를 이끌고 성을 공격했다.

　진궁이 여포에게 간했다.

　"조조의 군사는 먼 곳에서 왔기 때문에 지쳐서 오래 버티지 못할 것입니다. 장군께서는 보병과 기병을 이끄시고 성 밖으로 나가셔서 진을 치십시오. 저는 나머지 군사를 거느리고 안에서 성문을 굳게 지키겠습니다. 만일 조조가 장군을 공격하면 제가 군사를 이끌고 나가 배후를 치겠습니다. 반대로 조조가 성을 공격하면 장군께서는 조조의 후면을 공격하십시오. 그렇게 되면 조조는 불과 10일도 못 가서 군량이 떨어질 것이니, 그 때 가서 조조를 친다면 항복하고 말 것입니다. 이를 일러 병법에서는 '기각지세(犄角之勢)' 즉 공격 세력을 분산하여 약화시키는 전법이라고 합니다."

　"공의 말이 옳소."

여포는 곧 부(府)로 돌아가 군사와 장비를 수습했다.

여포의 두 아내의 하소연

그 때는 추운 엄동설한이었으므로 여포는 모든 군사에게 솜옷을 두둑히 입으라고 명령했다. 이 말을 들은 여포의 아내 엄씨가 여포에게 다가와 물었다.

"장군께서는 어디로 싸우러 나가시려 하십니까?"

여포는 진궁의 모사에 의해 조조를 칠 생각이라고 설명했다.

엄씨는 수심이 가득 찬 얼굴로 말했다.

"장군께서 이 성과 처자식을 버리고 군사를 이끌고 나가셨다가 만약 일을 그르쳐 첩의 몸이 적에게 더럽힘을 당한다면, 어찌 이 몸을 장군의 처라고 할 수 있겠습니까?"

아내의 간곡한 말에 여포는 이러지도 저러지도 못하고 주저하다가 3일을 허송했다.

그러자 진궁이 급히 여포에게 달려와 보고했다.

"지금 조조가 군사를 이끌고 와서 우리 성을 완전히 포위했습니다. 만약 빨리 서둘지 않으면 반드시 욕을 당하실 것입니다."

여포가 말했다.

"내 생각에는 멀리 나가서 적과 싸우는 것보다 이곳에서 성을 지키는 것이 좋을 것 같다."

"근래에 들은 소문에 의하면 조조의 군량이 거의 바닥이 나게 되어 허창으로 사람을 보냈다고 합니다. 머지않아 허창에서 군량이 운반되어 올 것입니다. 장군께서 친히 정예 부대를 이끌고 나가셔서 미리 보급로를 끊으십시오. 그것이 상책일 것입니다."

여포는 진궁의 말에 따라 안으로 들어가 이 사실을 말하고 엄씨를 설득했다.

그러나 엄씨는 눈물어린 눈을 들어 다시 말했다.

"장군께서 나가신 후에 진궁과 고순이 이 성과 성 주위의 연못을 무사히 지키리라 생각하십니까? 그것은 계산 착오이십니다. 그 때 가서 후회한들 소용없는 일입니다. 전에 제가 장안에 있을 때, 장군께서는 저를 버리고 달아나셨습니다. 그 때 다행히도 방서(龐舒)가 소첩의 몸을 숨겨주었기에 망정이지 그러지 않았더라면 다시 장군을 뵈올 수 없었을 것입니다. 이를 잘 알고 계시는 장군께서 이번에 다시 소첩을 버리신다니요? 하긴 장군은 전도가 만리 같으신 분이니, 이 소첩의 일이야 생각이나 하시겠습니까!"

여포도 마음이 심란했다. 그러던 차에 초선의 생각이 머리를 스쳤다. 그는 초선과 상의하고 싶어 초선의 방으로 들어갔다.

"장군께서는 저희들 처첩을 버리고 함부로 군사를 일으키는 일이 없도록 해주십시오."

초선 역시 여포의 출정을 막았다.

"초선아, 너무 염려하지 말아라. 나에게는 화극과 적토마가 있지 않느냐? 그런 나에게 어느 놈이 감히 접근할 수 있단 말이냐!"

여포는 한사코 매달리며 출정을 말리는 초선의 방에서 나와 진궁에게로 왔다.

"조조 군의 군량이 떨어졌다는 말은 아마 헛소문일지도 모른다. 그놈은 워낙 꾀가 많은 놈이다. 그런 헛소문을 퍼뜨리는 것은 성을 나가서 싸우도록 우리를 유인하는 작전에 불과할 것이다."

진궁은 여포에게서 물러 나오자 이 하비성도 조조에게 빼앗기리라는 생각에 이렇게 한탄했다.

"이제 내가 죽는다 해도 묻힐 땅이 없겠구나!"

여포는 종일토록 밖으로 나오지 않고 부인 엄씨와 첩 초선을 불러 술을 마시며 괴로움을 달랬다.

그 때 여포가 나타나기만을 기다리다 지친 모사 허사(許汜)와 왕해(王楷)가 여포를 뵈려고 들어와서 이렇게 간했다.

비참해진 여포

"지금 회남에 있는 원술은 세력이 대단하다고 합니다. 장군께서는 전에 원술과 사돈을 맺으려다가 파하신 일이 있습니다. 지금 다시 그에게 사돈을 맺자고 하시는 게 어떻겠습니까? 만일 원술이 이에 응낙하여 군사를 보내어 준다면 좌우에서 협공하여 쉽게 조조를 쳐부술 수 있을 것입니다."

여포는 허사와 왕해의 말에 따라 즉시 두 사람 편에 청혼의 편지를 써주며 원술에게 가져다 주라고 명령을 내렸다.

허사가 지금 조조의 군사가 성을 포위하고 있으니 군사를 풀어 성을 빠져나가게 해달라고 부탁하자, 여포는 장요와 학맹에게 명하여 군사 1천을 거느리고 허사와 왕해가 성문을 빠져나갈 수 있도록 바래다주라고 했다.

때는 밤이 깊어 벌써 2경이 되었다.

장요와 학맹은 야음을 틈타 장요가 앞에 서고 학맹이 뒤를 돌보며 허사와 왕해를 가까스로 출성(出城)시키는 데 성공했다.

현덕의 진지를 지날 무렵 현덕의 군사가 뒤쫓았으나, 그들은 이를 뿌리치고 애구까지 달려나왔다.

학맹은 500명의 군사를 거느리고 허사와 왕해를 뒤따라갔다. 장요가 나머지 군사를 거느리고 되돌아오다가 애구에 이르게 되었을 때, 그 곳에서 기다리고 있던 관운장의 군사와 맞부딪치게 되었다.

장요가 어쩔 줄을 몰라 쩔쩔매고 있는데 마침 고순이 원병을 이끌고 달려와, 장요는 겨우 하비성으로 돌아올 수 있었다.

한편 여포의 편지를 갖고 수춘에 도착한 허사와 왕해는 즉시 원술을 만나 배알하고 여포의 편지를 올렸다.

여포의 편지를 받은 원술이 물었다.

"전에는 내가 보낸 사신까지 죽이고 파혼을 하자더니 이번에는 다시 사돈이 되자고 하니 이것이 어떻게 된 일이냐?"

허사가 대답했다.

"그 때는 조조의 간계에 넘어가 오해를 했던 것이오니, 공께서는 오해하지 마십시오."

"너희들의 주인 여포는 조조 군사의 공격으로 일이 급해지자 딸을 시집 보내겠다는 것이지?"

원술이 이렇게 묻자,

"공께서 저희 여포 장군을 이번에 도와주시지 않으시면, 공께도 역시 화가 미치게 될 것입니다. 옛말에 '입술이 없으면 이가 시리다(脣亡齒寒)'라는 말도 있지 않습니까!"

하고 왕해가 말을 받았다.

"여포는 전에 수차에 걸쳐 신용 없는 짓거리를 했기 때문에 이젠 그를 믿을 수가 없다. 먼저 딸을 보내면 그 때 가서 군대를 보내겠다고 전하라."

허사와 왕해는 고맙다는 인사를 올리고 물러나 거기까지 호위해온 학맹과 함께 하비로 발길을 옮겼다.

그들은 돌아오는 도중에 유현덕이 진을 치고 있는 곳을 지나게 되었다.

"저들이 지키고 있으니 대낮에는 이곳을 통과할 수 없소. 밤이 깊으면 우리 둘이 앞서갈 것이니, 학맹 장군은 뒤를 보살펴 주십시오."

허사의 의견에 따라 허사와 왕해는 밤을 이용하여 유현덕의 진지를 지나게 되었다.

허사와 왕해가 무사히 통과한 후 학맹이 통과하려고 할 때, 장비가 갑자기 나타나 앞길을 막아 섰다. 학맹은 제대로 칼 한 번 휘둘러 보지도 못하고 장비에게 붙잡혔으며 학맹이 지휘하던 500명의 군사는 거의 떼죽음을 당하다시피 했다.

장비가 생포한 학맹을 유현덕에게 끌고 가니, 유현덕은 다시 그를 조조의 본영으로 끌고 갔다.

조조 앞에 끌려온 학맹은 여포가 원술에게 사돈을 맺자고 한 일을 모두 얘기해버렸다.

조조는 크게 노하여 학맹을 군문으로 끌고 가서 여러 군사들이 보는 앞에서 목을 베어 죽이고, 만일 방비를 소홀히 하여 여포나 그 졸개를 한 놈이라도 빠져나가게 하면 군법에 의해서 엄하게 다스리겠다고 명령했다.

조조의 이런 엄명에 각 진영은 저마다 벌벌 떨었다.

현덕도 자기의 진지로 돌아와 관운장과 장비를 불러 조조의 군명을 전하고 다음과 같이 말했다.

"지금 우리는 회남에 이르는 요충지에 진을 치고 있네. 두 아우는 특히 조심하여 조 승상의 군령에 어긋남이 없도록 하게."

역시 이번에도 장비가 먼저 불평을 터뜨렸다.

"제가 적장을 잡아다 주었거늘 조조는 저에게 포상할 생각은 꿈도 꾸지 않고, 반대로 엄포만 놓으니 이게 될 말입니까?"

"그게 아니네. 조조는 지금 많은 수의 군사를 거느리고 있으니, 엄한 군율이 없이는 그 많은 군사를 제대로 거느릴 수 없지 않겠는가? 그러니 자네들은 군법을 범하는 일이 없도록 하게."

유현덕이 타이르자 관운장과 장비는 이에 응낙하고 자리에서 물러났다.

한편 하비성으로 돌아와 여포를 만난 허사와 왕해는, 원술이 먼저 여포의 딸을 자부로 맞이한 후에 군사를 보내주겠다고 했다는 말을 전했다.

여포는 워낙 다급한 터라 별 뾰족한 수가 없어 다그쳐 물었다.

"어떻게 보내는 게 좋겠느냐?"

허사가 대답했다.

"학맹이 그들에게 붙잡힌 이 마당에 조조도 우리의 실정을 반드시 잘 알고 있을 것이므로 거기에 따른 모든 준비를 하고 있을 것입니다. 그러니 장군께서 직접 따님을 호송하지 않으면, 누가 감히 겹겹이 싼 조조의 포위망을 뚫겠습니까?"

"그럼 오늘 데리고 나가는 것이 어떻겠느냐?"

"오늘은 일진이 좋지 않습니다. 그러나 내일은 일진이 좋은 날이니, 술시(戌時)나 해시(亥時)를 이용하십시오."

여포는 곧 장요와 고순을 불러 군사 3천을 이끌고 자기 딸의 예물을 실은 작은 수레를 호송하라고 일렀다.

"내가 친히 200리 밖까지 호송해줄 터이니 그 다음은 너희 둘이 책임지고 호송하라."

다음날 밤 2경쯤에, 여포는 딸에게 솜 누비옷과 갑옷까지 입혀 등에 업고 방천화극을 손에 들고 적토마 위에 올라탔다. 그가 성문을 열고 뛰쳐나

관운장과 장비는 여포와 대전을 벌이다. 《新鐫全像通俗演義》三國志傳卷之四에서

가니 장요·고순이 뒤를 쫓았다.

 그들이 유현덕의 진지 앞에 이르렀을 때 갑자기 북소리가 들려오더니, 관운장과 장비가 턱 버티고 서서 앞을 가로막으며 호통을 쳤다.

 "게 섰거라!"

 깜짝 놀란 여포가 기회를 틈타 말을 달려 도망치니, 유현덕이 손수 일대의 군사를 거느리고 여포의 뒤를 쫓았다.

 유현덕의 군사와 여포의 군사는 크게 혼전을 벌였다. 그러나 아무리 용맹이 뛰어난 여포라 할지라도 등에 업은 딸이 잘못하여 부상이라도 당할까 걱정이 되어, 감히 포위망을 뚫고 달아날 용기가 나지 않았다.

 설상가상으로 뒤에는 조조의 부장 서황과 허저가 군사를 몰고 오며 여포를 잡아죽일 듯 소리쳤다.

 "여포를 잡아라!"

 개미 떼처럼 밀려오는 조조와 유현덕의 군사를 본 여포는 급한 김에 얼른 성 안으로 말 머리를 돌렸다.

 유현덕은 군사를 이끌고 다시 진지로 돌아갔고 서황과 허저도 각각 진지로 돌아갔다. 그들의 방어는 개미새끼 한 마리 통과할 수 없는 철벽이었다.

 성 안으로 다시 돌아온 여포는 마음이 우울하고 답답하여 통음(痛飮)을 하며 날을 새웠다.

한편 조조는 두 달 남짓 여포의 성을 공격했으나 아무런 성과가 없었다.

그러던 어느 날, 누군가가 헐레벌떡 달려와 조조에게 고했다.

"하내(河內) 태수 장양(張楊)이 동시(東市)로 군사를 이끌고 가서 여포를 구원하려 하였습니다. 그러나 그의 부장 양추(楊醜)가 장양의 목을 베어 승상께 바치고자 하던 차에 장양의 심복 휴고(眭固)가 다시 양추를 죽이고 대성(大城)으로 달아났다고 합니다."

보고를 받은 조조는 즉시 사람을 보내어 휴고를 죽이고 여러 장수들을 불러모아 회의를 했다.

"장양이 자멸한 것은 참으로 다행한 일이나, 아직 북에는 원소가 있어 마음이 놓이지 않는다. 더욱이 동쪽에는 유표와 장수가 버티고 있어 후환이 두렵고, 이곳 하비는 영 공략할 수 없으니 여포를 포기하고 허창으로 돌아가 잠깐 쉬는 것이 어떻겠느냐?"

순유가 급히 나서며 아뢰었다.

"그것은 안 될 말씀입니다. 싸움에 여러 번 패한 여포는 이미 사기가 땅에 떨어졌습니다. 군사들이란 장수의 사기가 떨어지면 싸울 생각이 나지 않는 법입니다. 그리고 여포의 모사 진궁이 묘책을 얘기해도 여포는 미루고만 있을 것입니다. 여포의 사기가 떨어지고 아직 진궁의 묘책에 단안을 내리지 아니한 이 때를 틈타 속히 공략한다면, 여포를 사로잡을 수 있을 것입니다."

여포의 금주령

그러자 곽가가 옆에서 아뢰었다.

"저에게 생각이 있는데, 그대로만 한다면 하비성을 빼앗을 수 있을 것입니다. 20만 군사를 부리는 것보다 훨씬 나을 것입니다."

순욱이 입가에 잔잔한 미소를 띄우며 물었다.

"기수(沂水)와 사수(泗水)의 물을 트자는 것이 아니오?"

곽가가 껄껄 웃으며 대답했다.

"바로 그렇소이다."

조조는 크게 기뻐하며 당장 군사들에게 명하여 기수와 사수의 둑을 끊어 물을 트라고 했다.

조조는 군사들을 높은 곳으로 옮기고 물에 잠기는 하비성을 굽어보았다. 하비성은 동쪽 성문만 겨우 물에 잠기지 않았을 뿐, 온통 물바다가 되었다.

한편 이를 본 여포의 군사들이 여포에게 달려가 이 사실을 보고했다.

보고를 받은 여포는,

"내 적토마는 물 속이라도 평지처럼 달릴 수 있는데 뭣이 걱정이냐?"

하고 역정을 내며 하루 종일 젊은 계집들과 함께 술만 퍼마시고 있었다.

며칠 동안 주색에 빠져 있던 여포는 계집에 시달리고 술에 곯아 몰골이 말이 아니었다.

어느 날 우연히 거울을 들여다본 여포는 깜짝 놀랐다.

"주색에 곯은 내 꼴이 말이 아니구나. 앞으로는 이를 삼가야 되겠다."

여포는 이렇게 내뱉듯이 지껄이며, 당장 성 내에 영을 내려 음주하는 자는 참형에 처하겠다고 했다.

이 때 여포의 병마를 맡아서 기르고 있던 후성에게는 열다섯 필의 병마가 있었는데, 유현덕에게 말을 바치려고 벼르던 자가 그 말을 훔치려고 잠입해 들어왔다.

낌새를 눈치 챈 후성이 달려나가 말도둑을 잡아죽이고 도둑맞았던 말을 끌고 들어오니, 여러 장수들이 찾아와 이구동성으로 후성을 치하했다.

당시 후성은 대여섯 말의 술을 담가놓고 있었으므로, 여러 장수들이 모인 자리에서 그 술을 대접하고 싶었다. 그러나 금주령을 내린 여포에게 문책을 당할 것이 두려워, 미리 술 다섯 병을 여포의 부중으로 가져가 바치면서 이렇게 아뢰었다.

"장군께서 맡기신 말을 도둑맞았다가 다시 찾았습니다. 이를 알고 여러 장수들이 치하하러 왔습니다. 그래서 제 집에 전에 담가놓은 술이 있어 술 대접이나 할까 하다가 마음대로 마실 수 없어 먼저 조금 가져왔습니다."

여포는 크게 노하여 소리쳤다.

"내가 금주령을 내린 마당에 너희들이 술을 담가 작당하여 마신다는 것은 네놈들이 함께 날 죽이겠다는 수작이 아니냐?"

여포는 당장 후성을 목 베어 죽이라고 영을 내렸다.

송헌과 위속 등 여러 장수들이 부중으로 달려와 빌었다.

여포는 좀 누그러져서 이렇게 말했다.

"후성이 내 명을 어겼으니 참형에 처해야 마땅하다. 그러나 여러 장수들의 체면을 봐서 곤장 100대로 그치겠다."

그러나 후성은 여러 장수들의 간곡한 만류로 곤장 50대를 맞고 겨우 풀려 나왔다.

여러 장수들은 모두 기가 죽었다. 송헌과 위속이 후성의 집을 찾아가 위로하니, 후성은 눈물을 흘리며 말했다.

"공들이 아니었으면 나는 죽었을 것입니다."

송헌이 후성의 말을 받아 불만을 토로했다.

"여포가 계집에 빠져 우리를 초개같이 보는구려!"

위속도 한마디 거들었다.

"성은 조조의 군사들에게 포위되었고 성 안에는 물이 넘쳐흐르니 우리가 죽을 날도 며칠 안 남았소!"

송헌이 다시 입을 열었다.

"여포는 어질지도 못하고 의리도 없는 사람이니 성을 버리고 도망치는 것이 어떻겠소?"

위속이 말을 받았다.

"그건 장부로서 할 짓이 아닌 비겁한 행동입니다. 차라리 여포를 붙잡아 조조에게 바칩시다."

후성도 한마디 거들어 말했다.

"나는 말 도둑을 추격해서 말을 다시 찾고도 책망만 당했습니다. 여포가 크게 기대는 것은 적토마입니다. 두 장군께서 여포를 붙잡아 조조에게 바치신다면, 나는 먼저 적토마를 훔쳐 조조에게 바치겠습니다."

세 사람은 이렇게 의견을 맞췄다.

그 날 밤 후성은 몰래 마원(馬院)에 들어가 적토마를 훔쳐 날 듯이 동문으로 향했다. 위속은 성문을 열어주어 후성을 성 밖으로 내보내고 뒤를 추격하는 체했다.

조조의 영채에 당도한 후성은 여포의 적토마를 조조에게 바치면서, 송헌과 위속이 흰 깃발을 꽂는 것을 군호로 하여 성문을 열어 투항할 것이라고 아뢰었다.

조조는 이를 믿고 곧 방문(榜文) 수십 장을 써서 화살에 매어 하비성 안으로 쏘아 올렸다.

대장군 조조는 특별히 황제 폐하의 밝은 명을 받들어 여포를 정벌한다. 이에 항거하는 자는 대군이 성을 부수고 들어가는 날 전가족을 주살하겠다. 위로는 장수로부터 아래로 일반 백성에 이르기까지 누구라도 여포를 사로잡거나 그 목을 바치는 자에게는 벼슬을 크게 내리고 상을 후하게 주겠다.

이와 같이 방문을 써서 알리노라.

다음날 날이 밝자 갑자기 천지가 울리도록 함성이 일었다.

여포는 깜짝 놀라 창을 들고 성 위에 올라가 각 문을 점검했다. 그는 후성과 적토마가 없어진 것을 알고 위속을 꾸짖어 문죄하려고 했다.

이 때 성 아래에 있던 조조의 군사들이 성 위에서 흰 깃발이 바람에 나부끼는 것을 목격하고 일제히 성을 공격했다. 여포는 위속을 문죄하던 손을 멈추고 직접 조조의 군사를 막아야 했다.

여포의 죽음

새벽부터 성을 공략하던 조조의 군사들은 정오가 가까워지니 서서히 물러가기 시작했다.

조조 군사가 물러가는 것을 목격한 여포는 잠시 쉬려고 문루에 올라가 의자에 앉았다가 깜빡 잠이 들었다. 이 기회를 놓치지 않고 송헌이 다가가서 좌우를 물리치고 몰래 여포의 손에서 방천화극을 훔쳐냈다.

송헌은 위속과 함께 준비한 밧줄로 단잠에 빠진 여포를 꽁꽁 묶었다. 그 때서야 단꿈에서 깨어난 여포가 소리를 질러 측근을 불렀다. 여포의 측근들이 달려왔으나 그들은 송헌과 위속에게 죽고 말았다.

송헌과 위속이 백기를 들어 흔드니 조조의 군사들이 일제히 성 밑으로 몰려들었다.

위속이 성 아래를 굽어보며 크게 소리쳤다.

"이미 여포를 사로잡았다!"

그러나 조조와 장수 하후연은 이를 믿으려 하지 않았다.

송헌은 여포의 방천화극을 성 아래로 내던지고, 조금 뒤에 성문을 활짝 열었다. 성문이 열리자 조조의 군사들이 일제히 치달렸다.

서쪽 성문을 지키고 있던 여포의 장수 고순과 장요는, 성 안에 물이 넘쳐 도망칠 곳이 없어 조조의 군사들에게 사로잡혔다. 또한 진궁도 허겁지겁 남문 쪽으로 도망치다가 조조의 장수 서황에게 붙잡혔다.

하비성 안에 들어온 조조는 군사들에게 명하여 성 안의 물을 빼도록 하고 방문을 붙여 백성들을 안심시켰다.

조조는 유현덕과 함께 백문루(白門樓) 위로 올라가 포로로 붙잡힌 1천여 명의 여포 군사를 둘러봤다. 조조와 유현덕의 좌우에는 관운장과 장비가 그림자처럼 따라다니고 있었다.

범처럼 기골이 장대한 여포도 밧줄에 묶여 있으니 별수가 없었다.

여포는 조조를 보고 소리쳤다.

"밧줄을 너무 꽉 묶었다. 좀 풀어 다오."

조조가 고개를 흔들며 말했다.

"범을 살살 묶을 수는 없지 않느냐!"

여포는 후성과 위속·송헌이 조조의 옆에 서 있는 것을 목격하고 눈에 쌍심지를 켜며 꾸짖었다.

"내가 네놈에게 섭섭찮게 해줬는데 네놈들이 날 배반하다니!"

그러자 송헌이 여포에게 소리쳤다.

"계집에 빠져 우리들의 계책을 받아들이지 않고도 우릴 박대하지 않았단 말이냐?"

여포는 더 이상 말을 못 했다.

여포와 진궁은 결박된 채 조조, 유비와 대면하다. 《新鍥全像通俗演義》三國志傳卷之四에서

얼마 후 고순이 조조의 군사들에 의해서 끌려왔다.
조조가 고순에게 물었다.
"할말이 있으면 해봐라."
고순은 입을 꼭 다물고 아무 말도 하지 않았다. 조조는 노하여 당장 그를 끌어내어 참형에 처하라고 명했다.
이어서 서황이 진궁을 결박하여 조조 앞에 끌고 왔다.
조조가 진궁을 꾸짖었다.
"공대(公臺 : 진궁의 자)는 그간 별고 없었느냐?"
진궁은 얼굴빛 하나 변하지 않고 대답했다.
"네놈의 심보가 비뚤어져서 네 곁을 떠났을 뿐이다."
"내 심보가 비뚤어졌다면 어찌해서 여포는 섬겼느냐?"
"여포는 비록 꾀는 없지만 너처럼 기만하거나 농간을 부리지는 않았다."
"네가 스스로 꾀가 많다고 자만하더니, 오늘의 네 꼬락서니는 어떻게 생각하느냐?"
진궁은 흘끗 여포를 돌아보더니 답했다.
"이 사람이 내 말을 따르지 아니한 것이 한이다. 만일 내 말을 들었더라면 이 꼴은 되지 않았을 것이다."
"앞으로 어떻게 할 생각이냐?"

"죽기밖에 더하겠느냐!"

"너는 그렇다 치고 늙은 노모와 처자식은 어찌하겠느냐?"

"효도로 천하를 다스리려고 하는 자는 남의 가족을 죽이지 않고, 어진 정치를 베풀려는 자는 후손을 끊지 않는다고 들었다. 내 노모와 처자식이 죽고 사는 것은 네놈 손에 달린 것이 아니냐? 나는 이미 붙잡힌 몸, 죽기만 바랄 뿐 딴 생각은 없다."

조조는 진궁의 이러한 충성심에 자기도 모르게 코끝이 찡했다. 진궁은 스스로 몸을 일으켜 형장인 성 아래로 내려갔다. 조조의 측근들이 진궁에게 다가서며 생각을 고쳐먹도록 설득했으나, 진궁은 거들떠보지도 않았다.

조조도 몸을 일으켜 눈물을 흘리며 진궁이 나가는 뒷모습을 물끄러미 바라보았다. 그러나 진궁은 뒤도 돌아보지 않았다.

조조는 시자를 불러 영을 내렸다.

"공대의 늙으신 모친과 처자식을 허창으로 모셔 편히 지낼 수 있도록 하라. 즉시 명을 받들지 아니하면 참하리라."

진궁은 조조의 이러한 명을 귓전으로 듣고도 아무 말 없이 형장으로 향했다.

진궁의 충의에 모두 눈물을 흘렸다.

진궁이 죽으니, 조조는 좋은 관을 준비하게 하여 진궁의 시신을 허창으로 옮겨 장사를 후하게 지내도록 했다.

후에 사람들은 진궁의 죽음을 이렇게 애도했다.

살고 죽는 두 마음 품지 않았으니	生死無二志
대장부다운 그 지조 장하기만 하구나!	丈夫何壯哉
조조를 좇지 않은 도리는 금석처럼 굳더니	不從金石論
아까운 동량재 헛것 되고 말았구나.	空負棟樑材
주인을 진심으로 받들어 보필하더니	輔主眞堪敬
가족을 여의는 마음 가슴이 메이는구나.	辭親實可哀
백문루 아래에서 몸바쳐 죽는 날	白門身死日
공대처럼 충성심 지닌 현사 몇이나 되랴!	誰背似公臺

《繡像全圖三國演義》에서

 한편 조조가 진궁을 보내기 위해 누각 아래로 내려가려고 할 때, 여포가 유현덕에게 말했다.
 "공은 의자에 버티고 앉는 상객(上客)이 되었고 나는 계단 아래 붙잡힌 몸이 되었으니, 관용을 베푸는 말 한 마디 없을 순 없지 않소."
 유현덕은 고개를 끄덕였다.
 이 때 조조가 다시 누각으로 올라오니 여포가 이번에는 조조에게 소리쳤다.

19. 여포의 최후

"명공께서는 나 여포를 근심거리에 불과하다고 생각했는데, 나는 이미 항복한 몸이오. 공은 대장이 되고 내가 부장이 된다면 천하를 평정하기는 어려운 일이 아니오."

조조가 유현덕을 돌아보며 물었다.

"어찌했으면 좋겠소?"

"공께서는 정건양(丁建陽 : 정원의 자)과 동탁(董卓)의 일을 잊으셨습니까?"

여포가 유현덕에게 눈을 부릅뜨며 악을 썼다.

"네놈은 신의도 없는 놈이로구나!"

조조는 당장 여포를 끌어내려 목을 베어 죽이라고 영을 내렸다.

여포는 조조의 군사들에게 끌려가면서 유현덕을 바라보고 소리쳤다.

"이 귀 큰 놈아! 내가 원문 아래에서 활을 쏘아 네놈을 살려 주던 때를 생각해라!"

이 때 누군가가 벽력같이 소리치며 여포를 꾸짖었다.

"여포 이 필부놈아, 사내답게 죽어라! 뭐가 두려우냐!"

모두 고개를 들어 바라보니 도부수에게 끌려오던 여포의 장수 장요였다.

조조는 당장 여포를 목 베어 죽이라고 소리쳤다.

후에 사람들은 여포의 죽음을 이렇게 읊었다.

하비성에 물이 도도히 넘치더니	洪水滔滔淹下邳
그 해에 여포는 붙잡힘을 당했네.	當年呂布受擒時
적토마로 천리를 달리던 것도 헛수고였고	空如赤兔馬千里
방천화극을 휘두르던 것도 웃음거리 되었네.	漫有方天戟一枝
범 같던 기상은 붙잡혀 나약해지고	虎望寬縛今太懦
길러져 배부른 매 꼴이 되었구나.	養鷹休飽昔無疑
계집에 빠져 진궁의 진언도 따르지 않더니	戀妻不納陳宮諫
귀 큰 놈 은혜 모른다 욕만 퍼붓네.	枉罵無恩大耳兒

또한 이 때의 유현덕을 논란해서 지은 시가 있다.

곤궁에 처한 범에게 관용을 베풀지 못함은 　　傷人餓虎縛休寬
아직 동탁·정원이 흘린 피 마르지 않았음이라. 　董卓丁原血未乾
네놈이 능히 아비를 잡아먹을 놈이란 것 알고 있는데　玄德旣知能啖父
어찌 살려두어 조조를 속여 해치게 하랴! 　　　　爭如留取害曹瞞

한편 무사들에게 끌려온 장요를 본 조조는 그를 가리키며 지껄였다.
"이 자는 처음 보는 사람이로구나."
장요가 꾸짖듯 말했다.
"복양성(濮陽城) 안에서 만난 적이 있는데 잊었단 말이냐?"
조조가 너털웃음을 웃으며 답했다.
"그러고 보니 기억이 나는구나!"
"분하고 원통할 뿐이다."
조조가 비웃으며 다그쳐 물었다.
"무엇이 분하다는 게냐?"
"그 날 나라의 적인 네놈을 불살라 죽였어야 했는데 불길이 약했던 것이 분하다."
조조는 노기등천하여 소리쳤다.
"패장놈이 어찌 감히 주둥이를 험하게 놀리느냐!"
조조는 친히 칼을 뽑아 장요를 죽이려 했다.
장요는 전혀 두려운 기색 없이 죽일 테면 죽이라는 듯이 고개를 늘이고 기다릴 뿐이었다.
조조가 칼을 내리치려는 순간, 누군가가 급히 조조의 뒤에서 달려나와 조조의 팔을 붙잡고, 또 한 사람이 앞으로 나와 조조에게 간했다.
"승상, 잠깐만 참으십시오."
여포가 살려 달라고 애걸할 때는 어느 누구 한 사람 여포를 구하려 하지 않더니, 험하게 욕을 퍼붓는 장요는 구하려 했다.
어쩌면 장요는 살아 남을 수 있을지도 모를 일이다.

20. 황제의 밀조

조아만허전타위   동국구내각수조
曹阿瞞許田打圍   董國舅內閣受詔

조조는 허전 사냥터에서 황제에게 방자한 행동을 하고, 황제는 국구 동승에게 은밀히 밀조를 내리다.

황숙이 된 유현덕

조조가 칼을 들어 장요를 죽이려 할 때, 팔을 잡은 사람은 유현덕이요 조조의 앞에 무릎을 꿇고 죽이지 말도록 간한 사람은 바로 관운장이었다.

유현덕이 조조에게 말했다.

"이처럼 마음이 곧고 바른 사람은 살려주어 바르게 쓰는 게 옳소이다."

관운장도 한마디 거들었다.

"나는 평소부터 문원(文遠 : 장요의 자)이 충의지사(忠義之士)임을 잘 알고 있었습니다. 그의 생명을 살려주십시오."

조조는 칼을 던져버리고 웃으며 답했다.

"나 역시 문원의 충의를 잘 알고 있었기에 일부러 그렇게 해본 것이오."

조조는 친히 장요의 결박을 풀어주고 새옷을 입혀 상좌에 모셨다. 장요는 조조의 후의에 감사하며 항복했다.

조조는 장요에게 절하며 관내후(關內侯)의 벼슬을 내리고 중랑장을 삼아 장패(臧覇)를 초안(招安)하도록 했다.

　장패는 여포가 이미 죽고 장요도 벌써 투항했다는 소문을 듣고 본부의 군사를 거느리고 투항했다. 조조는 투항한 장패에게 크게 상을 내렸다.

　장패는 조조의 명에 따라 손관·오돈·윤례를 초안하여 항복을 받았는데, 유독 창희만은 투항하지 않았다.

　조조는 장패를 낭야상(瑯琊相)에 봉했다. 또한 손관 등에게는 벼슬을 올려주어 청주와 서주 등지의 수령으로 삼아 연해(沿海) 일대를 다스리게 했다.

　또한 조조는 여포의 처첩과 딸 등을 허창으로 돌려보냈다.

　그 후 조조가 군사들에게 크게 상을 내리고 진지를 거두어 군사를 거느리고 서주를 지나려 할 때, 백성들은 향불을 피우고 일행을 맞이했다. 그들은 길을 막고, 유현덕을 서주 목사로 삼아 자기들을 다스리게 해달라고 조조에게 간청했다.

　조조는 허락하지 않을 수 없었다.

　"유비는 공을 크게 세웠으니, 일단 천자를 찾아뵙고 작위를 받은 후에 돌아와도 늦지 않소."

　백성들은 모두 조조에게 고개 숙여 감사했다.

　조조는 거기장군(車騎將軍) 차주(車胄)를 불러 우선 서주를 다스리게 했다.

　군사를 거느리고 허창에 돌아온 조조는 출정했던 군사들에게 그들의 공훈에 따라 벼슬을 올려주고 상을 내렸다. 유현덕은 특별히 승상부 좌측에 있는 별관에서 쉬도록 배려했다.

　다음날 헌제가 조회를 열 때, 조조는 유현덕이 공을 세웠다는 표문을 올리고 유현덕을 헌제 앞에 안내했다.

　유현덕은 조복을 갖춰 입고 섬돌 위에 올라서서 헌제에게 절을 올렸다. 헌제가 전상에 오르면서 유현덕에게 물었다.

　"경의 선조는 어떤 분인가?"

　유현덕이 정중히 아뢰었다.

　"신은 중산정왕(中山靖王)의 후손으로, 효경황제(孝景皇帝) 폐하의 현손(玄孫) 유웅(劉雄)의 손자요, 유홍(劉弘)의 아들입니다."

조조는 유현덕을 이끌어 헌제를 뵙게 하다. 《新鍥全像通俗演義》三國志傳卷之四에서

헌제는 종족의 세보(世譜)를 가져오라 하여 종정(宗正) 벼슬에 있는 사람에게 크게 읽어보라고 했다.

효경 황제께서는 휘하에 열네 아드님을 두셨다. 그 중 일곱째가 중산정왕 유승(劉勝)이시다.

유승은 육성정후(陸城亭侯) 유정(劉貞)을 낳으시고, 유정은 패후(沛侯) 유앙(劉昻)을 낳으시다.

유앙은 장후(漳侯) 유록(劉祿)을 낳으시고 유록은 기수후(沂水侯) 유연(劉戀)을 낳으시다.

유연은 흠양후(欽陽侯) 유영(劉英)을 낳으시고, 유영은 안국후(安國侯) 유건(劉建)을 낳으시다.

유건은 광릉후(廣陵侯) 유애(劉哀)를 낳으시고, 유애는 교수후(膠水侯) 유헌(劉憲)을 낳으시다.

유헌은 조읍후(祖邑侯) 유서(劉舒)를 낳으시고, 유서는 기양후(祁陽侯) 유의(劉誼)를 낳으시다.

유의는 원택후(原澤侯) 유필(劉必)을 낳으시고, 유필은 영천후(潁川侯) 유달(劉達)을 낳으시다.

유달은 풍령후(豊靈侯) 유불의(劉不疑)를 낳으시고, 유불의는 제천후(濟川侯) 유혜(劉惠)를 낳으시다.

유혜는 동군 범령(東郡范令) 유웅(劉雄)을 낳으시고, 유웅은 유홍(劉弘)을 낳으시다.

유홍은 벼슬에 오르지 아니했으며 유비(劉備)는 유홍의 아드님이시다.

종정이 종족 세보를 읽는 것을 귀담아 들은 헌제는 유비가 아저씨뻘임을 알았다. 헌제는 크게 기뻐하면서 유현덕을 편전에 오르게 하여 숙질간의 예를 나눴다.

헌제는 유비를 보며 속으로 생각했다.

'조조가 권세를 손아귀에 쥐고 나까지 제쳐두고 국사를 주물렀는데, 다행히 숙부뻘이 되는 이런 영웅을 만나게 되었으니 나에게 큰 도움이 되겠구나.'

헌제는 유현덕에게 절하며 좌장군 의성정후의 벼슬을 내렸다. 이어서 헌제는 잔치를 베풀어 유현덕을 대접했다.

유현덕이 황제의 극진한 대접을 받고 조정에서 나오니, 이후부터 사람들은 유현덕을 황제의 숙부님이라 하여 '유 황숙(劉皇叔)'이라 부르게 되었다.

허전 사냥

조조가 승상부(丞相府)에 돌아오니 순욱 등 일반 참모들이 들어와 조조를 뵙고 아뢰었다.

"천자께서 유비가 자기의 숙부뻘이 되는 것을 안 사실이 명공께 조금도 도움이 되지 아니할 것이니 그것이 걱정입니다."

"유비가 비록 황제의 숙부라 하지만 내가 황제의 조명(詔命)을 만들어 명한다면 복종하지 않을 수 없으리라. 더욱이 그를 이곳 허창에 머물게 한 것은 천자 가까이에서 모시게 한다는 명분을 내세워, 실제로는 내 손아귀에 두려고 한 것인데 내가 두려워할 것이 뭐 있겠느냐? 오히려 내가 걱정하는 인물은 태위(太尉) 양표(楊彪)다. 그는 원술과 친척 관계에 있기 때문에, 만약 그가 원술 형제와 내응이 된다면 내게 미치는 해가 보통이 아닐 것이다. 우선 해결해야 할 문제는 바로 그 양표를 제거하는 일이다."

조조는 은밀히 사람을 시켜 양표가 원술과 내통하고 있다는 무고한 표문을 올리게 하여 양표를 하옥시키고, 만총에게 명하여 양표를 문초하도록 했다.

이 때 북해 태수 공융은 허창에 와 있었다.

공융은 양표가 하옥되었다는 소식을 듣고 승상부로 조조를 찾아가 간했다.

"양표 공은 4대에 걸쳐 밝고 바르게 천자를 섬겨 덕망을 쌓은 분입니다. 그러한 그가 원술과 내응하여 죄를 범할 까닭이 없지 않습니까?"

조조가 퉁명스럽게 대답했다.

"그것은 조정에서 알아서 처리할 일이오."

"일례를 들어 성왕(成王)이 소공(召公)을 죽였다고 한다면, 주공(周公)의 입장에서 나는 모르는 일이라고 발뺌할 수 있겠습니까?"

공융이 이렇게 논리정연하게 파고드는 말에 조조도 어쩔 도리가 없었다. 조조는 양표의 벼슬을 거두고 고향으로 귀양을 보냈다.

이 때 의랑(議郞) 조언(趙彦)이란 인물은 조조가 전권을 마음대로 휘두르는 것을 보고 분통이 터졌다. 그래서 그는 조조가 황제의 명을 받들지도 않고 함부로 대신들의 벼슬을 빼앗는 죄를 저지르고 있다는 내용의 표문을 천자에게 올렸다. 이를 눈치 챈 조조는 노기등천하여 당장 조언을 죽였다.

이후부터 문무백관들은 조조의 말이라면 무서워 고개도 들지 못하고 벌벌 떨었다.

모사 정욱이 조조를 찾아와 속삭였다.

"지금 명공의 위명은 하루가 다르게 세상에 떨치고 있습니다. 이러한 때를 놓치시 마시고 한번 왕이 되는 패업을 이루시는 것이 어떻겠습니까?"

조조는 귀가 솔깃했다. 그러나 그는 역시 빈틈이 없는 인물이었다.

"조정에는 아직도 천자의 심복들이 우글거리고 있다. 함부로 움직일 때가 아니다. 우선 천자에게 사냥을 나가자고 청하여 동정을 살펴보겠다."

조조는 곧 준마를 준비하고 잘 길든 사냥개와 활·화살 등을 준비하여 심복 군사들에게 주어 먼저 성 밖으로 나가 기다리게 한 다음, 대궐로 들어

가서 천자를 뵈옵고 성 밖으로 사냥이나 나가자고 청했다.

황제가 말했다.

"성문 밖으로 사냥을 나가는 것은 정도(正道)가 아니오."

조조가 둘러댔다.

"옛날에 제왕들은 춘하추동 사시절에 성 밖으로 사냥을 나가시어 천하에 무위(武威)를 떨치셨습니다. 지금은 사해(四海)가 온통 시끄러운 때이니, 이럴 때 성 밖으로 사냥을 나가시어 무위를 떨치셔야 합니다."

황제는 조조의 위세에 눌려 청을 거절할 수가 없었다. 그래서 값진 보석으로 장식된 활과 금촉이 달린 화살을 챙겨 여가를 즐길 때 타는 소요마(逍遙馬)에 올라 성 밖으로 나갔다.

유현덕은 만일의 사태에 대비했다. 그는 관운장·장비와 함께 각각 화살과 활을 준비하고, 옷 속에 갑옷을 갖춰 입고 손에는 무기를 들었으며, 수십 명의 기병을 거느리고 황제의 뒤를 따랐다.

조조는 이날 발톱이 노랗고 번개처럼 빠르다는 비전마(飛電馬)에 올라 10만 군사를 거느리고 의기양양하게 천자와 함께 성 밖 허전(許田)으로 나갔다.

군사들이 이미 사냥터에 이르는 길 200여 리를 말끔히 닦아 놓았다.

조조는 천자와 겨우 말 머리 하나 정도의 거리를 유지하여 말을 타고 갔으며 바로 뒤에는 조조의 심복 장교들이 물샐틈없이 호위하고 있었다. 문무백관들은 멀찍이 서서 따라갈 뿐, 어느 누구 한 사람 감히 접근할 엄두를 내지 못했다.

황제가 허전에 도착하자, 유현덕은 옆에서 황제를 보살폈다.

황제가 유현덕에게 말했다.

"오늘은 황숙께서 사냥하는 솜씨를 보고 싶소."

황제의 명을 받은 유현덕은 곧 말에 올랐다. 이 때였다. 풀숲에서 커다란 토끼 한 마리가 불쑥 튀어나왔다. 유현덕이 잽싸게 활을 당겼다. 토끼는 단 한 발에 명중되었다. 황제는 손뼉을 치며 좋아했다.

일행이 후미진 등성이를 돌아나가려고 할 때, 가시덤불 속에서 황소만한 사슴 한 마리가 놀라 뛰어나왔다. 이를 본 황제가 연속 세 발을 쏘았으나 맞히지 못했다. 황제가 활과 화살을 조조에게 건네주며 말했다.

헌제는 유현덕이 토끼를 명중시킨 것을 알고 기뻐하다. 《新鋟全像通俗演義》三國志傳卷之四에서

"경이 한번 쏘아보구려!"

조조는 황제의 보궁(寶弓)과 금촉 화살을 받아 화살을 메겨 힘껏 당겼다. 활시위를 떠난 화살은 '윙—' 소리를 내고 공기를 가르며 날아가 사슴의 등에 명중했다. 화살을 맞은 사슴은 풀밭에 푹 쓰러졌다. 주위의 문무백관들과 장수들은 사슴의 등에 꽂힌 화살이 금화살임을 알고 황제가 쏘아 맞힌 것으로 생각하여 모두가 '황제 폐하 만세!'를 외치며 환호성을 질렀다.

환호성에 산천이 떠나갈 듯했다.

이런 좋은 기회를 놓칠 조조가 아니었다. 그는 급히 말을 달려 황제의 앞을 가로막고 문무백관들의 환호성을 받았다. 그의 손에 천자의 보궁이 쥐어져 있음은 두말할 나위도 없었다.

이런 방자한 조조의 행동을 목격한 문무백관들은 모두 아연실색할 뿐이었다.

유현덕의 뒤에 서 있던 관운장이 노기등천하여 송충이같이 검은 눈썹을 꼿꼿이 일으켜 세웠다. 그는 봉의 눈을 부릅뜨더니 말을 달려 조조의 앞으로 달려나가 그의 목을 치려고 했다. 이를 보고 유현덕이 손을 저으며 눈짓을 했다. 관운장은 조조를 죽이려고 청룡도에 손을 댔다가 유현덕을 보고는 손을 내렸다.

유현덕은 조조에게 몸을 굽혀 그를 칭찬했다.

"승상의 활솜씨는 귀신 같아서 세상에 보기 드문 일입니다."

조조는 쓸개 없는 인간처럼 껄껄껄 웃으며 넉두리했다.

"모두가 천자께서 복이 많으신 까닭이오."

따지고 보면 자기 같은 사람이 있어 천자는 복이 많다는 어처구니 없는 말이었다.

조조는 다시 말 머리를 돌려 천자에게 다가서며 천자를 치하했지만, 천자의 보궁은 돌려주지 아니하고 자신의 허리에 찼다.

사냥이 끝나자 허전에서 한바탕 잔치를 열고, 잔치가 파하고 나서 천자를 모시고 허창으로 돌아왔다.

모두 각자 집으로 돌아가고 나니 관운장이 유현덕에게 물었다.

"역적 조조놈이 기군망상(欺君罔上)하여 제가 그를 죽여 나라를 구하고 역적을 제거하려 했는데, 형님은 왜 만류하셨습니까?"

유현덕이 대답했다.

"'쥐를 잡으려다 독을 깰까 걱정(投鼠忌器)'이라는 말이 있네. 조조가 황제에게서 겨우 말 머리 하나의 거리에 바짝 붙어 있었을 뿐만 아니라 그의 심복들이 빙 둘러서 있지 않았나. 아우가 일시의 분함을 참지 못하여 경거망동했다가 잘못 실수라도 했다면 천자께서 해를 입으셨을 뿐만 아니라, 오히려 우리가 죄를 뒤집어썼을 것일세."

"오늘 그 역적놈을 꼭 죽였어야 했는데, 내버려 두어 후환이 있을까 싶습니다."

유현덕이 관운장을 타일렀다.

"입을 꼭 다물고 비밀에 부쳐두게."

동승의 충성

한편 대궐로 돌아온 헌제는 눈물을 흘리며 복 황후와 그간의 이야기를 나눴다.

"짐이 제위에 오른 이래 왜 이리도 간웅(奸雄)들이 끊임없이 설치는지 모

《繡像全圖三國演義》에서

르겠소. 처음에는 동탁의 무리들로부터 수모를 당하더니, 후에는 이각과 곽사의 난을 만났소. 당신과 나는 보통 사람은 상상도 못할 고역을 치렀소. 후에 조조를 얻어 사직을 바로잡을 신하라 생각했는데, 뜻밖에 전권을 휘둘러 나라를 자기 손 안에서 주무르며 위세를 떨치고 있소. 짐은 수차에 걸쳐 그가 숨어서 해괴망측한 모사를 꾸미는 것을 똑똑히 목격했소. 오늘도 사냥 나갔다가 무례하게도 내 앞을 가로막고 나 대신 문무백관들의 하례를 받는 방자한 행동을 했소. 조만간 그는 어떤 모사를 부릴 것이 분명하오. 우리

부부도 언제 어떻게 죽을지 모르는 일이오."

복 황후가 한숨을 쉬면서 말했다.

"만조의 백관들이 모두 한실의 녹을 먹고 있는데도 국난을 구할 인물은 하나도 없다는 말씀입니까?"

황후의 말이 끝나기도 전에 누군가가 안으로 들어오며 말했다.

"황후 폐하께서는 염려하지 마십시오. 제가 나라를 해치는 자를 제거할 만한 인물을 한 사람 천거하겠습니다."

황제가 바라보니 그는 바로 복 황후의 친정 아버지인 복완(伏完)이었다.

황제가 눈물이 가득한 얼굴로 복완에게 물었다.

"황장(皇丈 : 황제의 장인)께서도 역시 역적 조조가 권세를 휘두르는 것을 알고 계시오?"

"허전으로 사냥을 나갔을 때 조조가 무례하게 구는 것을 목격하지 않은 사람이 누가 있습니까? 그러나 조정의 신하들은 모두 그의 친족이거나 심복들뿐입니다. 이러한 여건 하에서 폐하의 친척이 아니면 누가 역적들을 토벌하여 충성을 다하겠습니까? 신은 늙고 무력하여 그 일을 해낼 수 없습니다. 그러나 국구(國舅 : 황후나 귀비의 형제)이신 거기장군 동승(董承)께 부탁하시면 가능할 것입니다."

"국구 동승께서 여러 번 국난을 구한 것은 짐도 잘 알고 있소. 빨리 사람을 보내어 입궐하도록 해서 함께 대사를 모의합시다."

복완이 황제 가까이 다가서며 조용히 아뢰었다.

"폐하의 주위에는 조조의 심복들이 많습니다. 만일 이 일이 누설된다면 미치는 화가 가볍지 아니할 것입니다."

"그럼 어찌하면 좋겠소?"

"신에게 한 가지 방도가 있습니다. 폐하께서 의복 한 벌과 옥대(玉帶) 하나를 준비하시어 은밀히 동승에게 내리십시오. 그 때 옥대 속에 밀조(密詔)를 써서 넣고 꿰매어 주면서 집에 가지고 가서 읽어보라고 넌지시 말씀하십시오. 그러면 그는 밤낮을 가리지 않고 계책을 세울 것이니, 귀신도 모를 것입니다."

황제는 그것이 좋겠다며 고개를 끄덕였다. 그러자 복완은 황제와 작별하고 물러갔다.

황제는 친히 손가락을 깨물어 그 피로 동승에게 내리는 밀조를 썼다. 황제는 밀조를 복 황후에게 건네주며 조심스레 붉은 비단에 싸서 옥대 속에 넣고 꿰매라고 했다.

황제는 새로 지은 곤룡포에 예의 옥대를 두르고 내관을 불러 동승을 들게 하라고 영을 내렸다. 명을 받고 동승이 들어와 황제에게 예를 올렸다.

동승의 예를 받으며 황제가 말했다.

"짐이 간밤에 황후와 함께 패하(霸河)에서 고생하던 이야기를 하다가, 그때 국구께서 크게 공을 세웠던 일이 생각나서 위로나 해드릴까 하여 특별히 들어오라 하였소."

황제의 말을 들은 동승은 머리를 조아려 감사했다.

황제는 동승을 데리고 전각 밖으로 나가 태묘(太廟 : 역대 황제의 위패를 모신 사당)로 향했다.

공신(功臣)들의 위패를 모신 공신각(功臣閣)에 올라선 황제는 분향 재배를 드린 후에 동승을 거느리고 영정을 두루 둘러보았다.

이윽고 한고조의 영정 앞에 이른 황제는 발길을 멈추고 동승에게 물었다.

"우리 고조 황제께서는 어디에서 몸을 일으켰으며, 어떻게 창업하셨소?"

황제의 몸으로 그것을 모를 까닭이 없는데 이런 난데없는 질문을 하자, 동승은 놀라며 반문했다.

"폐하께서는 신을 놀리고 계십니다. 어찌 고조께서 창업하신 일을 모르겠습니까? 고조 황제께서는 사상(泗上) 고을의 일개 정장(亭長 : 이장급에 해당함)의 몸으로 3척 검을 들어 뱀과 같이 간사한 무리를 참하고 의를 일으켜 천하를 종횡무진으로 날려 위명을 떨친 지 3년 만에 진(秦)나라를 멸망시키고, 5년 후에는 초(楚)를 멸하여 천하를 어울러서 만세(萬世)의 터전을 이룩하셨습니다."

황제는 자기도 모르게 탄식했다.

"짐의 선조께서는 그토록 훌륭한 영웅이셨는데, 그 자손인 짐은 이처럼 나약하니 어찌 한탄스럽지 않겠소!"

동 국구는 입궐하여 밀조를 받고. 《繡像全圖三國演義》에서

이어서 황제는 좌우에서 고조를 보필하고 있는 두 사람을 가리키며 물었다.

"이 두 사람은 장량(張良)과 소하(蕭何)가 아니오?"

"그렇습니다. 고조께서 한실을 열고 창업하신 것은 실로 이 두 사람의 공로 때문이었습니다."

황제는 좌우를 살피더니 시종들이 멀리 있음을 확인하고, 동승의 귀에 속삭이듯 말했다.

"경도 이 두 사람처럼 내 옆에서 짐을 도와주오."

"조금도 공이 없는 신이 어찌 그 일을 담당할 수 있겠습니까?"

"짐은 공이 서도(西都)에서 짐을 구해준 공을 조금도 잊어본 적이 없는데 하사할 마땅한 것이 없었소."

황제는 자기의 도포와 옥대를 가리키며 말을 이었다.

"짐이 이 비단 도포와 옥대를 내릴 것이니 항시 입고 둘러, 짐의 좌우에 있는 듯이 생각하오."

동승이 허리를 굽혀 감사의 뜻을 표했다.

황제는 도포와 옥대를 풀어 건네주며 동승에게 귀엣말로 속삭였다.

"집에 돌아가서 자세히 살펴보시오. 거기에 내가 부탁한 일이 있을 것이오."

동승은 고개를 끄덕이며 도포와 옥대를 받아 걸치고 황제와 하직했다.

피로 쓴 조서

한편 누군가가 재빨리 조조에게 달려가 이렇게 보고했다.

"지금 황제께서 국구 동승과 함께 공신각에 올라 무언가 이야기를 나누고 있습니다."

보고를 받고 들어오던 조조는 마침 궁문을 나가려던 동승과 마주치게 되었다. 갑자기 닥친 일이라서 숨을 겨를도 없게 된 동승은 한쪽으로 비켜서며 허리를 굽혀 예를 올렸다.

조조가 동승에게 물었다.

"국구께서는 어디에 갔다 오시는 길이오?"

"천자의 소명을 받아 들어갔다가 비단 도포와 옥대를 받고 나오는 길입니다."

"그것들을 하사하신 까닭이 무엇이오?"

"제가 지난날 서도에서 폐하를 도와드린 공을 잊지 못하여 하사하신다 하셨습니다."

"어디 그걸 벗어보구려. 내가 한번 둘러봅시다."

동승은 섬뜩했다. 황제께서 하사하신 옥대 속에 밀조가 있음을 알고 있는 동승은 그것이 조조에게 발각될까 두려워 머뭇거리며 얼른 벗어주지 못했다.

조조가 좌우를 꾸짖어 당장 옥대를 벗기라고 호통쳤다. 조조는 옥대를 자세히 살핀 후, 껄껄걸 웃으며 입을 열었다.

"과연 좋은 옥대요. 도포도 마저 벗어보구려!"

동승은 걱정이 태산 같았으나 듣지 않을 수도 없어 할 수 없이 도포까지 벗어 조조에게 바쳤다. 조조는 친히 도포를 들어 햇빛에 비춰보며 낱낱이 검사했다. 검사를 마친 조조는 도포를 자신의 몸에 걸쳐보고 옥대를 두르더니 좌우를 돌아보며 물었다.

"어떠냐, 길거나 짧지는 않으냐?"

좌우에서는 입에 침이 마르도록 잘 어울린다고 아부했다.

조조가 동승을 돌아보며 물었다.

"국구께서는 이 도포와 옥대를 나에게 선사하시는 것이 어떻겠소?"

동승이 둘러댔다.

"폐하의 하사품인데 어찌 함부러 남에게 줄 수 있겠습니까? 따로이 이와 똑같은 것을 만들어 바치겠습니다."

그러자 조조가 의표를 찔렀다.

"국구께서 이 의대를 하사받으면서 혹시 어떤 모의를 한 것은 아니오?"

동승은 자기도 모르게 놀라며 대답했다.

"어찌 감히 그럴 수가 있겠습니까? 승상께서 그러한 생각이 드시면 저를 하옥하셔도 좋습니다."

조조는 도포와 옥대를 벗어서 동승에게 건네주며 말했다.

"공이 천자로부터 하사받은 것을 내가 어찌 탐하겠소? 괜히 농담삼아 해본 소리요."

동승은 도포와 옥대를 받고 조조와 헤어져 집으로 돌아왔다.

동승은 밤늦도록 혼자 서원(書院)에 틀어박혀 여러 번 도포를 뒤졌으나 눈에 띄는 것이라곤 하나도 없었다.

동승은 혼자 중얼거렸다.

"천자께서 나에게 도포와 옥대를 하사하시며 잘 살펴보라고 명하셨다. 빈말로 하신 말씀은 아닐 터인데 아무것도 보이지 않으니 웬일일까?"

동승은 다시 옥대를 들춰봤다. 눈처럼 흰 백옥판에 작은 용이 꽃을 희롱하는 모습이 영롱하게 새겨져 있었으며, 뒷면에는 자주색 비단을 받쳐 정성껏 바느질을 했는데 아무것도 눈에 띄는 게 없었다.

동승은 이상하다 생각하고 책상 위에 옥대를 올려놓고 다시 뒤졌으나 아무엇도 찾지 못했다. 아무리 찾아봐도 시간만 흐를 뿐 눈에 띄는 것이 없어 지루하기까지 했다. 동승은 자기도 모르게 책상에 엎드려 깜박 잠이 들었다.

이 때 등잔에서 불꽃이 튀어 붉은 천으로 배접해놓은 곳에 떨어져 연기가 모락모락 일면서 매캐한 냄새가 났다.

동승이 깜짝 놀라 바라보니 타 들어간 곳에 하얀 천이 보이는데, 혈흔이 은은히 비치고 있었다.

동승이 급히 칼로 쪼개어 흰 천을 펼쳐보니 그것은 천자께서 친히 혈서로 쓴 밀조였다.

　짐이 들은 바에 의하면 인륜(人倫)의 크기는 부자지간의 정리가 첫째요, 존비(尊卑)는 군신지간(君臣之間)을 중히 여긴다 했다.

　근래에 조조가 권세를 희롱하여 군부(君父)를 기만하고 억압하며 같은 패거리와 작당하여 조정의 기강을 무너뜨렸다. 심지어 그가 내리는 상벌은 짐이 알지도 못하는 바다.

　짐이 밤낮을 가리지 않고 걱정하지만 장차 천하가 위태롭게 될까 걱정이다. 경은 일국의 대신(大臣)이요, 짐의 가까운 친척이다. 고조 황제께서 어렵게 창업하신 일을 생각하여 충의(忠義)를 갖춘 열사들을 규합하여 간사한 무리들을 섬멸하고, 다시 사직을 바로잡는다면 선조들께 다행한 일이겠다.

　손가락을 깨물어 피로써 이 조서를 써서 경에게 내리노니, 경은 재삼 재사 신중을 기하여 짐의 뜻을 저버리지 말라.

　건안 4년 춘 3월 조(詔)

황제의 밀조를 다 읽고 난 동승의 얼굴은 눈물로 범벅이 되었으며 그 날 밤 그는 침실에 들었으나 한잠도 자지 못하고 뜬눈으로 날을 새웠다.

의장에 서명한 충신들

서원으로 나온 동승은 황제의 밀조를 다시 훑어봤으나 계책이 떠오르지 않았다. 그래서 밀조를 책상 위에 올려놓고 거듭 읽어 보며 오직 조조를 멸할 계책만 골똘히 생각했다.

동승이 계책을 세우지 못하고 책상에 엎드려 잠이 든 사이에 시랑(侍郞) 왕자복(王子服)이 찾아왔다. 문지기는 왕자복이 평소에 동승과 가까이 지내고 있었기에 그의 출입을 막지 않았다.

왕자복이 서원에 당도하여 바라보니, 동승은 아직도 책상에 엎드려 졸고 있었다. 그런데 동승의 소매 밑에 있는 하얀 천에 '짐(朕)'이라는 글자가 희미하게 드러나 보였다.

의아하게 생각한 왕자복은 가만히 흰 천을 뽑아내어서 자세히 읽어보더니, 그것을 옷소매 속에 감추고 동승을 깨웠다.

"국구께서 여기에 계셨구먼! 무슨 잠이 그리도 깊게 들었단 말이오?"

동승은 깜짝 놀라 잠에서 깼다. 황제의 친필 조서가 온데간데 없었다. 동승은 넋 나간 사람처럼 몸둘 바를 모르고 손발을 부들부들 떨었다.

왕자복이 꾸짖었다.

"그대가 조조를 죽이려 하니 나가서 알리겠다!"

동승은 울면서 사정했다.

"그대가 이를 알리면 한실은 끝장이오."

왕자복이 얼굴빛을 바꾸며 말했다.

"장난삼아 해본 소리외다. 나도 대대로 한실의 녹을 먹은 사람인데, 어찌 나에게 충의지심이 없겠소? 나도 그대의 한 팔이 되어 돕겠소. 함께 나라의 역적을 주살합시다."

동승이 반기며 대답했다.

"형의 생각이 그러하시다면 나라를 위해 참으로 다행한 일이오."

"우리 밀실에 들어가서 비록 삼족이 멸함을 받더라도 한실의 황제에게 충성을 다하겠음을 맹세하는 의장(義狀)을 씁시다."

동승은 크게 기뻐하며 하얀 천을 꺼내 먼저 자기 이름을 서명하니, 왕자복도 자기의 이름을 썼다.

왕자복이 동승에게 말했다.

"장군, 오자란(吳子蘭)이 나와 절친한 사이인데 이번 거사에 참여시키면 좋을 것 같소."

동승도 자기 뜻을 밝혔다.

"만조 대신들 중에 장수교위(長水校尉) 충집(种輯)과 의랑(議郞) 오석(吳碩)은 나의 심복들이니 반드시 우리의 거사에 동조할 것이오."

이렇게 머리를 맞대고 이야기를 주고받을 때, 심부름하는 아이가 충집과 오석이 왔다고 아뢰었다.

"하늘이 나를 돕는구나!"

동승은 이렇게 말하며 왕자복에게 잠시 병풍 뒤에 숨어 있으라 하고, 나가서 충집과 오석 두 사람을 서원으로 안내했다.

자리에 앉아 차를 들며 먼저 충집이 입을 열었다.

"허전에서 사냥할 때의 일에 분통이 터지지 않소?"

동승이 한숨을 쉬며 대답했다.

"분통이 터지지만 어찌할 수 없는 일이오."

이번에는 오석이 말했다.

"그 역적놈을 죽이고 싶지만 날 도와줄 사람이 없는 것이 한이오!"

충집이 말했다.

"내가 돕지. 나라를 해치는 놈을 제거하고 죽는다면 여한이 없겠소."

이 때 왕자복이 병풍 뒤에서 뛰어나오며 충집과 오석에게 소리쳤다.

"너희 두 놈이 조 승상을 죽이려 한다고 내가 보고하겠다. 여기 계시는 국구님이 증인이다."

충집은 눈에 쌍심지를 켜고 소리쳤다.

"충신은 죽음을 두려워하지 않는다. 설혹 죽어 한실의 귀신이 될지언정 국적에게 아부할 수는 없다!"

그 때 동승이 빙그레 웃으며 끼여들었다.

"나와 왕자복도 이 문제를 놓고 이야기하고 있다가 공들의 방문을 받았

마등은 동승의 집을 방문하다. 《新鋟全像通俗演義》三國志傳卷之四에서

소. 시랑 자복이 공들을 떠본 것이오."

이렇게 말하며 옷소매 속에서 황제의 밀조를 꺼내 두 사람 앞에 내밀었다. 황제의 밀조를 읽어본 충집과 오석은 쉴 새 없이 눈물을 흘렸다.

동승은 의장을 내주며 서명하라고 했다.

왕자복이 자리에서 일어나면서 충집과 오석에게 말했다.

"충집 공과 오석 공께서는 잠시 동안만 이곳에서 기다리시오. 난 가서 오자란을 불러오겠소."

오래지 않아 왕자복은 오자란을 데려왔다.

오자란은 다른 사람들과 인사를 나누고 역시 의장에 서명했다. 동승은 여러 동지들의 충의에 감동하여 후원 별당으로 가서 술을 들며 다시 의논했다.

이 때였다. 서량 태수 마등이 찾아왔다는 전갈이 왔다.

동승은 이렇게 말했다.

"몸이 불편하여 만날 수 없다고 전하라."

문지기가 마등에게 동승의 말을 전했다. 그러자 마등은 매우 노하여 벽력같이 소리쳤다.

"내가 엊저녁에 동화문(東華門) 밖에서 동승이 비단 도포와 옥대를 두르고 나가는 것을 봤는데, 어찌 몸이 불편하다고 한단 말이냐! 내가 할 일이 없어 놀러온 줄 아느냐?"

문지기가 다시 들어와 마등이 노하여 역정을 내더라는 말을 전했다.

동승이 자리에서 일어나며 말했다.

"잠깐만 기다려주오. 내 잠깐 나가서 만나고 오리다."

동승은 마등을 접견실에서 맞이했다. 서로 예를 나누고 자리에 앉자 먼저 마등이 입을 열었다.

"내가 천자를 뵙고 돌아가는 길에 중대사를 상의하러 왔는데, 왜 날 피하는 거요?"

"비천한 몸에 갑자기 병이 생겨 영접에 소홀한 죄 너그럽게 용서하시오."

"얼굴을 보니 기름이 자르르 흐르는 게 병자는 아니외다."

동승은 변명할 길이 없었다. 마등은 아직도 노기가 풀리지 아니한 듯 소매를 떨치고 자리에서 일어나 계단을 내려가면서 한탄했다.

"사람은 많아도 나라를 구할 인물은 없구나!"

동승은 마등의 말에 감격하여 마등의 옷소매를 잡아 만류하며 물었다.

"공께서 어찌하여 나라를 구할 인물이 없다고 하십니까?"

"허전 사냥터에서 있었던 일을 생각하면 아직도 비위가 뒤틀리오. 하물며 공은 황제의 가까운 인척으로 나 몰라라 하고 주색에 빠져 역적을 토벌할 생각도 아니하는데, 어찌 이 재난에서 황제를 구할 사람이 있다 하겠소!"

동승으로서는 마등의 진의를 알 수 없는 일이었으므로 짐짓 놀라는 척하며 물었다.

"조 승상은 나라의 대신으로, 조정일은 그가 알아서 잘 처리할 것인데 공은 왜 그런 말을 하는 거요?"

마등은 더욱 노하여 소리쳤다.

"당신마저 역적 조조놈을 믿는단 말이오?"

동승은 남이 들을까 두려운 듯 말했다.

"내 귀는 공의 입 앞에 있소. 조용조용히 말씀하시구려."

그러나 마등은 막무가내였다.

"죽는 것이 두려워 살려고 발버둥치는 놈과는 대사를 논할 필요도 없소!"

마등은 이렇게 내뱉으며 자리에서 일어났다. 그제야 동승은 마등의 충의지심을 믿고 목소리를 가다듬어 말했다.

"잠깐만 노기를 푸시오. 보여드릴 게 있소."

동승은 마등을 서원으로 안내하여 황제의 밀조를 보여주었다. 밀조를 끝까지 읽은 마등은 머리끝이 하늘로 치솟는 듯 이를 갈며 동승에게 말했다.

"공께서 거사를 일으키신다면 나는 당장 서량의 군사를 이끌고 외응하겠습니다."

동승은 곧 마등을 왕자복 등과 인사시키고 의장을 보이며 서명하라고 했다.

마등은 술잔에 피를 섞어 마시며 말했다.

"죽는 일이 있어도 맹세를 저버리지 맙시다."

마등은 거기에 있는 다섯 사람을 헤어보더니 다시 말을 이었다.

"열 사람만 모이면 대사를 성공시킬 수 있소."

동승이 말을 받았다.

"충의지사들만 모인다면 많을 필요는 없소. 머릿수가 많으면 비밀이 새어나가 오히려 해를 당합니다."

마침 그 방안의 문갑 위에 관명부(官名簿)가 있었다. 마등이 관명부를 들어 한 사람 한 사람 짚어나가다가 유씨(劉氏) 종족에 이르자 손뼉을 치며 말했다.

"왜 이분과 이런 중대사를 협의해보지 않으셨소?"

모두가 입을 모아 누구냐고 물었다. 마등은 아무 말 없이 침착하게 있었다.

국구 동승이 밀조를 받았는데 또 한 사람 황제의 종족이 부상(浮上)하게 되었다. 과연 마등이 손뼉을 치며 좋아한 인물은 누구일까?

21. 위기에서 벗어난 유현덕

조 조 자 주 논 영 웅
曹操煮酒論英雄

관 공 잠 성 참 차 주
關公賺城斬車冑

조조는 현덕을 불러 술잔을 기울이며 영웅론을 거창히 늘어놓고, 관운장은 서주 자사 차주를 죽이다.

의장에 서명한 현덕

동승 등이 마등에게 다시 물었다.
"누구를 지칭하시는 거요?"
"예주 목사 유현덕이오. 왜 그런 분과 상의하지 않으셨소?"
동승이 마등에게 다시 물었다.
"그 사람은 비록 황숙이라고는 하지만 지금 조조에게 붙어 아부하고 있는데 어찌 그런 인물을 이번 일에 끌어넣을 수 있겠소?"
마등이 말했다.
"내가 전에 허전의 사냥터에서 목격했소. 조조가 방자하게 황제의 앞을 가로막고 문무 대신들의 치하를 받을 때, 유현덕의 뒤에 있던 관운장이 청룡도를 뽑아 조조를 죽이려 하자, 유현덕이 눈짓을 보내어 그를 만류했소. 유현덕이 조조를 죽일 생각이 없어서가 아니라, 조조는 10만 군사와 심복들에게 둘러싸여 있고 자신을 따르는 사람은 적었기 때문이었소. 공이 부탁한

동승은 밤중에 유현덕을 방문하다. 《新鋟全像通俗演義》三國志傳卷之四에서

다면 반드시 한마디로 응낙할 것이오."

오석이 말했다.

"일이란 서둔다고 되는 것이 아니니 일단 조용히 협의합시다."

일동은 헤어져 각기 집으로 돌아갔다.

다음날 동승은 깜깜한 밤중에 황제의 밀조를 품고 유현덕의 공관(公館)을 찾아갔다.

문지기들이 동승의 내방을 알리니 유현덕이 나와 맞이하며 별실로 동승을 모셨다. 자리를 정해 앉으니, 관운장과 장비가 좌우에 시립했다.

현덕이 말했다.

"국구께서 이렇게 밤중에 찾아오신 것을 보니 무슨 일이 있으신가 보군요."

"대낮에 말을 타고 오면 조조의 눈에 띌까봐 일부러 야밤에 찾아왔습니다."

유현덕은 술을 가져오라 하여 동승에게 대접했다.

동승이 입을 열었다.

"전에 사냥터에서 관운장이 조조를 죽이려 할 때, 장군께서는 눈짓을 보내어 만류하셨는데 그 까닭이 무엇이오?"

유현덕이 놀라며 반문했다.

"아니, 공께서 그걸 어떻게 아셨소?"

"아무도 모르지요. 오직 나만 봤을 뿐……."

유현덕은 더 이상 숨길 수가 없어 얼버무렸다.

"아우가 조조의 꼬락서니를 보고 분함을 참지 못한 것입니다."

동승은 갑자기 통곡하며 말했다.

"조정의 신하들이 모두 관운장과 같다면 나라가 태평스러워 걱정이 없을 터인데……."

유현덕은 혹시 조조의 심복들에게 이러한 사실들이 탄로날까 겁이 난다는 듯이 거짓말을 했다.

"조 승상께서 나라를 잘 다스리고 있는데 어찌 태평하지 않다 하시오?"

동승은 얼굴을 붉히고 자리에서 일어서며 말했다.

"공은 황제의 황숙이시기에 속에 있는 말을 상의하러 왔는데, 왜 날 속이려 하오?"

유현덕이 정중히 아뢰었다.

"국구님의 진의를 몰라 일부러 그렇게 말했을 뿐입니다."

그제서야 동승은 다시 자리에 앉으며 황제의 밀조를 내보였다. 황제의 밀조를 받은 유현덕은 무릎을 단정히 꿇고 앉아 읽으면서 몇 번이나 울분을 참지 못해 몸을 떨었다.

동승은 다시 의장을 유현덕에게 내보였다. 그 의장에는 거기장군 동승, 공부시랑 왕자복, 장수교위 충집, 의랑 오석, 소신장군 오자란, 서량 태수 마등 등 여섯 사람의 이름이 친필로 쓰여 있었다.

유현덕이 입을 열었다.

"공들께서 밀조를 받아 역적 조조를 토벌하신다는데 제가 어찌 앉아서 구경만 하겠습니까?"

동승이 감사하다면서 유현덕에게 서명을 부탁하자, 유현덕은 쾌히 의장에 '좌장군 유비'라는 다섯 글자를 정성껏 써서 동승에게 건네주었다.

의장을 받으며 동승이 말했다.

"뜻을 같이하는 사람 세 분을 더 모아 열 명 정도로 나라의 적을 타도합시다."

"서서히 생각하면서 시행합시다. 서둘렀다가 일이 탄로나면 안 됩니다."

이렇게 이야기를 주고받다 보니 어느덧 5경이 다 되어 동승은 자리에서 일어나 현덕의 집을 떠났다.

유현덕은 조조의 심복이 눈치를 챌 것이 두려워, 일부러 후원에 나가 씨를 뿌리고 물을 주어 채소를 가꾸면서 은밀히 역적을 타도할 계책을 생각했다.

그러자 관운장과 장비가 유현덕을 찾아와 물었다.

"형님은 천하 대사를 제쳐두고 소인배처럼 이게 뭡니까?"

유현덕은 두 아우에게 근엄하게 말했다.

"아직 두 아우가 몰라서 하는 소릴세."

관운장과 장비는 더 이상 말이 없었다.

조조와 현덕의 만남

어느 날 관운장과 장비의 호위도 없이 유현덕이 후원에서 채소에 물을 주고 있을 때, 조조의 심복 허저와 장요가 수십 명의 군사를 거느리고 그곳에 들이닥쳤다.

"승상의 명을 받고 공을 모시러 왔습니다."

유현덕이 놀라 물었다.

"무슨 긴박한 일이 생겼소?"

허저가 대답했다.

"자세히는 모르겠습니다. 저희들은 명에 따를 뿐입니다."

유현덕은 두 사람을 따라 승상부로 들어갔다.

조조가 반기며 맞이했다.

"집안에 큰일이 생겼다더군요!"

갑자기 유현덕의 얼굴이 사색으로 변했다.

조조는 유현덕의 손을 덥석 잡으며 후원으로 안내했다.

"요사이 농사일을 배운다고 하던데, 쉬운 일이 아니지요?"

유현덕이 그제야 마음을 놓았다.

"할 일이 없어 소일삼아 하는 것입니다."

"싱싱한 매실이 다닥다닥 열린 것을 보니, 문득 지난해에 장수를 칠 때 물이 떨어져 모두 고생하던 생각이 났소. 그 때 내가 아무 데나 가리키면서 '조금만 더 가면 매실이 숲을 이룬 곳이 있다'고 하자, 군사들이 침을 흘리게 되어 갈증을 면할 수 있었던 일 말이오. 그리고 또 매실을 보니 술 생각이 났소. 그래 마침 매실주가 있어 일부러 예주 목사를 불렀소."

그제야 유현덕은 꺼림칙했던 마음이 확 풀렸다.

후원 정자에는 이미 술상이 차려져 있고, 소반 가득히 매실이 담겨 있었다. 한편 풍로 위에는 술 주전자가 놓여 있었다. 두 사람은 마주 앉아 술잔을 기울였다.

술기운이 반쯤 익었을 무렵, 갑자기 하늘에 먹장 같은 구름이 깔려 이내 장대 같은 소나기가 퍼부을 듯했다. 술 심부름하던 종자가 가리키는 쪽을 바라보니 마침 용이 하늘로 오르고 있었다.

조조가 현덕과 함께 난간에 앉으며 물었다.

"공은 용의 변화를 모르지요?"

"자세히는 모릅니다."

"용은 자유자재로 자신의 몸을 키웠다 줄였다 하며 자유자재로 숨기도 하고 나타나기도 하오. 커졌을 때에는 하늘의 안개를 전부 삼킬 만하고, 작아졌을 때에는 겨자씨에 비길 만하오. 또한 어떤 때는 우주 사이를 날아다니기도 하고, 자기 몸을 감출 경우는 이슬 방울에도 들어간다오. 지금이 한창 봄철이라 용도 변화를 부리는가 보구려. 사람이 뜻을 얻어 천하를 종횡무진으로 누비는 것과 비유할 수 있소. 그러니 용이란 세상의 영웅과 같소. 현덕 공도 오랫동안 천하를 휘젓고 다녔으니 당세의 영웅들을 알 것이오. 어디 한번 영웅들을 꼽아보구려."

현덕이 대답했다.

"내가 어찌 영웅을 가릴 만한 눈을 가졌겠습니까?"

"너무 겸손한 말씀이오."

"이 유비는 승상의 두호(斗護)하시는 은혜를 입어 조정에 봉사할 뿐, 천하의 영웅은 참으로 모릅니다."

조조는 술잔을 기울이며 영웅을 논하고,《繡像全圖三國演義》에서

"설사 얼굴은 대하지 못했다 하더라도 들어본 이름이라도 말해보시오."
유현덕이 대답했다.
"회남의 원술은 군사도 많고 군량미도 많으니 가위 천하의 영웅이라 하겠습니다."
조조는 껄껄껄 웃었다.
"그는 무덤 속의 뼈다귀에 불과하오. 머지않아 내가 사로잡을 것이오."
"하북의 원소는 4대에 걸쳐 삼공(三公)을 지냈고 그의 문하에서 많은 관리가 나왔습니다. 지금 범같이 기주 땅에 버티고 있으며 부하 중에 유능한 사람도 많이 있으니 그를 영웅이라고 할 수 있겠습니다."
조조는 다시 껄껄껄 웃었다.
"원소는 허우대만 좋을 뿐, 담이 작고 잔꾀만 부리며 결단력이 없소. 큰일에 몸을 도사리고 조그마한 잇속에는 목숨을 내걸고 덤비니 영웅이랄 수 없는 인물이오."
"한 사람이 더 있습니다. 여덟 명의 준걸 속에 들어가고 위명(威名)을 9주(九州)에 떨치는 유경승(劉景升)이야말로 진짜 영웅입니다."

"유표는 이름만 대단할 뿐 실속은 아무것도 아니오. 영웅이라 할 수 없소."

현덕이 다시 말했다.

"혈기가 대단하고 지금 강동을 다스리고 있는 손백부(孫伯符)가 영웅입니다."

"손책이야 부친 손견의 후광을 입었을 뿐 영웅은 아니오."

"익주의 유계옥(劉季玉)을 영웅이라고 할 수 있을까요?"

"유장은 황제의 종족이지만 집을 지키는 개에 불과한데 어찌 영웅이겠소."

"그렇다면 장수, 장노, 한수 등은 어떨까요?"

조조가 박장대소하며 말했다.

"그것들이야 보잘것없는 애송이들인데 어찌 논의의 대상이 되겠소?"

유현덕이 말했다.

"그 외는 이 유비는 잘 모르겠습니다."

조조가 말했다.

"영웅이라고 일컬을 만한 자는 가슴에 웅지를 품어야 하고, 뱃속에 지모가 가득하여 우주의 기(機)를 비장하고 천지의 지(志)를 내뱉을 만한 인물이라야 하오."

"그만한 인물이 있겠습니까?"

조조는 유현덕과 자기를 가리키며 속삭이듯 말했다.

"천하의 영웅은 오직 공과 나뿐이오."

유현덕은 이 말을 듣고 깜짝 놀라 자신도 모르게 손에 들고 있던 수저를 땅에 떨어뜨렸다.

겁 많은 유현덕

순간 천지가 뒤집힐 듯한 천둥소리가 들리더니 비가 억수로 퍼부었다.

유현덕은 수저를 집으며 중얼거렸다.

"천둥소리가 세상을 뒤엎을 듯하구나!"

조조가 깔깔거리며 웃었다.

"대장부도 천둥소리에 겁을 내오?"

"옛날의 성인들도 천둥소리와 매서운 바람은 세상을 뒤집을 것이라 했습니다. 어찌 두렵지 않겠습니까?"

이와 같이 대화하면서도 또한 유현덕은 놀라서 가끔 젓가락을 떨어뜨렸고 천둥과 번개가 두려운 듯이 몸둘 바를 몰라 했다.

조조는 유현덕을 겁쟁이라 생각하고 그를 의심치 않았다.

후에 사람들은 이 때의 장면을 이렇게 읊었다.

할 수 없이 범 굴에 따라 들어갔다가	勉從虎穴暫趨身
영웅을 설파하며 죽일까 놀랐더라.	說破英雄驚殺人
교묘히 우렛소리에 맞춰 두려운 척하여	巧借聞雷來掩飾
임기응변으로 신임을 얻은 기막힌 솜씨여!	隨機應變信如神

그 때 비가 억수로 퍼붓는 속에 두 사람이 앞을 가로막는 사람들을 뿌리치고 후원으로 다가오고 있었다. 손에는 칼을 들고 있었다. 그들은 정자 앞에 오더니 좌우에 시립했다. 조조가 자세히 살펴보니 관운장과 장비였다.

두 사람이 성 밖으로 활 쏘기를 하러 나간 사이에 허저와 장요가 와서 유현덕을 데려갔다는 말을 듣고 그들은 허겁지겁 달려왔다. 그랬다가 후원에 있다는 말을 듣고 혹시 무슨 변고나 당하지 아니했나 하여 들이닥친 것이었다.

유현덕이 후원에서 조조와 대좌하여 술잔을 기울이고 있는 것을 목격하고서야 두 사람은 칼을 거두었다.

조조가 관운장과 장비에게 왜 왔느냐고 물었다.

관운장이 대답했다.

"승상께서 저희 형님을 모셔 술을 대접하신다 하므로 특별히 칼춤을 추어 웃고 즐기시게 하기 위해 왔습니다."

조조가 껄껄껄 웃었다.

"이곳은 초나라와 한나라가 회합을 연 홍문회(鴻門會) 자리가 아니므로, 패공(沛公)을 죽일 칼춤을 추어야 할 항장(項莊)도 필요 없고 이를 막을 항백(項伯)도 필요 없소."

조조는 그들에게 술잔을 건네주며 시동에게, 두 '번쾌(樊噲 : 한고조를 도와 여러 번 공을 세운 장군이며 정치가. 한고조가 홍문회에서 위기에 처했을 때 고조를 위기에서 구했던 고사에 비유해 조조가 일부러 번쾌라 칭했음)'에게 가득 술을 부어주라고 명했다.

멋쩍게 된 관운장과 장비는 술잔을 받으며 감사했다.

얼마 후 유현덕은 조조와 작별하고 관운장·장비 두 아우와 함께 떠났다.

관운장이 유현덕에게 말했다.

"혹시 무슨 불상사가 일어나지 않았나 해서 우리 둘은 깜짝 놀랐습니다."

유현덕은 이들에게 젓가락을 떨어뜨리게 된 이야기 등을 낱낱이 들려주었다. 관운장과 장비는 왜 젓가락을 놓쳤느냐고 물었다.

유비가 설명했다.

"내가 후원에서 농사일을 돌본 것은 조조가 날 의심치 않게 하기 위해서였네. 그런데 조조가 갑자기 날더러 영웅이라고 하기에 짐짓 놀란 척하며 수저를 떨어뜨렸지. 그래도 조조가 날 의심할까 싶어서 일부러 천둥소리를 듣고도 놀란 척했지."

관운장과 장비는 고개를 끄덕였다.

"참으로 멋진 연기였습니다."

조조의 휘하에서 빠져나간 현덕

다음날 조조는 또 유현덕을 초청했다. 유현덕이 승상부로 찾아가 술잔을 기울이고 있을 때, 원소의 동정을 살피러 갔던 만총이 돌아왔다는 보고가 있었다.

조조가 만총을 들게 하자, 만총은 조조에게 보고했다.

"공손찬이 원소에게 완전히 패했습니다."

유현덕이 급히 말했다.

"더 자세히 말해보오."

만총이 설명했다.

"공손찬은 원소와 싸우다가 사태가 불리해지자 성을 쌓고 그 위에 누각을 지었습니다. 그 누각은 높이가 십여 장이나 되었는데, 이름을 역경루(易京樓)라 했습니다. 그 곳에 30만 석 이상의 양식을 쌓아두고 지켰으나, 죽어가는 군사가 많았습니다. 혹시 군사 중에 원소의 군사에게 잡혀가는 자가 있으면 다른 군사들이 구하고자 했으나, 공손찬은 '그들을 구하다가는 사람을 구하다 끝날 것이니 죽도록 싸울 뿐이다'고 말하며 구하려 하지 않았습니다. 그래서 많은 군사가 원소에게 투항했습니다.

사태가 불리해진 공손찬은 구원병을 청하는 편지를 써서 허창으로 보냈으나, 뜻밖에 중도에서 원소의 군사에게 붙잡히고 말았습니다. 공손찬은 다시 장연(張燕)에게 사람을 보내어 불길을 올리는 것을 신호로 내응할 것을 시도했으나, 그 역시 원소의 군사에게 붙잡혔습니다. 원소가 자기 군사를 장연의 구원병처럼 변장시켜 성으로 달려가서 불을 올려 유혹하니, 공손찬은 친히 군사를 거느리고 나오다가 사면에 숨어 있는 복병들에 의해 군사의 태반을 잃었습니다.

군사를 거느리고 성 안으로 되돌아간 공손찬이 성문을 굳게 닫고 지키고 있는데, 원술의 군사가 물밀듯 역경루 밑으로 쳐들어가 불을 지르니, 도망칠 길이 없어진 공손찬은 먼저 자기 손으로 처자식을 죽이고 스스로도 목매어 자결했습니다. 그리하여 공손찬의 전가족은 역경루와 함께 연기로 사라졌습니다. 원소는 공손찬의 군사를 손에 넣어 더욱 군세가 강해졌습니다.

한편 원소의 아우 원술은 회남에 있으면서 교만과 사치가 극에 달해 백성들을 돌보지 않으니, 많은 군사와 백성들이 그를 배반하고 떠났습니다. 원술이 스스로 황제라 칭하던 칭호를 형 원소에게 바치려 하니, 원소는 손책이 지니고 있던 옥새까지 욕심을 냈습니다. 그래서 원술은 그것까지 바치기로 했습니다. 만일 원술이 회남을 버리고 하북으로 가서 두 형제가 협력한다면 사태가 매우 어렵게 됩니다. 그렇게 되기 전에 승상께서는 빨리 일을 도모하셔야 합니다."

유현덕은 공손찬이 죽었다는 소식을 듣고, 지난날 공손찬이 자기를 천거했던 일이 생각나서 마음이 아팠다. 뿐만 아니라 공손찬을 따라갔던 조자룡의 안부가 걱정되었다. 유현덕은 그냥 있을 수가 없어 속으로 이렇게 생각했다.

'내가 이런 기회에 조조에게서 몸을 빼야겠다. 이번 기회를 놓치면 다시는 기회가 없을 것이 아닌가.'

유현덕은 몸을 일으켜 조조에게 아뢰었다.

"만일 원술이 원소에게 투항한다면 반드시 서주 땅을 지날 것입니다. 저에게 일단의 군사만 내주신다면 중도에서 그들을 격파하여 원술을 사로잡을 수 있습니다."

조조는 좋아서 빙그레 웃으며 말했다.

"내일 황제께 아뢰고 즉시 군사를 일으키도록 하오."

다음날 유현덕은 황제를 뵈었다. 조조는 유현덕에게 자기의 심복 주령(朱靈)·노소(路昭)와 함께 5만 명의 군사를 거느리고 나가라고 명했다.

유현덕이 황제와 작별하고 어전을 떠나려 하니, 황제의 얼굴에는 눈물이 비오듯 했다.

그 날 밤으로 집으로 돌아간 유현덕은 무기며 말 안장, 대장인(大將印) 등을 준비하여 군사를 독촉하여 떠났다. 국구 동승은 10여 리 밖 장정(長亭)까지 따라나와 유현덕을 전송했다. 유현덕은 동승의 손을 굳게 잡으며 당부했다.

"국구께서는 꾹 참고 계십시오. 제가 이번에 다녀오면 기필코 황제의 밀조를 이행하겠습니다."

동승은 눈물을 글썽이며 말했다.

"공만 믿겠습니다. 잠시라도 황제의 뜻을 저버리지 마십시오."

두 사람은 아쉬운 작별을 고했다.

관운장과 장비가 말을 타고 뒤따르며 유현덕에게 물었다.

"형님께서 이번 출정을 이렇게 서두시는 까닭은 무엇입니까?"

"나는 그 동안 새장에 갇힌 새요 어망에 붙잡힌 물고기와 다름이 없었네. 이번에 우리가 출정하는 것은 물고기가 바다에 드는 격이요 새가 창공을 나는 격일세. 그러니 다시 새장이나 어망에 들어갈 게 뭐 있겠나."

유현덕은 이렇게 설명하며 두 사람에게 주령과 노소가 빨리 군사를 이끌고 가도록 하게 하라고 명했다.

이 때 조조의 모사 곽가와 정욱은 전량(錢糧)을 조사하러 나갔다가 돌아와 조조가 유현덕에게 군사를 내주어 서주로 파견했다는 소식을 듣고 급히 조조를 찾아가 간했다.

"승상께서는 어이하여 유현덕에게 군사를 주어 떠나도록 하셨습니까?"

"원술을 치기 위해서다."

정욱이 아뢰었다.

"지난날 유비가 예주 목사로 있을 때, 저희들이 유비를 죽이라고 말씀드렸으나, 승상께서는 듣지 않으셨습니다. 이번에 그에게 군사를 주어 보낸 것은 용을 바다에 놓아준 격이요, 범을 산으로 돌려보낸 격입니다. 뒤에 일을 수습하려고 하면 어려울 것입니다."

곽가도 역시 거들었다.

"승상께서 유비를 죽이지는 못하실망정 그를 보내서는 안 됩니다. 옛말에도 이르기를, '한때 적을 잘못 놓아 보내는 것은 만대의 후환거리'라고 했습니다. 그러니 승상께서는 부디 잘 살펴 생각하시기 바랍니다."

듣고 보니 수긍이 가는 말이었다.

조조는 곧 허저에게 명하여 날랜 군사 500명을 거느리고 유현덕을 앞질러 가서 긴요한 일이 있으니 회군하라고 전하도록 했다.

허저는 명을 받고 곧 유비를 뒤쫓아갔다.

한편 유현덕이 군사를 거느리고 진군해나가는데, 뒤에서 말발굽 소리가 들리며 뿌연 먼지가 일었다.

유현덕이 관운장과 장비를 불렀다.

"이는 우리의 뒤를 추격하는 조조의 군사임에 틀림없다."

유현덕은 군사를 세우고 관운장·장비에게 무기를 갖춰 양쪽에 대기하도록 영을 내렸다. 예상대로 허저가 달려오는데, 모두가 정예군으로 갑옷까지 갖춰 단단히 무장하고 있었다.

허저가 말에서 내려 진영으로 들어와 현덕을 뵙자, 먼저 유현덕이 물었다.

"공이 웬일로 예까지 달려왔소?"

21. 위기에서 벗어난 유현덕

허저는 말에서 내려 유현덕과 대면하다. 《新鋟全像通俗演義》三國志傳卷之四에서

"승상의 명을 받들어 특별히 장군께 회군하시라는 말을 전하러 왔습니다. 특별히 상의할 말씀이 있으시다 합니다."

"장군은 밖에 나갔을 때는 임금의 명에 따르지 않을 수도 있다(將在外君命有所不受)고 했소. 나는 떠날 때 황제 폐하도 뵈었고 또한 승상의 친명을 받았으니 따로 상의할 일은 없을 것이오. 공은 빨리 돌아가 내 말을 승상께 전하시오."

허저는 속으로 생각했다.

'승상께서는 유현덕과 교분이 두터우셨다. 지금 나를 보낸 것은 유현덕이 회군하지 아니하면 죽이라는 것이 아니라, 잘 설득시켜 모셔오라는 것일 게다. 강제로 끌고 가서는 안 된다.'

허저는 유현덕과 작별했다.

유현덕은 다시 군사를 이끌고 진군해나갔다.

허저는 조조에게 돌아가 유현덕이 한 말을 그대로 전했다. 조조는 아무 말 없이 듣고만 있었다.

옆에서 정욱과 곽가가 아뢰었다.

"유비가 회군하지 않은 것은 그가 변심했다는 증거입니다."

"내가 주령과 노소 두 사람을 딸려 보냈으니, 유현덕이 감히 변심은 하지 아니할 것이다. 이미 보내놓고 후회한들 뭣하겠느냐?"

조조는 유현덕을 추격할 꿈도 꾸지 않았다.
후에 회군하지 아니한 유현덕을 이렇게 칭찬했다.

급하게 말을 몰아 나가기는 하지만	束兵秣馬去忽忽
마음속엔 오직 천자의 밀조뿐일세	心念天言衣帶中
쇠창살을 벗어난 범 같은 발걸음이요	撞破鐵籠逃虎豹
자물쇠를 열고 나간 교룡과 같구나.	頓開金鎖走蛟龍

한편 마등은 유현덕이 군사를 거느리고 나간 것과 변방이 위급하다는 보고를 받자 즉시 서량으로 돌아갔다.

원술의 죽음

유현덕이 군사를 거느리고 서주에 도착하니, 서주 자사 차주(車冑)가 나와 유현덕을 맞이했다.

차주가 잔치를 베풀어 대접하니, 손건과 미축 등도 찾아와서 유현덕을 뵈었다.

오래간만에 집을 찾아간 유현덕은 가족들을 만나는 한편, 사람을 보내어 원술의 동정을 살피라 했다.

탐문 나갔던 군사가 돌아와 아뢰었다.

"원술의 사치가 극에 달하니 그의 부하 뇌박과 진란 등은 모두 숭산(嵩山)으로 가버렸답니다. 부하가 떠나 세력이 약해진 원술은 황제의 위를 원소에게 양위하겠다고 글을 써서 보냈다 합니다. 글을 받은 원소가 원술을 부르니, 원술은 인마를 수습하고 궁금(宮禁)의 값진 물건을 챙겨 먼저 서주로 온다고 합니다."

원술이 올 것을 안 유현덕은 관운장·장비·주령·노소에게 5만의 군사를 거느리고 맞아 싸우라 했다.

원술의 장수 기령이 선봉대를 거느리고 나타났다. 장비가 병아리를 본

솔개처럼 기령을 취하려고 내달렸다. 장비와 기령이 엉클어져 싸운 지 10합 만에 장비의 벽력 같은 고함 소리가 들리더니 기령은 피투성이가 되어 말에서 떨어져 나뒹굴었다. 이것을 본 기령의 군사들은 줄행랑을 쳤다.

이번에는 원술이 직접 군사를 거느리고 뛰쳐나왔다. 유현덕은 군사를 세 갈래로 나눴다. 주령과 노소에게는 좌군을 거느리게 하고 관운장과 장비에게는 우군을, 자신은 친히 중군을 거느렸다.

유현덕은 문기(門旗) 아래에 나가서 원술을 꾸짖었다.

"네가 반역무도하므로 내가 천자의 밝은 명을 받들어 너를 토벌하러 왔다. 빨리 투항한다면 죄를 용서하겠다."

원술도 맞서서 유현덕에게 욕을 퍼부었다.

"자리를 짜고 짚신을 삼던 네놈이 어찌 감히 날 가볍게 본단 말이냐!"

원술은 이렇게 욕설을 퍼부으며 군사를 몰아 치달렸다. 유현덕이 잠시 군사를 물리어 뒤로 후퇴하니 좌우에서 주령과 노소, 관운장과 장비가 각각 군사를 이끌고 쳐들어왔다.

원술 군의 시체는 온 들판을 덮었으며 그들이 흘린 피는 냇물이 되어 흘렀다. 도망친 군사들의 숫자는 헤아릴 수도 없었다. 뿐만 아니라 숭산으로 도망쳤던 부하 뇌박과 진란 등이 이 틈을 타고 나타나 전량(錢糧) 등을 빼앗아 달아났다.

원술은 수춘으로 돌아가려 했으나, 그나마 도적 떼의 기습을 받아 가지 못하고 강정(江亭) 땅에 머물 수밖에 없었다. 강정까지 따라온 군사는 겨우 1천여 명에 지나지 않았고 그나마도 모두가 노약자뿐이었다.

그 때는 마침 무더운 여름철이어서 더위에 시달림은 물론 식량마저 떨어졌다. 겨우 조금 남아 있는 보리를 삶아 군사를 먹였을 뿐, 뒤따르는 가족들과 백성들은 먹을 것이 없어 굶어 죽는 자가 부지기수였다.

삶은 보리만 놓인 밥상을 받은 원술은 밥이 껄끄러워 넘길 수가 없었다. 거기에 갈증까지 난 원술은 요리사에게 명하여 꿀물을 구해오도록 했다.

명을 받은 요리사가 대답했다.

"잡은 짐승을 씻어낸 핏물밖에 없는데 어디서 꿀물을 구한단 말입니까?"

울화가 치민 원술은 외마디 소리를 지르고 땅바닥에 퍽 쓰러지더니 입으로 피를 한 말이나 쏟고는 그대로 죽어버렸다.
　때는 건한 4년 6월이었다.
　후세 사람이 원술의 죽음을 이렇게 읊었다.

도적과 군사 사방에서 일어나던 한말	漢末刀兵起四方
원술도 무모하게 미친 듯 날뛰었네.	無端袁術太猖狂
대대로 명공과 재상을 지냈던 일 생각 않고	不思累世爲公相
스스로 제왕이라 일컬으려 했었네.	便欲孤身作帝王
옥새를 지녔다고 포악하게 굴면서	强暴枉誇傳國璽
교만과 사치, 어찌 하늘이 모른 척하랴.	驕奢妄說應天祥
목이 타 꿀물을 구했으나 얻지 못하고	渴思蜜水無由得
외로이 침상 옆에서 피 토하고 죽었네.	獨坐空床嘔血亡

　원술이 죽으니 조카 원윤(袁胤)은 원술의 시체와 원술의 가족을 거느리고 여강(廬江)으로 갔다가 그 곳에서 서구(徐璆)에게 그나마 남은 가족을 몰살당했다. 원술의 가족을 잡아죽인 서구는 그들이 가지고 있던 옥새를 빼앗아 단걸음에 허창으로 달려가 조조에게 바쳤다.
　옥새를 손에 쥔 조조는 크게 기뻐하며 서구에게 고릉(高陵) 태수의 벼슬을 내렸다.
　이리하여 옥새는 조조의 손으로 넘어갔다.

차주의 계교를 물리치다

　한편 유현덕은 이미 원술이 죽어 장례까지 치른 것을 알고 조정에 올리는 표문을 써서 주령과 노소에게 주며 허창으로 돌아가 조조에게 바치라고 명했다. 그리고 자신은 서주에 군사를 주둔시키고 그 곳을 지키면서 친히 성 밖으로 나가 이곳 저곳에 흩어진 백성들을 모아 다시 생업에 종사하도록 했다.

주령과 노소는 허창으로 돌아가 조조를 뵙고, 현덕은 서주에 군마를 주둔시키고 있다고 아뢰었다. 그러자 조조는 노기등천하여 주령과 노소를 죽이려 했다.

순욱이 옆에서 간했다.

"유비에게 군권을 맡기셨으니 저들에게 무슨 힘이 있겠습니까?"

조조는 고개를 끄덕이며 그들을 용서했다.

순욱이 다시 말을 이었다.

"차주에게 글월을 보내어 유비의 일을 도모하도록 하십시오."

조조는 순욱의 진언에 따라 차주에게 은밀히 사람을 보내어 지령을 내렸다. 차주는 모사 진등을 불러 협의했다.

진등이 말했다.

"어려울 것 하나도 없습니다. 이번에 유비가 백성들을 안심시키기 위해 성 밖으로 나가면 당일에는 오지 못할 것입니다. 장군께서는 성 주위에 군사들을 매복시켰다가 그가 나타나면 말을 달려 단칼에 그의 목을 벨 수 있을 것입니다. 저는 성 위에서 기다리고 있다가 유현덕을 뒤따르는 군사에게 활을 쏘아 그들을 막으면 대사는 크게 결정이 날 것입니다."

차주는 진등의 의견에 따랐다. 진등은 집으로 돌아가 부친 진규에게 차주와 주고받은 이야기를 보고했다.

진규는 아들 진등에게 이 사실을 빨리 유현덕에게 알리도록 명했다. 부친의 명을 받은 진등은 날듯이 말을 달려 유현덕을 찾아갔다가 관운장과 장비를 만나 낱낱이 보고했다. 유현덕을 따라나섰다가 관운장과 장비는 먼저 돌아와 있었던 것이다.

보고를 듣자 성미 급한 장비는 당장 쫓아가 차주를 죽이겠다고 펄쩍 뛰었다.

관운장이 만류했다.

"그놈이 성 주위에 이미 복병을 숨겨두었을 것이니 나가면 위험하네. 나에게 차주를 손쉽게 잡을 수 있는 계책이 있으니 들어보게. 오늘 저녁 우리가 조조의 군사로 변장하여 서주에 도착한 것처럼 연극을 꾸미면 차주가 군사를 거느리고 나타날 것이네. 그 때 기습하여 그를 죽이면 되지 않겠는가?"

장비가 머리를 긁적이며 고개를 끄덕였다. 다행히도 그 때 그들의 군사는 조조의 깃발과 갑옷을 가지고 있었다.

그 날 밤 3경쯤에 성 밖에서 성문을 열라는 함성이 들렸다. 성 위에서 누구냐고 묻자, 그들은 조조가 보낸 장문원(張文遠 : 장요의 자)의 군사들로 조조의 명을 받들어 차주에게 급히 보고할 일이 있어 왔노라고 대답했다.

차주가 급히 진등을 불러 말했다.

"만약 성문을 닫고 그들을 맞이하지 아니하면 잘못 의심을 받을까 두렵고, 성문을 열고 나가면 계교에 빠질까 두렵다."

무엇을 생각했던지 차주는 다시 성 위로 올라가 성 밑을 굽어보며 소리쳤다.

"칠흑같이 어두운 밤이라 승상의 군사 여부를 가릴 수 없으니, 내일 날이 밝으면 맞이하겠소."

그러자 성 아래서 다급하게 소리쳤다.

"유비가 알면 큰일이다. 빨리 문을 열라!"

차주가 단안을 내리지 못하고 머뭇거리고 있는데, 성 밖에서는 계속해서 문을 열라고 외쳤다.

차주는 갑옷 등을 갖춰 입고 1천 명의 군사를 직접 거느리고 성 밖으로 적교를 내리며 물었다.

"문원은 어디 계시오?"

이 때였다. 그들이 치켜든 횃불에 대추 빛깔의 긴 수염을 가진 관운장의 모습이 얼핏 비치나 했더니 그는 곧바로 청룡도를 휘두르며 말을 달려 차주에게 덤벼들었다.

"이 못난 놈아, 네놈이 어찌 감히 속임수를 써서 우리 형님을 죽이려 하느냐!"

차주는 겁에 질려 부들부들 떨면서 관운장과 맞섰으나, 칼도 제대로 휘둘러 보지 못하고 말을 돌려 도망쳤다. 차주가 적교를 뛰어넘으려는 순간, 성 위에서 진등이 차주에게 빗발치듯 화살을 퍼부었다. 사정이 급하게 된 차주는 다시 말 머리를 돌려 도주했다.

관운장은 뒤를 추격하여 단칼에 차주의 목을 베어 들고 성 위를 바라보며 소리쳤다.

"역적 차주는 내가 이미 죽였다. 너희들은 죄가 없으니 투항하면 살려주겠다!"

차주의 군사들은 모두 무기를 버리고 항복하여 다시 평온을 되찾았다.

이 때 유현덕이 돌아왔다. 관운장은 차주의 목을 유현덕에게 바치며, 차주가 해치려 해서 방금 그의 목을 베어 죽였다고 보고했다.

유현덕은 깜짝 놀랐다.

"차주를 죽였다고 조조의 군사가 몰려오면 어이하려고?"

관운장은 자신 있게 대답했다.

"저와 장비가 알아서 처리하겠습니다."

그러나 유현덕은 마음이 놓이지 않았다.

유현덕이 서주 안으로 들어가니 백성들은 길가에 엎드려 노부모를 만난 듯 반가이 그를 맞이했다.

유현덕이 관부(官府)에 도착하여 보니 장비가 보이지 않았다. 차주의 가족을 죽이러 갔다는 보고였다.

유현덕은 자리에 앉으며 진등에게 말했다.

"조조의 심복을 죽였으니 시끄럽지 않겠소?"

진등이 아뢰었다.

"저에게 조조를 물리칠 계책이 따로 있습니다."

유현덕은 범 굴을 빠져 나온 짐승이 늑대의 연막 전술에 빠진 격이 되었다.

조조를 막을 진등의 계책은 과연 무엇일까?

22. 군사를 일으킨 조조

원 조 각 기 마 보 삼 군 　　관 장 공 금 왕 유 이 장
袁曹各起馬步三軍　　關張共擒王劉二將

원소와 조조는 각각 마군과 보병 3군을 일으키고, 관운장과 장비는 왕충과 유대를 사로잡다.

정현의 편지

진등이 현덕에게 계책을 말했다.

"조조가 두려워하는 사람은 원소입니다. 원소는 범처럼 기주·청주·유주 등 여러 고을에 걸터앉아 있으며, 무장한 군사 100만에 문관과 무장들도 수없이 많이 거느리고 있습니다. 그에게 사신을 보내어 구원병을 청하는 것이 어떻겠습니까?"

"원소는 나하고 왕래가 없을 뿐 아니라 근래에 내가 그의 동생을 격파했는데 나를 도와줄 까닭이 있겠소?"

진등이 다시 말했다.

"원소와는 조부 때부터 잘 알고 지내는 사람이 한 분 있습니다. 만일 그의 편지 한 장만 얻는다면 반드시 원소가 와서 도와줄 것입니다."

현덕은 귀가 번쩍 띄어 그게 누구냐고 물었.

진등이 대답했다.

"공께서 평소에 깍듯이 예로써 대하는 분인데 모르시겠습니까?"

그제야 현덕은 생각이 떠올랐다.

"그렇다면 정강성(鄭康成) 선생이 아니오?"

진등이 빙긋 웃으며 기뻐했다.

"바로 그렇습니다."

정강성의 이름은 현(玄)이라 불렸는데, 학문을 좋아하고 재주가 많은 인물로 일찍이 마융(馬融)에게서 가르침을 받았다.

마융은 묘한 인물로, 학문을 가르칠 때에는 으레 엷은 장막을 드리우고 그 앞에 생도들을 앉힌 다음, 자신은 기생들의 소리를 들으며 좌우에는 시녀들이 둘러서 있게 했다.

이런 속에서 정현이 3년간이나 강의를 듣는 동안 한 번도 한눈을 팔지 아니하자, 마융은 그를 기특하게 생각했다. 정현이 학문을 끝마치고 돌아가려 하자, 마융은 감탄하며 이렇게 말했다.

"나의 비장한 학문을 깨친 사람은 정현 너 한 사람뿐이구나!"

정현의 집안 시비(侍婢)들도 이러한 주인을 닮아 제법 시를 읊어댔는데, 하루는 어느 시비가 정현의 비유를 상하게 하여, 정현은 그 시비를 마당에 꿇어앉혔다.

"어쩌다가 진흙 속에 들게 되었는가(胡爲乎泥中)?"

꿇어앉은 시비 역시 시구(詩句)로 대답했다.

"하소연하러 갔다가 노여움만 샀다네(薄言往愬逢彼之怒)."

이처럼 정현의 집안은 시비들까지도 시를 읊는 풍류와 멋을 알았다.

정현은 환제(桓帝) 때에 상서(尙書)의 벼슬에까지 올랐다. 그러나 후에 십상시의 난리통에 관직을 버리고 서주로 가서 밭갈이를 하면서 살았다.

이 때 유현덕은 탁군에 살았으며 그를 스승으로 섬겼다. 뒤에 서주 목사가 된 유현덕은 때때로 가르침을 청하며 정현을 융숭히 대접했다.

이러한 정현을 생각해낸 유현덕은 크게 기뻐하며 진등과 함께 정현의 집을 찾아가 원소에게 편지를 써줄 것을 간청했다.

정현은 쾌히 승낙하고 원소에게 보내는 편지를 써서 현덕에게 주었다. 현덕은 손건을 시켜 밤새도록 말을 달려 가서 원소에게 정현의 편지를 전하게 했다.
　정현의 편지를 받아본 원소는 혼자 중얼거렸다.
　"현덕이 내 아우를 공격하여 작살을 냈는데, 내가 도와줄 수 있겠는가? 그러나 정 상서가 이처럼 간곡하게 부탁하시니, 가서 도와주지 아니할 수도 없구나."
　원소는 곧 문무백관을 모아 군사를 일으켜 조조를 정벌할 대책을 협의했다.
　모사꾼 전풍(田豊)이 아뢰었다.
　"매년 군사를 일으켜 백성들은 지쳐 있고 창고엔 양곡도 없으니, 다시 대군을 일으켜서는 안 됩니다. 먼저 천자께 사람을 보내어 아뢰고, 만일 윤허를 받지 못한다면 조조가 왕로(王路)를 막는다는 표문을 올리십시오. 그런 다음에 군사를 여양에 둔병시키십시오. 그리고 다시 하내의 전함을 증강시키고 무기를 수리하여 정예 군사를 나누어서 변방에 상주시키십시오. 그리하면 3년 이내에 대사가 결정날 것입니다."
　이번에는 모사 심배(審配)가 말했다.
　"그렇지 않소. 명공의 신무(神武)하신 기상으로 하삭(河朔)의 강성한 군사를 부추겨 군사를 일으킨다면 손쉽게 조조를 토벌할 것인데 괜히 날짜만 보낼 일이 뭐 있습니까?"
　다음 모사 저수(沮授)가 아뢰었다.
　"적을 제어하여 승리를 거두는 방법이 강성한 군대에만 있지는 않습니다. 조조가 거느린 군사는 법도가 있고 정예 군사들이므로 공손찬처럼 앉아서 당하지는 아니할 것입니다. 이러한 진언을 무시하고 명분 없이 군사를 일으키는 것은 명공의 취할 바가 아니라고 생각합니다."
　침묵을 지키고 있던 모사 곽도(郭圖)가 아뢰었다.
　"그것은 틀린 말씀이오. 조조를 토벌하기 위해 군사를 일으키는 것이 명분이 없다니요? 지금이 바로 명공께서 대업을 정하실 때입니다. 부디 상서 정현의 말에 따라 유비와 함께 대의를 받들어 조조를 멸하십시오. 그것이 위로는 하늘의 뜻에 합하는 길이요 아래로는 백성들의 뜻에 따르는 절호의 기회라 생각합니다."

원소와 조조는 각각 마군과 보병 3군을 일으키고, 《繡像全圖三國演義》에서

이렇게 네 사람의 모사가 각기 의견이 분분하자, 원소는 주저하며 단안을 내리지 못했다.
이 때 갑자기 밖에서 허유(許攸)와 순심(荀諶)이 들어왔다.
"허유와 순심은 식견이 높은 사람들이니 이들의 주장을 들어 보자."
허유와 순심이 원소에게 예를 올렸다. 원소가 이들에게 물었다.
"상서 정현이 나에게 글월을 보내어 군사를 일으켜 유비를 도와 조조를 치라고 했다. 군사를 일으키는 것이 좋겠느냐, 일으키지 않는 것이 좋겠느냐?"
그러자 두 사람은 입을 모아 대답했다.
"명공께서는 많은 군사로 적은 군사를 이겼고 강한 군사로 약한 군사를 공략하셨습니다. 한나라 역적을 토벌하는 것은 한실을 부축하는 것이니 군사를 일으키는 것이 옳습니다."
"그래, 두 사람의 뜻은 내 생각과 같다."
결국 원소는 군사를 일으키기로 결정하였다. 그는 먼저 정현에게 답장을 써서 손건 편에 보내고 현덕에게도 함께 싸울 준비를 갖추도록 하라고 전했다.

이어서 심배와 봉기(逢紀)에게 통군(統軍)하게 하고, 전풍·순심·허유를 모사에 앉히고, 안량과 문추를 장군으로 삼아 마군 15만과 보병 15만 등 정예군 30만을 일으켜 여양으로 나가기로 했다.

이렇게 부서를 정하여 나가려 할 때, 곽도가 원소에게 진언했다.

"명공께서 크게 군사를 일으켜 조조를 정벌할 때는, 반드시 조조의 죄악상을 낱낱이 들추어 각 군에 격문을 보내 그의 죄악상을 성토하십시오. 그래야만 대의명분이 섭니다."

원소는 곽도의 진언에 따라 서기(書記) 진림(陳琳)에게 격문을 쓰게 했다.

진림의 자는 공장(孔璋)으로, 평소에 재주꾼으로 이름을 떨쳐 환제 때에 주부의 벼슬에까지 올랐다. 당시 하진이 그가 간하는 말을 귀담아 듣지 않고 더욱이 동탁의 난까지 일어나자, 그는 난을 피하여 기주에 있다가 원소에 의해 서기로 기용된 것이다.

원소의 격문

명을 받은 진림이 붓을 들어 썼다. 격문의 내용은 다음과 같다.

현명한 임금은 위태로움을 미리 살펴 변을 막고, 충신은 어지러운 일을 사전에 막기 위하여 권(權)을 세운다고 들었다. 그러므로 비범한 인물이라야 비범한 일 처리를 하는 것이고, 비범한 일 처리가 있어야 빼어난 공도 세우게 된다. 비범한 사람이란 보통 인물이 아니라는 것은 의심할 여지도 없지 아니한가?

돌이켜 생각해보면 비록 진(秦)나라는 강했으나 임금이 약하매 조고(趙高)가 권력을 잡아, 임금의 권한이 그에게 넘어가 사람을 협박하니 감히 바른말을 하지 못하여, 마침내 오랑캐에게 망하여 조종(祖宗)이 멸함을 당해 더러운 이름이 오늘에까지 이르러 영원히 청사에 남게 되었다.

22. 군사를 일으킨 조조   457

　여후(呂后) 말년에 이르러서는 산(産)과 녹(祿)이 전횡(專橫)하여 만기(萬機)를 전단하니, 신하가 임금을 능멸히 여겨 천하가 한심하게 되었다. 이 때 강후(絳侯), 주허(朱虛 : 혹은 주발과 유장)가 군사를 일으켜 역적을 토벌하여 왕도(王道)를 부흥시켰다. 이것은 비상한 수단으로 대신(大臣)이 입권(立權)한 표시다.

　사공(司空) 조조로 말할 것 같으면, 그의 조부인 중상시 조등(曹騰)은 좌관(左棺) 서황(徐璜)과 작당하여 요괴스러운 짓을 자행하여, 무엄히 세상을 어지럽게 하고 백성들을 학대했다. 조조의 아비 조숭(曹嵩)은 조씨 집안에 수양 아들로 들어와 뇌물을 주고 지위를 샀으며, 금권을 휘둘러 권세에 아첨하는 절도(竊盜)가 되어 높은 자리에 올랐다. 조조는 이러한 더러운 집안의 피를 물려받아 본래 덕망이 없는 데다가 교활하고 협잡(挾雜)이 심하여 난을 일으키고 화를 부르기를 좋아하는 간신이다.

　조조는 오만하게 권세를 농락하여 천하에 바른말 잘하는 선비를 초개와 같이 죽이고, 임금을 협박하여 허창으로 도읍을 옮겼다. 스스로 승상이 된 뒤에 다시 천하의 군사권을 쥐고 임금을 임금으로 대접하지 아니하고 마음대로 권세를 희롱하여, 저에게 빌붙지 않는 사람은 모두 역적으로 몰아치니 가증하고 악독하다. 조조는 다시 황제를 보호한다는 핑계로 부하 정병을 배치하여 궁궐을 지켰으나, 밖으로는 보호라 하지만 실상은 황제 폐하를 연금한 것이나 다를 바 없다. 억울하다. 이 때 충신 열사가 한번 일어날 때가 아니냐! 막부 원소는 한실의 위령(威靈)을 받들어 우주를 절충하니 장극(長戟)은 100만이요 효기(驍騎)는 천군(千群)이다.

　승일(?)로 유주, 병주, 청주, 기주의 네 고을로 동시에 진군한다. 이 글이 형주에 도착하는 즉시 곧 군사를 점검하여 건충장군(建忠將軍)과 함께 협력하여 성세를 펴라. 각 주군에서도 각기 의병을 모아 위엄을 떨쳐 함께 사직을 바로잡는다면 이는 큰 공이 아니겠느냐? 조조를 잡는 자는 5천 호(戶)를 거느릴 후(侯)에 봉하고, 상금 5천만 금을 내리리라. 부곡(部曲)이나 편비(偏裨), 장교(將校)와 관리들 중에 항복하는 자는 불문에 부치겠다.

널리 은혜와 신의를 베풀어 상을 내걸고 천하에 포고하여 난을 바로잡을 성조(聲朝)의 뜻을 알리나니 이대로 시행하라.

격문을 훑어본 원소는 흡족히 생각하며 장수들을 보내어, 각 주군은 물론 각처의 관문이나 나루터, 애구(隘口) 등에 뿌리게 했다.

격문은 허창에까지 전해졌으며, 이 때 조조는 두풍(頭風)을 앓아 병상에 누워 있었다.

좌우의 장수들이 격문을 보여주자, 조조는 머리끝이 치솟고 땀이 비오듯 했다. 이 바람에 두풍이 씻은 듯 사라진 조조는 자리에서 벌떡 일어나 옆에 있던 조홍에게 물었다.

"이 격문은 누가 지은 것이냐?"

"들리는 소문에 의하면 진림의 필적이라고 합니다."

조조가 껄껄껄 웃으며 말했다.

"붓을 들어 나불거리는 놈은 반드시 무략(武略)으로 본때를 보여야 한다. 비록 진림의 문장은 뛰어나지만 원소의 무략은 별것이 아니지 않느냐?"

조조는 곧 모사들을 불러모아 적을 막을 계책을 협의했다.

공융이 이 소문을 듣고 조조에게 찾아와 말했다.

"원소의 군세는 대단합니다. 맞서 싸워서는 안 되니 화친하도록 하십시오."

옆에서 순욱이 나섰다.

"원소는 보잘것없는 인물인데 화의할 것이 뭐가 있소?"

공융이 설명했다.

"원소는 넓은 땅을 차지하고 있고 백성과 군사들은 강성합니다. 그의 부하 허유·곽도·심배·봉기 등은 모두 지모가 있는 사람이요, 전풍과 저수 등은 충신입니다. 안량·문추는 3군 중에 무용이 뛰어나고, 그 외에도 고람(高覽)·장합(張郃)·순우경(淳于瓊) 등은 세상에 알려진 명장들입니다. 그러한 원소를 어찌 보잘것없는 인물이라 할 수 있겠습니까?"

순욱이 어이없다는 듯 비웃으며 말했다.

"원소에게 군사가 많다고 하지만 정연하지 못하오. 전풍은 외고집쟁이

조조는 유대와 왕충을 보내다. 《新鐫全像通俗演義》三國志傳卷之四에서

고, 허유는 욕심만 많을 뿐 무식하고, 심배는 외곬수로 꾀가 없고, 봉기는 이야깃거리도 안 되는 인물이오. 그들은 또한 서로 이해관계가 엇갈려 반드시 변란이 일 것이오. 그리고 안량과 문추는 필부로 건달에 지나지 아니하니 단번에 사로잡을 수 있소. 기타의 무리들이야 100만 명이 있다 해도 이야기의 상대조차 되지 않소."

공융은 아무런 대답이 없었다. 그러자 조조가 껄껄 웃으며 말했다.

"순욱의 생각에 따를 자가 없구나!"

조조는 곧 전군 유대와 후군 왕충을 불러 5만의 군사를 주어 승상의 깃발을 앞세우고 서주로 나가 유비를 공략하게 했다.

유대는 원래가 연주 자사였었는데 조조가 연주 땅을 취하자 조조에게 항복하여 그의 편장(偏將)이 되었다. 그래서 지금 왕충과 함께 군사를 거느리라는 영을 받은 것이다.

조조는 친히 20만 대군을 거느리고 여양으로 진격하여 원소를 막으려 했다. 정욱이 조조에게 아뢰었다.

"유대와 왕충은 임무를 수행하지 못할까 두렵습니다."

조조가 말했다.

"나도 그들이 유비의 적수가 못 되는 것은 알지만 일단 허세를 보이자는 것이다."

조조는 유대와 왕충을 불러 분부했다.

"너희들은 함부로 나가 싸우지 말라. 내가 원소를 쳐부수고 다시 유비를 공격할 때까지만 버티고 있거라."

유대와 왕충은 영을 받고 물러갔다.

조조는 친히 군사를 거느리고 여양에 도착했다.

사로잡힌 왕충

조조의 군사와 원소의 군사는 80여 리나 떨어진 곳에 각각 참호를 깊게 파서 보루를 높이 쌓고 대치하고 있을 뿐 맞붙어 싸우지는 않았다.

이런 소강 상태는 8월부터 10월까지 2개월 동안 계속되었다. 원소의 참모 허유는 심배가 군사를 거느리는 것을 못마땅하게 생각하고, 저수는 원소가 자기의 지모를 받아주지 않는 데에 원한을 사는 등, 각자 꿍꿍이속이 따로 있어 힘을 모아 적 쳐부술 생각은 하지도 않고 있었기 때문이다. 더욱이 원소는 의심이 많아 진격을 꺼리고 있었다.

조조는 여포의 휘하에 있다가 항복해온 장수 장패를 불러 청서(靑徐)의 땅을 지키게 하고, 우금과 이전에게는 하상(河上)에 둔병하게 하고, 조인에게는 대군을 총독하여 관도(官渡)에 둔병하게 했다. 자기는 일단의 군마를 거느리고 부리나케 허창으로 돌아갔다.

한편 5만의 군사를 거느리고 나간 유대와 왕충은 서주에서 100여 리 밖에 진지를 구축하고 있었다. 이들은 허세로 조조의 깃발만 꽂아놓고 나가 싸울 생각은 못하고, 하북의 조조에게서 소식이 오기만을 기다리고 있었다.

반면에 유현덕 역시 조조의 이러한 허실을 알지 못하고 있었기 때문에 군사를 움직이지 못하고 조조의 동정만 살피고 있었다.

이 때 난데없이 조조의 사신이 나타나, 유대와 왕충에게 진격하라는 조조의 영을 전했다. 두 사람은 진지에 모여 협의했다.

먼저 유대가 입을 열었다.

"승상께서 성을 공격하라는 영을 내렸으니 먼저 나가 공격하시오."

"승상께서는 장군께 먼저 영을 내리셨소."
왕충이 맞섰다.
유대가 말을 받았다.
"나는 주장(主將)인데 어찌 먼저 나가 싸우겠소."
"그럼 함께 군사를 거느리고 나갑시다."
"우리 차라리 제비를 뽑아 정합시다."
제비를 뽑은 결과 왕충이 '선(先)' 자를 뽑아 할 수 없이 군사를 나누어 서주를 공격하러 떠났다.
조조의 군사가 공격해온다는 보고를 받은 현덕은 진등을 불러 협의했다.
"원소는 여양에 진을 치고 있지만 모사들의 뜻이 엇갈려 진격하여 조조를 칠 의향이 없는 것 같소. 또한 조조가 지금 어디에 있는지 알 길이 없소. 들리는 소문에 의하면, 여양의 군중에는 조조의 깃발이 없다 하고 반대로 이곳에 조조의 깃발이 꽂혀 있다 하니 어찌 된 일이오?"
"조조는 꾀가 많은 인물입니다. 그는 하북 땅을 중히 여겨 그 곳에서는 친히 군사를 감독하고 있어 고의로 깃발을 세우지 않았고, 이곳에는 허세를 부리기 위하여 깃발을 꽂았을 것입니다. 저는 이곳에 조조가 없다고 확신합니다."
유현덕이 관운장과 장비를 돌아보며 말했다.
"아우들 중에 누군가가 나가서 허실을 알아보는 것이 좋겠다."
장비가 먼저 나섰다.
"제가 가지요."
유현덕이 말했다.
"그대는 너무 거칠고 조급하니 보낼 수 없다."
그러나 장비는 막무가내였다.
"그까짓 조조놈 당장 잡아오지요."
관운장이 나와 말했다.
"제가 가서 동정을 살피고 오겠습니다."
"그대가 간다면 내가 마음을 놓겠네."
이리하여 관운장은 3천의 군마를 거느리고 서주성을 나갔다. 때마침 초

관운장은 왕충을 생포하다.《新鐫全像通俗演義》三國志傳卷之四에서

 겨울이라 음산한 구름이 하늘에 쫙 깔려 있고, 솜덩이 같은 눈이 바람에 휘날리는 가운데 관운장은 진을 쳤다. 운장은 칼을 잡고 말을 몰아 적진에 다가서서 큰 소리로 왕충을 꾸짖었다.
 왕충이 나타나 대꾸했다.
 "조 승상이 여기에 계시는데 왜 항복하지 않는 게냐?"
 "내가 할말이 있으니 승상께 진 밖으로 나오라 해라."
 "승상이 함부로 너 같은 놈을 만나주겠느냐?"
 운장은 크게 노하여 말을 달려 앞으로 나갔다. 왕충도 창을 들고 맞섰다. 두 장수를 태운 말의 몸뚱이가 부딪치면서 맞서 싸우다가 갑자기 관운장은 말 머리를 돌려 도망쳤다.
 추격하는 왕충이 산허리를 돌아올 무렵, 운장이 번개처럼 말을 돌려 벽력같이 소리를 지르며 청룡도를 내리쳤다. 청룡도는 허공을 갈랐다. 왕충이 잽싸게 몸을 날려 피했기 때문이었다.
 왕충이 말 머리를 돌려 도망치려고 하자, 관운장은 청룡도를 왼손에 넘겨 쥔 다음, 오른손으로 왕충의 목덜미를 움켜쥐었다. 왕충을 안장에서 끌어내린 관운장은 그를 옆구리에 끼고 말을 달려 본진으로 돌아갔다.
 이를 지켜보던 왕충의 군사들은 사방으로 뿔뿔이 흩어져 도망쳤다.
 왕충을 사로잡은 운장은 그를 끌고 서주로 가서 유현덕을 뵈었다.

"너는 누구냐? 어떤 직책에 있는 자이기에 감히 조 승상을 사칭한다는 말이냐?"

왕충은 벌벌 떨면서 대답했다.

"제가 어찌 감히 거짓말을 하겠습니까? 조 승상의 명을 받들어 허세를 떨면서 군사들을 속인 것뿐입니다. 실은 승상은 지금 이곳에 계시지 않습니다."

현덕은 그에게 의복과 먹을 것을 주라고 분부한 후, 유대를 붙잡아 함께 처리할 때까지 잘 감시하라고 했다.

관운장이 유현덕에게 말했다.

"형님께서 적과 화해하실 뜻이 있는 것 같아 제가 왕충을 사로잡았습니다."

"익덕은 성격이 조급하고 거칠어 행여나 왕충을 죽이지나 아니할까 하여 보내지 않았었네. 이자를 죽여봤자 이익될 것이 없을 터이니 화해할 때까지 놔두는 것이 좋겠네."

살아 돌아간 왕충과 유대

그 때 장비가 불쑥 끼여들었다.

"둘째 형님이 왕충을 사로잡았으니, 나는 유대를 생포하여 끌고 오겠소!"

현덕이 말했다.

"유대는 전에 연수 자사 시절에 호뢰관(虎牢關)에서 동탁을 칠 때 일단의 군사를 거느렸던 제후의 한 사람이네. 지금은 전군(前軍)을 맡고 있으니 가볍게 생각지 말게."

"그까짓 놈, 이야기할 건더기가 뭐 있습니까? 나도 둘째 형님처럼 유대를 생포해오겠습니다."

현덕이 주의를 줬다.

"잘못하여 그자의 생명을 뺏는다면 나는 큰일을 그르치게 된다."

"죽여서 끌고 오거든 내 목을 치구려!"

유현덕은 장비에게 3천 군마를 내주었다. 장비는 이들을 거느리고 쏜살같이 달려나갔다.

한편 유대는 왕충이 사로잡혀 간 것을 알고 성을 지키며 나타나지 않았다.

장비가 매일 유대의 진영 앞에 나타나 욕설을 퍼붓고 소리쳤으나, 이미 장비를 알고 있는 유대는 두려워 감히 나타날 엄두도 못 냈다.

며칠 동안 적진 앞에 지켜 서 있어도 유대의 모습이 보이지 않자, 장비는 하나의 꾀를 생각해냈다.

장비는 그 날 밤 2경에 적의 진영을 급습하겠다는 영을 내리고 하루 종일 장막 안에서 술 마시는 시늉만 했다.

장비는 겉으로 취한 척하며 전에 죄를 지은 일이 있는 군사 하나를 잡아내어 곤장을 쳤다.

장비는 그를 여러 군사들 앞에 결박을 지어놓고,

"오늘 밤 출병시에 이놈의 목을 베어 깃발 앞에서 제사를 지내겠다"

하고는 은밀히 좌우에 명하여 그가 도망칠 수 있도록 결박을 풀어주라고 했다.

목숨을 구한 군사는 진영을 빠져나가 곧바로 유대의 진지로 도망쳐, 오늘 밤 2경 쯤에 진영을 공략할 것이라고 밀고했다. 유대는 도망쳐 온 군사의 몸에 상처가 심히 나 있는 것을 목격하자, 그의 말을 사실로 믿고 진지를 비워둔 채 진지 밖에 복병을 두었다.

그 날 밤 하늘에 별빛이 보이자, 장비는 군사를 세 갈래로 나누고 중간의 30여 명에게 유대의 진지에 불을 지르며 공격하게 했다. 또한 양쪽 옆의 군사들에게는 진지 뒤로 빠져나가 불길이 치솟는 것을 신호로 하여 협공하라고 했다.

3경이 다가올 무렵, 장비는 친히 정예 군사를 이끌고 나가 유대가 도망칠 뒷길을 지키고 있는데, 가운뎃길로 들어간 30여 명이 진지를 뚫고 들어가 불을 질렀다. 불길을 보고 매복해 있던 유대의 군사들이 뛰쳐나가자, 장비의 양로 군사들이 일제히 이들을 협공해 들어갔다.

장비는 유대를 잡아 현덕에 뵈이다. 《新鍥全像通俗演義》三國志傳卷之四에서

갑자기 기습을 받은 유대의 군사들은 크게 어지러워졌고, 게다가 장비의 군사가 얼마나 되는지 또 누가 장비의 군사인지도 몰라, 각자 뿔뿔이 흩어져 도망쳐 괴멸되고 말았다.

유대는 패잔병을 이끌고 도주로를 얻어 도망치려다가, 장비와 정면으로 맞닥뜨리게 되어 급히 말 머리를 돌렸다. 그러나 만만히 놓치고 말 장비가 아니었다.

장비와 맞선 유대는 1합만에 장비의 손에 붙잡히니, 나머지 군사들은 모두 항복했다. 장비는 먼저 사람을 서주로 보내어 승전보를 알렸다.

소식을 전해 들은 유현덕이 관운장에게 말했다.

"익덕은 하는 일마다 서둘고 거칠었는데, 이제 제법 꾀를 생각해내는 걸 보니 좀 안심이 되네."

둘은 함께 성 밖까지 나가서 장비를 맞이했다.

장비는 자랑스럽게 떠벌렸다.

"늘상 나더러 조급하고 거칠게 군다고 하시더니 오늘은 어떻소?"

현덕이 웃으며 말했다.

"내가 아우를 꾸짖고 격려하지 않았던들 아우가 어찌 그런 꾀를 냈겠는가?"

장비는 좋아서 입이 함지박만하게 벌어졌다.

현덕은 아직도 유대의 몸이 묶여 있는 것을 목격하고 황망히 말에서 내려 결박을 풀어주었다.

"내 아우가 너무 모독을 준 것 같은데 죄를 용서하시오."

서주성 안으로 들어온 현덕은 왕충의 결박도 풀어주고 유대와 왕충에게 술상을 내어 대접했다.

"전에 차주라는 사람은 나를 죽이려 하여 부득이 죽이지 아니할 수 없었소. 그것으로 승상은 내가 반란을 일으킨다고 잘못 생각하고 두 장군을 보내어 내 죄를 물으려 한 것 같소. 나는 승상의 큰 은혜를 입은 몸으로, 은혜에 보답하지는 못할망정 감히 반역이야 하겠소? 두 장군께서 허창으로 돌아가시어 저의 부득이한 입장을 잘 말씀드려 주신다면 다행으로 여기겠소."

유대와 왕충은 입을 모아 말했다.

"저희들을 죽이지 아니한 은혜에 그저 감사할 뿐입니다. 승상을 만나면 잘 말씀드릴 것을 저희들 가족의 생명을 걸고 약속합니다."

유현덕이 이들을 치하했다.

다음날 유현덕은 유대와 왕충을, 거느리고 왔던 군마와 함께 허창으로 보내며 성 밖까지 나와 이들을 전송했다.

그들이 10여 리를 행군해나갔을 때, 갑자기 북소리가 한 번 크게 울리더니 번개처럼 장비가 나타나 길을 가로막고 소리쳤다.

"네놈들을 죽이려고 내가 왔다. 애써 잡은 역도놈들을 그냥 놔둘 줄 알았더냐?"

유대와 왕충은 깜짝 놀라 말 위에서 부들부들 떨기만 했다. 장비가 눈을 부릅뜨며 창을 비껴 들고 이들을 찌르려 할 때, 뒤에서 누군가가 말을 달려오며 벽력같이 소리쳤다.

"무례한 짓은 그만둬라!"

바로 관운장이었다. 유대와 왕충은 그제야 마음이 놓였다.

운장이 장비를 나무랐다.

"이미 형님이 이들을 풀어주었는데 왜 형님의 명을 어기는가?"

분통이 터진다는 듯 장비가 대답했다.

"이번에 놓아주면 다음에 또 쳐들어올 것이오!"

"다시 쳐들어왔을 때 죽여도 늦지 않다."

유대와 왕충은 머리를 조아리며 장비에게 애걸했다.

"조 승상이 우리의 삼족을 멸한다 할지라도 다시 오지 않겠습니다. 장군께서는 너그럽게 용서하십시오."

장비가 분함을 참지 못해 소리쳤다.

"조조란 놈이 친히 나타난다 해도 내 그놈을 죽이고 갑옷 조각 하나 돌려보내지 않을 테다. 이번만큼은 네놈들 목을 붙여 돌려보내 주마!"

유대와 왕충은 두려워 머리를 싸안고 달아났다.

관운장과 익덕이 유현덕에게 돌아가니 유현덕이 말했다.

"조조가 필히 다시 올 것이다."

옆에 있던 손건이 현덕에게 아뢰었다.

"서주는 지형적으로 적의 침공을 받기가 쉬워 오래 머물 곳이 못 됩니다. 군사를 나누어 소패에 주둔시키고 하비성을 지켜 서로 돕고 의지하는 형세를 유지하지 않는다면 조조를 막을 수 없을 것입니다."

유현덕은 손건의 진언에 따라 관운장으로 하여금 하비성을 지키며 감 부인과 미 부인을 돌보게 했다. 감 부인은 소패의 여자요, 미 부인은 미축의 누이동생이었다.

현덕은 다시 손건·간옹·미축·미방에게 서주 땅을 지키게 하고, 자신은 장비와 함께 소패에 주둔했다.

한편 유대와 왕충은 허창으로 돌아가 조조를 만나 유비에게 붙잡혔던 이야기와 유비가 들려준 이야기를 낱낱이 보고했다.

조조는 역정을 내어 소리쳤다.

"나라를 욕되게 한 놈들은 그냥 살려둘 수 없다."

조조는 당장 둘을 끌어내어 참형에 처하라고 영을 내렸다.

개와 돼지가 호랑이와 겨루는 격이요, 물고기와 새우가 하늘에서 용과 싸우는 격이었다.

과연 유대와 왕충은 살아날 수 있을 것인지……

해설

《삼국지연의》의 이해

머리말

오늘날 우리가 흔히 《삼국지》라고 하는 것은 나관중이 지은 《삼국지통속연의(三國志通俗演義)》를 말한다.

원래 《삼국지》는 서기 285년 진(晉)나라 사람 진수(陳壽, 233~297)가 쓴 역사책이며 소설과는 별개의 책이다. 《삼국지》는 위(魏)·오(吳)·촉(蜀) 세 나라의 역사를 기전체(紀傳體)로 기록한 정사(正史)다. 그 구성은 위지·오지·촉지 3부 아래 본기(本紀)나, 열전(列傳) 61로 되어 있다. 진수가 위를 계승한 진의 사람이었기에 위를 정통으로 삼았다. 《삼국지통속연의》는 정사 《삼국지》를 누구나 볼 수 있도록 정사를 토대로 하되 여러 사실을 새로이 첨삭해서, 쉽게 고쳐 꾸민 소설이라는 뜻이다.

1. 《삼국지연의》의 유래

《삼국지연의》는 주지하다시피 역사소설 가운데 가장 많은 독자들을 확보하고 있는 소설책이다. 중국에서 역사소설이 나타나기 시작하는 시기는 대체로 송나라 때이며, '강사(講史)'에서 비롯되었다고 한다. 그러나 그 이전에 있었던 삼국시대의 역사서에서도 이러한 이야기들을 많이 볼 수 있다. 따라서 그 시대를 더 앞서 잡을 수도 있다. 특히 당말(唐末)에 이르게 되면

조조가 창을 옆으로
비스듬히 꼬나든 채 시를 읊조리다.
《三國志通俗演義》에서

이러한 이야기들은 이미 민간에서 유행하게 된다.

당대(唐代)의 민간 설화

당나라 사람인 단성식(段成式)은 《유양잡조(酉陽雜俎)》에서 다음과 같은 말을 하고 있다.

태화(太和) 말년에 나는 생일을 맞이한 동생에게 연극을 보여주려고 그를 데리고 시장에 나갔다. 그 때 마침 시장에서 어떤 사람이 소설을 재미있게 이야기하고 있어서 그 이야기를 듣게 되었다. 그 사람은 이야기 중에 나오는 편작(扁鵲)을 편작(膾鵲)이라는 뜻으로 고쳐가며 큰소리로 이야기하고 있었다.

태화는 문종(文宗)의 연호인데, 태화(太和) 말년이라 함은 대략 834년이나 835년에 해당하는 시기다. 또한 여기서 말하는 이야기란 바로 역사적인 사실에 재미를 곁들인 이야기를 부언하면서 하는 것을 말한다.

이 단성식과 같은 시대의 사람으로서 이상은(李商隱)이라는 사람이 있었는데, 그는 자신이 쓴 〈교아시(驕兒詩)〉에서 그의 아들이 소꿉장난하면서 노는 것을 묘사하고 있다. 즉 그의 아들이 손님이 방문하는 것을 좋아라 하며 즐겁게 손님을 맞이하면서 노는 모습을 그린 것인데, 그 때 마침 오는 손님 중에 장비(張飛)가 있어 그는 장비를 맞이하면서 말하기를,

《魏書》는 《三國志》에 대하여
"모든 시대의 사람들이 이 책만큼 좋고 선한
일을 잘 기술하고 있는
책은 없다고 평가했다"고 기록하고 있다.

얼굴이 호(胡)하십니다, 라고 그의 얼굴이 가무잡잡함을 비유하여 말하면서, 같이 온 등애(鄧艾)를 웃기는 시늉을 하였다. (역주 : 호(胡)라는 뜻은 얼굴이 가무잡잡함을 의미하는데, 장비의 얼굴이 가무잡잡한 관계로 장비를 부를 때 검은 장비라고 부르기도 한 데서 나온 말임.)

라고 소개하고 있다. 이와 같이 이러한 이야기 속에 삼국시대의 인물에 관해 이야기가 나오는 것을 보면, 이미 1000년 전 이상부터 '삼국지연의' 이야기가 민가에 널리 유행되고 있었음을 알 수 있다.

송대(宋代)의 강사(講史)

송대(宋代)에 이르게 되면, 이러한 설화(說話 : 이야기)는 그 내용과 분위기의 설정에 많은 발전을 가져오게 된다. 명(明)나라 때의 사람인 낭영(郎瑛)은 《칠수유고(七修類稿)》라는 책에서 말하기를,

소설은 송나라 인종(仁宗) 때(1031~1063)에 나타나기 시작했다. 이 때는 태평성세가 오래도록 지속되었고 국가에 여유가 있게 되자, 나라 사람들은 날마다 이상하고 재미있는 이야기들을 만들어 자신들의 즐거움을 만끽하였다. 이러한 이야기 중에는 기괴한 이야기도 많았는데, 이들은 이러한 이야기를 만들어 듣는 것을 하나의 오락으로 삼았다.

宋代에는
태평성대가 지속되어
국가에 여유가 있게 되자
재미있는 이야기들을
만들어 오락으로 삼았다.
《全相三國志平話》에서

라고 하였다. 송나라 사람인 맹원노(孟元老)의 《동경몽화록(東京夢華錄)》에는 한층 더 강조하여 말하기를, 북송(北宋) 말에는 이러한 설화(說話)들이 엄청나게 많이 있었다고 주장하고 있다. 소동파(蘇東坡)는 그가 편찬한 《지림(志林)》에서 다음과 같이 말하고 있다.

    길가와 골목길에는 어린아이들을 주위에 둘러앉히고 옛날 이야기를 들려주며 돈을 벌어서 생활을 영위하는 자도 많았는데, 이들의 이야기를 듣기 위해 아이들이 둘러앉게 되면 그 앞에는 아이들의 코묻은 돈이 조금씩 쌓이곤 하였다. 이야기는 대개가 삼국의 역사인데, 현덕이 전쟁에 패했다는 대목에서는 눈물까지 흘리는 아이도 있었고 반대로 조조가 패하여 도망갔다는 이야기를 듣게 되면 좋아하여 통쾌하다는 듯이 손뼉을 치는 아이들도 있었다. 이처럼 군자와 소인을 구별한 책은 아마도 100세가 지난다 해도 찾아볼 수 없을 것이다.

여기에서 우리가 주의해 보아야 할 것은, 바로 조조가 이미 사람들로부터 증오의 대상으로 떠오르고 있었다는 사실이다.

송·원대(宋元代)의 잡극(雜劇)

북송 때에는 이러한 설화 외에도 '영희(影戲)'라는 것이 있었다. 이것은 가죽을 재료로 하여 인형을 제작한 다음에——초기에는 종이를 재료로 하

현덕이 전쟁에
패했다는 대목이 되면
눈물까지 흘리는
아이도 있었다.
《全相三國志平話》에서

였음——등불을 가지고 이 인형을 비춰, 흰 종이로 설치한 막에 비친 인형의 그림자로 이야기를 해나가는 일종의 인형극 형태였다. 이 인형극에 대해 송나라 사람인 고승(高承)이 지은 《사물기원(事物紀原)》이라는 책을 보면 다음과 같이 기록하고 있다.

송나라 인종(仁宗) 때 시장에서 장사하는 사람 중에 삼국시대에 대한 이야기를 잘하는 사람이 있었다. 그는 이야기를 할 때 더 많은 것을 첨가시키거나 다른 장식물들을 이용하였다. 즉 그는 인형을 만들어 그 그림자를 비추게 하여 위·촉·오 등 삼국의 전쟁 상황에 대하여 이야기를 시작하곤 하였다.

이러한 '영희(影戲)'와 '설화(說話)'는 이야기의 대본이 되는 책이 분명히 있었을 것으로 보여진다. 그러나 유감스럽게도 이 당시에 삼국시대와 관련되어 엮어진 대본은 현재까지 찾아볼 수가 없다. 남송시대에 이르면 북방에서는 금(金)나라가 건립되었는데, 이 나라에서는 잡극(雜劇)이 유행하였다 한다. 이 나라는 잡극원을 두고 이러한 잡극을 장려하였는데 이 잡극원에 있던 잡극의 대본에는 삼국역사와 관련된 이야기가 많이 나오고 있음을 볼 수 있다. 그러나 현재 우리가 볼 수 있는 극으로는 양양회(襄陽會)라는 이름의 극 하나뿐이다. (역주 : 양양회라는 극의 내용은 유비가 양양으로 가서 유표(劉表)와 만나는 장면을 묘사한 극이다.)

金나라와 元나라에서
삼국의 역사를 주제로 한 잡극이 유행되었다.
《京劇版畵》 중에서

하지만 원대(元代)에 이르면 이들 잡극 가운데에 삼국의 역사 이야기를 주제로 한 극이 특히 많이 나타나게 된다. 원나라 사람인 종사성(鐘嗣成)의 《녹귀부(錄鬼簿)》와 명나라 사람인 함허자(涵虛子)의 《태화정음보(太和正音譜)》에 기록되어 있는 잡극의 이름을 보면 19종 이상이나 된다. 그 중에서 현재까지 전해지고 있는 잡극에는 단도회(單刀會), 양양회(襄陽會), 전여포(戰呂布), 격강투지(隔姜鬪智), 천리독행(千里獨行), 박망소둔(博望燒屯), 연환계(連環計) 등이 있어 현재에도 연출되고 있다. 이들의 내용은 현재의 《삼국지연의》와 이야기의 내용면에서는 별차이가 없다. 그런데 이러한 내용들을 비교하다 보면 원대에 이르러 제갈량이 갑자기 헤아릴 수 없는 많은 지략을 갖춘 군사(軍師)로 나타나는 모습을 보게 되고, 관우는 신의가 투철한 천고의 의인으로 변화되어 묘사되고 있음을 발견하게 된다.

《전상삼국지평화(全相三國志平話)》

이와 같이 앞에서 소개한 희극 대본 외에 최근에 새로 발견된 신안(新安) 우(虞)씨가 간행한 《전상삼국지평화(全相三國志平話)》는 원나라 지치(至治)년(1321~1323)에 간행된 것으로, 이 책은 현재 일본의 내각문고(內閣文庫)에 소장되어 있다. 이 책이 바로 현존하는 책 중에 가장 오래된 간본이다. 이 책은 모두 3권으로 나뉘어져 있는데, 각 장은 상하로 구별하여 기술되어 있다. 즉 윗면에는 그림이 그려져 있고, 아랫면에는 문장이 쓰여져 있다.

본문의 맨 첫머리 일단에는 사마중상(司馬仲相)이 귀신들이 사는 지옥의

여포가 동탁을 살해하다.
《全相三國志平話》에서

감옥을 뚫고 나오는 것으로부터 시작되고, 그 다음에는 조조가 한신(韓信)의 분신으로, 유비가 팽월(彭越)의 분신으로, 손권이 영포(英布)의 분신으로, 한헌제(漢獻帝)는 한고조(漢高祖)의 분신으로 각각 화하여 나타난다. 이들은 공신들을 살해한 원수들에게 복수하기 위해 서로 싸우게 된다. 결국 이러한 세력 경쟁으로 말미암아 한(漢)나라가 셋으로 갈라지게 되는 인과응보를 묘사하고 있는데, 이 책의 첫머리에 실려 있는 시 한 수를 보아도 그 뜻이 어디에 있는가를 쉽고도 확실하게 알 수 있다.

　　천하가 삼분됨은 세 사람의 탓이 아니고(不是三人分天下)
　　고조가 참수한 귀신들의 응보도다(來報高祖斬首冤).

이에 대해 《삼국지평화(三國志平話)》본의 서문은 황건적(黃巾賊)이 난을 일으키는 것으로부터 서술되기 시작한다. 이를 뒤이어 유비, 관우, 장비 세 사람의 도원결의에 의해 통일되는 것으로 끝을 맺게 된다.

이러한 이야기의 전후 시작과 끝맺음을 볼 때, 이미 이 당시에 후에 나타나는 《삼국지연의》의 전체적인 구상과 체계가 설정되고 있음을 알게 되는 것이다. 그러나 문장이 아주 졸렬하고 내용 또한 전반적으로 부드럽지가 못하며, 인명과 지명에서도 많은 오류를 범하고 있음을 알 수 있다. 예를 들면 미축(糜竺)이 매죽(梅竹)으로 됐다든가, 장각(張角)이 장각(張覺)으로 쓰여졌음을 볼 수 있다. 또 화용(華容)이 활영(滑榮)으로 되어 있고, 가정(街

촉(蜀)의 오대(五大)
장군 모습.
《全相三國志平話》에서

亭)이 개정(皆庭)으로 되어 있다. 이러한 오류는 여러 곳에서 발견된다. 더욱이 서술된 내용 중에는 정사와는 아주 거리가 멀게 서술되어 있는 내용도 많이 있다. 즉 유비가 산에 들어가 도적이 된다거나, 장비가 개를 죽이는 것 등이 바로 그것인데, 이러한 내용은 황당무계하기 짝이 없다.

이러한 《삼국지평화》본은 아마도 당시에 삼국의 역사를 이야기로 전하던 사람들의 대본으로 생각되는데, 이것은 문학상에서 볼 때 그 가치가 전혀 없다고 할 수 있다. 그렇지만 《삼국지연의》가 어떻게 발전해왔는지 《삼국지연의》의 역사를 논할 때에는 아주 중요한 자료가 되기 때문에 함부로 이들을 도외시해서는 안 될 것이다.

2. 《삼국지연의》의 형성

원나라 때에 만들어진 《삼국지평화》는 다시 개편되어 한 편의 건전한 대중소설인 역사소설로 나타나게 되었다. 이러한 일을 한 사람이 바로 나관중(羅貫中)이다. 나관중은 원말 명초(元末明初) 때의 태원(太原) 사람으로 이름은 본(本)이고, 자는 관중(貫中)이었으며, 호는 호해산인(湖海散人)이었다.

나관중의 《삼국지통속연의》

가중명(賈仲名)이 쓴 《속록귀부(續錄鬼簿)》의 소개를 근거로 하여 본다

《全相三國志平話》에서

면, 그를 "사람들과 많이 교제하지는 않으나" 일단 대화에 임하게 되면 "그 말 속에 숨어 있는 의미가 아주 재미있고 진솔하였다"고 평하고 있으며, 그와 가중명은 오래도록 교분 관계를 유지했다고 하고 있다. 원나라 순종(順宗) 4년(1344)에는 이미 그와 가중명은 아주 친해 있었고, 결코 그와의 교분이 끝나지 않을 것이라고 믿고 있었다고 하였다.

계속해서 가중명은 나관중에 대해, 그는 당대 중국 최고의 작가로서 소설 쓰는 데 온 힘을 기울이고 있었다고 하였다. 그는 이전에는 희곡을 주로 써왔다고 하였다. 《녹귀부속편(錄鬼簿續編)》을 보면, 나관중이 잡극(雜劇)을 쓴 목록이 세 권이나 됐다고 하고 있을 정도로 많은 희곡을 썼던 것 같다. 그러면서도 현재 전해지고 있는 것은 《송태조용호풍운회(宋太祖龍虎風雲會)》 한 권에 지나지 않는다고 기록하고 있다. 이러한 기록을 토대로 해서 본다면, 나관중은 필생의 모든 정력을 기울여 인생을 소설 쓰는 데 바치고 있었다고 평할 수 있을 것이다.

한편 전하는 바에 의하면 나관중의 저작 가운데에는 《17사연의(十七史演義)》라고 하는 대작이 있고, 그 외에도 《수호전(水滸傳)》, 《평요전(平妖傳)》, 《분장루(紛粧樓)》 등의 저작이 있다고 한다. 그러나 이러한 것은 모두가 전해오는 말이고 실제로 그의 저작이 전하여져 남아 있는 것은 없다. 혹 그의 작품이 전해져 오는 것이 있다 하더라도 거의가 다 후세 사람들에 의해 여러 차례 보완되거나 보충되어져서, 원작의 진면목은 이미 연기 속에 사라져버리듯이 볼 수 없게 되었음은 말할 것도 없다. 그러면서도 그의

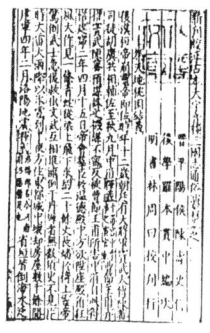
《三國志通俗演義》,
羅貫中本

수많은 작품 중에서 어느 정도나마 그 진면목이 보존되어져 있는 것은 역시 그 자신도 일부분을 개작한 바 있던 《삼국지통속연의(三國志通俗演義)》 한 권뿐이라고 할 수 있을 것이다.

《삼국지연의》 홍치본(弘治本)

우리들이 현재 볼 수 있는 최초의 《삼국지통속연의》 간본은 명나라 효종 (孝宗) 홍치(弘治) 갑인년(甲寅年 : 1494년)에 인쇄된 간본이다. 이 책 상면에서 제언(題言)한 것을 보면, '진(晉)나라 평양후(平陽侯)였던 진수가 쓴 역사서를 후학인 나관중이 순서에 따라 편찬하였다'고 써 있고, 이 책 앞머리에 있는 서문은 용우자(庸愚子)라는 사람이 썼다고 서명하고 있다. 이 서문에는 다음과 같은 내용의 말이 들어 있다.

이전시대부터 야사(野史)로 지어진 연의(演義)가 평화(平話)라 하여 일반적으로 전해져 내려오고 있었는데, 그 내용이나 문장이 거칠고 저속하여 야사로서의 가치도 없었으므로 지식계층인 사대부들이 대단히 싫어하였다. 그러나 동원(東原)의 나관중이 쓴 연의는 평양의 진수가 쓴 여러 나라의 역사, 즉 한나라의 영제(靈帝) 중평(中平) 원년부터 진나라 태강 (太康) 원년까지의 사건들을 평가하여 취할 것은 취하고 버릴 것은 버리는 등 새롭게 쓴 것인데, 이것이 바로 《삼국지통속연의》이다. 이 글의 문장은 그다지 심후하다고는 볼 수 없지만, 또한 그렇게 저속한 글이라

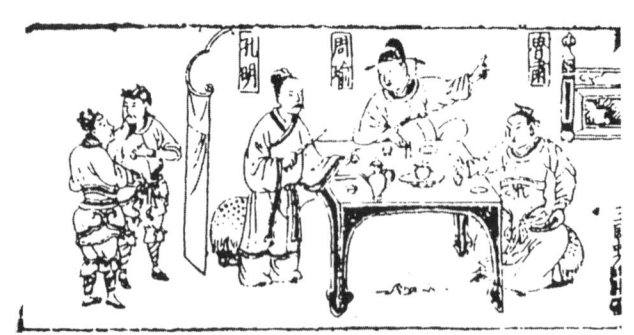

노숙과 함께 주유를 방문하여 조조와의 결전을 종용하는 제갈량. 《全相三國志平話》에서

고도 할 수 없다. 이 글의 체제는 기실 거의가 역사서와 같다고 할 수 있는데, 이 책을 읽게 되면 대체로 정사와 같은 느낌을 갖게 되리라고 생각한다. 따라서 이러한 글은 이른바 마을 어귀에서 읊조리는 가요적인 느낌을 주는 그러한 시적인 감상을 자아내게 하는 글이라 할 수 있다.

우리는 이 글을 통해 나관중이 왜 진수의 역사서를 이와 같이 개편하였는가를 명백하게 설명하고자 하는 그의 목적을 엿볼 수 있다. 그는 한편으로는 문장의 표현과 수식이 질박하고 약간 속되게 쓰여진 관계로 식자층인 사대부계층이 멸시하는 평화본(平話本)을 "문장은 그렇게 수려하지 않으나, 그 표현은 그다지 속되지 않다"라고 평가받을 정도로 개편하여 일반 민중들이 쉽게 볼 수 있는 일종의 대중소설과 같은 읽을 거리로 만들었고, 다른 한편으로는 자신이 개편한 이 글이 정사(正史)에 위배되지 않도록 하여 식자계층도 읽을 수 있는, 즉 누구나 다 읽고 즐길 수 있는 책으로 만들었던 것이다. 나관중의 이러한 작업은 당시의 시대적인 상황에서 볼 때, 아주 재미있고 의의 있는 행동이라고 할 수 있다.

나관중이 펴낸 《삼국지통속연의》는 모두 24권으로 되어 있고, 매권은 10절로 나뉘어져 있으며, 다시 각 절은 작은 제목으로 나뉘어져 7언(言) 1구(句)로 되어 있다. 이것은 장편소설의 최초 형식이다. 이후에 나타나는 소설의 형식은 여러 회로 나뉘어지고, 매회마다 제목이 대구가 되는 두 구절의 시로써 표현되어지는데, 이러한 형식은 한참 이후에 나타난다.

제갈공명을 방문하는 유비(三顧草廬). 《全相三國志平話》에서

　　나관중이 쓴 간본과 일반인들에게 전해져 내려왔던 평화본과는 다음과 같이 뚜렷하게 다른 세 가지 중요한 차이점이 있다.
　　첫째, 나관중은 내용상 편수를 많이 늘렸으며 글자를 또한 많이 개정하였다. 예를 들면 삼고초려(三顧草廬)가 나오는 곳을 보면, 평화본에는 단지 한 소절밖에 없고 문자수 또한 아주 적은 데 비하여, 나관중은 이 부분을 집중적으로 보완하여 원문보다 문장이 수배로 늘어났다. 더욱이 신명이 나도록 당시의 모습을 묘사했는데, 이러한 묘사는 그의 개성을 잘 나타내주는 부분이라 할 수 있을 것이다. 즉 이 부분은 간결하면서도 생동감 있게 잘 표현되어 있기 때문에 그의 문필의 특성을 잘 보여주고 있다고 할 수 있다.
　　둘째, 황당무계한 근거 없는 부분은 과감히 삭제해버렸다는 점이다.
　　평화본에는 황당무계한 부분이 지나칠 정도로 많은데 이를 모두 삭제해버린 것이다. 그는 이야기가 진행되기 전에 쓰여진 앞부분의 쓸데없는 인과응보에 의한 이야기의 도입을 전부 삭제하고, 그 대신에 역사적인 사실에 근거하여 스스로 직접 이야기를 써내려 갔던 것인데, 이러한 것이 그 한 예라고 볼 수 있다.
　　셋째, 사료를 더 많이 인용했다는 사실이다.
　　그는 정사에 들어 있는 사용 가능한 자료들을 모두 그의 판단 아래 집어 넣었다. 하진이 환관을 죽였던 사실이나 예형이 조조를 욕하는 것 등은 모두 정사에 있는 사실들을 이야기 속에 첨가한 것이다. 또한 다른 한편으로

천문학에 도통한 공명은
별의 움직임을 보고
군사와 정치적인 동향을 점쳤다.
《三國志通俗演義》에서

는 많은 시(詩), 사(詞), 서(書), 표(表) 등을 첨가하여 역사적인 성격이 농후하도록 편찬했던 것이다.

이상에서 본 바와 같이 나관중의 글은 원대의 평화본과 비교할 때, 아주 진보된 곳이 비교되지 않을 정도로 많다. 더구나 서문에서 명확하게 쓰여져 있는 바와 같이 "문장이 그리 좋다고는 할 수 없으나 그 문장의 표현은 그다지 저속하지 않다"고 평가받을 수 있을 정도로 써, 사대부 등 지식계층이나 일반인들 모두가 이를 읽는 데 주저함이 없도록 했던 것이다.

이러한 이유 때문에 나관중의 책이 출간되어 나오자마자 원래 있던 평화본은 자연히 그 모습을 감추게 되었고, 이렇게 됨으로써 나관중의 신간본이 계속해서 나타나게 되었다. 이러한 상황이 명대(明代) 말기에 이르자 이들 간본은 이미 수십 종에 다다르게 되었다. 그러나 이러한 간본들의 주체는 역시 나관중의 간본이었음은 말할 것도 없다. 즉 어떤 책은 권수나 횟수가 상당히 증가했거나, 어떤 책은 글자상에서 증가하거나 삭제된 것도 있고, 또 어떤 것은 편역자 나름대로의 주석을 붙인 것이 있는가 하면, 어떤 책은 그림을 넣거나 비평을 가하기도 하였다.

모종강본(毛宗崗本)

이러한 상황하에서 청나라 강희(康熙)년에 이르러 모종강(毛宗崗)이 나타나게 되는데, 바로 이 모종강이《삼국지통속연의》를 새롭게 개작함으로써 이 나관중의 간본이 새로운 변화를 맞게 되는 것이다.

《新全相三國志平話》刊本.

　　모종강은 김성탄(金聖歎)이 《수호전》이나 《서상기(西廂記)》 등을 개작한 것을 본떠서 나관중의 간본을 개작하고 비평하였다. 그는 나관중의 《삼국지통속연의》에 대해 '제일재자서(第一才子書)'라고 칭송하며 이를 개작했던 것인데, 이것이 오늘날 읽혀지고 있는 120회의 내용을 담고 있는 《삼국지연의》인 것이다. 이리하여 우리들이 명나라 초기에 나관중이 개작한 것이라고 알고 있는 이 《삼국지연의》가 사실은 청조 때 모종강이 개작한 《삼국지연의》라는 것을 대부분은 모르고 있을 것이다. 모종강이 개작한 이 책은 나관중이 쓴 것보다도 더 발전되어 있고 문장 또한 수려하기 때문에, 모종강의 것이 출간되자마자 나관중의 간본은 연기처럼 사라졌다는 사실을 아는 사람이 별로 없기 때문이다. 이상에서 조사해본 바와 같이 《삼국지연의》는 결코 한 사람에 의해 쓰여진 일대저작이라고는 할 수 없는 것이며, 3, 400년을 전해 내려오면서 여러 사람의 손에 의해서 고쳐지고 증보되고 하면서 만들어진 집체적인 작품이라고 볼 수 있는 것이다.

3. 현재 읽혀지고 있는 《삼국지연의》

　　현재 읽혀지고 있는 《삼국지연의》는 청조 초기의 사람인 모종강이 여러 차례 수정하면서 편찬한 책이다. 모종강의 자는 서시(序始)이고, 강소성(江蘇省) 소주부(蘇州府) 장주현(長州縣) 사람이며, 김성탄의 제자다. 그의 부

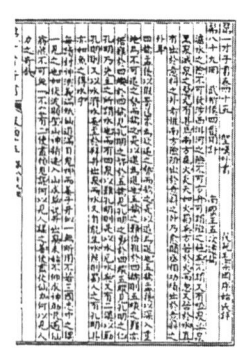

毛宗崗本《三國志通俗演義》.

친은 모륜(毛綸)이고 자는 덕음(德音)이었다. 후에 자는 성산(聲山)으로 고쳤다. 모륜은 중년 이후에 실명을 하여 앞을 보지 못하였기에, 아들인 모종강과 합작으로 《삼국지연의》를 개작하였던 것이다. 그러나 모륜은 다만 구술로써 전체적인 대강의 뜻만을 말했던 것이기에 실질적으로 이 책을 집필한 사람은 모종강이라 할 수 있다. 왜냐하면 그는 이렇게 전해 들은 이야기를 토대로 하여 자신의 많은 의견을 첨가함으로써 모종강본이라는 《삼국지연의》를 탄생시켰기 때문이다. 이 책이 완성된 시기는 대체로 강희(康熙) 초년경(1666~1686 사이)으로 추정된다. 이들 부자는 이와 같은 방법으로 《삼국지연의》 외에도 《비파기(琵琶記)》를 합작으로 만들어 냈다.

여기서 모본(毛本)과 나본(羅本)의 다른 점은, 모본이 중간하면서 책 앞머리에 설명해놓은 범례 10조를 통해 알 수 있다. 즉 이 범례에 개작을 하게 된 의견을 제시해놓고 있기 때문이다. 이 의견을 종합하여 본다면 다음과 같은 몇 가지 점에서 차이가 있음을 알 수 있다.

첫째, 문장을 수정한 곳이 많다. 원문을 보면,

나본은 거의가 같은 자를 많이 사용했기 때문에 대부분의 뜻이 명확하지 못하여 그 의미의 전달이 불확실하며, 또한 문장이 길어서 많은 부분이 중첩되고 있기에, 본서는 고본(古本)에 의거하여 거의 전부분을 개정하였다.

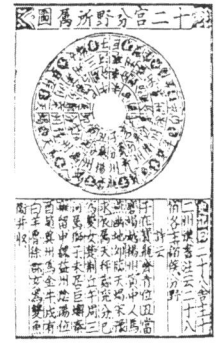

元刊本인《事林廣記》의
12官 분야별 소속도.
이는 고대의 천문학을
대표하는 그림으로 병법에 많이 사용됨.
《事林廣記》에서

라고 하고 있다.

둘째, 정사의 내용에 근거하여 바로잡았다.

　　나본의 기사에는 많은 부분이 와전되고 있다. 예를 들면 소열(昭烈)이 천둥소리를 듣고 젓가락을 떨어뜨렸다거나, 마등이 입경함으로써 해를 입었다라든가, 관 공(關公)이 한수정후(漢壽亭侯)에 봉해졌다 등등이다. 그러나 이러한 내용은 모두가 고본과 그 내용이 맞지 않다. 또한 조후(曹后)가 조비(曹조)를 꾸짖은 것을 나본에는 그들 무리를 증오해서 꾸짖었다고 쓰고 있고, 손(孫) 부인이 강에 몸을 던져 죽은 것을 나본에서는 오(吳)나라로 돌아갔다고 기록하고 있는데, 이러한 모든 오류를 고본에 의거하여 모두 고쳤다.

셋째, 내용을 보충하였다.

　　관 공이 새벽까지 놀았다든가, 관녕(管寧)이 자리를 쪼개어 나누어 앉았다든가, 무후(武侯) 부인의 재능이라든가, 강성(康成)을 모시는 아이의 지혜라든가 등은 모두 고본에 있는 말이므로 이를 내용에 보충하였다. 또한 공융이 진림에게 조조를 토벌하라는 격문을 올리는데, 나본에서는 이러한 사실이 모두가 빠져 실리지 않았기에 이를 고본에 의거하여 집어

달과 별의 움직임을 보고 전쟁의 시기를 점치는 법은 삼국시대 뿐만 아니라 明代에까지도 사용되었다. 日月風氣色圖《三才圖會》에서

넣었다.

넷째, 쓸데없는 군더더기 같은 이야기를 빼버렸다.

제갈량(諸葛亮)이 위연(魏延)을 상방곡(上方谷)에서 불살라 죽이려고 했으나, 제갈첨이 등애(鄧艾)로부터 글을 받아들고는 의심스러워 머뭇거리다가 결정하지를 못한다는 등의 글을 모두 삭제하였다.

다섯째, 유치하고 졸렬한 시(詩)와 사(詞)를 모두 삭제하였다.

나본에는 매번 "후인들이 지은 시 가운데 탄식하여 말하기를"라고 하는 것이 있다. 이러한 시는 많은 부분에서 주정헌(周靜軒) 선생이라는 사람이 지은 시라고 하며 나타나는데, 이러한 시들은 대부분이 졸렬하고 조잡하여 우습기 그지없는 것이기에, 본서에서는 모두 당·송의 명인들이 지은 것만을 취하여 재편하였다. 그리고 나본에는 종종 고인들 시구를 날조하여 기록한 것이 있다. 예를 들면 종요(鍾繇)나 왕랑(王朗)이 지은 동작대(銅雀臺)나 채모(蔡瑁) 등의 시가 여관이나 역사(驛舍)의 담벽에 써 있었다는데, 이는 모두가 거짓으로 된 칠언율시(七言律詩)였다. ……따라서 이러한 것은 모두 고본에 의거하여 삭제하였다.

황위를 선양할 때의 예식.

이상에서 말한 몇 가지 이외에도 재차 정리하면서 유치한 어투는 새로운 말로 바꾸어 써 넣었다. 이와 같이 나본은 모종강에 의해 개찬이 된 후, 문자상에서는 물론이고 내용상에서도 이전보다 훨씬 완벽하고 정갈하게 정리되어 이로부터 300여 년 간 이렇게 정갈하게 정리된 모종강의 최후 수정본만이 통용되고 있는 것이다.

4. 《삼국지연의》와 《삼국지》

나관중이 개편한 《삼국지통속연의》는 이 책의 이름만 보아도 정사인 《삼국지》를 재료로 하여 쓴 것임을 금방 알 수 있게 된다. 이는 다시 말해 정사인 진수의 《삼국지》를 기본으로 하여 이를 통속화한 것인데, 이렇게 개편하게 된 목적은 일반 사람이나 사대부인 지식계층도 읽을 수 있도록 하려는 데 있었다.

그래서 이 책의 원간본에다 '진평양후진수사전, 후학나본관중편차'(晉平陽侯陳壽史傳, 後學羅本貫中編次) 등의 자구를 나란히 붙여서 썼던 것이다. 이러한 이름의 변천에서 보더라도 《삼국지통속연의》가 얼마나 정사 《삼국지》에 의거해서 썼는가를 알 수 있다.

虎牢關에서 여포와
三戰을 겨루는
유비·관우·장비.

　비록 《삼국지통속연의》가 허위 날조된 부분은 실상 그리 많지 않다 하더라도, 이 책이 가장 많이 이용한 자료가 배송지(裴松之)가 붙인 주(注)였다는 점은 이 책의 진실성을 어느 정도는 훼손시키고 있음이 틀림없는 사실이다.
　이 주는 많은 잡서들로부터 인용한 사료를 사용하였던 것이기에, 소설적인 감흥을 많이 이끌어낸다고 할 수는 있지만, 한편으론 완전한 정사라고 하기에는 한계성을 갖게 해주는 요인도 되는 것이다. 그래서 청나라의 대학자인 장학성(章學誠)은 이 《삼국지통속연의》에 '칠실삼허(七實三虛 : 7할은 진짜이고 3할은 가짜다)' 라고 부제(副題)를 달았던 것인데, 이는 아주 적절한 서명이라고 할 수 있다.
　그럼에도 불구하고 이와 같이 대부분의 내용을 역사적인 사실에 근거하여 썼으므로, 일반 독자들은 재미있는 옛날 이야기에 심취하여 읽게 되는 가운데 자연스럽게 많은 역사적인 지식을 얻게 되는 것이다. 이것이 또한 이 책의 큰 장점이 된다고 할 수 있다.
　그러나 역사적 사실에 구애되다 보니 작자의 상상력과 문장의 구성을 위한 보완 및 삭제가 배제되어, 내용의 흐름이나 전개면에서 자연스럽지 못한 면이 나타나게 된다.
　따라서 더욱 소설적인 맛이 나도록 상상력을 동원시킬 수도 있었음에도 불구하고, 결과적으로는 이와 같은 요소가 어느 한계 이상 가미되지 않았다는 것은 아주 아쉬운 점이라고 할 수 있다.
　또한 정사에 있는 사실들을 끌어내려고 고대의 문헌들을 많이 인용했기

≪繡像全圖三國演義≫의 사진(본사 소장)

에 서술상 어려운 고문체들을 많이 사용하게 되었는데, 이러한 것도 역사소설이라는 면에서는 치명상을 줄 수 있는 원인이 될 수 있는 것이므로, 문학상의 장르면에서 평가한다면 사실 문학적인 가치는 떨어진다고 볼 수도 있는 것이다.

《삼국지연의》가 비록《삼국지》에 바탕을 두고 또 실질적인 역사적 사실에 의거하여 편찬된 것이라고는 하나, 작가가 이 책을 재편할 때는 마음속으로 자신이 의도하는 바의 주제를 연상하며 썼기 때문에, 이 책을 쓰기 위해 인용되는 사료는 자연히 자신의 의도에 걸맞는 부분만이 취사 선택되었고 또한 증보되었던 것이다.

즉 이러한 현상을 가장 극명하게 나타내는 것이 바로 "위(魏)나라와 오(吳)나라를 촉한(蜀漢)보다 그 위상을 낮추거나 소홀히 다루고 있고, 대신 촉한은 상대적으로 이들 두 나라보다 그 위상을 높여서 쓰고 있다"는 것이다. 이러한 내용은 이 책의 도입 부분인 '삼형제의 도원결의 편'에서부터 이후 촉한이 멸망할 때까지 모두가 이들 촉한의 인물들을 중심으로 하여 쓰여졌다는 사실에서도 알 수 있다.

이러한 측면에서 본다면 이 책의 내용은 아주 단순하다고도 볼 수 있을 것이다. 그러나 거꾸로 생각해보면 작가가 이러한 자기 나름대로의 주제를 설정하여 이야기를 진행시키면서, 이 주제를 중심으로 여러 이야기를 첨가시켜 삼국으로 분리된 당시의 어지러운 국면을 여러 가지 형태로 복잡하면서도 일목 요연하게 묘사함은, 독자들의 이해를 쉽게 도와주면서도 숨막히

綿竹에서 전투에 임하는 제갈공명.
나관중의 《三國志演義》

는 스릴을 맛볼 수 있게 하였다. 즉 각국에서 벌어지는 일들이나, 대량으로 등장하는 인물들의 성격과 처세에 대한 묘사 등이 모두가 하나의 주제를 중심으로 소개되기 때문에, 독자들에게 종잡을 수 없는 듯한 어지러움은 주지 않는다는 것이다. 이것은 바로 이 책이 역사소설로서 갖는 흥미를 더욱 유발시키는 최대의 요인이라고 할 수 있다.

다시 말해 위나라와 오나라를 촉한에 대해 상대적으로 이미지를 약화시켜 독자들의 객관적 판단을 약화시키고, 촉한을 하나의 존경 대상으로 승화시켜 촉한 사람들에 대해서는 특별히 자세히 묘사하거나 동정심을 부여함으로써, 독자들로 하여금 촉한에 대한 편애성을 불러일으키게 하였다. 이에 반해 위와 오의 인물들에 대해서는 대체적인 묘사 내지 객관성 있는 평가가 등한시되어 있고, 고의로 그들의 인물됨을 왜곡하는 경향을 보임으로 하여 독자들이 편견을 갖도록 하였으며, 또한 그들을 대대적으로 혹평하도록 유도했던 것이다.

이와 같이 《삼국지연의》와 《삼국지》를 대조하여 보면 작자가 어떠한 주제를 가지고 어떻게 묘사했나를 우리는 곧 알게 된다. 예를 들면 유비의 관대함이나, 제갈량의 신통력, 관우의 충성심과 신의, 조자룡의 용감한 무용담과 조조의 간교함과 음험함, 주유의 인간됨됨이의 협소함 등이 그것이다. 그리고 적벽대전은 원래 주유가 주재했던 것인데, 글 중에는 제갈공명의 전략과 기지 그리고 그의 신통력만이 강조되고 있음을 볼 수 있다. 또 조조의 완성(宛城)과 동관(潼關)에서의 패전은 본래 아주 작은 피해였음에

琥亭에서
진을 치고 있는 유비.
나관중의《三國志演義》

도 글 중에는 아주 큰 전쟁에서 패한 것처럼 묘사되어 있는 것이다.

이를 통해서도 작자가 사료를 취사 선택하여 인용하는 가운데서 자신의 주된 생각에 맞추어 의도적으로 보충 내지 삭제하여 기술했음을 엿볼 수 있는 것이다. 따라서 이러한 면을 본다면 이 책 또한 완전히 역사적인 사실에 충실하여 기록했다고는 할 수 없다.

그렇기 때문에《삼국지연의》를 근본적으로 '촉한연의'라고 하거나, '제갈연의'라고 혹평하는 사람도 있는 것이다. 하지만 우리들이《삼국지연의》의 이러한 점을 나름대로 인식하면서 본다면,《삼국지연의》는 결코 통속화된《삼국지》가 아니고 나름대로 자신의 영역과 생명력을 갖고 있는 책이라는 것을 알게 될 것이다.

5.《삼국지연의》의 가치

《삼국지연의》의 문학적인 가치는 어떠한가? 비록 이 책에 대한 논란의 여지는 많다고 하지만 이 책이 우리 사회에 미치는 영향이 아주 크다는 사실은 누구나가 다 공감하고 공인하고 있는 일이다. 다시 말해 이 책을 읽은 사람이라면 거의가 다 이 책을 통해 많은 유익한 지식과 교훈을 얻었다고 생각한다는 것이다.

이 책의 내용에는 음란하고 비정서적인 내용이 거의 없는 데다, 이 책이

삼국시대의 전함.

읽혀진 역사가 유구하고, 문장 또한 수려하며, 그 수식하는 바의 뛰어남도 특별하므로, 예전부터 많은 사람들은 이 책을 자손들에게 읽히기를 장려했던 것이다.

몇백 년 전부터 이 책은 이미 지식계층의 사랑을 받는 애독서가 되어 왔다. 따라서 이 책은 일반 사람들이 사회생활을 해나갈 때 자신의 입신 문제나 처세에 대한 하나의 교과서적 역할을 해왔던 것이다. 또 한편으로는 일반인들이 설화로 전해 내려오는 이야기들을 문장화시킬 때 그들의 작문연습의 전범(典範)이 되어왔다. 나아가서는 병서(兵書)나 정치술의 입문서로도 되었다.

《삼국지연의》의 이러한 기능면을 중심으로 하여 그 가치를 살펴보면 다음과 같이 다섯 가지로 요약할 수가 있다.

첫째, 이 책의 기록은 한(漢)의 영제(靈帝)로부터 시작하여 진(晉)나라에 의해 통일될 때까지인 약 80여 년에 걸쳐 일어난 사건을 기술하고 있다. 그리하여 긴 세월 동안의 역사적인 사건을 기록하고 있기 때문에 일어나는 사건들이 많을 뿐만 아니라 서로 얽히고 설켜 있어 매우 복잡다단하며, 등장하는 인물도 대단히 많아서 그 내용이 두서없고 혼란스럽다고 생각될 수도 있으나, 구성 안배와 내용체제의 분별이 잘되어 있어 그러한 혼란을 느끼지 않도록 서술되어 있다. 이리하여 우리들이 이 책을 읽게 되었을 때 흥미를 더욱 유발시킬 수 있으며, 더구나 이러한 재미를 느끼며 읽어 내려가는 동안 우리들은 무의식중에 많은 역사적인 지식을 얻게 된다.

제갈공명이 출사표를 올리다.

이리하여 사회 일반인들은 물론이거니와 장사하는 사람, 혹은 목동, 부녀자, 어린이 할 것 없이 모두가 읽을 수 있는 책이기 때문에 이들 모두가 이 시대의 역사를 이해하는 데 상당한 도움을 줄 수 있다는 점이다. 이것이 바로 이 책이 갖는 가장 훌륭한 가치라고 할 수 있다.

둘째, 이 책은 특출한 인물 몇몇을 설정하여 집중적으로 묘사하고 있다. 즉 유비, 제갈량, 관우, 장비 그리고 주유 등이 바로 그들이다. 이들에 대한 묘사는 마치 살아 있는 사람들이 행동하는 것과 같이 생동감 있게 표현되고 있다. 이러한 묘사 방법에 대해 린슈(林紓)는 〈외로쇄기(畏廬瑣記)〉에서 다음과 같이 평하고 있다.

> 제갈량의 충성심은 글로써 썼다고 할 수 없을 만큼 그 뜻이 분명하게 드러나 있고, 조아만(曹阿瞞)의 간사함도 또한 글로써 나타냈다고는 할 수 없을 만큼 그 표현이 명쾌하다.

이와 같은 문장력과 그 표현기법을 통해, 이 책을 읽어 내려가면서 우연 중에 느끼게 되는 충성심이나 간사함에 대한 판단력은 사회윤리 교육에 아주 큰 작용을 한다고 할 수 있을 것이다.

셋째, 이 책은 앞에서도 지적한 바와 같이 수많은 크고 작은 전쟁 상황을 묘사하고 있다. 이러한 전쟁 횟수는 거의 100여 회나 이르고 있다. 이러한 전쟁 묘사는 특히 뛰어나, 긴장감과 흥미의 진진함을 더욱 연상시켜

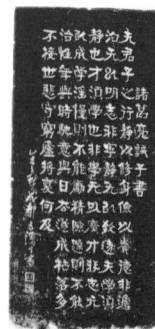

제갈공명의 묘비명 탁본(좌),
제갈량계자서(誡子書)의 탁본(우).

주기 위한 전술·전략 등을 명쾌하게 보여주고 있다. 즉 어떤 때는 어떻게 행군하여야 하고 또 어떤 때는 군대의 포진을 어떻게 해야 한다는 등 전술상의 비밀을 거리낌 없이 상세히 설명하고 있는 것이다.

　이는 우리 독자들에게 고대 중국에서의 군사학이 얼마나 발전했고, 또 어떠한 것들이 있었는가를 알려준다. 이 또한 일반인들의 지식수준을 높여주는 데 일익을 담당하는 것이라고 볼 수 있다.

　이러한 이 책의 성격 때문에 과거에 어떤 사람은 이 책을 병서라고까지 하였다. 전하는 말에 의하면 청나라 군사가 중원에 들어오기 전에 이미 《삼국지연의》가 만주어로 번역되어 읽혀지고 있었는데, 당시 중원으로 침입하던 만주군의 대장 중에 해란찰(海蘭察)이라는 사람이 이 책을 좋아하여 잠시도 이 책에서 눈을 떼지 않았다고 한다. 그는 이 책에서 많은 용기와 경험을 얻어 용감하게 중원에 들어올 수 있었는데, 그가 지휘하는 부대는 용감무쌍하여 감히 적들이 대항할 생각도 못했다고 하였다. 이러한 대업을 이룬 후에 그 장군은 바로 이 번역된 《삼국지연의》를 통해서 많은 힘을 얻었다고 당시를 회상하였다고 한다. 이러한 이야기를 통해서도 이 책이 갖고 있는 위대함을 우리는 알 수 있을 것이다.

　넷째, 이 책은 전편의 구성과 체제가 그렇게 완결하고 정갈되게 꾸며져 있다고는 할 수 없음에도 불구하고 독자들의 흥미를 유발시킨다는 점이다. 또 다른 한 장점은 문장의 서술형식이 쉬우면서도 실용적인 백화문과 간결한 고문을 적절하게 섞어가며 문장을 만들어 표현했기 때문에, 문장의 산

제갈공명이 맹획을 7번 사로잡음.

뜻함을 느끼며 읽을 수 있으며 또한 작문을 훈련하는 데도 많은 도움을 준다는 것이다.

더욱이 이 책은 많은 좋은 문장과 글귀를 초록해서 싣고 있기 때문에 독자들의 배움과 작문 실력을 배양시켜 줄 수 있다는 것이다. 예를 들면 제갈량이 쓴 〈전후출사표(前後出師表)〉와 공융이 올린 〈미형표(彌衡表)〉, 진림이 조조를 토벌하기 위하여 쓴 〈조조격(曹操檄)〉 등이 있다. 그 외에도 기타 여러 시(詩)나 사(詞) 등도 모두 독자들에게 읽혀지고 암송될 수 있는 좋은 문장으로서 모두가 귀감이 되는 글들이다.

마지막으로 후스(胡適)가 쓴 《삼국지연의》에 대한 평론 일부를 소개하고자 하는데, 이 글을 읽게 되면 이 책의 가치가 어느 정도인가를 쉽게 알게 될 것이다.

그리고 이러한 평가는 우리가 《삼국지》를 왜 중요시하고 가까이하는가를 잘 대변해주고 있다고 할 수 있다.

《삼국지연의》는 세상에서 누가 뭐라 해도 가장 절찬받을 민힌 대중적인 역사소설이라고 할 수 있다. 수천 년 간에 걸친 우리 동양 사람들의 생활 속에서 이 책만큼 통속적인 교육을 우리들에게 잘 가르쳐준 마력을 지닌 것은 아마 없을 것이다. 특히 최근 500년 간 우리 중국사회에 혼란이 겹쳐 특별한 교육을 받을 기회가 없었는데, 이러한 때 이 책은 우리들에게 무수한 양식과 지혜를 가르쳐주었고, 또 이 책을 통해 글을 쓰고

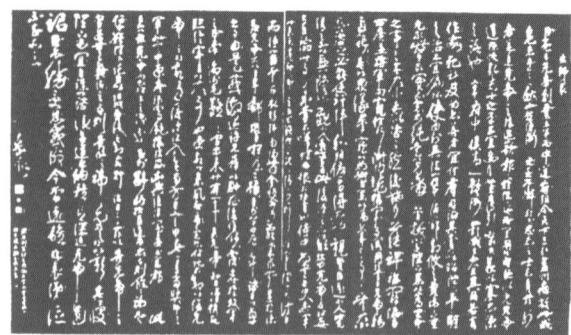

〈出師表〉(岳飛書)
(출사표 원본 전문은 《삼국지》
제5권 부록편에 기재됨).

문장을 숙달할 수 있는 기법과 기능을 연마할 수 있었으며, 나아가서는 인간 세상에서 부딪치는 온갖 고난과 고통을 어떻게 헤쳐나가고 대처해야 하는지를, 다시 말해 살아가는 방법을 배울 수 있었던 것이다. 그렇지만 이 책에서는 이러한 교훈적이고 모범적인 내용을 담아, 이를 일반 독자들에게 심어주기 위해 높은 견해를 추구하고 또한 문학적인 기능을 높이려고 한 것은 아니다. 오히려 이 책이 추구한 것은 독자들의 흥미를 촉구하려는 의도가 다분히 담겨 있다고 할 수 있다. 그리하여 독자들이 이 책을 한번 들었다 하면 손에서 놓지를 못하게 하였다. 따라서 이와 같이 교훈적이고 교육적인 면이 있으면서도 독자들이 지루하지 않도록 쓰여진 것은 아마 다른 어떤 책에서도 볼 수 없는 것이다.

　예를 들어 사서오경(四書五經)이 과연 그와 같은 매력을 주는 책이라고 할 수 있을까? 그렇지 않으면 24사(二十四史)나 《자치통감(資治通鑑)》, 혹은 《고문관지(古文觀止)》나 《고문사류(古文辭類)》 등이 과연 《삼국지연의》와 같은 이러한 우리의 요구를 들어줄 수 있는가? 결국은 이와 같은 지고지선의 책들도 독자들의 요구를 들어주기에는 한계가 있는 것이다. 그러나 《삼국지》는 어떠한가? 바로 우리들이 요구하는 해갈을 삭혀주는 그러한 책이라고 할 수 있지 않을까? 결국 우리는 이 책을 통해 만족과 위안을 맛볼 수 있었고, 이러한 매력을 지닌 책이 있었기에 우리는 그 무엇과도 바꿀 수 없는 은혜를 받았다고 생각할 수 있는 것이다. 따라서 우리들은 이 책에 대해 깊은 경의와 감사를 표해야 할 것이다.

부록

- 주요 관직명 해설
- 한대의 관제와 병제
- 주요 관직의 서열과 녹봉
- 참고 그림

주요 관직명 해설

간의대부 諫議大夫   황제의 고문관. 황제의 잘못을 간(諫)하며 고문(顧問)·응대(應待)를 맡은 관직. 의랑(議郞)과 함께 광록훈(光祿勳)에 속한다. 6등관.

거기장군 車騎將軍   총사령관 격인 대장군 아래 장군이 일곱 있었다. 이를 일곱 장군이라 하며 거기장군은 이 가운데 둘째다. 녹봉 1만 석.

공부시랑 工部侍郞   공부는 영조(營造)·공작(工作)에 관한 일을 맡아보는 관청이며, 시랑은 성(省)의 차관에 해당한다. 한대(漢代)에는 임시직이었다.

광록대부 光祿大夫   조정의 고문관. 진(秦)나라 때의 낭중령의 속관이던 중대부(中大夫)를 한무제(漢武帝) 때 광록대부라고 고쳐 불렀다. 삼공(三公) 다음 가는 높은 벼슬이었으나 실권은 없고 다만 명예직. 3등관, 녹봉 2천 석.

광록훈 光祿勳   구경(九卿) 가운데 하나. 궁중과 황실의 제관(諸官)을 감독·통솔한다.

교위 校尉   ① 월기(越騎) 중루(中壘)·사성(射聲)·둔기(屯騎)·보병(步兵)·장수(長水) 등 팔교위(八校尉)가 있으며, 도성 밖에 주둔하는 군대를 거느린다. 녹봉 2천 석.
② 지방관으로, 성문교위(城門校尉)와 사예교위(司隷校尉)의 두 교위가 있다. 녹봉 2천 석.

구경 九卿   황실과 중앙 정부의 정사를 처리하던 관직으로서, 삼공 바로 아래 최고위직이었다.

국구 國舅	왕의 장인 또는 처남.
기도위 騎都尉	중랑장(中郎將)과 같이, 황제를 호위하는 관직으로 기병(騎兵) 담당. 광록훈 아래에 속한 관직. 녹봉 비(比) 2천 석.
낭관 郎官	중앙 각 관청의 상서령(尙書令) 밑에서 문서의 기초(起草)을 맡던 관직. 상서낭중(尙書郎中), 상서랑(尙書郎)·상서시랑(尙書侍郎)도 같은 직책이다. 8등관, 녹봉 400석.
녹상서사 錄尙書事	궁정의 문서(文書)를 맡던 관직. 천자의 비서관(秘書官)격으로 조칙(詔勅)도 그의 손을 거치기 때문에, 커다란 권력을 쥐게 된다.
대사농 大司農	중앙 관직 구경(九卿) 중의 하나. 지방에서 중앙에 바치는 세금이나 양곡을 관리한다. 1등관, 녹봉 2천 석.
대사마 大司馬	원래 대장군(大將軍)과 표기장군(驃騎將軍)에 주던 칭호. 삼공보다 위였다.
대장군 大將軍	병마(兵馬)의 대권(大權)을 관장하는 총사령관. 최고의 무관직. 삼공보다 위였다.
대사공 大司空	국가최고의 관직. 삼공(三公)의 하나. 사공(司空)과 같음.
대홍려 大鴻臚	외국의 사신이 왔을 때, 이를 맞이하고 보내는 일을 맡은 관직. 장관을 대홍려경(大鴻臚卿)이라 한다.
도독 都督	각 주(州)의 군사와 자사(刺史)의 관원을 통할하던 관직.
독우 督郵	군(郡)의 태수(太守)의 보좌관. 각 현(縣)의 행정 감독을 주임무로 함.
마궁수 馬弓手·보궁수 步弓手	활을 담당한 일반 병사.

목 牧	13주(州)의 장관인 자사(刺史)를 '목'이라고 부르기도 한다.
무위장군 武衛將軍	궁정의 경비를 주임무로 하던 무관직. 무위는 금군(禁軍), 곧 근위병(近衛兵)이란 뜻이다. 한말(漢末)의 승상(丞相) 조조(曹操)가 무위영(武衛營)을 두고, 위(魏)의 문제(文帝)는 무위 장군을 두어 근위병을 관장하게 했다.
미인 美人	궁중 여관(女官)의 계급으로 2등관(녹봉 2천 석)에 해당된다.
별가 別駕	주(州)의 자사(刺史)의 보좌관. 자사가 관내의 군을 순회할 때마다 언제나 다른 수레에 타고 따라다니기 때문에, 이 명칭이 생겼다. 정식 명칭은 별가 종사사(從事使).
별군사마 別郡司馬	별부사마(別府司馬)의 잘못인 듯함.
별부사마 別府司馬	대장군 휘하에 직속되지 않은 독립 부대의 장.
복야 僕射	관청의 주임급. 상서령(尙書令) 밑에서 사무를 관할하며, 상서령이 없을 때 상서령을 대리한다. 정식명칭은 상서복야. 6등관.
봉군도위 奉軍都尉	천자를 호위하여 천자의 수레에 배승(陪乘)하는 근위 기병의 장. 녹봉 2천 석.
부마 駙馬	원래는 천자의 부마(副馬)를 다스리는 관직이었으나, 공주의 남편이 계속 이 벼슬에 임명되었기 때문에 임금의 사위라는 뜻으로 쓰인다. 정식 명칭은 부마 도위(都尉).
북도위 北都尉	각 군(各郡)의 방비와 치안을 맡아보던 무관직. 녹봉 2천 석.

비서랑 秘書郎	궁중의 도서 및 문서를 담당하던 관직. 비서는 원래 천자가 비장(秘藏)하는 서적이라는 뜻이다. 비서 낭중(郎中)도 같은 관직이었으며, 명문 자제를 임용하였는데, 보통 관리의 첫 출발은 비서랑으로 들어가는 것이 통례였다.
사공 司空	삼공(三公)의 하나. 태위(太尉)·사도(司徒)와 함께 국가의 대사를 관장하는 국가 최고의 관직. 주로 수리(水利)와 토목 사업을 관장했다. 녹봉 1만 석. 어사대부(御史大夫), 대사공(大司空)으로 개칭되었다.
사도 司徒	삼공(三公)의 하나. 국가의 대사를 관장하는 국가 최고의 관직. 민정(民政) 일반과 교육을 관장했다. 녹봉 1만 석.
사마 司馬	삼공(三公)의 하나. 국가의 대사를 관장하는 국가 최고의 관직. 주로 군사 방면을 관장했다. 후에 태위(太尉)로 명칭이 바뀌었다. 녹봉 1만 석.
사예교위 司隷校尉	치안을 담당하던 관직. 수도와 그 주변의 모든 범죄자를 검거할 수 있는 막강한 권한을 가졌다. 지방 관청에 대한 감독권도 갖게 되었다.
산기상시 散騎尙侍	천자의 수레에 배승(陪乘)하는 근위관. 정한 예식에 맞지 않을 때 간언(諫言)하는 것을 임무로 했으며, 사인(士人)을 임용했다.
삼공 三公	국가의 대사를 맡아보는 최고의 관직으로 태위(太尉)·사도(司徒)·사공(司空)을 말한다. 태위는 주로 군사, 사도는 주로 민정, 사공은 토목 행정(土木行政)을 맡는다 하였으나, 실무를 맡는다기보다 공로 있는 이를 임명하는 것이 관례였다.
상 相	황족에게 영지(領地)를 내려 왕(王)으로 봉하면 관리도 함께 보내 행정을 보게 했다. 이 관리를 상(相)이라 한다. 황

족의 영지는 군(郡)과 동격이므로 상의 지위는 태수(太守)와 비슷했다.

상국 相國	재상(宰相)을 말하는 것이나, 승상(丞相)보다는 지위가 위며 특별한 경우에만 주어진다.
상서 尙書	천자와 조신(朝臣) 사이에 왕래하는 문서를 맡아보던 관직. 상서령(尙書令) 밑에서 정무(政務)를 분장하였다. 원래 일종의 비서관 격이던 것이, 후한(後漢) 때부터 점점 중요한 지위로 되어 육조(六曹)로 갈리어 각각 직무를 달리하였다. 정원 6명.
성문교위 城門校尉	낙양(洛陽)의 열두 성문을 지키던 교위. 녹봉 2천 석.
소교 少校	장교 다음의 계급.
소부 少府·少傳	천자의 어의(御衣)·어물(御物)·경비·식사 따위를 맡아보던 관직. 구경(九卿)의 하나.
수재 秀才	과거의 1차 시험에 합격한 사람. 우리 나라 이조 때의 진사(進士)에 해당한다. 다시 제2단계인 과거에 통과하면 거인(擧人)이라 했다.
승상 丞相	천자를 보좌하여 천하를 다스리던 요직. 존칭으로는 상국(相國)이라고 불렀다. 후한 말기부터는 승상제도가 폐지되고 필요에 따라 임시로 두었다.
시강 侍講	천자 또는 황태자의 학문을 지도하던 관직.
시어사 侍御史	감찰을 맡아보던 관직으로서, 법에 어긋난 자를 적발 탄핵하는 것을 임무로 하였다. 어사중승(御史中丞)의 아래 관직이며 녹봉 700석.

시중 侍中		소부(少府)의 아래 관직. 항상 천자를 수행하면서 고문(顧問)에 응하고, 거동시는 가교(駕轎) 뒤를 기마로 따른다. 녹봉 2천 석.
아장 牙將		원수(元帥)의 직할부대를 지휘하는 부대장.
양료관 糧料官		식량·마량(馬糧) 따위를 감독하는 관직.
어사대부 御史大夫		국가최고의 관직. 삼공(三公)의 하나. 사공(司空)과 같음.
어사중승 御史中丞		감찰의 임무를 맡아보던 관직. 소부(少府)에 속함. 그 아래에 시어사(侍御史)가 있음. 녹봉 1천 석.
영군도위 領軍都尉		호군(護軍)과 함께 근위병을 지휘하던 무관.
월기교위 越騎校尉		팔교위(八校尉)의 하나로 도성 밖에 주둔하는 군대를 통솔한다.
의랑 議郞		광록훈(光祿勳) 아래의 관직으로, 천자의 고문(顧問)에 응하는 것이 임무다. 간의 대부(諫議大夫)와 동격으로 6등관. 녹봉 600석.
자사 刺史		한(漢) 시대에는 중국 전토를 13주(州)로 나누고 주의 장관을 자사(刺史)라 했다. 전국을 다시 98(郡)으로 나누고, 군에 태수(太守)를 두었으므로, 자사는 5군 내지 12군을 통솔했다. 때에 따라 목(牧)이라고도 불렀다. 2등관, 녹봉 2천 석.
장사 長史		①지방관. 멀리 변경에 있는 군사적으로 중요한 군(郡)에는 군승(郡丞: 부군수 격) 대신 장사를 두었다. 녹봉 1천 석. ②승상(丞相) 및 태위(太尉)의 속관. 녹봉 1천 석.
장수교위 長水校尉		팔교위(八校尉) 가운데 하나. 상비군(常備軍)의 부대장. 녹봉 비(比) 2천 석.

전농 典農	식량의 징수와 감독을 담당했던 관직. 중원(中原) 각지에 두었으며, 대사농(大司農)에 속했다. 낙양(洛陽)에는 2등관(녹봉 2천 석)의 전농 중랑장(中郞將)이 전농 도위(都尉)와 함께 배치되어 있었다.
전장군 前將軍	대장군 아래 일곱 장군 가운데 하나. 선봉을 맡은 부대의 장군이다. 녹봉 중(中) 2천 석.
절충교위 折衝校尉	징발한 군사를 맡아보던 무관직. 적벽대전(赤壁大戰) 때 조조의 부하 악진(樂進)이 '절충장군'이었던 데서 비롯되었다.
점군사마 點軍司馬	팔교위(八校尉) 아래 계급으로 중규모 부대의 장(長).
종사 從事	보좌관에 대한 총칭. 자사(刺史)의 속관이던 별가(別駕)·치중(治中)·공조(工曹) 등이 모두 종사였고, 각 부(部)·군(郡)·국(國)에도 종사가 있었다.
종정 宗正	구경(九卿)의 하나. 황실에 관한 제반 사무를 통할하던 관직으로 원칙적으로는 황족만을 임명했다. 녹봉 중(中) 2천 석.
좌장군 左將軍	대장군 아래 일곱 장군(七將軍) 중의 하나.
주부 主簿	정부 각 부처의 문서(文書)와 기록(記錄)을 관리하였다.
중랑 中郞	중랑장에게 속해 있는 근위 장교. 녹봉 비(比) 600석.
중랑장 中郞將	황제의 호위와 궁중의 경비를 맡은 광록훈(光祿勳)에 속하는 무관직. 3등관, 녹봉 2천 석. 오관(五官)·좌(左)·우(右)·호분(虎賁)·우림(羽林)의 다섯 중랑장이 있었다.
중부연리 中部掾吏	하남(河南) 윤(尹)의 속관으로 각 현을 순회하는 감독관인 독우(督郵)는 각 군마다 모두 동·서·남·북·중의 다섯 부로 갈라 관할을 달리하였던 것 같다.

중상시 中常侍	천자의 시종관. 궁중에서 소용되는 비용·의복·식사 등에 관한 일을 맡아보는 소부(少府)에 속하며, 환관(宦官)을 임용하였다. 3등관, 녹봉 1천 석.
중서령 中書令	궁중(宮中)의 문서를 맡아보던 직책. 한(漢)나라 무제(武帝) 때부터는 일반 사람으로 쓰게 되었다. 위(魏)의 문제(文帝) 때부터는 중서성(中書省)의 장관으로 추밀(樞密)에 관해서도 다루게 했다.
집금오 執金吾	궁성의 주변을 순시하며 경위(警衛)와 방화를 맡던 무관직.
치중 治中	각주 자사(刺史)의 보좌관.
태복 太僕	구경(九卿)의 하나. 천자의 어가(御駕)와 어마(御馬)를 맡아 관리하며, 천자의 행렬을 지휘한다. 녹봉 중(中) 2천 석.
태부 太府	천자의 교육을 담당하던 관직. 최고의 현직(顯職)으로 예우했으며, 삼공(三公)보다 위였다.
태사 太師	천자의 교육을 담당하던 최고의 관직. 태부(太傅)의 위에 있었으니 명예직에 가깝다.
태상경 太常卿	구경(九卿) 가운데 하나. 의례(儀禮)와 제사(祭祀)에 관한 일을 총괄하던 관직. 천문(天文)·역법(曆法)을 다루는 태사령(太史令)이나 오경 박사(五經博士)들도 이 산하에 있었다. 이조의 예조 판서와 같은 것. 녹봉 중(中) 2천 석.
태수 太守	군(郡)을 다스리던 지방 관직. 녹봉 2천 석.
태위 太尉	삼공(三公)의 하나. 국가의 대사를 관장하는 국가 최고의 관직. 주로 군사 방면을 관장했다. 처음엔 사마(司馬)라 불리었다. 녹봉 1만 석.

| 태자사인 太子舍人 | 태자를 가까이 모시는 시관(侍官). 후한(後漢)에서는 태자소부(少府)에 속하여 궁중의 숙위(宿衛)에 임하였다. 양가의 자제 중에서 선발 임용하였다. |

| 태중대부 太中大夫 | 천자의 고문관. 광록훈(光祿勳)에 속하며, 녹봉 1천 석. |

| 표기장군 驃騎將軍 | 대장군(大將軍) 아래의 일곱 장군 가운데 하나. 일곱 장군 중에서는 우두머리. 녹봉 1만 석. |

| 하남윤 河南尹 | 서울시장 격. 하남은 낙양(洛陽)을 말하는 바, 낙양은 당시의 수도였으므로, 장관을 특별히 윤(尹)이라 하였다. 녹봉 중(中) 2천 석. |

| 행군사마 行軍司馬 | 장군의 보좌관. 군사마(軍司馬)라고도 함. 녹봉 1천 석. |

| 현령 縣令 | 현(縣)의 장관. 현이란 군(郡) 다음 가는 행정구역으로 대체로 한 군에 열 개 정도의 현이 소속되어 있었다. 만 호(萬戶) 이상의 큰 현의 장관은 현령(縣令), 그 이하의 현의 장관은 현장(縣長)이라고 하였다. 녹봉 비(比) 1천 석. |

| 현승 縣丞 | 현(縣)의 장관인 현령(縣令)의 보좌관. 현승은 문서(文書)와 창(倉)·옥(獄)을 다스렸다. |

| 현위 縣尉 | 현승(縣丞)과 함께 현령(縣令) 또는 현장(縣長) 밑에서 현(縣)의 치안을 맡아보았다. |

| 호분중랑장 虎賁中郎將 | 황제의 호위를 맡은 5중랑장(中郎長)의 하나. 광록훈(光祿勳)에 속한다. 5중랑장은 오관(五官)·좌(左)·우(右)·호분·우림(羽林)이다. 녹봉 비(比) 2천 석. |

| 환관 宦官 | 내시(內侍). 거세(去勢)되어 생식 능력을 잃은 남자들로 궁중의 여관(女官)들을 감독하기 위하여 임명하였다. 황제를 가까이에서 모시게 되기 때문에, 위의 총명을 가리고 권력 |

을 부리는 수가 많았다. 때로는 권력에 눈이 어두워 어려서 부형의 손으로 또는 스스로 거세하여 궁중에 들어가는 수도 있었다 한다.

황문상시 黃門常侍   환관(宦官)을 가리키는 말. 상시는 중상시(中常侍)를 말하며, 황문은 본래 궁중의 문을 뜻했다. 중황문·소황문·황문시랑 등도 모두 환관이다.

효기교위 驍騎校尉   근위 기병을 지휘하던 무관직.

효렴 孝廉   효행과 청렴함이 뛰어나 지방관의 추천으로 벼슬길에 오른 사람. 각 군(郡)의 호구(戶口) 20만마다 한 사람씩을 천거하는 제도였다.

한대의 관제와 병제

1. 한대의 관제

(1) 중앙관제
　①삼공(三公)
　　├사도(司徒): 국가 일반행정의 최고 책임자. 그 아래 10조(十曹: 吏 工 兵 戶 등)가 있음
　　├사공(司空): 관리에 대한 감찰, 왕명의 출납
　　└태위(太尉): 군사를 담당
　②구경(九卿): 황실과 중앙정부의 모든 업무를 취급
　　├태상(太常): 황실의 종묘와 제사를 주관
　　├태사령(太史令): 점복과 황제에 관한 기록을 담당
　　├태의령(太醫令): 황실의 의사
　　├광록훈(光祿勳): 궁중과 황실내의 제관(諸官)을 감독, 통솔 태중대부(太中大夫), 광록대부(光祿大夫), 간대부(諫大夫): 황제의 자문 역할
　　├위위(衛尉): 궁성 수비, 황제의 출어(出御)시에 황제를 호위
　　├태복(太僕): 황실의 가마와 말을 관리
　　├정위(廷尉): 형(刑)과 법(法)을 담당
　　├대홍려(大鴻臚): 의전과 외교관의 역할
　　├종정(宗正): 종실(宗室) 담당(황족 중에서 임명)
　　├대사농(大司農): 국가의 모든 수입과 지출을 전담
　　└소부(少府): 황실 재정
　③내조(內朝): 천자와 조신(朝臣) 사이에 왕래하는 문서를 맡아보던 관직으로 천자의 비서실 격
　　├상서(尚書): 황실 문서의 출납을 맡아봄
　　└시중(侍中): 천자의 좌우에서 자문에 응함
　④지방 행정의 감찰
　　├사예교위(司隸校尉): 황제로부터 직접 명령을 받아 단독 개별의 감독과

　　　　　　├ 감찰 행동
　　　　　　└ 부자사(部刺史) : 지방행정의 감독, 감찰

(2) 지방관제
　①주(州) 목(牧) : 주의 행정 책임자. 후한에는 13주가 있었음
　②국(國)　┬ 왕국(王國) 상(相) : 왕국의 우두머리 관리
　　　　　　├ 중위(中尉) : 왕국의 군사(軍事)를 맡음
　　　　　　├ 후국(侯國) : 보통 1현으로 이루어짐
　　　　　　│　　　　　　현령과 같은 급의 상(相)이 다스림
　　　　　　└ 공국(公國) : 보통 1현으로 이루어지나 제왕(諸王)에서 공(公)으로 낮춰
　　　　　　　　　　　　진 경우는 1군으로 이루어짐. 상이 다스림
　③군(郡)　┬ 태수(太守) : 군의 우두머리 관리
　　　　　　├ 도위(都尉) : 군의 군사를 맡음
　　　　　　└ 승(丞)　　 : 태수의 보좌관
　④현(縣)　┬ 영(令) : 1만 호 이상의 현을 다스리는 관리
　　　　　　├ 장(長) : 1만 호 미만의 작은 현을 다스리는 관리
　　　　　　├ 승(丞) : 현령(懸令)의 보좌관
　　　　　　└ 위(尉) : 현의 군사를 담당
　⑤향(鄕) → 경(卿) → 정(亭) → 리(里=10什) → 십(什=10家) → 오(伍=5家) → 가(家)

2. 한대의 병제

(1) 중앙의 병제
　　① 장군(將軍) ── 대장군(大將軍)
　　　　　　　　　┌ 표기장군(驃騎將軍)
　　　　　(7장군) ├ 거기장군(車騎將軍)
　　　　　　　　　├ 위장군(衛將軍)
　　　　　　　　　└ 전후좌우장군(前後左右將軍)
　　② 남군(南軍)과 북군(北軍) : 궁성의 수비
　　　　┌ 남군(南軍) : 궁성의 수비
　　　　│　　위위(衛尉) : 남군의 최고 지휘자
　　　　│　　위랑(衛郎) : 궁성 안의 각 전각(殿閣)을 지킴
　　　　└ 북군(北軍) : 도성의 수비
　　　　　　　중위(中尉) : 북군의 최고 지휘자
　　③ 교위(校尉)와 도위(都尉)
　　　　┌ 삼보교위(三輔校尉) : 관중지방의 경비
　　　　│　　　　경보교위(京輔校尉), 좌보교위(左輔校尉), 우보교
　　　　│　　　　위(右輔校尉)
　　　　├ 성문교위(城門校尉) : 장안 외성(外城)의 12문을 경비
　　　　└ 오교위(五校尉) : 북군의 각 부대를 통솔
　　　　　　　둔기(屯騎), 보병(步兵), 월기(越騎), 장수(長水), 사성(射聲)

(2) 지방의 병제
　　① 평시 소규모의 지역방어 : 변방에 주둔하는 군사[戌卒]를 태수(太守)나 도위(都尉)
　　　　가 지휘
　　② 정벌이나 대규모 전투 시(편제 : 軍 → 部 → 曲 → 屯 → 什 → 伍)
　　　　┌ 대장군(大將軍) : 군(軍)을 지휘
　　　　├ 교위(校尉)와 사마(司馬) : 각 부(部)를 지휘
　　　　├ 군후(軍侯) : 곡(曲)을 지휘
　　　　└ 둔장(屯長) : 둔(屯)을 지휘

주요 관직의 서열과 녹봉

녹봉	1만 석	中 2천 석	2천 석	比 2천 석	1천 석	比 1천 석	600석	比 600석
삼공三公	태부 太傅							
	태위 太尉				태위장사 太尉長史			
	사도 司徒				사도장사 司徒長史 2			
	사공 司空				사공장사 司空長史			
中央政府 구경九卿		태상 太常			태상승 太常丞		태사령 太史令	
							박사좨주 博士祭酒	박사 博士 14
		광록훈 光祿勳			광록훈승 光祿勳丞			
				오관중랑장 五官中郎長				오관중랑 五官中郎 △
				좌우중랑장 左右中郎長				좌우중랑 左右中郎 △
			5중랑장	호분중랑장 虎賁中郎長				호분중랑 虎賁中郎 △
				우림중랑장 羽林中郎長			우림감 羽林監 2	
				봉거도위 奉車都尉 △				
				기도위 騎都尉 △				
				부마도위 駙馬都尉 △				
				광록대부 光祿大夫 △				
					태중대부 太中大夫 △			

부록 511

녹봉	1만 석	中 2천 석	2천 석	比 2천 석	1천 석	比 1천 석	600석	比 600석
							중산대부 中散大夫	
							간의대부 諫議大夫	
							의랑 議郎 △	
						알자복야 謁者僕射		
		위위 衛尉				위위승 衛尉丞	공거사마(령) 公車司馬令	
							남북궁위사 南北宮衛士	
		태복 太僕				태복승 太僕丞	고공령 考工令	
							거부령 車府令	
		정위 廷尉			정위정·감 廷尉正·監		정위평 廷尉平	
		대홍려 大鴻臚				대홍려승 大鴻臚丞	대행령 大行令	
		종정 宗正				종정승 宗正丞		
		대사농 大司農				대사농승 大司農丞	태창령 太倉令	
							평준령 平準令	
		소부 少府				소부승 少府丞	태의령 太醫令	
							태관령 太官令	

녹봉	1만 석	中 2천 석	2천 석	比 2천 석	1천 석	比 1천 석	600석	比 600석
				시중 侍中	중상시 中常侍 △		황문시랑 黃門侍郞 △	
							소황문 小黃門 △	
							황문령 黃門令	
					상서령 尙書令		상서복사 尙書僕射	
							상서 尙書 6	
							부절령 符節令	
					어사중승 御史中丞		치서시어사 治書侍御史	
							난치령사 蘭治令史	
7장군 武官	대장군 大將軍							
	표기장군 驃騎將軍				장사 長史		종사중랑 從事中郞 2	
	거기장군 車騎將軍				사마 司馬			
	위장군 衛將軍			둔기교위 屯騎校尉	사마 司馬			
	전후좌우장군 戰後左右將軍			월기교위 越騎校尉	사마 司馬			
				보병교위 步兵校尉	사마 司馬			
				장수교위 長水校尉	사마 司馬			

부록   513

녹봉	1만 석	中 2천 석	2천 석	比 2천 석	1천 석	比 1천 석	600석	比 600석
				사성교위 射聲校尉	사마 司馬			
				사흉노중랑장 使匈奴中郎長				
				호오환교위 護烏丸校尉				
				호선교위 護羌校尉				
地方官職		하남윤 河南尹	주목 州牧 태수 太守	사예교위 司隸校尉		현령 縣令		

성 城

관문(關門)

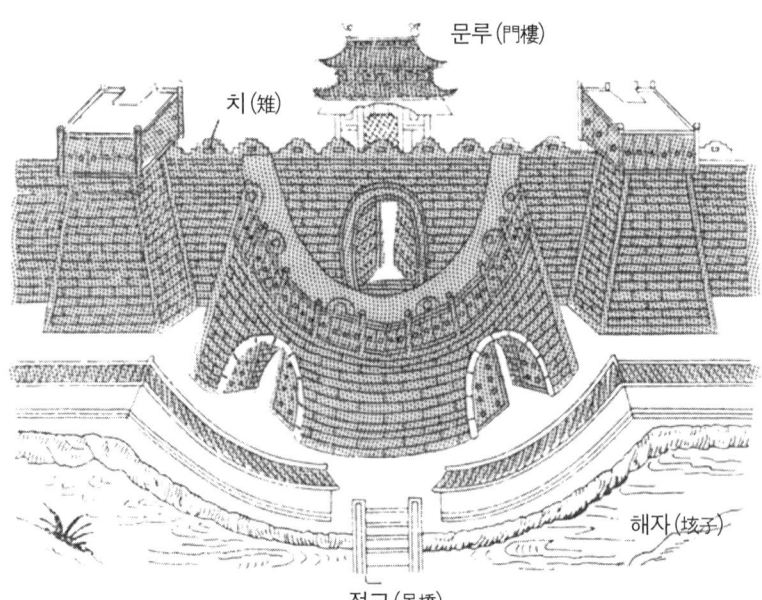

문루(門樓)
치(雉)
해자(垓子)
적교(吊橋)

부록 515

자료:《中國都城歷史圖錄》2

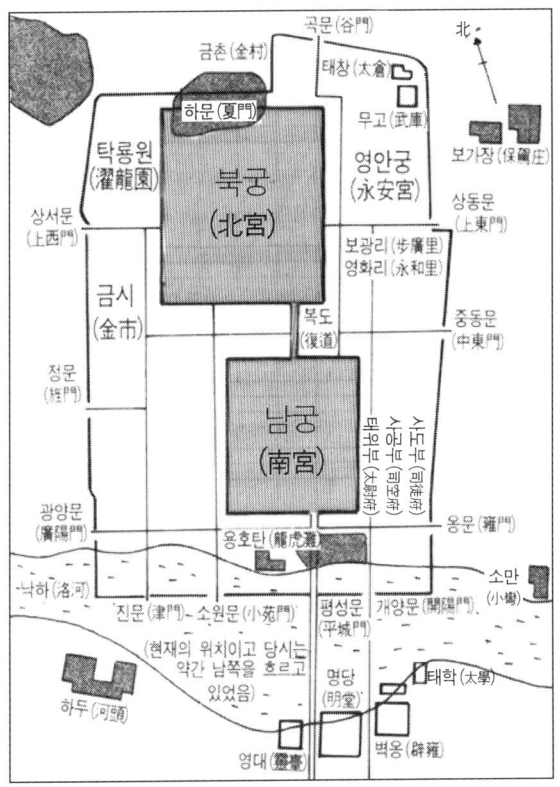

후한(後漢) 때의
낙양성(洛陽城)

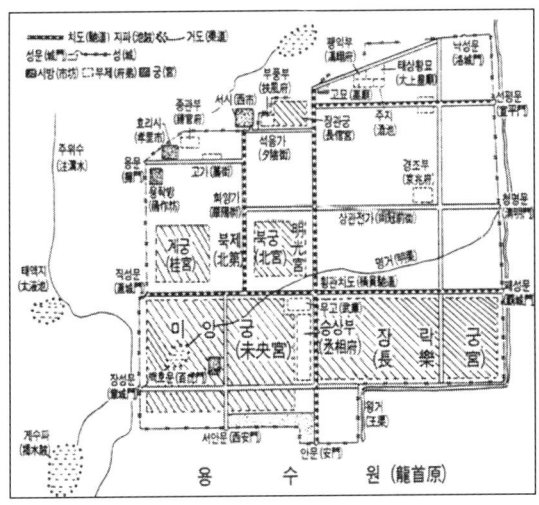

후한(後漢) 말의
장안성(長安城)

무구
武具

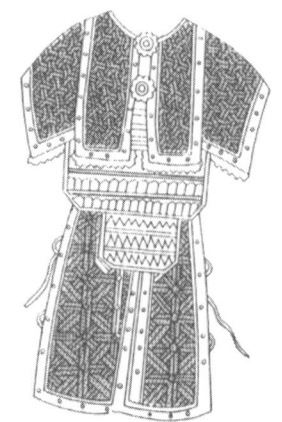

개갑(鎧甲)

당예개갑(唐猊鎧甲)

기병(騎兵)
기병은 주로 노(弩)와 궁(弓)으로 무장했는데, 그림과 같이 모(矛)로 무장한 경우도 많았다.

도병(刀兵)
한대(漢代)에 들어오면서 제철기술의 발달로 검(劍)이 폐지되고 도(刀)가 널리 사용되었다.

※ 그림은 굴함양(掘咸陽) 출토 도용(陶俑)을 토대로 복원한 것임.

부록　517

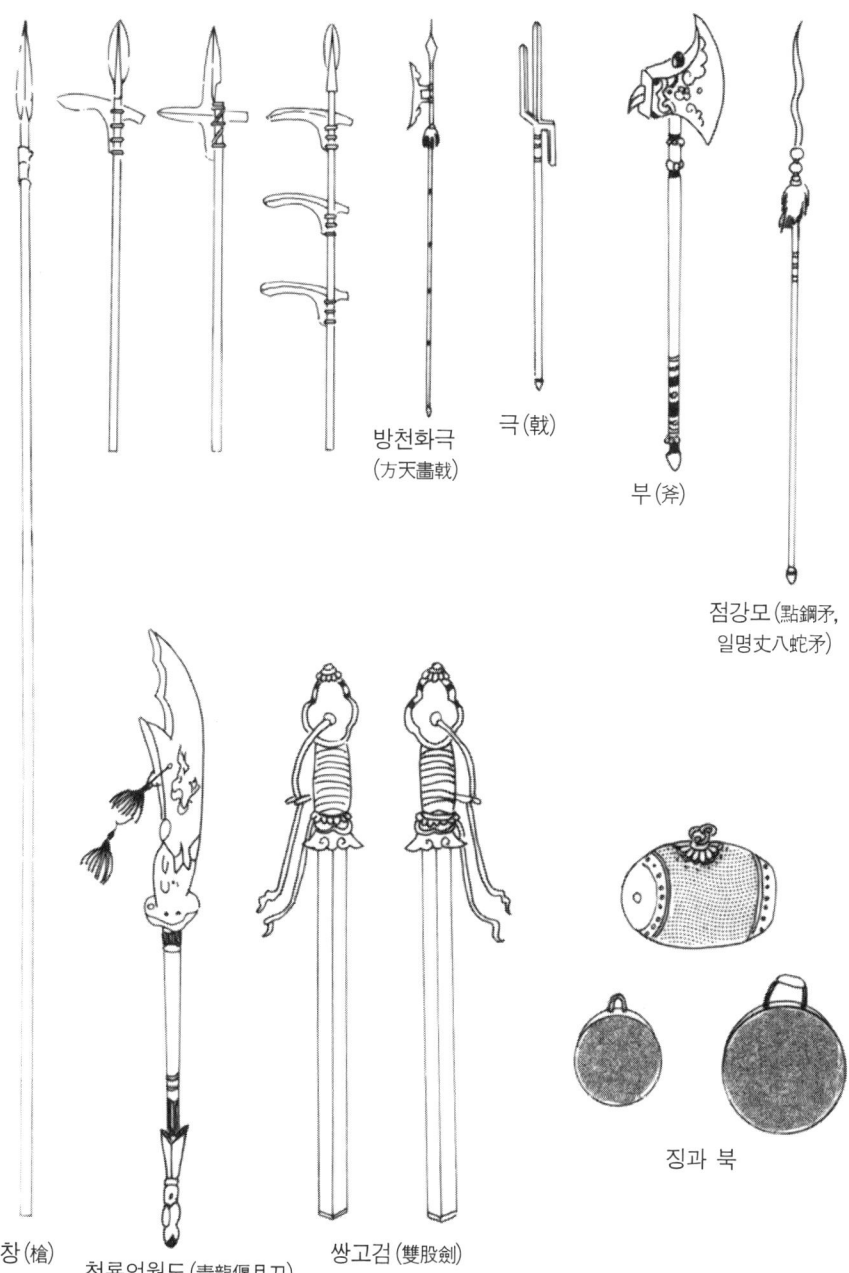

방천화극
(方天畵戟)

극(戟)

부(斧)

점강모(點鋼矛,
일명丈八蛇矛)

창(槍)　청룡언월도(靑龍偃月刀)　쌍고검(雙股劍)

징과 북

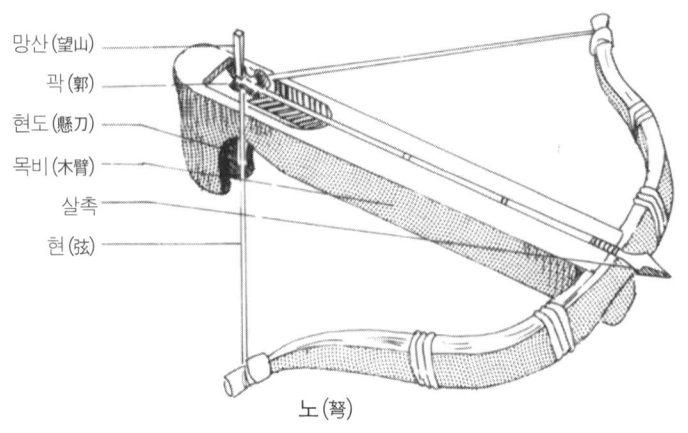

노(弩)

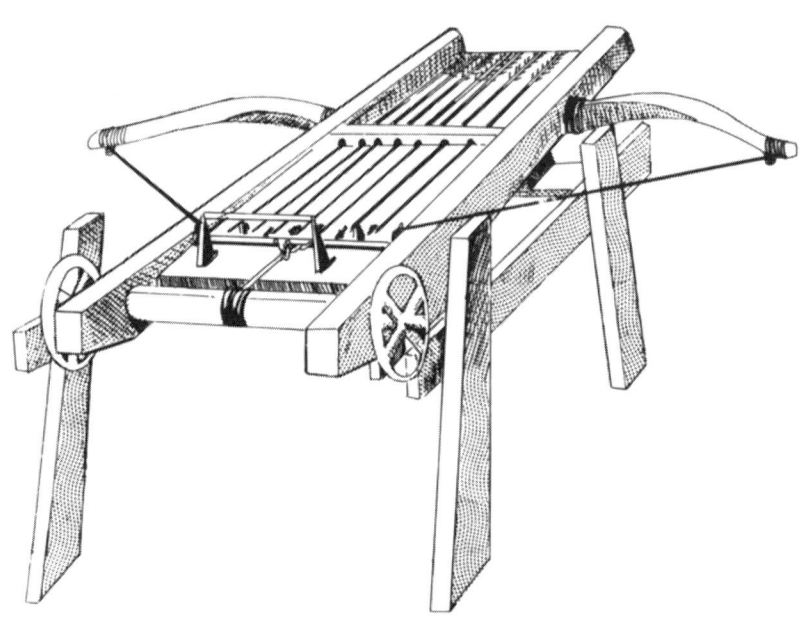

원융노(元戎弩 : 설치해두고 쏘는 노)

부록 519

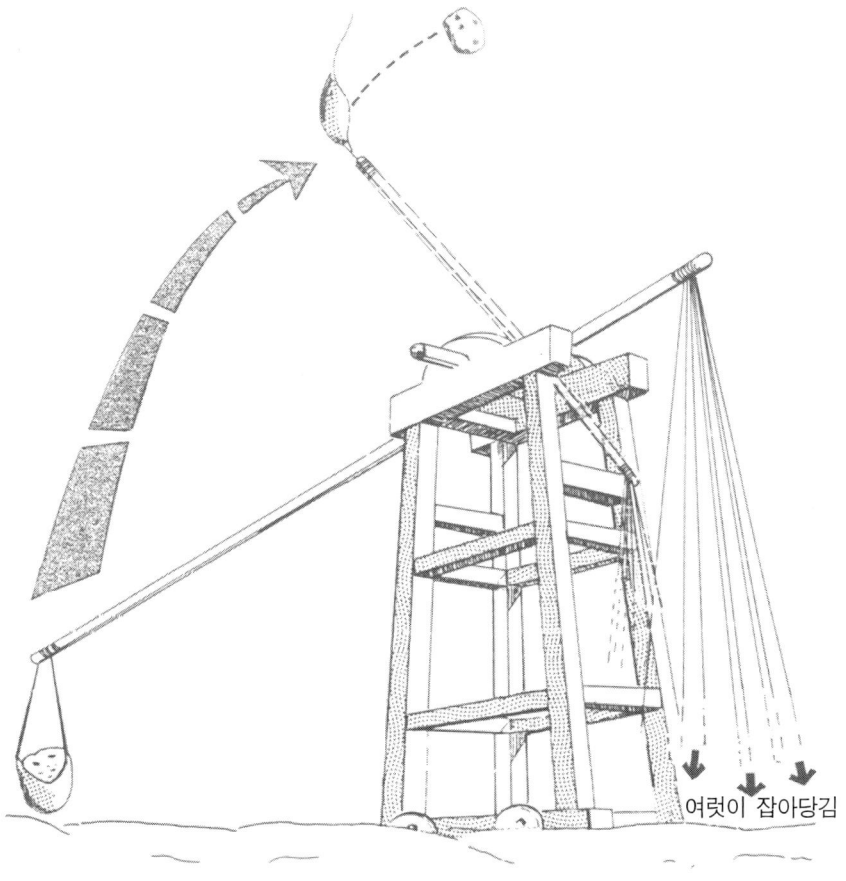

병기 兵器

공성·수성 병기(攻城守城兵器)

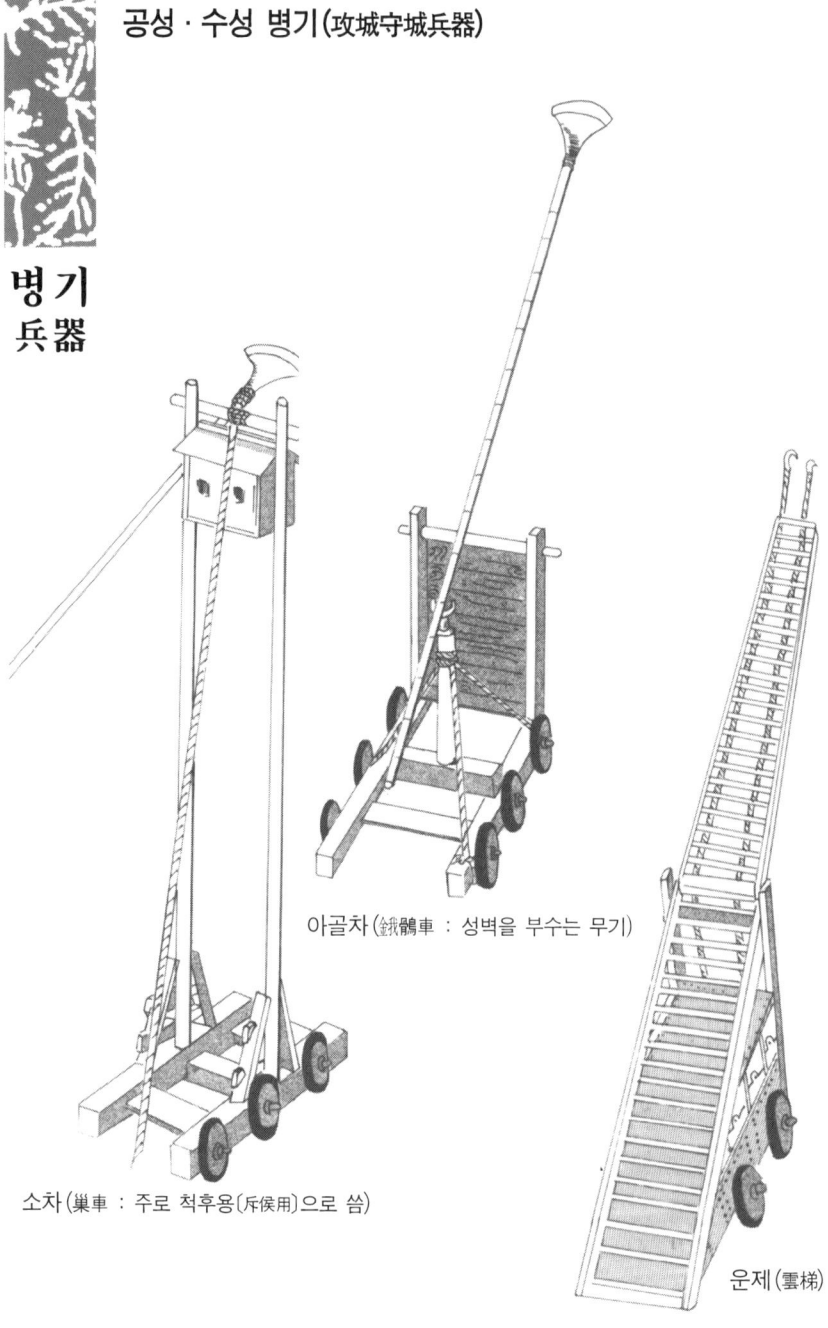

아골차(峨鶻車 : 성벽을 부수는 무기)

소차(巢車 : 주로 척후용(斥候用)으로 씀)

운제(雲梯)

부록 521

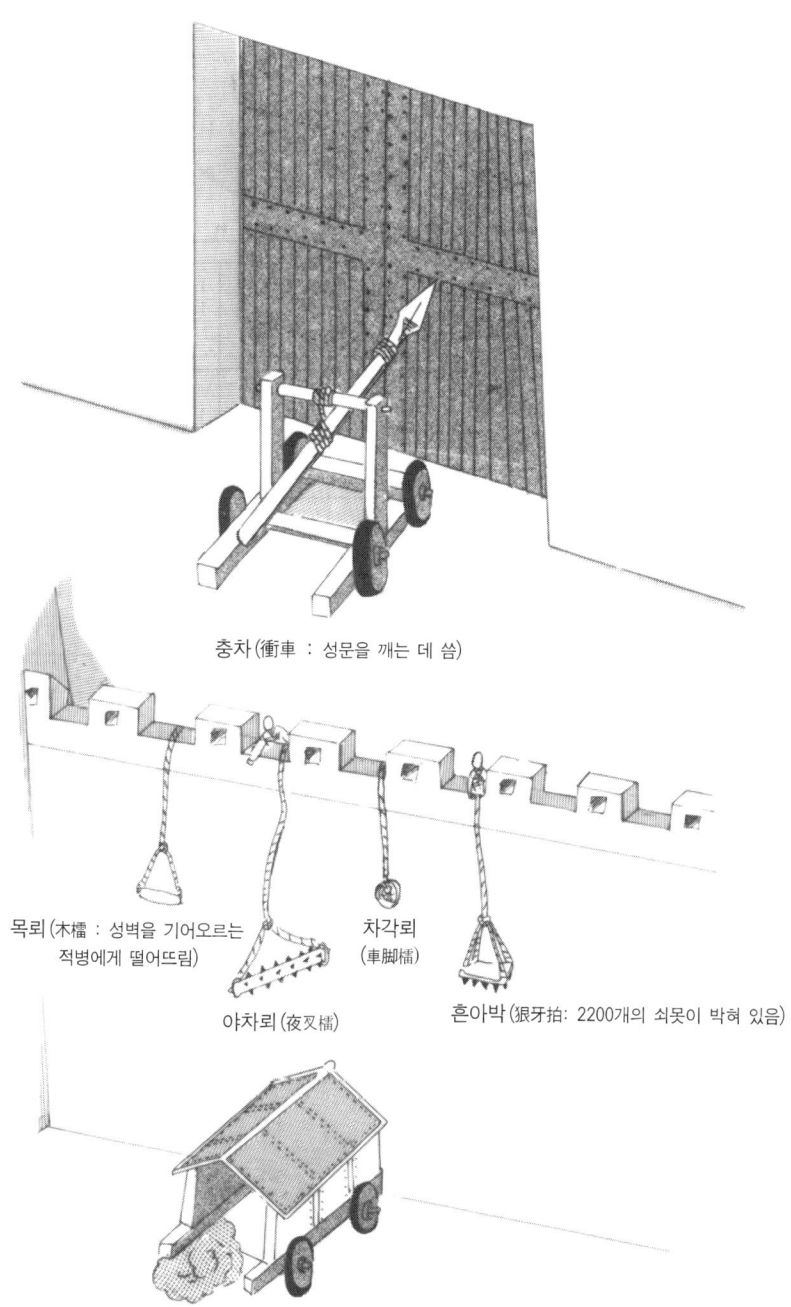

충차(衝車 : 성문을 깨는 데 씀)

목뢰(木櫑 : 성벽을 기어오르는 적병에게 떨어뜨림)

야차뢰(夜叉櫑)

차각뢰(車脚櫑)

흔아박(狼牙拍 : 2200개의 쇠못이 박혀 있음)

분온차(轒轀車 : 바닥으로부터 땅굴을 파서 성내로 침입)

전차
戰車

소부대 지휘관의 전차 : 부대 깃발을 꽂고 있다.

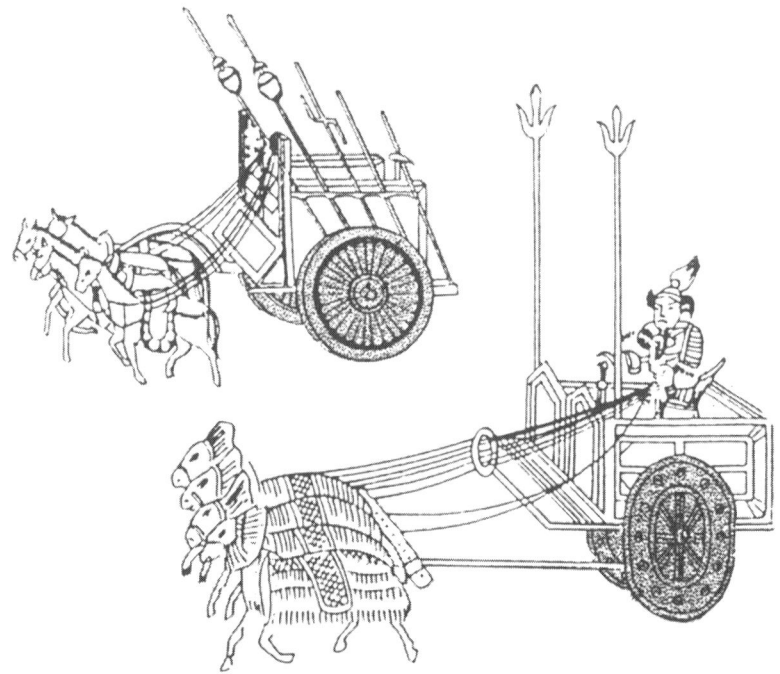

전차 : 보통 말 두 필(또는 네 필)이 끌었다. 전차병은 창(槍)·모(矛)·극(戟) 등으로 무장했다.

부록 523

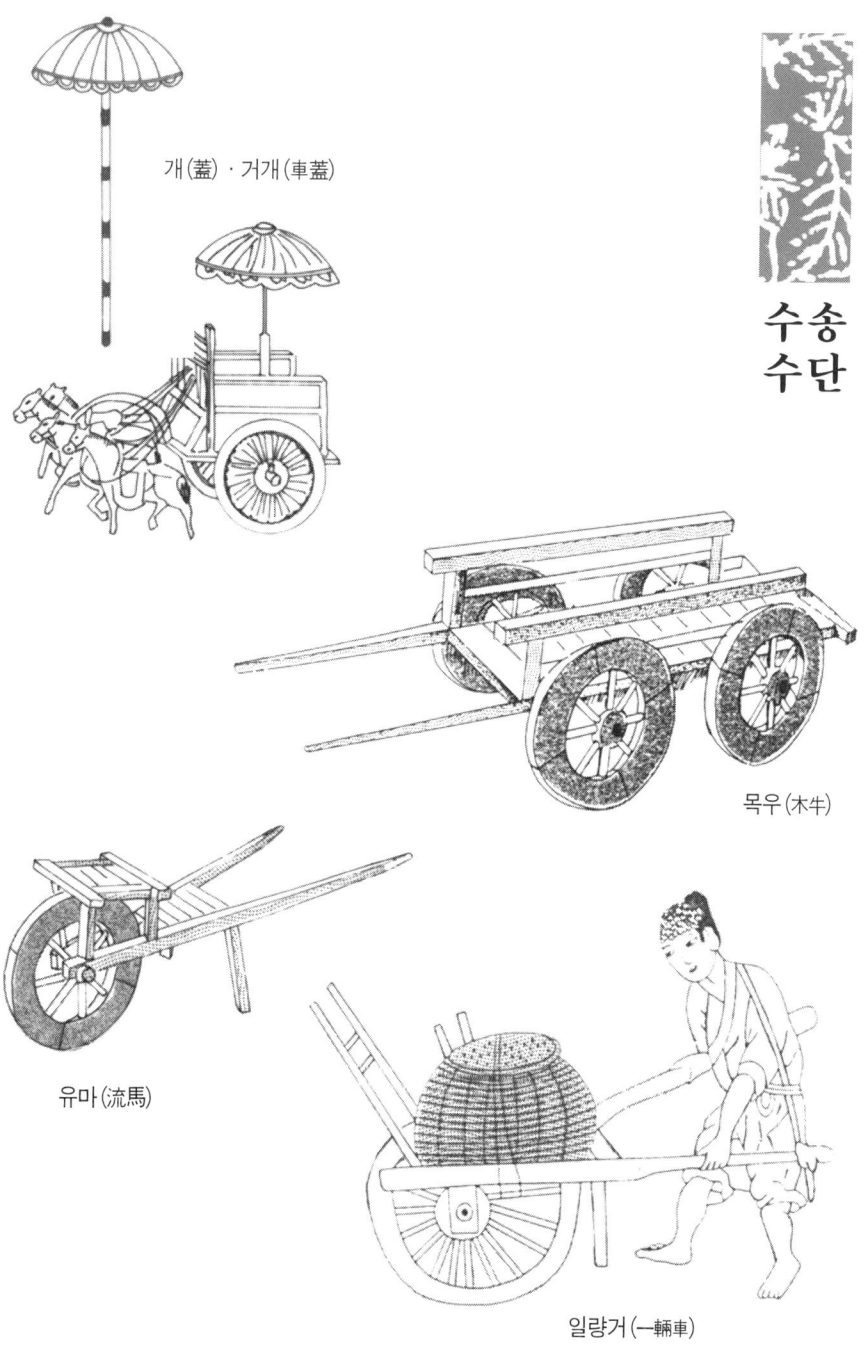

개(蓋)・거개(車蓋)

수송
수단

목우(木牛)

유마(流馬)

일량거(一輛車)

배의 종류

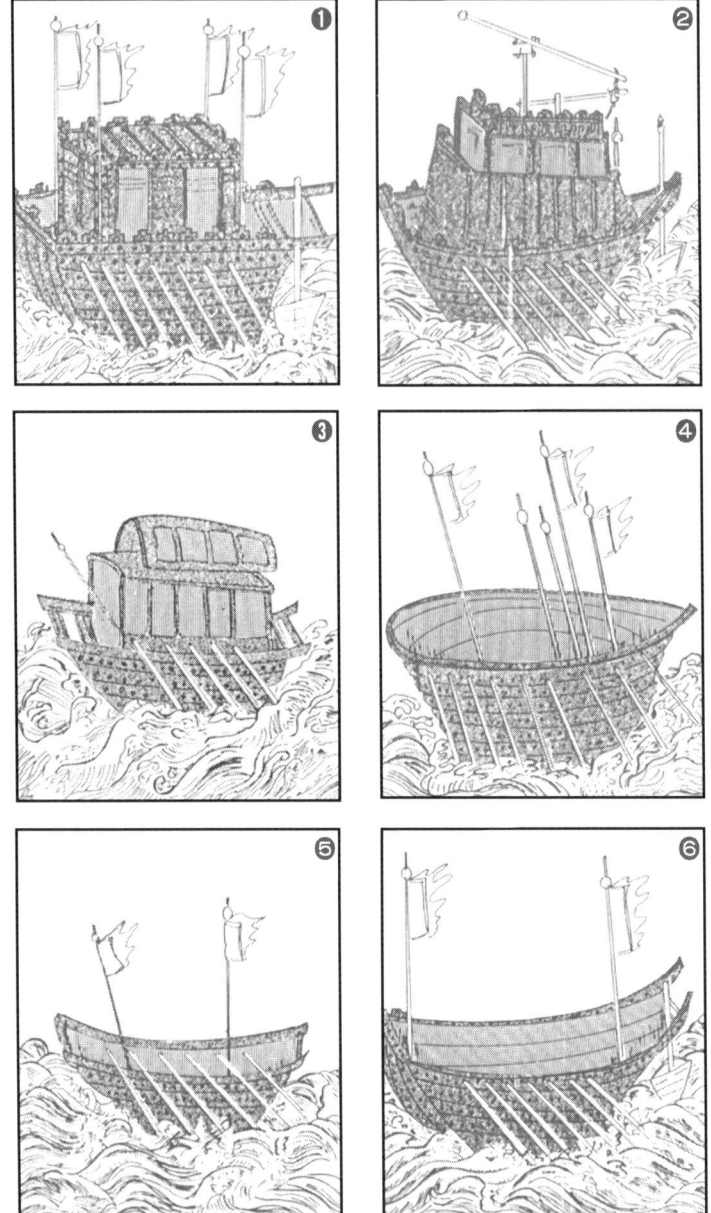

①누선(樓船) ②투선(鬪船) ③해골(海鶻) ④몽충(蒙衝) ⑤주가(走舸) ⑥유정(遊艇)   자료:《三才圖繪》

부록 525

진陣

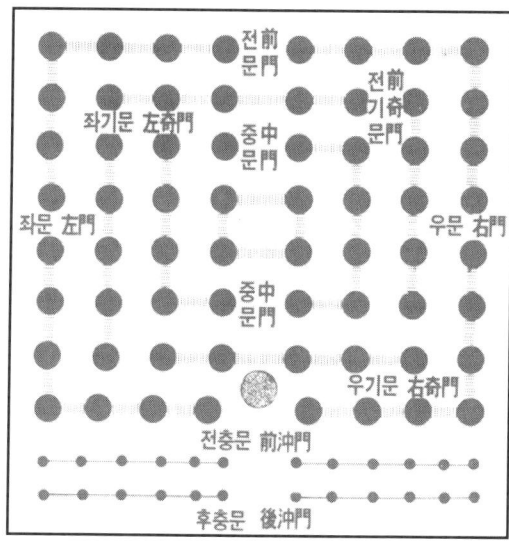

팔진개문분사정사충사(八陳開門分四正四沖四)

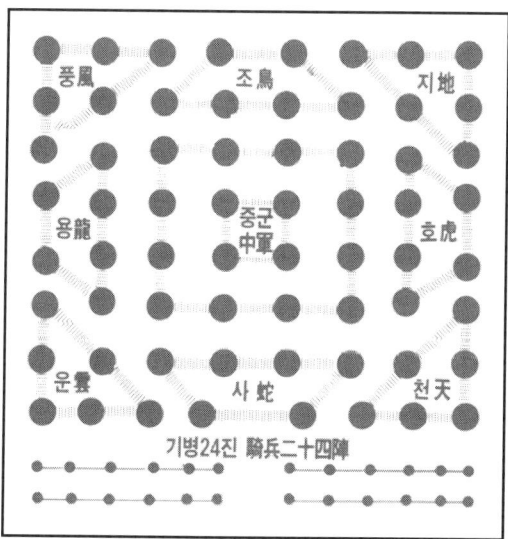

어복강팔진(魚復江八陣)

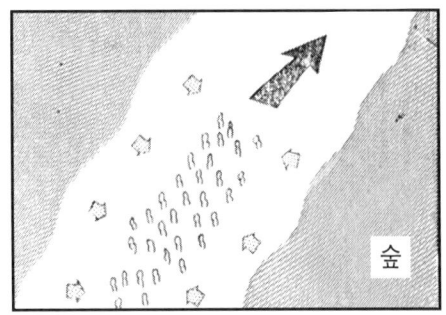

〈10면 매복(十面埋伏)의 계(計)〉

숲과 같은 곳에 복병을 두고 따라들어 온 적을 공격한다.

〈배수(背水)의 진〉

쉽게 건널 수 없는 강을 건너서 강을 등 뒤로 하고 적을 맞는다.
수적으로 열세이지만 병사들은 사력을 다한다.

〈굴을 파서 호랑이를 기다리는 계(計)〉

성에는 적은 인원만을 남겨 적의 공격을 유도하면서 본대는 우회하여 적의 측면이나 배후를 공격한다.

〈공성(空城)의 계(計)〉

성문을 열어놓고 작은 인원이 성에 있는 듯이 보여 적으로 하여금 무슨 계략이 있지 않나 하는 의심을 갖게 하여 공격을 중지하게 한다.

◎ 옮긴이 황병국

경북 영주 출생.
서울대학교 문리과대학 중문학과 및 동 대학원 졸업.
중·고교 교사. 전 숙명여대 전임강사 역임.
한중 출판정보학회 회장, 한중 어문연구소장 역임.
저서 및 편저로는 〈한문학 개설〉(시사문화사), 〈사서삼경〉(대현출판사).
번역 및 편역서로 〈중국사상의 근원〉(문조사), 〈한국 명인시선〉
(을유문화사), 〈이조 명인시선〉(을유문화사).
논문으로는 〈왕적 연구〉 외 다수가 있음.

원본 삼국지 ①

1984년   8월   10일   초판 1쇄 발행
1993년   4월   20일   초판 7쇄 발행
1993년   10월 30일   2판 1쇄 발행
1997년   1월   30일   2판 3쇄 발행
1999년   8월   5일   3판 1쇄 발행
2015년   4월   10일   3판 7쇄 발행

　　　　　　지은이   나 관 중
　　　　　　옮긴이   황 병 국
　　　　　　펴낸이   윤 형 두
　　　　　　펴낸데   범 우 사

　　　출판등록   1966. 8. 3.   제406-2003-000048호
　　　413-120 경기도 파주시 문발동 출판단지 525-2
　　　대표전화 (031)955-6900, 팩스 : (031)955-6905

* 잘못된 책은 바꾸어드립니다.　　교정·편집 : 이범수, 성기은, 박현진

　　ISBN 89-08-07168-7 04820   (인터넷) www.bumwoosa.co.kr
　　　　　89-08-07000-1 (세트)   (이메일) bumwoosa@chol.com

시대를 초월해
인간성 구현의 모범으로
삼을 만한 책을 엄선

범우고전선

1 유토피아　T. 모어／황문수
2 오이디푸스 王(외)　소포클레스／황문수
3 명상록·행복론　M. 아우렐리우스·L. 세네카／황문수·최현
4 깡디드　볼떼르／염기용
5 군주론·전술론(외)　N. B. 마키아벨리／이상두(외)
6 사회계약론(외)　J. J. 루소／이태일(외)
7 죽음에 이르는 병　S. A. 키에르케고르／박환덕
8 천로역정　J. 버니언／이현주
9 소크라테스 회상　크세노폰／최혁순
10 길가메시 서사시　N. K. 샌다즈／이현주
11 독일 국민에게 고함　J. G. 피히테／황문수
12 히페리온　F. 횔덜린／홍경호
13 수타니파타　김운학 옮김
14 쇼펜하우어 인생론　A. 쇼펜하우어／최현
15 톨스토이 참회록　L. N. 톨스토이／박형규
16 존 스튜어트 밀 자서전　J. S. 밀／배영원
17 비극의 탄생　F. W. 니체／곽복록
18-1 에밀 (상)　J. J. 루소／정봉구
18-2 에밀 (하)　J. J. 루소／정봉구
19 팡세　B. 파스칼／최현·이정림
20-1 헤로도토스 歷史 (상)　헤로도토스／박광순
20-2 헤로도토스 歷史 (하)　헤로도토스／박광순
21 성 아우구스티누스 고백록　A. 아우구스티누스／김평옥
22 예술이란 무엇인가　L. N. 톨스토이／이철
23-1 나의 투쟁　A. 히틀러／서석연
23-2 나의 투쟁　A. 히틀러／서석연
24 論語　황병국 옮김
25 그리스·로마 희곡선　아리스토파네스(외)／최현
26 갈리아 戰記　G. J. 카이사르／박광순
27 善의 연구　니시다 기타로／서석연
28 육도·삼략　하재철 옮김
29 국부론(상)　A. 스미스／최호진·정해동
30 국부론(하)　A. 스미스／최호진·정해동
31 펠로폰네소스 전쟁사 (상)　투키디데스／박광순
32 펠로폰네소스 전쟁사 (하)　투키디데스／박광순
33 孟子　차주환 옮김
34 아방강역고　정약용／이민수
35 서구의 몰락 ①　슈펭글러／박광순
36 서구의 몰락 ②　슈펭글러／박광순
37 서구의 몰락 ③　슈펭글러／박광순
38 명심보감　장기근 옮김
39 월든　H. D. 소로／양병석
40 한서열전　반고／홍대표
41 참다운 사랑의 기술과 허튼 사랑의 질책　안드레아스／김영락
42 종합탈무드　마빈 토케이어(외)／전풍자
43 백운화상어록　석찬선사／박문열
44 조선복식고　이여성
45 불조직지심체요절　백운선사／박문열
46 마가렛미드 자서전　마가렛 미드
47 조선사회경제사　백남운
48 고전을 보고 세상을 읽는다　모리야 히로시／김승일
▶ 계속 펴냅니다

범우사　서울시 마포구 구수동 21-1
전화 717-2121 FAX 717-0429